Scarlett Hunter

Death to Clerics

Die Jägerblutchroniken

Band 1

Impressum:

Death to Clerics

Die Jägerblutchroniken, Band 1

1.Auflage 2022

Flavia Eva Zimmermann

Baumgarten 7, 6374 Buochs

Coverdesign: Christin Giessel

Lektorat/ Korrektorat: Melina Coniglio

Buchsatz und Illustration Mantikor: saje design, Bonn

Illustrationen Maske: Ana Neves Art

Illustration Uhr und Feder: Pixabay

Illustration Rose und Tentakel: Flavia Zimmermann

Illustrationen Protas: Francis Eden

Druck: Bookpress.eu

Bestellung und Vertrieb: Nova MD GmbH, Vachendorf

ISBN: 978-3-98595-247-2

Die Deutsche Nationalbibliothek verzeichnet diese Publikation in der Deutschen Nationalbibliografie; detaillierte Bibliografische Daten sind im Internet über http://dnb.dnb.de abrufbar.

Für Mina

DAS LAND BURENGARD

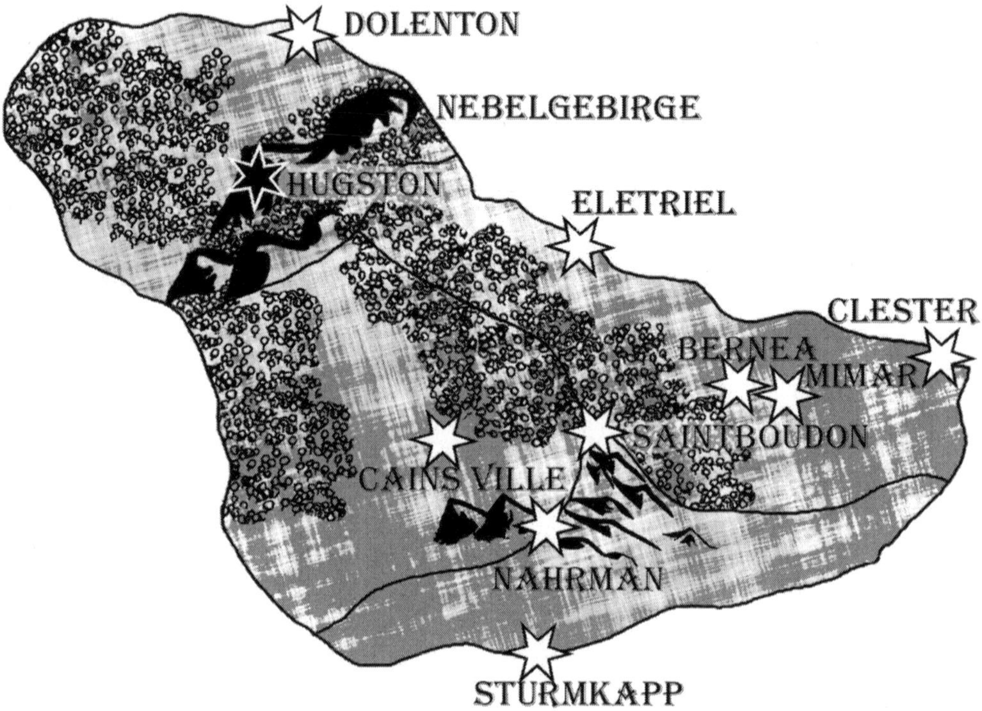

INHALT

PROLOG

DAS MONSTER

Ein finsteres Grinsen lag auf meinen Lippen, als ich über den blutverschmierten Boden schritt. Den beiden Toten, die unweit von mir lagen, schenkte ich keine Beachtung. Mein Blick ruhte auf dem gleichaltrigen Jungen vor mir. Gemächlich trat ich auf ihn zu, sah deutlich, wie sein Körper zitterte. Zusammengesunken kauerte er vor mir, sein maskiertes Gesicht hinter seinen Händen verborgen. Seinen Rücken presste er an die Wand. Je näher ich ihm kam, desto mehr drückte er seinen Leib gegen die Steinwand, als könnte er damit verschmelzen. Als der Hall meiner Schritte verstummte, senkte er seine Handflächen und sah mich an.

„Bitte!“, flehte er, brachte jedoch kein weiteres Wort über seine Lippen.

Er hob seinen Kopf, blickte mich direkt an. Seine Augen waren hinter der Eisenmaske mit den Widderhörnern verborgen – jedoch war ich mir sicher, wenn ich sie sehen könnte, würde ich darin pure Angst erkennen.

„Warum?“, fragte er mit brüchiger Stimme. „Warum hast du das getan?“

„Sie haben es verdient“, blieb ich hart. „Hör auf, so ein Theater zu machen ...“

Mein Blick wanderte zu den zwei Getöteten. Sie lagen in einer Lache aus ihrem eigenen Blut. Ihre einst weißen Kleider waren verfärbt.

Der ängstliche Junge – mit dem ich jahrelang in dieselbe Klasse gegangen war – schüttelte heftig seinen Kopf. Ich erkannte die Tränen, die unter seiner Maske hervorquollen. Er weinte, und ich verstand nicht, warum. *Wieso geht ihm der Tod der beiden so nah?*

„Heulst du, weil ich deinen Onkel umgebracht habe?“, fragte ich ihn mit bittersüßer Stimme. „Was für eine Verschwendung, er hat sich nie für dich interessiert. Er war ein Scheusal, keine Träne solltest du für ihn vergießen.“

Sein Mund verzog sich, ein Zittern ging durch seinen Körper, als er sein Kinn zu mir emporreckte. Noch immer plagte ihn die Angst. Obwohl er mit einer Hand die Waffe umklammerte, konnte er sie nicht heben. Der Schock saß zu tief in seinen Gliedern.

„Er war nicht mein Onkel“, murmelte er. Ich blickte zu den beiden Toten. „Er war mein Vater.“

Es erklärte nur, warum sein Vater als Erstes nach der Klingenpeitsche gegriffen hatte. Am Ende hatte es nichts gebracht, denn meine Macht überstieg die seine.

Ein kaltes Lachen entwich mir. „Bist du sicher?“, säuselte ich. „Dieses Monster kann nicht lieben!“ Ich war nicht allwissend, selbst ich machte Fehler, wie ich mir eingestehen musste. Mein Verstand suchte verzweifelt nach einer Lösung für das Problem. *Kann es sein, dass man mir die Wahrheit sagte ... Dann ist er ...* Die Tragweite dieser Worte wurde mir immer bewusster und die Tragik dahinter auch.

Er klammerte sich an den blutbespritzten Saum meines einst weißen Mantels. „Man muss nicht lieben, um ein Kind zu zeugen. Meine Existenz war niemals geplant. Sie war ein Unfall. Ich hatte nie die Gelegenheit, mit ihm darüber zu sprechen, und jetzt hast du ihn getötet!“ Ein anklagender Unterton schwang in seiner Stimme mit. „All die Jahre tat er nichts, um mir zu helfen. Dafür habe ich ihn gehasst, und jetzt hast du ihn umgebracht ... Ich konnte nie über alles mit ihm reden.“ Seine Stimme versagte, als ein erneutes Zittern durch seinen Körper fuhr. Fest umklammerte er den Stoff meines Gewandes. „Ich will nicht sterben. Bitte töte mich nicht.“ Sein Flehen löste etwas in mir aus, doch ich blieb stumm. „Ein Leben, das ist alles, was ich mir wünsche." Verzweifelt hob er sein maskiertes Haupt. Ich brauchte seine Augen nicht zu sehen, um zu wissen, wie sein Blick in diesem Moment aussah. Hoffnung würde ich in ihnen erkennen.

Ein Schaudern erfasste meinen Körper. Die letzten Tage hatte ich mich für einen Gott gehalten, aber egal, wie mächtig ich war, Allwissenheit gehörte nicht zu meinen Fähigkeiten. Es schmerzte mich, die Wahrheit zu kennen.

Obwohl ich seinen Vater getötet hatte, erhob er nicht seine Waffe gegen mich. Alles, was er tat, war, um sein Leben zu bitten, dabei wusste ich, was ihm widerfahren war. Verunsichert sah ich auf ihn herab. Ich suchte nach einer Antwort. *Was soll ich tun?*

Ein zufriedenes Grinsen erschien auf meinem Gesicht, als ich meine Entscheidung getroffen hatte. Langsam beugte ich mich zu ihm hinunter, strich ihm mit meinen Fingern über die nasse Wange.

„Dein Vater war ein Scheusal. Sei froh, dass er tot ist. Wenn du wüsstest, was er tat, würdest du keine Träne um ihn weinen. Aber du musst nicht sterben", versprach ich ihm. „Du kannst mir helfen. Dann lasse ich dich am Leben." Ein böses Lächeln lag auf meinen Lippen. Er würde sich bald wünschen, ich hätte ihn getötet.

KAPITEL I

Der Abschied

ALEKSANDRA CZAPSKA

Dreizehn Jahre zuvor:

Mein Herz pochte wild in meiner Brust, als ich aus dem Fenster sah. Mein Zimmer befand sich in einem der höchsten Türme von Vaters Schloss. Jedoch konnte ich nichts erkennen, denn Nebelschwaden zogen an der Glasscheibe vorbei. Die farblosen Schleier verhüllten die Welt, weswegen ich keinen letzten Blick auf die Landschaft meiner Heimat werfen konnte. Das Anwesen meines Vaters lag auf einem Hügel, sodass man bei schönem Wetter das ganze Tal überblicken konnte.

Einst war das Königreich meines Dads das größte in Burengard gewesen. Heute gab es jedoch die herrschaftlichen sieben Königslande der alten Zeit nicht mehr. Die Carrascos waren ausgestorben. Ihr Land hatten vor Jahrhunderten die Gloucesters bekommen. Die Auslöschung der Familie du Vair lag nicht besonders lange zurück. Mein Vater hatte erlebt, wie sie sich gegen den Hochkönig aufgelehnt hatten und in einer blutigen Schlacht ausgelöscht worden waren.

Unsere Welt befand sich stets im Wandel. Die Drow hatten hier ihre Heimat gefunden, und meine Familie akzeptierte es seit Jahrhunderten. Denn Vaters Ländereien bestanden zum Großteil aus Wald, nur einige kleine Städte gab es. Das Nebelgebirge trennte uns von den Nachbarländern. Dieses war – wie der Name schon sagte – schuld an den dicken Nebelschwaden. Doch wenn das Wetter einmal schön war, konnte man tief im Wald die Bauten der Drow erkennen.

Enttäuscht senkte ich den Kopf. Nie wieder würde ich mit eigenen Augen die Landschaft erblicken, denn gleich würde ich aufbrechen.

Ich seufzte schwer, schritt durch mein Kinderzimmer. Heute war mein sechster Geburtstag. Trotz meines jungen Alters ließ Vater mich mit dem Schwert üben. Anders als jeder andere Lord machte sich Daddy nichts daraus, mich wie eine Dame aufzuziehen. Er sah nicht ein, warum eine Frau nicht dasselbe leisten konnte wie ein Mann. Besonders als sich meine magische Begabung gezeigt hatte, war sein Ehrgeiz erwacht. Denn seine einzige Tochter sollte ihren Brüdern in nichts nachstehen.

Papa hatte mir immer von seiner Schwester erzählt. Auch sie war als einzige Frau unter Jungs aufgewachsen. Nach den Erzählungen hatte sie so manchen Rittern in einem Zweikampf das Fürchten gelehrt. Es hatte nur wenige Männer gegeben, die sich mit ihr hatten messen können. Leider war sie noch vor meiner Geburt gestorben. Zu gern hätte ich sie kennengelernt, mich mit ihr unterhalten oder mich von ihr unterrichten lassen. Vater sprach oft von seiner kleinen Schwester. Jedoch erinnerten nur die Bilder im Schloss an sie.

Eilig tapste ich durch das Zimmer, den Koffer hatte ich gestern fertig gepackt. Alles war bereit für meine Abreise.

Zeitgleich bedeutete dies, dass ich mich von meiner Familie verabschieden musste. Denn ich war keine gewöhnliche Magierin. Laut den Legenden floss in meinen Adern das alte Blut der Drow, was mich zu einer Blutmagierin machte. Ich wusste, was mich in Saintboudon erwarten würde. Darauf hatte mich Vater seit einem Jahr vorbereitet. Dreihundertfünfundsechzig Tage mussten reichen, um alles überstehen zu können, was man in der Lehranstalt von mir erwartete. Aus diesem Grund war ich guter Dinge. Ich würde nach Hause zurückkehren.

In Gedanken versunken schritt ich die Treppe hinab. Zog meinen Koffer hinter mir her. Viel durfte ich nicht mitnehmen. So war mir das Packen leichtgefallen. Fast im Erdgeschoss angekommen, erblickte ich Vater. Mein Gepäck ließ ich einfach stehen und stürmte nach unten.

„Papa!“ Die letzten Stufen übersprang ich, bevor ich mich in seine Arme stürzte und er mich umarmte. „Papa ...“

Er strich mir durch das rote Haar, küsste meine Stirn. „Mein kleiner Schatz“, begrüßte er mich, bevor er mich hochhob und durch die Luft schwang.

„Ich werde dich so sehr vermissen“, nuschelte ich in seine Kleidung hinein, als er mich wieder an seine Brust presste.

„Ich dich auch“, erwiderte er.

Erst als ich mit beiden Füßen wieder auf dem Boden stand, erkannte ich Mutter. Gemeinsam mit meinen drei Brüdern wartete sie in der Eingangshalle.

Ein letztes Mal sah ich zu Vater hinauf, der nun mit mir hinaustrat. Sein dunkelblondes Haar war lang und fiel ihm zum Teil in die Stirn. Er trug einen warmen Pelzmantel, denn bei uns war es bitterkalt. Auch wenn kein Schnee lag, waren die Temperaturen eisig. In wenigen Wochen würde der Winter im Nebelland Einzug halten.

Ich roch an seinem Mantel, nahm seinen Geruch in mir auf. Alles wollte ich mir einprägen, bevor ich meine Familie verließ.

„Bist du bereit?“, fragte Dad mich.

„Ja!“, antwortete ich freudig und sah dabei in seine braunen gütigen Augen.

Mutter, die an uns herantrat, blickte mich traurig an. Sie hielt verzweifelt ihre Tränen zurück, schniefte in ihr Taschentuch. Ihr rötliches Haar fiel ihr über die Schultern. Meine beiden Brüder strahlten derweil über das ganze Gesicht. Fjodor besaß ebenfalls Mums rotes Haar. Er war Papas Erstgeborener und sein Nachfolger. Ilja sah Vater wiederum zum Verwechseln ähnlich, nur die grünen Augen hatte er von unserer Mutter.

„Ich beneide dich, Schwesterchen“, gestand Ilja.

„Willst du nicht tauschen? Ich gebe dir das Schloss, wenn ich an deiner Stelle gehen kann“, erklärte Fjodor.

Ich schüttelte den Kopf. „Nein, niemals. Zudem würden sie dich sowieso nicht aufnehmen."

„Aber es wäre einen Versuch wert." Er lachte auf, und wir stimmten ein.

Nur mein jüngster Bruder weinte. Thomasz klammerte sich an Mums Kleid, und die Tränen kullerten über seine Wangen. „Ich will nicht, dass du gehst", klagte er leise. „Aleksa soll bleiben!"

Matt lächelte ich ihn an. „Wir werden uns wiedersehen", erklärte ich ihm. Doch er wollte nicht aufhören zu weinen. Schwer seufzte ich. „Ich muss gehen. Aber bald werde ich zurück sein", versprach ich meinem zwei Jahre jüngeren Bruder. Auch wenn das ‚Bald' Jahre dauern würde.

„Ich weiß, dass du wiederkommst", sagte Vater und zwinkerte mir zu. Es war nicht selbstverständlich, dass alle angehenden Clericer diese Tortur überlebten, doch er glaubte an mich und meine Fähigkeiten. Er trat auf mich zu und legte mir seine Hand auf die Schulter. Als ich mich zu ihm umdrehte, konnte ich die Trauer in seinen Augen erkennen. Er wollte mich nicht gehen lassen, trotzdem wussten wir alle, dass es sein musste. Ein letztes Mal drückte er mich. „Pass auf dich auf, meine Kleine."

„Du musst dir keine Sorgen machen, ich weiß, was mich erwartet", tröstete ich ihn. Dann löste ich mich von ihm, drückte jeden meiner drei Brüder, bevor ich Mutter ein letztes Mal in den Arm nahm. „Wir werden uns wiedersehen", schwor ich ihr, bevor ich aus dem Schloss trat.

Die Droschke stand bereit. Selbst meinen spärlich gefüllten Koffer hatten die Diener auf die Gepäckablage geschnallt. Schwer seufzend stieg ich ein. Das mulmige Gefühl konnte ich nicht abschütteln. *Ich lasse alles hinter mir, das ich kenne.* Zur selben Zeit kamen die Zweifel. *Bin ich wirklich genug vorbereitet auf alles, was kommen wird?*

Immerhin stammte mein Wissen aus der alten Familienbibliothek. *Ist dieses noch aktuell oder hat sich in der Schule der Clericer mittlerweile alles geändert?* Das würde ich wohl selbst herausfinden müssen.

Ich spürte das Ruckeln, als sich die Kutsche in Bewegung setzte, und sah aus dem Fenster. Meine ganze Familie stand vor dem Schlosstor und winkte mir zum Abschied nach. Selbst einige der Diener waren gekommen. Freudig winkte ich ihnen zurück, bis sie aus meinem Sichtfeld verschwanden, erst dann wandte ich mich vom Kutschenfenster ab.

Ich würde zurückkommen, da war ich mir sicher. *Egal, was kommt, ich werde diese Prüfungen bestehen!*

HUNTER GLOUCESTER

Acht Monate später:

„Nein, nein, nein!“, schrie ich immer wieder und presste meinen Kopf an Mutters Kleid. Ich hatte mir meinen sechsten Geburtstag anders vorgestellt. Seit Vater mir die Nachricht überbracht hatte, dass ich gehen musste, wich ich nicht mehr von Mutters Seite. Heute war der Tag des Abschieds gekommen, doch ich war noch nicht bereit.

„Ich will nicht gehen. Mum, sag Dad, dass er jemand anderes schicken soll!“, flehte ich, während unzählige Krokodilstränen über meine Wangen kullerten.

Mutter fuhr mit der Hand durch mein helles Haar. „Ich wünschte, ich könnte ihn überzeugen, das musst du mir glauben, mein Liebling. Es wäre mein größter Wunsch. Aber niemand kann deinen Platz einnehmen.“

Ich vernahm ein Schnauben hinter mir. Für einen Augenblick hob ich meinen Kopf – die Neugier war zu groß –, dabei erkannte ich meinen älteren Bruder Cen, der im Türrahmen stand. Gemächlich schritt er auf uns zu.

„Reiß dich zusammen!“, wetterte er und blieb direkt vor mir stehen. Wie alle Gloucesters hatte er blondes Haar, blasse Haut und

Sommersprossen. Das Einzige, was nicht ins Bild passte, waren seine braunen Augen. Alle anderen von uns hatten blaue oder graue Iriden, einschließlich unserer Eltern. Wir sahen alle fast gleich aus, nur in unserer Größe unterschieden wir uns.

Seine Finger umklammerten mein Hemd, zerrten daran. „Komm, oder soll Vater dich so sehen?"

Der Knall, als Mutters Hand seine Wange traf, ließ mich kurz zusammenzucken.

„Fass ihn nicht an!", zischte sie.

„Aber, Mama, Papa sagt ..."

Ich hörte die Trauer in seiner Stimme. Cen hatte es nur gut gemeint, trotzdem war Mum wütend auf ihn.

„Raus!", fuhr sie ihn an. „Verschwinde aus meinen Augen! Dein Vater soll selbst kommen, wenn er was von mir will."

Mein Bruder verließ geschwind das Zimmer, ließ uns allein zurück. Ich weinte, auch wenn sich dadurch nichts ändern würde. Schweigend saß Mutter auf ihrem Sessel, während ich neben ihren Beinen kauerte und den Saum ihres Kleides umklammerte. Keiner von uns wollte den Raum verlassen.

„Cerys!", durchbrach Dads Stimme die Stille. „Es ist alles vorbereitet, lass den Jungen gehen!"

Schwer seufzend erhob sich Mutter aus ihrem Sessel, nahm mich bei der Hand und führte mich aus ihrem Gemach. Fest umklammerte ich ihre Finger mit der einen Hand und suchte mit der anderen Halt an ihrem bodenlangen grünen Kleid. Vaters Schritte hallten durch den schmalen Treppenabgang zu uns hinauf – er war vorgegangen, um sich dem Trauerspiel zu entziehen. Mum führte mich gemächlich zur Eingangshalle, die Tür stand sperrangelweit offen. Niemand aus meiner Familie wartete in der Halle, was bedeutete, dass sie bereits draußen waren.

Gemeinsam traten wir hinaus.

Erle Gloucester – mein Vater – stand genervt vor uns, seine Hand ruhte auf der Schulter seines ältesten Sohnes Duncan. Er besaß keine magischen Fähigkeiten oder war sonst etwas Besonderes. Sein Glück bestand darin, den Familienstammbaum weiterführen zu dürfen. Cen befand sich abseits der beiden. Sein Blick war stur auf den Boden gerichtet. Dad ließ ihn seinen Unmut darüber spüren, dass er selbst zu Mutters Gemächern hatte hinaufsteigen müssen. Jetzt, da ich bald fort sein würde, würde Mum auch das letzte ihrer geliebten Kinder verlieren. Alle hatte man ihr geraubt. Denn sie hing weder besonders stark an ihrem Ältesten noch an Cenred. Reid und Everette waren beide seit ihrem sechsten Lebensjahr auf der Magierschule Eletriel. Moira, Reids Zwillingsschwester, hatte uns ebenfalls vor einigen Monaten verlassen, denn sie wollte Henkerin werden.

In meiner Verzweiflung klammerte ich mich an Mums Rockzipfel. „Ich will nicht gehen!“

„Hör auf, so ein Theater zu machen!“, wetterte Vater. „Es ist nicht so, dass du nie wieder zurückkommen wirst.“

„Papa!“

„Dein Vater hat recht. Es wird nicht für lange sein, wir werden uns wiedersehen. Versprochen.“ Liebevoll küsste mich Mutter auf die Stirn, strich mir durch das blonde Haar. Sie wollte mir Mut machen. „Je mehr du dich anstrengst, desto schneller bist du wieder zurück. Dein Onkel wird ein Auge auf dich haben, das musste er mir versprechen.“ Sie streichelte mir über die verweinte Wange.

Jedoch ließ ich den Rock ihres Kleides nicht los, sondern drückte mein Gesicht fester in den Stoff. „Ich will nicht gehen. Bitte, Mama, bitte lass nicht zu, dass sie mich wegbringen!“

Vater packte mich am Kragen. Unsanft zerrte er mich von Mutter weg. „Hör auf damit!“, schrie er, hob seine Hand und schlug mich. „Ein Gloucester benimmt sich nicht wie eine Heulsuse.“

Entsetzt starrte ich ihn an. Vater hatte mich noch nie geschlagen, dementsprechend tief saß der Schock. Das nutzte er, um mich zur Kutsche zu schleifen.

„Du wirst unserer Familie keine Schande bringen, hast du verstanden?! Jeder von uns erwartet Großes von dir.“

Vor der Droschke stieß Papa mich zu Boden. Keiner war uns gefolgt. Ich war allein und fühlte mich ihm hilflos ausgeliefert. Mühsam rappelte ich mich auf und stieg mit einem unguten Gefühl in das Gefährt. Man hatte große Erwartungen an mich, dabei wusste ich nicht einmal, was mich an der Schule erwarten würde. Ohne Worte des Abschieds schlug Vater die Tür zu. Das Gefährt setzte sich in Bewegung, und ich ließ alles hinter mir. Es war ein Aufbruch ins Ungewisse.

Ängstlich kauerte ich auf dem weichen, gepolsterten Sitz, spähte aus dem Fenster. Dabei erblickte ich die Klippen, das blaue Meer, das sich dahinter bis zum Horizont erstreckte. Eine leichte Brise wehte durch die Graslandschaft und hinein durch das offene Kutschenfenster.

Noch immer liefen mir Tränen über die Wangen, auch wenn ich verzweifelt versuchte, sie zurückzuhalten. Der Abschied von meiner Familie schmerzte mich.

Die Fahrt ins Ungewisse zog sich die nächsten Stunden und Tage dahin, bis ich endlich mein Ziel erreichte. Meine Tränen waren bis dahin versiegt, ich konnte nicht mehr weinen. Als die Kutsche anhielt, gewann doch die Neugier und ich sah überrascht hinaus. Vor mir erstreckte sich die Schönheit der Natur in ihrer ganzen Pracht.

Ein maskierter Mann öffnete die Kutschentür, und unsicher stieg ich aus. Versuchte dabei, mir die Worte meines Vaters zu Herzen zu nehmen und meiner Familie keine Schande zu bereiten.

„Folge mir“, murmelte der Fremde und schritt voran in Richtung eines großen Gebäudekomplexes, das in einen steilen Hang gebaut worden war. Fast das gesamte Gebäude hatte man aus dem Stein geschlagen.

Ängstlich folgte ich ihm, traute mich nicht, zu reden. Nur eines fiel mir auf: Die Schule vor uns besaß kaum Fenster. Ich sprach es jedoch nicht an, sondern eilte hinter dem Mann in den weiß-schwarzen Gewändern her. Er lotste mich durch eine Tür, die in den Innenraum des Komplexes führte. Der Raum war steril und schlicht eingerichtet. Eine weitere Gestalt – welche die gleiche Kleidung trug wie er – stand darin.

„Hunter Gloucester", murrte der Mann, der mich von der Kutsche abgeholt hatte.

Der zweite fing augenblicklich an zu grinsen. „Wir erwarten Großes von dir. Landon Gloucester ist nicht umsonst der mächtigste Clericer des Landes und unser Oberhaupt."

Ich erschauderte bei dem Gedanken an meinen Onkel. Er war der Oberste Clericer und Schulleiter dieser Akademie.

Beide Männer fingen an zu lachen.

Der zweite trat näher zu mir. Angstvoll sah ich ihn an, als er mein Kinn packte. Sein musternder Blick glitt über mein Gesicht. Zufrieden grinste er mich an, strich mir mit seiner Hand – die in einem schwarzen Handschuh steckte – über die Wange. „Du hast ein süßes Gesicht. Schade, dass man es nie wieder sehen wird."

„Jacques!", zischte der erste Clericer und drückte mir ein Bündel Kleider in die Hand. „Mach ihm keine Angst."

„Tishon, ich tue unserem kleinen Gloucester schon nichts", säuselte er und leckte sich über die Lippen, bevor er mich los und uns alleinließ.

Tishon packte mich an der Schulter, scheuchte mich in den hinteren Teil des Raumes. „Zieh dich um!", forderte er und blieb vor dem Raumtrenner stehen.

Stumm folgte ich seinen Anweisungen. Zog die Kleidung an, die aus einem weißen Hemd, einer weiten Hose mit Stiefeln und einem schwarzen, langen, Kleid ähnlichen Gewand bestand. Dazu gab es ein weißes Übergewand in der Form eines langen Mantels und drei verschieden lange Umhänge. Das erste Cape reichte mir bis zu den Armen, das zweite – welches schwarz war – ging knapp über meine Brust und war eine Handbreit kürzer als das letzte helle darüber.

Unsicher, was auf mich wartete, trat ich umgezogen zu den zwei maskierten Männern. Jacques grinste hämisch, als er mich erblickte. Ich war nicht bereit dafür, egal, was jetzt folgte.

„Komm zu mir", forderte Jacques.

Widerwillig folgte ich seiner Aufforderung und blieb direkt vor ihm stehen. Jacques griff nach einem Helm, der so aussah wie der, den er auf seinem Kopf trug. Er war mit feinen Mustern überzogen, ein rotes Symbol prangte darauf, das soweit ich wusste, das Zeichen der Clericer war, und seitlich befanden sich zwei Widderhörner. Das Ding war grotesk und hässlich. Jacques setzte es mir auf. Sofort wurde alles um mich herum dunkel, nur wenn ich nach unten schaute, konnte ich ein wenig Licht erkennen.

„Komm“, murrte Tishon, schob mich langsam vorwärts.

Ängstlich streckte ich meine Arme aus, versuchte verzweifelt, mich in der Dunkelheit zurechtzufinden, was mir nicht gelang.

Nach wenigen Schritten blieben wir vor einem Tisch stehen. Jacques umfasste mein Handgelenk und drückte es auf die Tischplatte, dabei spürte ich einen kalten Gegenstand unter meinen Fingern. „Du wirst einen Schwur ablegen. Als Clericer wirst du unserer Vereinigung ewige Treue und Loyalität schwören.“

Stumm nickend wiederholte ich das, was er mir vorsagte: „Ich werde den Clericern treu und loyal dienen.“ Innerlich erschauderte ich bei dem Satz und musste an Vaters letzte Worte denken: *„Mach uns keine Schande!“*

„Ein Clericer liebt nicht“, vernahm ich die säuselnde Stimme von Jacques, der noch immer mein Handgelenk festhielt. „Du wirst nie wieder jemanden lieben, denn wir sind hier, um das Gleichgewicht zu wahren.“

Entsetzt horchte ich auf.

Ich soll was?

Mit wispernder, brüchiger Stimme sagte ich: „Ich entsage jeglicher Liebe.“ Zwar sprach ich diesen Satz nicht aus Überzeugung, trotzdem spürte ich, wie auf einen Schlag sämtliche Wärme aus meinem Gliedern wich. Allein der metallene Gegenstand unter meinen Fingern glühte auf. Auf einmal drang kein Fünkchen Licht mehr durch die Maske, die meine Augen bedeckte. Die ganze Umgebung war in Dunkelheit gehüllt, und Kälte breitete sich in meinem Körper aus. In meiner Angst dachte ich an die Person, die ich am meisten liebte. Mutter. Niemals würde ich aufhören, sie zu lieben. Meine Gliedmaßen wurden taub, und ich spürte, wie die Kälte auf einmal innehielt und nicht bis in das Innerste meines Herzens vordrang. Sie zog sich zurück.

Jemand zerrte meine Hand von der Tischplatte weg. Erleichtert atmete ich auf, bis man mir etwas um den Hals hängte. Ich erschauderte, spürte, wie Tishon mich durch das Zimmer schob.

Irgendwo im Raum blieben wir stehen. Hinter mir vernahm ich Schritte, spürte die Hände von Jacques an mir. Er gab mir einen Schubs. Ich stolperte, fiel auf den harten Boden. Überrascht lag ich der Länge nach auf den Dielen und war unfähig, mich zu rühren, denn die Angst lähmte mich. Sekunden später hörte ich, wie eine Tür ins Schloss fiel.

Ich bin allein!

Die Angst kroch in meine Glieder. Trotzdem erhob ich mich, tastete mich blind vorwärts. Verzweifelt suchte ich einen Anhaltspunkt, da berührte ich etwas. Es war nackte Haut. Vor mir stand eine Person, deren Gesicht ich nun betatschte. Sie trug ebenfalls eine Maske.

Erschüttert hob ich den Kopf, erkannte aber nichts außer Dunkelheit. „Wer bist du?"

„Du musst deine Magie einsetzen", antwortete die Person mit sanfter Stimme. Es war ein Mädchen. Ihre Hände berührten mich. „Wenn du es nicht lernst, wirst du nicht lange unter uns weilen."

„Meine Magie?", fragte ich entsetzt. „Das kann ich nicht!"

„Du musst es erlernen." Sie umfasste meine Arme. „Folge mir. Es gibt bald Essen." Die Unbekannte machte eine Pause, und ich spürte ihren Atem auf meiner Haut, sie war ganz nah. „Sie beobachten uns die ganze Zeit. Aus diesem Grund musst du ihnen zeigen, dass du fähig bist, mit der neuen Lebenssituation klarzukommen", flüsterte sie mir ins Ohr.

„Kannst du sie sehen?"

„Nein. Aber ich weiß es. Nur die Stärksten überleben die Ausbildung zum Clericer. Darum musst du stark sein."

Verzweifelt nickte ich ihr zu. „Ich versuche es“, versprach ich und sah in die Richtung, in der ich ihren Kopf vermutete. „Wer bist du?“

„Aleksandra Czapska. Ich werde dir helfen. Vertraue mir und gebe dir Mühe, ihre Aufgaben zu erfüllen. Nur so wirst du hier lebend rauskommen.“

Stumm nickte ich. Hielt verzweifelt meine Tränen zurück, denn ich war mit allem überfordert.

Ich war in der Höhle eines Drachen gelandet, anders konnte man diesen Ort nicht beschreiben.

Wie soll ich das alles überleben? Ich bin verloren!

KAPITEL II
Die Prüfung

HUNTER GLOUCESTER

Zehn Jahre später:

Ich hatte die letzten Tage mein Zimmer nicht mehr verlassen. Die Geschehnisse der Zwischenprüfung saßen mir noch zu tief in den Knochen. *Warum ist es so weit gekommen?,* fragte ich mich dauernd. Ich hätte es verhindern können, ich hätte es müssen, aber ich habe versagt.

Tränen liefen über meine Wangen, als ich erneut daran dachte, was an jenem Tag passiert war. Ein Zittern ging durch meinen Körper, und ich konnte ein lautes Schluchzen nicht unterdrücken. Die Bilder tauchten wieder vor meinem inneren Auge auf. Ich war in einem Strudel aus bösen Erinnerungen gefangen.

Vor mir erkannte ich meinen Onkel. Ein arrogantes Lächeln lag auf seinen Lippen. Erhaben saß er auf seinem Stuhl und sah uns an. Sein Blick ließ mich erschaudern. Links von ihm stand Jacques d'Orléans. Die Hände hatte er vor der Brust verschränkt, sein Blick war auf mich gerichtet und ein finsteres Lächeln umspielte seine Mundwinkel. Rechts von Landon Gloucester befand sich unser zweiter Klassenlehrer Tishon Leinster. Sein Körper war angespannt, seine Kiefer fest aufeinandergepresst. Anders als die zwei anderen schien er nicht so viel Freude an der Zwischenprüfung zu haben.

Oder irre ich mich? Vielleicht will er ja nur den Anschein erwecken?

Mein Onkel, der Schulleiter, erhob sich von seinem Stuhl. Sein Blick schweifte über meine Klasse und blieb schließlich an mir hängen.

„Die Prüfungsergebnisse erfreuen mich sehr", sprach Landon, doch trotz seiner freundlichen Worte spürte ich, wie sein Blick mich durchbohrte. Dabei konnte ich seine Augen unter der Maske nicht sehen. „Unser fünftbester Schüler war Abel Abravanel, deine Leistungen haben sich deutlich verbessert, das freut mich. Deine Familie wird stolz auf dich sein. Du bist der Beweis, dass sich das magische Blut erneuern kann. Viele sollten sich ein Beispiel an dir nehmen", tadelte er uns, und ich wusste, dass seine Worte indirekt an mich gerichtet waren.

Ich verzog keine Miene, konnte aber sehen, wie ein schwaches Lächeln auf Abels Gesicht erschien. Blaire de Gomberville klopfte ihm auf die Schulter. Die beiden Familien verband ein enges Band der Freundschaft, das sich trotz des schwachen Blutes der Abravanels nicht gelöst hatte. Sie standen ihren Verwandten bei, auch wenn der Rest der Adligen sie dafür belächelte.

„Die Viertbeste war heute Sylvia Langhorne", sprach Landon mit lauter Stimme, und ich wandte mein Gesicht wieder zu ihm. „Das ist eine Leistung, die wenig überrascht. Aber es ist schön zu sehen, dass du nicht nachlässt und dich auf deinen Taten ausruhst."

Sylvia deutete lächelnd eine Verbeugung an. Ihr hellen Haar hatte sie zu zwei Zöpfen gebunden, die unter der Maske hervorschauten.

„Der dritte Platz ...", mein Onkel wandte sich von mir ab und fixierte jemand anderes, „geht an unseren stets Drittbesten", setzte er höhnisch an, und ein breites Lächeln erschien auf seinem Gesicht. „Zu mehr bist du wohl nicht fähig, Yvain Leinster", tadelte er Tishons Neffen vor uns allen.

Mein Onkel ist ein echter Sadist, *dachte ich mit zusammengebissenen Zähnen.*

„Ich werde mir das nächste Mal mehr Mühe geben", wisperte der Blonde zu meiner Rechten und senkte seinen Kopf.

„Wenn es beim nächsten Mal nicht bereits zu spät ist", säuselte Landon. „Jedenfalls haben wir auf dem zweiten Platz Clayton Mandeville."

Clayton lachte auf und verzog dann missbilligend seinen Mund zu einem schmalen Strich. „Du wirst mich niemals bezwingen, Yvain. Als würde ich mich von einem Bastard fertigmachen lassen", zischte dieser, und ich konnte sehen, wie er seinem auserkorenen Opfer gegen das Schienbein trat. Doch Yvain verzog keine Miene, kein Wort kam über seine Lippen. Clayton war gefährlich, das wusste jeder von uns. Sich mit ihm anzulegen, wagte kaum jemand. Yvain, welcher der uneheliche Neffe von Tishon Leinster war, war Claytons Prügelknabe. Mein Onkel unternahm jedoch nichts gegen diese Ungerechtigkeit, er schien blind für solche Dinge zu sein.

„Die Nummer eins", sprach er stattdessen, „ist Aleksandra Czapska. Das wird niemanden überraschen, schließlich war sie in all den Jahren, die sie nun schon bei uns ist, stets die Beste. Glückwunsch, dass du weiterhin deinen Platz so tapfer verteidigst", sagte Landon und sah für einen Moment Aleksa an, die links von mir stand, bevor sein Blick zu mir wanderte. „Aber es gibt bei jedem Tournier auch die Schlechtesten. Leider sind diese Plätze genauso festgefahren wie bei den obersten Rängen. Es überrascht mich kaum, dass Nummer neunzehn Kimball Allingham ist, genauso wenig, dass der zwanzigste Platz an Lindsey Wessex geht – doch am meisten enttäuscht mich, dass mein Neffe das Schlusslicht bildet." Bei den Worten zuckte ich zusammen. Sah zur Seite und wünschte mir, dass alles schnell vorbei wäre. „Ihr solltet es nicht als überragende Leistung ansehen, dass ihr es von den ehemals vierzig Anwärtern gerade mal auf diese Plätze geschafft habt. Wer schwach ist, wird nicht lange leben, das solltet ihr nicht vergessen!", fauchte er uns an. Oder besser mich. Ich war der Meinung, dass diese Worte allein mir galten. Oft fragte ich mich, wie meine Mutter jemals nette Worte für den Bruder meines Vaters hatte finden können. Er war ein Monster.

Landon setzte sich wieder. Erleichtert seufzte ich. Es ist vorbei!

„Hunter, Lindsey und Kimball, tretet vor", sprach auf einmal Jacques und schritt zum Rand des Podiums.

Ich folgte nach Luft schnappend seiner Anweisung.

Es ist doch noch nicht vorbei!, *korrigierte ich mich in Gedanken. Ich betete stumm zu Sona, dass es nur bei einer Tracht Prügel bleiben würde.*

„Da ihr alle drei gleich jämmerlich abgeschnitten habt, habe ich eine Aufgabe für euch.“ Er zog einen Dolch aus seiner Manteltasche hervor.

Lindsey machte sich klein, als könnte er sich so in Luft auflösen. Kimball stand derweil stumm da.

„Es ist nichts weiter als ein kleiner Test“, säuselte Jacques d'Orléans, hob das Messer und warf es auf den Boden. „Die Aufgabe ist, einen von euch zu töten. Aber keine Sorge, es kann nichts passieren, wenn ihr euren Schwur einhaltet.“

Kim zuckte zusammen, als er dies hörte. Ich schnappte nach Luft, und Lindsey blickte zuerst zu uns, dann zum Messer. Bevor ich etwas sagen konnte, hechtete er nach vorn, griff nach der Klinge und hielt sie schützend vor sich.

Er hatte Angst, was mich nicht verwunderte. Kim und ich waren Freunde. Es war klar, dass wir zusammenhalten würden, und gegen uns zwei hätte er keine Chance. Ich sah, wie sich Kimball auf ihn zubewegte. Hastig trat ich vor meinen Freund. Auch wenn Lindsey das Messer besaß, fürchtete ich mich nicht vor ihm.

„Es muss niemand sterben“, redete ich auf ihn ein. „Wenn wir uns nicht bekämpfen, können sie uns nicht dazu zwingen!“

Lindsey zuckte zusammen. Er bewegte sich nicht mehr, schaute zu mir. Es war, wie ich vermutete.

„Leg das Messer weg!“, befahl ich ihm. „Kim und ich werde dir nichts tun.“

Seine Hände zitterten. Ich konnte sehen, wie er seinen Kopf bewegte, zunächst zu Jacques und dann zu mir schaute. Er haderte mit sich, griff aber nicht an.

„Aber ...“, wisperte er.

„Es wird uns nicht passieren. Vertraue mir“, sprach ich weiter auf ihn ein. „Wir tun dir nichts. Auch wenn wir keine Freunde sind, wollen wir nicht deinen Tod.“

Lindseys Hand bebte, als er langsam das Messer sinken ließ und auf den Boden legte. Dann trat er einige Schritte weg.

Mein Blick wanderte zu Landon, der seelenruhig auf seinem Stuhl saß. Meine Worte und Taten hatten ihm noch nicht die Laune verdorben.

Das ist mein Sieg! Oder überspielt er nur seinen Zorn?, *fragte ich mich.*

Ich erkannte einen Schatten aus dem Augenwinkel, doch ehe ich reagieren konnte, war es bereits zu spät. Kim schnappte sich das Messer, stürzte sich auf Lindsey und rammte es ihm in den Hals. Er fiel auf den Boden. Ich sah das Blut aus seiner Kehle fließen und starrte mit weit aufgerissenen Augen zu meinem Freund. Das wollte ich nicht!

„Sie hätten uns nicht verschont", sagte Kim. „Jemand muss sterben, und deine Taktik war gut. Du hast ihn Hoffnung schöpfen lassen, sonst wäre es schwer geworden, ihn zu überrumpeln."

Meine Knie gaben unter mir nach, und ich sank auf den Boden, umklammerte mit meinen Händen meinen Helm.

„Es war kein Trick!", schrie ich laut. Und trotzdem ist es meine Schuld.

Jacques trat auf den blutenden Lindsey zu. Half ihm aber nicht, sondern nahm ihm nur seine Uhr ab. „Dieser Angriff ist nicht tödlich, zumindest nicht für einen richtigen Clericer", richtete er das Wort an die Anwesenden.

Aber ich wusste es besser. Lindsey war wie ich, darum hatten wir beide solch schlechte Karten. Wir beide hatten unsere Gefühle nicht im Griff, hatten der Liebe nicht gänzlich abgeschworen.

Auf allen vieren kroch ich auf ihn zu. Das weiße Gewand hatte sich vom Blut verfärbt. Ich wusste, dass ich ihm nicht helfen konnte. Trotzdem griff ich nach seiner Hand, hielt sie fest.

„Eine gewöhnliche Taschenuhr", säuselte Jacques. „Mehr ist es nicht. Eure Gefühle sind eure Stärke und zugleich eure Schwäche."

Kim rührte sich nicht. Keinen Millimeter bewegte er sich, sah nicht mal zu Lindsey. Währenddessen stiegen mir Tränen in die Augen.

Dieser Ort ist grausam. Ich will weg von hier, weit weg!, *flehte ich innerlich.*

Keiner unternahm etwas. Niemanden interessierte es, ob Lindsey starb oder nicht. Weder seine Freunde noch seine Klassenkameraden, schon gar nicht die Lehrer oder meinen Onkel. Ich war der Einzige, welcher kein Monster war.

Lindsey röchelte, spuckte Blut und auf einmal erschlaffte sein Körper. Neben mir hörte ich, wie Metall auf den Boden aufschlug, dann trat die Uhr in mein Sichtfeld. Ihr Deckel war geöffnet, die Zeiger waren stehengeblieben.

Es ist vorbei ...

„Jetzt seid ihr nur noch zwanzig, meinen Glückwunsch", wandte sich Landon an uns, und mir wurde bei seinen Worten schlecht. Am liebsten hätte ich mich übergeben.

Ich war von Monstern umgeben. Sie alle wussten, dass ich genauso war wie Lindsey, und könnten mich töten, wenn sie wollten. Aber warum taten sie es dann nicht einfach?

Ich hatte mich wie in Trance auf das Bett gesetzt, meine Hände erhoben und weinte. Dicke Tränen rannen über mein Gesicht, als die Erinnerungen hochkamen.

Warum muss ich versagen?, fragte ich mich immer wieder. *Ich hätte Lindsey retten können, egal, was Kim sagt. Er hätte nicht sterben müssen.*

„Hunter", wisperte eine Stimme, und mein ganzer Körper spannte sich an.

Erschrocken wandte ich mein Gesicht zur Tür.

Wer ist hineingekommen?

Mein Herz hämmerte gegen meine Brust, und ich schnappte nach Luft. Seit jenem Tag begleitete mich die Angst überallhin.

„Warum bist du eingetreten, ohne nach meiner Erlaubnis zu fragen?", rief ich entrüstet aus.

„Das habe ich doch, sogar mehr als einmal. Ich mache mir Sorgen um dich."

ALEKSANDRA CZAPSKA

Als ich damals in die Kutsche gestiegen war, hatte ich gewusst, auf was ich mich eingelassen habe. Es war nicht so, dass ich meine Familie nicht liebte. Aber meine Liebe zu ihnen machte mich angreifbar. Sie machte mich schwach. Nicht umsonst hatten Clericer keine Familien, im Grunde nicht einmal Freunde. Deswegen war meine tiefe Freundschaft zu Hunter sehr gefährlich für mich. Sie war mein wunder Punkt.

Seit dem Tag seiner Ankunft wollte ich ihn beschützen. Ich hatte nicht gewusst, wer er war, aber als er vor mir gestanden und mich mit seiner ängstlichen Stimme um Hilfe gebeten hatte, hatte ich nicht anders gekonnt, als ihm zu helfen. Der unsichere Junge mit dem großen Herzen wich seitdem kaum von meiner Seite. Wir waren Freunde geworden, und ich schützte ihn vor allem und jedem.

Die Prüfung hatte mich in eine gefährliche Lage gebracht, denn jeder unserer Mitschüler hatte sehen können, wie schwach Hunter war. Es wäre für jeden Clericer ein Leichtes, ihn umzulegen, wenn er wollte. Denn es kümmerte niemanden, was wir taten. Es war allein die Angst, dass Landon doch mehr an seinem Neffen hing, als er zugeben wollte, die alle davon abhielt, ihn kaltzumachen. Vor allem Clayton traute ich zu, Hunter töten zu wollen, aber er ließ ihn in Ruhe und konzentrierte sich lieber auf Yvain, der deutlich stärker war.

Landons Selektion hatte bereits ihre Spuren hinterlassen. Wie es schien, spielte es für ihn keine Rolle, ob wir zwanzig oder nur acht

Anwärter waren, die am Ende die Prüfung zum Clericer bestanden. Er nannte es das Überleben der Stärkeren. Ich nannte es Mord.

Darum musste ich Hunter schützen. Das war das einzige Positive an den Regeln der Clericer: Wenn jemand meinen Freund angriff, konnte ich ihn kaltmachen, ohne eine Strafe zu kassieren.

Bisher war jedoch noch niemand durch seine Tür getreten. Niemand trachtete ihm nach dem Leben. *Oder sie wissen, dass ich auf ihn aufpasse, und fürchten mich zu sehr, um es zu probieren.*

Dies wäre die zweite Möglichkeit.

Unzählige Male klopfte ich an seine Zimmertür, doch Hunter reagierte nicht. Nicht einmal auf meine Rufe. So öffnete ich sie einfach, denn er hatte schon seit Tagen sein Zimmer nicht mehr verlassen. Weder zum Essen noch für irgendetwas anderes. Drei mit Käse belegte Brote hielt ich in der Hand, als ich eintrat. Das Bild, das sich mir bot, war typisch für ihn. Hunter saß weinend auf dem Bett. Lindseys Tod machte ihm zu schaffen. Sie waren keine Freunde gewesen, aber das änderte nichts an seiner Denkweise.

„Hunter", wisperte ich.

Erschrocken wandte er mir sein Gesicht zu. „Warum bist du eingetreten, ohne nach meiner Erlaubnis zu fragen?", rief er entrüstet aus.

„Das habe ich doch, sogar mehr als einmal. Ich mache mir Sorgen um dich", erwiderte ich bissig, dann entwich mir ein Seufzen. „Ach, Hunter." Ich legte die Brote auf den Nachttisch und setzte mich zu ihm auf das Bett. Umarmte ihn. Sein Körper zitterte, seine Tränen tropften auf meine Kleidung und durchnässten sie. „Du hättest nichts tun können. Es ist nicht deine Schuld."

„Doch", war alles, was er über seine Lippen brachte. „Ich habe ihm gesagt, dass nichts passiert.“ Seine Stimme brach ab, wurde zu einem Wimmern.

„Kim hat es getan. Du konntest nicht wissen, was er vorhatte“, appellierte ich an sein Gewissen. *Er soll endlich aufhören, sich die Schuld an allem zu geben!*

Hunter senkte seinen Kopf auf meine Schulter. „Ich konnte ihn nicht retten.“

Als Antwort packte ich ihn fester und zog ihn etwas von mir weg. „Niemand konnte das. Oder glaubst du, dein Onkel hätte seine Meinung geändert? Es war ein Test!“ Mit beiden Händen umklammerte ich seine Schultern, sah ihn an und hoffte, dass er endlich zur Besinnung kam. „Ich sage es nicht gern, aber diese Prüfung bereitet uns auf die Welt da draußen vor. In der Not muss man schwierige Entscheidungen fällen“, fuhr ich mit fester Stimme fort. Es fiel mir schwer, aber Hunter musste die Wahrheit hören, ob er wollte oder nicht. „Wenn du dich jetzt nicht zusammenreißt, dann wird dein Leben sehr schnell enden. Alle wissen, dass du schwach bist. Bitte, Hunter!“ *Er muss es endlich verstehen ... Bitte ...*

Seinen Kopf hielt er gesenkt. Keine weiteren Tränen rannen über seine Wangen. „Es ist grausam“, wisperte er, „uns auf diese Art auf das Leben vorzubereiten. Aber du hast recht. Ich hätte nichts tun können.“ Seine Schultern hingen schlaff hinunter, er starrte auf den Boden.

Endlich hatte er es begriffen.

„Wenn du deine Familie wiedersehen willst, musst du für sie kämpfen. Ein paar Tage noch, dann ist alles vorbei“, versuchte ich, ihm einen Anker zu geben, an dem er sich festhalten konnte.

Er wischte sich mit dem langen weißen Ärmel seines Hemdes über die Wangen. Hob zaghaft den Kopf. „Du hast recht.“ Seine Worte hörten sich nicht zuversichtlich an, aber es war immerhin ein Anfang.

Ich griff nach seiner Hand, erhob mich und zog ihn hinter mir her. „Lass uns rausgehen, dieses Zimmer ist einfach nur bedrückend.“ Kurz wanderte mein Blick an den kargen Steinwänden entlang und zu dem kleinen Fenster, welches die einzige Lichtquelle war. Saintboudon war mitten in den Felsen gehauen. Bis auf den Speisesaal, der mit großen Buntglasfenstern geschmückt war, war alles karg und steril. Doch wir brauchten kein Licht, um sehen zu können. Mithilfe unserer Magie gelang es uns, selbst durch die Maske unsere Umgebung wahrzunehmen, aber keine Farben. Daher gab es hier kaum einen bunten Raum. Niemand machte sich die Mühe, etwas zu erschaffen, das niemand ansehen konnte. Jedes Zimmer und jeder Klassenraum waren genau gleich eingerichtet. Allein die Bibliothek mit der angebauten Kapelle hob sich von dem Rest ab. Sie war neben dem Speisesaal das einzige Highlight der Schule.

Mein Ziel war der Hof. Hunter sollte an die frische Luft, etwas Sonne tanken und im Schatten einer der Bäume auf andere Gedanken kommen.

Ich trat mit ihm auf den spärlich beleuchteten Gang, der allein von ein paar Fackeln erhellt wurde, und schloss seine Tür hinter uns. Nahm seine Hand und zog ihn hinter mir her.

„Bist du endlich wieder aus deinem Zimmer gekommen?“, vernahm ich die Stimme von Kimball direkt hinter mir.

Überrascht drehte ich mich zu ihm um. Der Clericer stand in seinem weiß-schwarzen Gewand vor mir, seinen Kopf stolz erhoben.

Hunter zuckte zusammen, und ich spürte, wie er sich hinter mir versteckte. Hinter Kim konnte ich unsere anderen Freunde erkennen. Sylvia Langhorne war bei ihm und verpasste ihm eine.

„Morgen geht es nach Hause“, sagte sie und fixierte mit ihrem Blick eine weitere Person, die hinter Kim stand.

„Ich will nicht nach Hause, nicht nach dieser netten Prüfung“, nörgelte Blaire de Gomberville lautstark. „Meine Familie wird so enttäuscht sein. ‚Wir haben Besseres von dir erwartet‘“, äffte er die Stimme seines Vaters nach.

„Du solltest nicht so abschätzig von dir reden“, wandte Abel ein.

„Wirklich?“, erwiderte Blaire verächtlich und verschränkte die Arme vor der Brust. „Meine glorreiche Familie hat hohe Ansprüche an mich. Du kennst meinen Vater und unsere gemeinsame Familiengeschichte, wie wir dem Lord von Sturmkap halfen und blablabla ... Dieses ganze Helden-Gesülze mit Helfen, Retten und großer Dankbarkeit. Ich werde nicht nach Hause gehen. Soll sich jeder über deinen Erfolg freuen."

Ich war Blaire dankbar, dass er die ganze Aufmerksamkeit auf sich lenkte und so Hunter entlastete.

„Du wirst mit mir kommen", mischte sich Abel ein. „Sich vor seinen Problemen zu drücken, wird sie nicht weniger klein machen! Wenn du mehr mit mir übst, dann ..."

„Bringt es auch nichts. Dieser Aasgeier d'Orléans wird meinem Vater eh alles erzählt haben." Theatralisch warf er die Hände in die Luft. „Ich habe die Briefe von ihm gar nicht mehr geöffnet."

Langsam wird es mir zu bunt. Blaires Hilfe war nett, aber er übertreibt und steigert sich total in die Sache hinein. Typisch für ihn.

Alle wussten, wie gut sich sein Vater Antoine mit Jacques d'Orléans verstand. Sie kannten sich von früher und hegten daher regen Kontakt miteinander.

„Ich wollte einen Vorschlag machen", unterbrach Kim ihn mit bestimmter Stimme. „Es ist einer unserer letzten Tage hier, bevor wir unsere Ausbildung außerhalb von Saintboudon beginnen." Ein breites Lächeln erschien auf seinem Gesicht, und er trat einen Schritt auf mich zu. „Wie wäre es mit einer Mutprobe? Schauen wir uns den Heiligen See auf dem Dach an."

„Das ist verboten!", entwich es mir, und ich trat ebenfalls einen Schritt auf ihn zu. „Weißt du, was es bedeuten könnte, wenn sie uns erwischen?"

„Wir sollten uns nicht erwischen lassen", erwiderte er siegessicher. Die Zwischenprüfung hatte offenbar keinen guten Einfluss auf ihn gehabt.

„Ach, komm, Aleksa, sei nicht so", wandte Sylvia ein. „Lass uns einen kurzen Blick riskieren – oder fragst du dich nicht, wie er aussieht?" Sie zog Kim zu sich und zwängte sich zwischen uns. „Sag bloß, du hast Angst, dass ein kleiner Ausflug deine guten Noten zerstören könnte?“

„Wir können gehen“, hörte ich Hunter hinter mir flüstern.

Verwundert wandte ich mich zu ihm um. „Willst du das wirklich?“

„Ja.“

„Dann lass uns gehen“, erwiderte Kim und schritt an mir vorbei zur Treppe.

Argwöhnisch sah ich ihm nach. Ich hielt das für keine gute Idee, aber sie hatten mich überstimmt.

Hunter berührte meine Hand. „Ich hoffe, dass ich nie wieder hierher zurückmuss.“

Für einen Augenblick wusste ich nicht, was ich erwidern sollte. Dann sagte ich: „Lass uns gehen.“

KAPITEL III

DER SCHWARZE TRÄNENSEE

ALEKSANDRA CZAPSKA

Schweigend folgte ich den anderen vier die Stufen hinauf in das oberste Stockwerk der Akademie. Eigentlich wollte ich Hunter mit dem Ausflug auf andere Gedanken und nicht in Gefahr bringen, doch nun gab es kein Zurück mehr.

Jeder von uns wusste, dass der Zugang zum Heiligen See versteckt war. Würden wir ihn also überhaupt finden?

Als ich in den Korridor trat, sah ich mich um. Aber es war nichts außer die Steinwände zu sehen.

Kim trat zur Wand und tastete sie ab. Er schien mit den Händen nach einer Unebenheit zu suchen. Obwohl er nicht der stärkste Clericer war, war er sehr intelligent.

Ich wandte meinen Blick von ihm ab und sah den leeren Gang entlang. Es war niemand da. Ich fasste nach Hunters Hand, hielt sie fest und flüsterte leise: „Ich weiß nicht, ob das eine gute Idee war."

Er schwieg.

Irritiert sah ich zu ihm und bemerkte erst dann, dass er mich nicht anschaute. Ich wandte meinen Kopf um und blickte in die andere Richtung. Mein Körper spannte sich an, als ich ihn erkannte.

Yvain.

Er war aus der Tür getreten, hatte sie hinter sich ins Schloss fallen lassen und schritt auf uns zu.

„Was macht ihr hier?“, herrschte er uns an. In seiner Stimme schwang Angst mit.

Ich trat vor Hunter. „Du hast hier nichts verloren“, erwiderte ich kühl. „Du bist kein Lehrer.“

Er blieb stehen, stemmte die Hände in die Hüften. „Dasselbe könnte ich euch fragen!“ Yvain war ein Einzelgänger, der sich mit niemandem aus unserer Klasse wirklich verstand. Er zog seit Jahren sein eigenes Ding durch, und niemand traute ihm über den Weg, weil er der Neffe von Tishon Leinster war.

„Leinster, bist du wieder dabei, dir einen Vorteil zu erschleichen?“, mischte sich Blaire ein. „Ich wette, du hast deinen dritten Platz nur, weil dein Onkel ein gutes Wort für dich eingelegt hat!“

Bei den Worten zuckte Yvain zusammen und wich vor uns zurück. Eigentlich hätte ich ihn gehen lassen, doch leider bestand die Gefahr, dass er uns verpfiff.

„Musst du Kröte immer auftauchen, wenn es gerade unpassend ist?“, warf Kim ein.

Blaire rannte an mir vorbei, packte Yvain am Kragen und drückte ihn an die Wand.

„Ihr sucht den See?“, schlussfolgerte Yvain richtig. Seine Stimme war kühl, und er hatte jedes Anzeichen von Angst aus seinem Gesicht verbannt.

Ich schritt auf die beiden zu, als ich sah, wie Blaire die Hand zur Faust ballte. Er war einen Kopf größer als Yvain, und ich griff nach seinem Arm.

„Nicht!“

„Er ist eine verfluchte Petze“, zischte er, „und hat es verdient!“

„Gewalt ist keine Lösung“, tadelte ich ihn. „Er soll uns begleiten. Dann hängt er mit drin und hat keinen Grund mehr, uns zu verraten.“

Ich war kein Freund von Gewalt und vermied sie, wenn ich konnte. Auch wenn Yvain mir unsympathisch war, nicht mal er hatte eine Tracht Prügel verdient. Trotzdem war mein Misstrauen ihm gegenüber groß.

Ein amüsiertes Lächeln umspielte Blaires Mundwinkel. „Dann komm mal mit.“ Der Hüne nahm ihn in den Schwitzkasten und zerrte ihn mit sich.

Ich folgte den beiden schweigend und vernahm kurz darauf Sylvias Aufschrei. Sie hielt sich sofort den Mund zu, und ich konnte den Durchgang in der Wand hinter ihr erkennen. Kim hatte den Eingang gefunden. Ich trat auf Hunter zu, nahm seine Hand und schritt mit ihm auf die Öffnung zu. Kimball ging als Erster durch die Öffnung, dicht gefolgt von Sylvia.

Mein Blick glitt nochmals zurück zu Blaire. Doch Yvain leistete keine Gegenwehr. Mit dieser Erkenntnis folgte ich den anderen beiden und zog Hunter mit mir.

An der Wand erkannte ich die Fackel, hinter der ein Mechanismus verborgen war. Ein sanftes Lächeln erschien auf meinen Lippen. *Kein Wunder, dass Kim den Eingang gefunden hat. Das war wirklich zu leicht.*

Dahinter führte eine Treppe nach oben. Sie war schmal und in den Felsen gehauen. Das Tageslicht schien von oben hinein, und am Ende des Aufstiegs befand sich ein eisernes Tor.

„Ihr solltet das nicht tun!“, hörte ich Yvain rufen. „Landon Gloucester wird davon erfahren. Der See ist das Heiligtum der Schule! Das wird Konsequenzen für uns haben.“

„Halt die Klappe, Leinster!“, herrschte Blaire ihn an. „Wenn du deine Fresse nicht aufmachst, wird er es niemals herauskommen!“

Abel bildete das Schlusslicht und schaute zurück. Doch es war nichts zu hören.

„Das war keine gute Idee …“, flüsterte Hunter neben mir, und ich sah überrascht zu ihm. Fest umklammerte er meine Hand, ein Zittern ging durch seinen Körper.

Er hatte recht, doch es war zu spät. Im nächsten Augenblick traten wir hinaus aus dem Gang und auf eine Grünfläche. Mit wachsamem Blick betrachtete ich die Umgebung. Rasen bedeckte den Boden. Das sogenannte Dach der Schule war ein gewaltiger Platz, in dessen Mitte ein kleiner See ruhte. Eine schwungvoll gestaltete Säule stand neben dem Gewässer. Sie ragte wie ein mahnendes Monument in die Höhe und verströmte eine düstere Atmosphäre. Am Rand der Rasenfläche erstreckte sich ein kleiner Wald. Er war dicht bewachsen, und dahinter erhob sich die steile Felswand. Der Berg, in welchen die Akademie geschlagen worden war, überragte die Schule um einige Hundert Meter.

Neugierig trat ich näher an das Gewässer und schaute hinein, aber konnte seinen Grund nicht sehen.

„Er hat recht, mein Onkel wird es erfahren“, wimmerte Hunter, und seine Hand entglitt mir. „Das ist der dunkle Tränensee ...“

Ich wandte mich zu ihm um. „Was sagst du da?“

„Ich erinnere mich wieder. Mein Onkel hat mit Vater darüber gesprochen, als ich noch klein war. Wir müssen hier weg! Yvain hat recht, wir hätten niemals hierherkommen dürfen.“ Seine Stimme war lauter geworden, und ich sah zu Kimball und Sylvia, die um den See herumliefen. Abel stand nur einige Meter von mir entfernt und wandte uns sein Gesicht zu. Er schien Hunters Worte gehört zu haben.

Besorgt sah ich zu meinem Freund. Sein ganzer Körper zitterte. Ein lauter Schrei erfüllte die kurz eingetretene Stille. Ich löste mich von Hunters Anblick und sah zu Blaire, der zurücktaumelte. Dabei hielt er sich die Hand vor das Gesicht. Blut trat zwischen seinen Fingern hindurch.

Yvain stand mit einem breiten Grinsen vor mir, in seiner Hand hielt er die Klingenpeitsche. „Ihr glaubt, ich habe den dritten Platz nicht verdient? Ich werde es euch beweisen!“

„Blaire, verschwinde und nimm Hunter mit!“, rief ich und trat einen Schritt auf Yvain zu. Umklammerte meine eigene Klingenpeitsche. Sie war ein Teil des Clericer-Gewandes und um die Hüfte eines jeden geschlungen. Wenn sie nicht im Einsatz war, diente sie uns als Gürtel.

Ich löste sie. „Überschätzt du dich nicht? Ich bezweifele nicht, dass du den dritten Platz verdient hast, aber hast du schon vergessen, dass ich die Klassenbeste bin?“

Noch hatte ich die Hoffnung, dass er zur Vernunft kommen würde. Doch Yvain schien keine Angst zu haben, holte mit der Peitsche aus und schlug sie mir entgegen.

Ich hielt den Schlag mit der meinen ab.

„Du verfluchter Mistkerl!", schrie Blaire. Aus meinen Augenwinkeln sah ich, dass er mit Hunter beim See stand, gemeinsam mit Abel. „Zeig es der Ratte! Von mir aus lernen wir ihm danach das Fliegen."

Ein spöttisches Grinsen bereitete sich auf Yvains Lippen aus. „Blaire, wie feige bist du eigentlich, dass du dich von einer Frau beschützen lässt?", spottete er und fixierte mich. Ich spürte seinen Blick auf mir ruhen, auch wenn ich seine Augen durch die Maske nicht sehen konnte. „Bist du sicher, dass du mich besiegen kannst?"

Ich biss auf meine Unterlippe. Vom Können her war ich ihm überlegen, aber wenn er auf hinterhältige Tricks zurückgriff, würde es eng werden.

Ich antwortete ihm nicht, sondern hob meine Peitsche und schlug sie ihm entgegen, während er einen Zauber wirkte. Innerhalb von Sekunden sprühten Funken aus seiner Klingenpeitsche. *Yvain hat sie elektrisch aufgeladen!*, schoss es mir durch den Kopf. Mit einem Ruck riss er sie hoch, warf sie mir entgegen, doch ich konnte mit einer leichten Bewegung verhindern, dass sie mit meiner zusammenstieß. Sie durchschnitt die leere Luft. *Das ist ein Problem*, musste ich mir eingestehen. Die kleinste Berührung würde mir einen elektrischen Schlag verpassen. *Es gibt nur einen Weg ... Aber er darf nicht durchschauen, was ich vorhabe.*

Anstatt ihn weiter anzugreifen, ließ ich Feuerbälle in meiner rechten Hand erscheinen und schmiss sie ihm entgegen. Doch Yvain interessierte dies wenig. Mit einem magischen Schild ließ er jeden meiner Angriff abprallen.

Er ist gut. Das muss ich ihm lassen.

Das breite Lächeln auf seinem Gesicht entging mir nicht. „Du scheinst nicht besonders gut darin zu sein, gegen Menschen zu kämpfen."

„Du willst einen Kampf auf Leben und Tod?", konterte ich, wartete seine Antwort jedoch gar nicht erst ab, sondern rannte direkt auf ihn zu. Schwang meine Waffe durch die Luft und näherte mich immer mehr seiner elektrisch aufgeladenen Klingenpeitsche. Er holte mit ihr aus. Sekunden bevor sie mich traf, erzeugte ich ein Schild, an dem sie abprallte. Yvain holte erneut aus. Diesen Moment nutzte ich für mich. Mit einer Bewegung meiner Hand erhob sich das Wasser des Sees, schwappte über das Ufer. Viel zu spät durchschaute er meinen Trick. Der Wasserschall erreichte uns. Ich schützte mich erneut mit dem Schild. Er schrie laut auf, als er seinen eigenen elektrischen Schlag abbekam. Vor meinen Augen sank er auf den Boden. Selbst Clericer hatten mit diesen Stromstärken zu kämpfen. Keuchend stützte er sich ab und fixierte mich.

Ich war nicht so dumm zu glauben, dass der Zweikampf bereits entschieden war.

„Du ...“, keuchte er und erhob sich wieder.

Das Wasser neben mir spritzte in die Höhe. Ohne auf Yvain zu achten, blickte ich mich um und beobachtete schockiert, wie sich etwas aus dem Wasser erhob. Es waren die dicken Fangarme eines Riesenkalmars. In alle Himmelrichtungen streckte er sie aus.

Einer schoss auf mich zu, und ich hob eilig die Waffe, schlug sie dem Tentakel entgegen. Traf mein Ziel, und er zog sich zurück. Mit pochendem Herzen schaute ich zu meinen Freunden. Sylvia und Kim hatten Abstand zum Wasser genommen. Abel und Blaire wehrten selbst die Fangarme ab. Nur Hunter stand wie eine Salzsäule am See, unfähig, sich zu rühren.

HUNTER GLOUCESTER

Ich hatte meine Meinung geändert, was den See betraf, sobald ich mich an die alten Geschichten erinnerte, die man uns als Kind erzählt hatte. Er soll das letzte Grab der Clericer sein und von einem Wächter beschützt werden. Ein Schaudern ging durch meinen Körper bei dem Gedanken an die Erzählungen. Doch obwohl ich hier weg wollte, bewegten sich meine Beine nicht. Wie ein nasser Sack ließ ich mich von Blaire Richtung See schleifen. Auch als der Kampf ausbrach, konnte ich mich nicht rühren. Wimmernd stand ich da und sah zu, wie sich Aleksa und Yvain bekämpften.

Es ist falsch. Das dürfen sie nicht!, dachte ich, doch nicht nur meine Beine gehorchten mir nicht mehr, sondern auch mein Mund.

Nicht mal als das Monster aus der Tiefe kam, konnte ich mich bewegen. Ich war wie festgewachsen, als die Tentakel aus dem Wasser schossen. Blaire und Abel eilten davon. Aleksa wehrte den Angriff ab, anders als Yvain. Dieser war so geschwächt, dass er von dem Ungeheuer gepackt wurde. Ein weiterer der zehn Gliedmaßen des Riesenkalmars schloss sich um meinen Körper. Er zog mich unter Wasser, und ich hielt den Atem an. Panisch versuchte ich, einen Ausweg zu finden, doch meine Peitsche bekam ich nicht los, zugleich wusste ich, dass weder meine Feuer- noch meine Blitzmagie mir helfen konnten. *Ich bin verloren!*

Mit Händen und Füßen versuchte ich, mich gegen das Wesen zu wehren. Doch der Riesenkalmar war von meinen Mühen nicht im Geringsten beeindruckt. Die Luft wurde mir langsam knapp. Mein Herz pochte wie wild in meiner Brust, als ich verzweifelt versuchte, mit meiner Magie eine Luftblase um meinen Kopf herum erscheinen zu lassen. Immer wieder zerplatzte sie, und meine Angst stieg. Ich schlug aus, als es immer tiefer ging. *So tief habe ich mir den See gar nicht vorgestellt*, musste ich mir eingestehen. Doch da ich nun wusste, welches Ungetüm darin wohnte, war dies nicht mehr verwunderlich.

Ich spürte einen Aufprall und in der Dunkelheit schaffte ich es, ein kleines Licht zu entfachen. Es erhellte schwach den Boden, und ich zuckte zusammen. Er war übersät von Knochen. Das Licht erlosch, und ich war froh darüber. *Das Gespräch meines Vaters ... Es ist also wahr!*

Wild strampelte ich gegen die Fangarme des Wesens an, die Luft ging mir endgültig aus. *Dieser See ist verflucht!* Der Griff um meinen Körper löste sich langsam. Diese Chance nutzte ich und schwamm hinauf. Presste meine Lippen aufeinander und versuchte, nicht zu atmen. Schlug mit den Armen um mich. Die rettende Wasseroberfläche kam immer näher. Nach einer halben Ewigkeit durchbrach ich sie, spürte, wie sich meine Lungen mit Sauerstoff füllten und ich husten musste. Japsend schwamm ich zum Ufer, hievte mich an Land, legte mich in das Gras und war froh, dass ich noch lebte.

Schlimmer kann es nicht mehr kommen, dachte ich erleichtert.

Mein Blick fiel auf ein Paar dunkle Stiefel. Ängstlich hob ich den Blick.

„Hunter!", ertönte eine verächtliche Stimme von oben herab. Ich hob den Kopf und starrte mit weit aufgerissenen Augen meinen Onkel an. Landon!

Ich bin tot.

Sofort schloss ich meine Lider. *Ich muss unter Wasser das Bewusstsein verloren haben, das ist alles reine Einbildung,* versuchte ich, mir einzureden. *Wo ist dieser Riesenkalmar, wenn man ihn einmal braucht?*

„Hunter!", herrschte mein Onkel mich erneut an und zwang mich, mich der Realität zu stellen.

Ich drückte mein Gesicht ins Gras. *Warum hat mich dieses Viech nicht einfach gefressen?*

Mit gesenktem Kopf stand ich in dem Büro meines Onkels. Das Wasser lief in Rinnsalen meine Kleider hinunter, die sich damit vollgesogen hatten. Unter mir hatte sich eine große Pfütze gebildet.

Ich traute mich nicht, Landon anzusehen, doch das musste ich auch gar nicht. Seine vor Zorn bebende Stimme verriet mir bereits, dass es nicht gut für uns aussah.

„Niemand von euch hat den obersten Stock zu betreten. Diese Regel gibt es nicht ohne Grund! Ihr stört das Gleichgewicht dieses Ortes. Ist euch das bewusst?“, redete er sich in Rage. In diesem Zustand hatte ich meinen Onkel noch nie erlebt. „Unter normalen Umständen würde ich euch eine Lektion erteilen, die ihr euer Leben lang nicht vergessen würdet. Aber es ist noch ein Tag, bis eure Ausbildung außerhalb von Saintboudon beginnt. Ich denke, die Welt da draußen wird für euch Strafe genug sein.“

Schweigen.

Ohne meinen Kopf zu heben, wusste ich, dass sich der Rest wie ich verhielt.

„Ich wollte das nicht“, vernahm ich die Stimme von Yvain. „Es war von Anfang an eine dumme Idee.“

„Halt die Klappe!“, fauchte Blaire ihn an. „Wenn du nicht gegen uns gekämpft hättest, wäre das alles nicht passiert. Du wolltest doch, dass wir erwischt werden!“

„Landon ist der Oberste Clericer, denkst du wirklich, er wusste nicht, wo ihr wart?“

Langsam hob ich meinen Blick. Yvains Worte ergaben Sinn, daran hatte ich nicht gedacht.

„Du bist ein Streber, der sich für schlauer als alle anderen hält!“, wetterte Blaire weiter.

„Schweigt!“, wies Landon die beiden zurecht, woraufhin Yvain zusammenzuckte und Blaire etwas Unverständliches vor sich hin grummelte. „Ihr werdet nie wieder gegen die Regeln verstoßen. Wenn es ein weiteres Mal vorkommt, wird die Strafe härter ausfallen, das verspreche ich euch!“ Dann wanderte der Blick meines Onkels zu mir. „Jetzt möchte ich mit Yvain und Hunter sprechen. Geht mir aus den Augen und freut euch darüber, dass ich euch euren letzten Tag hier nicht zur Hölle mache“, ermahnte er meine Freunde, und ich schluckte. Ich wollte nicht wissen, was er mir zu sagen hatte. Vielleicht, dass ich eine Enttäuschung für meine Familie war?

Nachdem die anderen uns verlassen hatten, ging mein Onkel um seinen Schreibtisch herum und setzte sich. Er sah uns an, die Hände übereinandergeschlagen. Hinter ihm konnte ich das Bild meiner Familie sehen. Darauf war eine jüngere Version von ihm abgelichtet, mit Maske und der Clericer-Gewandung. Daneben standen mein Vater und meine Mutter sowie mein ältester Onkel. Landon war ein Teil der Familie, das durfte ich niemals vergessen. Vater würde über alles Bescheid wissen. Mein Körper zitterte allein bei der Vorstellung, dass ich ihn bald wiedersehen würde.

„Was habt ihr gesehen?“, riss er mich aus meinen Gedanken.

„Knochen“, antwortete Yvain. „Der ganze Boden war von Knochen bedeckt.“

Ein Grinsen zierte das Gesicht meines Onkels. „Das sind die Überreste aller verstorbenen Clericer. Der schwarze Tränensee ist ihr Grab. Er trägt seinen Namen, weil er so schwarz wie der Tod ist, und die Tränen sprechen auf die Trauer an, die man verspürt, wenn jemand stirbt, den man liebt. Er ist die Quelle unserer Macht, und wir müssen dafür sorgen, dass sie niemals versiegt.“

Ich schluckte, als ich diese Worte hörte. Yvain hatte den Kopf gesenkt, doch ich konnte sehen, dass seine Hände zitterten.

„Warum sagt Ihr uns das?“, fragte dieser zaghaft. Er hatte den Braten gerochen.

Landons Lächeln wurde breiter. „Hunter wird mein Nachfolger, er wird der Oberste Clericer, wenn ich einmal nicht mehr bin, und du ... wirst an seiner Seite sein.“ Eine kurze Stille entstand, ehe Landon weitersprach. „Es ist gut, wenn ihr früh in die Geheimnisse unserer Welt eingeweiht werdet.“

Meine Augen weiteten sich. „Nein!“, keuchte ich, und mein Onkel fixierte mich. „Aleksa sollte deinen Platz einnehmen, nicht ich. Sie ist die bessere Wahl!“, platzte es aus mir heraus. Die Hände hatte ich zu Fäusten geballt. *Wie kann er nur so etwas denken? Ich als Oberster Clericer? Niemals!*

Landon erhob sich. Weiterhin zierte ein Lächeln seine Lippen. „Was du möchtest, interessiert niemanden.“ Er wandte sich an Yvain

„Du gehst hinaus und wirst alles für dich behalten. Ich muss mit meinem Neffen allein reden."

Yvain verbeugte sich vor ihm. „Wie Ihr befehlt." Mit diesen Worten wandte er sich um und schloss die Tür hinter sich.

Sobald wir allein waren, umrundete mein Onkel den Schreibtisch und kam auf mich zu. „Hunter", sprach er mich an. „Es geht nicht allein um die Macht, du bist der Sohn von Erle Gloucester, meinem Bruder. Wir geben unsere Machtposition in der Familie gern an die nächste Generation weiter. So war es schon immer."

Ich sah ihn nicht an, sondern blickte auf den Boden. „Aber was ist, wenn es ein Fehler ist?", wisperte ich. „Wenn ich dieser Aufgabe nicht gewachsen bin?"

„Ach, Hunter", seufzte mein Onkel und legte mir seine Hände auf die Schultern. „Ich werde bei dir sein und dich darauf vorbereiten." Seine Stimme klang unnatürlich freundlich, was mich sofort misstrauisch machte. Dafür, dass wir solchen Mist gebaut hatten, war er erstaunlich gut gelaunt. Ich konnte seine Reaktion nicht nachvollziehen.

„Was ist, wenn ich alle enttäusche? Wenn ich meine Aufgabe nicht zufriedenstellend ausüben kann? Immerhin bin ich nicht wie du oder die anderen." Dies beschäftigte mich bereits die ganze Zeit und schürte meine Angst, zu versagen. „Vielleicht bin ich nicht dafür geschaffen?", flüsterte ich zaghaft. Ich traute mir den Posten als Schulleiter und Oberster Clericer nicht zu. Aber ich wusste, dass meine Meinung in den Augen meiner Familie nichts zählte.

„In dir schlummert mehr, als du denkst", versprach mir Landon. Er glaubte also wirklich, dass ich ein würdiger Nachfolger für ihn wäre? „Aus diesem Grund ließ ich dich so weit kommen. Eigentlich hätte ich dich schon lange eliminieren sollen, deine Leistungen sind erbärmlich. Aber du bist mein Neffe."

Alles in mir zog sich zusammen. Mein Leben hatte ich allein der Tatsache zu verdanken, dass ich der Sohn seines Bruders war? Seine Worte trafen mich hart.

„Ich lebe also nur noch, weil wir verwandt sind.“ Eine Feststellung, keine Frage.

„Du hast Potenzial“, ignorierte Landon meine Aussage. „Wenn du lernst, mit deiner Macht umzugehen, wirst du es sogar mit Czapska aufnehmen können.“

Ich konnte nicht fassen, was er da sagte. *Er glaubt, dass ich so stark werden kann wie Aleksa? Dann ist er wohl nicht ganz bei Sinnen.*

„Du willst, dass ich mich der Person in den Weg stelle, die immer für mich da war?“, schrie ich ihn an und wich vor meinem Onkel zurück. „Ohne sie hättest du mich nicht am Leben lassen können. Ich habe deinen Posten nicht verdient ... Blut ist nicht dicker als Wasser.“

„Du verstehst es nicht.“

„Wie soll ich es denn verstehen?“, schnauzte ich ihn an. „Niemand von euch weiht mich in eure ach so tollen Geheimnissen ein.“

„Du wirst es lernen“, versprach mein Onkel. „Du und Yvain kennt nun das Geheimnis des schwarzen Tränensees.“

„Das Geheimnis?!“, zischte ich säuerlich, ballte meine Hand zur Faust. „Das Einzige, was ich weiß, ist, dass dessen Grund voller Knochen ist und er von einem Riesenkalmar bewacht wird.“

„Das ist mehr, als ich wusste, als ich Oberster Clericer wurde. Mein verehrter Onkel verstarb sehr kurzfristig und konnte mich nicht in seine Geheimnisse einweihen. Ich war dreizehn, drei Jahre jünger als du. Also hör auf, dich wie ein kleines Kind zu benehmen. Damals hatte ich zwei Optionen: meine Aufgabe anzunehmen oder zu versagen.“ Er musterte mich. „Ich musste das Wissen suchen. Als ich Oberster Clericer wurde, war ich der Jüngste, den es jemals gegeben hatte. Trotzdem habe ich es geschafft. Ich glaube an dich und werde dich nicht im Stich lassen.“

Entsetzt starrte ich ihn an. *Das ist grauenvoll! Ich will das nicht.* Ich begann, am ganzen Körper zu zittern. *Das ist meine Zukunft? Der Wunsch meiner Familie? Dass ich durch zwielichtige Methoden an Macht komme und meine beste Freundin verrate? Aleksa hat es verdient, Schullei-*

terin und Oberste Clericerin zu werden. Doch das würde meine Familie nicht verstehen. Keiner schert sich darum, was ich will.

„Aber ..."

Er schüttelte den Kopf. „Das Schicksal der Welt wird in deinen Händen liegen", erklärte Landon weiter, und ich schloss die Augen, senkte mein Haupt.

Genau darin sah ich mein Problem. *Das ‚Schicksal der Welt' ist in meinen Händen nicht sicher. Aber keiner will es verstehen oder begreifen.*

KAPITEL IV

BITTERE WAHRHEIT

ALEKSANDRA CZAPSKA

Es gefiel mir nicht, dass Landon Hunter und Yvain bei sich behielt. Trotzdem verließ ich das Zimmer, so wie er es verlangte. Vor dem Büro wartete ich, und Blaire leistete mit Gesellschaft. Entgegen meiner Erwartung kam Yvain allein aus dem Raum.

„Das ist alles deine Schuld“, knurrte Blaire.

Yvain verzog den Mund und trat auf uns zu. „Meine Schuld? Ich wollte nicht zum Tränensee!“

„Du hättest uns verpetzt!“, fauchte Blaire und ballte seine Faust.

„Blaire“, mischte ich mich ein und hielt ihn an der Hand zurück. „Lass es.“

Doch er hörte nicht auf mich. „Du solltest auch nicht im obersten Stock sein, dass ist uns Schülern untersagt. Nur weil du Leinsters Neffe bist, kannst du dir nicht alles erlauben.“

Yvain verschränkte die Arme vor der Brust. „Nicht sollen und nicht dürfen ist nicht das Gleiche. Jacques d’Orléans wollte mit mir sprechen. Ich hatte eine Erlaubnis im Gegensatz zu euch.“

„Du und unser Lehrer!“, empörte sich Blaire. „Weißt du, wenn du dich nicht immer wie ein schleimiger Wurm benehmen würdest, könnte man dich vielleicht sogar mögen.“

Schwer seufzte ich, als ich den beiden Jungs zuhörte. Irgendwas heckte d’Orléans aus, ich wusste nur noch nicht, was. Vielleicht sah unser Lehrer genug Potenzial in Yvain, dass er glaubte, mit genug Training könnte er mir gefährlich werden. Zuzutrauen war es d'Orléans.

„Bevor ich mich mit dir anfreunde, veranstalte ich lieber eine Teeparty mit einem Wendigo, die haben bessere Manieren als du", giftete Yvain zurück.

Auf Blaires Gesicht erschien ein finsteres Grinsen. Er trat einen Schritt näher an Yvain heran, doch ich hielt ihn zurück.

„Nicht!"

„Ab und an könnte man mit dir fast Mitleid haben, wenn du nicht so ein arrogantes Arschloch wärst!", fauchte Blaire und kämpfte gegen meinen Griff an.

„Lass es. Oder ist es Yvain wert, erneut Ärger von Schulleiter Gloucester zu bekommen?", redete ich ihm ins Gewissen, und Blaires Körper entspannte sich.

„Zieh Leine, Leinster, und verkriech dich in deiner geliebten Bibliothek. Ich hoffe, wenn du draußen bist, übernimmst du dich und stirbst."

„Blaire!", fauchte ich.

Doch Yvain reagierte nicht auf seine Worte, sondern wandte sich von uns ab und schritt davon. Wenigstens war er in dem Punkt vorbildlich und ließ sich nicht auf einen weiteren Streit ein.

„Musst du immer so fies sein?", tadelte ich Blaire.

„Bin ich gar nicht. Wäre er nicht so ein großes Arschloch, müsste ich nicht so mit ihm reden", rechtfertigte er sich.

Ich erwiderte nichts, und so warteten wir schweigend, bis Hunter das Büro verließ.

Blaire trat auf ihn zu und legte ihm den Arm um die Schulter. „Und? Wie wütend war er?"

„Er war nett. Das ist noch schlimmer, als wenn er normal ist." Hunter seufzte, schüttelte den Kopf und fixierte mich. „Er möchte, dass ich sein Nachfolger werde."

Blaire lachte auf. „Du? Niemals." Er unterdrückte ein weiteres Lachen. „Dafür sind deine Leistungen viel zu schlecht. Mach dir keinen Kopf darum, bevor du Oberster Clericer wirst, werde ich es."

Ich seufzte. Blaire war so ein unsensibler Klotz. Wie es schien, hielt er Hunters Worte für einen Witz. Aber mir entging nicht, wie er seinen Kopf hängen ließ.

„Hat das Gloucester wirklich gesagt?“, fragte ich nach und trat auf ihn zu. Sein Schweigen war Antwort genug. „Ach, Hunter ...“ Schwer seufzte ich, öffnete meine Arme, und mein kleines Sorgenkind kam direkt auf mich zu. Fest umarmte ich ihn. „Mach dir keinen Kopf. Gemeinsam werden wir es schaffen.“

„Oh“, entwich es Blaire, als er begriff, dass Hunter die Wahrheit gesagt hatte. „Das sollte ein Witz sein.“

„Ich möchte es nicht“, klagte Hunter in meinen Armen und ignorierte Blaire. „Du solltest Oberste Clericerin werden, nicht ich.“

Zaghaft umfasste ich sein Kinn und hob es leicht an, damit er mich ansehen musste. „Gloucester sieht etwas in dir. Wir sollten ihm vertrauen.“

Er schlug meine Hand weg und schüttelte den Kopf. „Nein, er will nur, dass der nächste Oberste Clericer vom Blut der Gloucesters ist. Können spielt keine Rolle!“

Erneut schloss ich die Arme um seinen zierlichen Körper. Ich wusste, dass eine immense Last auf seinen Schultern ruhte. Sanft drückte ihn an mich und schaute zu Blaire. Mit einem Nicken versuchte ich, ihm zu erklären, dass er gehen sollte, und er verstand es.

Sein Kopf ruhte auf meiner Schulter. „Ich will diese Bürde nicht tragen“, murmelte Hunter.

Ein Seufzen entwich mir. „Es wird nicht heute oder morgen so weit sein. Zudem haben wir einander. Ich werde dich immer unterstützen.“ Es war nicht so, dass ich unter allen Umständen diesen Posten wollte, denn es war eine Sache, talentiert zu sein, doch eine ganz andere, diese Verantwortung zu tragen. „Beenden wir zuerst die Schule. Vier Jahre haben wir noch vor uns. Das ist eine lange Zeit, in der dein Onkel seine Meinung ändern kann.“

Hunter hob seinen Kopf, sah mich an. „Du glaubst, dass er seine Meinung ändert?“

Obwohl ich mir nicht sicher war, nickte ich. „Es kann viel passieren, was seine Meinung beeinflussen kann. Aber morgen reiten wir zuerst zu deiner Familie. So schnell wirst du nicht hierher zurückkommen."

Meine Worte erzielten ihre gewünschte Wirkung. Ganz langsam löste sich Hunter von mir. Obwohl ich an seinen hängenden Schultern sah, dass er weiterhin unsicher war, nickte er mir zu. „Du hast recht, und am Ende muss der Oberste Clericer die beste Entscheidung für das Land treffen, wenn ich seine Anforderungen nicht erfülle ..."

Ich legte meine Hand auf seine Schulter. „Hast du schon mal davon gehört, dass du an dich glauben solltest?"

Es war wirklich nicht einfach mit Hunter. Anstatt anzuerkennen, wie weit er gekommen war, sah er in allem nur das Schlechte. Die Dinge, die er nicht geschafft hatte.

„Wir sollten uns auf morgen vorbereiten", wechselte ich das Thema, und er nickte mir zu.

„Stimmt. Aber willst du wirklich nicht nach Hause?", fragte er.

Ich schnaubte. „Auf keinen Fall. Ich weiß doch, dass Allingham dich begleiten möchte, und euch zwei lasse ich sicherlich nicht allein. Es wird die Zeit kommen, in der ich meine Familie sehe, aber vorerst passe ich auf dich auf."

Hunters Wangen wurden rot. „Was würde ich nur ohne dich tun?", wisperte er und drückte sich erneut an mich. Er war ein Sensibelchen, aber genau das mochte ich so sehr an ihm. Er war ein Goldstück unter all den selbstsicheren und überheblichen Holzklötzen hier.

HUNTER GLOUCESTER

Ich war in meinem Zimmer, als es an der Tür klopfte. Verwirrt trat ich darauf zu, öffnete sie und stellte zu meiner Überraschung fest, dass es keiner meiner Freunde war, sondern Yvain. Bevor ich fragen konnte, was er von mir wollte, packte er meine Hand und zerrte mich auf den kargen Flur. Seine Finger gruben sich in meinen Unterarm, so fest drückte er zu.

„Du hast dasselbe gesehen wie ich", zischte er mich an. Er zog mich mit sich und blieb vor seiner Tür stehen. Öffnete sie und drückte mich in sein Zimmer. Eilig schloss er die Holztür hinter sich zu. „Ein großer See mit einem Ungeheuer ist auf dem Dach unserer Schule. Das kann kein Zufall sein. Du bist der nächste ..."

Ängstlich schnappte ich nach Luft. „Ich bin nicht der nächste Oberster Clericer!", erwiderte ich harsch. „Von mir aus kannst du oder Aleksa den Posten haben ..."

Yvain lehnte sich gegen die Tür, hielt sich die Hand an den Kopf. „Weißt du, Hunter, ich möchte nicht als deine Rechte Hand über Burengard herrschen. Wir sind keine Freunde, und ich zweifele, dass wir jemals welche werden. Alles, was ich möchte, ist, meine Mutter wiederzusehen und nicht so schnell an diesen Ort zurückzukehren. Die Geheimnisse der Clericer sind mir egal."

„Mir geht es nicht anders", pflichtete ich ihm bei. „Ich möchte das alles auch nicht. Aber wenn wir es beide nicht wollen ..." Ich hob den Kopf. Ein Hoffnungsschimmer keimte in mir auf. „Wenn wir zusammenhalten, bin ich mir sicher, dass wir es schaffen, meinen Onkel zu überzeugen, dass Aleksa die beste Wahl ist. An ihrer Seite zu sein, macht mir nichts aus. Wir müssen nur dafür sorgen, dass sie dich ersetzen."

„Wirklich?", fragte Yvain überrascht. „Ihr zwei zieht das durch, und du schaust, dass ich da rausgehalten werde?"

„Ja", versprach ich ihm. „Wir haben genug Freunde, da wäre es sicherlich möglich, dass einer von ihnen einspringt."

Er nickte. „Wobei ich mich schon frage, warum man die Schule an einem Ort erbaut hat, wo ein Riesenkalmar in einem See lebt. Ich bin mir sicher, dein Onkel weiß mehr. Du hast die Säule auch gesehen? Sie nutzen diesen Ort für irgendwas, die Frage ist nur, für was."

Ich war blass geworden, schüttelte den Kopf. „Darüber will ich nichts hören!“ Wie verlockend es auch war, ich würde nicht mit meinem Onkel reden. „Wenn du mehr wissen willst, forsche selbst nach. Ich werde es nicht tun.“ Langsam schritt ich zur Tür. „Dann steht unser Deal also. Gemeinsam versuchen wir, Aleksa zur Obersten Clericerin zu machen. Mit den Geheimnissen der Clericer möchte ich nichts zu tun haben.“

Yvain nickte mir zu. Schweigend öffnete ich die Tür und verließ sein Zimmer. Morgen wäre dieser Ort Geschichte. Wenigstens vorerst. Die Frage war nur, wie wir es schaffen konnten, dass Landon zu derselben Erkenntnis kam wie wir.

LANDON GLOUCESTER

Ich stand mit vor der Brust verschränkten Armen auf dem Dach und schaute in die Tiefe. Die kleinen Punkte bewegten sich über den Hof und hinüber zu den Ställen, wo sie die Pferde sattelten. Es herrschte ein reges Treiben auf dem großen Platz vor der Schule. Tishon stand neben mir. Er sprach kein Wort, sondern starrte nur stumm in die Tiefe. Ich wusste, dass ihm meine Pläne für die Zukunft von Yvain nicht gefielen. Aber es musste sein. Es war für die Sicherheit aller am besten. Das musste auch mein alter Freund einsehen. Auch wenn es ihm das Herz brach, widersprach er mir nicht.

Hinter mir hörte ich Schritte, die sich durch das Gras bewegten. „Ich weiß nicht, was ich von deinem Plan halten soll“, wandte sich Jacques an mich. „Bist du sicher, dass Hunter das schafft? Wäre er nicht dein Neffe ...“

Als ich die Hand hob, verstummte Jacques. Ich drehte mich zu ihm um. „Es wäre selbstsüchtig, Hunter nur am Leben zu lassen, weil er mein Neffe ist. Er lebt, weil er sich selbst unterschätzt. Der Junge kann viel mehr, als du denkst. Hunter braucht lediglich Zeit, um seine Fähigkeiten zu entfalten. Jeder einzelne Clericer, der noch atmet, hat es verdient."

„Aber ...", unterbrach mich mein Kindheitsfreund. „Was ist, wenn er es nie lernt? Vielleicht braucht es mehr, als nur begabt zu sein? Er ist charakterlich schwach." Jacques Worte waren wie eine Ohrfeige. Trotzdem konnte ich nicht wütend auf ihn sein, denn er sprach allein seine Ansichten aus.

„Wer sollte sonst Oberster Clericer werden? Aleksandra? Sie ist begabt, sie ist schlau, aber ich weiß nicht, ob sie dieselbe Begabung besitzt wie Hunter und Yvain. Oder wäre es dir lieber, wenn Yvain mein Nachfolger wird?" Meine Stimme war voller Härte und hatte einen bitteren Unterton, als ich sprach.

„Nein ..." Er senkte seinen Kopf.

„Hunter wird sich entwickeln, er wird dazulernen. Zudem glaube ich, dass er sich besser mit dem Wächter verstehen wird als Aleksandra. Dies ist mir sehr wichtig. Der Wächter des schwarzen Tränensees und der Oberster Clericer sollten eine Einheit sein. In dem Punkt vertraue ich meinem Neffen."

Jacques schnaubte. „Das wird ein Fehler sein!", schimpfte er. „Du bist nicht allwissend und fehlerlos schon gar nicht. Denk an mein Schicksal, das war allein deine Schuld!", schrie er mich an, und jeder meiner Muskeln verspannte sich. Ich hasste es, wenn Jacques wieder damit anfing.

„Sag so etwas nicht!", mischte sich Tishon ein. Er packte seinen Gefährten und versuchte, ihn zu beruhigen.

„Es ist nicht meine Schuld, was mit dir passiert ist", belehrte ich ihn in einem harschen Tonfall. „Deine Eltern haben sich der Revolte der du Vairs angeschlossen. Das machte dich zur Zielscheibe. Ohne mich wärst du tot. Also gib mir nie wieder die Schuld für dein Leiden! Deine Familie hat nie an dich gedacht. Unsere Freundschaft war für sie nichts weiter als das Sahnehäubchen. Eine Möglichkeit, mir zu schaden.“

Ich war nicht besonders nett zu meinem Kindheitsfreund, aber alles ließ ich mir nicht gefallen und das wusste er sehr wohl. Mein Blick war auf Jacques gerichtet, welcher am ganzen Körper zitterte. Ich wusste, dass er mit den Tränen rang, ohne es selbst zu sehen. Er war schwach. Aber ich akzeptierte diese Schwäche, solange er mir keine falschen Unterstellungen machte. Langsam sackte er auf dem Gras zusammen. Ich wandte meinen Blick von ihm ab und schritt Richtung See, ohne ihn eines weiteren Blickes zu würdigen. Wir hatten alle drei gelitten. *Hunter hat keine Ahnung, was Folter ist.* Das bei der Zwischenprüfung war nur ein kleiner Vorgeschmack darauf gewesen, was auf sie alle zukommen würde. Denn eines hatte ich mir stets geschworen: Ich würde die Schule zu einem besseren Ort machen, selbst wenn ich dafür mit harter Hand alle ausselektieren musste, die zu schwach waren. Der See brauchte seine Opfer, und es war das Beste, die Schwachen zum Tod zu verurteilen, um die Elite stark zu halten.

Ohne mich zu Tishon und Jacques umzudrehen, sprach ich mit fester Stimme: „Ich möchte, dass ihr euch um die Schule kümmert. In ein paar Tagen werde ich wieder zurück sein.“

Es machte nicht immer den Anschein, aber meine Freunde waren mir wichtig und ich verließ mich auf sie. Niemandem sonst würde ich die Leitung der Akademie anvertrauen. Aber ich musste Vorbereitungen treffen.

Auf eine Antwort der beiden wartete ich nicht. Denn ich wusste bereits, dass Jacques erfreut sein würde, mich die nächsten Tage nicht sehen zu müssen. Ich streckte meine Hand aus, und vor mir tauchte ein Portal auf. Ohne noch einen Blick über die Schulter zu werfen, trat ich hindurch.

Auf der anderen Seite war nichts mehr von dem See oder dem kleinen Wald zu sehen. Der Boden war aus Stein, Mauern umgaben mich und das kratzende Geräusch einer Feder auf Papier erfüllte die Stille. Vor mir erkannte ich einen Mann mit hellen kurz geschnittenen Haaren, auf dessen Haupt eine Krone saß. Sein Blick war auf das Schriftstück vor sich gerichtet. Ein kurzes Zucken fuhr durch seinen Körper, und er hob den Kopf. Mit seinen hellen Augen musterte er mich mürrisch.

„Landon“, knurrte er. „Du weißt, dass ich es nicht mag, wenn du mich ohne Vorwarnung besuchst.“

Ich lächelte ihn an. „Lass dich nicht stören. Alles, was ich möchte, ist ein kurzes Gespräch. Dann bin ich wieder weg.“

„Worum geht es?“, wollte mein Gegenüber wissen.

„Hunter ist auf dem Weg hierher.“

Er hob seine Braue. „Hunter? Sind die zehn Jahre schon vorbei?“, fragte er verblüfft, doch dann verfinsterte sich sein Gesicht. „Wenn du hier bist, kann das nichts Gutes bedeuten. Was möchtest du?“

Langsam schritt ich auf ihn zu, blieb direkt vor seinem Schreibtisch stehen und schaute auf meinen älteren Bruder herab, der bereits die Lunte gerochen hatte. „Ich möchte dich nur um eines bitten, wenn Hunter hier ist: Lass ihn in Ruhe. Er ist noch nicht das, was er sein sollte – er braucht noch Zeit.“

Eine tiefe Falte zog sich über seine Stirn. „Zeit?“, knurrte Erle. „Hast du ihn etwa verhätschelt?“ Er erhob sich. Der hünenhafte König mit den breiten Schultern überragte mich, sein Blick war eiskalt. „Er ist mein Sohn. Die Hoffnung unserer Familie! Ich weiß, dass er immer etwas weich war, aber ich dachte, du würdest ihm das austreiben.“ Er hielt inne. „Hunter hat mich immer an dich erinnert ...“

Ich zog die Luft ein, als ich diese Worte hörte. Das Gespräch entwickelte sich in eine Richtung, die mir nicht gefiel. Denn ich wusste bereits, auf was er anspielte. „Erle“, appellierte ich an seinen Verstand. „Du darfst das alte Geschwätz nicht glauben! Hunter ist dein Sohn, nicht meiner.“

Er verschränkte die Arme vor der Brust. „Wirklich? Cinar meinte ...“

Laut schnaubte ich. „Er log! Zudem war Cinar schon lange tot, als Hunter geboren wurde. Glaubst du wirklich, ich würde mit Cerys schlafen? Sie ist deine Frau. Ich mag sie sehr, aber nicht auf diese

Weise“, versuchte ich, mich zu erklären. Schnappte aber nach Luft, als ich sein Gesicht sah. Sein Blick war grimmig, die Kiefer fest aufeinandergedrückt. *Er glaubt mir nicht.*

„Du bist die einzige Person, die ich kenne, die im Schloss ungesehen ein- und ausgehen kann. Deine Magie ist bei einem kleinen ...“

„Nein!“, unterbrach ich ihn und schlug die Hände auf die Tischplatte. „Du bist mein Bruder, du musst mir glauben, dass ich so etwas niemals tun würde!“ Schweiß schoss mir aus allen Poren. So hatte ich mir das Gespräch mit meinem großen Bruder nicht vorgestellt.

Erle seufzte und wandte sich von mir ab. „Weißt du, an sich ist es mir egal. Es wäre nur schön, wenn du nach all den Jahren ... Wenn wenigstens einer von euch den Mut aufbringen könnte, mir die Wahrheit ins Gesicht zu sagen. Ich liebe Hunter, ich möchte nur das Beste für meinen Sohn. Da spielt es für mich keine Rolle, wer sein wirklicher Vater ist. Ich zog ihn groß, du warst nie da.“ Sein kalter Blick traf mich, als er erneut zu mir schaute. „Du hattest lediglich eine einzige Aufgabe: Ihn zu einem richtigen Clericer zu machen.“ Ich wich vor ihm zurück. *Erle kennt die Wahrheit.* „Aber du hast versagt. Deine Gefühle haben dich erneut verraten. Du konntest es nicht, weil er dein Sohn ist und du genau weißt, dass er genauso schwach ist wie du.“

Fassungslos stand ich vor ihm. So respektlos sprach allein mein Bruder mit mir. Aber ich war ihm nicht böse, denn man hörte als Oberster Clericer sehr selten die harte Wahrheit. Jeder wollte einem gefallen, einem Honig um den Mund schmieren. Aber das war nicht Erles Art, er vertrat seine Ansichten und seine harten Wahrheiten. In dem Punkt erinnerte er mich an Jacques.

„Hunter ist nicht schwach. Alles, was er braucht, ist Zeit. Ich möchte nicht, dass er es wie ich lernen muss. Er soll die Wahrheit selbst erkennen, sehen, dass es keinen anderen Weg gibt. Darum bitte ich dich: Lass deinen Unmut nicht an dem Jungen aus. Spielt doch ein einziges Mal eine glückliche Familie. Ich habe ein Team für ihn. Sobald er durch das Land reist, die Nöte der Menschen und die

Hinterlist der Ganoven erkennt, wird sich alles ändern", sprach ich verzweifelt auf meinen Bruder ein. *Er muss doch erkennen, dass ich einen Plan habe!* „Alles, was ich mir von dir wünsche, ist, dass du ihn in Ruhe lässt. Heiße deinen Sohn willkommen und macht euch gemeinsam ein paar schöne Tage."

Stumm sah mich Erle an. Kein Ton kam über seine Lippen, während er mich musterte. Ich wusste nicht, ob meine Worte ihn erreicht hatten. Wenigstens hatte er die Frage nach Hunters wahrem Erzeuger fallen gelassen. Jedoch kam keine Zustimmung von ihm. Allein seine kühlen Augen lagen auf mir, musterten mich und schienen mich regelrecht zu durchbohren.

„Landon, ich nehme von dir keine Tipps an, wie ich meinen Sohn erziehen soll. Ich weiß, was das Beste für ihn ist. Außer du möchtest gemeinsam mit uns Hunter in Empfang nehmen und uns allen etwas erklären ...", entgegnete er.

Ich trat auf ihn zu und schaute ihm direkt ins Gesicht. „Das wird nicht möglich sein, als Oberster Clericer kann ich nicht gegen die Regeln verstoßen. Es ist mir nicht möglich, Hunter als meinen Sohn anzuerkennen. Selbst wenn ich sein Vater wäre. Dies würde meine Glaubwürdigkeit zerstören."

Erle verschränkte die Arme vor der Brust. Sein Blick wurde finsterer. „Ist es vertrauenserweckend, wenn du lieber lügst, um den Schein zu wahren?"

Erschrocken zuckte ich zusammen. „Es ist nicht so, wie du denkst. Ich bin viel mehr als das Oberhaupt der Clericer und der Schulleiter von Saintboudon." Tief in meinem Inneren wusste ich jedoch, dass egal, was ich sagen würde, meine Worte auf taube Ohren stießen. Ein Seufzen entwich mir. Ohne weiter auf meinen Bruder einzureden, wandte ich mich von ihm ab. Schritt in Richtung Tür. „Es wäre besser, wenn du Hunter einen schönen Empfang bereitest, aber wenn du nicht willst, wirst du mit den Folgen leben müssen." Vor der Tür blieb ich stehen. „Ich besuche unsere Schwester und dann verschwinde ich."

Erle schwieg. Gefühle waren noch nie seine Stärke gewesen, aber ich hatte es versucht.

Jetzt würde die harte Realität auf Hunter warten.

Ich hoffe, er kann damit umgehen.

KAPITEL V

Das Familientreffen

ALEKSANDRA CZAPSKA

Ich machte mir Sorgen um Hunter. Nicht nur, dass uns Kimball Allingham begleitete – je näher wir an die südlichen Klippen gelangten, desto mehr spürte ich seine Anspannung. Als wir den letzten Hügel erklommen, erblickten wir unter uns die große Hafenstadt Clester. Sie war von einer großen Mauer umgehen. Die Stadt selbst bestand aus schlichten Fachwerkhäusern, die in engen Straßen dicht aneinandergebaut worden waren. Ein reges Treiben herrschte auf den engen Gassen. Waren wurde angepriesen, die Stadtbewohner kauften ein oder schlenderten in hübschen Kleidern durch die Straßen. Aber Hunter hatte dafür keine Augen. Sein Kopf war gesenkt und seine ganze Körperhaltung bedrückt. Wie es schien, war seine Freude am Ende doch der Angst gewichen. Denn er hatte nicht die Erfolge eingefahren, die sich seine Familie erhofft hatte.

Ich trieb mein Pferd an, damit ich mit ihm gleichauf war. Meine Hoffnung war, dass der Anblick seiner Heimat alles wieder richten würde. Aber ich wurde enttäuscht.

„Du solltest dir nicht zu viele Sorgen machen. Nicht alle werden sich freuen, dich zu sehen, aber ich bin mir sicher, dass der Empfang nicht so schlimm wird“, versuchte ich, ihn aufzuheitern.

Doch er sah mich nicht an. Sein Blick war weiterhin gesenkt. „Es wird so frostig werden wie der Winter“, wisperte er. „Die Einzige, die sich freuen wird, ist Mutter. Dem Rest wird mein Besuch nicht gefallen, weil nur der Erfolg zählt und den habe ich nicht erreicht. Eigentlich war ich froh, dass ich die Clericer-Schule hinter mir lassen konnte, aber alles, was vor mir liegt, ist im Grunde viel schlimmer ..."

Ich griff nach seiner Hand. „Du bist nicht allein. Ich werde bei dir bleiben."

Das letzte Stück zog sich quälend langsam dahin. Als wir durch das Burgtor ritten, herrschte dahinter ein reges Treiben. Viele Bedienstete hasteten herum, und drei von ihnen kamen auf uns zu. Nahmen uns die Zügel der Pferde ab –und dann geschah es. Ein Mann in einem gepflegten schwarzen Gewand kam auf uns zu. Er steuerte direkt auf Hunter zu.

„Mylord Gloucester", wurde Hunter von dem dicklichen, älteren Mann begrüßt, während die drei Stallburschen mit unseren Pferden in Richtung der Ställe verschwanden. „Ihr seid zurück." Kurz sah er zwischen uns hin und her. Die Unsicherheit, welcher der beiden Jungen der Sohn seines Herrn war, stand ihm ins Gesicht geschrieben. Immerhin trugen sie die gleichen Gewänder, und ihre Gesichter waren zum größten Teil bedeckt.

Stumm nickte Hunter ihm zu. „Danke, Carson. Ich möchte meinen Vater sprechen. Könnten Ihr ihm mitteilen, dass ich angekommen bin?"

„Sicher, Mylord, Ihr könnt in Eurem Zimmer auf ihn warten, derweil werde ich Eure Freunde in den Salon führen." Ohne auf Hunter zu achten, trat der Mann in meine Richtung. „Wenn mir die Herrschaften bitte folgen würden", sagte er und untermalte seine Worte mit einer Geste seiner Hand.

Widerwillig folgte ich seiner Aufforderung. Es gefiel mir nicht, dass er uns von Hunter trennte, aber ich konnte nichts dagegen tun.

„Wir sehen uns gleich wieder“, versprach ich ihm, doch Hunter antwortete nicht. Langsam bewegte er sich auf einen anderen Eingang zu.

„Ich weiß nicht, ob das ein gutes Zeichen ist“, wisperte Kimball, als wir eine enge Treppe hinauftraten. Selbst er hatte bemerkt, wie ungewöhnlich dieses Vorgehen war.

„Erle Gloucester wusste, dass wir gemeinsam kommen. Sein Bruder wird ihn über alles, was in Saintboudon geschehen ist, unterrichtet haben. Ich denke, unser Aufenthalt wird sehr kurz und unerwünscht sein.“ *Und Hunter muss sich seinem Vater auch noch allein stellen ... wie gern ich ihm beistehen würde.*

Wie versprochen führte uns Carson in den Salon. Er war schön dekoriert, auch wenn für mich alles wie ein graues Farbenmeer aussah. Es war für mich unmöglich zu erahnen, in welchen Farben der Raum gestaltet war. Wir setzten uns und warteten, doch zu unserer Überraschung dauerte es nicht lange, bis sich die Tür öffnete und eine groß gewachsene Gestalt eintrat. Der Blick des Mannes war kühl, eine Krone saß auf seinem Kopf und er hatte kurze Haare. Vor uns stand König Erle Gloucester, daran gab es keinen Zweifel. Aber er wirkte so gar nicht wie Hunter. Viel zu steif, zu kühl und distanziert. Mit seinen hellen Augen musterte er uns argwöhnisch.

„Ihr seid die Freunde meines Sohnes?“, hakte er nach, ohne besonders gastfreundlich zu sein. Sein Blick blieb an mir hängen. „Ich nehme an, Ihr seid Aleksandra Czapska?“ Dann wandte er sich meinem Begleiter zu. „Und Ihr?“

„Kimball Allingham, mein König.“

„Ich kam hierher, um Hunter zu helfen.“

Der Blick von Erle wurde härter, als er meine Worte vernahm. „Er ist bei seiner Familie, er braucht Euch nicht. Ich wünsche mir, dass Ihr geht. Ihr seid in meinem Schloss nicht willkommen. Mein Sohn soll sich auf seine Aufgabe konzentrieren und nicht auf seine lächerlichen Freunde stützen."

Ich schnappte nach Luft. Dies war nicht die Antwort, die ich mir erhofft hatte. Erbost erhob ich mich aus meinem Sessel. „Ihr solltet an Euren Sohn denken. Jeder braucht Freunde."

Die Gesichtszüge des Mannes verhärteten sich. „Ihr hört Euch an wie mein Bruder. Aber meine Antwort bleib die gleiche, geht!"

Mein Blick war auf den König gerichtet. Es war Kimball, der meine Hand packte.

„Lass es", wisperte er. „Mit einem König legt man sich nicht an. Wenn wir in einer der Herbergen übernachten, sind wir nicht weit weg. Falls er uns braucht, wird er uns finden."

Es gefiel mir nicht, aber Kim hatte recht. Ich hatte keine Wahl und musste gehorchen. Zudem war sein Einfall mit der Herberge nicht schlecht.

Stumm nickte ich ihm zu, und er ließ meine Hand los.

Gemeinsam mit Kimball schritt ich durch die engen Gassen. Die Pferde führten wir hinter uns her.

„Die Frage ist nur, in welcher Gaststätte wir unterkommen wollen", wandte er sich an mich. „Sie sollte nicht zu klein sein. Zudem zentral liegen, damit die Anwohner auf uns aufmerksam werden. Dann wird Hunter sicherlich hören, wo wir uns aufhalten."

Ich nickte zustimmend. Nur kannte ich mich in der Stadt Clester nicht aus.

„Ihr sucht eine Unterkunft, die zentral liegt und keine einfache Spelunke ist?", sprach jemand mich an.

Irritiert wandte ich den Kopf um. *Hat er uns belauscht?*, fragte ich mich sofort.

Vor mir stand ein junger Mann mit lockigen Haaren, blasser Haut und Sommersprossen. Er war ein paar Jahre älter als ich und lächelte uns freundlich an. An sich sah er nicht aus wie ein Halsabschneider, jedoch machte er den Eindruck, als würde er gern Leute belauschen.

„Gern. Führe uns zu einer, wenn du eine kennst. Wir entscheiden dann, ob sie uns gefällt."

Seine dunklen Augen leuchteten regelrecht. Meine Antwort schien ihn zu erfreuen. „Sie gehört meinem Vater und wird Euch mit Sicherheit zufriedenstellen." Er nahm mir die Zügel des Pferdes ab und führte uns durch die engen Straßen bis zu einem großen Markplatz. Die Herberge seines Vaters war ein prachtvolles Haus mit einer vorzüglichen Lage. In dem Punkt hatte er nicht gelogen. Trotzdem war ich noch skeptisch. Das konnte doch kein Zufall sein.

„Du scheinst gern Passanten zu belauschen?", sprach ich ihn direkt an, als er mein Pferd vor dem Eingang bei einer Tränke anband.

Überrascht drehte er sich um. „Nicht wirklich, aber der Besuch von Clericern ist selten. Ihr fallt auf, aber wenn ich ehrlich bin, dann habe ich ein kleines bisschen gelauscht", antwortete er munter und führte uns hinein.

Die Inneneinrichtung war rustikal. Aus dunklem Holz und zugleich edel. Wie es schien, war es eine Unterkunft für Gutbetuchte.

Ich zog einen kleinen Beutel hervor und reichte ihm diesen. „Wir bleiben sicherlich eine Woche."

Er nickte und verschwand zu seinem Vater, sprach mit diesem, als Kim mich antippte.

„Das ist etwas teuer", wisperte er. „Ich kann mir das nicht leisten."

„Ich bezahle es für dich", erwiderte ich und beobachtete, wie der lockenköpfige Junge seinem Vater das Geld reichte, woraufhin dieser ihm einen Schlüssel in die Hand drückte. Damit kam er zu uns.

„Folgt mir", wies er uns an und trat zur Holztreppe. „Ich werde mich danach um Eure Pferde kümmern."

„Das ist sehr nett von dir. Dürfte ich deinen Namen erfahren?", fragte ich nach. Bis jetzt hatte er stets die Wahrheit gesagt, und ich wollte wissen, wer uns so tatkräftig unterstützte.

Der junge Mann blieb stehen, drehte sich zu mir um. „Wilhelm Pratt." Er deutete eine Verbeugung an. „Und wie heißt Ihr?" Er fixierte mich, obwohl die Frage an mich und Kimball gerichtet war.

„Mein Begleiter ist Kimball Allingham, und ich bin Aleksandra Czapska."

Kurz entglitten ihm seine Gesichtszüge, als er meinen Namen hörte, bevor das Lächeln zurückkehrte. „Ihr seid die Tochter des Königs aus den Nebellanden?" Er wandte sich wieder um und lief weiter. „Solch hohen Besuch haben wir selten. Normalerweise übernachten die Adligen im Schloss."

„Eigentlich bin ich keine Prinzessin, sondern eine Clericerin", wich ich aus, um kein schlechtes Wort über König Erle zu verlieren. „Ich bin sehr müde von der Reise", fügte ich hinzu und gähnte, denn seine neugierigen Fragen gingen mir etwas auf die Nerven. Freundlich oder nicht, ich wollte nicht, dass er mehr als nötig über uns erfuhr.

„Sicher, Mylady", entgegnete er. Schweigend gingen wir einen Gang entlang, bis wir an seinem Ende zum Stehen kamen. „Euer Zimmer, dass Eures Partners liegt direkt nebenan." Wieder verbeugte er sich. „Ich werde mich um die Pferde kümmern." Mit den Worten verschwand er, und ich war froh darüber.

Ich wandte mich an Kimball. „Wir sollten uns etwas ausruhen." Gerade konnten wir nichts tun, außer darauf zu warten, dass sich Hunter meldete. „Später können wir direkt neben der Herberge etwas essen. Man sollte uns sehen."

Er nickte mir zu. „Das wird das Beste sein."

Damit war der erste Teil unseres Tagesprogramms bereits beschlossen. Es blieb nur zu hoffen, dass die Kunde unseres Aufenthaltes bis ins Schloss vordringen würde.

HUNTER GLOUCESTER

Als Carson uns aufteilte, wusste ich, dass ich Aleksa und Kimball so schnell nicht wiedersehen würde. Egal, was Kim getan hatte, gerade wäre mir selbst seine Anwesenheit lieber, als allein zu sein. Trotzdem folgte ich den Anweisungen von Vaters Seneschall.

Auf meinem Zimmer verstrich gefühlt eine Stunde, bis Vater nach mir schicken ließ. Kaum war ich in sein Arbeitszimmer getreten, schlug Vater die Tür hinter mir zu. Erschrocken zuckte ich zusammen. Wie es schien, hatte Vater direkt neben der Tür auf mich gewartet. Mit finsterem Blick musterte er mich von Kopf bis Fuß. Dabei hatte er seine Arme vor der Brust verschränkt. Sein Bruder musste ihm alles erzählt haben. Vielleicht war Landon darum so nachsichtig mit mir gewesen, da er gewusst hatte, dass ich jetzt meine Strafe bekommen würde.

„Du bist die reinste Enttäuschung!", spie er mir entgegen. „Du besudelst den guten Ruf unserer Familie!"

Erneut zuckte ich zusammen, als seine Worte wie ein Gewitter über mich hinweg donnerten. Ehrfürchtig sah ich zu ihm hinauf. „Es tut mir leid, Vater. Ich bin nicht wie die anderen. Momentan versuche ich nur, das alles irgendwie zu überleben." Ich senkte meinen Kopf. „Mehr kann ich nicht tun. Ich bin zu schwach."

Seine Augenbraue zuckte verräterisch. „Das ist nicht gut genug!" Beim Schreien spritzte ihm Speichel aus dem Mund. „Du bist mein Sohn, jeder andere würde sich den Arm abreißen, um ein Clericer zu sein! Aber du ..."

Ich senkte meinen Kopf und kämpfte gegen die Tränen an. Seine Worte verletzten mich. „Ich kann es nicht", klagte ich. „Das ganze Töten ist nichts für mich! Wäre es möglich, würde ich mit jeder anderen

Person tauschen, egal, mit wem. Lieber wäre ich ein Bettler auf der Straße als in der Clericer-Schule."

Vaters Hand schlug hart gegen meine Wange. Entsetzt starrte ich zu ihm hoch und traf auf seinen zornentbrannten Blick.

„Du bist aber kein Bettler, sondern mein Sohn. Daher streng dich an!", zischte er mir entgegen. „Hast du verstanden? Die Familie zählt mehr als das eigene Wohl, vergiss das niemals." Er wandte sich von mir ab.

„Aber, Vater ..."

„Ruhe!" Er warf mir über die Schulter einen verächtlichen Blick zu. „Die Magie musste von all meinen Söhnen ausgerechnet den Unfähigsten wählen. Du bist ein Nachfahre von Cedar Gloucester, benimm dich einmal in deinem erbärmlichen Leben wie ein Adliger!"

„Papa", entwich es mir verzweifelt. Nur mit knapper Not konnte ich noch die Tränen zurückhalten. „Ich wollte das niemals! Weder wollte ich diese Maske tragen noch diese Schule des Grauens besuchen ... Man ließ mir niemals eine Wahl."

Er richtete seinen Blick nach vorn. „Langsam verstehe ich, was Landon meinte. Du bist ein jämmerlicher Versager. In diesem Zustand wirst du niemals die Abschlussprüfung bestehen."

Entsetzt starrte ich ihn an. *Abschlussprüfung? Davon wusste ich nichts! Nicht mal Aleksa hat so etwas erwähnt,* dachte ich entrüstet. „Aber ..."

Vater drehte sich wieder zu mir um. Ruhig trat er auf mich zu, streckte die Hand aus. „Deine Uhr", verlangte er, und ich griff in meine Jackentasche, zog sie heraus, reichte sie ihm. Ohne mich anzusehen, klappte er die Taschenuhr auf. Der Sekundenzeiger sprang voran.

Es war ein gewöhnliches Zifferblatt.

Ohne etwas zu sagen, drückte er sie mir in die Hand und zog etwas aus seiner Tasche. Ich war überrascht, als er ebenfalls eine Uhr zutage förderte. Er klappte sie auf, und das Innere erstrahlte in verschiedenen Grauschattierungen. Für normale Menschen ein farbenfroher Regenbogen, für mich jedoch nur ein Meer aus Grau.

Ich war verwirrt, denn Vater war kein Clericer, er besaß nicht einmal Magie. Und genau in diesem Moment begriff ich es. Perplex sah ich zu ihm hinauf. *Er ist ein Jäger,* erkannte ich. Sie waren das unmagische Äquivalent zu uns Clericern. *Aber warum ist er jetzt der König?* Hunderte Fragen geisterten durch meinen Kopf. Aber keine einzige sprach ich aus.

„Alles, was ich tue, tue ich nur für dich", erklärte er und legte seine Arme um mich. Sanft drückte er mich an sich. „Du bist mein Sohn ... Egal, was Landon verlangt, ich werde das hier auf meine Weise lösen. Du musst lernen, deine Gefühle zu kontrollieren, sie dürfen dich nicht führen. Ich möchte nicht, dass sie dich töten, wenn du es nicht schaffst, ein richtiger Clericer zu sein." Er löste sich von mir und sah mich an. „Die Clericer sind die Elite, weil sie am Ende jeden töten, der es nicht schafft, dieses Ziel zu erreichen." Sein harter Blick lag auf mir. „Ich versuche nur, dich stark zu machen. Vergiss das niemals."

Meine Gedanken wanderten zurück zu Lindsey Wessex, den man direkt vor meinen Augen getötet hatte. Clericer kannten keine Gnade. Wenn ich scheiterte, würden sie auch mir keine erweisen. Ganz egal, ob ich Landons Neffe war oder nicht.

„Sicher, Vater", wisperte ich. Alles in mir zog sich zusammen, als ich diese Worte aussprach.

Er wollte mich zu einem herzlosen Killer machen, und zum ersten Mal kam mir der Gedanke: *Vielleicht ist der Tod doch besser als das alles hier.*

Schluchzend sank ich auf die Knie. Ich wollte das alles nicht. Jetzt war mir klar, wieso alle Clericer grausam waren. Sie waren im Grunde nur emotionslose Monster.

Vater sagte nichts mehr. Ich vernahm lediglich seine Schritte, das Knarren der Tür und wie sie wieder ins Schloss fiel. Ich war allein, hielt meine Uhr mit meinen zitternden Händen noch immer fest umklammert. Jetzt konnte ich die Tränen nicht mehr zurückhalten, sie kullerten über mein Gesicht, benetzten mein Gewand.

Wie soll es nur für mich weitergehen?

Eine halbe Ewigkeit saß ich weinend auf dem Boden in Vaters Arbeitszimmer. Als meine Tränen versiegt waren, erhob ich mich. Mit gesenktem Kopf trat ich durch das Schloss. Es gab nur einen Menschen, der mir helfen konnte.

Mutter.

Sie hatte ihr Zimmer in einem der Türme. Eilig rannte ich die Stufen hinauf, riss die Tür auf und stürzte in das runde Turmzimmer.

Überrascht hob sie den Kopf. Sie war in ein Buch vertieft gewesen. Das helle lange Haar fiel ihr über die Schultern, auch ihr Gesicht hatte sich kaum verändert. Für mich sah sie immer noch so aus wie vor zehn Jahren.

Ein sanftes Lächeln erschien auf ihren Lippen. „Hunter."

„Mum", schluchzte ich, ehe ich auf sie zu stolperte, ihr in die Arme fiel und meine Maske fest an ihren Körper drückte. „Ich habe dich so sehr vermisst."

Ihre Hände schlossen sich um mich. Ich spürte, wie ihre Tränen auf mich herabtropften. Sie wusste, was mir bevorstand, wenn ich es nicht schaffte, ein vollwertiger Clericer zu werden. Ihre Finger fuhren über die metallene Maske, die meinen Kopf bedeckte.

„Ich will kein Clericer mehr sein."

„Du musst sie täuschen", vernahm ich Mutters Worte. „Es ist hart, aber du musst schaffen, ihnen vorzuspielen, dass du einer von ihnen bist. Landon ist dein Onkel. Niemand sonst weiß, was in dieser Prüfung drankommt. Du musst ihn aushorchen und einen Weg finden, dich durch diese Abschlussprüfung zu schummeln. Oder du nutzt die Zeit, welche dir bleibt, um genauso zu werden wie sie."

„Das möchte ich nicht", stellte ich sofort klar. Demnach war Landon meine einzige Hoffnung. Vielleicht war es doch gar nicht so schlecht, dass er wollte, dass ich sein Nachfolger wurde. Er würde mir helfen, damit ich die Prüfung bestand und überlebte.

Sie berührte meine Wangen. „Hunter, es ist ein gefährlicher Weg, den du wählst. Es wäre einfacher ..."

„Nein!", schnitt ich ihr das Wort ab. „Ich möchte kein Monster sein. Niemals kann ich so ein herzloser Klotz werden ... Mama ... Ich liebe dich, ich liebe selbst Vater und unsere verkorkste Familie. Darauf kann ich nicht verzichten."

Sie seufzte schwer. „Ach, mein Junge, wenn du wüsstest ... Eine Mutter will nur das Beste für ihre Kinder." Sie weinte, ihr Blick war vor Trauer verschleiert. „Landon und dein Vater, beide werden ihre Wege gehen, um dich zu einem richtigen Clericer zu machen. Dir stehen harte Zeiten bevor."

Fest drückte sie mich an sich, und mein Herz wurde schwer. Es grauste mir davor, was auf mich zukommen würde. Ich wollte das alles nicht. Aber was blieb mir anderes übrig? Allein ihre ersten Worte gaben mir Hoffnung.

Landon.

Er war meine Chance, aus der ganzen Sache herauszukommen, ohne dass ich so wie der Rest werden musste. Auch wenn es gefährlich war, denn er würde mich umbringen, sollte er meinen Plan herausfinden.

Für meinen Onkel war ich ersetzbar, obwohl er sich wünschte, dass ich der nächste Oberster Clericer wurde. Wenn er erfuhr, dass ich ihn betrog, wäre ich tot.

Eine halbe Ewigkeit saß ich bei Mutter. Sie strich mir über die Wangen, versuchte, meine Tränen wegzuwischen. Jedoch rückte das Abendessen mit dem Rest meiner Familie immer näher. Das allein verstärkte mein schlechtes Gefühl.

KAPITEL VI

Im Haus der Hyänen

HUNTER GLOUCESTER

Als ich wieder Herr meiner Gefühle war, betrat ich gemeinsam mit Mutter den Speisesaal. Ich spürte die Blicke meiner Geschwister auf mir. Ängstlich sah ich mich um.

Duncan, mein ältester Bruder, saß neben Vater und starrte mich abschätzig an. Er sah ihm ähnlich. An sich hätte er eine jüngere Version von ihm sein können.

„Willst du irgendwann mit Herzblut an deine neue Aufgabe herangehen?“, warf er spitzzüngig ein, bevor ich mich überhaupt gesetzt hatte.

„Du beschämst unseren Familiennamen“, erklang die Stimme von Everette, meinem drittältesten Bruder. Er war die Rechte Hand der Hohepriesterin und somit der Gloucester, der am meisten in seinem kurzen Leben erreicht hatte. Auch wenn ich wusste, dass es viele Gerüchte über ihn gab, so waren seine Erfolge nicht von der Hand zu weisen. Wobei seine geröteten Wangen für sich sprachen. Er musste sich bereits einige Gläser gegönnt haben.

„Jeder von uns hätte nur zu gern mit dir getauscht“, grummelte Cen, der nur drei Jahre älter war als ich und die Kleidung eines Jägers trug. Vater musste ihn hergeholt haben, um mich zu demütigen. Nur die Zwillinge Moria und Reid fehlten.

Vaters Blick war voller Verachtung, so wie die Blicke meiner Brüder. Niemand von ihnen schien sich zu freuen, mich zu sehen.

„Ich habe keinen Hunger“, nuschelte ich und sah hilfesuchend zu Vater, in der Hoffnung, er würde mich erlösen.

„Setz dich!“, herrschte er mich an. „Du wirst dir anhören, was wir zu sagen haben. Vielleicht hilft es dir, die Stärke zu finden, die du brauchst, um dich deiner Aufgabe als würdig zu erweisen.“

Alles in mir zog sich zusammen. All die Jahre, die ich in Saintboudon verbracht hatte, hatte ich mir gewünscht, meine Familie wiederzusehen. Doch nun, da ich wieder zu Hause war, machten sie mir alle das Leben schwer. Meine Geschwister hatten sich verändert. Vaters Einfluss hatte auf sie abgefärbt. Früher waren sie – mit Ausnahme von Cen – nett und hilfsbereit gewesen. Heute waren sie herablassend und kalt.

Mein Herz zerriss in tausend Stücke, als ich mich zu ihnen setzte, doch ich versuchte, meine Trauer vor ihnen zu verbergen. Kein einziges Wort richtete ich an einen von ihnen. Irgendwann verstummten sie, als sie erkannten, dass ich mich nicht von ihnen provozieren ließ.

Zu meiner eigenen Verwunderung überstand ich das Essen mit meiner Familie.

Kaum war ich in meinem Zimmer verschwunden, um mich kurz zu sammeln, verließ ich es wieder. Eilig schritt ich in Richtung Mutters Gemächer. Die Ernüchterung des Tages hatte ich dank meiner verhassten Maske gut verstecken können.

Ich klopfte an ihre Tür und trat ein. Mutter saß in ihrem Sessel und las in einem dicken Wälzer. Langsam senkte sie das Buch, und unsere Blicke trafen sich. Nach all den Jahren der Trennung hatte ich sie wieder. Mutter würde mich niemals im Stich lassen.

Trotzdem musste ich weinen, denn es schmerzte mich, wie der Rest meiner Familie mich behandelte. Dass Vater nicht glücklich mit mir war, war abzusehen gewesen. Doch ich hatte gedacht, dass zumindest meine Brüder hinter mir stehen würden.

Wie konnten sie nur so grausam sein?

Bitterlich weinte ich, sank neben Mutter auf die Knie und drückte mich an ihren Körper. Kein Wort kam über ihre Lippen. Ihre Hand strich über meine Wange. Schweigend saßen wir in ihren Gemächern. Sie hatte keine weiteren Weisheiten für mich. Spät am Abend schickte sie mich zu Bett.

Es fiel mir schwer, zu gehen, trotzdem hörte ich auf sie. Schritt mit schwerem Herzen die Treppe hinunter. Bei meinem Abstieg traf ich auf Cen. Mein Bruder stand an eine Wand gelehnt da und bedachte mich mit einem eiskalten Blick.

„Das Leben als Jäger steht dir", murmelte ich.

Cen stieß sich von der Wand ab und packte mich, drückte mich gegen das Mauerwerk. „Jemand muss unserer Familie zu Ehre verhelfen, wenn du versagst. Ist es wirklich so schwer, auf die Liebe zu verzichten, Bruderherz? Liebst du unsere Familie so sehr? Oder ist es das Mädchen von heute früh?", hakte er nach. „Vater hat sie weggeschickt, und sie ist gegangen. Du scheinst ihr nicht gerade viel zu bedeuten. Ist sie es also wert?"

Meine Augen weiteten sich. *Was redet Cen da?*

„Euch lieben?", entgegnete ich wütend. „Niemals! Mutter, sie liebe ich, und Aleksa ist nicht meine Freundin. Wir sind nur Freunde!"

Ein breites Grinsen erschien auf seinem Gesicht. „Oh, du liebst uns nicht? Seit wann? Heute? Als du erkannt hast, dass wir schwer von dir enttäuscht sind? Ach, Hunter ... Tief in deinem Herzen bist du einfach zu weich. Aber weißt du, wenn du dir mehr Mühe gibst und mit mehr Herzblut an die Sache herangehst, dann kann sich alles ändern."

„Ihr seid mir alle egal!", schrie ich ihn an. „Mutter ist die Einzige, die mich nicht wie Dreck behandelt."

Fest packte er mich am Kragen und sah finster auf mich herab. Er hatte den Mund zu einem dünnen Strich verzogen, und seine dunklen Augen ruhten bedrohlich auf mir.

„Du warst die letzten zehn Jahre nicht mehr hier“, spie er mir entgegen. „Unsere Familie zeichnete sich noch nie durch besonderes Feingefühl aus.“

Leise schluchzte ich. „Ich ... ich wollte nur wieder hierher zurück ...“ Eine Träne rann mir über die Wange. Ganz fest drückte ich mich an ihn. Ich wusste, dass Cen wütend auf mich war, trotzdem tat ich es. „Sie haben mir dieses Ding aufgesetzt. Meine Welt hat keine Farben mehr, ich sehe nur noch schwarz-weiß und sie haben so viele von uns getötet. Nicht mal die Hälfte von den Anwärtern ist noch übrig, und jetzt sagt ihr mir, dass wenn ich es in den nächsten vier Jahren nicht schaffe, meine Gefühle zu kontrollieren, ich ebenfalls sterben werde. Das ist nicht fair!“

„Das Leben ist niemals fair“, vernahm ich die Stimme meines Bruders, zugleich spürte ich, wie er seine Arme um mich legte. „Niemand weiß, was hinter den verborgenen Türen der Akademie vor sich geht.“ Fest drückte ich mein Gesicht in seine hellblonden Haare. „Ich habe dich vermisst, kleiner Bruder, ohne dich hat hier immer etwas gefehlt.“ Schluchzend brach ich in Tränen aus, als ich seine Worte hörte. „Ich hätte allzu gern mit dir getauscht. Aber jetzt bin ich ein Jäger. Wir erlegen die Bestien, die sich in den Wäldern verstecken, und sorgen in den Städten für Ordnung. Dies ist wohl der passende Job für mich. Ehrlich gesagt war ich froh, hier weg zu sein.“

Ich glaubte ihm jedes Wort, auch wenn wir nie ein enges Verhältnis zueinander gehabt hatten. „Du warst oft gemein zu mir und hast mich gehänselt. Aber ich habe dich geliebt.“

„Und ich habe dich gehasst. Es machte mir Freude, dich zu quälen. Aber als du weg warst, fühlte ich mich so allein. Unsere älteren Brüder mögen mich nicht. Darum entschied ich mich für den Weg des Jägers. Wir wussten lange nicht, wie gut du dich auf der Schule schlägst. Vater hat es uns erst gestern erzählt. Wieso Everette uns ausgerechnet jetzt besuchen kommt, weiß ich nicht. Das wir alle hier sind, ist reiner Zufall. Darum fehlen auch Moira und Reid. Vater wird es nur so aussehen lassen, als hätte er uns alle hier versammelt, um dich fertigzumachen.“

Meine Augen weiteten sich. Damit hatte ich nicht gerechnet.

„Aber wenn ihr nicht wusstest, wie es bei mir lief, dann bedeutet es …“

„Dass Landon schwieg“, beendete er meinen Satz. „Ich weiß nicht, was er Vater sagte oder warum er zulässt, dass du den geballten Hass der Familie abbekommst. Vielleicht hat er sich einen anderen Empfang für dich gewünscht.“

Ich schwieg, denn seine Worte gaben mir die Hoffnung, dass ich mit meinem Onkel reden konnte, dass es eine andere Lösung gab. *Aber warum will er, dass ich der nächste Oberste Clericer werde?* Das ergab keinen Sinn, wenn ich nicht einmal die Anforderungen eines normalen Clericers erfüllte. *Warum will er nicht Aleksa? Sie ist objektiv gesehen die bessere Wahl.*

Ich besann mich wieder, schüttelte meine Gedanken ab und fragte meinen Bruder: „Bist du glücklich?“

Überrascht sah er mich an. Mit dieser Frage hatte er nicht gerechnet. „Das ist schwer zu sagen. Ich bin jedenfalls froh, dieses Drecksloch verlassen zu haben und nicht länger auf Vater angewiesen zu sein.“

„Es ist ein gefährliches Leben, das du führst“, nuschelte ich.

„Ist deines denn weniger tödlich?“

Ich antwortete nicht, denn er hatte recht, mein Leben war genau so gefährlich wie seins. Wir könnten beide sterben, wenn wir einen Fehler machten. Jedoch war ich deutlich mächtiger, er besaß nicht einmal Magie.

Er drückte mich von sich weg und sah mir tief in die Augen. „Du darfst nicht aufgeben. Vergiss uns. Denke ein einziges Mal nur an dich selbst, kleiner Bruder. Du kannst es schaffen.“

„Das kann ich nicht“, widersprach ich ihm. „Du solltest dir auch mehr Sorgen um dich selbst machen.“

„Du musst!“ Er verstärkte den Griff um meine Schultern. „Mach dir um mich keine Gedanken, ich komme schon durch.“

„Niemals werde ich aufhören, Mutter zu lieben.“ Ich sah ihn nicht an, schloss meine Augen und senkte meinen Kopf. Selbst wenn ich mich vom Rest der Familie abwandte, könnte ich sie niemals aus meinem Herzen verbannen. Aber ich würde einen anderen Weg finden.

CENRED GLOUCESTER

Ich klopfte an die Tür, drückte die Klinke hinunter und trat ein. Es war sinnlos, auf ein freundliches ‚Herein' zu warten, denn ich würde es niemals bekommen.

Die Frau, welche auf einem Stuhl saß, sah auf. Ihr Blick verfinsterte sich, und sie legte das Buch zur Seite, in dem sie bis gerade gelesen hatte. Abschätzig musterte sie mich.

„Du?", grummelte Mutter.

„Ja, ich", erwiderte ich.

Ihre Miene wurde eisig. „Warum bist du hier? Ich dachte, du wärst froh, wenn du das Schloss und alle, die sich darin befinden, schnell wieder verlassen kannst. Niemand hält dich davon ab, zu gehen."

Ich biss auf meine Unterlippe. *Sie hat recht.* Dieses Drecksloch so schnell wie möglich zu verlassen, war mein Wunsch. *Aber ich kann nicht.* „Ich bin hier, um über deinen Lieblingssohn zu reden."

Ihre Augen weiteten sich. „Wieso interessierst du dich plötzlich für ihn? Du mochtest Hunter nie."

Ich machte einen Schritt auf sie zu und sah sie mit festem Blick an. „Du liebst ihn, aber er wird die Prüfung niemals bestehen. Seine Zeit läuft ab. Wir müssen etwas unternehmen. Oder glaubst du, dass das dein Mann oder Landon tun werden? Wenn du das Schicksal deines Sohnes von Männern wie ihnen abhängig machen willst, wird er bald tot sein." Ihre Gesichtszüge entglitten ihr. Sie wusste, dass ich recht hatte. „Er hat mir sein Herz ausgeschüttet."

Ihre Braue zuckte, als sie meine Worte hörte, und ihr Gesicht verzog sich zu einer Fratze. Mit höhnischer Stimme erwiderte sie: „Seit wann kümmert es dich, was mit ihm passiert?"

„Er ist mir egal. Aber wenn sie ihn töten, wird der Ruf unserer Familie Schaden nehmen, und das will ich verhindern."

Sie verzog den Mund und sah mich herablassend an. Ihre kühlen blauen Augen wirkten wie Eis. „Es geht immer nur um die Familienehre. Wobei es mich verwundert, dass du ihn nicht eigenhändig umgebracht und es wie einen Unfall hast aussehen lassen. So eine Tat würde zu einem Scheusal wie dir passen."

Ihre Worte fühlten sich an wie ein Dolch, den sie durch mein Herz stieß. Ich wich ihrem Blick aus. Obwohl ich wusste, für was für ein Monster sie mich hielt, war es trotzdem hart, diese Tatsache erneut aus ihrem Mund zu hören.

Ich hatte meinen kleinen Bruder gehasst. Zu gern hatte ich ihn gequält, gehänselt und geschlagen. Da ich drei Jahre älter war als er, war ich der Stärkere. Ich hatte es genossen, meine Macht zu missbrauchen. Mutter hatte immer gewusst, was ich trieb und was für ein Mensch ich war. Selbst als ich noch klein gewesen war, hatte sie mir nie Liebe geschenkt, sondern mich mit Missbilligung und Verachtung gestraft. Vielleicht lag es daran, dass ich nur gut zwei Jahre älter war als Everette und sie nie eine Verschnaufpause bekommen hatte. Oder gab es einen anderen Grund? Everette und Hunter hatte sie geliebt und vergöttert. Darum hatte ich meinen kleinen Bruder gehasst, er war eine Plage für mich gewesen. Heute erkannte ich, dass er nie das Problem gewesen war, sondern sie.

„Ich bin gern ein Monster", sprach ich mit fester Stimme und schob alle schmerzlichen Gedanken von mir. „Aber lass uns über etwas anderes reden." Langsam hob ich meinen Blick, sah meine Mutter finster an. „Er wird sterben. Niemals wird Hunter die Prüfung bestehen. Seine Liebe zu dir ist zu stark, und er wird sie niemals aufgeben."

„Das Jägersein steht dir", wechselte sie das Thema. „Es bringt deine Persönlichkeit gut zur Geltung. Die kalten Augen, die schmalen Gesichtszüge. Es steht dir ausgezeichnet."

Ich lachte auf. „Genau das hat er auch gesagt." Zugleich musste ich meine Trauer unterdrücken. Tief in mir schmerzten mich ihre Worte. Es war eine Sache, dies von Hunter zu hören, aber etwas ganz anderes, wenn die Frau, die mich geboren hatte, so etwas sagte. Ich musste mich beherrschen, um nicht nachzugeben und meine Fassade bröckeln zu lassen. Trotzdem stand ich aufrecht vor ihr, verbarg den Schmerz, den ich verspürte.

Mutter sah mich an. In ihren Augen konnte ich nichts außer Abneigung erkennen. Langsam erhob sie sich, strich ihr Kleid mit der Hand glatt. „Es ist an der Zeit, dass du die Wahrheit erfährst. Wir hätten sie dir nicht so lange verheimlichen sollen." Ihr Blick glitt an mir vorbei, sie schritt auf ihren Sessel zu und nahm Platz. Schlug die Beine übereinander und sah zu mir. „Setz dich."

„Nein."

Sie zuckte mit den Schultern. Nahm die Kanne Tee in die Hand und schenkte sich eine Tasse voll ein. „Dein Vater war auf Reisen, als du auf die Welt gekommen bist. Schon immer hat er es geliebt, unterwegs zu sein, aber dieses eine Mal hat er es übertrieben. Er ritt zum Landsitz der Czapskis. Dort traf er die Hure." Ich schluckte bei den Worten. Noch nie war ich so nah an der Wahrheit dran gewesen wie jetzt. „Stets habe ich mich gefragt, was mein Mann trieb, wenn er auf Reisen war. Es überraschte mich nur, dass er deine Mutter die ganze Zeit bei sich behielt, und zwar so lange, bis es nicht mehr zu übersehen war, dass er sie geschwängert hatte. Darum kam er gemeinsam mit ihr nach Hause – oder fast." Ihre Stimme war voller Hass, während sich ein Kloß in meinem Hals bildete. Sie war nicht meine Mutter ... Mir wurde heiß und kalt zugleich. Meine Beine gaben fast unter mir nach. „Du kamst kurz vor der Heimkehr auf die Welt. Deine Mutter verstarb nach deiner Geburt. Ich denke, es war die Reise, oder sie war krank und schwach. Darüber hat sich nie jemand den Kopf zerbrochen. Nur eines war mir klar: Ich war erleichtert, dass sie nicht mehr lebte.“ Dass meine Mutter tot war, überraschte mich nicht. Es wäre schlimmer für mich gewesen, wenn sie gelebt, aber sich nie für mich interessiert hätte. „Kaum war dein Vater zurück, drückte er mir dich in die Hand. Meinte, ich soll mich um seinen Sohn kümmern. Ich habe es gehasst, dir die Brust zu geben. Deine kleinen Finger auf meiner Haut zu fühlen. Es hat mich angewidert, denn du warst der Bastard meines Mannes. Bis heute verstehe ich nicht, wie er mir das antun konnte.“ In ihrem Gesicht loderte Hass, ihre Augen glühten vor Zorn und ihre Mundwinkel zuckten verräterisch.

Ich bereute es, mich nicht hingesetzt zu haben, denn meine Beine wurden so weich, dass sie unter mir nachgaben. Langsam sackte ich zusammen, zitterte am ganzen Leib. Zu wissen, warum Mutter mich verabscheute, machte es nicht besser. Meine ganze Welt geriet ins Wanken. Mit dieser Wahrheit hatte ich nicht gerechnet.

Seelenruhig saß sie in ihrem Sessel, nippte an ihrem Tee und sah auf mich herab. Kein Wort – weder ein versöhnliches noch ein hasserfülltes – kam über ihre Lippen. Sie gönnte mir diese kurze Pause, um das alles verarbeiten zu können.

„Ich habe dich gern schreien lassen, und mein Mann hat sich nie um dich gekümmert. Denn du warst unser Eheproblem“, fuhr sie mit zuckersüßer Stimme fort. „Solange ich mich um seine Verfehlung kümmern musste, wollte ich ihn nicht mehr in meinem Bett haben. Zugleich konnte er nicht weiter herumhuren, wenn er mich zurückwollte. Trotz allem hatte ich dich an der Backe. Dich sterben zu lassen, brachte ich jedoch nicht über mich. Es war nicht deine Schuld, dass deine Eltern verlogene Ehebrecher waren.“

„Schön!“, warf ich mit brüchiger Stimme ein, während ich mit allen Mitteln gegen die Tränen ankämpfte. Ich hatte schon lange nicht mehr geweint, daher wollte ich ihr die Genugtuung nicht geben.

„Du warst ein kleines Scheusal, das nur eines wollte: Aufmerksamkeit. Immer wieder kamst du zu mir, wolltest, dass ich dich in den

Arm nahm oder mir etwas zeigen. Irgendwann hast du bemerkt, dass ich dich niemals beachtete, und gingst zu deinem Vater. Jedoch hat auch er dir keine Aufmerksamkeit geschenkt. Sein Augenmerk lag auf deinen Brüdern. Das dumme Kind, das du noch warst, war ihm egal. Zudem hattest du seine Hure getötet. Ich kann also verstehen, warum er dich ebenfalls nicht lieben konnte." Sie hob die Tasse, trank einen Schluck und lächelte gefährlich. „Irgendwann verzieh ich meinem Mann. Während du das Kind warst, das uns entzweite, war es Hunter, der uns wieder zusammenführte. Du hast schnell begriffen, dass ich ihn mehr liebte als dich. Darum hast du angefangen, ihn zu hänseln und zu schlagen. Und deswegen musste ich dich immer wieder bestrafen, denn ich konnte nicht zulassen, dass der verfluchte Bastard meines Mannes meinem lieben Jungen ein Haar krümmte!"

Es kostete mich all meine Kraft, meine Fassade weiter aufrechtzuerhalten. Sie hingegen saß in ihrem Sessel, die Tasse in der Hand und sprach in einer Ruhe über das Thema, als würde sie mit ihren Freundinnen gerade eine lockere Unterhaltung führen. Ihr langes blondes Haar fiel ihr bis auf die Schultern, ihre hellen blauen Augen fixierten mich, schienen nur auf das kleinste Zeichen von Schwäche zu warten. Sie lauerte auf den Moment, in dem ich endlich nachgab und unter der Last der Wahrheit zusammenbrach.

„Ich habe ihn gehasst, weil du ihm so viel Aufmerksamkeit geschenkt hast", wisperte ich, den Blick auf den Boden gesenkt. „Aber jetzt verstehe ich endlich, warum ihr beiden mich nicht liebt."

Sie nickte mit ernster Miene. „Du hättest nie geboren werden dürfen, Cen."

Ihre Worte gaben mir den Todesstoß, doch diese Situation passte so schrecklich gut zu meiner Familie. Wir waren wie Hyänen, die sich über ihre Beute hermachten.

Fest ballte ich meine Hände zu Fäusten. Sah meine Ziehmutter mit festem Blick an. „Ich werde der größte Jäger aller Zeiten werden, das kannst du mir glauben, *Mutter*!" Das letzte Wort betonte ich absichtlich, denn ich sah es nicht ein, sie auf einmal wie eine Fremde anzusehen. Es war egal, dass sie mich nicht geboren hatte – sie hatte mich neunzehn Jahre großgezogen und das war alles, was zählte. „Ich werde erfolgreicher sein als mein unfähiger kleiner Bruder. Anders als er kann ich kämpfen, und ich weiß, wie hart es ist, wenn man allein ist. Darum werde ich am Ende der Sieger sein."

Duncan war zwar der Älteste und würde alles erben, doch dies war mir egal. Das Schloss und die Ländereien waren nichts wert. Er war weder ein Magier noch ein Jäger, sondern einfach nur Vaters Erstgeborener. Das war seine einzige Qualifikation.

Moira, er und ich, wir waren die einzigen Kinder ohne Magie. Was sehr verwunderlich war, denn unter Vater und seinen Geschwistern war Landon der Einzige, welcher magische Fähigkeiten besaß. Daher konnte sich Vater sehr glücklich schätzen. Besonders weil er sogar einen Clericer als Sohn hatte, die sehr selten waren.

Moira und Reid waren Zwillinge. Er war ein Heiler in den Diensten der Kirche und sie eine Henkerin, welche im Dienst des Volkes stand. Beide wohnten in Nahrman, genau wie Everette.

Moiras Beruf machte Vater nicht besonders stolz. Sie war jedoch beim gewöhnlichen Volk sehr beliebt, da sie dieses vor menschlichen Gefahren beschützte und auch als Richter und Helfer fungierte. Denn Henker besaßen keine Magie, daher waren sie auch keinen Regeln unterlegen. Sie töteten die Gefangenen, wenn die Jäger jemanden brachten, und sorgten in den Städten für Recht und Ordnung. Zudem war meine große Schwester eine sehr umgängliche Frau, was ihr viel Anerkennung der Bewohner einbrachte.

Reid war sehr bescheiden. Er war ein mittelmäßiger Schüler gewesen und hatte sich dazu entschieden, sein Leben dem Volk zu widmen und Heiler zu werden. Es war wohl seine Art, um mit dem Druck der Familie umzugehen. Von einem einfachen Heiler erwartete man nicht viel, und es wäre von Vaters Seite unklug, ihn für seine Berufswahl zu beschimpfen, da Heiler vom Volk sehr geschätzt wurden.

Everette war ein Magier und zugleich ein Mann der Kirche. Früher hatte ich immer zu ihm aufgesehen, bis ich ein Jäger geworden war. Mein Bruder war ein bekannter Mann, was er besonders seinem Talent und seinem Familiennamen verdankte. Er war aufgrund seiner Fähigkeiten nicht nur ein Magier der Kirche, sondern kümmerte sich auch um die Entwicklung neuer Waffen. Trotz seines jungen Alters war er die Rechte Hand der Hohepriesterin. Durch meine Stellung hatte ich erfahren, dass er diesen Posten nicht allein seines Könnens zu verdanken, sondern sich hochgeschlafen hatte. Mein Bruder war wie alle aus unserer Familie sehr ansehnlich, da konnte man niemandem vorwerfen, ihn zu sich ins Bett zu holen. Und Everette war so machthungrig, dass ihm jedes Mittel recht war.

Unsere Welt war recht simpel aufgebaut. Es gab die Jäger und die Henker. Sie trugen schwarze Gewänder und kümmerten sich um die Beseitigung magischer Monster oder Menschen. Die Kirche bestand zum einen aus magisch Begabten und zum anderen aus normalen Menschen. Diese huldigten der Göttin Sona, erfanden Waffen und ein kleiner Teil der Magier ging selbst mit auf die Jagd. Sie waren eher für die Bekämpfung von anderen Magischen gedacht. Nur selten verließ einer von ihnen die Kirche. Zudem gab es die gewöhnlichen Magier. Sie waren oftmals als Heiler für die Bevölkerung tätig oder nutzten ihre Fähigkeiten für das Wohl des Volkes. Einige entschieden sich für den Weg des Bösen, verschrieben sich der schwarzen Magie, doch die meisten folgten dem Ruf der Kirche. Elitemagier – Clericer genannt – waren am seltensten, denn diese mussten über die Fähigkeit der Blutmagie verfügen, was man nur durch elfisches Blut erlangen konnte. Diese Kinder hatten niemals eine Wahl und wurden, so wie mein kleiner Bruder damals, im Alter von sechs Jahren nach Saintboudon gebracht. Die wenigsten von ihnen kamen jemals wieder zurück.

Mutter lachte und brachte mich dadurch kurz aus dem Konzept. „Du willst der Mächtigste der Familie sein? Dass ich nicht lache, das wird dir niemals gelingen.“

„Das mag sein, aber wenigstens werde ich nicht in einigen Jahren den Tod finden. Sie werden Hunter töten. Niemals wird er die Prüfung bestehen, solange du am Leben bist. Er liebt dich zu sehr.“

Finster sah sie mich an. Erhob sich von ihrem Sessel, schritt auf mich zu und ging vor mir in die Hocke.

„Seit wann verstehst du etwas von Liebe?", blaffte sie mich an, griff nach meiner Uhr und entriss sie mir. Ich versuchte gar nicht erst, sie aufzuhalten. Eilig öffnete sie diese und blickte erstarrt auf das Zifferblatt, denn es leuchtete nicht. Ihre Gesichtszüge entglitten ihr.

Wenn ich eins im Leben gelernt habe, dann wie ich Menschen täuschen kann. Meine herzlose Fassade ist reines Kalkül, ein Mittel, um mich zu schützen. In Wahrheit bin ich nicht besser als Hunter …

„Wie kann das sein?", stotterte sie.

„Ich bin nicht das Monster, für das ihr mich haltet. Jedoch wird Hunter in genau vier Jahren den Tod finden, wenn wir nichts unternehmen."

Fragend sah sie mich an. „Aber wieso willst du ihm helfen?"

Mit festem Blick sah ich in ihre blauen Iriden. „Weil er mein kleiner Bruder ist. Ich weiß, dass ich niemals der größte Jäger aller Zeiten werde. Niemals werde ich ein Drachentöter wie Cedar oder Cain der Große." Ich machte eine Pause und stand auf. „Mein ganzes Leben wollte ich geliebt werden und jetzt bin ich ein Jäger, der nicht lieben darf. Ich könnte es hinnehmen wie meine Geschwister und einfach nichts tun. Aber ich kann nicht. Ich liebe Hunter, auch wenn ich garstig zu ihm war. Mutter …"

Erschüttert sah sie mich an. Langsam erhob sie sich, drückte mich an sich und strich mir mit der Hand durchs Haar. Ich hörte, wie sie schniefte. Für einige Sekunden blieb mir die Luft weg. *Wie kann das sein? Mitleid ist etwas, das man in unserer Familie kaum kennt.*

„Dir liegt viel an ihm?", fragte sie mich mit brüchiger Stimme.

„Ja, er ist mein kleiner Bruder …", wiederholte ich und drückte mich an sie. „Wenn du lebst, wird er sterben, und wenn du stirbst, dann …" Meine Stimme versagte dieses Mal. Was ich von ihr verlangte, war hart. Aber es gab keinen anderen Weg.

„Wird er leben", beendete sie meinen Satz. „Cen, es tut mir leid." Sie senkte den Blick, seufzte schwer.

Ich hob den Kopf und sah sie verwirrt an. „Was tut dir leid? Dass du mich nicht geliebt hast? Oder dass du nicht sehen wolltest, dass ich der Einzige bin, der erkennt, wie schlecht es um Hunter steht, und genug Menschlichkeit besitzt, um ihm helfen zu wollen?“

Ihre Hände zitterten. „Es tut mir leid, dass ich dir nicht das geben kann, was du dir wünschst.“

Bitter lachte ich auf. „Ich bin ein Jäger. Wir lieben nicht ... Es war meine eigene Entscheidung, diesen Weg zu gehen.“

Sie streichelte über meine Wange und küsste meine Stirn. „Ich liebe dich, auch wenn du nicht mein Sohn bist. Du scheinst mehr Mitgefühl zu verspüren als meine leiblichen Kinder.“

Dieses Mal schwieg ich. Wenn sie auf meinen Vorschlag einging, wäre sie bald tot.

KAPITEL VII

Ein Abend mit Folgen

DUNCAN GLOUCESTER

Ich saß an meinem Schreibtisch, als es wie wild an der Tür klopfte. *Wer will denn jetzt schon wieder etwas von mir?*, fragte ich mich, während ich den Blick hob.

„Bruder, du musst mir helfen!“, kam es flehend von der anderen Seite der Tür.

Langsam erhob ich mich. Ich kannte die Stimme gut. Seufzend schritt ich durch das schlicht eingerichtete Zimmer, als die Tür auf einmal aufflog.

Eigentlich wollte ich meinen Frieden. Zeitgleich wusste ich, dass ich niemals meine Ruhe bekommen würde. Everette stand direkt vor mir. Zu meiner Verwunderung hatte mein kleiner Bruder kein Glas Alkohol am Tisch angerührt. Zwar musste er bereits vor dem Essen etwas zu sich genommen haben, dennoch hatte er sich nicht wie früher volllaufen lassen. *Ist er wohlmöglich endlich erwachsen geworden?*

Leider wusste ich auch, wie gern er sich auf das andere Geschlecht einließ und was für eine betörende Wirkung er auf dieses hatte, darum konnte ich ihn nicht ignorieren. Vielleicht hatte er eines der Dienstmädchen so hart rangenommen, dass es jetzt blutüberströmt in seinem Zimmer lag? Ich rechnete mit dem Schlimmsten. Obwohl mein jüngerer Bruder schlank war, so machte er seinem

Namen alle Ehre. Er war so stark wie ein Eber, auch wenn man es ihm nicht ansah.

Seufzend strich ich durch mein zerzaustes blondes Haar und setzte mich an den kleinen, runden Tisch in der Mitte meines Zimmers. Ich griff nach der Karaffe und füllte mir ein Glas. Nüchtern würde ich es kaum überstehen, egal, was er mir zu sagen hatte.

Bis heute verstand ich nicht, warum er den Weg der Kirche gewählt hatte. Ich hatte Everette stets als freien Magier angesehen und nicht als jemanden, der sich für die Lehre der Kirche und Götter interessierte. Es war wohl eher der Drang nach Ruhm gewesen, der ihn diesen Weg hatte einschlagen lassen. Ein einfacher Magier zu sein, reichte ihm einfach nicht aus. In dem Punkt war er so anders als Reid.

Ich leerte mein erstes Glas, bevor ich das für meinen Bruder füllte und mir erneut einschenkte. „Setz dich und erzähl, was passiert ist. Was es auch ist, wir bekommen das hin."

Widerwillig setzte sich Everette auf den Stuhl, sah zu mir und seufzte. Er nahm zögernd den Becher in die Hand, was nicht zu ihm passte. Dann leerte er ihn in einem Zug und verzog das Gesicht.

„Was ist das für eine Brühe?", fragte er angewidert.

„Birnenschnaps", erklärte ich. Bei einem Gespräch mit ihm würden weder Bier noch Wein helfen. Dafür kannte ich meinen kleinen Bruder viel zu gut.

„Hast du nichts etwas anderes?", beschwerte er sich.

Auf die Frage antwortete ich ihm nicht. „Was hast du für Probleme, Bruderherz, dass du mich zu dieser späten Stunde noch aufsuchst?", fragte ich stattdessen. Ich wollte lieber Nägel mit Köpfen machen.

Er starrte unschlüssig auf den Becher in seiner Hand, ehe er leise sagte: „Ich bin nicht mehr ihr Berater, die Hohepriesterin hat mich meines Amtes enthoben."

Meine Augen weiteten sich. *Das kann nicht wahr sein!* Für einen Moment musste ich überlegen, was dies für Folgen hatte. Dass sich mein lieber Bruder hochgeschlafen hatte, wusste wohl jeder. Es musste bitter für ihn sein, dass sie ihn einfach so vor die Tür gesetzt hatte. Dennoch konnte ich ein Lachen nicht unterdrücken. Everette hatte es irgendwie verdient. So wie er mit den Frauen umging, war es mal eine nette Abwechslung, dass sie den Spieß umgedreht hatte.

„Wirklich?", fragte ich ihn, sobald ich meine Schadenfreude wieder im Griff hatte. „Warum das? Hast du sie gelangweilt oder wurdest du ihr zu alt?"

Das Gesicht meines jüngeren Bruders verfinsterte sich. Wutentbrannt schlug er mit der Faust auf den Tisch. „Zu alt?!", schrie Everette mich an, sprang auf – der Stuhl kippte um – und umklammerte den Becher mit ganzer Kraft. „Ich bin gerade mal zweiundzwanzig Jahre alt!"

Amüsiert lächelte ich ihn an. „Verstehst du keine Witze mehr?"

Er biss die Zähne aufeinander. Offenbar war mein Bruder nicht zu Scherzen aufgelegt. „Ich habe keine Ahnung, wie dieser Idiot sie rumbekommen hat."

Erneut lachte ich auf und hob eine Augenbraue. Daher wehte also der Wind. „Wahrscheinlich so wie du damals. Es war töricht von dir, auch nur eine Sekunde zu glauben, dass sie dir für immer gehören würde. Ich wette, sie hatte genug Liebhaber vor dir und wird genug nach dir haben."

Hasserfüllt sah mich Everette an. „Vater war immer stolz auf mich, weil ich die Rechte Hand der mächtigsten Frau unserer Welt war. Wie soll ich ihm jetzt noch unter die Augen treten?"

„Ich denke, du solltest dir etwas anderes suchen, mit dem du ihn glücklich machen kannst", antwortete ich und nippte an meinem Glas.

„Was anderes suchen?", fragte Everette entsetzt. „Niemals wieder kann ich so eine wichtige Stellung haben. Sie war einzigartig!"

„Ich weiß."

Er schwieg, während ich mir ein weiteres Glas Alkohol einschenkte, und dieses Mal würde ich es genießen können. Vielleicht waren wir alle wie Aasgeier, die über unserer Beute kreisten und sich freuten, wenn jemand aus der Familie versagte. Everette war arrogant gewesen. Dafür hatte er nun die Quittung bekommen.

„Begnüge dich mit was anderem."

„Das geht nicht", sprach er kleinlaut. „Ich habe zu viel für diesen Posten aufgegeben."

Irritiert hob ich eine Augenbraue. „Zu viel aufgegeben?" Davon hörte ich zum ersten Mal. Was hatte mein kleiner Bruder wohl getan, um diese Position zu bekommen?

Everette sah mich nicht an, sondern starrte betreten auf die Tischplatte. „Ich kann keine Kinder mehr zeugen." Seine Lider waren geschlossen, sein Körper angespannt. Er schien die Wahrheit zu sagen.

Mir entgleisten meine Gesichtszüge. „Wie, du kannst keine Kinder mehr bekommen? Du hast doch noch ..."

Er riss die Augen auf, Zorn flackerte in ihnen auf. „Ich bin kein Eunuch!", stellte er sofort klar. „Alles ist noch da, wo es hingehört! Sonst hätte ich sie niemals glücklich machen können."

„Aber ..."

„Muss ich dir alles auf die Nase binden?!", fauchte er mich an und schlug mit seiner rechten Hand auf den Tisch. „Ich habe mir die Samenleiter kappen lassen, um nicht Gefahr zu laufen, sie zu schwängern. Es ist eine Sache, wenn alle davon reden, dass ich das Bettspielzeug der Hohepriesterin bin. Eine andere, wenn sie mein Kind empfängt. Ich wollte kein Risiko eingehen." Weiter sprach mein Bruder nicht, sondern sackte vor mir auf dem Boden zusammen. „Ich dachte, wenn ich das tue, dann könnte ich beweisen, wie ernst es mir ist."

Mitleidsvoll blickte ich auf meinen Bruder herab. *Wie konnte er so etwas denken? Ewige Liebe? Ich hätte nie gedacht, dass er so naiv ist.*

„Keine anderer wäre bereit, so ein Opfer zu bringen", wimmerte er weiter. „Aber es genügte ihr nicht ..." Er schniefte. „Jetzt gibt es für mich kein Zurück mehr ..."

Ich spürte einen Stich in meinem Herzen. Mein kleiner Bruder hatte töricht gehandelt, dennoch empfand ich Mitleid für ihn. Ich erhob mich, eilte um den Tisch herum, kniete mich neben ihn und drückte ihn fest an mich.

Er war schon immer ein arrogantes Arschloch gewesen, dennoch hatten wir stets einen guten Draht zueinander gehabt.

„Everette“, wisperte ich.

„Ich habe mir immer Kinder gewünscht, Priesterdasein hin oder her. Jedoch waren mir meine Macht und meine Stellung wichtiger, und jetzt ...“ Seine Stimme versagte. „Jetzt habe ich gar nichts mehr.“

Sanft strich ich ihm durch das blonde Haar. „Es tut mir leid“, flüsterte ich und presste ihn fester an mich. Sein Körper verkrampfte sich, und er schluchzte.

„Du darfst Vater niemals etwas davon erzählen. Wenn er erfährt, was ich getan habe ... Er wird mich auslachen, mich verspotten und mir verbieten, je wieder einen Fuß in dieses Haus zu setzen. Ich hätte mein Leben so gern mit dir getauscht. Das Oberhaupt der Familie zu sein, das hätte mir gefallen ...“

Von all meinen Brüdern war mir Everette stets der Liebste gewesen. Zwar war er etwas schwierig, aber er hatte Ehrgeiz und ich wusste, dass Vater ihn stark unterschätzte.

„Warum gingst du bloß zur Kirche?“, wisperte ich.

„Ich wollte Macht.“

Fest drückte ich meinen Bruder an mich, spürte, wie seine Tränen auf mein Hemd kullerten. Der Schmerz, alles verloren zu haben, quälte ihn. Niemals hätte ich gedacht, dass er zu so etwas fähig war, doch ich hatte mich getäuscht. *Eine Familie ... Hat er sich das wirklich so sehr gewünscht? Wenn das wahr ist, muss ihm doch mehr an dieser Frau liegen, Macht hin oder her.*

„Hast du keinen Bastard?“, fragte ich vorsichtig. Ich wusste nur zu gut, was er früher so getrieben hatte. Dass keines der Dienstmädchen ein Kind von ihm bekommen hatte, war mir klar. Vater war viel zu vorsichtig gewesen, besonders bei ihm. Aber vielleicht jemand außerhalb dieser Mauern?

„Nein. Vater hat in seiner Burg stets dafür gesorgt, dass kein Bastard das Licht der Welt erblickt, und außerhalb dieser Mauern wollte niemand mein Kind."

Ich drückte Everette fester an mich. *Wie kann er sich so sicher sein?* Er überraschte mich schon wieder, gleichzeitig bildete sich ein Kloß in meinem Hals. *Was wusste er alles?*

„Weißt du denn, warum sie dich nicht mehr möchte?", hakte ich nach.

„Nein. Ich war stets anständig, wenn ich bei ihr war. Da gab es nur sie, keine andere", versicherte er mir. „Ich bin nur über die Stränge geschlagen, als ich im Palast gelebt habe. Aber sie kann mir doch unmöglich meine Taten von vor vielen Jahren übelnehmen!"

Schwer seufzte ich. „Was hast du vor?"

„Ich will Rache, ich will meine Stellung zurück – oder noch besser, ich will ihren Platz."

Meine Augen weiteten sich. Das war wieder typisch für ihn! Anstatt einmal in seinem Leben demütig zu sein und Reue zu zeigen, strebte er weiterhin nach Macht.

„Du willst was?" Mit beiden Händen umklammerte ich seine Schultern. „Bist du dir sicher? Ich dachte, du liebst sie!"

„Bitte, Duncan, du musst mir helfen, sie für ihre Anmaßungen zu bestrafen!", erwiderte er, ohne auf meine Frage einzugehen.

„Zu bestrafen? Weil sie genauso ist wie du?" Besorgt sah ich ihn an. „Früher hast du stets deine Stellung und dein Aussehen benutzt, um die Mädchen zu betören. Sobald du hattest, was du wolltest, waren sie dir egal. Diese Frau hat dich benutzt und dich spüren lassen, wie es ist, wenn man wie Dreck behandelt wird. Everette, es tut mir leid, aber ich kann dir nicht helfen."

Erbost drückte er sich von mir weg. Sein sonst so hübsches Gesicht war zu einer hässlichen Fratze verzogen.

„Was?!", fauchte er. „Du vergleichst mich mit diesem Miststück?!"

„Ja, denn ich weiß, dass sobald du auf ihrem Posten sitzt, keinen Deut besser sein wirst als sie. Du bist gierig. Vielleicht würdest du das Geschlecht und die Vorlieben ändern, aber du würdest dich nicht besser benehmen als sie."

„Wie kannst du es wagen?!", schrie er. „Ich bin dein Bruder und ..."

„Sie hat dich nicht dazu gezwungen. Du dachtest, dass wenn du es tust, sie dir für alle Zeit dankbar wäre, aber so ist es nicht. Die Hohepriesterin ließ dich fallen wie ein Stück Dreck, Familienname hin oder her. Es tut mir leid für dich, aber irgendwie hast du es verdient, auch einmal zu spüren, wie es ist, benutzt zu werden", blieb ich hart.

„Wie kannst du nur ... Ich bin dein Bruder! Ich dachte, du würdest mir helfen. Du warst immer mein Vorbild!"

„Everette, es tut mir leid. Ich wünschte, ich könnte dir helfen, aber das ist falsch."

„Jetzt werde ich nie Kinder haben!", klagte er. „Keine Stellung, keine Ehre. Vater wird mich wie ein Nichts behandeln. Bitte, Duncan, hilf mir! Wenn du es tust, dann stehe ich tief in deiner Schuld. Verlange von mir, was auch immer du willst. Aber hilf mir!"

„Bist du sicher, dass man es nicht rückgängig machen kann?", fragte ich, anstatt auf sein Flehen einzugehen.

„Was unterstellst du mir? Glaubst du, ich komme zu dir und flehe dich an, mir zu helfen, wenn ich es wieder rückgängig machen könnte? Ich habe Reid gefragt, er kann mir nicht helfen. Niemand kann es!"

„Landon?"

Bei dem Namen sah ich die Angst in seinen Augen aufflackern. „Niemals! Wenn es unser Onkel davon erfährt, sagt er es Vater. Sie würden mich verspotten und mich meinen Fehler niemals vergessen lassen. Ich wäre das Gespött der fünf Königreiche! Bevor ich es Landon erzähle und ihn um Hilfe bitte, krieche ich auf allen vieren zu unserem Versagerbruder und bitte Hunter um Hilfe. Aber wir wissen beide, dass er mir nicht helfen kann. Er ist sogar noch eine größere Enttäuschung als ich."

Überrascht sah ich ihn an. Jetzt ging mir ein Licht auf. „Hieltst du dich darum heute Abend zurück? Weil du wusstest, dass deine

Schande die seine überschatten würde? Für deine Verhältnisse warst du geradezu freundlich zu Hunter."

Everette schwieg und wich meinem Blick aus, was Antwort genug war.

Sanft legte ich ihm eine Hand auf die Schulter. „Ich bin mir sicher, dass dir Hunter irgendwann helfen kann. Dann wirst du wenigstens eine Familie haben."

„Ich kann dich nicht umstimmen, mir zu helfen?", überging er meine Aussage.

„Nein. Diese Frau hat dich mit deinen eigenen Mitteln geschlagen. Nimm die Niederlage an und mach das Beste daraus", blieb ich eisern. Einen anderen Weg sah ich für ihn nicht.

Schwer seufzte er, sprach jedoch kein Wort, sondern löste sich aus meiner Umarmung, erhob sich und verschränkte die Arme vor der Brust. „Und was soll ich werden? Vater wird mich nicht beachten, wenn ich ein gewöhnlicher Priester bin. Ich war sein ganzer Stolz. Oder denkst du, Hunter oder Cen werden es zu Ruhm und Ehre bringen?"

„Deinen Ruhm und deine Ehre hast du dem Ding zwischen deinen Beinen zu verdanken. Du hast dich hochgeschlafen, das weiß Vater, das weiß ich ... Das weiß das ganze Land! Er war niemals stolz auf dich, weil er dieses Vorgehen verabscheute. Du kannst nur darauf hoffen, dass die Hohepriesterin dich vermisst. Vielleicht nimmt sie dich wieder zurück? Mach einfach keinen Fehler. Geh zu ihr und bitte sie darum, dir noch eine Chance zu geben."

Everette verzog das Gesicht, widersprach mir jedoch nicht. Wortlos zog er ab, was mir etwas Sorgen machte. Ich würde morgen nochmals nach ihm sehen. Aber heute Abend konnte ich nichts mehr für ihn tun. Hoffentlich stellte er nichts Dummes an.

CENRED GLOUCESTER

Fest umschlungen drückte ich mich an Mutter.

„Es tut mir leid", sprach ich.

„Wenigstens versuchst du zu helfen. Du bist der Bastard meines Mannes und trotzdem bist du hier und hilfst deinem Halbbruder."

Schweigsam drückte ich mich an sie. Seufzte schwer, bevor ich leise sprach: „Ich habe mir stets deine Liebe gewünscht. Aber du wirst mich niemals lieben können, wenn du tot bist. Niemals bekomme ich das, nach dem ich mich am meisten sehne."

„Ich habe dich immer dafür gehasst, dass du nicht mein Sohn bist. Dafür bist du mir jetzt treuer ergeben als meine leiblichen Kinder. Du sollst wissen, dass du auch nach meinem Tod für immer einen Platz in meinem Herzen haben wirst. Es tut mir leid, Cen."

Tränen liefen mir über das Gesicht, während ich mich enger an sie schmiegte. „Ich wünschte, es gäbe einen anderen Weg."

Sie strich mir durch mein blondes Haar, seufzte kaum hörbar. „Ich auch." Dann löste sie sich aus der Umarmung und küsste mich auf den Mund.

Überrascht starrte ich sie für einen Augenblick an, dann erwiderte ich den Kuss. Eng umschlungen saßen wir auf dem Boden.

„Ich will, dass dieser Moment niemals endet", murmelte ich, während sie mir sanft über die Wange streichelte.

„Alles Schöne hat irgendwann ein Ende, daran solltest du dich gewöhnen." Sie öffnete die Knöpfe meines Hemdes und streifte es mir ab, berührte meine Haut, die darunter zum Vorschein kam. „Hattest du schon einmal ein Mädchen?"

„Nein."

Verwundert sah sie mich an. „Warum das? Als Jäger, besonders mit deinem Namen, sollten dir die Damen zu Füßen liegen.“

„Das stimmt zwar, aber meine Kameraden sollen nicht wissen, dass es mir so schwerfällt, der Liebe zu entsagen. Ich könnte nicht mit einer Frau schlafen, ohne mich in sie zu verlieben, darum verzichte ich lieber.“

Ohne auf meine Worte zu reagieren, erhob sie sich und trat zum Tisch. Nahm sich die Karaffe und schenkte sich ein Glas ein. „Komm“, verlangte sie in harschem Ton von mir. „Komm zu mir.“

Wortlos gehorchte ich ihr, und sie drückte mir den Becher in die Hand.

„Trink“, forderte sie mich auf.

Ich setzte den Kelch an und leerte ihn viel zu schnell. Sie füllte ihn erneut, und ich wiederholte es.

„Etwas Alkohol wird dir guttun“, befand sie und strich mir über den Arm. „Weißt du, Cen, wenn man nur noch wenige Tage zu leben hat, dann sollte man jeden genießen.“ Erneut legte sie ihre Hand auf meine Brust und beugte sich vor, um mich zu küssen.

„Nichts lieber als das“, flüsterte ich ihr zu, bevor ich ihre Lippen mit meinen versiegelte.

DUNCAN GLOUCESTER

Geschwind lief ich zu den Gemächern meines Bruders und trat ohne anzuklopfen ein. Die schweren roten Vorhänge waren zugezogen und hüllten das Zimmer in Dunkelheit. Entschlossen schritt ich auf das Bett zu, stellte die Lampe auf das Nachttischchen. Die ockerfarbenen Vorhänge des Himmelbettes meines jüngeren Bruders waren ebenfalls geschlossen. Ein dunkler Mantikor prangte auf dem Stoff. Everette vergötterte unser Wappentier. Das Gift des Wesens, das zur Hälfte Löwe und zur Hälfte Skorpion war, hatte ihn immer interessiert. Ich wollte mir nicht ausmalen, was für giftige Waffen er erfinden könnte, sollte er eines Tages seine Leidenschaft zum Beruf machen. Es war wohl ein Segen für alle, dass die Kirche ihm einen Riegel vorschob und nicht alles guthieß, was er tat.

Ich schritt zum Fenster, griff nach dem Vorhang und riss ihn auf. Sofort wurde das Zimmer von Licht durchflutet. Anschließend ging ich zurück zum Bett und öffnete den seidenen Himmel. Mein Bruder lag in zerwühlten Laken, nackt und nach Alkohol stinkend. Zu seiner Linken entdeckte ich eine Blondine, zu seiner Rechten eine Brünette. Meine Augenbrauen zuckten bei diesem Anblick. Everette war unmöglich. Aber das war nichts Neues. Vater sagte stets, Everette wäre wie unser älterer Onkel – den wir nie kennengelernt hatten. Dieser hatte auch mit jeder Frau geschlafen, die sich ihm angeboten hatte.

Ich griff nach dem Krug, der neben dem Bett stand. Er roch nach Apfelwein, aber das war mir egal. Achtlos kippte ich ihn in das Gesicht meines Bruders.

Augenblicklich riss er die Augen auf und schrie laut auf: „Verdammt noch mal!“ Angsterfüllt sah er zu mir. Seine Brust hob und senkte sich schnell, während er versuchte, die Situation zu erfassen. Doch als er mich erkannte, trat Erleichterung in seinen Blick. „Duncan, was machst du hier? Du hast mir einen riesigen Schreck eingejagt.“

Ich verzog das Gesicht und schaute auf die beiden Frauen, die sich neben ihm räkelten. „Nach dir sehen, das ist alles. Ich wusste ja nicht, dass du direkt Trost in den Armen anderer Damen suchen würdest. Aber jetzt verstehe ich wenigstens, warum deine Hohepriesterin dich nicht mehr will.“

Sein Blick verfinsterte sich. Wortlos griff er nach dem Krug, den ich noch immer in meiner Hand hielt, entriss ihn mir, trank gierig und stellte ihn anschließend auf dem Nachttisch ab. „Scheiß auf alles, was ich erreicht habe. Wenn du und Mutter mir nicht helfen wollt, dann gibt es keine Hoffnung. Ich krieche nicht wie ein Wurm zurück und bettele sie an, mich zurückzunehmen. Alles, aber nicht das! Eher noch reise ich durch die fünf Königreiche mit ein paar Jägern und biete meine Hilfe anderswo an."

„Ein wenig Demut würde dir nicht schaden", erinnerte ich ihn daran, was ich bereits gestern zu ihm gesagt hatte. Everette war unmöglich. Es war ein Wunder, dass die Hohepriesterin überhaupt so lange Interesse an ihm gehabt hatte.

Er grinste mich an, stieg splitterfasernackt aus dem Bett und schritt zum Fenster. „Demut? Mein Ego ist angekratzt, da hilft nur weibliche Gesellschaft. Zudem ist das hier mein Zimmer, ich bin weit entfernt von der Zitadelle und der Kirche. Es war eine Ausnahme. Aber wenn du willst, gebe ich dir eine ab. Such dir eine von ihnen aus, und lass uns gemeinsam Spaß haben. Früher warst du auch nicht so ein Spießer."

Schwer seufzte ich auf. Dass er immer noch betrunken war, war nicht von der Hand zu weisen. Mit glasigen Augen sah er mich an. Nein, ihm standen weder das Priesteramt noch das Weiß seiner Kleidung als Magier der Kirche. Die Hohepriesterin hatte alles richtig gemacht, als sie ihn seines Amtes enthoben hatte.

„Welche gefällt dir besser, die Brünette oder die Blonde?", riss er mich aus meinen Gedanken. Er schwänzelte um mich herum, wartete sehnsüchtig auf meine Antwort.

„Die Blonde."

„Gute Wahl, mir war die andere eh lieber. Sie hat die hübscheren Augen."

Seine Worte überraschten mich. Dass er ihr überhaupt in die Augen geschaut hatte, war für mich ein Wunder. Vielleicht gab es doch noch Hoffnung für Everette.

Mein Bruder griff nach dem Krug, füllte uns zwei Becher, taumelte auf mich zu, reichte mir den einen und setzte seinen an die Lippen, trank. Ich leerte meinen in einem Zug, griff dann nach seinem. Mein Bruderherz hatte schon genug intus, zugleich war ich mir sicher, dass wenn er noch mehr trank, ich irgendwann mit den Damen allein sein würde. Das wäre mir zu viel Arbeit. Aber was noch viel wichtiger war: Ich war der Ältere von uns beiden und musste auf meinen kleinen Bruder aufpassen.

KAPITEL VIII
Ein blutroter Morgen

ALEKSANDRA CZAPSKA

Obwohl Kims Einfall gut gewesen war, meldete sich Hunter nicht bei uns. Jedoch hatte ich Zeit. Ich würde auf ihn warten – egal, wie lang.

Die ersten Sonnenstrahlen weckten mich. Ich stand auf, öffnete das Fenster und schaute hinaus. Der Himmel musste sich rot verfärbt haben, aber davon sah ich nichts. Allein den weißen Punkt, welcher die Sonne war, erkannte ich in dem Meer aus Grautönen. Stille hatte sich über die Stadt gelegt. In aller Ruhe zog ich mich an. Setzte mich in den Sessel vor dem Fenster und nahm ein Buch zur Hand, das ich mir aus der Bibliothek mitgenommen hatte. Ich las einige Seiten und trat erst aus meinem Zimmer, als draußen langsam das Leben erwachte. Mein Weg führte mich direkt zu Kimball.

Hat er vielleicht zu tief ins Glas geschaut?, fragte ich mich und klopfte an, aber er reagierte nicht. Es blieb still in seinem Zimmer. Erneut klopfte ich gegen die Tür, dieses Mal jedoch etwas kräftiger. Die Antwort war: nichts.

„Kim?“, rief ich seinen Namen, schlug noch kräftiger gegen das Holz, aber er öffnete nicht. Ich griff nach der Klinke, drückte sie hinunter und trat ein. Perplex stellte ich fest, dass er nicht da war. Sein Bett war unberührt. Wie es schien, hatte er die Nacht woanders verbracht. Sofort verließ ich sein Zimmer wieder und schloss die Tür hinter mir. *Kann es sein, dass er in einem der Freudenhäuser genächtigt hat?*, fragte ich mich, doch verwarf den Gedanken gleich wieder. Ein Clericer in einem Freudenhaus würde definitiv auffallen und für Aufsehen in der Stadt sorgen.

Unruhig ging ich den Gang entlang zur Treppe und hinunter in die Schänke. Der Wirt stand hinter dem Tresen. Ohne zu zögern, schritt ich auf ihn zu.

„Euer Sohn“, sprach ich ihn an, und er hob eine Braue.

„Mein Sohn?“, fragte er mich verwirrt.

„Er hat nichts angestellt. Ich wollte nur fragen, ob er gestern Abend mit meinem Begleiter durch die Stadt zog.“

Eine tiefe Furche erschien auf seiner Stirn. „Ich habe keinen Sohn, nur eine Tochter.“

Ich schnappte nach Luft. „Aber der lockenköpfige Junge ...“

„Der Rotschopf hat sich als Euer Begleiter vorgestellt. Ich weiß nicht, wer er ist, aber sicherlich nicht mein Sohn.“

Seine Worte zogen mir den Boden unter den Füßen weg. *Wer ist der fremde Junge? Wo ist Kim, und was soll das alles?*

„Ist mein Begleiter ...“

„Gestern Abend mit ihm rausgegangen? Ja“, bestätigte der Wirt meine Vermutung, und ich ahnte Böses.

„Danke“, wisperte ich, drehte mich um und hastete nach draußen. Kim war in Gefahr. Ich wusste, dass er wie Hunter nicht in der Lage war, seine Gefühle zu kontrollieren. Einen Clericer in diesem Zustand zu töten, war leicht. Ich musste sofort zu ihm, bevor ihm noch etwas passierte.

Hastig bog ich um die nächste Ecke und ließ eine Lichtkugel erscheinen. Überkreuzte meine Hände und belegte diese mit einem Suchzauber. Einen kurzen Moment schwebte sie vor mir, dann flog sie die Gasse entlang und ich folgte ihr. Entgegen meiner Erwartung führte sie mich nicht weit weg, sondern nur zu den angrenzenden Stallungen hinter dem Wirtshaus.

Auf den ersten Blick war niemand zu erkennen. Die Lichtkugel flog zu dem Misthaufen, blieb davor schweben. Langsam schritt ich um diesen herum. Es stank, und meine Stiefel versanken im Dreck. Ich musste ein ganzes Stück laufen, bis ich die Gestalt erblickte, die an die Stallwand gelehnt war. Es war Kim. Regungslos saß er da, seine weiße Kleidung war blutgetränkt. Ich schnappte nach Luft, eilte näher und erkannte die tiefe Wunde an seinem Hals.

Auch wenn es nicht gut für ihn aussah, beugte ich mich nieder und berührte seine Hand, die eiskalt war. Dann ergriff ich seine Taschenuhr, öffnete sie und schaute auf das Zifferblatt, aber die Zeiger waren stehengeblieben.

Kimball Allingham war tot.

Wer der Mörder war, konnte ich mir denken. Der junge Mann, der sich als Wilhelm Pratt vorgestellt hatte. Jedoch war er bestimmt längst über alle Berge. Mein Suchzauber funktionierte nur in einem begrenzten Radius, und das wusste dieser Mistkerl mit Sicherheit. Doch dass Kims Mörder entwicht war, war gerade mein kleinstes Problem.

Er war ein Clericer gewesen, ein Elitemagier. Sein Tod würde für Aufsehen sorgen, denn er bewies, dass wir sterblich waren.

Mit pochendem Herzen streckte ich meine Hand aus. Konzentrierte mich und ließ einen Feuerball erscheinen, welcher die Form eines Adlers annahm. Der Feuervogel blieb auf meiner Hand sitzen, schaute mich an.

„Finde Landon Gloucester. Sag ihm, dass Kimball Allingham gestorben ist."

Der Vogel lauschte meinen Worten, nickte und erhob sich in die Luft, während ich mich erneut über Kims Leichnam beugte. Seine Uhr in die Jackentasche steckte und mich besorgt umsah. Ich konnte ihn nicht hierlassen. Trotzdem wusste ich nicht, wo ich ihn hinschleppen sollte, damit ihn niemand fand.

Schwer seufzte ich. Es tat mir leid um ihn. So ein Ende hatte er nicht verdient.

„Aleksandra Czapska."

Ich zuckte zusammen und drehte mich erschrocken um. Hinter mir stand niemand anderes als Landon Gloucester. Die Tatsache, dass er so schnell hier war, konnte nur bedeuten, dass er bereits in der Nähe gewesen war.

„Ich werde mich um Allingham kümmern. Derweil gehst du zum König und berichtest ihm, dass jemand in seiner Stadt einen Clericer getötet hat."

Ehrfürchtig sah ich zu Boden. „Natürlich." Ich schritt an ihm vorbei, sah ein letztes Mal auf meinen toten Mitschüler und Landon. Es war eine Erleichterung, dass er hier war. Ich wüsste nicht, wie ich allein mit dieser Situation fertigwerden sollte.

Wie am Tag zuvor betrat ich den Innenhof und wurde von demselben Mann in Empfang genommen. Doch als ich ihm mitteilte, dass ich in einer dringlichen Angelegenheit den König sprechen musste, behandelte er mich wenigstens ein bisschen netter als gestern. Er führte mich in ein kleines Zimmer, in dem ich warten musste.

Das Prasseln des Kaminfeuers erfüllte den Raum. Ein Teppich bedeckte den Boden, die Sitzgelegenheiten waren mit kleinen Schnitzereien verziert und mit Samt überzogen, auf dem kleine bestickte Kissen lagen. Mich beschlich das Gefühl, dass etwas nicht stimmte. Ich hätte gedacht, dass man mich zum Thronsaal führen würde. Trotzdem setzte ich mich hin und wartete, bis die Tür aufging und eine Gestalt hineintrat.

Es war ein eher kleiner Mann mit breiten Schultern. Ein Bart bedeckte fast sein gesamtes Gesicht. Auf seiner Kleidung war nicht das Wappen der Gloucesters zu erkennen, sondern ein Fisch. Dies war weder Hunters Vater noch sonst jemand aus seiner Familie. Der Gestalt, die hinter ihm durch die Tür trat, schenkte ich keine Beachtung.

„Ich wollte mit dem König sprechen."

Der Mann musterte mich. „Ich bin Aldwyn Wessex, die Rechte Hand von König Erle. Leider ist er gerade verhindert, darum möchte ich mich um diese Angelegenheit kümmern", erklärte er freundlich. „Das hier ist mein Sohn Walder."

Überrascht fixierte ich den Mann hinter ihm. Er trug die Robe der freien Magier. Seine restliche Kleidung war in Weiß gehalten, und er hatte die Kapuze über seine lockigen Haare gezogen. Obwohl ich nicht sein ganzes Gesicht erblicken konnte, stockte ich. Walder Wessex sah dem jungen Mann von gestern sehr ähnlich. Wenn er keinen Zwillingsbruder hatte – was ich bezweifelte –, war er der Mörder von Kimball!

Jedoch sah er mich neutral an und verzog keine Miene. Er tat so, als würden wir uns zum ersten Mal sehen. Ich biss mir auf die Unterlippe. *Was soll ich tun? Wie kann ich gegen ihn vorgehen?* Er war der Erbe und jetzt einziger Sohn von Aldwyn Wessex.

„Es freut mich sehr, dass Ihr Euch meinem Problem annimmt." Ich erhob mich und verbeugte mich vor den beiden. „Leider habe ich schlechte Nachrichten zu überbringen. Mein Kollege wurde letzte Nacht umgebracht. Landon Gloucester beauftragte mich, Euch darüber zu informieren, dass in Eurer Stadt ein Mörder frei herumläuft. Noch dazu der Mörder eines Clericers."

Walder fing an zu lachen. „Wirklich?" Seine Stimme klang nicht so freundlich wie gestern. „Solltet Ihr den Täter dann nicht besser suchen? Warum seid Ihr hergekommen, anstatt einen Boten zu schicken?"

In diesem Moment begriff ich es. *Lindsey Wessex! Er war Walders kleiner Bruder, und Kim hat ihn getötet. Jetzt macht alles Sinn. Walder hat ihn aus Rache umgebracht.* Gleichzeitig wurde mir noch etwas anderes bewusst: Landon wusste es und hatte mich trotzdem hierhergeschickt. Es war reines Kalkül gewesen.

Ich verbeugte mich wieder. „Es erschien mir wichtig, den König darüber zu informieren, was in seiner Stadt vorgeht. Aber jetzt werde ich mich darum kümmern, den Mörder zu finden."

Walder schritt auf mich zu. Abschätzig sah er mich an. Nur wenige Zentimeter trennten uns voneinander. „Er hat es verdient. Ich habe aus erster Hand erfahren, was er getan hat. Ihr solltet den Vorfall einfach vergessen, oder wollt Ihr auch sterben? Das wäre doch wirklich zu schade“, flüsterte er, sodass nur ich ihn hören konnte. Dann wandte er sich von mir ab und fuhr mit lauter Stimme fort: „Ihr solltet den Mörder so schnell wie möglich finden. Er ist gefährlich, schließlich ist es alles andere als leicht, einen Clericer zu töten. Passt also besser auf Euch auf.“

Verlogener Mistkerl!, dachte ich erbost. *Und so einer wie er soll einmal ein Lord werden?*

Doch ich behielt meine Gedanken für mich. Er würde einen Fehler machen, und dann könnte ich allen zeigen, wer er wirklich war.

„Ich werde aufpassen“, versprach ich ihm, „und Euch natürlich Bericht erstatten. Der Schuldige wird für diesen Mord den Kopf verlieren.“ Erneut verbeugte ich mich vor den beiden Herren. „Und nun entschuldigt mich, ich muss meiner Aufgabe nachgehen.“

CENRED GLOUCESTER

Benommen öffnete ich meine Augen. Ich hatte am Abend zu tief ins Glas geschaut und nun mit den Folgen zu kämpfen. In meinem Kopf drehte sich alles. Mir war übel und als ich an die letzte Nacht zurückdachte, begann mein Herz, schneller zu schlagen. Nur noch dunkel konnte ich mich daran erinnern, was passiert war. Zwar wusste ich noch, dass ich mit meiner Ziehmutter im Bett gelegen und wir uns geküsst hatten. Jedoch konnte ich nicht sagen, ob ich mit ihr geschlafen hatte oder nicht.

Benebelt sah ich zur Decke, während ich versuchte, meine Erinnerungen wiederzubeleben. Ich musste wissen, wie weit wir gegangen waren. Immerhin war sie die Frau meines Vaters.

Als ich neben mich blickte, erschauderte ich. Das Laken war blutrot. Alles zog sich in mir zusammen. Meine Augen weiteten sich, und ich setzte mich erschrocken auf. Das Tuch war voller Blut, genauso wie ein Teil meines Körpers. Mutters helle Augen starrten zur Decke. In ihrer rechten Hand hielt sie einen Dolch, auf ihrer nackten Haut konnte ich unzählige Einstichwunden sehen.

Alles drehte sich in meinem Kopf. Hatte sie sich selbst so zugerichtet, um sich an mir zu rächen? Wollte sie mich benutzen, um ihren Selbstmord zu tarnen und mich zum Schuldigen zu machen? War alles, was gestern geschehen war, eine Täuschung gewesen?

Mein Herz wurde schwer. *Oder ist es zwischen uns zum Streit gekommen? Habe ich ihr was angetan?*

Es gab so viele Möglichkeiten, und ich wusste nicht, was passiert war. Zitternd erhob ich mich, und mein Blick fiel auf meine blutverkrustete Haut. Was passiert war, wusste ich nicht, aber eines war sicher: Ich hatte die Nacht neben ihrem Leichnam verbracht.

Ich wandte mich zum Spiegel um. Selbst mein blondes zerzaustes Haar und meine Wangen waren voll von ihrem Blut.

Was soll ich tun? Mich aus dem Zimmer stehlen, mir das Blut von der Haut schrubben und so tun, als wäre nichts geschehen? Oder zu Vater gehen und ihm alles gestehen?

Ich musste mich entscheiden. Die Frage war nur, ob Vater mir glauben würde, dass ich unschuldig war, wenn ich ihm davon erzählte.

LANDON GLOUCESTER

Es war ein schönes Gefühl, nach all den Jahren wieder zu Hause zu sein. Auch wenn ich darauf bedacht war, dass mich niemand sah. Erle brauchte nicht alles zu wissen. Das war meine Devise. In einem der abgeschiedenen Turmzimmer hatte ich mein Quartier bezogen, lehnte mich in einem der Sessel zurück und dachte nach. Viel war in den letzten Jahrzehnten passiert. So schön wie heute hatte ich es nicht immer gehabt ...

Ich kämpfte, um bei Bewusstsein zu bleiben. Eine Eisenstange war tief in meinen Bauch gerammt worden. Sie steckte sogar in der Wand und nagelte mich daran fest. Mit aller Kraft und etwas Magie schaffte ich es, meine Hand um die Stange zu legen und sie aus meinem Körper zu ziehen. Dann sank ich auf dem Boden zusammen und wurde ohnmächtig.

Erst als sich die Wunde zum Teil geschlossen hatte, kam ich wieder zu mir. Ich lag in einer Pfütze aus meinem eigenen Blut. Unfähig, allein aufzustehen, kämpfte ich mich zum Schreibtisch und zog mich daran hoch. Als ich auf wackeligen Beinen stand, sah ich etwas auf der Ablage liegen, das mir das Blut in den Adern gefrieren ließ.

Es war ein Brief, der an mich adressiert war und die Handschrift meiner toten Schwester trug.

Hazel ist schon lange tot. Das kann nicht sein!, *dachte ich, packte dennoch das Schriftstück und riss es auf. Mit zittrigen Händen nahm ich das Papier, faltete es auseinander und überflog die Zeilen.*

Viel stand dort nicht, nur: Landon, hilf mir.

Jegliches Blut wich aus meinem Gesicht, denn das Datum am unteren Rand des Briefes verriet, dass sie ihn vor einigen Wochen geschrieben hatte.

Hazel lebt! Das kann nicht sein ...

Ich war so sehr in meine Gedanken vertieft, dass ich nicht hörte, wie jemand die Tür öffnete. Dann tauchte Onkel Cardo vor mir auf.

„Es ist dir gelungen, dich zu befreien?“, fragte er mit einem amüsierten Lächeln auf dem Gesicht.

„Ist der Brief von meiner Schwester?“, fragte ich stattdessen und hielt ihm das Blatt unter die Nase.

Ohne etwas zu sagen, griff er danach und knüllte es zusammen. „Frauen übertreiben immer.“

„Aber du sagtest, dass sie tot ist!“, schrie ich ihn an.

„Oh, habe ich das?“ Er lächelte mich weiterhin amüsiert an. „Scheinbar habe ich mich geirrt.“

„Ich muss so schnell wie möglich zu ihr“, bestimmte ich, und sofort verschwand Cardos Lächeln. Er trat auf mich zu, packte meine Schultern und drückte zu.

„Vergiss, was du gelesen hast“, zischte er mich an. Dann machte er eine Handbewegung und ließ ein Portal an der Decke erscheinen. Jemand fiel durch es hindurch und landete hart auf dem Boden. Mein Herz zog sich zusammen, als ich Jacques erkannte. „Wenn du es nicht tust, wird dein Freund dafür leiden müssen.“

„Nicht!“, wimmerte Jacques. „Das kannst du mir nicht antun, Landon.“ Er griff nach dem Saum meiner Kleidung. „Bitte!“

Ich erstarrte. Sie war meine Schwester, aber Jacques d'Orléans war mein Freund und ich wusste, was mein Onkel ihm antun würde. Demütig senkte ich den Kopf. Cardo hatte mich in eine ausweglose Situation gebracht.

Hazel, ich werde einen Weg finden, dich zu retten, *schwor ich mir.* Gib mir nur etwas Zeit.

Ich hatte mir geschworen, ihr zu helfen, aber ich fand keinen Weg, mit ihr Kontakt aufzunehmen, zumindest nicht, ohne dass Cardo es bemerkte. Deswegen schlich ich mich hinaus, obwohl es verboten war, nachts das Zimmer zu verlassen, stieg die Stufen hinauf zum Tränensee und kniete mich davor nieder. Ich kannte die Schauergeschichten, dennoch fürchtete ich mich nicht. Mein Leben war die reinste Qual, nicht mal der Tod konnte schlim-

mer sein, daher hatte ich keine Angst davor. Meine Sorge galt allein meiner Schwester.

Ich glaubte schon lange nicht mehr an Sona, die Göttin der Sonne. Wenn es sie gab, würde sie niemals zulassen, dass man uns so quälte. Aber ich sah keinen anderen Weg, als mich in meiner Not an sie zu wenden.

„Bitte hilf mir, egal, wie. Ich muss wissen, wie es meiner Schwester geht“flehte ich mit verzweifeltem Unterton.

Etwas schoss aus dem Wasser. Erschrocken hob ich meinen Blick, doch das Wesen vor mir hatte kaum etwas mit einem Riesenkalmar zu tun. Es war zu klein, viel zu zierlich, und es kam langsam näher. Für einen kurzen Moment hielt ich es für einen Fischmenschen.

Aber das war unmöglich.

Das Wesen kletterte aus dem Wasser. Es war eine junge Frau, deren schwarzes Haar über ihren nackten Oberkörper fiel. Die Kirche hatte Sona immer anders dargestellt. In den Erzählungen war sie blond. So viel zur historischen Korrektheit, *dachte ich verärgert, erschauderte aber, als ich ihren Unterleib erblickte, denn dieser bestand nur aus Tentakeln.*

Sie ist der Riesenkalmar, *erkannte ich.*

„Du bist Landon? Der Neffe von Cardo?“, fragte sie mich mit sanfter Stimme, und ich wich vor ihr zurück. „Du musst keine Angst vor mir haben, ich werde dir nichts tun.“

„Aber du bist der Riesenkalmar“, wisperte ich. „Das Monster aus dem See.“ Ich erschauderte bei dem Gedanken.

Sie seufzte schwer. „Müssen Monster immer böse sein? Dein Onkel ist ein Mensch, dennoch ist er ein größeres Ungeheuer als die meisten Bestien.“ Ihre Stimme klang freundlich und nett.

Ich hielt inne, schaute sie an und rückte etwas näher zu ihr. „Ein Monster muss nicht aussehen wie eines“, pflichtete ich ihr bei. „Kannst du mir helfen? Ich muss meinen Bruder kontaktieren.“

Ein sanftes Lächeln erschien auf ihrem Gesicht. „Es gibt eine Möglichkeit.“ Verschwörerisch sah sie mich an.

„Und die wäre?“, hakte ich nach.

„Ich bringe dir eine neue Technik bei.“

Kyndra war ihr Name. Sie war ein Fischmensch, ein Teil des Meeresvolkes, und schon Tausende von Jahren alt. Von ihr erfuhr ich zum ersten Mal von Saheera, der Herrin des Wassers. Auch hielt sie ihr Versprechen und brachte mir eine neue Technik bei. Als ich sie gemeistert hatte, hätte ich direkt zu meiner Schwester gehen können, aber ich hatte Angst ... Angst, dass ich ihr nicht helfen konnte. Daher wollte ich zuerst mit Erle sprechen.

Es war spät am Abend, als ich mich in meinem Zimmer hinkniete, mit den richtigen Bewegungen meiner Hände das Tor öffnete und hindurchschritt. Raummagie war nicht schwierig zu erlernen, der knifflige Part war, an seinem Wunschort rauszukommen. Besonders wenn man noch nie dort gewesen war.

Mein Portal spuckte mich in einer Toilette aus. Es stank nach Exkrementen, und ich riss schnell die Tür auf, schnappte nach frischer Luft. Schaute mich eilig um. Ich befand mich auf einer leeren Fläche vor einem Stall. Direkt vor mir war eine Herberge. Wenn ich richtig lag, hatte ich mich nur um einige Meter vertan. Langsam näherte ich mich der Tür des Gasthauses, öffnete sie und trat ein. Der Raum war voller Menschen. Musik spielte im Hintergrund, und es wurde ausgelassen getanzt. Unruhig ließ ich meinen Blick über die Menge schweifen und hoffte, dass ich meinen Bruder erkennen würde, denn ich hatte ihn bereits seit sieben Jahren nicht mehr gesehen. Niemand beachtete mich, als ich unruhig durch die Schänke lief.

Habe ich mich vertan? Ist dies doch nicht mein Ziel?

Ich erstarrte, als ich eine kleine Gruppe Jäger erblickte. Sie saß im hinteren Teil und war in eine Unterhaltung vertieft. Der eine erinnerte mich an Erle. Er hatte helles Haar, helle Augen und sprach mit einer Frau, die wie er Schwarz trug.

„Erle!", rief ich, und der Mann zuckte zusammen, drehte sich von der jungen Frau weg, sah mich an.

„Landon?", fragte er überrascht.

Ich nickte ihm zu. „Ja! Ich muss mit dir reden, und zwar allein.“

„Wer ist das?“, fragte die Frau neben ihm. Sie musterte mich von Kopf bis Fuß.

„Mein kleiner Bruder“, grummelte Erle. „Du solltest nicht hier sein. Geh zurück und lass mich in Frieden.“

Entrüstet sah ich ihn an. „Es ist wichtig. Hör mir einfach zu, bitte! Ich dürfte gar nicht hier sein.“

„Genau.“ Sein Gesicht verfinsterte sich. „Du sagst es, du solltest nicht hier sein. Deswegen verschwinde wieder!“

Die Frau mit den hellen Haaren legte ihm eine Hand auf die Schulter. „Du solltest mit ihm reden. Ich denke nicht, dass er ohne Grund hierherkommt. Zuhören schadet nicht.“ Sie lächelte ihn an und gab ihm einen flüchtigen Kuss auf die Wange.

Murrend erhob sich mein Bruder. „Wenn es sein muss.“ Abschätzig sah er mich an, schritt voran und zog mich mit sich in den Hinterhof. „Was ist los?“, knurrte er und verschränkte die Arme vor der Brust.

„Hazel lebt“, brach es aus mir heraus. „Sie hat mir geschrieben und mich um Hilfe gebeten. Erle, du musst nach Hause gehen und nach ihr sehen. Etwas stimmt nicht!“

„Nein“, donnerte er. „Das ist eine Lüge, sie ist tot.“

Erschrocken riss ich meine Augen auf und packte ihn am Kragen. „Es ist die Wahrheit! Ansonsten wäre ich nicht hier. Erle, irgendetwas stimmt zu Hause nicht. Du bist ihr großer Bruder, du musst ihr helfen!“

„Sie ist tot.“ Er schob mich von sich, wandte sich von mir ab und schritt Richtung Tür. „Sie hat sich umgebracht, Landon. Der Brief muss älter sein, als du denkst.“

„Du irrst dich“, beharrte ich, doch mein Bruder ließ mich wortlos stehen.

Erle glaubt mir nicht.

Eine Träne rann über meine Wange. Er war meine einzige Hoffnung gewesen. Ohne etwas erreicht zu haben, öffnete ich das Portal und trat zurück in mein Zimmer. Als es sich hinter mir schloss, entglitten mir meine Gesichtszüge, denn mein Onkel stand mit vor der Brust verschränkten Armen vor mir, seine beiden Spießgesellen hinter ihm sowie meine zwei Freunde. Einer hielt Jacques fest, der um Fassung rang. Er hatte Angst. Tishon Leinsters Gesicht hingegen war eine unlesbare Maske.

„Du bist ein unartiger Junge", sprach Cardo. „Wo warst du?"

Ich senkte den Kopf.

„Sag es ihm!", schrie Jacques panisch. „Bitte!"

Langsam hob ich den Kopf und sah meinen Onkel an. „Bei meinem Bruder."

Cardo trat vor, hob seine Hand und ließ ein Messer in ihr erscheinen. Er rammte es mir in die Brust, zog es hinaus und ich sank zusammen.

„Deine Freunde werden für deinen Ungehorsam büßen", vernahm ich die Stimme meines Onkels.

Jacques schrie laut auf. Ich spürte, wie mir Blut aus der Wunde lief und alles um mich herum schwarz wurde.

Alles war um sonst. Ich habe nichts erreicht ...

Hazel.

Ich hatte sie nicht retten können, und jetzt litten meine Freunde für meine Taten.

KAPITEL IX

Das Heiligtum der Cléricer

LANDON GLOUCESTER

Ich seufzte schwer, als ich das Zimmer von Cerys betrat. Ihr Leichnam lag auf dem Bett, in ihrem eigenen Blut. Wehmütig schritt ich auf sie zu, schaute auf sie herab und strich ihr durch das helle lange Haar.

„Das hast du nicht verdient", wisperte ich. Griff nach ihrer Hand und dem Dolch, der sich darin befand. Er trug das Symbol der Jäger. Das allwissende Auge umrahmt von vier Tentakeln und einem geschwungenen Stab. Dies war Cens Waffe, und so, wie sie diese in der Hand hielt, war es unmöglich, dass sie sich die Wunden selbst zugefügt hatte. Also war Selbstmord ausgeschlossen. Doch Cen konnte ich ebenfalls nicht die Schuld geben. Der Junge war so betrunken gewesen, dass er unmöglich das Messer so in ihre Hand gelegt hatte. Außer er hätte seinen Zustand nur vorgespielt, was ich ihm jedoch nicht zutraute. Auch die Stiche in ihrem Körper, sprachen dafür. Ihr Mörder hatte vor dem Bett gestanden. Er musste ihr ein Kissen auf das Gesicht gedrückt haben. *Interessant ...* Alles, was mir fehlte, war das Motiv, denn die Identität des Täters kannte ich bereits. Wobei ... selbst das Motiv konnte ich erahnen, doch sicher war ich mir noch nicht.

Ich setzte mich zu ihr auf das Bett, berührte ihre kalte Wange. „Du hast mein Wort. Ich werde auf Hunter aufpassen. Deine Mutterliebe brachte dir am Ende den Tod, aber du kannst dich darauf verlassen, dass ich deine Söhne beschützen werde.“ Wehmütig schaute ich auf sie herab, und meine Erinnerungen überkamen mich erneut.

„Es soll aufhören!“, schrie Jacques mich an, klammerte sich an meine weiße Robe. Drückte sein Gesicht gegen meine Brust. Die ganzen letzten Monate war ich ein artiger Clericer gewesen, und trotzdem hörte die Quälerei meiner Freunde nicht auf. Ich sorgte mich um Jacques, dass er das alles nicht überleben würde. Er war weinerlich und sensibel. Auf ihn hatten sie es ganz besonders abgesehen, da seine Familie in Ungnade gefallen war.

Zur selben Zeit wuchs in mir der Wunsch nach Rache. Hazel lebte, und ich musste ihr helfen, genau wie meinen Freunden. Kyndra traute ich mich nicht mehr aufzusuchen. Sie sollte nicht wegen mir leiden.

Die Tür wurde geöffnet, und ich erkannte meinen Onkel. Jacques' Schluchzen verstummte, er drückte sein Gesicht jedoch weiterhin gegen mich.

„Komm, Landon“, forderte er.

„Geh nicht“, wimmerte Jacques. „Bitte, lass mich nicht allein, sie werden mich holen!“

Doch ich hatte keine Wahl. „Bald hört es auf“, versprach ich ihm. Löste mich aus seinem Klammergriff und folgte Cardo, der mich in sein Büro führte. Das Kaminfeuer brannte trotz des warmen Wetters, und ein großer Stapel alter Bücher lag auf seinem Schreibtisch.

„Stell dich an die Wand“, verlangte er von mir, und ich gehorchte. Ich schloss die Augen, denn ich kannte die Tortur langsam. All meine Gefühle unterdrückte ich. Dann spürte ich den Schmerz, als sich die Stange durch meine Brust bohrte, mir eine Rippe brach und mich zur selben Zeit an die Wand nagelte. Jedoch gelang es mir heute, dass Bewusstsein nicht ganz zu verlieren. Cardo hat schlecht gezielt, *dachte ich.*

Als ich sein Lachen hörte, bereute ich diesen törichten Gedanken jedoch sofort wieder. Es war reines Kalkül, dass ich alles mitbekam. „Die Bücher auf dem Tisch, das geheime Wissen der alten Clericer, es wird von Generation zu Generation weitergegeben." Er nahm das erste Buch, warf es ins Feuer und lächelte mich an. „Ich weiß, dass du was planst." Mein Onkel griff nach dem nächsten, schleuderte es in die Flammen. „Aber es wird dir nichts nützen. Ohne dieses Wissen ist unsere Welt verloren. Alles existiert nur noch in meinem Kopf, du brauchst mich ..." Er hielt inne, kam auf mich zu und packte mein Kinn, näherte sich meinem Gesicht und grinste mich hämisch an. „Du bist jetzt ganz von mir abhängig."

Ich schnappte nach Luft, spürte die Schmerzen in meinem Körper. „Tu das nicht", entwich es mir mit schwacher Stimme. Doch er wandte sich bereits wieder von mir ab.

Cardo fand immer einen neuen Weg, mich zu quälen. Ohne etwas dagegen unternehmen zu können, musste ich dabei zusehen, wie das Wissen von Tausenden von Jahren zu Asche verbrannte.

Ich hasse ihn so sehr! Aber wenn er denkt, dass er mich aufhalten kann, dann hat er sich geirrt.

Ich würde einen anderen Weg finden, dieses Wissen wiederzuerlangen, da war ich mir sicher.

Cardo muss sterben! Für Hazel, meine Freunde und zum Schutz der Welt.

Ich hatte gewartet, wochenlang seine Schikanen ertragen. Brav hatte ich alles über mich ergehen lassen. Seit zwei Tagen hing ich an der Wand in seinem Büro, weil es mir nicht gelang, mich zu befreien, ohne Trinken oder Essen. Ihm hatte man seine Speise auf das Zimmer gebracht. Es gab ein leckeres Curry, dessen Duft den ganzen Raum ausfüllte. Das alles gehörte zu seiner Folter.

Als er eintrat, lächelte er mich an, setzte sich selbstgefällig auf seinen Stuhl und aß genüsslich sein Mittagessen. Die ganze Zeit starrte er mich an, erfreute sich daran, wie ich litt.

„Hast du Hunger, Landon?“, fragte er mich. „Wenn du dich anstrengt, dann kannst du auch was essen.“

Ich antwortete nicht. Schwieg weiterhin und wartete ab.

Er wischte sich den Mund mit einer Serviette ab und schob den Teller zu Seite, ergötzte sich an meinen Anblick.

Seine Haut verfärbte sich. Er griff nach der Flasche, füllte sich ein Glas und trank es schnell aus. Hielt sich den Kopf. Ich spürte, wie sein Puls raste und er nach Luft schnappte. Er sank auf dem Schreibtisch zusammen. Schenkte sich nach und versuchte zu trinken.

In dem Moment griff ich nach der Stange, zog sie heraus und befreite mich. Trat auf ihn zu. „Onkel, ist alles in Ordnung?“

„Es geht gleich wieder“, keuchte er, doch ich sah, wie es ihm kaum noch gelang, den Kopf zu heben. Sein ganzer Körper wurde von Schüttelkrämpfen erfasst.

„Atropa belladonna“, sprach ich mit leiser Stimme und beugte mich leicht zu ihm hinunter. „Es war töricht, das Essen unbeaufsichtigt bei mir stehen zu lassen. Das alles gehörte zu meinem Plan. Ich wusste, dass es Curry gibt.“ Mit meiner Hand öffnete ich ein kleines Portal, hinter dem ein Strauch mit schwarzen Tollkirschen zum Vorschein kam. „Ich konnte sie dir ins Essen tun, ohne dass es dir aufgefallen ist. Du wirst sie für Weintrauben gehalten haben.“

Er lachte, doch es endete in einem Hustenanfall. „Das Nachtschattengewächs wird mich nicht umbringen.“ Sein Körper wurde von Krämpfen geschüttelt. Ich setzte mich hin, wartete ab. Cardo hatte immer mehr Probleme mit dem Atmen, und schließlich sackte sein Körper in sich zusammen.

Ich erhob mich, trat zu ihm und suchte nach seiner Uhr. Sie tickte noch. Ich öffnete das Gehäuse, bis die Zahnräder freilagen. Griff nach dem Messer und hielt es in das Getriebe, brach eines der Zahnräder heraus, sodass der Mechanismus stoppte. Die Uhr tickte nicht mehr, und zur Sicherheit löste ich noch ein paar weitere Zahnräder heraus. Jedoch brach ich nur ihre Antriebe ab und versuchte anschließend, in fummeliger Kleinstarbeit alles wieder zusammenzusetzen. Niemand sollte erkennen, dass jemand seine Uhr manipuliert hatte.

Als alle Zahnräder wieder an Ort und Stelle waren, schloss ich die Taschenuhr und legte sie zurück in seine Manteltasche. Kurz hielt ich inne und bedachte meinen toten Onkel mit einem eiskalten Blick, erst dann rannte ich hinaus.

„Hilfe!“, schrie ich laut, obwohl niemand mehr dem Obersten Clericer würde helfen können. Er war tot. Ich hatte ihn ermordet und somit seine Schreckensherrschaft endlich beendet.

Niemand fand die Wahrheit heraus. Dennoch nutzte ich die turbulente erste Nacht nach dem Tod des Obersten Clericers, um zu fliehen. Keiner der anderen achtete auf mich, dafür waren alle zu sehr von dem unerwarteten Ableben meines Onkels überrascht.

Die Fackeln und Kerzen brannten, als ich mein Zuhause ohne eine Tür zu benutzen betrat. Da ich nicht wusste, wo meine Schwester war, versuchte ich es zuerst in ihrem alten Gemach. Es war eines der Turmzimmer. Die Tür war abgeschlossen, und trotzdem glaubte ich, einen schwachen Lichtstrahl unter der Holztür zu sehen. Ich öffnete ein Portal, trat hindurch und erschrak. Eine Frau saß auf dem Bett. Sie war schwanger, und in ihren Armen hielt sie einen kleinen Jungen. Doch obwohl sie helle Haare und Augen besaß, war sie nicht meine Schwester. Sie hatte weder Ähnlichkeit zu meiner verstorbenen Mutter noch zu meinen anderen Geschwistern. Diese Frau war eine Fremde.

Alles zog sich in mir zusammen.

Habe ich mich geirrt?

„Landon“, sprach sie mich an.

Ich wich zurück. „Du bist nicht Hazel!“

Sie legte das Kind in eine Wiege und sah mich an. „Lass dich nicht täuschen. Auch wenn ich nicht so aussehe, ich bin deine Schwester!“ Tränen stiegen ihr in die Augen. „Du bist gekommen. Ich wusste, dass ich mich auf dich verlassen kann." Sie trat auf mich zu, legte ihre Arme um mich, weinte. „Mein kleiner Bruder ..."

„Hazel", wisperte ich perplex. „Was ist passiert?"

„Cinar und Cardo wollten unserer Familie zu altem Ruhm verhelfen. Ich weiß nicht, ob es unser Onkel war, der ihm einredete, das wäre der einzige Weg. Aber Cinar wollte mich heiraten. Sie gaben mir einen neuen Körper, täuschten meinen Tod vor und zwangen mich, ihn zu ehelichen", brachen die Worte aus ihr heraus.

Ich konnte es kaum glauben. Das alles hörte sich so verrückt an. Dennoch wusste ich, dass sie die Wahrheit sagte. Die Tränen auf ihren Wangen waren echt.

„Er hat ..." Sie schniefte, konnte nicht weiterreden.

Ich umfasste ihr Gesicht mit meinen Händen und schüttelte den Kopf. „Sag nichts. Du bist jetzt in Sicherheit. Nie wieder werde ich zulassen, dass er dir etwas antut."

Es tat mir leid, meine Schwester in diesem Zustand alleinzulassen, aber ich musste mich um meinen Bruder kümmern.

Ich fand ihn in seinem Arbeitszimmer, über einige Dokumente gebeugt, vor. Nichts an ihm wies darauf hin, dass er wahnsinnig war. Er bemerkte nicht einmal, wie ich das Zimmer durch ein Portal betrat.

„Cinar", sprach ich ihn an, und er hob den Kopf.

„Landon?" Verwirrt sah er mich an. „Was machst du hier?"

„Es geht um unsere Schwester Hazel", kam ich sofort zur Sache.

Er seufzte, erhob sich von seinem Stuhl und trat auf mich zu. „Sie ist nicht bei bester Gesundheit. Es mag verrückt klingen, aber ich tat das alles auf ihren Wunsch hin. Ihr vermeintlicher Tod ... Ich hoffte, ihr damit zu helfen ..."

Meine Gesichtszüge entglitten mir. Wem sollte ich glauben? „Aber die Schwangerschaft? Und das Kind?"

„Sie ist eine hübsche Frau. Denkst du wirklich, es gibt keinen Mann, der mit ihr schlafen würde? Landon, sie hat sich das alles nur ausgedacht. Sie ist nicht mehr bei klarem Verstand und bildet sich in ihrer Fantasie ganz skurrile Dinge ein.“

Ich erstarrte bei seinen Worten. „Und Cardo?“

„Er weiß von ihrem Zustand, darum sagte er dir nichts. Sein Tod ...“ Er verstummte kurz. „Es tut mir so leid.“ Cinar kam auf mich zu, nahm mich in den Arm. „Ich wollte das nicht.“

Ehe ich reagieren konnte, sah ich eine Klinge aufblitzen. Sekunden später spürte ich, wie das Blut aus meiner Kehle floss.

Cinar hat gelogen, er hat mich hinters Licht geführt. *Mit diesem Gedanken brach ich zusammen und verlor das Bewusstsein.*

Als ich zu mir kam, lag ich gefesselt in der Ecke seines Arbeitszimmers. Ich hörte dumpfe Schläge und öffnete erschrocken die Augen. Dann sah ich, wie er auf dem Boden kauerte und mit einem Hammer auf meine Taschenuhr einschlug. Zumindest auf das, was davon noch übrig war. Mein beinah unsterbliches Leben war dahin. Wenn er mich jetzt umbrachte, wäre ich tot.

„Cinar, nicht!“, flehte ich, auch wenn ich wusste, dass es längst zu spät war. Von meiner Uhr war nichts mehr außer Bruchstücke übrig.

Selbst wenn ich das überlebe, wie soll ich in diesem Zustand der Oberster Clericer werden? Ich bin jetzt so sterblich wie jedes andere Lebewesen.

Tränen stiegen mir in die Augen. Zum ersten Mal, seit ich ein Clericer war, hatte ich Angst, zu sterben.

Cinar sah zu mir, legte den Hammer zur Seite und zog den Dolch hervor, an dem noch mein Blut klebte. „Ich dachte, ich hätte dich längst getötet.“

„Cinar“, wimmerte ich. „Ich bin dein Bruder.“ Meine Sinne waren benebelt und mein Körper paralysiert. Ich konnte nichts tun. Nur meine Magie

könnte mir jetzt noch helfen. Aber konnte ich sie gegen meinen Bruder einsetzen? „Lass uns über alles reden!“

Doch das irre Leuchten seiner Augen verriet mir, dass ich diese Angelegenheit nicht friedlich würde lösen können. Ich musste ihn angreifen, wenn ich überleben wollte.

Aber war es mir wichtig zu leben? Nach allem, was passiert war? Wäre der Tod nicht gnädiger? Cinar kam immer näher.

Dann flog die Tür hinter ihm auf, und er wandte sich überrascht um. „Erle“, begrüßte er unseren Bruder. „Ich bin froh, dass du hier bist. Landon ist völlig verrückt geworden!“

Was?! Mir fehlten die Worte.

„Er hat unseren Onkel umgebracht! Aber nicht nur das: Er glaubt, dass Hazel noch lebt, und bedrängt meine Frau, weil er denkt, sie wäre unsere Schwester. Du musst mir helfen, wir müssen ihn aufhalten ... Er ist genauso verrückt wie unser Vater!“ Verzweiflung schwang in Cinars Stimme mit. Er spielte seine Rolle wirklich gut. So gut, dass ich selbst auf sein Theater hereingefallen war. „Meine Frau traut sich seinetwegen nicht mehr aus ihrem Zimmer.“

„Cardo ist tot?“, fragte Erle verwirrt.

„Ja. Er war der Einzige, der ihm Einhalt gebieten konnte. Immer wieder schrieb er mir, wie sehr er an Landon verzweifelte ...“

Ich schnappte nach Luft und suchte Erles Blick. „Das ist eine Lüge! Cinar ist wahnsinnig. Er hat unsere Schwester eingesperrt und sie geschwängert. Zweimal! Auch wenn sie nicht wie Hazel aussieht, sie ist unsere Schwester, das musst du mir glauben.“

Erle sah mich mit hochgezogener Augenbraue an. „Wirklich? Und was ist mit unserem Onkel?“

„Er ist tot“, sprach ich die Wahrheit aus.

„Du hast ihn getötet?“

Ich brachte es nicht über mich, Erle in diesem Moment anzulügen, deswegen schwieg ich.

„Er stellt meiner Frau nach“, log Cinar. „Landon liebt Hazel. Er wünscht sich nichts sehnlicher als ein Kind mit ihr, nur will er nicht einsehen, dass unsere Schwester tot ist!“

Was?

„Erle!“, rief ich so laut, wie ich konnte. „Ich bin nicht verrückt, Cinar ist es!“

Das Gesicht meines Bruders verfinsterte sich. „Ich dachte mir schon, dass etwas nicht stimmt, als er zu mir kam und erzählte, dass Hazel noch lebt.“

Mein Herz blieb stehen.

Nein, nein, nein!

„Wie gesagt, unser Onkel sprach schon lange davon, dass er wahnsinnig ist. Es tut mir leid, Bruder, aber wir müssen ihn erledigen, bevor er sich gegen uns wenden kann.“

Erle zog seine Klinge. „Du hast recht. Es ist zu unser aller Wohl.“

Meine Augen weiteten sich unter dem Helm.

Sind denn alle verrückt geworden?

Die beiden näherten sich mir, und ich versuchte, meine Finger freizubekommen, denn mein Kopf war zu benebelt, um mit meinen Gedanken zaubern zu können. Ich brauchte meine Hände.

Cinar ging vor mir in die Hocke, hielt meine Hände fest. Er wusste genau, wie wichtig sie waren.

Erle beugte sich zu mir hinunter, schwang den Dolch, doch er traf mich damit nicht. Neben mir ging mein älterer Bruder zu Boden. Erle hatte ihm mit dem Schaft des Messers einen Hieb gegen den Hinterkopf verpasst. Dieser stöhnte auf.

Entsetzt sah ich Erle an. Wir steckten gewaltig in der Klemme. Wenn jemand hereinkam, dann wären wir beide tot, denn unser Bruder war der König und lag jetzt verletzt auf dem Boden.

„Warum?“, wisperte ich. „Wieso hast du meinen Worten geglaubt?“

„Du hast nicht abgestritten, dass du Cardo getötet hast. Also wusste ich, dass du die Wahrheit sagen musst.“ Sein Blick wurde streng. Er musterte mich von Kopf bis Fuß. „Dennoch hoffe ich, dass du nicht mit seiner Frau schläfst – egal, ob sie nun Hazel ist oder nicht.“

Ich sank zusammen. Erleichterung machte sich in mir breit, obwohl wir noch immer vor einigen Problemen standen. Denn Cinar war der König, wie sollten wir ihn also überführen? Was würde aus ihm werden? Er war auch der Einzige, der Vorwürfe gegen mich vorbringen könnte. Wenn er nur andeutete, dass Cardo an keinem natürlichen Tod gestorben war, war ich so gut wie geliefert. Man würde das Gift bei einer Untersuchung finden. Das wäre mein Untergang, und ich wollte mir nicht ausmalen, wer der nächste Oberster Clericer werden würde, besonders da alle Dokumente vernichtet worden waren. Es würde in einer Katastrophe enden.

Ich sah meinen großen Bruder an. „Was sollen wir tun?“

Erle wandte sich von mir ab und schritt durch den Raum. „Ich werde Carson holen. Er wird mir helfen, unseren Bruder, der unglücklich gestürzt ist, in sein Bett zu bringen. Alles Weitere werden wir gemeinsam besprechen müssen.“

Stumm nickte ich ihm zu, da meine Kehle zu trocken war, um zu sprechen. Cinar würde uns Probleme machen. In dem Punkt war ich mir sicher.

„Es wäre besser, wenn er stirbt.“

Erle drehte sich wieder zu mir um. „Willst du unsere Familie noch mehr ausdünnen?!“

„Seine Worte könnten mich den Kopf kosten. Wenn sie die Leiche ... Cardo ... untersuchen, werden sie die Spuren finden ... Das wäre mein Tod! Willst du das?“ Meine Lippen zitterten. „Einer von uns beiden muss sterben. Es liegt in unserer Hand, dies zu entscheiden.“

„Wir werden nichts überstürzen“, blieb Erle hartnäckig. „Morgen reden wir noch mal mit Cinar. Vielleicht gibt es eine friedliche Lösung für das alles.“ Endlich kam mein Bruder auf mich zu, beugte sich zu mir hinunter und befreite mich von meinen Fesseln. „Wir sind eine Familie, das solltest du niemals vergessen. Gemeinsam werden wir das Problem lösen.“

CENRED GLOUCESTER

Angsterfüllt stand ich vor Vater, der mich mit seinen kalten blauen Augen musterte. Sein Mund war zu einem dünnen Strich zusammengekniffen, und er trommelte mit seinen Fingern auf dem Holztisch. Gerade wäre mir ein Kampf mit einem Wendigo auf Leben und Tod lieber gewesen, als mit ihm dieses Gespräch zu führen.

„Mutter“, sagte ich mit schwacher Stimme und gesenktem Kopf. Ich haderte mit meinen nächsten Worten. Was sollte ich ihm sagen? Ich wusste ja selbst nicht, was eigentlich passiert war. „Sie hat sich umgebracht, wegen mir.“ Es war eine schöne Umschreibung.

„Was?“, spie Vater mir entgegen.

„Ich habe mit ihr über Hunter gesprochen und darüber, dass er niemals die Prüfung bestehen wird, solange sie lebt.“

Alle Utensilien auf dem Tisch flogen mir um die Ohren. Vater hatte seinen Schreibtisch mit einer hastigen Bewegung leergefegt. Die Blätter flatterten vor mir zu Boden. „Sie hat sich umgebracht wegen Hunters verdammter Prüfung?! Niemals hätte ich zugelassen, dass er sein Leben wegen einer solchen Nichtigkeit verliert. Habt ihr zwei jemals daran gedacht, dass ich meine eigenen Pläne habe?“

Ich zuckte zusammen. „Aber ...“

„Schweig, Bastard! Ich will kein Wort mehr von dir hören.“ Seine blauen Augen funkelten böse. Trotz seiner angespannten Haltung setzte er sich zurück in seinen Sessel. Angespannt sah er mich an. „Ich möchte dir etwas erzählen.“ An dem Klang seiner Stimme hörte ich, wie sehr er versuchte, sich zusammenzureißen. „Als meine Eltern starben, war ich erst neunzehn. Ich war damals ein Jäger, genau wie du. Cinar war drei Jahre älter als ich und wurde der König. Landon war in der Akademie der Clericer. Meine jüngere Schwester ließ ich in der Obhut meines Bruders zurück. Eines kann ich dir sagen: Der Wahnsinn ist in unserer Familie sehr verbreitet.“ Sein Blick durchbohrte mich. „Als Cinar mir schrieb, dass sich Hazel aus Verzweiflung das Leben genommen hatte, hinterfragte ich seine Worte nicht. Immerhin war ich nie zu Hause. Ich war in den Nebellanden und diente König Czarek. Dort lernte ich deine Mutter kennen und verliebte mich in sie. Der Tod meiner Schwester nahm mich mit. Aber da ich nichts tun konnte, dachte ich nicht weiter darüber nach.“ Er machte eine Pause. Seine ganze Körperhaltung hatte sich geändert. Mein Vater wirkte bedrückt, seine Schultern hingen hinunter, den Kopf hatte er gesenkt. Jedes Wort schien ihm schwerzufallen. Offenbar hatte er dieses Gespräch noch mit keinem seiner anderen Kinder geführt. „Irgendwann meldete sich Landon bei mir. Er meinte, unsere Schwester würde noch leben und Cinar hätte den Verstand verloren. Verzweifelt bat er mich darum, nach ihr zu sehen, da Onkel Cardo ihn nicht gehen ließ. Ich schlug ihm seine Bitte ab, weil ich mir nicht vorstellen konnte, dass an seinen Worten etwas Wahres dran war." In sich gekehrt ließ sich Vater tiefer in den Sessel sinken. „Weißt du, Cenred, der Wahnsinn liegt uns im Blut. Seit Jahrhunderten sind die Gloucesters darauf versessen, dass der Oberste Clericer jemand aus unserer Familie ist. Dafür war ihnen jedes Mittel recht. Meine Mutter Colette war einem großen Druck ausgesetzt, denn weder Cinar, Hazel noch ich waren Clericer oder verfügten über Magie. Sie hatte viele Kinder verloren, bevor sie überhaupt auf die Welt gekommen waren. Landon war ein Wunder und zugleich ihr Untergang, denn sie überlebte seine Geburt nicht. Ich denke, der Tod war eine Erlösung für sie. Vater ließ es damals kalt. Wir anderen waren selbst noch Kinder und litten sehr unter Mutters Ableben. Darum wollte ich all das hinter mir lassen, sobald ich alt genug war. Ein Gloucester zu sein, ist ein Fluch und kein Segen. Leider musste ich erkennen, dass unser eigener Vater immer mehr dem Wahnsinn verfiel. Sicherlich war es für das Volk nicht so ersichtlich wie für uns. Anfangs war er noch ein guter König, aber mit der Zeit wurde es immer schlimmer. Cinar und ich entschieden, ihn langsam zu vergiften, denn ihn öffentlich zu töten, hätte uns nur geschadet. Vaters Zustand verschlechterte sich und fesselte ihn ans Bett, sodass er keinen Schaden mehr anrichten konnte. Dass mein Bruder seinen Wahnsinn geerbt hatte, wollte ich nicht wahrhaben."

Verwirrt sah ich meinen Vater an. Großvater war laut den Geschichten an einem unbekannten Leiden erkrankt und weil er den Heilern nicht vertraut hatte, war es niemandem möglich gewesen, ihn zu retten. Dass seine Söhne ihn schleichend umgebracht hatten, schockierte mich. Es spielte keine Rolle, dass sie ihre Gründe dafür gehabt hatten – seinen Vater zu töten, war einfach nur grausam. Wie es schien, war jeder von uns Gloucesters bis zu einem gewissen Grad wahnsinnig.

„Obwohl es mir missfiel, verließ ich die Nebellande und kehrte nach Hause zurück. Deiner Mutter versprach ich, dass ich zurückkommen würde. Auch wenn ich nicht heiraten durfte, so wollte ich wenigstens in ihrer Nähe sein. Leider musste ich schmerzlich erkennen, dass Landon recht hatte. Cinar war nicht mehr er selbst. Uns gegen ihn zu stellen, war unsere einzige Hoffnung. Denn ich musste feststellen, dass er sogar noch wahnsinniger als unser Vater war. Er hatte über Hazels tot gelogen und mit Cardos Hilfe ihre Gestalt geändert. Dann hat er sie gegen ihren Willen geheiratet, sie eingesperrt und sie als Zuchtstute missbraucht. Duncan und die Zwillinge Reid und Moira sind in Wahrheit deine Cousins und deine Cousine. Nach dem Tod meines Bruders wurde ich König. Ich gab meiner Schwester den Namen Cerys und heiratete sie, weil ich hoffte, dass sie so ihren Frieden finden würde. Denn ich konnte kein Jäger mehr sein und dachte, dass es ihr helfen würde, wenn ich die Kinder meines Bruders als die meinen aufnahm. Es war niemals von mir gewollt, dass sie sich in mich verliebte und schwanger wurde."

Mein ganzer Körper zitterte. Was Vater jetzt erzählte, war für mich unfassbar. Das Geheimnis unserer Familie war grauenvoll und auf Wahnsinn gegründet.

„Everette hätte niemals existieren dürfen. Es war meine eigene Schwäche, und als ich zurück in die Nebellande ging, um mit deiner Mutter alles zu klären, kam es nicht so, wie ich es wollte. Ich hatte gehofft, dass sie mich vergessen hätte, dass sie mir meine Heirat übelnahm, aber sie hatte auf mich gewartet. Noch immer hatte ich Gefühle für sie, und meine Liebe zu ihr kostete mich am Ende sogar die Freundschaft zu Czarek Czapski. Darum nahm ich dich als meinen Sohn auf und machte dich nicht zu meinem Bastard, wie es sich eigentlich gehört."

Meine Beine gaben unter mir nach, und ich sank auf den Boden, sah zu Vater hinauf, der weiterhin unberührt hinter seinem Schreibtisch saß. „Das bedeutet, dass Cerys ... meine Tante Hazel war?“ Kein weiteres Wort wollte über meine Lippen kommen. *Wenn wir miteinander geschlafen hatten, dann ...*

„Ja“, bestätigte Vater kühl. „Und nun zu dir, Sohn: Es mag für dich grausam klingen, aber ich möchte, dass du deine Sachen packst und verschwindest. Vielleicht hat sich Hazel selbst umgebracht oder nicht. Offiziell werde ich jedoch dir die Schuld geben. Du warst betrunken und hast es unbewusst getan. Nach allem, was sie durchgemacht hat, möchte ich nicht, dass sie als Selbstmörderin bekannt wird.“

„Hunter ...“, war alles, was ich sagte, da ich wusste, dass mein Bruder mir meine angebliche Tat niemals verzeihen würde.

„Wird es hoffentlich als Motivation sehen, stärker zu werden. In einem Zweikampf würdest du ihn wohl bezwingen.“

Ich senkte meinen Kopf, sah auf den Boden. „Wenn er Rache will, wirst du mich dann opfern?“, fragte ich mit schwacher Stimme. „Du scheinst meine Mutter nicht besonders geliebt zu haben, wenn du das zulässt!“

Vaters Faust knallte auf das Holz des Tisches. „Sei still, Cenred! Ich werde es Hunter erklären, wenn die Zeit reif ist. Er wird die Wahrheit erfahren, aber bis dahin solltest du dir Mühe geben, nicht zu sterben! Haben wir uns verstanden?“

Das war also Vaters Weg, mir seine Liebe zu zeigen? Ich sollte nicht draufgehen, bis er glaubte, dass mein kleiner Bruder breit für die Wahrheit war? Das war widerlich. Aber was sollte ich sonst von dieser verkorksten Familie erwarten?

Schweigend senkte ich den Kopf, widersprach ihm nicht.

„Ich habe kaum was zu packen“, wisperte ich. „Soll ich gleich gehen?“ Klamm und heimlich zu verschwinden, wäre mir nur recht.

„Nein.“ Vater erhob sich, und mir schwante Böses. „Wir werden mit den anderen reden ...“

Ich schluckte.

Ich bin so gut wie tot!

KAPITEL X

DIE MACHT DER LÜGEN

DUNCAN GLOUCESTER

„Bei den Göttern, was treibt ihr hier?!“, riss mich eine Stimme aus dem Schlaf.

Everette war so betrunken gewesen, dass ich mich am Ende mit den beiden Frauen allein vergnügt hatte. Noch immer lag er in den zerwühlten Laken und gluckste vor sich hin.

In den letzten Jahren war es bei mir ruhiger geworden. Seit Vater darauf bestand, eine passende Ehefrau für mich zu finden, war es ihm sehr wichtig, dass ich mein ausschweifendes Leben als Kronprinz aufgab. Zu gern erinnerte er mich daran, wie perfekt Walder war. Aldwyn Wessex' Sohn war nicht nur ein Magier, sondern auch der perfekte Nachfolger seines Vaters. Seine Liebe galt ganz allein seinen Büchern, und sein Interesse für das weibliche Geschlecht hatte nie wirklich existiert. Auch wenn ich es ungern zugab, aber er war mit Sicherheit einer der stärksten Magier des Landes. Allein Everette hätte es mit ihm aufnehmen können, aber die beiden waren schlechte Verlier und wollten keine Niederlage einstecken, sodass sie noch nie einen Kampf ausgetragen hatten.

Nach all der Zeit der Abstinenz war ein Techtelmechtel mit zwei Frauen eine schöne Erfahrung gewesen. Das hatte ich noch nie ausprobiert. Everette war wie immer ein schlechter Einfluss. Zwar würde ich lügen, wenn ich sagte, ich hätte es nicht genossen, dennoch würde ich es nicht wiederholen.

Vaters Worte waren so harsch, dass ich die Augen aufschlug und mich verwirrt umsah. Die beiden Frauen waren weg, nur mein betrunkener, schlafender Bruder lag nackt neben mir.

Jetzt erkannte ich, warum Vaters Tonfall so böse war. Er zog die falschen Schlüsse aus dem Bild, das sich ihm bot. Ich war sein Erstgeborener, sein Thronerbe. Wenn ich eine Liebelei mir meinem Bruder anfing, würde ich ihm keine Kinder schenken können. Vater war es egal, ob man nun eine Vorliebe für Männer oder Frauen hatte, nur eine Regel war ihm wichtig: Sein Erbe würde ihm Söhne und Töchter schenken müssen – komme, was wolle.

„Everette!", schrie er meinen Bruder an und packte seinen hellen Haarschopf.

„Vater, nicht!", mischte ich mich ein. Ich umklammerte seine Hand und sah ihm direkt ins Gesicht. „Wir haben nicht miteinander geschlafen. Er hatte sich für die Nacht zwei Mädchen ins Bett geholt, doch er war zu betrunken, sodass ich die beiden allein bespaßen musste. Das ist schon alles."

„Zwei Mädchen?", zischte Vater, ließ Everette jedoch los, der nun hellwach war. „Kein Wunder, dass seine Geliebte die Nase voll von ihm hat." Sein Blick verfinsterte sich, als er sich an Everette wandte. „Du hast nicht einmal die Eier, mir entgegenzutreten und mir zu sagen, dass du deinen Posten verloren hast. Schwächling. Stattdessen besäufst du dich. Kein Wunder, dass diese Frau kein Interesse mehr an dir hat!"

„Vater ..." Weiter kam Everette nicht, denn dann hallte schon der Knall von Vaters Ohrfeige durch das Zimmer.

„Du bringst meinen Ältesten nicht auf dumme Ideen, haben wir uns verstanden?!"

„Sicher, Vater." Mein Bruder senkte seinen Kopf.

Vater trat einen Schritt zurück. Erst jetzt fiel mir auf, dass er die Tracht mit dem Wappen der Gloucesters trug. Was auch passiert war, er schien mit einem höheren Gast zu rechnen oder plante sogar eine Rede an das Volk. Das waren die zwei Möglichkeiten, die mir in den Sinn kamen, warum er das rote Wams mit dem Mantikor auf der Brust trug. Dazu lag ein schwerer roter Umgang mit Fellbesatz über seinen Schultern.

Vater verzog das Gesicht. „Duncan, ich möchte, dass du dich um deinen Bruder kümmerst. Ihr sollt beide in zwanzig Minuten im Thronsaal stehen. Sorge dafür, dass Everette angemessen gekleidet ist."

„Natürlich, Vater."

Ich wartete, bis er das Zimmer verlassen hatte, ehe ich aus dem Bett sprang und mich eilig anzog. Zwar hatten wir Dienstboten, die sich um unsere Belange kümmerten, aber heute wurde ich selbst tätig. Es tat mir gut, kurz hinauszugehen und mir die Beine zu vertreten. Ich verstand nicht, was los war, doch ich würde es früh genug erfahren.

Mit einem Krug Wasser und etwas salzigem Gebäck kam ich zurück. Vaters Zeitangabe war schwer einzuhalten, aber ich versuchte es. Gnadenlos füllte ich Everette zuerst mit dem Wasser ab und stopfte ihn dann mit salzigem Gebäck voll. Dann scheuchte ich ihn auf und zwang ihn, sich anzuziehen.

EVERETTE GLOUCESTER

Warum ist Vater ausgerechnet in diesem Augenblick gekommen? Aber noch wichtiger: Warum habe ich mich so gehen lassen? Es gab so viele Fragen, die ich mir stellte. Wenigstens half Duncan mir, wieder auf die Beine zu kommen. Dafür war ich ihm sehr dankbar. Nach den Gläsern Wasser und dem Gebäck ging es mir besser. Auch wenn ich wusste, dass Vater meine Verfehlungen nicht vergessen würde.

Ich stand vor dem Spiegel und kämmte mir das aschblonde Haar. Meine weiße Kutte saß ordentlich. Der bodenlange Stoff war sauber und so gut wie faltenfrei. Eilig schlug ich die weiten Ärmel etwas zurück, streifte mir die weißen Handschuhe über und rückte ein letztes Mal meinen Umhang zurecht, der mir über die Schultern fiel.

„Ich bin so weit", erklärte ich Duncan.

Schweigsam schritt ich neben meinem älteren Bruder her, und wir blieben vor einer großen Eisentür stehen. Zwei Diener schoben sie auf, und ich trat hinter meinem Bruder hinein. Vater saß auf seinem Thron. Cen und Hunter standen bei ihm.

Sobald sich das Tor geschlossen hatte, stand Vater auf und schritt die Stufen vom Podium hinunter. „Ich habe eine gute und eine schlechte Nachricht für euch. Da ich es besser finde, zuerst mit der guten zu starten, erzähle ich sie euch zuerst." Sein Blick war grimmig, alles an seiner Körperhaltung ließ mich erschaudern. „Die Hohepriesterin schickte mir einen Raben. Sie teilte mir mit, wozu mein Sohn nicht den Mut hatte. Sie ersetzte ihre Rechte Hand – Everette – durch einen anderen. Wir wissen alle, wie er ist. Seit Jahren heißt es, er hätte diese Stellung nur inne, weil er rücksichtlos und gerissen ist. Und weil er sich hochgeschlafen hat, natürlich. Aber scheinbar ist ihr das Techtelmechtel mit ihm zu langweilig geworden."

Alles zog sich in mir zusammen. Er sprach mich nicht mal direkt an. „Vater!", ergriff ich das Wort. Eilte auf ihn zu und sank vor ihm auf die Knie. „Es tut mir leid."

„Was tut dir leid?" Abschätzig musterte er mich. „Dass du nicht die Eier hattest, mir die Wahrheit ins Gesicht zu sagen? Oder dass du nicht fähig bist, diese Frau länger von deinen Qualitäten zu überzeugen?"

Unsicher, was ich sagen sollte, starrte ich Vater an. Es waren nicht die Worte, die ich gewählt hätte, zugleich war ich uneins, was ich mehr bereuen sollte.

„Ich bereue, es dir nicht früher gesagt zu haben, Vater ...“

Wütend verzog er das Gesicht, trat auf mich zu. „Ich bin froh, dass es endlich ein Ende hat“, spie er mir entgegen. „Wenn ich mich mit den Gutsherren oder anderen Lords traf, warst du immer wieder ein Thema. Sie wissen, was du treibst – alle wissen es. Du bist mein Sohn, der hübsche, lockenköpfige Junge, dessen Antlitz einem jungen Gott gleicht, der Jüngling, der in allen Königslanden als die männliche Hure bekannt ist, die gern einflussreiche Frauen verführt.“

„Aber ich ...“

Vaters vernichtender Blick ließ mich augenblicklich verstummen. „Du hast die Schule abgeschlossen, dich der Kirche angeschlossen und wurdest am ersten Tag zur Rechten Hand der Hohepriesterin ernannt, ohne dass du dich beweisen musstest. Jeder kann eins und eins zusammenzählen. Unterschätze nicht die Bauern und das einfache Volk!“

„Ich dachte, du wärst stolz auf mich!“

„Stolz?“ Seine Stimme triefte vor Abscheu. „Ein Mann der Kirche sollte demütig und abstinent sein. Du bist beides nicht, mein Sohn, und die ganze Welt weiß von deinen Freveln.“

Ein Schütteln erfasste meinen Körper. Ich kauerte mich auf dem Boden zusammen, schniefte. „Was hätte ich denn sonst werden können? Ich bin ein Magier, es gibt keinen anderen Weg. Außer ich wähle die Bedeutungslosigkeit wie Reid. Ich will Macht, ich will Ansehen. Im Vergleich zu meinen Geschwistern bin ich der Klügste und Begabteste, darum habe ich diese Stellung verdient. Oder hat Hunter irgendwas erreicht? Allein seine Blutmagie macht ihn zu einem Clericer!“ Durch meine Worte hatte ich meine Selbstsicherheit zurückgewonnen, auch wenn ich weiter auf den Boden starrte. Meinen Geschwistern ins Gesicht zu sehen, nachdem ich mich als den Fähigsten von ihnen beschrieben habe, traute ich mich nicht.

„Widerwärtig“, spie mir Vater entgegen. Alles in mir zog sich zusammen. „Von all meinen Söhnen widerst du mich am meisten an. Du hast keine Ehre, kein Treuegefühl. Selbst Hunters Namen nimmst du in den Mund und das obwohl er sich noch nie beweisen musste. Deine Mutter hat dich stets verhätschelt, weil sie dich über alles liebte. Vermutlich wollte mich die Göttin Sona mit deiner Geburt bestrafen." Sein Gesicht verfinsterte sich immer weiter. „Vermutlich erinnerst du dich nicht mal an die Hälfte all der Frauen, mit denen du je geschlafen hast."

„Hör auf!", schrie ich ihn an und hob meinen Kopf. Sah ihn das erste Mal direkt an. „So schlecht denkst du von mir? Und das obwohl ich mir die letzten vier Jahre keine einzige Verfehlung erlaubt habe? Ich war der Hohepriesterin treu, auch wenn du es dir nicht vorstellen kannst", verteidigte ich mich. „Auch treibe ich es nicht so bunt, wie alle denken. Ihr tut mir alle Unrecht." Mit finsterem Blick sah ich in Vaters Richtung und erhob mich. „Ich kann mich an meine Frauen erinnern. Es ist nicht so, als würde ich sie wie meine Unterhosen wechseln. Denn ich suche sie mir gezielt aus. Egal, ob es eine Adlige, eine Dienstmagd oder ein Bauernmädchen ist. Auch bevorzuge ich mächtige Frauen und die finde ich nicht im Bordell!" Für den letzten Satz hätte ich mich ohrfeigen können.

Vaters Augen ruhten auf mir. Sie waren finster und kalt. „*Mächtige* Frauen." Er ließ sich das Wort auf der Zunge zergehen. Lauernd blieb er direkt vor mir stehen, verschränkte die Arme vor der Brust. „Wer war denn deine Erste? Angeblich erinnerst du dich ja an alle deine Frauen."

Ich senkte den Kopf, ballte meine Hand zur Faust. *Wie kann er so etwas fragen? Dass er mich demütigt, ist eine Sache, aber langsam wünsche ich mir, dass er mich einfach hinausschmeißt.*

„Everette!", ermahnte er mich.

„Die ... Die ..." Ich brachte es einfach nicht über die Lippen.

„Die was?!", donnerte er. „Bist du ein Gloucester oder ein verängstigtes Hühnchen?!"

„Die Königin! Annalise McCain." Ich kauerte mich mehr zusammen, und meine Fingernägel bohrten sich in mein Fleisch, so sehr drückte ich meine Hände zusammen. „Es ist alles deine Schuld!", schrie ich Vater an, ohne meinen Blick zu heben. „Es geschah beim

Fest von Sonas Ankunft in Burengard. Du warst gemeinsam mit dem König, Duncan, Reid und Arden unterwegs zum Steinkreis in der Ostmark und wolltest mich nicht mitnehmen. Ich war dir zu jung. Bei den Frauen und den Mädchen hast du mich zurückgelassen! Nur war ich in Annalises Augen kein dummer, kleiner Junge…" Weiter sprach ich nicht, denn meine Stimme versagte. Niemandem hatte ich je davon erzählt. Es war ein Fehler gewesen, der mich nun den Kopf kosten konnte. „Es ist Alister McCains eigene Schuld. Er selbst hat zahlreiche Affären, aber erlaubt seiner Frau keinen einzigen Geliebten. Sie hat sich nur genommen, was ihr zusteht."

Ich hob meinen Kopf, sah Vater direkt ins Gesicht. Hoffte, dass seine Demütigung endlich ein Ende fand. Vater war wieder die Stufen zu seinem Thron hinaufgeschritten und setzte sich darauf nieder. Sein Gesicht war blass, eine tiefe Falte zog sich über seine Stirn, als er nachdachte. Alister war ein enger und alter Freund von ihm. Meine Taten könnten das Verhältnis zwischen ihnen zerstören.

„Steh auf!", verlangte er von mir nach einer gefühlten Ewigkeit des Schweigens.

Ich befolgte seinen Befehl, sah zu ihm, während er sich von dem schweren Eisenthron erhob.

„Komm näher", forderte er, und ich stieg die Stufen zu ihm hinauf. Finster musterte er mich, bevor er seine Stimme erhob: „Du widerst mich an." Er griff nach mir, stieß mich von sich. Ich taumelte zurück, spürte, wie mein Fuß ins Leere trat und ich rücklinks die Treppe hinunterfiel. Der Schmerz durchzog meinen ganzen Körper, als ich auf die Stufen prallte, und am Fuß des Podiums krümmte ich mich zusammen.

Kann Vater mich nicht einfach wegschicken? Ich will, dass es vorbei ist!

Tränen traten mir in die Augen. Ich zog die Kapuze meines Umhanges übers Gesicht, schluchzte. Keiner meiner Geschwister kam zu mir. Diese Situation war so typisch für unsere Familie.

Zeitgleich vernahm ich wieder Vaters Stimme. „Ich möchte euch jetzt noch die schlechte Nachricht überbringen."

Wenn dies die gute war, will ich die schlechte gar nicht erst hören.

ALEKSANDRA CZAPSKA

Auf dem Weg zurück in den Innenhof jagte ein Gedanke den nächsten. *Wie soll ich beweisen, dass Walder Kimball auf dem Gewissen hat?*

„Ich habe eine ungewöhnliche Bitte“, wandte ich mich an den Seneschall, der mich höchstpersönlich hinausbegleiten wollte. „Könnt Ihr Walder Wessex ausrichten, dass ich nochmals mit ihm reden möchte? Unter vier Augen?“

„Wenn es Euer Wunsch ist, kann ich ihn fragen“, antwortete er, wobei es ihm nicht gelang, seine Überraschung zu verbergen.

Ich nickte ihm zu.

Man führte mich zurück, und ich wartete gut eine Stunde, bis sich Walder bereit erklärte, mich zu sehen. Ein breites Lächeln zierte sein Gesicht, als er den Raum betrat.

„Ich dachte, du würdest die Angelegenheit ruhen lassen“, meinte er, während er auf mich zutrat und mich musterte. „Es ist keine Schande, wenn man eine Suche für aussichtslos erklärt. Du bist immerhin keine Henkerin, sondern eine Clericerin.“ Er setzte sich mir gegenüber.

Ich blieb ruhig, sah ihn an. Er schien sich weiterhin sicher zu fühlen, und das war gut für mich. „Wie hast du erfahren, was mit deinem kleinen Bruder passiert ist?“, fragte ich, ohne auf seine Äußerungen einzugehen.

Walder lachte auf und beugte sich zu mir vor, seine Augen leuchteten belustigt. „Das interessiert dich also?“ Er schnaubte. „Ich war ganz in der Nähe, weil ich wusste, dass Lindsey bald zu uns zurückkommen würde. Mein Plan war es, mit meinem Bruder zu reisen. Doch dann erreichte uns der Feuervogel des Obersten Clericers, der uns die Nachricht von Lindseys Tod überbrachte. Weil ich in der Nähe war, wollte ich herausfinden, wie er gestorben ist." Jedes Wort, das Walder aussprach, triefte vor Zorn und Hass. Er schien seinen kleinen Bruder wirklich geliebt zu haben. Mir schwante Böses.

Wie hat er herausgefunden, was passiert ist?

Ich schlug die Beine übereinander, lehnte mich zurück. „Du hast wohl kaum in der Akademie nachgefragt?" Mein Magen drehte sich fast um, als ich diesen Satz in aller Ruhe aussprach, denn zeitgleich erinnerte ich mich an seine Worte. Kimball war nicht der erste tote Clericer gewesen, wen hatte er also noch umgebracht?

Er lächelte mich höhnisch an. „Ich habe die Schule gefunden und eure Abreise beobachtet. Dabei suchte ich mir einen Clericer aus, der allein reiste. Sein Name war Larry Briggs. Dafür, dass er zur magischen Elite gehörte, hat er sich leicht brechen lassen. Er erzählte mir, dass Lindseys Tod bei einer Prüfung geschah und Kimball sein Mörder war." Ich öffnete den Mund, um etwas zu sagen, doch er schnitt mir das Wort ab. „Du brauchst dir keine Sorgen um deinen Freund Hunter zu machen. Ich habe nicht vor, ihm ein Haar zu krümmen, denn er wollte meinem Bruder helfen. Wenn jemand die Schuld an allem trägt, dann ist es der Oberste Clericer Landon Gloucester."

„Du möchtest dich mit dem Obersten Clericer anlegen?", fragte ich verwirrt.

„Nein. Auch wenn ich es gern tun würde. Er ist zu stark für mich."

„Also hat deine Rache ein Ende?"

Walder lachte wieder. „Larry Briggs hat mit seinem Leben bezahlt. Ich weiß, wie man Clericer tötet, jedoch braucht man dafür Geduld. Landon ist nach wie vor mein Ziel, nur werde ich zuschlagen, wenn er es am wenigsten erwartet. Das kann von mir aus Jahre dauern oder sogar Jahrzehnte. Aber ich werde nicht vergessen, was er getan hat!"

Ich blieb ruhig. Irgendwie tat er mir leid. Er liebte seinen kleinen Bruder so sehr, dass er sich dem Hass hingab und sein ganzes Leben damit zerstörte.

„Das sind deine letzten Worte?“, fragte ich ihn.

Mit hochgezogenen Augenbrauen sah er mich an. „Wie meinst du das?“

In dem Moment knallte die Tür auf und eine Gestalt stürmte in den Raum. „Walder, was hast du getan?“, rief sein Vater. Dann tauchte eine weitere Person im Türrahmen auf.

Ich grinste zufrieden. Mein Plan war aufgegangen. Alle hatten sein Geständnis gehört.

Walders Gesicht wurde blass, als er seinen Vater sah, doch kurz darauf wurde der Schock durch Zorn ersetzt. „Ja, das habe ich!“ Er sprang von seinem Sessel auf, funkelte seinen Vater böse an. „Und was hast du getan, als du von Lindseys Tod erfahren hast? Nichts! Denn es war dir egal. Du bist wie ein Schaf, das niemals was hinterfragt“, schrie er. „Unser ganzes System ist voller Falschheit und Korruption, aber niemand unternimmt was dagegen! Aus Bequemlichkeit nehmt ihr alles hin.“

„Du solltest lieber schweigen“, wandte sich eine weitere Stimme an den jungen Adligen. Zu meiner Überraschung gehörte sie zu Erle Gloucester. Hunters Vater, der König, war wirklich gekommen.

Ein breites Lächeln erschien auf Walders Gesicht. „Ihr vertraut also wirklich Eurem jüngeren Bruder? Er kennt die Wahrheit und schweigt. Der Oberste Clericer ist der größte Lügner von allen!“, spie er dem König entgegen. „Ihr könntet ihn aufhalten. Entmächtigt die Clericer und ihr falsches Spiel aus Lügen und Intrigen!“

König Erle verschränkte die Arme vor der Brust und starrte mit finsterer Miene zu Walder. „Ich soll die Worte eines Mörders glauben?“ Seine Stimme triefte vor Verachtung. „In meinen Augen wart Ihr immer perfekt. Ihr wart gebildet und einer der fähigsten Magier unseres Landes, aber am Ende gabt ihr Euch dem Hass hin. Das ist verachtenswert. Fandet Ihr mit all Eurem Wissen keinen anderen Weg?“

Walder wich vor dem König zurück. Die Wachen hatten sich ebenfalls in das Zimmer gedrückt, und trotzdem überraschte es mich, dass Erle so wenig Angst vor dem Magier hatte. Wenn er es geschafft hatte, zwei Clericer zu töten, wäre ein gewöhnlicher Mensch ein Kinderspiel für ihn.

„Vater lässt das alles zu. Ihr selbst unternehmt nichts, um unser Land zu retten. Alle Mächtigen schauen dabei zu, wie ein falsches Spiel gespielt wird, weil es für alle am praktischsten und einfachsten ist. Aber ich werde mich gegen dieses korrupte System wenden und jeden Einzelnen von seinem Thron stürzen!“ Hass loderte in Walders Augen, und viel zu spät erkannte ich, was er vorhatte.

Auf einmal drehte er sich zu dem offenen Fenster um und sprang hinaus. Ich hastete ihm nach, genau wie die Wachen des Königs. Dabei erreichte ich die Fensteröffnung als Erste und schaute hinaus. Walder landete mit seiner Luftmagie sauber auf dem Dach des Thronsaals. Der Sprung aus dem Turmzimmer wäre für einen normalen Menschen tödlich gewesen, doch nicht für ihn. Ich griff nach meiner Klingenpeitsche, sprang selbst aus dem Turmfenster und landete sicher mit beiden Füßen auf dem schrägen Dach.

Walder hatte einige Meter zwischen uns gebracht, drehte sich zu mir um. Ein böses Lächeln umspielte seine Mundwinkel. „Du hättest mich lieber gehen lassen sollen. Aber ihr Clericer seid immer übermütig. Mag sein, dass du gelernt hast, gegen Monster zu kämpfen, aber dir fehlt die Erfahrung, gegen jemanden zu bestehen, der wirkliche Kampferfahrung hat!“

Unbeeindruckt schwang ich meine Peitsche. Ich fürchtete mich nicht vor ihm. Er hatte keine Ahnung, mit wem er es zu tun hatte.

KAPITEL XI
Der mächtige Magier

HUNTER GLOUCESTER

Ich hatte meinen Kopf gesenkt, als Vater Everette in Grund und Boden stampfte. Eigentlich kannte ich ihn nicht. Er war kaum hier gewesen, nur in den Sommerferien für ein paar Wochen. Daher war er für mich ein Fremder, den ich seit zehn Jahren kein einziges Mal mehr gesehen hatte, weswegen meine Gefühle zu ihm sehr zwiegespalten waren. Er hatte sich hochgeschlafen, das sollte man als ehrenhafter Magier nicht tun. Zudem glaubte ich nicht daran, dass die Hohepriesterin ihn grundlos abserviert hatte. Denn mit seinen einundzwanzig Jahren war er noch weit davon entfernt, als alt durchzugehen. Aber ich mischte mich nicht ein. Das Ganze war wohl die Retourkutsche für seine Fehler.

Erst als Vater uns die schlechte Nachricht überbringen wollte, sah ich überrascht auf. *Will ich wirklich wissen, worum es geht?*

Vaters Gesicht war eine Maske, die jegliche Emotionen verbarg. Er räusperte sich. „Jemand hat eure Mutter getötet." Mein Herz setzte für einen Schlag aus, als ich dies hörte. Entsetzt starrte ich zu Vater. *Das kann nicht wahr sein! Nicht Mutter ...*

Vater trat zu Cen, zerrte ihn mit sich. Hinter ihnen kauerte Everette am Boden und machte keine Anstalten, aufzustehen. Ich starrte Cen an, und er senkte seinen Kopf. Kein Wort kam über seine Lippen.

Ich versuchte, die Situation zu verstehen – da erinnerte ich mich. Das gestrige Gespräch mit Cen, was er gesagt hatte und die Nachricht von Vater. Unter der Maske weiteten sich meine Augen, als ich begriff, was es bedeutete.

„Warum?!“, schrie ich ihn aus Leibeskräften an, während Hass in mir entflammte. Etwas, das ich sonst nie fühlte. Aber in diesem Moment war er so real. Automatisch hob ich meine Hand, konzentrierte mich auf meinen Bruder und spürte, wie sein Blut in den Adern pulsierte. *Mutter hatte es nicht verdient zu sterben …* Dieser Gedanke ließ mich nicht los. Ich hatte noch nicht mal ein Tier mit meiner Magie verletzt, aber jetzt konnte ich nicht anders. Ich erhöhte den Druck und sah, wie er zusammenzuckte. Cen fiel auf die Knie, schrie auf, raufte sich die Haare. Blut lief ihm aus der Nase.

„Hör auf!“, herrschte mich Vater an. Er packte mich an der Schulter, und in dem Moment kam ich wieder zu mir. „Wage es nicht, ihn zu töten!“

Erschüttert sah ich zu ihm hinauf. Für einen flüchtigen Moment hatte ich Angst vor mir selbst. „Warum?“ Am ganzen Körper zitternd, schaute ich auf Cen herab, der auf dem Boden kniete und nach Luft schnappte. Doch er antwortete mir nicht.

Vater ließ meine Schulter los, wandte sich von mir ab und schritt durch den Saal. Derweil legte Duncan eine Hand auf meinen Rücken. Ich sah ihn nicht an, sondern heftete meinen Blick auf Vater.

„Everette, Cen, ich möchte keinen von euch beiden so schnell wiedersehen. Verlasst mein Schloss und lasst euch vorerst nicht mehr hier blicken.“ Dann sah er mich an. „Es ist schön zu sehen, dass du doch zu etwas fähig bist. Wobei keiner deiner Brüder es wert ist, dass du deine Magie für sie verschwendest. Sie sind Ungeziefer.“

Ich sah, wie Cen wieder aufstand. Mein großer Bruder kämpfte mit seiner Selbstbeherrschung. „Du hast mich nie geliebt! Wenn du mir sagen würdest, wer meine richtige Mutter war, könnte ich diese Familie für immer verlassen.“

Ein Lachen drang aus Vater Kehle. „Niemals wirst du dieser Familie den Rücken kehren können. Du wirst immer ein Gloucester bleiben, egal, wie weit du rennst.“

Cens Augen glühten vor Zorn, als er Vater anschaute und seine Hände zu Fäusten ballte. Diese Gefühlsausbrüche waren für einen Jäger nicht alltäglich, schließlich wurden sie darauf trainiert, ihre Emotionen zu kontrollieren.

„Mutter und du habt mich stets wie Dreck behandelt! Ihr wart beide eiskalt zu mir.“ Er hob seine Hand und fuchtelte damit vor Vaters Gesicht herum. „Gestern Abend war sie zum ersten Mal nett zu mir! Ich fühlte mich wie ihr leibliches Kind. Weißt du, was ich mir stets wünschte? Von euch geliebt zu werden.“

Seine Worte überraschten mich. *Cen ist nur mein Halbbruder? Wie kann das sein?*

„Warum hast du Mutter getötet?“, platzte es aus mir heraus. Duncans Hand verschwand von meinem Rücken, dann fasste er mich an der Schulter, um mich vor einer Dummheit zu bewahren, doch ich achtete nicht auf ihn.

Cen sah mich an. Trauer verzerrte sein Gesicht. „Ich weiß es nicht. Aber eines musst du mir glauben, Hunter: Ich wollte es nicht, ich hatte zu viel getrunken. Es war nie meine Absicht.“ Langsam lief er rückwärst vor Vater und mir davon, beugte sich zu Everette herab, der sich weder rührte noch etwas sagte. Er nahm ihn in den Arm. Sah mich an, und ich zuckte zusammen.

Ich vernahm, wie jemand die Tür öffnete.

„Mein König“, hallte die Stimme von Carson durch die Halle. „Ich störe nur ungern, aber Ihr solltet Euch etwas anhören. Die Clericerin von gestern bittet um Eure Anwesenheit. Es ist wichtig.“

Vaters Blick blieb an uns drei hängen. „Ich komme, das Gespräch ist beendet.“ Mit den Worten wandte sich Vater ab und schritt Richtung Tür.

Für einen flüchtigen Moment musste ich an Aleksa denken, doch dann brach die Tragweite der Ereignisse wie eine Welle über mir herein. Nicht nur Mutters Tod setzte mir zu, sondern auch, dass sie durch Cens Hand gestorben war. Selbst die Tatsache, dass ich ihn angegriffen hatte, erschütterte mich. *Denn so bin ich nicht. Ich bin kein Monster.*

Ohne etwas zu sagen, wandte ich mich um, eilte zur Tür und verließ den Thronsaal. Rannte die Stufen zu meinem Zimmer hinauf, schlug die Tür hinter mir zu und sank daran zu Boden. Meine Maske vergrub ich in meinen Händen, schniefte und spürte, wie mir die Tränen kamen, wie sie über meine Wangen liefen und ich nichts tun konnte, um sie aufzuhalten. Unfähig, etwas zu tun, verharrte ich so. Weinte und gab mich meiner Trauer hin. Mutter hatte den Tod nicht verdient.

Eine halbe Ewigkeit verging, bis ich mich dazu aufraffte, die letzten Schritte zu meinem Bett zu gehen. Die Vorhänge meines Himmelbettes zog ich zu, vergrub mein Gesicht in den Kissen. Ich wollte nur eines: aufwachen und erkennen, dass alles ein böser Traum gewesen war. So hatte ich mir meine Rückkehr nicht vorgestellt. Für was sollte ich jetzt kämpfen? Mutter gab es nicht mehr, und Cen war ihr Mörder. Er war so verlogen und falsch ... *Mein Halbbruder.*

ALEKSANDRA CZAPSKA

Ich hielt die Peitsche in meiner Hand und schaute mit finsterem Blick zu Walder, der mir weiterhin sein überhebliches Lächeln präsentierte. Er war siegessicher und unterschätzte mich. Fünf Feuerbälle ließ ich um mich herum erscheinen, feuerte sie alle drei auf den Magier ab. Kurz bevor sie ihn erreichten, wurde er in einen dichten Nebel gehüllt. Überrascht öffnete ich meine Augen, wusste für einen Moment nicht, was los war. Bis ich es begriff. Er nutzte eine Wand aus Wasser und ließ meine Angriffe verdampfen. *Nicht schlecht, das muss ich ihm lassen.*

Etwas flog aus den Rauchschwaden, und ehe ich erkannte, was es war, schwang ich meine Peitsche. Erst kurz bevor die Dolche mich erreichten, schlug ich sie mit meiner Klingenpeitsche zu Boden. Er war ein guter Kämpfer.

Als ich meine Waffe schwang, erkannte ich zu meinem Schreck, wie er ebenfalls fünf Feuerbälle auf mich abfeuerte. Walder war schnell, zu schnell. Eine Wand aus Wasser erschien. Die Bälle verdampften, und erleichtert wandte ich mich um, in der Erwartung, Hunter neben mir vorzufinden. Doch neben mir stand nicht mein Freund, sondern ein Magier der Kirche, den ich an seinem weißgrauen, eigentlich goldenen, Gewand erkannte. Seine fast weißen Haare und die ebenso hellen Augen identifizierten ihn als einen der Gloucester-Söhne.

„Walder ist gefährlich", sagte er und sah mich an. „Lass uns diesen Mistkerl zusammen fertigmachen. Wenn ich schon gehen muss, dann mit einem würdigen Abgang."

Ohne ein weiteres Wort rannte er nach vorn, ließ einige Feuerkugeln erscheinen. Ich folgte seinem Beispiel und nahm die andere Seite. Er feuerte die kleinen Feuerbälle auf Walder, und ich versuchte, ihn mit meiner Peitsche zu erwischen. Erneut versteckte er sich hinter einer Wand aus Wasser, auch wenn sie auf meiner Seite offen war. Er griff nach dem Stock, den er auf seinem Rücken trug, nahm ihn in die Hand, und erst jetzt erkannte ich, was es war. Walder klappte eine Sense auf, deren Klinge ein sanftes Licht ausstrahlte. Sie musste ein altes Artefakt sein, anders konnte ich mir die gewaltige Macht nicht erklären, die von ihr ausging. Als sie auf meine Klingenpeitsche traf, durchtrennte sie sie wie Butter. Walder nahm eine Hand von seinem Stab, griff nach einem Dolch und warf ihn in meine Richtung. Binnen Sekunden errichtete ich ein Schutzschild, die Klinge prallte daran ab. Hinter ihm erkannte ich einige Feuerbälle, die direkt auf Walder zuflogen. Er drehte sich um, schwang seine Waffe und bei jeder Berührung löste sich die Magie auf.

„Halte ein, Walder", vernahm ich eine Stimme. Aus dem Augenwinkel erkannte ich Landon, der auf einem Dach stand. „Wenn du deinen Fehler jetzt einsiehst, wird deine Strafe nicht tödlich ausfallen."

„Fehler?", schrie der junge Magier laut. „Ich habe keinen Fehler gemacht. Ihr werdet für Lindseys Tod büßen. Ich werde Euch töten!"

Auf Landons Gesicht erschien ein breites Lächeln. Er bewegte sich keinen Zentimeter, trotzdem erschienen rund um Walder herum Feuerbälle. Dieser schwang seine Sense, kam aber nicht gegen alle an und wurde von ein paar getroffen. Trotz der Brandmale stand er noch aufrecht, auch wenn er taumelte.

„Gib auf!", verlangte Landon von ihm.

„Niemals!" Walder wandte sich von uns ab, rannte über das Dach und ergriff die Flucht.

Verwundert sah ich zum Obersten Clericer. Doch er schüttelte den Kopf. „Er soll fliehen. Es ist besser, wenn wir ihn nicht hinrichten. Wenn er seinen Fehler einsieht, wird seine Strafe hart genug ausfallen. Aber jemand wie er wird da draußen nicht lange durchhalten. Der Adel ist es gewohnt, dass man alles für ihn erledigt, daran wird er scheitern."

Landon sah hinauf zum König, der ihm zunickte. Dieser war mit der Entscheidung seines Bruders einverstanden, auch wenn Landon nicht seine Zustimmung brauchte. Als Oberster Clericer besaß Landon mehr Macht als die gewöhnlichen Könige. Alister McCain war der Hochkönig. Er allein stand mit der Hohepriesterin und dem Obersten Clericer auf einer Ebene.

„Ihr habt gut gekämpft." Landon schritt auf mich zu, legte mir eine Hand auf die Schulter. „Ich möchte, dass du zur Akademie zurückkehrst. Dort wirst du von Maitagorry Rozier unterrichtet werden."

„Was?" Erschrocken sah ich den Obersten Clericer an. „Aber ich sollte doch ..." Ich stockte. Es stand mir nicht zu, sein Vorgehen zu hinterfragen.

Ein sanftes Lächeln erschien auf seinen Lippen. „Das Wissen ist wichtiger als das Kämpfen. Wenn deine Magie stark genug ist, wirst du es ohne Probleme schaffen. Du und Yvain werden bei uns ausgebildet werden."

Er öffnete ein Portal, und Unruhe stieg in mir auf. Ich hatte mich nicht von Hunter verabschiedet. Es fühlte sich so falsch an, aber ich konnte nichts tun. Stumm nickte ich und schaute zu dem Magier, dessen Name ich nicht kannte.

„Danke, dass wir gemeinsam kämpfen konnten", sagte ich. Mittlerweile verstand ich, warum Walder zwei Clericer hatte töten können, und es zeigte, wie sterblich wir waren. Wir versteckten uns nur hinter unserer vermeintlichen Unsterblichkeit. Das war gefährlich.

Der Schönling lächelte mich an. „Das war doch nichts. Walder einmal in den Hintern zu treten, hätte mir gefallen. Dieser scheinheilige, vermeintlich perfekte Mistkerl verdient es nicht anders", erwiderte er, und ich hörte den Hass in seiner Stimme. Walder und er schienen keine Freunde zu sein.

Ohne mich von Hunter zu verabschieden, trat ich durch das Portal, das mich direkt zur Schule führte. Dies war der Beginn eines neuen Lebensabschnitts, auch wenn ich ihn mir anders vorgestellt hatte, als ihn an der Akademie zu verbringen, während alle anderen auf Abenteuerreise gingen. Doch es diente zu einem höheren Zweck. Zumindest hoffte ich das.

CENRED GLOUCESTER

Ich verließ gemeinsam mit Everette den Thronsaal, der kein böses Wort sprach, was untypisch für ihn war. Er hatte Mutter geliebt und war neben Hunter ihr Lieblingssohn gewesen. Ihr Tod musste ihn doch mitnehmen? Oder war er so verblendet von seiner Verbannung, dass ihm ihr Ableben egal war?

Ich zog mich in mein Zimmer zurück, das nichts weiter als eine

Abstellkammer war. Sie lag direkt neben dem Burghof. All meine spärlichen Habseligkeiten, die ich noch besaß, packte ich zusammen.

Ich war noch nicht fertig, als es an der Tür klopfte und Carson seinen Kopf in das kleine Zimmer streckte.

„Eine Nachricht für Euch“, erklärte er und hielt mir ein Brief hin. Den ich verwundert musterte.

Es war in Eile verfasst worden, sodass ich Vaters Schrift kaum erkannte. Nur an der Unterschrift machte ich fest, dass diese Nachricht von ihm stammte.

Du wirst den Namen Gloucester nicht mehr tragen. Ab heute bist du ein namenloser Bastard, ohne Herkunft und Familie. Wenn ich höre, dass du unseren Namen verwendest und beschmutzt, werde ich dich suchen und eigenhändig töten. Lebe dein armseliges Leben als Jäger. Nie wieder möchte ich dich sehen.

Erle Gloucester

Die Worte schmerzten mich, denn Vater hatte sich nicht einmal getraut, sie mir ins Gesicht zu sagen. *Wie kann er so zu mir sein?* Gleichzeitig war sein Handeln nachvollziehbar. Für ihn war ich der Mörder seiner Frau, auch wenn ich mich nicht an die Tat erinnerte. Er hatte seinen Sündenbock.

Ich knüllte das Papier zusammen, warf es in die Ecke und packte meine letzten Sachen in ein Bündel, nahm es in die Hand und trat aus dem kleinen, schäbigen Zimmer.

Es gab nichts mehr zu sagen und nichts mehr zu tun. Weit weg von hier zu gehen, war das Einzige, das ich noch wollte.

Ich rannte die letzten Stufen hinunter, bis ich den Ausgang zum Innenhof erreichte. Doch bevor ich die Ställe betrat, vernahm ich eine Stimme.

Überrascht blieb ich stehen, drehte mich um und erblickte meinen kleinen Bruder. Hunter hatte seine Peitsche erhoben. Sein Mund war nur ein schmaler Strich, und auch ohne seine Augen zu sehen, wusste ich, dass er mich hasserfüllt anstarrte.

„Warum?", schrie er mich an und schwang seine mit Messern besetzte Peitsche.

Ich griff nach meinem Schwert, zog es aus der Scheide. „Hunter, ich kann mich an nichts erinnern!" Es war die Wahrheit. Ich wusste nicht, was passiert war und warum ich sie getötet hatte, wenn ich wirklich ihr Mörder war. Doch von unserem Plan, dass sie sterben musste, konnte ich ihm nicht erzählen. Das hätte er nicht verkraftet.

Er schlug die Peitsche in meine Richtung. Knapp konnte ich dem ersten Schlag ausweichen. Als er gleich nachsetzte, hob ich mein Schwert, schlug es gegen die heransausende Peitsche, die sich sofort um meine Waffe schlang. Ein starker schmerz an meiner Wange verriet mir, dass eine der Klingen mich erwischt hatte.

Zufrieden grinste mein kleiner Bruder mich an, zerrte an seinem Ende der Peitsche, während ich mein Schwert mit beiden Händen umklammert hielt. Die spitzen Klingen verhakten sich mit meiner, sodass ich sie nicht mehr zurückziehen konnte.

Sein Gesicht verfinsterte sich, sobald er den Fehler bemerkte. Wutentbrannt verzog er seinen Mund, schaute in meine Richtung. Sofort spürte ich ein Ziehen in meiner Brust, einen Schmerz, der sich immer weiter ausbreitete und mir fast den Verstand raunte. Erneut lief mir Blut aus der Nase. Der Schmerz in meinem Inneren nahm zu. Ich ließ das Schwert los, fiel auf die Knie. Spürte, wie das Blut über mein Gesicht sickerte.

„Du bist ein Jäger", knurrte er. Trat auf mich zu und kniete sich direkt vor mir nieder. „Egal, wie schwer ich dich verletze, du wirst dich wieder erholen."

Ich wollte ihm widersprechen, doch meine Kehle war wie zugeschnürt. Keinen Ton brachte ich heraus, während der Schmerz in meinem Inneren immer größer wurde. *Er tötet mich.* Verzweifelt griff ich in die Innentasche meiner Jacke, versuchte, die Uhr herauszuziehen, wobei mich der Schmerz fast verzehrte. Mit zitternden Händen zog ich die Taschenuhr heraus. Die ersten Blutergüsse auf meiner Haut wurden bereits sichtbar. Einige der Adern waren geplatzt und hinterließen dunkelrote Male. Wenn er meine Organe erwischte, war es aus. Es war schon fast ironisch, dass er mich töten wollte. Der liebe, kleine Junge, den ich eigentlich retten wollte, zeigte seine dunkle Seite, wenn es um die Menschen ging, die ihm wichtig waren. Zeitgleich verriet mir sein Verhalten, dass er sehr wohl Kampfgeist in sich trug. Er brauchte nur die Motivation, ihn zu wecken. Bevor ich die Taschenuhr öffnen konnte, rutschte sie mir aus der Hand.

Als sie auf dem Boden aufschlug, klappte sie auseinander. Kein Leuchten war zu erkennen. Hunters Gesichtszüge erstarrten, als er dies bemerkte. Der Druck auf meinen Körper gab nach, ich sank zusammen. Er griff nach meiner Taschenuhr, hob sie auf und schaute sie an.

„Warum?“, fragte er mich mit brüchiger Stimme, als ihm klar wurde, dass er kurz davor, war mich zu ermorden.

Ich versuchte, mein Nasenbluten zu stoppen, das mir in Bächen übers Gesicht lief. Mein ganzer Körper fühlte sich taub und kraftlos an. „Weil ihr euch irrt.“

Er schwieg. Die Uhr fiel ihm aus der Hand, landete wieder auf dem Boden. Deutlich vernahm ich sein Schniefen, sah aus meinem Augenwinkel, wie er auch zusammenbrach. Seine kleine Welt zerbarst in Scherben, weil ich in Wahrheit nicht das Monster war, für das er mich sein Leben lang gehalten hatte.

„Warum hast du Mutter getötet?“

„Ich weiß es nicht, denn ich habe keine Erinnerung an gestern Abend. Der Alkohol hat mir ganz schön zugesetzt. Aber solange sie lebte, war dein eigenes Leben in Gefahr.“

„Ich wäre jederzeit bereit gewesen zu sterben, nur damit sie am Leben bleibt … Vor dem Tod fürchte ich mich nicht. Nur davor, die Menschen zu verlieren, die mir wichtig sind.“

Ich musste lachen. „Du hättest dich für sie geopfert? Das hätte sie aber nicht gewollt. Mütter wollen nur eines: dass es ihren Kindern gut geht. Wann wirst du das endlich begreifen? Du bist so ein törichter Dummkopf. Alles, was du für sie tun kannst, ist zu leben."

„Sie war das Einzige, das mich all die Jahre am Leben hielt", wisperte er. „Sie war die einzige Person, der ich nicht gleichgültig war."

Ich griff nach seinem Arm. „Du bist mir nicht gleichgültig und du wirst noch viele Menschen treffen, denen du wichtig sein wirst. Vergiss unsere Familie, lasse diesen Ort hinter dir."

Wir schwiegen beide, als Hunter seine Hand ausstreckte, von der ein grünes Licht ausging. Es erfüllte meinen ganzen Körper. Ich spürte, wie die Schmerzen nachließen, wie seine Magie meine Wunden heilte. Dabei wusste ich gar nicht, dass Clericer auch die Fähigkeit der Heilmagie besaßen, da sie nur als Kämpfer bekannt waren. Schweigend sahen wir uns an. Saßen nebeneinander und taten nichts.

„Danke", murmelte ich, ehe ich wieder in Schweigen verfiel.

Erst als ich die Schritte einer weiteren Person hörte, sah ich zur Tür. Everette war gekommen. Auch er trug einige Habseligkeiten bei sich. Er stoppte vor uns, und erst dann fiel mein Blick auf meine Uhr, die noch vor uns lag. Everette hob sie auf, und seine Gesichtszüge entglitten ihm. Auch mein großer Bruder war überrascht, dass ich nicht das kalte Arschloch war, das ich so gern mimte.

„Warum?", fragte er mich ebenfalls.

Ich nahm ihm die Uhr ab und steckte sie ein. „Weil ich genauso gern geliebt werde wie du. Welche Optionen hatte ich sonst? Ohne Magie? Vater hätte mich nur wie einen Fußabtreter behandelt. Solange ich den Anschein erwecke, ein kaltherziges Monster zu sein, wird keiner hinter die Fassade blicken. Dann verrecke ich eben bei einem Auftrag, wenn kümmert es?"

Everette hielt mir stumm die Hand hin.

Dankend ergriff ich sie. Mein sonst so schnöseliger Bruder half mir auf die Beine. Hunter war verschwunden. Er hatte wohl die erste Chance genutzt, um sich aus dem Staub zu machen. Wortlos hob ich mein Schwert auf, steckte es ein, bevor ich gemeinsam mit Everette hinunter zu den Ställen lief.

Er war wortkarg und schweigsamer als sonst. Jedoch störte es mich nicht. Wir sattelten beide unsere Pferde. Erst als wir erneut vor dem Stall standen, hielt er mich kurz zurück.

„Es tut mir leid ...“, sagte er.

„Was tut dir leid?“

„Alles ...“

„Du hast nichts getan. Wenn jemand die Schuld trägt, dann wohl Vater“, widersprach ich ihm.

Er seufzte nur und hievte sich auf den Sattel seines Pferdes. „Wenn du meine Hilfe brauchst, dann komm zu mir. Wir sind beide seine verschmähten Söhne und sollten zusammenhalten.“

„Und wo finde ich dich?“, fragte ich verwirrt.

„In Nahrman, in der Heiligen Kirche. Ich werde meinen Posten zurückbekommen“, versprach er mir. Diese Aussage passte schon wieder besser zu meinem Bruder.

Überrascht sah ich ihn an. Widersprach jedoch nicht, sondern sah nur zu, wie er auf seinem Schimmel davonritt.

Ja, mein Bruder war ein Perfektionist. Ein klein wenig beneidete ich ihn auch darum. Wie vehement er seine Wünsche verfolgte, war erstrebenswert.

Liebevoll tätschelte ich die Schnauze meines Pferdes, bevor ich aufsaß. Die Reise würde nicht lange dauern, denn meine Kameraden waren in der Schänke unten in der Stadt eingekehrt.

Ich ritt durch den großen Torbogen, warf dabei einen letzten Blick auf das Schloss am Meer. Vaters Burg stand am Rande einer Klippe, sodass man die Weite der rauen See überblicken konnte. Der Weg zur Burg führte durch die Stadt, dahinter lagen die Felder, welche bei den Wäldern endeten. Vermutlich würde ich nie mehr zu diesem Ort zurückkehren, auch wenn es sechzehn Jahre lang mein Zuhause gewesen war.

KAPITEL XII

Schatten der Vergangenheit

LANDON GLOUCESTER

Nach der ganzen Aufregung war mein Bruder in den Thronsaal zurückgekommen. Nachdenklich saß er auf seinem Thron, während ich auf ihn zuschritt.

„Du hast den falschen bestraft“, erklärte ich ihm. „Es kann nicht Cenred gewesen sein, und Hazel hat sich das auch nicht selbst angetan.“

Doch mein Bruder rührte sich nicht. Er schien meine Worte nicht einmal zu hören.

„Mein Entschluss steht, auch wenn ich den falschen Sohn zum Sündenbock mache“, brummte Erle schließlich und sah mich an. „Wie lange wirst du noch wie ein Nachtschattengewächs in diesen Mauern hausen? Hast du als Oberster Clericer nichts Besseres zu tun? Ich werde mich um Hunter kümmern. Denn in einem hat Walder recht, du bist ein Lügner.“

Auf die letzten Worte reagierte ich nicht. Ein Lächeln erschien auf meinen Lippen. „Für morgen habe ich die Jäger eingeladen, die Hunter begleiten wird. Danach bist du mich los“, versprach ich ihm, und er presste als Antwort mürrisch seine Kiefer aufeinander. Es passte ihm nicht, dass ich weiterhin meine Finger im Spiel hatte.

„Ich hoffe, du hältst dein Wort. Es behagt mir nicht, wenn du in meinem Schloss herumschleichst.“

„Aber ich bin dein Bruder!"

Er machte eine lange Pause. „Genau das beunruhigt mich."

Ich schritt um ihn herum. „Du glaubst doch nicht etwa den Worten von Walder Wessex? Er hat seine Nase in Dinge gesteckt, die ihn nichts angehen, und sind wir ehrlich: Er ist von Hass zerfressen, weil jemand seinen kleinen Bruder tötete. Dieses Kind ist alles andere als glaubwürdig."

Erle schwieg, und ich seufzte. Nahm etwas Abstand von ihm, denn ich wollte nicht erneut das leidige Thema aufwerfen, wer jetzt Hunters Vater war.

„Ich ziehe mich zurück", war alles, was ich sagte, ehe ich wieder durch mein Portal schritt.

Walder war gefährlich, und ich wusste nicht, ob sich sein Hass allein auf den Tod seines Bruders bezog oder ob er am Ende doch mehr wusste. Aber ihn zu ermorden würde nur zeigen, dass mehr hinter seinen Worten steckte, als alle glauben wollten. Ich musste vorsichtig sein.

Mein Portal brachte mich nicht in mein Zimmer, sondern in das von Hunter. Aber es war leer, und das Fenster stand offen. Erst auf den zweiten Blick erkannte ich die Füße, die vom Dach hinunterbaumelten. Kurzerhand öffnete ich erneut ein Portal und trat neben Hunter auf das Dach. Er bemerkte mich nicht, sondern hielt seinen Kopf gesenkt. Starrte stumm vor sich hin, und ich erkannte die Tränen, die sein Gesicht hinunterliefen. Ich beugte mich hinunter, legte ihm eine Hand auf die Schulter.

„Es tut mir leid, dass deine Mutter ermordet wurde." Langsam setzte ich mich neben ihn. Hunter hob den Kopf, sah mich an. Seine Lippen zitterten. Er schaffte es nicht, sich zusammenzureißen. „Ist schon gut, ich bin als dein Onkel gekommen, nicht als Schulleiter und

Oberster Clericer. Sie hat dir sehr viel bedeutet.“ Sonst hatte ich immer nur als Clericer mit Hunter gesprochen. Seine Gefühle waren mir stets egal gewesen. Aber ich wusste, wie wichtig es in diesem Moment war, ihm eine Schulter zu bieten, an die er sich anlehnen konnte, und Erle würde ihm das nicht geben können. „Weißt du, Cerys und ich standen uns stets sehr nah.“ Ich drückte ihn etwas an mich. „Ihr war es immer wichtig, dass du lebst. Was passiert ist, ist grausam, aber du solltest nie vergessen, dass deine Mutter nur das Beste für dich wollte. Cerys möchte, dass du lebst. Morgen kommt der Anführer der Jäger dich holen. Du wirst viel von ihnen lernen.“

Hunter hob seinen Blick und sah mich an. „Mutter wurde ermordet“, wisperte er mit schwacher Stimme. „Sie ist nicht einfach so gestorben.“

Ich seufzte. „Es kommt immer vor, dass Menschen durch andere einen vorzeitigen Tod finden. Cerys war unschuldig, aber es gibt viele, die es nicht sind.“

„Du möchtest, dass ich als Clericer die Schuldigen töte …“, flüsterte er weiter. „Aber ich weiß nicht, ob ich das kann. Vielleicht tauge ich nicht dazu, ein Elitemagier zu sein. Ich konnte Cen nicht töten, obwohl er Mutter auf dem Gewissen hat. Wer sagt, dass ich einem Monster auch nur ein Haar krümmen könnte?“

Mit meiner freien Hand strich ich über Hunters nasse Wange. „Er ist dein Bruder, und ich bezweifele, dass er der Mörder deiner Mutter ist. Dein Vater brauchte einen Sündenbock – das ist etwas, das du lernen musst. Nicht jede angebliche Wahrheit muss wahr sein. Die besten Lügner schaffen es, ihre Version der Ereignisse als die unumstößliche Wahrheit auszugeben. Cenred hat deiner Mutter kein Haar gekrümmt. Tief in deinem Herzen weißt du das und darum hast du es nicht über dich gebracht, ihn zu töten.“

Ein Ruck ging durch Hunters Körper, als er meine Worte vernahm. „Wenn es nicht Cen war, wer dann?“

Ich sah ihn an, wartete mit meiner Antwort. „Spielt das eine Rolle? Das Wissen über ihren Mörder wird sie nicht zurückbringen.“

„Ich möchte es trotzdem wissen!“, beharrte er.

„Rache wird dir nichts bringen als Schmerz.“

Hunter sah zur Seite. Es fiel ihm schwer, meine Worte zu verstehen. Er hatte daran zu knabbern, und trotzdem es war das Beste für ihn. Ich rückte etwas von ihm ab. Sein ganzer Körper zitterte.

„Es kommt mir so vor, als wäre ich der Einzige, der um Mutter trauert“, hauchte Hunter.

Ich schüttelte den Kopf. „Jeder zeigt Trauer anders. Selbst jemand, der nach außen gefasst wirkt, kann innerlich – oder wenn niemand hinsieht – trauern. Gefühle werden in unserer Familie nicht sehr geschätzt“, erklärte ich und legte ihm wieder eine Hand auf die Schulter. „Morgen wirst du von hier fortgehen. Wenn du etwas Abstand zum Schloss und unserer Familie hast, wird es dir besser gehen.“

„Aber was ist mit Mutters Beerdigung?“, warf er ein.

„Möchtest du, dass alle sehen, wie du wie ein kleines Kind weinst? Du bist ein Clericer. Es ist allein ihr Körper, der begraben wird. Glaub mir, es ist nur zu deinem Besten.“

Erneut liefen Tränen über Hunters Gesicht. „Ich wünschte mir, dass nur eine einzige Person in meiner Familie ein Herz hätte.“

Ich konnte Hunter nicht helfen, auch wenn er mir leidtat. Am Ende müsste er selbst mit dieser Trauer fertigwerden. In dem kleinen Zimmer, das früher einmal mein Kinderzimmer gewesen war, setzte ich mich in den Sessel.

Nichts verlief so, wie ich es mir erhofft hatte. Hazels tot war nicht geplant gewesen, und ich zweifelte daran, dass mein Bruder mir vertraute.

Aus der Jackentasche zog ich meine Taschenuhr. Die Oberfläche war von einigen Dellen übersät. Sie war schlicht und einfach gestaltet. Als ich sie aufklappte, konnte ich den Sekundenzeiger sehen, der munter im Kreis hüpfte. In den verschiedensten Grauschattierungen erstrahlte das Zifferblatt. Ihr Anblick ließ meine Gedanken auf Reisen gehen ...

Als ich nach Saintboudon zurückkehrte, führte mich mein Weg direkt in das Zimmer von Jacques d'Orléans. Ich schritt zu seinem Bett und rüttelte ihn an den Schultern. „Wach auf!"

Jacques schreckte hoch und schrie auf, bis er erkannte, dass ich es war. Nach Luft schnappend, sag er mich an. „Landon, was machst du hier?"

„Ich brauche deine Uhr", forderte ich und streckte meine Hand aus.

Automatisch griff er nach seiner Taschenuhr, gab sie mir jedoch nicht. „Das kann ich nicht", wisperte er und schüttelte energisch den Kopf. Er fragte nicht mal nach dem Warum.

„Meine ist zerstört", erklärte ich ihm von mir aus. „Sie werden mich niemals zum Oberster Clericer ernennen, wenn sie davon erfahren. Gib mir deine Uhr, dann werde ich dich beschützen. Außerdem können sie dir nichts anhaben, wenn ich deine Taschenuhr besitze."

Jacques wandte das Gesicht von mir ab. „Sie lassen mich leiden, weil wir Freunde sind."

„Nein!" Meine Stimme war schneidend. „Du leidest sicherlich zum Teil wegen unserer Freundschaft, aber du vergisst, dass deine Familie aus Landesverrätern besteht. Renaud du Vair hat sich gegen unseren Hochkönig erhoben, er wollte den McCains schaden. Deine Verwandten haben ihm treu gedient, und darum hat man sie umgebracht. Ich bin nicht der Grund für dein Leiden, sondern deine eigene Familie. Sie gab den Clericern den Freifahrtschein, alles zu tun, was sie wollen! Oder glaubst du, Tishon erleidet solche Qualen wie du?" Meine Worte waren böse und harsch. Aber ich wollte nicht, dass er die Augen vor der Wirklichkeit verschloss.

Der Familienname d'Orléans war fast vollständig ausgelöscht. Man hatte nur die leben lassen, die nichts mit der Rebellion zu tun gehabt hatten. Ich wusste, dass der Tod seiner Familie für Jacques ein Schock gewesen sein musste. Aber das Massaker war drei Jahre her, und er musste weiterziehen.

Langsam streckte er seine Hand aus, gab seine Uhr frei. Meine Finger griffen nach ihr.

„Ich werde dich beschützen", versprach ich ihm. „Alles wird aufhören. Gib mit nur etwas Zeit." Ich schloss meine Arme um Jacques. „Jeder Einzelne, der dir wehgetan hat, wird dafür bezahlen. Ich werde die Clericer von dem Abschaum in unseren Reihen befreien."

Das alte Wissen war verloren. Ohne dieses musste ich mich nicht an die Traditionen halten. Es gab mir das Recht, meine Welt so aufzubauen, wie ich es wollte.

Die Clericer verloren keine Zeit. Am frühen Morgen holte man mich. Jacques' Uhr hatte ich um meine Klingenpeitsche gebunden, die als Gürtel um meine Taille hing. Onkels Stellvertreter führten das Kommando. Hrothgar Wessex und Tanguy de la Halle.

„Du bist ein Kind", waren Hrothgars erste Worte an mich. „Wir werden die Entscheidungen für dich fällen." Alle zwölf weiteren Clericer am Tisch nickten. „Mit dreizehn bist du zu jung. Du wirst tun, was wir dir sagen. Aber wir werden Cardos Wunsch, dich zum nächsten Obersten Clericer zu ernennen, respektieren. Bis du alt genug bist, werden wir alles, was du in der Öffentlichkeit tust oder sagst, vorab bestimmen."

„Ich soll also Eure Marionette sein?" Sie nickten. Wenigstens ehrlich sind sie, *dachte ich erbost.*

„Hast du Einwände?", fragte mich Tanguy de la Halle.

„Nein, wie Ihr sagt, ich bin ein dummes Kind ohne Wissen. Das Wichtigste ist für mich das Wohlergehen des Volkes und der Clericer."

Alle nickten mir wohlwollend zu. Sie waren froh, dass ich mich nicht querstellte. Keiner von ihnen hatte bemerkt, dass mein Onkel nicht an einem natürlichen Tod gestorben war. Die verlockende Aussicht, mich zu kontrollieren, machte sie alle blind und unvorsichtig.

„Stoßen wir auf diese Übereinkunft an", sagte Hrothgar und hob seinen Becher. „Auf den neuen Obersten Clericer und seine Einsicht."

Alle ergriffen ihre Gläser. „Auf eine gute Zeit."

Meinen Becher hielt ich mir nur an den Mund und wartete, bis sich alle anderen genug gegönnt hatten. Ohne etwas zu trinken, stellte ich mein Gefäß zurück auf den Tisch, stützte mich mit meinen Händen auf der Platte ab und sah in die Runde.

„Euer einziges Bestreben ist, uns zu Waffen zu machen. Wir sind nicht die magische Elite, wir sind eine Armee aus Kindern, und ihr vergesst, wie gefährlich das ist. Alles, was wir hier lernen, ist, unsere Magie zu kontrollieren, Schmerzen zuzufügen und zu töten. Es ist töricht, mir zu vertrauen, nur weil ich jung bin." Ein Raunen ging durch die Menge, als sie begriffen, was meine Worte bedeuteten. „Ich werde die Clericer von allen befreien, die es in meinen Augen nicht wert sind zu leben!" Die Ersten fassten sich an ihre Hälse, als die Wirkung des Giftes einsetzte. Ein Lächeln erschien auf meinem Gesicht. „Es wird mein blutroter Morgen."

DUNCAN GLOUCESTER

„Das kannst du nicht machen!", fuhr ich Vater an. „Sie sind deine Söhne." Ich wusste, dass meine Brüder gerade dabei waren, das Schloss zu verlassen. Allein Walder Wessex' unschöner Abgang hatte das Gespräch zwischen mir und meinem Vater hinausgezögert. „Du schickst sie weg, noch bevor Mutter unter der Erde liegt. Dass kannst du nicht tun!"

„Cenred war nicht ihr Sohn."

„Aber sie hat ihn aufgezogen!", schrie ich wütend aus. „Everette war ihr Lieblingssohn. Sie hat ihm jeden Wunsch von den Augen abgelesen. Darum ist er auch heute der verzogene junge Mann, den wir kennen. Weil er sich daran gewöhnt hat, immer zu bekommen, was er will ..." Kurz brach ich ab, musterte Vaters steinerne Miene. „Du bestrafst ihn doch nicht wegen der Sache mit Alisters Frau? Er wird es niemals erfahren, nur wir wissen davon."

„Nein", war das Einzige, was er sagte.

„Was ist mit dir? Warum benimmst du dich so grausam?!", fuhr ich ihn an. Vater war nie der herzlichste Mann gewesen, doch dieses Verhalten war selbst für ihn untypisch.

„Weil Cerys meine Schwester Hazel war und sie jetzt tot ist. Mein Bruder schleicht durch diese Hallen, und ich vertraue ihm nicht. Er ist Hunters Vater. Ich bin mir sicher, dass Hazel und er sich näherstanden, als er zugeben will. Es passt mir nicht, dass sich Landon plötzlich als Vater aufspielen möchte. Fast so, als würde er erst jetzt begreifen, dass er versagt hat. Ich traue ihm zu, dass er Hazel umgebracht hat."

Ich sank gegen die Säule. Vaters Worte kamen überraschend und waren zu viel für mich. „Was?"

„Dieses Familienleben liegt mir nicht. Als König bin ich vielleicht passabel, aber eigentlich möchte ich nur durch das Land reisen und Monster töten. Dies war nie das Leben, das ich mir gewünscht habe. Doch es blieb mir keine andere Wahl, und alles mit Hazel fühlte sich falsch an. Everette hätte nie entstehen dürfen. Er ist nur ein Produkt meiner eigenen Schwäche ..." Vater verstummte, stand von seinem Thron auf und schritt zum Fenster. „Ein Gloucester zu sein, ist eine große Last. Ich hoffe, dass ich dich wenigstens gut darauf vorbereitet habe. Du bist unsere Hoffnung für die Zukunft." Er wandte sich zu mir. „Weißt du, dass ich eigentlich keine Kinder mag? Ich wollte niemals welche."

Seine Ehrlichkeit verblüffte mich. Es schmerzte mich zu hören, wie unglücklich er eigentlich war. Langsam schritt ich zu ihm, legte ihm eine Hand auf die Schulter.

„Ich hätte Hazel niemals heiraten dürfen. Sie hatte drei Kinder, ich hätte sie zur Königin machen sollen. Aber ich zweifelte, dass sie nach allem, was passiert war, dazu in der Lage wäre." Vater zog seine Uhr hervor, klappte sie auf. In allen Regenbogenfarben schimmerte sie. Erle Gloucester war ein wahrhaftiger Jäger.

„Es tut mir leid ..."

Er lachte kurz auf. „Leid? Meine Schwester tat mir leid. Sie wurde von unserem Bruder missbraucht, und hätte man ihn nicht getötet, dann weiß ich nicht, was er ihr noch alles angetan hätte. Aber am Ende habe ich alle enttäuscht. Meine Schwester wurde nie glücklich, die Beziehung zwischen uns war nie wieder die alte. Sie sah nicht mehr aus wie Hazel und benahm sich auch nicht mehr so. Ich habe sie nie geliebt. Cens Mutter war die Einzige für mich gewesen, doch ich verlor sie bei seiner Geburt. Ihr Tod nahm mir am Ende auch noch einen liebgewonnenen Freund. Nicht mal Cenred konnte ich ein guter Vater sein. Ich habe versagt."

„Du kannst alles noch richten. Vergib deinen Söhnen", redete ich auf ihn ein.

„Nein. Niemals. Es ist besser, wenn sie beide nicht hier sind. Cenred soll sein Leben als nameloser Bastard führen, und Everette soll sein Glück selbst finden."

Ich seufzte schwer, bevor ich antwortete: „Vater, wir werden niemals derselben Meinung sein."

„Das ist auch nicht wichtig. Werde du nur ein guter König. Vielleicht war ich in den letzten Jahren zu streng mit dir. Walders Verrat zeigt, wie schnell man blind werden kann." Er sah mir tief in die Augen. „Bitte, sei niemals so blind wie er. Werde nicht zu einem Monster."

Ich lächelte leicht. „Das werde ich nicht", versprach ich ihm und meinte es so. Ich würde ein guter König werden, ich würde das alles schaffen.

Das war mein Ziel.

HUNTER GLOUCESTER

Ob es mir nach dem Gespräch mit meinem Onkel besser ging?

Nein. Es hatte sich nichts geändert. Alles, was ich tun konnte, war, so gut es ging meine Trauer zu verbergen. Am frühen Morgen hatte ich keine Lust auf Frühstück und kam daher erst aus meinem Zimmer, als es für mich Zeit war, den Anführer der Jägergruppe zu treffen. Mit hängenden Schultern schlurfte ich zum Thronsaal. Zu meiner Überraschung wartete Duncan vor der Tür. Anders als bei unserem ersten Gespräch wirkte er nicht arrogant, sondern ganz normal. Er lächelte sogar, und ich schätzte, dass er nicht gekommen war, um mich ein letztes Mal fertigzumachen. Vermutlich waren seine Gemeinheiten von meiner Ankunft auf Vaters Mist gewachsen.

Mein großer Bruder trat auf mich zu. „Wir werden uns lange nicht mehr sehen", fing er das Gespräch an. „Es tut mir leid, was alles passiert ist. Besonders, dass ich an unserem ersten gemeinsamen Abend so gemein zu dir war. Das hätte ich nicht tun dürfen. Wir sind eine Familie, wir sollten zusammenhalten."

Sanft schüttelte ich den Kopf. „Du musst dich nicht entschuldigen." Duncans freundliche Art schmerzte mich, denn sie erinnerte mich an Mutter. Innerlich kämpfte ich mit meinen Tränen. Ich trat auf Duncan zu, schlang meine Arme um ihn und drückte mein Gesicht gegen seine Brust. „Es tut mir leid, dass ich nicht das bin, was ihr alle erwartet ...", wisperte ich. „Aber danke, dass du gekommen bist. Nach allem, was passiert ist, ist es schön, noch jemanden zu haben, auf den ich mich verlassen kann."

Er lächelte mich an, strich mir über den Kopf. „Hat Landon mit dir gesprochen?"

Verwirrt hob ich meinen Blick. „Ja, er war bei mir."

„Also hat er es dir gesagt?"

Ich legte meinen Kopf schief. „Was sollte mir unser Onkel sagen?"

Kurz weiteten sich Duncans Augen, dann wich er meinem Blick aus. „Nichts, nichts. Ich dachte, er hätte mir dir vielleicht darüber gesprochen, aber wenn nicht, dann ist es auch in Ordnung."

Irritiert musterte ich meinen Bruder. Ich verstand gar nichts. Aber es war mir auch egal, denn gerade war ich nicht in Stimmung, mir über Landon den Kopf zu zerbrechen.

„Ich sollte Vater nicht warten lassen", warf ich ein. „Wir werden uns wiedersehen, und bis dahin habe ich unserer Familie sicherlich etwas Ehre gebracht", versprach ich ihm in der Hoffnung, dass ich meine Worte auch wahrmachen würde.

Das Lächeln auf Duncans Gesicht war nicht verschwunden. „Ich glaube an dich, kleiner Bruder." Er legte seine Hand auf meine Schultern und drückte sie liebevoll. „Du wirst vieles erreichen." Er ließ mich los und trat gemächlich zur Seite. „Mutter wird stolz auf dich sein."

Dieser Satz versetzte mir einen Stich. Sie war tot ... doch sie würde weiterhin über mich wachen – egal, wo sie nun war.

Ohne mich nochmals zu Duncan umzudrehen, schritt ich zur Tür, öffnete sie und trat in den großen Thronsaal. Er war dunkel und von großen Säulen gesäumt. Ganz am Ende saß Vater auf seinem Thron, neben ihm stand sein Bruder. Über ihnen befand sich ein Fenster aus Buntglas, das in allen Farben erstrahlte, aber für mich war es nur ein Gewirr aus verschiedenen Grautönen. Es zeigte unser Wappentier, den Mantikor. Ich trat auf die beiden zu, wollte alles nur hinter mich bringen.

Vater räusperte sich. Zwar hätten wir uns auch in einem gemütlichen Salon des Schlosses treffen können, aber er wollte wohl nochmals seine Stellung untermauern.

„Landon hat für dich ein Team aus Jägern ausgesucht", kam mein Vater sofort zum Punkt. „Meine Wahl wäre anders ausgefallen."

Irritiert sah ich zwischen Landon und Vater hin und her, denn ich verstand nicht, was sein Problem war.

„Er ist hier“, erklärte mein Onkel weiter. Landon machte eine Geste mit seiner Hand, und eine Tür rechts vom Thron öffnete sich. Ein in schwarze Kleider gehüllter Mann trat auf uns zu. Das schwarze Haar hatte er kurz geschoren, und seine dunklen Augen ruhten auf mir. Doch was mich am meisten überraschte, war seine Hautfarbe. Sie war deutlich dunkler als meine. Viel hatte ich schon von diesem Volk gehört, aber noch keinen einzigen von ihnen gesehen.

Ich wusste nicht, warum Landon genau ihn ausgesucht hatte. Aber er sah nett aus. Jedenfalls war er deutlich sympathischer als ein zwei Meter Hüne mit Narben und Tattoos.

„Mael Hayes“, erklärte mein Onkel.

An Vaters mürrischem Blick und den schmalen Lippen konnte ich sehen, wie sehr ihm der Gedanke missfiel, dass ich mit diesem Mann die nächsten vier Jahre verbringen würde. Aber kein schlechtes Wort kam über seine Lippen.

„Du wirst viel von ihm lernen können.“ Landon schritt auf mich zu, genau wie der junge Mann. Aus der Nähe wirkte er nicht wie ein Jäger, auch wenn seine Kleidung und das Zeichen der Jäger ihn als solchen zu erkennen gaben. Seine Augen wirkten freundlich und nicht kalt. Ich war erleichtert, dass er die nächsten Jahre mein Vorgesetzter sein würde, denn das sanfte Lächeln, das auf seine vollen Lippen lag, unterstrich den Funken, den ich in seinen Augen sah.

Vater hielt sich mit seinen Worten sehr zurück. Es war Landon, der von meinen Pflichten sprach und davon, was er von mir erwartete. Ich hörte nur halbherzig zu, denn eigentlich, wollte ich nicht gehen, auch wenn Mael nett war. Zumindest noch nicht. Aber es gab keinen anderen Weg.

Der Abschied von meiner Familie war kein herzlicher. Vater gab mir nur die Hand, während mein Onkel mir lediglich zunickte und mich mit den Worten „Du schaffst das“ gehen ließ. Unbeholfen schritt ich hinter Mael her. Die ganze Zeit sagte er kein Wort. Erst als wir den Burghof hinter uns gelassen hatten, wandte er sich das erste Mal an mich: „Es tut mir leid, was mit deiner Mutter geschehen ist. Das ist grausam.“

Ich senkte den Kopf. Wusste nicht, was ich dazu sagen sollte. Daher nickte ich schwach.

Er legte mir eine Hand auf die Schulter. Schwieg dann selbst.

„Warum hast du den Auftrag von meinem Onkel angenommen?“, fragte ich verunsichert nach. „Ich bin kein guter Clericer, auch wenn ich ein Gloucester bin.“

Ein sanftes Lächeln erschien auf seinen Lippen. „Ich nahm ihn nicht an, weil du ein Gloucester bist, sondern weil du anders bist als der Rest. Clericer sind normalerweise nicht freundlich und wenn überhaupt nur, wenn sie etwas von einem wollen. Sonst sind sie überheblich und eingebildet. Sie sind die Elite der Magier. Wir Jäger hingegen besitzen keine Magie. Alles, was wir haben, ist der Schutz durch unsere Uhr.“ Er zog seine Taschenuhr aus der Hosentasche. „Zudem ist man nicht automatisch ein kaltherziges Monster, nur weil man nicht lieben darf.“

Jetzt sah ich überrascht zu ihm. „Aber wie geht das?“

„Das Wichtigste ist, dass man seine Gefühle in einem Kampf zügeln kann. Die meisten Menschen verstehen es so, dass man gar nicht lieben darf. Aber auch wenn es uns verboten ist zu heiraten, heißt es nicht, dass wir gefühlskalt sein müssen. Wenn du lernst, deine Empfindungen in den richtigen Momenten zu kontrollieren, kannst du ein fast normales Leben führen.“

Meine Gesichtszüge entgleisten mir. Von dieser Seite hatte ich es noch nie gesehen. Aber er hatte recht.

„Ich weiß nicht, ob meine Familie glücklich sein wird, wenn ich es auf diese Art erlerne“, murmelte ich und senkte meinen Blick.

„Es ist dein Leben und nicht das deiner Familie, das solltest du niemals vergessen. Ich habe mein Volk verlassen, um hierherzukommen. Denkst du, meine Familie war darüber erfreut? Natürlich nicht, aber es war mir egal. Denn es war mein Wunsch und für diesen nehme ich es auch in Kauf, wegen meiner Hautfarbe ausgegrenzt zu werden."

„Es ist nicht fair, dich wegen deines Aussehens anders zu behandeln."

Mael lachte kurz auf. „Das Leben ist nicht immer fair. Aber das zeigt nur, wie wenig du von der Welt weißt. Die Menschen glauben an die alten Legenden", erklärte er weiter. „Dass alles Böse von den Elfen ausgeht. Die Drow haben sich in die Wälder der Nebellande zurückgezogen. Mit dem Süden wollen sie nichts mehr zu tun haben. Allein mit den Bewohnern des Nebellandes treiben sie Handel. Aber unter ihnen leben auch Menschen wie ich. Wir haben elfische Vorfahren, besitzen aber weder Magie noch die spitzen Ohren."

Neugierig hörte ich ihm zu. Aleksa hatte mir erzählt, dass die Drow in ihrem Land hausten, aber ich hatte mich nie mit ihnen befasst.

„Was unterstellt man euch denn?", fragte ich nach.

„Dass wir mit den Monstern unter einer Decke stecken. Wir beten Samson an, den Gott der Natur, des Waldes. Aber für die Menschen gibt es nur eine Göttin: Sona, die Herrin der Sonne. Alles andere ist für die Menschen Blasphemie. Man unterstellt uns, mit den Dämonen gemeinsame Sache zu machen, weil unsere Haut so schwarz wie die Nacht ist."

Ich schnappte nach Luft. „Wegen dem Aussehen eures Volkes unterstellt man euch, dass ihr böse seid?", fragte ich entrüstet. „Aber das ist ..." Mir fehlten die Worte. Wie konnte man Menschen allein auf ihr Aussehen reduzieren? Das war nicht gerecht.

„Verwerflich", beendete Mael meinen Satz. „Vor Jahrhunderten verbreitete jemand diese Lügen, und bis heute werden sie geglaubt, da die Menschen ein Feindbild brauchen. Es gibt einen Grund, warum sich die Drow von den Menschen abwandten und sie nicht mehr in ihrer Mitte dulden. Ich sage nur eines: Es gibt keine Clericer mit dunkler Hautfarbe. Ihr verfügt über die Blutmagie – eine Fähigkeit, mit der ihr töten könnt, ohne einen Finger zu rühren. Ich denke, wenn jemand etwas mit dem Bösen zu tun hat, dann ihr. Mein Volk muss nur als Sündenbock hinhalten, damit es einen Schuldigen gibt."

Ich blieb stehen, und er tat es mir gleich. Fassungslos starrte ich Mael an. Nicht weil ich seine Worte nicht glaubte, sondern weil ich ihr Ausmaß erst jetzt begriff. Wenn die Clericer mit dem Bösen arbeiteten, wenn sie wirklich schlechte Absichten hatten, waren wir die Bösen und nicht das Volk der Šimšôner.

Erschrocken blickte ich auf meine Hände. Mit einem Mal brach meine ganze Welt zusammen. „Das bedeutet, dass wir böse sind?"

Mael schüttelte den Kopf. „Nein, das bedeutet nur, dass ihr etwas zu verbergen habt." Er lächelte. „Die Menschen sind blind. Darum kann ich ihnen nicht böse sein, wenn sie in ihrem eingeschränkten Weltbild nicht erkennen, wer gut und wer böse ist. Aber in unseren Legenden ist das Böse klar definiert: die Clericer. Ihr besitzt das Blut der Dämonen."

Ich bin das Böse? Die Clericer sind die wahren Monster ... Diese Erkenntnis erschütterte mich. „Wir sind schlecht ..."

Mael ergriff meine zitternde Hand. „Du bist gar nichts", erwiderte er. „Landon Gloucester ist der Oberste Clericer, und er entschied, dass du zu mir kommen sollst. Das bedeutet nicht nur, dass er die Wahrheit kennt, sondern auch, dass er möchte, dass du es erfährst. Seit Jahrhunderten erzählt man sich diese Lügen, und selbst als einer der drei Mächtigsten unseres Landes kann er nicht die Gedanken aller beeinflussen. Besonders, da sich die Clericer gegen ihn erheben würden. Dein Onkel würde alles verlieren, sollte er die Wahrheit sagen. Deswegen möchte er, dass du sein Vermächtnis übernimmst. Das ist der wahre Grund, warum du mit mir kommst."

„Aber ich werde nicht mit dieser Lüge leben können. Selbst wenn sich die Clericer gegen mich erheben, werde ich allen erzählen, was wirklich passiert ist", wandte ich ein und sah mit festem Blick zu ihm.

Mael lächelte wieder. „Das kann seine Intension dahinter sein. Möglicherweise möchte er, dass du tust, was er nicht konnte. Ich denke, zum Obersten Clericer gehört mehr dazu, als stark zu sein. Wenn ich ehrlich bin, hat sich die Welt verändert, seit dein Onkel sein Amt annahm. Die heutigen Clericer sind anders als früher. Sie sind nicht mehr so radikal.“

Ich lauschte seinen Worten. Zum ersten Mal begriff ich, dass ich als Oberhaupt Clericer auch Gutes vollbringen könnte. Dass diese Macht nicht nur eine Last war, sondern ich durch ihre Hilfe auch vieles erreichen konnte.

KAPITEL XIII

EIN NEUES LEBEN

ALEKSANDRA CZAPSKA

Ich trat auf die Tür zu, vor der bereits jemand auf mich wartete. Dies musste Maitagorry Rozier sein. Landon schien alles minuziös geplant zu haben. Oder hatte er ihr kurzfristig Bescheid gesagt? Er konnte unmöglich gewusst haben, dass Walder durchdrehen würde. *Oder doch?* Dieser Gedanke erschreckte mich, und ein Zucken fuhr durch meinen Körper. Ich wollte nicht daran denken, dass der Oberste Clericer über ein solches Wissen verfügen könnte.

Sie trat auf mich zu, ein freundliches Lächeln lag auf ihren Lippen. „Es freut mich, dass du da bist. Ich denke, dass du dir deine nächsten Jahre bis zur Prüfung anders vorgestellt hast. Aber unser Oberster Clericer beauftragte mich, dir unser Wissen weiterzugeben. Denn die Mehrheit versteift sich allein auf die Stärke, dabei ist es noch wichtiger, sein Wissen zu erweitern. Wir Clericer haben eine Jahrtausende alte Tradition."

Ich sagte nichts, sondern nickte nur. Sie schritt voran, und ich folgte ihr in das Innere der Akademie. Der Weg führte uns zur Bibliothek, die ich bereits sehr gut kannte.

Ein weicher Teppich bedeckte den Boden. Das Licht kam von den Kronleuchtern, welche man an der Decke befestigt hatte. An den Wänden hingen Bildnisse aus dem Leben der Clericer, und überall standen Statuen der früheren Obersten Clericer.

Die Frau führte mich weiter, durch die hohen Regale und direkt zu der Treppe, welche in den unteren Bereich der Bibliothek führte. Alles hier war in den Felsen gehauen worden, daher gab es keine Fenster. Bei der Treppe erstreckte sich eine große Glaswand, die durch Lichter erhellt wurde. Sie zeigte verschiedene Bilder. Die wenigsten Motive kamen mir bekannt vor, aber über der Fischfrau erkannte ich etwas, das mich stutzig stimmte. *Der Riesenkalmar, wie im Tränensee …* In diesem Moment begriff ich, dass dieses Gemäuer noch aus der Zeit nach der Gründung der Clericer stammte. Hier gab es Informationen, die sehr alt und vor langer Zeit vergessen worden waren. Trotz allem verstand ich das Bildnis vor mir nicht. Auf einem Bild sah man, wie Cain den Drachen tötete, für dessen Erschlagung er später zum Hochkönig ernannt worden war. Ein weiteres zeigte Sona, die Göttin der Sonne. Über ihr gab es eine Szene, welche die Magier und die Kirche zeigte. Unter ihrem Bild sah man wiederum die Jäger und die Henker. Aber die Frau mit dem Fischschwanz ließ mich stutzig werden. Ich wusste nicht, wer sie war. Es gab Legenden über ein Volk, das im Meer lebte, doch das waren nur Märchen. Über ihr befand sich der Riesenkalmar. Er war der Wächter des Tränensees und musste eine Verbindung zu der Unbekannten haben. Auf dem nächsten Glasfenster erkannte ich einen Mann, der von Blättern umgeben war. Auf einem weiteren Bild erblickte ich die Drow. Die weiteren Bildnisse zeigten Monster. Das untere bestand fast nur aus Ranken und besaß ein mit scharfen Zähnen besetztes Maul. Das obere schien direkt aus den schlimmsten Albträumen entsprungen zu sein. Die acht Gliedmaßen des Monsters verliehen ihm ein spinnenartiges Aussehen. Doch der Kopf war ganz der eines Monsters. Es erinnerte mich an das Symbol auf unseren Helmen. Die vierte Person war ein Mann, der ganz von Feuer umgeben war. Bei ihm waren Menschen zu sehen und etwas, das ich noch nie gesehen hatte. Riesen? Sie kannte ich nur aus den alten Legenden.

Langsam riss ich mich von der Glaswand los und folgte meiner Mentorin ein Stockwerk tiefer. „Das Glasfenster …“

„Es ist ein altes Überbleibsel. Darüber solltest du dir keine Gedanken machen“, antwortete sie und trat zu einem Regal, nahm fünf Bücher heraus. „Kaum ein Clericer fragt nach der Symbolik dahinter. Ich habe auf meiner Reise fiel geforscht und die alten Überlieferungen aufgedeckt. Landon musste mich zu seiner Vertrauten machen, weil ich zu viel wusste. Daher mach dir keinen Kopf. Du wirst alles erfahren, wenn die Zeit reif ist. Es gibt kaum Clericer, die die Wahrheit kennen.“ Lächelnd legte sie die Bücher auf einen der Lesetische. „Du wirst alles erfahren. Aber zuvor möchte ich, dass du all diese Bücher liest.“

Stumm nickte ich, setzte mich hin und zog das erste zu mir – ‚die Chronik von Burengard‘. Es würde auf die alten Legenden unseres Landes eingehen, und dem Zustand des Umschlags konnte ich bereits entnehmen, dass es sehr alt war. Das darunter trug den Namen ‚die Geschichte der Clericer‘. Allein die beiden Bücher würden mich den ganzen Tag beschäftigen. Dennoch begann ich ohne zu murren zu lesen.

Ich hatte mir meine Ausbildung anders vorgestellt. Kämpfen wollte ich und meine Fähigkeiten weiterentwickeln. Jetzt saß ich hier und las. Unweigerlich musste ich an Yvain denken. Das hier wäre seine Stärke.

HUNTER GLOUCESTER

Ich trat gemeinsam mit Mael in eine Herberge. Die Luft war stickig und voller Rauch. Im hinteren Teil des Raumes konnte ich eine größere Gruppe erkennen. Was mich überraschte, war, dass jemand in dem weißen Gewand der Clericer bei ihnen saß. Sie spielten Karten, jeder hatte einen Bierkrug vor sich und sie rauchten. Auch der Clericer. Er benahm sich völlig normal, so als wäre er ein gewöhnlicher Mensch.

Dabei sagte man uns doch, dass wir uns von den menschlichen Gelüsten fernhalten sollten.

„Mael", grüßte er meinen Mentor, warf seine letzte Karte auf den Tisch und wandte sich uns zu, während sich der Rest weiterhin auf das Spiel konzentrierte. Einige Münzen lagen in der Mitte und waren wohl für den Gewinner. „Youenn ist gerade weg, aber er kommt bald zurück. Dein neues Haustier scheint aber etwas schwächlich zu sein."

Meint er mich?

Überrascht musterte ich ihn. Die Kleidung des Clericers hatte bereits bessere Zeiten gesehen. Sie wies einige dreckige Stellen auf und war bereits öfters geflickt worden. Das Haar, welches unter seinem Helm hervorschaute, war grau, und sein Gesicht wies viele Falten auf, was darauf schließen ließ, dass er alt war.

Er beugte sich vor und pustete mir den stinkenden Rauch ins Gesicht. Ich hustete, und wedelte ihn mit der Hand weg. Der Clericer lachte, beugte sich vor und sofort wehte mir der starke Geruch von Alkohol entgegen. „Ich bin Dieudonné, und du bist?" Wieder blies er mir den Qualm seiner Zigarette ins Gesicht.

Ich hustete. „Hunter ...", brachte ich krächzend hervor.

„Der Rest interessiert mich nicht. Nachnamen sind nichts wert, sie sagen nichts über uns aus."

Bei diesen Worten spürte ich den Blick der Jäger auf mir, doch keiner sprach ein Wort.

„Sei nicht zu hart zu ihm", ermahnte Mael ihn.

„Du wurdest betrogen. Bring den Jungen zurück, er taugt nichts. Unser liebreizender Oberster Clericer wollte ihn bestimmt einfach nur loswerden. Schmieriger Schuft." Er griff nach dem Bierkrug, hob ihn an seine Lippen und trank.

„Ich bin zufrieden", erwiderte Mael.

Der Krug landete fast leer auf dem Tisch. Dieudonné wischte sich mit dem Ärmel seines Gewandes über den Mund. Nun wusste ich, woher all die Flecken kamen. *Wenn ich mich jetzt umdrehe und renne, schaffe ich es vielleicht bis vor die Tür,* dachte ich.

„Ich muss auf die Toilette …“, sagte ich. Schnell wandte ich mich um und wollte verschwinden, doch da griff jemand nach meinem Gewand und hielt mich fest. Erschrocken fuhr ich herum und stellte mit Entsetzen fest, dass es Dieudonné war.

„Ich werde dich begleiten“, brummte er. Er drückte die Zigarette im Aschenbecher aus und erhob sich.

Fest zog ich die Luft ein und verkniff mir mein „Aber ich kann allein auf die Toilette“. Stattdessen nickte ich stumm und wandte mich um. Der ältere Herr war mir sehr suspekt, aber ich wimmelte ihn nicht ab, sondern trat durch die Hinuntertür hinaus auf den Innenhof. Es war ein gepflasterter Platz mit einem Brunnen in der Mitte, der rundherum mit Hausmauern gesäumt war. Ein großer Torbogen führte hinaus zur Straße, und die Toiletten waren in einem hölzernen Schuppen. Außer uns war niemand hier.

Dieudonné folgte mir. Kaum schloss er die Tür hinter sich, vernahm ich seine Stimme: „Du bist Hunter Gloucester, der Neffe von Landon.“

Überrascht drehte ich mich zu ihm um. *Er weiß mehr, als ich dachte … Oder hat mein Onkel wieder seine Finger im Spiel?*

Ich legte meinen Kopf schief, kniff die Augen unter der Maske zusammen und musterte nochmals den Clericer. *Ist das die Art Clericer, die mein Onkel zu meinem Schutz schickt? Niemals.*

„Ja“, antwortete ich etwas schüchtern.

„Behalte deinen Nachnamen für dich. Sag ihn deinem Team aus Jägern, aber sonst sollte niemand wissen, wer du bist. Es wird dir besser ergehen, wenn es niemand weiß“, klärte er mich auf und zog etwas aus seiner Manteltasche. Es war ein Gegenstand aus Metall. Er öffnete ihn, zog eine Zigarette heraus, ließ eine kleine Flamme über seinem Daumen erscheinen und zündete sie damit an. Angewidert verzog ich das Gesicht.

„Landon Gloucester hat in unserer Welt nicht nur Freunde“, sprach er weiter, und seine Stimme nahm einen bitteren, hasserfüllten Ton an. „Er ist ein mieses und arrogantes Dreckschwein. Aus deiner Familie sind alle gleich, sie wollen nur eines: dass ihre eigene Brut die wichtigsten Posten übernimmt. Daher liegt es auf der Hand, dass du der nächste Oberster Clericer wirst."

Schwer seufzte ich, senkte meinen Kopf. „Wer sagt, dass ich überhaupt der nächste Oberste Clericer sein möchte?"

„Dein Onkel", wandte Dieudonné ein. „Als er die Macht erlangte, ertränkte er die Clericer in ihrem eigenen Blut. Das Regime deines Onkels wurde auf Tod erbaut. Sicherlich war er jung, aber er löschte einen großen Teil der Clericer aus." Dieudonné zog etwas aus seinem Zigarettenetui heraus. Faltete das Blatt auseinander und hielt es mir unter die Nase. Es war eine gezeichnete Illustration. Mit Tusche hatte man meinen Onkel porträtiert, wie er auf einem Thron saß. Unter ihm lagen Unmengen an Schädel. Einen davon hielt er sogar in der Hand, und ein finsteres, böses Lächeln lag auf seinen Lippen. „In meinem Hass habe ich unzählige Karikaturen von ihm angefertigt ..."

Er hat dies gezeichnet?

„Warum hasst du meinen Onkel so sehr?", rutschte mir die Frage heraus, die mir auf der Zunge brannte.

Dieudonné schnaubte. „Er hat meinen Bruder Tanguy getötet. Dieser war die Rechte Hand des Obersten Clericers Cardo, der wiederum dein Großonkel war. Gut die Hälfte aller Clericer fand durch ihn seinen Tod. Oder noch mehr, niemand weiß es so genau", erzählte er mir weiter und zog an seiner Zigarette. „Meine Familie lehnte sich gegen ihn auf, deswegen löschte er die de la Halles aus. Ich bin der Letzte von ihnen."

„Du hast nicht gegen meinen Onkel rebelliert?", fragte ich, unsicher, ob meine Frage nicht zu unhöflich war.

„Nein. Ich hasste ihn, aber ich bin ein Clericer, der Tod gehört für mich zum Leben dazu. Unsere Ausbildung war die reinste Folter." Er zog den Ärmel seines Gewandes nach oben, und ich konnte runde Einstichlöcher auf seinem Arm erkennen. „Jeden Tag hat man uns Grauenvolles angetan. Die Wunden stammen aus der Zeit, als ich meine Gefühle noch nicht vollends unter Kontrolle hatte", nuschelte er, die

Zigarette zwischen seinen Lippen. „Wer es nicht schaffte, ihnen abzuschwören, war schnell tot. Sechzig Schüler gab es in meiner Klasse, nur zehn überlebten. Jeder von uns musste bei einer letzten Prüfung zeigen, dass wir es wert waren. Man ließ uns gegeneinander kämpfen. Nur der Gewinner überlebte, außer der Oberste Clericer war so beeindruckt, dass er beiden das Leben schenkte. Das war unsere Abschlussprüfung: Kämpfe um dein Leben und töte deine Klassenkameraden, mit denen du all die Jahre gelitten hast."

Ich schnappte nach Luft. „Landon will ..." Ich stockte. *Das ist grausam ... Unmenschlich!*

„Nein, Landon möchte nicht, dass ihr euch gegenseitig ermordet. Er dünnte die Reihen der Clericer aus, um alles zu verändern. Wenigstens in dem Maß, in dem es ihm möglich ist. Nicht alles, was dieser Halsabschneider tut, ist schlecht. Aber das begriff ich erst viel später ... Nach meiner Ausbildung ging ich zu den Jägern. Einfach weit weg von den Clericern. Als Landon die Macht übernahm, kehrte ich ihm den Rücken. Was er tat, war mir egal ..." Seine Stimme wurde leiser. „Hätte ich es nicht getan, wäre mir aufgefallen, dass sich so viel veränderte." Dieudonné drückte die Zigarette an der Wand aus und packte den Rest wieder in die Schatulle, zusammen mit der Zeichnung. „Ich habe nie verstanden, warum dein Onkel mich nicht einfach getötet hat. Gleichzeitig bin ich keine Gefahr für ihn, denn alle, denen ich meine Geschichte erzähle, lachen über mich. Sie glauben mir nicht. Alle Mächtigen haben Dreck am Stecken, nur interessiert sich niemand dafür." Er schritt zur Tür. „Wollen wir wieder rein? Ich weiß, dass du nur zur Toilette wolltest, um vor mir zu flüchten. Oder musst du wirklich?"

Ertappt schüttelte ich den Kopf. „Es tut mir leid. Ich wollte dich nicht kränken."

Dieudonné fing an zu lachen. „Der zukünftige Oberste Clericer entschuldigt sich bei mir, weil er meine Gefühle verletzt hat? Egal, was Landon für Substanzen einnimmt, er sollte deutlich weniger davon nehmen, wenn er es für eine gute Idee hält, dir das Wohl aller

Clericer anzuvertrauen.“ Er öffnete die Tür und ließ mich allein im Hinterhof vor den Toiletten zurück.

Tatsächlich hatte mir das Gespräch mit ihm etwas die Angst genommen. Gleichzeitig kam ich mir unfassbar dumm vor, weil ich ihn für sein Aussehen verurteilt hatte. Innerlich ohrfeigte ich mich dafür, dass ich in mancher Hinsicht nicht besser als mein Vater war.

Zurück in der Herberge, setzte ich mich neben ihn an den Tisch, während er gleich wieder nach seinem Bier griff und trank. Das Kartenspiel der Jäger war vorbei, und alle musterten mich.

„Du bist also Hunter? Ich bin Helena de Ronsard.“ Sie war die einzige Frau am Tisch. Ihr schwarzes Haar war zu einem Zopf gebunden. Wie die anderen trug sie Schwarz, und auf einer Brosche um ihren Hals erkannte ich das Zeichen der Jäger. Sie war gut gebaut, und ihre dunklen Augen musterten mich argwöhnisch. „Ich hätte mir einen Clericer etwas angsteinflößender vorgestellt“, sagte sie, und ein sanftes Lächeln erschien auf ihren Lippen. „Aber schauen wir einmal, was du draufhast.“

Ich lächelte matt, denn was sie sagte, gefiel mir ganz und gar nicht.

Neben ihr saß ein Mann, der etwa in Landons Alter sein musste. Er hatte dunkle Haare, die ihm regelrecht am Kopf klebten. Ein leichter Dreitagebart umspielte seine Züge, und er besaß eine Knollennase. Seine grauen Augen lagen auf mir.

„Ich bin Yule Muldoon“, stellte er sich vor, sagte aber nichts weiter.

Der junge Mann neben ihm griff nach seinem Bier und trank einen großen Schluck, während er mich ebenfalls musterte. Sein dunkles Haar stand wild in alle Richtungen ab, und ein Lächeln erschien auf seinen Lippen. Seine dunklen Augen wirkten freundlich.

„Jean Belloc“, stellte er sich vor. „Es freut mich, dass wir jetzt mehr als einen Clericer unter uns haben. Jetzt kann uns kaum ein Monster mehr plattmachen!“

Der Letzte hatte fast weißes Haar und verschränkte die Arme vor der Brust. Seinen Mund hatte er zu einem dünnen Strich zusammengezogen. Eine lange Narbe zog sich über seine rechte Wange, die wohl von einem Monster stammte. Seine grauen Augen funkelten feindselig, ohne dass ein Wort über seine Lippen kam.

Nicht jeder war froh, dass ich hier war, doch niemand sagte etwas. Ein ungutes Gefühl breitete sich in meinem Magen aus. Es würde nicht so leicht werden. Jetzt war ich fast froh, dass ich nicht allein war und Dieudonné an meiner Seite hatte. Egal, was für Probleme er hatte, immerhin konnte er meine verstehen. Wobei er mich wohl auslachen würde, wenn ich ihm sagte, dass ich keine Monster töten konnte.

KAPITEL XIV

ZEIT FÜR ALTE LEGENDEN

EVERETTE GLOUCESTER

Ich ritt die nächsten Tage quer durch das Land, bis ich Cains Ville erreichte. Das Anwesen der McCains stand in der Mitte der Stadt auf einem kleinen Hügel, der von einer hohen Mauer umgeben war. Auf dem Weg dorthin hatte ich keine Augen für die Schönheit dieses Ortes, da ich mich vollkommen auf mein Ziel konzentrierte. Ich steuerte geradewegs den Eingang des Anwesens an, ritt durch das Tor und sprang vom Pferd. Meine einst weißen Kleider waren vom Schmutz der letzten Tage verdreckt. Ohne darauf zu achten, drückte ich die Zügel meines Rappen dem nächsten Burschen in die Hand, der mir unter die Augen kam.

„Kümmere dich gut um ihn“, knurrte ich ihn an. Dann eilte ich hinauf zur Tür, zog an der Glocke und wartete ungeduldig, bis mir jemand öffnete.

Herrisch, ohne mich vorzustellen, trat ich ein und stieß den Diener leicht von der Seite an. „Sagt Eurer Herrin, dass Everette Gloucester sie in einer dringenden Angelegenheit sprechen muss.“

„Sicher, Mylord, aber es wird dauern, die Dame des Hauses hat nicht mit Besuch gerechnet.“

Verärgert sah ich den älteren Bediensteten an. „Ich will sie sprechen, also beeil dich!“, herrschte ich ihn an. Lehnte mich gegen die

Wand und wartete ungeduldig. Eine gefühlte Ewigkeit verging, bis der Mann wieder auftauchte.

„Folgt mir“, sagte er und führte mich die Treppe hinauf in den oberen Stock, wo er den Damensalon ansteuerte und mir anschließend die Tür aufhielt. „Die Dame des Hauses wird Euch kurz empfangen, aber nicht zu lange, denn Hochkönig Alister wird bald wieder hier sein“, betonte er mit Nachdruck, ehe er die Tür hinter sich schloss.

Knurrend setzte ich mich in einen der Sessel, starrte auf das knisternde Feuer. Die Worte des Dieners waren wohl ein Hinweis für mich, dass ich vorsichtig sein sollte. Denn wir wäre nicht mehr lange allein.

„Wie lange haben wir uns nicht gesehen?“, murrte Annalise, als sie eintrat und zu mir schritt. „Du bist niemals vorbeigekommen, seit man dich zur Rechten Hand der Hohepriesterin ernannt hat. Ich habe meinen jüngsten Sohn zur Welt gebracht, und du hast ihn niemals kennengelernt oder gesehen.“

Stumm wandte ich mich ihr zu. „Es ist schön, dass du und Alister noch ein Kind bekommen habt, aber darum bin ich nicht hier. Ich brauche deine Hilfe.“

Ohne etwas zu sagen, setzte sich Annalise mir gegenüber. Etwas Trauriges lag in ihren braunen Augen. Das lange Haar fiel ihr schlicht über die Schulter. Sie hatte es weder frisiert noch sonst irgendwie zurechtgemacht. Selbst ihre Kleidung wirkte simpel. Es war ein einfaches weißes Leinenkleid. Wenn ich sie ansah, glaubte ich, einen südländischen Touch in ihren Zügen zu erkennen. Plötzlich fiel mir auf, dass ich gar nicht wusste, woher sie ursprünglich stammte.

Mit gesenktem Kopf wisperte sie: „Du bist gekommen, weil die Hohepriesterin dich ersetzt hat.“ Sie seufzte. „Ach, Everette ...“

Ich wich ihrem Blick aus und verschränkte die Arme vor der Brust. „Vater hat mich hinausgeworfen! Er will mich die nächste Zeit nicht mehr sehen. Mein Bruder Duncan kann mir auch nicht helfen. Nicht einmal Mutter konnte es ...“ Meine Stimme versagte, der Kloß in meinem Hals war zu groß. *Ich will nicht an sie denken.*

Annalise ergriff meine Hand, drückte sie leicht. „Es tut mir leid, was mit deiner Mutter passiert ist. Sie war mir stets eine gute Freundin. Aber dein Problem ... Everette, es tut mir leid, aber ich kann dir nicht helfen. Ich bin die Königin. Wenn ..."

Ich zog meine Hand zurück, sah sie wutentbrannt an. „Warum kannst du mir nicht helfen?"

„Weil dein Ruf als Liebhaber der Hohepriesterin im Weg steht. Wie könnte ich so jemandem meine Hilfe anbieten?"

Meine Miene verfinsterte sich weiter. „Ich bin fast ohne Unterbrechung hierher geritten, und jetzt sagst du mir, dass du Angst hast, es könnte deinem Ruf schaden, wenn du mir hilfst? Sollen doch alle glauben, dass wir miteinander geschlafen haben, immerhin ist es die Wahrheit! Warum hast du solche Angst?"

„Everette, es tut mir leid." Sie senkten ihren Kopf und legte ihre Hände in den Schoß. „Wenn es dir so wichtig ist, dann reite zurück nach Nahrman und spreche mit Lady Charleen von Nahrman. Sie hängt schon lange einen Groll gegen die Hohepriesterin. Jedoch warne ich dich, sie ist eine sehr launische Frau. Der Preis, den du zahlen wirst, wird hoch sein."

Das war ein Anfang. Zwar half sie mir nicht direkt, aber wenn ich eine Verbündete fand, wäre mir jedes Mittel recht.

„Danke." Ich erhob mich aus meinem Sessel. „Du hast was gut bei mir." Mit diesen Worten trat ich Richtung Tür.

„Du willst schon gehen?" Sie drehte sich zu mir um und sah mich mit weit aufgerissenen Augen an.

„Ja. Es wäre unklug, wenn wir uns zu lange unterhalten. Besonders wenn dein Mann bald zurückkommt. Oder willst du doch riskieren, dass man schlecht über dich redet?", erwiderte ich provokant.

Sie presste die Lippen zusammen, als würde ihr meine Antwort nicht gefallen, dennoch nickte sie. „Du hast recht. Es ist besser, wenn du jetzt gehst."

Ich warf ihr einen letzten durchdringenden Blick zu, dann verließ ich ohne ein weiteres Wort das Zimmer.

ALEKSANDRA CZAPSKA

Durch das Studium der alten Legenden merkte ich schnell, dass es unterschiedliche Fassungen gab. Maitagorry verlangte von mir, dass ich sie alle zusammentrug und eine Übersicht erstellte. Es dauerte Wochen, bis ich damit fertig war. Meine Mentorin half mir nicht, sondern ließ mich alles allein erarbeiten.

Jetzt saß sie vor mir und schaute mich erwartungsvoll an. „Was hast du herausgefunden?"

„Alle Legenden beziehen sich auf ein spezielles Ereignis: Wie Cain den Drachen erschlug und zum Hochkönig wurde. Seine Verbündeten belohnte er reich. Jedoch gibt es Geschichten, die weitaus älter sind. Beispielsweise die vom Meeresvolk, auch wenn man die Fischmenschen schon seit Jahrhunderten nicht mehr gesehen hat. Noch frühere Aufzeichnungen beziehen sich auf ein großes Erdbeben. Stücke der Klippen stürzten ins Wasser, und einige der Städte am Meer wurden vollständig von den Fluten zerstört. Laut den Legenden soll es die Wassergöttin selbst gewesen sein, die dieses Unglück heraufbeschwor. Saheera soll ihr Volk zu sich gerufen haben. Eine schöne Vorstellung, dass anstatt des Tods eine Göttin auf sie wartete ...", erklärte ich die Erkenntnisse meiner Arbeit. Ich glaubte jedoch nicht an die Götter, denn sie schwiegen. Alle.

„Du glaubst nicht daran?", vernahm ich hinter mir eine Stimme.

Erschrocken drehte ich mich um und erblickte Landon Gloucester. „Oberster Clericer", wisperte ich. Ich hatte seine Anwesenheit gar nicht gespürt.

„Nur weil du noch nie jemanden aus dem Volk der Fischmenschen gesehen hast, bedeutet das nicht, dass sie nicht mehr unter uns weilen." Landon trat auf mich zu. Ein schweres Buch erschien in seiner Hand. „An die Elfen glaubst du doch auch, und das Volk der Drow lebt in den Wäldern der Nebellanden. Würdest du auch behaupten, dass sie nicht existieren, wenn sie einen Ort fänden, wo sie vor uns Menschen sicher sind?“

Unsicher sah ich Landon an. „Aber sie verstecken sich nicht. Warum sollten es die Fischmenschen tun?“

„Weil wir Menschen eines können und das ist zerstören und töten. Das solltest du niemals vergessen.“ Er schlug das Buch auf, das vor mir auf den Tisch lag. „Dies ist eine Karte der alten Welt. Damals gab es im Süden einen längeren Auswuchs, der ins Meer hinausführte. Für wie wahrscheinlich hältst du es, dass dieses ganze Land im See versunken ist? Sicherlich kannst du es mit einem Tsunami erklären, aber warum ist dann nichts mehr davon übrig? Warum hat man es nicht wiederaufgebaut? Das sind alles Punkte, die du bedenken solltet. Es geht nicht allein darum, was in den Legenden steht, sondern darum, ihren Inhalt auf unsere Welt zu übertragen.“

Ich staunte nicht schlecht. Eine solche Weitsicht hatte ich meinem Schulleiter nicht zugetraut. Zudem waren mir die genannten Punkte selbst entgangen. Ich hatte mich darauf konzentriert, was meine Mentorin mir gesagt hatte, und war von allein nicht auf die Idee gekommen, weitere Medien wie Karten zu Rate zu ziehen.

Aber auch wenn er der Oberste Clericer war, so würde ich jetzt nicht einknicken. „Die Flut ist Tausende Jahre her. Wir wissen nicht, wie die Städte von damals gebaut waren und wie die Menschen lebten. Wenn es wirklich eine Naturgewalt war, die alles zerstörte, würde das erklären, warum man sie einer Göttin zuschrieb. Saheera war zornig und holte die Menschen zu sich, die sie als ihr Volk betrachtete. Wenn es mehrere Faktoren gibt, die unglücklicherweise aufeinandertreffen, kann es zu Katastrophen kommen, die unsere Vorstellungskraft übertreffen. Ich glaube nicht an die Götter. Auch hielt ich Euch für einen Mann, der nicht viel Wert auf das Geschwätz der Kirche legt. Aber wie es scheint, habe ich mich geirrt“, erwiderte ich forsch.

Auf Landons Lippen zeichnete sich ein Lächeln ab. Er schien mir nicht böse zu sein, was mich verwunderte. „Was die Kirche tut, interessiert mich nicht. Dennoch überrascht mich deine Antwort. Dir ist doch bewusst, dass wir auf dem Dach unserer Schule einen See haben, in dem ein Ungetüm haust, das in der Größe niemals in diesen Gewässern überleben könnte. Wie erklärst du dir dies?“ Seine Stimme hatte einen bittersüßen Unterton. Es machte ihm Freude, mich so an der Nase herumzuführen.

„Ich weiß es nicht. Das Geschöpf könnte in den See gekommen sein, als es noch klein war. Dann ist es gewachsen und konnte nicht mehr weg. Zudem traue ich Euch zu, dass Ihr es füttert.“

Das Lächeln auf seinem Gesicht war nicht verschwunden. „Mit was soll ich es denn füttern?“, fragt er mich direkt und wandte sich dann von mir ab. „Du solltest deinen Horizont erweitern, Aleksa. All die Stärke nützt dir nichts, wenn dein Geist schwach ist.“ Mit diesen Worten schritt er davon.

Ich schlug meine Hände auf den Tisch. Hatte er mich gerade als einfältig bezeichnet? Weil ich nicht an die Götter glaubte? Weil es für mich keinen Sinn ergab, dass es etwas Göttliches geben sollte, das uns unserem Schicksal überließ? Hunters Onkel war unmöglich.

Ohne etwas zu sagen, steuerte ich die Tür an, doch bevor ich die Bibliothek verlassen konnte, schwang sie auf und eine Gestalt trat ein. Yvain. Er verzog seinen Mund sofort, als er mich erblickte.

„Du bist auch da“, stellte er genervt fest.

„Ja, wir zwei sind die einzigen.“

Er seufzte. „Wenigstens das. Aber lass mich in Ruhe. Glaub nicht, dass ich jetzt mit dir reden möchte, nur weil deine bescheuerten Freunde nicht da sind.“ Yvain trat an mir vorbei, sein Körper wirkte angespannt.

„Wer ist dein Mentor?“, rief ich ihm hinterher. „Dein Onkel?“

„Nein, Jacques d’Orléans.“ Er blieb stehen und drehte sich zu mir um. „Wollen wir tauschen?“

Seine Aussage überraschte mich. *Warum schlägt er mir einen Tausch vor?* „Nein, ich bin sehr glücklich, keinen unserer Lehrer zu haben.“

Ein Ruck ging durch seinen Körper. Ohne etwas zu sagen, schlurfte er weiter. Yvains Haltung war sehr gebeugt. Auch wenn er unfreundlich wie immer war, glaubte ich, dass ihn etwas belastete. Etwas stimmte nicht und das schon sehr lange. Ich konnte es nur noch nicht greifen.

HUNTER GLOUCESTER

Youenn Itani stieß am späten Abend zu uns. Er zog einen Stuhl von einem anderen Tisch an unseren und setzte sich darauf. „Wir werden nach Bernea reiten. Es ist ein Dreitagesritt. Wie ich hörte, soll sich dort ein Wendigo herumtreiben. Mael, nimm dir etwas Zeit mit deinem neuen Schützling und folge uns danach. Der Wendigo wird tot sein, bevor ihr in dem Dorf seid“, versprach Youenn, der über das ganze Gesicht grinste. „Yule, Jean, Dieudonné, wir brechen in ein paar Stunden auf.“

Mael nickte ihm zu. „Das hört sich nach einem guten Plan an, aber unterschätze niemals einen Wendigo.“

„Niemals.“ Der Jäger lachte auf. „Sie haben seit Jahren ein Problem mit dem Viech, wie es sich anhört. Wie üblich versuchten sie, das Problem zu ignorieren. Aber wie es scheint, können sie es nicht mehr.“

Der Tod, dachte ich bitter. Ich hatte fast vergessen, dass er hier allgegenwärtig war. Plötzlich tauchte das Gesicht meiner Mutter vor meinem inneren Auge auf. Sie war tot ... Alles zog sich in mir zusammen. Mit gesenktem Kopf hörte ich, wie sich die Jäger voneinander verabschiedeten.

Dieudonné legte mir eine Hand auf die Schulter. „Wir werden uns bald wiedersehen.“

„Mag sein“, wisperte ich und wartete, bis die anderen das Lokal verlassen hatten. Erst dann hob ich meinen Blick und schaute die drei

Verbliebenen an. „Ich werde keine Monster töten." Eigentlich wollte ich diese Worte mit fester Stimme sprechen, doch sie versagte, klang brüchig und wie ein schwacher Windhauch.

Der Weißblonde, der sich noch nicht vorgestellt hatte, funkelte mich mit seinen grauen Augen böse an. „Wusste ich es doch!" Er knallte seine Hand auf den Tisch. „Wie viele Monster hast du denn schon getötet, Hunter?" Er betonte meinen Namen, um die Paradoxität zwischen ihm und meinem Wesen hervorzuheben. Immerhin bedeutete er Jäger.

„Keines", antwortete ich wahrheitsgemäß.

Der feindselige Blick des Jägers hörte nicht auf. „Dein Vater muss ja richtig Knete haben, dass er es sich leisten kann, seinen schwächlichen Sohn auf Reisen zu schicken! Was sind wir dann? Deine Leibwächter?"

„Leszek", ermahnte ihn Mael.

Wieder schlug er seine flache Hand auf den Tisch. „Der Kerl will ein Clericer sein und mit uns kämpfen?!", schrie er wutentbrannt. „Mael, du wurdest übers Ohr gehauen ... Was sollen wir mit so einer Pfeife anfangen?"

„Leszek, vielleicht kann er mehr, als du denkst?", wandte Helena ein. „Sicherlich sieht er schwächlich aus, aber er sollte seine Chance bekommen."

„Muss ich eine Bestie sein, nur weil ich ein Clericer bin? Warum muss ich gleich alles töten?!", warf ich entrüstet ein. Dabei bemerkte ich, wie meine Stimme deutlich höher wurde. Ich wollte nicht hier sein ...

„Wir sind Monsterjäger, falls es dir entfallen ist ... Ein zartbesaitetes Sensibelchen können wir nicht gebrauchen. Wenn du uns wegen deinen Flausen in Gefahr bringst, werde ich nicht zögern, meine Waffe gegen dich zu richten!", folgte die nächste Schimpftriade von Leszek.

Empört sah ich ihn an. Jedoch war es Mael, der sich jetzt einmischte.

„Leszek, hör auf damit!“, befahl er ihm mit scharfem Unterton. „Hunter, kommst du kurz mit mir mit?“

Ohne Widerworte zu geben, folgte ich meinem Mentor durch den Raum. Er steuerte geradewegs die Tür an. Dabei kamen wir an unzähligen Tischen vorbei. Keiner beachtete uns und das trotz des Dramas am Tisch. Die Männer, welche ihr Bier tranken, waren zu sehr mit sich selbst beschäftigt, als uns ihre Aufmerksamkeit zu schenken. Menschen wie ich mussten für sie wohl zum Alltagsbild gehörten.

Gemeinsam traten wir hinaus in die Gasse, und er schlug die Tür hinter uns zu.

„Hunter“, seufzte Mael. „Es tut mir wirklich leid. Leszek Różewicz ist etwas schwierig, aber er meint es eigentlich nur gut.“ Mael schritt die Gasse entlang, und ich folgte ihm. „Ich erwarte nicht von dir, dass du tötest. Aber du solltest uns unterstützen oder wenigstens nicht im Weg herumstehen. Wir töten nicht zum Spaß, sondern dann, wenn es nötig ist. Diese Kreaturen sind böse, und man kann sie nicht mit einem Gespräch bei Tee und Kuchen zur Vernunft ringen.“ Kurz blieb er stehen, sah mich über die Schulter an. „Ich hätte das Angebot deines Onkels ablehnen können. Egal, wie viel Geld man mir bietet, das Leben meiner Männer ist mir mehr wert. Jedoch bist du noch jung und unerfahren. Darum stecke ich große Hoffnungen in dich. Leszek hat aber recht, es ist unsere Aufgabe, die Menschen vor diesen gefährlichen Biestern zu retten.“ Sein Blick durchbohrte mich. „Kannst du uns im Notfall unterstützen?“

Kurz zögerte ich. „Ich werde nicht zulassen, dass jemand stirbt“, versprach ich Mael dann. Zwar konnte ich kein Monster töten, sie aber davor zu beschützen, wäre sicherlich möglich.

Zufrieden nickte er mir zu und schritt weiter mit mir durch die Stadt. „Weißt du, vor langer Zeit, nach der Gründung der bekannten Welt, fielen die Drow bei ihrem Schöpfer in Ungnade. Samson war nicht erfreut, dass sie sich mit den Menschen einließen und sich mit ihnen vermischten. Diese Stämme verfluchte er, und ihre Haut wurde so weiß wie die eure. Sie neigen dazu zu verzweifeln, und wenn sie das tun, verwandeln sie sich in Nachtalben. Dann ist nichts Gutes mehr in ihnen, darum nennt man sie auch Albträume. Die Alben ernähren sich von ihnen. Vor Hunderten von Jahren versuchten die Menschen deshalb, die Elfen auszurotten. Weil sie Angst vor ihnen und ihrer Magie hatten. Tausende Elfen verloren ihr Leben, und seitdem halten sie sich von den Menschen fern und leben in den Wäldern."

„Ihr Schöpfer hat sie verflucht, und sie werden von den Menschen gejagt, weil sie wegen der Verbindung zu ihnen diesen Fluch auferlegt bekommen haben. Wie grausam ist das? Wie furchtbar ist euer Gott?!", entwich es mir entsetzt.

„Die Götter sind weder gut noch böse. Im Grunde sind sie wie wir. Samson verfluchte die Elfen damals, weil er sie dafür hasste, dass sie sich von ihm abgewandt hatten. Ich würde ihm niemals unterstellen, dass er dies aus Böswilligkeit tat. Denn nicht mal eure Göttin hielt die Menschen auf", erzählte er weiter. Unser Weg führte uns hinunter zum Hafen. „Ich bin ein Mensch, und es gibt viele von uns, die in die Nebellande zu den Elfen kommen. Samson bestraft sie nicht, dafür huldigen sie ihm. Wenn sie mit der Verehrung von Sona aufhören, sind sie bei uns willkommen. Egal, was für eine Hautfarbe sie haben. Vielleicht würde Samson den Elfen verzeihen, wenn sie sich bei ihm entschuldigen. Wenn sie Reue für ihre Taten zeigen."

Ich hielt an. „Sie sollen den Gott um Verzeihung bitten, der ihnen dies antat? Das ist doch absurd."

„Du bist auch nur ein Mensch und kein Elf. Wärst du einer, würde deine Sturheit dich zu einem Monster machen können. Jeder kann zu einer Bestie werden. Vergiss das niemals."

Ich senkte den Kopf. Es fiel mir alles so schwer. Aber Mael hatte recht ...

Der Spaziergang dauerte lange, und ich hatte viel zum Nachdenken. Auch wenn ich Samson nicht als meinen Gott anerkannte, erschütterten mich seine Taten. Die Elfen taten mir leid. Ihre Strafe hatten sie nicht verdient, genauso wenig wie den Hass der Menschen. Zu gern würde ich einmal einem Alben begegnen.

Es war schon fast dunkel, als wir zurückkehrten. Gemeinsam setzten wir uns zu den anderen zwei.

Mael legte mir eine Hand auf die Schulter. „Hunter, Leszek, ich möchte, dass ihr die nächste Zeit das Zimmer teilt. Ihr werdet versuchen, miteinander auszukommen, und ich denke, das ist der Beste weg, um dies zu erreichen."

Entrüstete sah ich ihn an. „Was?" Meine Stimme war ein schrilles Fiepen. „Ich soll mit ihm im selben Zimmer schlafen?"

Leszeks Blick durchbohrte mich. Er hoffte wohl, mich damit töten zu können. Aber er widersprach nicht. Wie es schien, akzeptierte er die Anordnung seines Anführers.

„Es wird nicht so schlimm werden", versicherte er mir und drückte leicht meine Schulter. „Alles wird gut."

Ich war mir da nicht so sicher, behielt diesen Gedanken jedoch für mich.

KAPITEL XV

Harte Arbeit

EVERETTE GLOUCESTER

Ich brauchte fast einen Tag, um in die Stadt Nahrman zu kommen. Das Haus der Familie war nicht zu übersehen. Wie die McCains oder meine eigene hatten sie Geld und wollten es zur Schau stellen. Es glich einem Schloss, war an den Felsen gebaut worden und besaß einen hohen Turm, der die Stadt über Hunderte von Metern überragte. Ich und meine Brüder hatten stets gescherzt, dass es der Turm der Hexer sei. Dabei gab es die gar nicht.

Die Familie leitete das Geschehen in der Stadt. Bei einem Treffen mit ihr durfte ich nicht wie ein Penner aussehen. Auch wenn ich ein Mann der Kirche war, konnte ich mir nicht alles erlauben. Eilig trat ich in meine kleine Wohnung, stieg in die Wanne und schrubbte den Dreck der letzten Tage von meiner Haut. Danach legte ich mich für ein paar Stunden hin. Dank meiner Magie hatte ich die Nacht durchreiten können und nicht im Wald übernachten müssen. Trotzdem war ich todmüde und wünschte mir nur eines: mich auszuruhen. Aber das ging nicht.

In frische Kleider gehüllt, trat ich am nächsten Tag den steilen Aufstieg an. Der Palast der Nahrmans lag auf einem Hügel, genau wie es bei den McCains der Fall war. Wie es schien, hatten sie sich bei der Errichtung ihres Schlosses sehr stark vom Hochkönig inspirieren lassen. Den hohen Turm hatte man aus schwarzem Stein an die Felswand gebaut, und das Bauwerk besaß unzählige Stockwerke. Viel zu viele für eine Familie. Eigentlich stellte es sogar die Residenz des Königs in den Schatten, jedoch minderte sein hohes Alter sein Antlitz.

Ich trat zu der überdimensionalen Haustür und klopfte an. Kurz darauf öffnete ein kleiner, glatzköpfiger Mann die Pforte und sah mich überrascht an. Schließlich sah er vor sich einen Mann der Kirche und diese pflegten normalerweise kaum Kontakt zu den verschiedenen Adelshäusern der fünf Königslande.

Er verbeugte sich vor mir. „Was wünscht der Herr?“, fragte er mich und schloss hinter sich die schwere Eichentür.

„Ich möchte mit Lady Nahrman sprechen.“

„Welche Lady Nahrman?“

Überrascht starrte ich den kleinen Mann an. Welche Lady es war, wusste ich nicht mehr, der Name war mir entfallen. Ich wusste nicht mal, dass sie mehr als eine Tochter hatten. So genau hatte ich gar nicht nachgefragt.

„Also ...“ Verunsichert, was ich sagen sollte, stand ich vor dem Diener. Immerhin konnte ich kaum sagen: „Die Frau, die mit der Hohepriesterin ein Problem hat.“

„Wilhelm, der junge Mann will zu mir“, mischte sich eine Stimme ein.

Überrascht sah ich hinter mich. Auf der Treppe, die direkt neben dem Eingang war, stand eine Frau. Sie trug eine weiße Hose und darüber einen Mantel, der ihr bis zu den Knien reichte und mit unzähligen Stickereien verziert war. Darunter blitzte ein Leinenhemd hervor. Die langen, gelockten, blonden Haare hatte sie zu einem Pferdeschwanz zusammengebunden. „Bitte folgt mir.“

Ohne Widerworte kam ich ihrer Bitte nach und folgte ihr die Treppe hinauf. Ihre hohen Stiefel klapperten auf dem steinernen Boden. Sie war etwas älter als ich. Vor einer Tür blieb sie stehen, öffnete sie und trat ein. Ich schloss sie hinter mir. Als ich mich umdrehte, setzte sie sich auf das Sofa und sah mich erwartungsvoll an.

„Ihr seid Everette Gloucester, ehemalige Rechte Hand der Hohepriesterin und ihr kleiner Spielgefährte."

Einerseits überraschten mich ihre Worte, andererseits waren sie verletzend. Ich verzog den Mund. „Woher wisst Ihr es?"

Sie schlug die Beine übereinander und musterte mich abschätzig. „Ich habe Bekanntschaft mit Eurem Vater und seinem ältesten Sohn gemacht. Ihr seht ihnen sehr ähnlich. Wobei Ihr deutlich hübscher seid. Auch weiß ich, dass Everette ein Mann der Kirche ist. Eure Kleider verraten Euch. Da es nur einen Gloucester gibt, der dem höheren Wohl dient, war die Antwort einfach. Zum anderen hat Lady McCain Euer Kommen angekündigt. Die Taube erreichte mich heute Morgen."

Etwas verunsichert setzte ich mich in den Sessel. Es gefiel mir nicht, wie viel sie über mich wusste. Aber sie war meine letzte Hoffnung. Ich musste es versuchen.

„Ich will meinen alten Platz zurück."

Sie lächelte. „Das weiß ich schon. Außerdem hörte ich viele Geschichten über Euch. Ihr wart nicht nur der Liebhaber der Priesterin, sondern pflegtet davor schon einige brisante Liebschaften. Oder wart ein reger Gast in den Bordellen der Stadt."

„Lüge!", schrie ich laut und verlor für einen Augenblick meine Beherrschung.

Belustigt lächelte sie mich an. „Ich sagte nie, dass es stimmt. Aber die Gerüchteküche um Euch brodelt hier in der Stadt schon lange. Ihr seid ein gefundenes Fressen für alle, die Euch nicht mögen, und das in vieler Hinsicht."

Fassungslos starrte ich sie an. *Das ist einfach unmöglich!*, dachte ich entsetzt. Es war mir klar, dass ich aus meiner Schulzeit nicht gerade viele Freunde hatte und dass viele Männer der Kirche mich verachteten. Aber dass sich die Gerüchte auch außerhalb der Mauern herumsprachen, schockierte mich.

„Ihr hättet Euch auch mal unter das normale Volk mischen sollen, junger Gloucester. Aber anstatt dies zu tun, habt Ihr Euch hinter den Mauern der Kirche verschanzt ... und Euch hinter dem Rücken einer Frau versteckt.“ Genüsslich lehnte sie sich zurück und sah mich mit ihren grünen Augen an, die belustigt funkelten. „Ihr müsst ein vortrefflicher Liebhaber sein, dass sie Euch so lang den Rücken freihielt. Selbst jetzt steht sie noch zu Euch, obwohl Ihr durch die Lande zieht und jemanden sucht, der Euch hilft, sie zu stürzen. Ich weiß nicht, was sie in Euch sieht. Aber Ihr seid kein religiöser Mann, sondern jemand, der nur zu gern herumhurt und seinen Experimenten nachgeht. Die Welt um Euch herum sieht dies klar und deutlich. Euch fehlt es an Demut, an Glauben, an Feingefühl – meine Liste könnte ich unendlich erweitern, wenn ich wollte.“

Ich war aufgesprungen und sah die Frau vor mir fassungslos an. So viel hatte ich mir von ihr erhofft, doch nun löste sich alles in Luft auf. Egal, was sie als Gegenleistung wollte, ich würde dafür lange Buße tun müssen. Zur selben Zeit rüttelten mich ihre Worte wach. Amalia hatte mich nicht fallen lassen, sie hielt mir den Rücken frei.

Ohne etwas zu sagen, eilte ich zur Tür, riss sie auf und machte mir nicht einmal die Mühe, die Holztür wieder zu schließen. *Ich kann Amalia nicht hintergehen.*

ALEKSANDRA CZAPSKA

Es waren wieder Wochen vergangen. Von Hunter hörte ich nichts, und ich lernte weiterhin Tag für Tag anhand der Legenden. Heute saß Landon vor mir. Meine Mentorin stand hinter ihm, sie schwieg und sagte kein Wort. Anders als das letzte Mal versteckte er sich nicht mehr, sondern saß mit einem höhnischen Grinsen vor mir. Mit seinen Ellbogen stütze er sich auf der Tischplatte ab, seine Finger lagen aufeinander und bildeten ein Dreieck. Seine ganze Körperhaltung war angriffslustig. Aber sie schüchterte mich nicht ein.

„Erzähle mir etwas von den Elfen."

Ich hasse ihn. Immer muss er über die Götter reden ... Er wollte mich wirklich testen. *Aber ich werde es ihm zeigen!*

„Es gibt zwei Rassen, die Dunkelelfen und die gewöhnlichen Elfen. Das Volk der Drow haust in meiner Heimat, ihre Haut ist fast schwarz und ihre Haare weiß. Jedoch gibt es vereinzelt Menschen, die bei ihnen leben. Diese zeichnen sich durch ihre dunklere Haut aus. Man nennt sie die Šimšôner und ..."

„Und man behauptet, sie haben einen dämonischen Ursprung", unterbrach mich Landon und brachte mich damit für einen Moment aus der Fassung.

„Ist das auch Eure Ansicht?", stellte ich ihm direkt eine Gegenfrage, und sein Lächeln wurde breiter.

„Meine Meinung spielt keine Rolle. Was sagst du?", wollte er wissen. „Sieh es als Herausforderung an, mich zu überzeugen."

„Nein. Es ist eine dreiste Lüge. Das Volk der Drow hat keine böse Magie. Es ist allein der Mensch, der alles verurteilt, was anders ist", beharrte ich auf meiner Meinung.

„Gut, und was ist mit den anderen Elfen?"

„Sie sind verflucht, aber ich denke nicht, dass es die Schuld eines Gottes ist, sondern da steckt mehr dahinter ..."

„Du meinst die Menschen?" Ich antwortete nicht. „Wer soll so mächtig sein?", fragte er weiter und nahm mir immer mehr die Chance, mich zu rechtfertigen.

Meine Hände schlug ich auf den Tisch. „Es gibt keine Götter! Würde es welche geben, hätten sie schon lange was unternommen."

„Das Elfenvolk betete Samson an. Die Drow und die Šimšôner tun es noch immer. Aber ihr Herr ist schon lange kein Gott mehr. Sein Hass auf die Menschen machte ihn zu einem Monster, einem Wesen des Sumpfes. Er herrscht im Düsterwald, wo er seine verdorbene Magie versteckt hat. Zu einer Bestie verkümmert, lebt er in unserer Mitte. Sein Name ist Moorlog. Die Vernichtung der Elfen ging von uns Clericern aus. Ihre Population nahm zu, da sie den Menschen immer ähnlicher wurden. Es war der Oberste Clericer, der es damals entschied. Gemeinsam mit den Jägern, den Henkern, der Kirche und dem gewöhnlichen Volk zogen sie in den Krieg. Weil man sie als große Gefahr anprangerte. Elfen werden erst zu Alben, wenn sie verzweifeln. Am Ende erschufen sie ihren eigenen Schrecken. Wenn man sie in Ruhe leben lässt, passiert nichts. Aber ist der Mensch dazu fähig?"

Ich riss meine Augen auf. *Was sagt Landon da?* Ich konnte seine Worte kaum fassen. Sicherlich wusste ich, dass es Monster im Düsterwald gab, selbst der Name Moorlog war mir bekannt. Aber dass er einst ein Gott gewesen sein sollte ...

„Nein, nein, nein, das kann nicht sein!", erwiderte ich. „Dies würde bedeuten ..."

Landon beugte sich vor. „Dass es mehr als einen Gott gibt, ja. Wenn du Saheera dazu nimmst, dann hast du vier. Sie ist die Göttin des Wassers, Samson der des Waldes und Sona ist nicht die Göttin des Lichts, sondern die Göttin der Luft. Die Geschichten über den Verbrannten hörtest du sicherlich auch. Man bezeichnet ihn als Dämon, aber in Wirklichkeit ist er der Gott des Feuers. Die Götter sind uns sehr ähnlich, und diese Eigenschaft führte zu einem Kampf zwischen ihnen ..."

„Hört auf damit!", schrie ich ihn an, hielt meinen Kopf. Ich wusste nicht mehr, was ich glauben sollte. Nein, Landon musste lügen. Ich vertraute ihm nicht, gleichzeitig ergaben seine Worte irgendwie Sinn ...

Ich sank auf den Boden.

„Wissen ist Macht, vergiss das niemals", erwiderte er, erhob sich und schritt an mir vorbei. Seine Schritte verklangen in der Ferne, während ich weiterhin zusammengekauert auf dem Boden saß. Ein Kampf mit einem Monster wäre mir lieber gewesen, als mir dieses Wissen anzueignen. Hätte ich doch nur einen meiner Freunde hier. Es musste nicht mal Hunter oder Sylvia sein. Ich wünschte mir nur jemanden zum Reden, und mit Yvain konnte ich es nicht.

Es war mitten in der Nacht. Maitagorry hatte zugelassen, dass ich mich zurückzog. Zwar hatte ich etwas geschlafen, aber ein Gedanke ließ mir keine Ruhe: *Moorlog*. Der angebliche Gott. Wenn ich eine andere Erklärung für seine Existenz fand, würde ich Landon damit einen Strich durch die Rechnung machen können.

Es war dunkel, als ich durch den Gang schritt. Ich brauchte kein Licht, denn meine Sinne funktionierten auch so. Ich erkannte die Welt um mich herum in einem dunkleren Schwarz-weißen-Ton. Die Farben zu unterscheiden, war mir in diesem Moment nicht möglich. Tagsüber gelang es mir, aus den Schattierungen von Grau herauszulesen, welche Farbe es ursprünglich gewesen war. Auch wenn unsere Welt trist war, versuchte ich, sie wenigstens in meiner Erinnerung aufzuhübschen.

Als ich in die Bibliothek trat, war es dunkel. Ihr Aussehen sprach auch dafür, dass die Clericer schon damals gewusst hatten, dass es möglich war, die ursprünglichen Farben zu erahnen, sonst hätten sie einen grauen Teppich anstatt eines roten und ein normales Fenster statt eines Buntglasfensters nehmen können. Aber in diesem Raum hatten sie großen Aufwand betrieben, um unsere Sinne zu schärfen. Um uns den Anschein von Normalität zu geben, wenigstens für die, welche sich die Farbenpracht dazu denken konnten.

Eilig schritt ich durch die dunkle Masse, erkannte aber im hinteren Bereich ein Licht. Jemand schien dort zu lesen. Ich schritt auf die Lichtquelle zu und vergaß für einen kurzen Moment mein Buch. Die Neugier war zu groß.

Als ich nähertrat, erkannte ich Yvain, der über ein Buch gebeugt war. Ich wollte mich gerade umdrehen, doch ein Geräusch ließ mich innehalten ...

HUNTER GLOUCESTER

Ich fühlte mich nicht wohl, mit Leszek in einem Zimmer zu sein. Zwar folgten keine weiteren Sticheleien, trotzdem verschwand das ungute Gefühl nicht. Der einzige positive Effekt war, dass ich nicht mehr an Mutter dachte. Die neue Umgebung nahm mich so sehr ein, dass dafür keine Zeit mehr blieb. Nur ab und zu dachte ich kurz an sie.

Mich unwohl fühlend, zog ich meine Kleider aus. Meine Uhr hatte ich in der Jackentasche verstaut, wo sie auch die Nacht hindurch bleiben würde. Vater hatte meine wenigen Habseligkeiten in die Herberge bringen lassen, sodass ich alles hatte, was ich brauchte. Nur als ich mich ganz ausziehen sollte, um mein Nachthemd anzuziehen, drehte ich mich von meinem Zimmergenossen weg. Eilig schob ich das schwarze Gewand über meine Schultern, griff nach dem langen Hemd und schlüpfte hinein. Mein Gegenüber machte es ungezwungener. Jedoch schaute ich nicht hin, sondern sah beschämt zu Boden, bis sich dieser in ein schlichtes Hemd und eine Hose gekleidet auf die Bettkante sinken ließ.

„Hunter?“, sprach Leszek mich an. Der Ton seiner Stimme war nicht mehr so angriffslustig wie zuvor. Vielleicht ließ auch die Wirkung des Alkohols allmählich nach. Oder hatte Mael mit ihm gesprochen? „Die Maske auf deiner oberen Gesichtshälfte, kannst du sie abnehmen?“

„Nein.“ Ich seufzte kurz. Eigentlich hatte ich keine Lust, über das Thema zu reden, tat es aber doch. „Man hat sie uns mit einem Zauber am Kopf befestigt.“

„Wie wäschst du dir denn die Haare?“, fragte er neugierig.

Unschlüssig starrte ich ihn an. *Haare waschen?* Ich wusste es nicht, denn seit ich sie trug, hatte ich das nicht mehr getan. Allein was unter der Maske hervorschaute, konnte ich mit Seife waschen.

„Ich weiß nicht ...“ Wenn ich ehrlich war, wusste ich nicht einmal mehr, wie ich ohne dieses Ding auf meinem Kopf aussah.

Ich legte mich hin und schloss seufzend meine Lider, was jedoch nichts daran änderte, dass ich meine Umgebung mit meinem inneren Auge noch immer wahrnahm. Erst als ich meine Magie aufhob, versank ich endlich in der Dunkelheit. Zeitgleich vernahm ich die Schritte. Ich unterdrückte den Drang, mit meiner Magie zu sehen, was er machte. Seit dem Tag, als man mir meine Maske aufgesetzt hatte, hatte sich mein Gehör verstärkt. Der Verlust des Augenlichtes hatte dies unweigerlich als Nebeneffekt mit sich geführt. Mir war bewusst, dass man dies gewollt erzielte.

Leszek kam auf mich zu, und das Bett gab unter ihm nach. Scheinbar hatte er sich neben mich gesetzt.

„Was hast du?", fragte ich ihn und öffnete meine Augen unter dem Helm, doch war noch immer von Dunkelheit umgeben.

„Was ist dein wirkliches Problem?", hakte er nach. „Du bist ein Clericer, warum benimmst du dich nicht wie einer?"

„Weil ich nie einer sein wollte ..." Meine Stimme war schwach, nicht mehr als ein Flüstern. „Ich wollte meine Familie wiedersehen, ich wollte nur nach Hause ... Jetzt ist meine Mutter tot, ermordet von meinem eigenen Bruder. Vater will, dass ich meiner Familie Ruhm und Ehre bringe. Mein Onkel möchte, dass ich der nächste Oberste Clericer werde. Was ich will, interessiert niemanden."

Man hatte mir die Möglichkeit genommen, mit Aleksa oder meinen anderen Freunden über das Problem zu reden. Ob es klug war, mit Leszek darüber zu reden, wusste ich nicht. Jedoch gab es in diesem Moment niemanden außer ihn.

Ich spürte seine Hand auf meiner Schulter. „Uns ist egal, wie du bist, solange du dein Bestes versuchst, um deine Aufgaben bestmöglich zu erfüllen", erklärte er. „Wir kamen bisher auch ohne dich aus. Wenn du also gehen möchtest, wird dich niemand aufhalten."

Er schwieg. Ich tat es auch, und so entstand eine lange Pause.

„Ich war gemein zu dir", entschuldigte er sich, und ich hatte immer mehr das Gefühl, dass es am Alkohol gelegen hatte, dass er so angriffslustig gewesen war. „Du bist noch ein Kind, das vergesse ich gern. Ich sehe in euch Clericern nur Monster ohne Gefühle."

Leicht drehte ich den Kopf und sah in die Richtung, aus der ich seine Stimme hörte. „Und was seid dann ihr? Auch Jäger müssen der Liebe abschwören."

Er seufzte. „Nicht zu lieben, bedeutet nicht, dass man nichts fühlen darf. Nur in einem Kampf musst du jedes Gefühl in die hinterste Ecke deines Herzens verbannen. Außerhalb des Schlachtfeldes verbietet dir niemand, Freundschaften zu schließen. Diese Regel gilt auch für uns. Sie erinnert uns daran, was die Aufgabe eines Jägers ist. Wir sollten unbestechlich sein und mit klarem Blick unsere Entscheidungen treffen. Du hingegen lässt dich von deinen Gefühlen leiten. Daran solltest du arbeiten, Hunter. Nimm dir Zeit, aber bitte versuche es wenigstens ..."

Was ich darauf antworten sollte, wusste ich nicht. Leszek schien nicht einmal halb so schlimm zu sein, wie ich geglaubt hatte. Dieser Umstand verunsicherte mich, und ich wusste nicht, wie ich damit umgehen sollte. Stumm saß ich auf meinem Bett und starrte in die Dunkelheit.

Es würde harte Arbeit auf mich warten. Jedoch war es ein gutes Gefühl, dass mich hier niemand zu etwas zwang, was ich nicht wollte.

Am nächsten Morgen brachen wir nach Bernea auf, und die Reise war ohne spezielle Vorkommnisse. Wir ließen uns Zeit, und als wir endlich ankamen und Mael die Herberge *zum Greifen* ansteuerte, entdeckte ich davor die anderen drei Jäger. Doch etwas stimmte nicht. Dieudonné fehlte. Wir ritten zu ihnen, und ich konnte sehen, wie blass Jean war.

Mael sprang von seinem Pferd. „Was ist passiert?"

Youenn hob seinen Blick. „Der Wendigo ist uns entkommen."

Auch Helena und Leszek kamen auf die Beine. Nur ich war etwas ungeübt darin, vom Pferd zu steigen, besonders der lange Rock machte mir das Leben schwer. Fast wäre ich hingefallen.

„Ich wollte dem Wendigo den Kopf spalten, doch Dieudonné kam mir in die Quere. Warum er auf einmal vor mir auftauchte, kann ich nicht erklären, aber ich habe ihm die Klinge in den Unterleib gerammt."

„Einen Clericer tötet man nicht so leicht", warf ich ein. Ohne auf die drei zu achten, rannte ich zur Tür und riss sie auf, betrat die Herberge. Fragte den Wirt, wo ich Dieudonné fand, und eilte hinauf in sein Zimmer. Als ich die Tür öffnete, lag er in seinem Bett. Der Verband um seinen Bauch war blutbefleckt.

Aber wie kann das sein? Dieudonné sah für mich nicht aus wie ein Mann, der liebte oder sonst viel vom Leben erwartete.

„Hunter", sprach er mich direkt an. Ich schloss die Tür hinter mir und trat auf ihn zu. „Reichst du mir den Krug?", bat er, und ich trat zum Tisch, füllte den Becher mit Bier, reichte ihm diesen. Gierig trank er. So schlecht schien es ihm nicht zu gehen.

„Ich besitze Heilmagie, ich könnte deine Wunde heilen."

Dieudonné lachte. „Das geht nicht. Deine Magie wird nicht funktionieren." Er griff in seine Tasche und zog seine Taschenuhr heraus. Sie war komplett demoliert.

„Hat der Wendigo ..."

„Nein, das war ich", antwortete er. „Schon vor vielen Jahren, und du weißt, dass die Heilzauber nur bei Clericern mit intakten Uhren funktionieren. Dieses kleine Ding ist unser größter Schatz, unser Heiligtum. Es zu verlieren, macht einen Clericer verwundbar."

Ich setzte mich auf die Bettkante. „Aber du darfst nicht sterben", wisperte ich und spürte, wie mir die Tränen kamen. Sofort musste ich wieder an Mutter denken. „Ich möchte dir helfen ..."

„Das kannst du auch ..." Er hustete Blut und wischte es an seiner dreckigen Kleidung ab. „... indem du mir meinen größten Wunsch erfüllst..."

KAPITEL XVI

Tod dem Wendigo

EVERETTE GLOUCESTER

Nach der Flucht aus dem Haus rannte ich die Straße hinunter zur Kirche, stürmte durch die Vordertür in die Kathedrale, steuerte eine der Seitentüren an, riss sie auf und eilte einen schmalen Gang entlang, der direkt zu ihren Gemächern führte. Aber das Zimmer der Hohepriesterin war leer.

In meiner Verzweiflung wusste ich nur einen weiteren Ort, wo sie sein könnte. In Windeseile rannte ich erneut durch die Kirchengänge, bis ich die eine Tür erreichte. Ohne anzuklopfen, riss ich sie auf, stürmte hinein. Wie ich erwartet hatte, saß sie im Besprechungszimmer. Mein Ersatz stand neben ihr, und die Herren vor ihr sahen verwirrt zu mir. Genau wie sie.

„Everette, was machst du hier?“ Ihre Stimme triefte vor Missgunst. So hörte sich keine Frau an, die sich freute, einen zu sehen.

„Schick sie weg!“, verlangte ich.

Ihre Braue hob sich deutlich. Ihr ganzes Gesicht verzog sich, und eine tiefe Falte trat auf ihre Stirn. „Kannst du nicht warten, bis ich fertig bin?“

„Nein! Ich will jetzt sofort mit dir reden“, verlangte ich.

Schwer seufzte sie. „Wir reden gleich weiter. Glen, kannst du sie bitte herausführen? Everette wird uns sonst niemals in Ruhe lassen.

Er wird euch holen, wenn alles geregelt ist." Während sie das sagte, warf sie mir einen finsteren Blick zu.

Mein Ersatz – dessen Name ich nicht aussprechen wollte – trat gemeinsam mit den beiden Männern hinaus, einige Blätter fest an sich gedrückt.

„Du hast mich ernsthaft durch diesen Jungen ersetzt?", murrte ich, sobald die Tür ins Schloss gefallen war. Glen war klein und zierlich, hatte dunkles, leicht gelocktes Haar und war jünger als ich.

„Er erledigt seinen Job gewissenhaft. Du bist in dem Punkt nicht so schwer zu ersetzen, wie du vielleicht denkst", erwiderte sie mit scharfem Unterton. Meine Hand ballte sich sofort zur Faust, so wütend machte sie mich. Ich war so leicht zu ersetzen und das nach all den Jahren unserer engen Zusammenarbeit? Was war ich für ein Narr gewesen, wieder hier aufzutauchen. „Dafür wird er dir in anderen Dingen niemals das Wasser reichen können. Oder sonst wer." Ein versöhnliches lächeln lag auf ihren Lippen. „Es tut mir so leid, aber deine Experimente ... Ich musste dir einen Riegel vorschieben, bevor alles zu weit ging. Du hast mir keine Wahl gelassen."

Überrascht sah ich sie an, spürte, wie mein Herz einen Hüpfer machte. Sie hatte also keinen neuen Geliebten? Für einen Augenblick vergaß ich, warum ich hier war. Trat auf sie zu. „Ich liebe dich." Viel zu selten hatte ich diese drei Worte in den letzten Jahren gesagt. Ich umschlang ihre Taille und drückte sie an mich, fuhr mit der anderen Hand über ihre Wange. „Trotzdem stand ich so kurz davor, dich zu verraten. Du hast mich mit deiner Zurückweisung sehr verletzt", blieb ich bei der Wahrheit, denn sie jetzt anzulügen, brachte ich nicht über mich. „Ich dachte, ich würde dir nichts bedeuten und du hättest mich gegen diesen Jungen ausgetauscht."

Sie legte ihre Hände ebenfalls auf meine Hüfte, wobei ihre eine Hand schnell den Weg hinunter zu meinem Po fand. „Ich weiß, dass ich dich verletzt habe, aber es enttäuscht mich, dass du mir so wenig vertraust."

„Es tut mir leid", gestand ich reumütig ein. „Aber ich will nicht einfach nur ein gewöhnlicher Diener der Göttin Sona sein. Ich will Macht, Ansehen und weiterhin die volle Gewalt über alle Experimente. Amalia, wir können Großes erreichen, wenn du mich lässt. Wir können in die Geschichte eingehen. Man wird noch in tausend Jahren von uns sprechen."

„Everette", zischte sie und seufzte. „Es ist zu gefährlich. Ich kann kein Risiko eingehen, verstehst du? Mit deiner Ernennung machte ich mir nicht nur Freunde. Zeitgleich hast du nicht auf mich gehört. Ich musste dich irgendwie zur Vernunft bringen!" Sie streichelte über meine Wange. „Keine Alleingänge mehr ohne mein Einverständnis. Deine Experimente müssen mit der Kirche vereinbar sein. Das musst du endlich begreifen."

Schwer seufzte ich. „Wenn es sein muss."

„Leider."

Ich spürte, wie sie mit ihrer Hand über meinen Hintern strich, zeitgleich vernahm ich den unheilvollen Unterton in ihrer Stimme. Es würde noch ein Aber kommen. Doch bevor sie fortfahren konnte, drückte ich sie ganz fest an mich und küsste sie direkt auf den Mund und schob meine Zunge zwischen ihre Lippen. Eng aneinander gepresst standen wir da und verschmolzen miteinander. Auch ich ließ meine Hände sinken, bis ich ihren Po erreicht hatte. Ich griff fest zu, hob sie hoch und trug sie zum Altar. Darauf ließ ich sie nieder. Löste mich kurz von ihr. Ich grinse schief, bevor ich mit meinen Händen ihr weiß-goldenes Gewand aufknöpfte.

„Everette, nicht!", protestierte sie halbherzig. „Du kennst die Regeln." Sie sah kurz zur Tür, die noch immer verschlossen war.

„Es bemerkt niemand, wenn wir nicht zu laut sind. Außerdem scheiß drauf, was sie von uns denken. Sie werden nichts sagen", versuchte ich, sie zu überreden.

„Du wolltest mir doch was sagen …" Argwöhnisch sah sie mich an.

„Später", raunte ich und löste den letzten Knopf ihres Gewandes. Es fiel zu Boden, und ich öffnete die kleineren Knöpfe an ihrer Bluse, bis ich ihre Brüste entblößt hatte. Gierig küsste ich sie am Hals, strich mit meinen Fingern über die zarte Haut ihrer üppigen Oberweite. Löste mit der anderen Hand den Verschluss ihres BHs. Sie griff nach dem Stoff meines langen Gewandes und zogen es hoch, bis sie mein Untergewand greifen konnte. Sofort streifte sie meine Hose hinunter und fasste in den Stoff, der meine Lenden noch bekleidete. Als sie mein immer härter werdendes Glied berührte, musste ich kurz aufstöhnen. Ich hatte sie vermisst, das wurde mir schlagartig klar.

„Und, wie war er?“, fragte ich auf einmal.

„Glen?“ Sie lachte auf. „Ich habe nicht mit ihm geschlafen. Er sollte dir eine Lektion erteilen und dich nicht ersetzen, du Dummerchen!“, säuselte sie und zerrte auch meine Unterhose hinunter. „Ich bin mit dir im Bett mehr als zufrieden, du musst nur lernen, mehr auf mich zu hören. Dein Gehorsam lässt wirklich zu wünschen übrig.“

„Das werde ich“, versprach ich ihr. Löste meine Hände von ihr und schob sie unter ihren Rock, um ihren nackten Hintern zu berühren und dabei den Slip zu packen. Ich riss ihn hinunter. Trat näher an sie heran.

Sie schlang ihre Arme um mich, sah mich mit ihren grauen Augen an. Küsste meine Wange, schmiegte sich an mich. Flüsterte leise: „Weil du dich wieder einmal wie eine Prinzessin benehmen musstest, hatte ich fast drei Wochen lang keinen Sex mehr.“

„Ich habe niemals gesagt, dass du dir für meine Abwesenheit niemand anderes nehmen kannst“, säuselte ich in ihr Ohr.

Sie krallte sich in meiner Schulter fest. „Damit sie mich eine Hure schimpfen können? Dir ist es egal, was sie über dich denken. Ich bin die Hohepriesterin der Heiligen Kirche, ich kann mir nicht unzählige Liebhaber nehmen, wie es mir gerade passt.“ Sie biss mich in den Hals. „Und jetzt mach endlich. Reden können wir später.“

Eine Antwort konnte ich ihr nicht geben, denn sie versiegelte meine Lippen mit ihren und führte mein Glied zu ihrer Mitte. Wir beide mussten ein Stöhnen unterdrücken, als ich in sie eindrang. Bei Sona, fühlte sich das gut an. Ihre weiche Haut unter meiner zu spüren, ließ mich sogar vergessen, dass ich mich darum sorgte, wer in unserer Beziehung eigentlich den Ton angab ...

Yvain schluchzte. Ich wusste, dass er seine Gefühle normalerweise im Griff hatte, dafür war er ein viel zu guter Clericer. Aber jetzt, an diesem Abend, schien ihn etwas wirklich traurig zu stimmen. Freunde, die er vermissen könnte, hatte er keine. *Aber was ist dann mit ihm los?* Zaghaft trat ich vor, näherte mich ihm und sah ihn nachdenklich an. Als er mich bemerkte, versuchte er, seine Tränen so schnell er konnte wegzuwischen.

„Was machst du hier?“, wollte er wissen. Packte sein Buch und erhob sich, schritt an mir vorbei.

„Was ist mir dir?“, fragte ich stattdessen. „Ich sehe doch, dass etwas nicht stimmt.“

Er drehte sich geschwind zu mir um. Seine Wangen waren noch nass und sein ganzer Körper angespannt. „Du siehst, dass etwas nicht mit mir stimmt?“, schrie er mich an. „Schön, dass es dir überhaupt auffällt!“ Seine aggressive Haltung überraschte mich. „Oder ist es nur, weil Hunter nicht da ist und du wen Neues zum Bemuttern brauchst?“ Es war der Hass, der aus ihm sprach. „Lass mich einfach in Ruhe.“

Ich sah, wie er schwankte. Ihm fiel das Buch aus der Hand. In zwei Schritten war ich bei ihm, fing ihn auf und drückte ihn an mich. Sein ganzer Körper schüttelte sich, er drückte sein Gesicht gegen meine Brust.

„Was ist dir zugestoßen?“, wisperte ich und ließ ihn nicht los. „Was hat man dir angetan?“

„Du darfst nichts mit mir zu tun haben“, erwiderte er, doch trotz seiner Worte schlossen sich seine Arme um meine Taille. „Er hat all meine Freunde umgebracht. Jeder Einzelne musste sterben, weil er mit mir befreundet war ...“

Alles zog sich in mir zusammen. „Landon."

Er schüttelte den Kopf. „Nein."

Ich war überrascht. Sein Onkel konnte es wohl kaum gewesen sein, das wäre zu grausam, selbst für Tishon. Aber dann gab es nur noch ... Jacques d'Orléans.

„Ach, Yvain", wisperte ich und drückte ihn fester an mich „Mich wird man nicht töten."

Sein Gewicht zog mich langsam zu Boden, und ich sank auf die Knie, aber ließ ihn nicht los.

„Sie haben alle zugesehen", wimmerte er weiter.

Ich versuchte, mir einen Reim auf seine Worte zu machen, konnte es aber nicht. „Was hat d'Orléans dir angetan?" Meine Worte waren harsch, aber ich hoffte, so mehr zu erfahren.

Ein Zucken ging durch seinen Körper. „Wer sagt, dass man mir was angetan hat?"

Yvain wand sich aus meinem Griff und wollte sich erheben, doch ich ergriff seine Hand, hielt ihn fest.

„Erzähle mir, was dich bedrückt", bat ich ihn. „Ich mag weder unsere Lehrer noch Landon. Auch wenn wir keine Freunde sind, kannst du dich auf mich verlassen, das verspreche ich dir."

Yvain bewegte sich nicht und wich meinem Blick aus. „Du wirst mir nicht glauben", flüsterte er und ließ seine Schultern hängen.

„Doch, das werde ich."

Ein Schniefen war zu hören. „Tishon hat nie was gemacht oder gesagt. Landon hat nur gesagt, ich soll stark sein. Aber mehr tat er nicht ..."

Während ich weiterhin seine Hand hielt, dämmerte mir langsam, was passiert war. Ein kalter Schauer fuhr durch meinen Körper.

Yvain sackte wieder in sich zusammen, und ich rückte näher an ihn heran, nahm ihn wieder in den Arm.

„Es tut mir leid", wisperte ich. Meine Gedanken kreisten um jenen Tag, als meine Freunde und ich nach dem Tränensee gesucht hatten. Ich erinnerte mich an Yvain, der uns entgegengekommen war. Der behauptet hatte, er wäre bei Jacques d'Orléans gewesen. Ich erschauderte. Wenn er dort von ihm missbraucht worden war und dann noch das ganze Theater hatte über sich ergehen lassen müssen, was wir veranstaltet hatten ... Er tat mir leid.

„Du bist nicht mehr allein ... Wir können mit Landon ..."

„Nein, Landon weiß es und hat nie was unternommen ... Alles, was ich mir wünsche, ist, von hier wegzukommen." Er sah mich an. „Bitte, Aleksa, komm mit mir in die nächste Stadt. Lass uns für kurze Zeit das alles hier hinter uns lassen. Die Zeit bei meiner Mutter war so schön ... Ich möchte nochmals ein paar schöne Tage haben. Bitte."

Schweigend sah ich ihn an. Ich konnte ihm diesen Wunsch nicht abschlagen. Es ging einfach nicht.

Schwer seufzte ich, sah ihn an. „Ist gut. Ich werde mit meiner Mentorin sprechen, ob sie uns für ein paar Tage frei gibt. Dann gehen wir in die nächste Stadt und machen uns ein paar schöne Tage", versprach ich ihm.

„Wirklich?", fragte er hoffnungsvoll, und ich nickte. „Danke, Aleksa, das bedeutet mir sehr viel. Du rettest mir damit wirklich das Leben."

HUNTER GLOUCESTER

Ich streckte die Arme aus, legte sie auf seinen Bauch und benutzte meine Heilmagie. So leicht gab ich nicht auf.

„Hunter, was tust du da?", fragte er mich, als ich meine gesamte Magie einsetzte. Leider hatte Dieudonné recht – meine Heilmagie war wirkungslos bei ihm. Tränen stiegen mir in die Augen. Das konnte nicht wahr sein!

„Spar dir deine Magie", sagte er leise. „Es ist meine eigene Schuld ... Bitte, gib mit noch ein Glas Bier, dann erzähle ich dir alles."

Ich nickte ihm zu, erhob mich und füllte seinen Becher erneut. Reichte ihm diesen und setzte mich wieder auf die Bettkannte.

„Es ist schon viele Jahre her. Damals war ich in Mimar, einem Dorf, das nicht weit weg von Bernea liegt. Ich traf ein junges Mädchen, das ihren Körper für Geld verkaufte. Mit traurigen Augen sah sie mich an, bettelte um Geld und fragte mich, ob ich ihr auch eine Münze gäbe, wenn sie mir keine Gefälligkeit erbrachte. Die anderen Männer lachten sie aus. Verspotten sie, dass sie dies überhaupt versuchte. Ihr würde es doch gefallen und so jemand wie sie hätte kein anderes Leben verdient. Ihren Worten konnte ich entnehmen, was passiert war. Ihr Vater war davongelaufen, als er erfahren hatte, dass seine Frau ihm angeblich untreu gewesen und sie gar nicht seine Tochter wäre. Die Mutter war Jahre später an einer Krankheit gestorben, und ohne Geld hatte die Kleine kein Dach über dem Kopf. Aber als Tochter einer Hure würde sie das alles ja mögen. Ich gab ihr die Münzen, nahm sie mit auf mein Zimmer und ließ sie in meinem Bett schlafen, während ich mit dem Boden vorliebnahm. Am nächsten Tag überreichte ich ihr noch weitere Münzen mit dem Angebot, dass ich ihr helfen würde, wenn sie sich mit dem Geld etwas aufbaute. Sie verließ das Dorf, ging nach Bernea, mietete sich dort ein kleines Zimmer und arbeitete auf den Feldern. Als ich sie wiederfand, hielt ich mein Versprechen und sie das ihre. Irgendwann konnte sie sich etwas Land, ein kleines Haus und ein paar Hühner leisten. Sie war zu einer jungen Frau herangewachsen, und ich hatte mich in sie verliebt."

Überrascht sah ich ihn an. Ich hatte mit vielem gerechnet, aber nicht damit, dass sich Dieudonné verlieben konnte. Waren die Clericer für mich doch alle nur Monster.

„Aber warum hast du zugelassen, dass deine Uhr zerstört wurde?", fragte ich aufgebracht.

Ein sanftes Lächeln erschien auf seinen Lippen. Wieder musste er husten und spuckte Blut. Erschöpf sank er in sich zusammen.. Ich griff nach einem Tuch, das bereits mit blutigen Flecken übersät war, und tupfte ihm das Blut vom Kinn.

„Sie hatte eine herzliche Art, und ich verachtete die Clericer. Warum sollte ich nach ihren Regeln leben? Landon war nie gekommen, um mich für meine Hassrede gegen ihn zu bestrafen. Er würde es niemals erfahren. Daher heirateten wir heimlich. Als Zeichen, dass ich mit meinem Leben als Clericer zumindest auf symbolischer Ebene abgeschlossen hatte, zerstörte ich meine Taschenuhr." Er lachte bitter auf. „Am Ende wurde es mir zum Verhängnis ...", wisperte er, bevor er zum eigentlichen Thema zurückkam. „Sie kümmerte sich um den Hof, und ich ging meiner Arbeit als Clericer nach. Ich war glücklich, als sie mir schrieb, dass sie schwanger war. Wir bekamen eine Tochter, und unser Leben war perfekt. Nur als sich herausstellte, dass sie über Blutmagie verfügte, dämmerte es mir ..." Wieder hustete er Blut. Er wischte es sich selbst vom Kinn, griff nach dem Krug und trank einen kräftigen Schluck. Seine Kräfte verließen ihn immer mehr, und trotzdem wollte er mir seine Geschichte erzählen. „Weißt du, Hunter ... Ich glaube, es gibt einen Grund, warum Clericer keine Kinder zeugen sollten. Die Kräfte meiner Tochter waren stark. Was es für mich noch schlimmer machte, war die Tatsache, dass ich wusste, was auf sie warten würde. Ich hatte diese Folter an meinem eigenen Leib zu spüren bekommen und konnte meiner Tochter nicht dasselbe antun. Alles, was ich wollte, war, sie zu beschützen. Es fiel mir schwer, aber ich sagte meiner Frau, dass wir uns nicht wiedersehen dürfen. Sie sollte mit unserer Tochter in den Wald gehen und sie verstecken, denn nur so könnten wir sie retten. Daraufhin verkaufte sie den Hof und verließ mich, ohne dass ich wusste, wo sie waren."

Ich erkannte eine einzelne Träne, die über sein Gesicht lief. Dieudonné hatte sehr gelitten, das erkannte ich jetzt. Ich ergriff seine Hand, hielt sie fest und drückte sie sanft. „Es tut mir so leid ..."

Er bewegte seinen Kopf, sah mich an. „Mir tut es leid, dass ich nicht versucht habe, mit Landon zu sprechen. Denn wenn ich mir dich so ansehe, erkenne ich, dass sich viel geändert hat. Vielleicht war nicht alles schlecht, was Landon getan hat. Dennoch suchte ich nie das Gespräch zu ihm. Lieber ertränkte ich meinen Kummer im

Alkohol. Es war mein Glück, dass ich Anschluss in Youenn Itanis Jägergruppe fand. Sie störten sich nicht daran, dass ich viel trank, und stellten mir keine dummen Fragen, worüber ich sehr froh war. Jeden einzelnen Tag plagte mich die Frage, wie es meiner Familie ging. Immerhin konnten die beiden nur abseits der Zivilisation überleben. Versteckt vor aller Augen. Zumindest meine Tochter durfte sich nicht zeigen. Ich wusste nicht, was aus ihnen geworden war, bis zu diesem Auftrag."

Ich senkte meinen Kopf, als mir klar wurde, was er mir damit sagen wollte. „Der Wendigo ...", wisperte ich. „Aber wie kannst du dir so sicher sein, dass er deine Tochter ist?"

Er lächelte, fasste sich in die Tasche. „Weil wir die Bestie aufspürten, sie bekämpfen wollten, diese aber die Flucht ergriff. Um sich besser vor uns verstecken zu können, muss sie sich zurückverwandelt haben. Denn eines musst du mir glauben: Einen Wendigo riecht man. Er ist im Wald ein leichtes Ziel. Als Mensch kann man sich besser verstecken. Und bei der Hetzjagd fand ich das hier." Er zog etwas aus seiner Tasche. Es war ein goldenes Amulett, das er in seiner zittrigen Hand hielt. „Ich habe meine Tochter zu einem Monster gemacht ..."

Zaghaft griff ich nach dem Schmuckstück, betrachtete es und erkannte, dass man es öffnen könnte. Ich tat es und fand darin zwei Bilder. Das eine zeigte eine junge Frau, das andere einen Clericer. Dieudonné musste sie gezeichnet haben.

„Was soll ich tun?", fragte ich ihn, auch wenn ich Angst vor seiner Antwort hatte.

„Ich werde nicht mehr lange leben. Daher möchte ich, dass du mir meinen letzten Wunsch erfüllst ..." Ein Husten erfasste ihn, und er hielt sich die Hand vor den Mund.

„Ich könnte sie niemals töten!", stellte ich sofort klar. „Auch wenn sie ein Monster ist, das kann ich nicht."

Ein Lächeln erschien auf Dieudonnés Gesicht. „Oh, Hunter ..."

KAPITEL XVII

Kann man Seife essen?

EVERETTE GLOUCESTER

Ich lag auf dem Altar, meinen Arm fest um Amalia geschlungen. Zu spät realisierte ich das Knarren der Tür, worauf Schritte folgten. Überrascht hob ich meinen Kopf und entdeckte *sie*. Die hohen Stiefel, die weiße Hose, das Jackett und die langen, zusammengebundenen Haare.

Entrüstete starte ich sie an. Erkannte aber hinter ihr etwas, das mich noch mehr erschaudern ließ. Augenblicklich sprang ich auf, hechtete hinter den steinernen Altar. Denn das große Tor stand offen, und die neugierigen Blicke, die in den Raum geworfen wurden, waren zahlreich. Lady Nahrman musste auf ihrem Weg hierher fast die halbe Kirche zusammengetrommelt haben. Vielleicht hätte ich doch zuerst das Wichtige besprechen sollen?

Scheiße, dachte ich entsetzt.

„Was machst du hier, Charleen?", fauchte Amalia und versuchte, ihre Brüste so gut es ging zu verdecken. Währenddessen stand sie auf und sah die Hereinkommenden mit finsterem Blick an.

„Deine kleine männliche Hure hat mir geholfen." Sie lachte auf, und alles zog sich in mir zusammen.

Was habe ich? Mein Blick wanderte zu Amalia, die mich jetzt ebenfalls finster anstarrte. Die Tatsache ignorierend, dass alle ihre Brüste sehen konnten, ballte sie ihre Hand zur Faust und schlug mir ins

Gesicht. Der Schlag war hart, ich sah Sterne tanzen und die Welt um mich herum verschwand.

Ein einziger Schlag reichte aus, um mich niederzustrecken. Das war selbst für meine Verhältnisse bitter ...

Als ich wieder zu mir kam, spürte ich die Kälte in meinem Körper. Ich zitterte, meine Beine schienen taub zu sein und ich schmeckte Blut. Benommen versuchte ich, die Augen zu öffnen, doch sah nur schemenhafte Umrisse. Ein Licht schien den kalten Raum zu erhellen. Langsam erahnte ich die Umrisse: eine Holztür, eine Lampe sowie ein kleines, vergittertes Fenster. Etwas lag neben mir, gab Wärme ab. Als ich endlich alles um mich herum erkannte, erschauderte ich. Ich war nackt, genau wie Amalia. Ein paar einfache Lumpen lagen neben uns. Zuerst bedeckte ich sie damit, bevor ich mich anzog. Man hatte uns in den Kerker geworfen, der eigentlich für die Monster gedacht war. Es kam immer wieder vor, dass die Kirche welche hier einsperrte, um zu erforschen, ob es möglich war, den Fluch rückgängig zu machen. Genauer gesagt war es eine Folterkammer, und jetzt war es unser Gefängnis.

Stundenlang lag ich neben der schlafenden Amalia, drückte sie fest an mich. Mein Magen knurrte, und ich hatte Durst, doch ich wusste, dass man uns hier nicht so schnell herauslassen würde.

Eine zornentbrannte Stimme riss mich aus meinem Schlaf.

„Du mieser Schuft!“, schrie Amalia mich an und rüttelte an meiner Schulter. „Weißt du, was du uns angetan hast?“

Ich schlug die Augen auf und blickte in ihr vor Wut gerötetes Gesicht. Ihre Hände waren in mein Oberteil gekrallt, ihre Augen glühten wie die eines Raubtieres.

„Was hast du mit Charleen zu schaffen? Sag es!"

„Darum wollte ich zu dir ...", klagte ich.

Ihr Gesicht näherte sich dem meinen, bis uns nur noch Zentimeter trennten. „Du wolltest was?", spie sie mir entgegen. „Du gehst zu meiner Feindin und hast nichts Besseres zu tun, als anschließend bei mir angekrochen zu kommen und um Sex zu betteln, während dieses verfluchte Miststück mir einen Strick drehen will?!"

„Du hast sie niemals erwähnt."

Sie packte mein Kinn. „Ich erwähnte ihren Namen nie, weil ich Angst hatte, dass du dich mit ihr zusammentun könntest. Charleen war ein Mitglied der Kirche und wie du war sie von Experimenten angetan, die gegen jede Ethik verstießen. Solche Versuche toleriere ich nicht! Darum entließ ich sie aus der Kirche. Was sie mir sehr übel nahm." Ihr Griff wurde fester. „Zudem solltest du lernen, mir zu vertrauen. Ist das so schwer für dich?" Sie seufzte auf, ließ mich los und wandte sich von mir ab. „Was tat ich mir mit dir nur wieder an? So viele haben mich vor dir gewarnt. Aber ich wollte mehr in der sehen als nur ein gutes Bettspielzeug."

Ich senkte meinen Kopf. Sie hatte recht, ich hatte mich nur bei ihr eingeschleimt, um den Posten als ihre Rechte Hand zu bekommen. Ihr Charakter war mir egal gewesen, solange ich Sex und Macht hatte. Trotzdem bedeutete sie mir etwas, auch wenn ich schuld an unserer Situation war.

„Ich wollte das alles nicht. Niemals war es meine Absicht, dass es so endet", sagte ich und sah ihr in ihre grauen Augen. „Aber glaubst du wirklich, es ist schön, auf ein Sexobjekt reduziert zu werden? Alle wissen, dass ich den Posten nur bekommen habe, weil ich mit dir ins Bett gestiegen bin. Man behandelt mich wie eine billige Hure. Ich war Jahrgangsbester. Meine Schulnoten waren stets überdurchschnittlich gut, aber keiner redet jemals davon. Alle sprechen immer nur darüber, dass ich mit einer Frau schlafe, die fast doppelt so alt ist wie ich. Glaubst du, das ist ein schönes Gefühl? Darum habe ich nicht aufgehört, wollte mit meinen Experimenten weitermachen. Denn wenn ich Erfolg habe, müssen sie anerkennen, dass ich mehr kann, als dich zu befriedigen. Ich will etwas erreichen!“

Sie seufzte schwer und schüttelte den Kopf. „Deine Intelligenz gibt dir trotzdem keine Freikarte, jegliche Grenzen zu überschreiten! Die Experimente sind fragwürdig, und du wirst meine Meinung dazu nicht ändern können.“ Ihre Stimme war ruhiger und besonnener.

„Alles, was keine fragwürdigen Techniken beinhaltet, ist schon zur Genüge erforscht“, murrte ich.

Amalia stand auf. Seufzte, ging aber nicht weiter auf meine Worte ein, sondern schritt durch die Zelle. Sie hatte sich mittlerweile ebenfalls angezogen. „Kannst du deinen Grips nicht gebrauchen, um uns hier rauszubekommen? Deine Magie kannst du vergessen. Sie haben dir die Runenarmbänder angelegt. Damit kannst du nicht zaubern.“

Mein Blick wanderte automatisch zu meinen Handgelenken, die von Metall umschlossen waren. Unterschiedliche Symbole waren darin eingraviert, die meine Magie absorbierten. Für was die Zeichen standen, wusste niemand mehr. Das gehörte zu dem Wissen, das vor langer Zeit verloren gegangen war, aber man konnte mittels einer Vorlage diese alten Armreife noch herstellen.

Verärgert schnaubte ich. Es wäre sonst auch zu einfach gewesen. Langsam stand ich auf, sah mich um. Bis auf die Tür und das vergitterte Fenster war alles aus Stein. Hier ohne Magie auszubrechen, würde schwer werden. Auch war der Boden leer. Bis auf eine Laterne stand nichts in der Zelle, was man als Mittel zur Flucht hätte gebrauchen können.

Schritte waren zu hören, und kurz darauf wurde der Riegel der Tür zurückgeschoben. Wir bekamen Besuch ...

Ich tauschte einen kurzen Blick mit Amalia aus, dann schwang auch schon die Holztür auf. Ein Wachmann trat ein, dicht gefolgt von Charleen. Sie grinste breit, als sie mich erblickte.

„Wer will zuerst seine Strafe?“, fragte Charleen und fixierte mit ihrem Blick die Hohepriesterin.

„Ich.“ Ohne zu zögern, trat ich zwischen die beiden Frauen und nahm ihnen so die Sicht aufeinander. Wenn Amalia mir schon die Schuld an allem gab, musste ich beweisen, dass ich zu mehr taugte, als sie dachte. „Sie ist meine Freundin, und ich lasse nicht zu, dass ihr etwas zustößt!“

„Süß“, war das Einzige, was Charleen sagte. Zeitgleich erschien ein finsteres Lächeln auf ihrem Gesicht.

Das war eine Scheißidee, erkannte ich. Aber nun gab es kein Zurück mehr.

„Du wirst deine Finger von ihm lassen!“, rief Amalia, griff nach meiner Schulter und hielt mich zurück.

„Nein“, sprach ich mit fester Stimme. „Ich habe keine Angst. Gib mir nur das Versprechen, dass ihr nichts geschieht.“

Charleens Lächeln wurde breiter. „Solange du das tust, was ich dir Befehle, wird ihr nichts passieren. Jedoch bezweifele ich, dass du besonders lange durchhalten wirst.“ Sie trat zur Seite und machte mir den Weg frei. „Komm“, verlangte sie, und ich trat aus der Zelle.

Amalia ergriff meine Hand. „Everette, du Narr, sie will mich und nicht dich. Was tust du nur?!“

Ich drehte mich nicht zu ihr um. Befreite mich aus ihrem Griff. „Ich werde dir beweisen, was du mir bedeutest“, versprach ich, als ich aus der Zelle trat. „Es ist meine Aufgabe, dich zu beschützen.“

Die Tür flog hinter mir ins Schloss. Einer der Wachmänner verriegelte sie wieder.

Ich musste nur darauf vertrauen, dass Charleen ihr Wort hielt. Mein eigenes Unglück wäre nicht so schlimm. Ich wollte nur, dass es Amalia gut ging.

ALEKSANDRA CZAPSKA

Meine Mentorin hatte keine Einwände gegen unseren kleinen Ausflug und arrangierte alles für uns. Noch wusste ich jedoch nicht, wie Yvain das alles helfen sollte. *Ist eine Rückkehr in die Hölle nicht noch schlimmer*?

„Wie kann ich dir helfen?“, fragte ich ihn, als wir gemeinsam durch die Stadt schritten.

Seine Schultern spannten sich an. „Ich ...“

„Du kannst mit mir über alles reden“, schnitt ich ihm sofort das Wort ab, ehe er sich wieder herausreden konnte.

Er blieb stehen, und seine Mundwinkel zuckten. „Jacques sprach von meiner Familie.“

„Deiner Familie?“, erwiderte ich überrascht.

„Ja.“ Yvain senkte sein Haupt, sah zu Boden. „Er meinte, dass meine Mutter nicht meine Tante wäre, sondern gar keinen Bezug zur Familie Leinster hätte. Ich wäre mit ihnen durch meinen Vater verwandt ... Dieser soll ... Tishon Leinster sein. Der Mann, der alles weiß, aber nie einen Finger krumm gemacht hat, um mir zu helfen.“ Seine Stimme war voller Schmerz.

„Yvain ... Hast du je daran gedacht, dass Jacques lügen könnte? Dass das nur ein Trick ist, um dir zu schaden?“, hakte ich nach.

Er ließ die Schultern hängen „Wenn das sein Plan war, ist er aufgegangen.“

„Du musst mit deinem Onkel darüber reden. Verlange eine Antwort von ihm. Er hat dir nie geholfen, wenigstens die Wahrheit ist er dir schuldig.“

Ein mattes Lächeln erschien auf seinen Lippen. Das sagte mir bereits, dass er nicht wirklich an einem Gespräch mit Tishon interessiert war.

„Was ist, wenn ich die Wahrheit nicht hören möchte?“, wisperte er. „Wenn ich am Ende nicht hören will, dass er wirklich mein Vater ist? Als Onkel ist er lausig, aber als …“ Seine Stimme versagte.

„Mutig zu sein, ist nicht deine Stärke, Yvain. Ist es nicht besser, die Wahrheit zu kennen, als mit einer Lüge zu leben?“, versuchte ich, ihn zu überzeugen.

„Vielleicht.“

Wir setzten uns in einer Kneipe an einen Tisch. Warum Yvain diesen Ausflug gewollt hatte, war mir weiterhin schleierhaft. *Wie hilft ihm das?* Ich fand keine Antwort auf die Frage. Die ganze Zeit sah er zu einer jungen Frau, die mit einem Mann flirtete und ihr Bier trank.

„Ich bin gleich wieder da“, sagte er plötzlich und trat auf die junge Frau zu, setzte sich zu ihr. Gerade war ich mir unsicher, ob er wusste, was sie war. Jedenfalls buhlten jetzt beide um ihre Aufmerksamkeit.

Männer, dachte ich bitter, unternahm aber nichts. Es war Yvains Entscheidung. Jedoch kam er mir nicht so vor, als wäre er jemand, der es nötig hatte. Aber vielleicht täuschte ich mich auch nur.

Ich wandte mich ab und zog ein Buch aus meiner Tasche. Wenn sich Yvain allein amüsieren wollte, konnte ich es auch.

Die nächste Stunde verbrachte ich mit Lesen, konnte den aufkommenden Gedanken an Kimball jedoch nicht ausblenden. Hoffentlich würde dieses Mal alles gut laufen.

Ich beobachtete, wie Yvain gemeinsam mit der jungen Dame auf sein Zimmer ging. Entweder hatte er das Buhlen gegen den älteren Mann gewonnen oder er hatte mehr aus seinem Geldbeutel springen lassen. Ich glaubte nicht, dass er wusste, wie viel so ein Techtelmechtel kostete. Aber wenn er ihr ein Vermögen angeboten hatte, machte es Sinn, dass sie ihn gewählt hatte.

Ich konzentrierte mich weiter auf mein Buch. Die Zeit verging, doch weder er noch die junge Dame kamen zurück. Zu später Stunde ging ich zu Bett und musste mir eingestehen, dass ich einfach nicht schlau aus Yvain wurde.

HUNTER GLOUCESTER

Ein Lächeln erschien auf Dieudonnés Gesicht. „Oh, Hunter. Ich weiß, dass du sie niemals töten könntest. Genau aus diesem Grund bist du der Einzige, den ich um diesen Gefallen bitten kann. Hunter, du musst meine Tochter retten, bitte."

„Aber wie?"

In diesem Moment sprang die Tür auf, und ich erkannte die Jäger. Alle waren da außer Jean und Leszek.

Dieudonné griff nach meiner Hand, in der ich noch immer das Medaillon hielt, und drückte sie zusammen. „Ich vertraue dir."

„Wir bekommen dich wieder hin, Alterchen", sprach Helene, die sich jetzt ebenfalls auf das Bett setzte und neue Verbände dabeihatte.

„Ich kann kein Blut sehen", log ich und erhob mich eilig, steckte das Medaillon in meine Jackentasche und steuerte die Tür an. Niemand hielt mich auf, und zu meiner Erleichterung konnte ich auch in der Schänke die verbliebenen zwei Jäger nicht sehen. Bevor ich hinausschritt, trat ich zum Wirt, fragte ihn über den Wendigo aus und nutzte diese zusätzlichen Informationen, um mich auf den Weg zu machen.

Zwar hatte ich keinen Plan, aber ich hoffte, dass ich durch das Medaillon etwas würde erreichen können. Dieudonnés Tochter hatte es verloren und würde es zurückwollen.

Mit einem flauen Gefühl im Magen betrat ich den Wald. Verließ nach einer Weile den Pfad und streifte durch das Dickicht. Stunden irrte ich umher, bis ich etwas erblickte. Mitten zwischen den Bäumen stand etwas, das wie ein Haus aussah. Es war aus Baumstämmen gezimmert, schief und hatte bereits bessere Tage gesehen. Entschlossen steuerte ich die Tür an. Langsam öffnete ich sie und riskierte einen Blick in das Innere. Es war keiner zu Hause. Alles in dem kleinen Haus wirkte, als wäre es schon lange nicht mehr benutzt worden.

Hinter mir vernahm ich ein Knurren. Sie hatte mich gefunden, und ich realisierte, dass ich nicht mal ihren Namen oder den ihrer Mutter kannte. *Ich war so leichtgläubig ...*

„Keine Sorge, ich tue dir nichts", stellte ich sofort klar und drehte mich langsam zu ihr um.

Ihr weißes Fell stand in alle Richtungen ab, und sie starrte mich aus glühenden Augen an. Die Schnauze war voller spitzer Zähne. Der knochige Schwanz peitschte hinter ihr hin und her. Und dann war da noch dieser starke Geruch nach Verwesung ... Mit meiner Hand griff ich in die Tasche, zog das Amulett heraus.

„Das gehört dir, oder?", fragte ich sie.

Sofort verstummte ihr Knurren, und sie begann, mit dem Schwanz zu wedeln. Sekunden später verwandelte sie sich. Ergriff das Medaillon, drückte es an ihre Brust. „Danke." Ihre Haut, die Kleider, alles an ihr war mit Schmutz und Dreck überzogen, sodass ich nicht sagen konnte, wie sie aussah. „Es ... ist ... lieb ... von ... dir ..." Ihre Stimme war sehr abgehackt, man merkte, wie schwer es ihr fiel, überhaupt mit mir zu kommunizieren. „Mutter ... gehört."

Hat sich gerade ein Monster bei mir bedankt? Ich trat einen Schritt auf sie zu. „Wo ist deine Mutter?"

„Tot." Sie wich vor mir zurück.

„Aber dein Vater lebt. Er ist wie ich", ich zeigte mit meinem Finger auf mich, „und möchte dich sehen."

Sie hielt inne, musterte mich, legte ihren Kopf schief. „Vater?"

„Ja." Langsam trat ich auf sie zu und zeigte auf das Medaillon in ihrer Hand. Sie öffnete es, und als ich nah genug war, deutete ich auf das Bild. „Er möchte dich sehen."

Ihre Augen leuchteten. Ich sah, wie auf ihrem Kopf Ohren erschienen und sie einen Satz nach vorn machte, was mich unweigerlich zusammenzucken ließ. Aber sie verwandelte sich nicht in ein Monster, um mich zu verschlingen, sondern legte allein ihre Arme um mich. Mein Blick fiel auf ihren Wolfschwanz, der wild hin und her wedelte. Sie hatte sich nur zum Teil verwandelt. Erstaunlich! Dafür stieg mir ihr beißender Geruch in die Nase. Sie stank fast so schlimm wie der Wendigo.

Ich wusste nicht, wie lange sie schon allein im Wald lebte, aber nach ihrem Aussehen zu urteilen, schon sehr lange. Vielleicht war ihre Mutter an einer Krankheit oder in einem kalten Winter gestorben. Komisch war nur ihr Verhalten. Sicherlich fand ich es toll, dass sie mich nicht angegriffen und getötet hatte, aber sie war anders als die Wendigos in den Büchern. Jedoch konnte es auch das Blut der Clericer sein, das für ihre Andersartigkeit verantwortlich war. Wenn Mael recht hatte und wir das Böse waren, konnte die Verwandlung eines Clericers in einen Wendigo auch anders verlaufen als die eines gewöhnlichen Menschen. Es war faszinierend. Zeitgleich zeigte es, dass sie kein Monster war.

Dennoch konnte ich sie so kaum ihrem Vater vorsetzen.

Unsicher, wie sie auf die Menschen im Dorf reagieren würde, nahm ich sie an der Hand. Führte sie hinein, aber sie reagierte kein bisschen auf sie, was mich sehr überraschte. Dennoch hielt ich sie so gut wie möglich von größeren Menschenansammlungen fern. In dem Schuppen des Gasthauses angekommen, suchte ich einen großen Zuber. Das Wasser erschuf ich mit meiner Magie, wärmte es auf und füllte damit die Wanne. Sie schaute mir skeptisch zu, näherte sich am Ende dem hölzernen Gefäß, schaute es an und tauchte einen Finger in das Wasser.

„Wie ist dein Name?“, fragte ich sie.

„Name?“ Sie sah mich fragend an. Zeigte mit dem Finger auf sich, und ich nickte ihr zu. „Ghislaine.“

„Das ist ein schöner Name“, erwiderte ich und setzte mich auf einen Hocker neben dem Zuber. „Möchtest du ein Bad nehmen? Dann kann ich dir den Dreck abwaschen.“

„Nein!“, antwortete sie prompt.

Ich seufzte schwer. Das würde nicht so leicht werden. „Es wird dir besser gehen, wenn du es zulässt.“

Wieder schüttelte sie energisch den Kopf. Seufzend erhob ich mich, trat langsam auf sie zu, griff nach ihrem Arm. Doch sie wich vor mir zurück, fauchte mich an und zeigte ihre Zähne.

„Ghislaine, ich möchte es ohne Magie versuchen“, sprach ich auf sie ein. „Das ist alles nicht weiter schlimm.“

Hunde liebten das Wasser. Warum mochten dann Wendigos keines? Fragend sah ich sie an.

Ich hastete auf sie zu, doch als sie es bemerkte, eilte sie um den Zuber herum und fauchte mich erneut an. Nach drei Runden sah ich ein, dass mich das nicht weiterbringen würde. Ich brauchte eine andere Lösung. Meine Hände streckte ich aus und ließ sie vom Boden abheben. Ghislaine strampelte in der Luft, und ich ließ sie über die Wanne schweben. Sie schrie laut auf, und ich war froh, dass wir allein waren. Bei den Schreien konnte man meinen, ich täte ihr sonst was an.

Ghislaine sank schwebend in das Wasser herab, doch sobald sie es erreichte, strampelte sie mit ihren Beinen. Es spritzte, und selbst ich bekam einiges ab. Aber am Ende gab sie knurrend auf, wobei sie es sich nicht nehmen ließ, mir einen finsteren Blick zuzuwerfen.

„Es ist nur Wasser“, erklärte ich ihr. Ich ließ mich wieder neben ihr auf den Hocker sinken, doch sie spritzte mir mit beiden Händen einen Schwall Wasser ins Gesicht. Es tropfte mir auf meine Kleidung und durchnässte sie völlig.

„Ist ... nur ... Wasser“, stammelte sie und streckte mir die Zunge heraus.

Schwer seufzte ich. *Wenigstens sitzt sie jetzt in der Wanne.* Dann ließ ich ein Stück Seife in meiner Hand erscheinen. „Du kannst deine Haut damit reinigen.“

Argwöhnisch betrachtete sie das Seifenstück und griff danach. Biss hinein und verzog den Mund.

„Nein, das kannst du nicht essen!“ Sofort entwendete ich ihr die Seife, tauchte sie ins Wasser und schrubbte damit über ihre verdreckte Haut. Die Dreckkruste löste sich langsam, und sie sah mir neugierig dabei zu. Irgendwann nahm sie mir das Seifenstück ab und führte es selbst über ihre Haut.

Langsam machte sie Fortschritte, wobei mir ihre Haare am meisten Sorge bereiteten. Sie waren verfilzt und unmöglich noch zu retten. Aber kurz schneiden wollte ich sie ihr auch nicht, ohne es zumindest versucht zu haben.

„Mach die Augen zu“, verlangte ich als Nächstes von ihr.

Verdutzt sah sie mich an, folgte jedoch nach anfänglicher Skepsis meiner Anweisung. Sobald sie diese geschlossen hatte, ließ ich einen schwall Wasser auf sie herabregnen. Erschrocken riss sie ihre Augen auf. Sie mochte eindeutig keinen Regen. Aber so war es am einfachsten, den Schmutz und die Seifenreste endgültig von ihrer Haut zu spülen.

Sie warf mir einen finsteren Blick zu, als ich fertig war.

„Es musste sein“, verteidigte ich mich, und sie packte mein Hemd. Zog mich in ihre Richtung, und ich landete im Wasser. Zu meiner Überraschung war sie wirklich stark. Diese Kraft hätte ich bei einem solch zierlichen Mädchen nicht erwartet. Ich hustete und spuckte das Dreckwasser aus. Jetzt war ich von Kopf bis Fuß nass.

„Danke“, grummelte ich, während ich mich aufsetzte und mein Cape auswrang.

„Bitte“, erwiderte sie mit einem Lächeln, wobei ich unsicher war, ob sie meine Ironie verstand.

„Jetzt müssen wir uns um deine Haare kümmern.“

KAPITEL XVIII

So schwarz wie die Nacht

DUNCAN GLOUCESTER

Mutters Tod war ein Schock für uns gewesen, doch das Leben musste weitergehen. Da ich mit Vater allein im Schloss zurückgeblieben war, gab es niemanden, mit dem ich darüber reden konnte.

„Wo bist du mit deinen Gedanken?“, flüsterte eine Stimme vor mir, und eine Hand strich über meine Wange.

Ich seufzte schwer und sah sie an, traf auf ihre grünen Augen, die mich besorgt musterten. Das braune Haar war zerzaust und fiel ihr über die Schulter. Henrietta war eines der Mädchen, die Everette angeschleppt hatte, und irgendwie konnte ich sie nicht vergessen. Sie war eine Magd, doch bis jetzt hatte Vater noch nichts zu unserer Liebschaft gesagt, auch wenn ich vermutete, dass er es wusste.

„Ich denke in letzter Zeit viel nach“, blieb ich bei der Wahrheit. „Der Tod meiner Mutter ... Es gibt so viel, das mich beschäftigt.“

„Du kannst das Vergangene nicht ändern, Duncan, aber die Zukunft liegt noch vor dir ...“, wisperte sie und küsste mich auf die Stirn.

Ein Klopfen unterbrach uns. Verwundert schauten wir beide zur Tür. Seufzend stand ich von meinem Stuhl auf, der vor meinem Schreibtisch stand. Sie rutschte von der Holzplatte, nahm den Staubwedel in die Hand und tat so, als würde sie das Zimmer putzen. Dabei versuchte sie, ihre Haare zu richten, die ich zuvor zerwühlt hatte.

Ich trat zur Tür, öffnete sie und blickte einem Diener entgegen.

„Mylord, Euer Vater wünscht, Euch zu sprechen."

Ich warf Henrietta einen verwirrten Blick zu, doch sie zuckte nur mit den Achseln. Wie es schien, hatte sie noch keine Gerüchte gehört, was mein Vater von mir wollte. Ohne mich nochmals zu ihr umzudrehen, trat ich aus dem Zimmer und schloss die Tür hinter mir.

„Was möchte Vater?", versuchte ich, den Diener auszufragen. Es war nicht Carson, der würde mit Sicherheit mehr wissen.

„Ich weiß es nicht. Aber er hat heute früh einen Brief erhalten."

„Einen Brief? Von wem?"

„Ich weiß es nicht, Mylord." Ich beschleunigte meine Schritte. „Aber es schien eilig zu sein. Er wurde mit einem verzauberten Falken geschickt."

Ich nickte stumm, hastete zur nächsten Treppe und stürmte nach oben. Der Diener – Dylan war sein Name, wenn ich mich richtig erinnerte – versuchte gar nicht erst, mir nachzueilen, da er wusste, wo ich hinwollte. Nach zwei Stockwerken stand ich endlich vor Vaters Arbeitszimmer und klopfte kurz an. Ohne seine Antwort abzuwarten, riss ich die Tür auf und trat ein, schlug sie sogleich wieder hinter mit zu.

„Vater, was ist?", fragte ich und schritt direkt auf ihn zu.

Er saß in seinem Sessel, den Arm auf die Lehne gestützt, und sein finsterer Blick traf mich sofort. „Dein verfluchter Bruder!"

„Welcher?"

„Welcher wohl?!", fuhr er mich an. „Lies selbst!"

Er zeigte auf ein Stück Papier, das auf dem Steinboden lag. Es war zusammengeknüllt und nur zwei Schritte von mir entfernt. Langsam trat ich auf den Papierball zu, beugte mich hinunter, nahm ihn in die Hand und faltete ihn auseinander. Die Schrift meiner Schwester erkannte ich sofort.

Lieber Vater,

du musst kommen, Everette braucht dich. Bitte nimm deine Män-

ner und komm nach Nahrman, ich flehe dich an. Ich weiß, was er verbrochen hat, aber das, was diese Frau ihm antut, ist nichts, was du tolerieren solltest. Er hat Fehler gemacht, aber das gibt dieser grauenvollen Person nicht das Recht, so etwas mit ihm zu tun! Bitte komm schnell. Wenn du nicht kommst, wird man es bald in allen Schänken erzählen. Du musst diesem Irrsinn ein Ende bereiten, er ist immer noch dein Sohn!

In Liebe
deine Tochter Moira

„Wer ist diese Frau, von der sie spricht?", hakte ich nach.

„Ich weiß es nicht."

„Aber du reitest morgen los?", fragte ich hoffnungsvoll.

„Ich weiß es nicht."

„Vater, er ist dein Sohn! Moira würde dir niemals schreiben, wenn es nicht ernst wäre. Du kennst sie! Everette ist dein Sohn, ob du jetzt stolz auf ihn und seine Taten bist oder nicht."

Vaters Gesicht verfinsterte sich. „Er verleitet dich zu Dummheiten! Oder glaubst du, ich wüsste nichts von dem Mädchen in deinem Zimmer? Sie war eine von seinen Gespielinnen. Und ich dachte, du wärst langsam alt genug ... Aber da habe ich mich wohl geirrt."

Mir wich jegliche Farbe aus dem Gesicht. Obwohl ich bereits geahnt hatte, dass er davon wusste, war es doch etwas anderes, es aus seinem Mund zu hören. „Vater, ich ..."

„Schweig!", erwiderte er harsch. „Von mir aus vergnüg dich mit ihr, aber du wirst sie nicht heiraten. Sie bleibt eine Hure." Er lehnte sich zurück, seine kalten Augen musterten mich. „Ich habe eine Vereinbarung mit Alister McCain getroffen. Seine älteste Tochter soll deine Frau werden. Du wirst ein Mädchen ganz nach deinem Stand bekommen. Sie ist etwas jünger als du. Aber ..."

„Jocelyn McCain ist jünger als Everette!", protestierte ich sofort.

„Wir warten bis nach ihrem achtzehnten Geburtstag. Fürs Erste seid ihr verlobt, und ich möchte, dass du mir keine Schande machst. Allgemein bin ich dafür, dass ihr euch zuerst etwas kennenlernt. Wenn wir das Problem mit deinem Bruder gelöst haben, werden wir nach Cains Ville reiten."

Diese Verlobung wollte ich nicht. Aber es würde nichts bringen, mit Vater darüber zu diskutieren. Gleichzeitig bedeutete diese Reise, dass er Everette helfen würde.

„Du gehst wirklich nach Nahrman?", fragte ich ihn.

Er nickte. „Und du kommst mit, aber deine Hure bleibt hier. Ich möchte, dass du deine Sachen heute noch packst. Bei Sonnenaufgang reiten wir los."

„Danke, Vater", war alles, was ich sagte, bevor ich aus dem Zimmer verschwand. Es waren nicht ganz die richtigen Worte dafür, dass er mich mit der Tochter seines Freundes gegen meinen Willen verheiraten wollte. Aber ich sollte froh sein, dass er sich dazu bereit erklärt hatte, Everette zu helfen.

Zur selben Zeit spürte ich, wie alle meine Träume auf einen Schlag zerplatzten. Henrietta war von meiner potenziellen Frau zu meiner Geliebten degradiert worden. Eigentlich hätte ich Vaters Entscheid ablehnen sollen. Aber dann hätte er sich wohlmöglich geweigert, Everette zu helfen, und das hatte ich nicht riskieren wollen.

Jocelyn ... Mit ihr hatte ich bis jetzt nur sehr oberflächliche Gespräche geführt. Aber vielleicht konnte ich sie dennoch lieben, auch wenn es mir für Henrietta leidtat. Das hatte sie nicht verdient. Wobei es töricht von mir gewesen war, zu glauben, dass ich als zukünftiger König eine Magd heiraten könnte. Ich sollte glücklich sein, dass Jocelyn wenigstens einigermaßen in meinem Alter war. Immerhin hatte Aldwyn Wessex ebenfalls eine Tochter, die jedoch deutlich jünger war. Ein Jahr hatte ich Zeit, um meine zukünftige Frau besser kennenzulernen ...

ALEKSANDRA CZAPSKA

Als ich am frühen Morgen mein Zimmer verließ, konnte ich Yvain nirgends entdecken. Wahrscheinlich schlief er noch. Was nicht verwunderlich war, wenn er mit seiner Geliebten die ganze Nacht verbracht hatte. Wobei es mich nach wie vor wunderte, dass er ein solcher Mann war.

Ich frühstückte allein, doch das schlechte Gefühl, das sich in mir ausbreitete, konnte ich nicht ausblenden. Die ganze Situation erinnerte mich zu sehr an den Morgen, als ich Kimballs Leiche gefunden hatte. Es passte mir nicht, besonders dass ich mich so sehr in Yvain getäuscht haben sollte. Er war wohl kaum vor Jacques geflohen, um sich eine Hure zu nehmen.

Ist sie vielleicht die Ablenkung, die er braucht?

Er war ein Clericer, sie ungesehen aus dem Zimmer zu bringen, wäre ein Leichtes. Aber wenn er nie vorhatte, mit ihr zu schlafen, was hatte er dann vor?

Ich sprang von meinem Stuhl auf, hastete nach oben und klopfte an seine Tür. Niemand öffnete, es war nichts zu hören. Ohne zu zögern, drückte ich die Klinke nach unten und trat ein. Es war niemand hier. Das Bett war unberührt. Auf dem Tisch lagen eine Karte und ein Brief. Aber was mich mehr erschaudern ließ, war die Tatsache, dass die Kleider der Clericer feinsäuberlich auf dem Bett lagen. Er hatte sie ausgezogen. Was aber noch erstaunlicher war, war die Tatsache, dass sich der Helm ebenfalls dort befand. Dieser war eigentlich mit einem Zauber versehen, damit man ihn nicht abnehmen konnte. Yvain musste einen Weg gefunden haben, diesen Zauber zu brechen. Sicherlich, er war einer der Besten in unserem Jahrgang, aber das ... Yvain brachte sich damit in größte Gefahr. Landon würde es nicht zulassen.

Ich setzte mich auf den Stuhl, nahm den Brief zur Hand, der neben mir lag, und öffnete ihn.

Liebe Aleksandra,
es tut mir leid, dass ich dich so betrügen muss. Du hast es nur gut mit mir gemeint, wolltest mir helfen. Aber ich kann nicht länger an diesem Ort leben. Ich hasse die Clericer und am aller meisten hasse ich Jacques d'Orléans. Jedoch möchte ich mich nicht auf meine Rache versteifen. Von mir aus soll er tun, was auch immer er möchte. Für mich ist gerade nur eines wichtig: mein Leben zu leben und glücklich zu sein. Ich weiß, es ist viel verlangt, aber ich bitte dich, dem Obersten Clericer zu sagen, dass wir einen Auftrag bekommen haben, bei dem ich starb, und man meine Leiche nicht bergen konnte. Dann könnte ich mein Leben so führen, wie ich es möchte. Bitte, Aleksandra, suche nicht nach mir. Wenn du mich findest und zurückbringst, werde ich es nicht überleben. Mein Leben war Folter genug, und niemand hat mir geholfen. Daher musste ich mir selbst helfen. Es ging nicht anders. Ich kann mich nicht darauf verlassen, dass es jemand anderes für mich tut. Denn es ist mein Leben, und ich muss mich selbst retten.

Liebe Grüße
Yvain

Der Brief ließ mich erschaudern. Zugleich konnte ich ihn verstehen. Dennoch brachte er mich in eine blöde Situation. Was sollte ich nur tun? Ihn decken und lügen oder die Wahrheit sagen und damit riskieren, dass man ihn fand? Man würde ihn zurückbringen, und die Folter würde weitergehen. Yvain würde mich hassen. Unfähig, eine Entscheidung zu fällen, saß ich da.

Warum machten es mir alle Männer, mit denen ich zu tun hatte, nur so schwer …

HUNTER GLOUCESTER

Ihre Haare waren nicht mehr zu retten gewesen. Am Ende hatte ich sie ihr auf Kinnlänge abgeschnitten. Mit der Klingenpeitsche war es nicht ganz einfach gewesen, aber es sah am Ende wenigstens mehr oder minder wie eine passable Frisur aus. Zudem würden die Haare wieder nachwachsen. Ein weiteres Problem von mir war, dass ich für sie keine passenden Kleider hatte. Sie war jünger als ich, dünn und abgemagert. Ich holte eine Hose aus meinem Zimmer, die ich mit einem Band um ihre Hüfte festschnürte. Darüber zog ich ihr das schwarze Kleid an. Erneut befestigte ich eine Schnur um ihre Taille und zog damit den Rock etwas hoch, damit sie nicht die ganze Zeit auf dem Saum stand. Es war nicht optimal, aber es würde für das Treffen mit ihrem Vater ausreichen.

Gemeinsam traten wir hinaus.

„Du musst hier warten." Mit meinem Finger zeigte ich auf ein Fenster. „Wenn ich das Fenster öffne, werde ich dich mit meiner Magie ins Zimmer schweben lassen."

Vorerst wollte ich den Jägern nicht auf die Nase binden, dass ich den Wendigo gefunden und ihn sogar in die Stadt gebracht hatte. Sie waren zu sehr mit Dieudonnés Gesundheit beschäftigt, um überhaupt groß Notiz von mir zu nehmen.

„Ich komme gleich", versprach ich ihr, trat zur Tür und schritt in die Herberge. Eilig hastete ich durch den Gang und direkt auf die Treppe zu.

„Hunter!", wandte sich eine Stimme direkt an mich, dann stellte sich Leszek mir in den Weg. „Wo warst du den ganzen Tag?"

Keinen der anderen erkannte ich, und in mir stieg die Sorge auf, dass sie alle noch in Dieudonnés Zimmer waren.

„Ich?" Verkrampft versuchte ich zu lächeln. „Nirgends, nur etwas spazieren."

Leszek zog die Braue hoch. „Du führst deine Kleider aus?“, wollte er von mir wissen, und ich musste schmerzlich erkennen, dass er mich beobachtet hatte.

„Ich war noch waschen.“

Er griff nach meinem weiterhin durchnässten Cape. „Du weißt, dass man die Kleider vor dem Waschen auch ausziehen kann, oder? Ich würde außerdem empfehlen, sie zum Trocknen aufzuhängen.“ Er schaute auf die Pfütze, die sich unter mir gebildet hatte. „Ich merke, dass du etwas ausheckst. Wenn du uns zum Narren hältst, wirst du es mit mir zu tun bekommen.“

„Das würde ich niemals tun“, log ich ihm dreist ins Gesicht. „Wo sind eigentlich die anderen?“

Leszek verschränkte die Arme vor der Brust. „Jean schläft. Helena und Yules sind bei einem Heiler. Mael und Youenn suchen den Wendigo. Das würdest du alles wissen, wenn du nicht abgehauen wärst.“ Er musterte mich abschätzig. „Ich hielt schon davor nicht viel von dir, aber jetzt ... Auf dich kann man sich nicht verlassen.“

Seine Worte schmerzten mich. Andererseits konnte ich ihm nicht sagen, was ich getan hatte. Daher senkte ich meinen Kopf und akzeptierte seine Worte.

„Ich möchte nach Dieudonné sehen“, wisperte ich und schritt an ihm vorbei, doch er packte mich und drückte mich gegen die Wand.

„Wenn du uns schadest, dann kannst du dir sicher sein, dass ich kurzen Prozess mit dir mache“, zischte er mich an, und ich nickte stumm. Langsam ließ er mich wieder los. „Und jetzt verschwinde.“

Ohne etwas zu sagen, schritt ich weiter, die Treppe nach oben, geradewegs zu Dieudonnés Zimmer. Ich klopfte an, trat leise ein und ging auf ihn zu. Dieudonnés Zustand hatte sich verschlechtert, das sah ich sofort. Sein Gesicht war rot, er atmete schwer und röchelte. Schweißperlen rannen über sein Gesicht. Ich schritt zu seinem Bett, und er drehte den Kopf zu mir.

„Deine Tochter, ich habe sie gefunden“, erklärte ich und erkannte ein schwaches Lächeln auf seinen Lippen. „Sie ist gleich hier.“

Ohne noch mehr zu sagen, schritt ich zum Fenster, öffnete es und schaute hinaus. Doch auf dem Platz konnte ich Ghislaine nicht erkennen. Mein Herz fing sofort an, schneller zu schlagen. *Hat Leszek sie ... Oder ist sie weggelaufen?* Sofort rasten die schlimmsten Szenarien durch meinen Kopf.

„Hunter“, sprach sie mich an, und erschrocken drehte ich den Kopf nach links. Sie saß auf dem Fensterbrett und grinste mich an. Mit der Hand zeigte sie auf sich. „Ich ... klettern ... kann ...“, erklärte sie mir, und mein Herz setzte für einen Schlag aus.

„Das ist gefährlich!“, rief ich ihr zu, doch das Grinsen wollte nicht aus ihrem Gesicht verschwinden.

„Hunter ... nur ... Angst ... hat.“

Sie sprang auf mich zu, und erschrocken wich ich zurück, als sie sich am Fenstersims festhielt und sich ins Zimmer zog. Es gab so viel, woran wir noch arbeiten mussten. Langsam wanderte ihr Blick von mir zu ihrem Vater. Ich sah, wie sich ihr Körper versteifte.

„Ghislaine“, wisperte Dieudonné und streckte seine Hand aus.

Unsicher trat sie auf ihn zu, beugte sich zu ihm hinunter. „Vater?“, fragte sie mit schwacher Stimme.

Er berührte ihre Wange, vereinzelt liefen Tränen über sein Gesicht. „Es war mein größter Wunsch, dich ein letztes Mal zu sehen.“

Sie griff mit ihrer Hand nach der seinen, strich darüber. „Ich ... keine ... Erinnerungen ... an dich ... haben ...“, stammelte sie und setzte sich neben ihm auf das Bett.

„Das ist alles meine Schuld ...“ Er wurde von einem starken Husten ergriffen und spuckte Blut, wischte es jedoch wieder mit seinem Ärmel vom Kinn. „Hunter, ich möchte, dass du auf sie aufpasst. Bitte kümmere dich um meine Tochter. Das ist alles, was ich mir wünsche.“

Er zog mit seiner freien Hand etwas aus seiner Kleidung hervor. Ghislaine hielt die andere weiterhin umklammert und weinte. Ich trat näher und erkannte das Zigarettenetui wieder.

„Du findest darin eine Adresse, geh hin ... Dort findest du alles, was ich ihr hinterlasse“, erklärte er mir, und ich begriff, dass er das

Ganze nicht überleben würde. Er hatte es die ganze Zeit gewusst. Dieudonné würde sterben.

„Ich werde mich um alles kümmern", versprach ich ihm und spürte, wie mir ebenfalls Tränen über die Wangen liefen.

Ein sanftes Lächeln erschien auf seinem Gesicht. „Du hast mich glücklich gemacht, Hunter ..." Seine Stimme versagte.

„Du ... mich ... verlassen?", klagte Ghislaine. „Jetzt ... da ich ... fand ... dich?"

Mit seiner zweiten Hand griff er nach ihrer. „Du bist nicht allein. Bleib bei Hunter, er wird auf dich aufpassen", versprach er ihr. „Ich bin nur froh, dass ich lange genug durchhielt, um dich noch einmal zu sehen ..." Langsam fiel sein Kopf ins Kissen zurück, seine Hände erschlafften.

Ghislaine fing an zu schluchzen. „Papa ..."

Sanft schloss ich meine Arme um sie, drückte sie an mich. Wenigstens hatte sie ihren Vater ein letztes Mal sehen können. Das war wenigstens ein kleiner Trost. Wobei ich der festen Überzeugung war, dass Dieudonné nur so lange durchgehalten hatte, weil er seine Tochter hatte sehen wollen. Weil ich ihm Hoffnungen gemacht hatte.

Jetzt erschien es mir so dumm, dass ich so viel Zeit verschwendet hatte, um sie für dieses besondere Treffen zurechtzumachen. Hätte ich sie gleich zu ihm gebracht, hätten sie vielleicht noch mehr Zeit gehabt.

„Es tut mir so leid, Ghislaine", wisperte ich ihr zu. „Das wollte ich nicht ..."

Sie drückte ihren Kopf ganz fest an mich, weinte weiter. Auch wenn sie ihn nicht kannte, wusste sie genau, dass er ihr Vater war. Selbst als Monster schien sie genau zu begreifen, was passiert war. Was das alles für sie bedeutete.

Sie war der lebende Beweis, dass ich recht hatte: Bestien waren nicht immer das, wofür man sie hielt. Ghislaine war kein menschenfressendes Monster – zumindest nicht nur. In ihr steckte so viel mehr.

Dicke Tränen rannen über ihr Gesicht, während ich sie festhielt. Mir wollten keine guten Worte einfallen, daher schwieg ich. Wie lange wir so verharrten, wusste ich nicht. Erst als hinter mir die Tür aufglitt, blickte ich auf und entdeckte Helena. Verwirrt sah sie zu mir und Ghislaine.

„Was ist passiert?“, fragte sie mich. „Und wer ist sie?“

„Dieudonné ist tot.“ Meine Stimme war schwach, stand kurz vor dem Versagen. „Ghislaine ist seine Tochter ...“

KAPITEL XIX

Alles ist vergänglich

DUNCAN GLOUCESTER

Es dauerte eine gefühlte Ewigkeit, bis wir Nahrman endlich erreichten. Eine Veränderung sah ich in der Stadt nicht. Alles lag still da, und Vater bestand darauf, gleich zur Kirche zu gehen. Ich hätte lieber zuerst mit Moira gesprochen, denn es interessierte mich, was sie über Everette zu sagen hatte. Dennoch protestierte ich nicht.

Gemeinsam schritten wir von unserem Gasthaus zur Kathedrale.

„Ich hoffe wirklich, dass es sich gelohnt hat, den ganzen Weg hierher zu reiten", knurrte Vater. Dies zeigte nur wieder, wie wenig er Moiras Urteilsvermögen vertraute. Er war einfach unfassbar.

„Bestimmt", erwiderte ich. „Es muss etwas passiert sein."

Vor der Kirche standen zwei Wachmänner in eisernen Rüstungen und flankierten das Eingangstor. An ihren Farben – Blau und Gold – und dem Sonnenwappen erkannte ich, dass es die Männer der Familie Nahrman sein mussten, die eigentlich keine direkte Verbindung zur Kirche hatte. Sie gehörten dem Adel an, und es war dem Volk immer wichtig gewesen, dass ihre Hohepriesterin nicht aus seinen Reihen kam. Der Hochkönig und sein Gefolge waren adlig, der Oberste Clericer stammte indirekt ebenfalls vom Adel ab, da war es nur verständlich, dass sie es bevorzugten, wenn der letzte Posten nicht auch noch von jemandem mit demselben Blut belegt wurde.

Von den Henkern sah ich keine Spur. Es war sonst ihre Aufgabe, die Kathedrale zu schützen, und so ahnte ich, dass sich das Machtgefüge verändert hatte.

Einer der beiden Soldaten öffnete uns das schwere Tor. Gemeinsam traten wir ein.

„Etwas stimmt nicht“, murrte Vater.

Wie ich war es ihm aufgefallen, und das bestätigte nur, dass wir zuerst zu Moira hätten gehen sollen.

Ich erwiderte nichts, denn vor uns standen weitere Wachen und ich wollte keine Aufmerksamkeit erregen.

Mit gesenkter Stimme sagte ich zu Vater: „Ich glaube, du hättest mehr deiner Männer mitnehmen sollen.“ Vater war nur mit einer kleinen Delegation gereist, die niemals für einen Kampf ausreichen würde.

„Nein. Zuerst versuchen wir es friedlich. Solange ich nicht weiß, was Everette verbrochen hat, tauche ich hier nicht mit einem Heer auf und mache mich am Ende zum Gespött des Volkes, weil mein verhasster Sohn Mist gebaut hat.“

Ich schwieg und ließ meinen Blick schweifen. Erst als ich auch hier keinen Henker der Kirche sah, fragte ich: „Hast du einen Henker in der Stadt gesehen?“

„Ich weiß es nicht. Aber die anderen Männer der Kirche sind hier.“ Er nickte einem weiß gekleideten Mann zu, der an uns vorbeilief.

„Trotzdem, etwas ist hier faul.“

Vater nickte zur Bestätigung.

Wir erreichten das Ende des Ganges. Hier standen keine weiteren Wachmänner, sondern nur ein Jüngling, der ebenfalls die weiß-goldene Robe der Kirchenmagier trug.

Vater trat allein auf ihn zu, sprach mit ihm.

„Wenn Ihr zur Hohepriesterin wollt, dann folgt mir.“

Erneut wurde eine Tür geöffnet. Der Jüngling führte uns einen schmalen Gang entlang zu einem weiteren, diesmal etwas größeren Tor.

„Sie wird uns mit Sicherheit sagen können, was Everette getan hat“, hielt ich an meiner Hoffnung fest.

Vor uns standen wieder zwei Soldaten in Uniform. Ich hatte noch nie so viele in einem Gotteshaus gesehen. Beide öffneten das schwere Tor, und man ließ uns eintreten.

Es war eine halbe Ewigkeit her, dass ich das letzte Mal hier gewesen war. Vor mir erkannte ich eine Frau in Weiß. Sie trug wie alle hier eine Robe mit dem goldenen Auge der Kirche auf ihrer Brust und den Sonnenstrahlen, welche die Göttin Sona darstellten. Ihr blondes Haar war zu einem Zopf zusammengebunden. Die Unbekannte wurde ebenfalls von zwei Wachmännern flankiert. Als sie Vater erblickte, erhob sie sich und kam lächelnd auf uns zu.

„König Erle, was für eine Ehre, dass Ihr höchstpersönlich hierhergekommen seid“, sprach die Frau Vater an, und ich begriff, dass sie eine der Nahrmans war, wusste aber nicht, welche der Töchter.

Vater verschränkte die Arme vor der Brust. Ich schritt mit etwas Abstand hinter ihm her.

„Wir werden sehen, ob es für mich eine Freude sein wird.“ Er durchbohrte sie mit seinem Blick. „Ich will zu meinem Sohn.“

„Everette war unartig“, sprach sie in einem Ton, der vermuten ließ, dass es sich bei ihm um ein kleines Kind handelte.

„Ich weiß, dass er viel Mist im Kopf hat, dennoch will ich ihn sehen. Egal, was er getan hat. Everette ist mein Sohn, und niemand sperrt ihn einen Kerker! Es ist mir egal, gegen wie viele heilige Gesetze er verstoßen hat“, machte Vater seinen Standpunkt klar, und ein finsteres Lächeln erschien auf dem Gesicht der Frau. Wobei sich gespielte Empörung dazu mischte.

„Ihr denkt doch nicht, dass ich Euren Sohn in den Kerker sperre?“, fragte sie entsetzt.

„Holt ihn her und wenn Ihr es wünscht, verspreche ich, dass er nie wieder eine Kirche betreten wird.“

Die Frau wandte sie sich von uns ab und sah zu dem Soldaten zu ihrer Rechten. „Bring sie zu Everette!“

Vater schnaubte. „Ich werde diesen Raum nicht verlassen", beharrte er und sah über die Schulter zu mir. „Duncan, geh du mit ihm."

Stumm nickte ich und folgte dem Soldaten, der wortlos an mir Richtung Tür vorbeischritt. Von dort aus betraten wir einen kleinen Durchgang, der uns quer durch die Kirche führte, bis wir zu einem Treppenhaus gelangten. Der Abstieg begann, und langsam verstand ich, warum Vater nicht hatte mitgehen wollen. Im Keller steuerte der Soldat eine Tür an, hinter der Gelächter zu hören war. Als ich eintrat, erkannte ich viele weitere Wachmänner der Nahrmans. Jedoch erblickte ich meinen Bruder nicht, sondern sah nur ein aschblondes Mädchen, das den Soldaten Alkohol einschenkte. Einer fasste ihr an den Hintern. In drei Schritten war ich bei dem Mistkerl, ergriff seine Hand und sah ihn finster an.

„Finger weg!", schnauzte ich ihn an, als ich hörte, wie das Mädchen neben mir den Krug fallen ließ und er auf dem Boden in tausend Stücke zersprang. Ich schaute zu ihr und traf auf ihre grauen weit aufgerissenen Augen.

„Duncan", wisperte sie.

In dem Moment begriff ich erst, wer vor mir stand. Taumelte zurück, hielt mich an der Tischplatte fest und starrte sie an.

Das kann nicht sein!, war alles, was ich dachte. *Das kann unmöglich mein Bruder sein! Wenn Vater das erfährt ...*

Erst auf den zweiten Blick erkannte ich, dass sie wirklich Everettes aschblonde Haare besaß. Sie war groß gewachsen, und ihr schmaler, zierlicher Körper war in ein schlichtes Leinengewand gehüllt. Sie umarmte mich, drückte ihren Kopf gegen meine Brust, und ich legte die Arme um sie.

„Alles wird gut", versprach ich, wobei ich nicht wusste, wie man den Zauber, der auf ihm lag, wieder rückgängig machen konnte.

„Ich dachte nicht, dass ihr kommen würdet", murmelte er und drückte sein Gesicht tiefer in den weichen Stoff meiner Kleidung.

„Was haben sie dir angetan?", fragte ich. Er war ein Gloucester, und die Taten dieser Frau würden ein Nachspiel haben.

„Ich habe versagt“, war alles, was er sagte, während ihm Tränen über das Gesicht liefen. Jedoch wusste ich nicht, was dies zu bedeuten hatte. „Sie hat mich die ganze Zeit gedemütigt. Es war meine Aufgabe, das alles zu ertragen, aber am Ende gelang es mir nicht ... Jetzt muss ich mich zur Strafe um die Soldaten kümmern ... Ich weiß nicht, was sie Amalia angetan hat“, flüsterte er. „Aber ihr könnt sie nicht hier zurücklassen. Das alles ist meine Schuld ... Darum muss ich sie retten.“

Ich legte ihm eine Hand auf die Schulter. „Wir holen sie ebenfalls hier raus“, versprach ich ihm, auch wenn ich nicht wusste, ob Vater und ich da einer Meinung waren. Ich zog meinen Mantel aus und legte ihn um Everettes Schultern. „Alles wird gut.“

Ich führte ihn hinaus auf den Gang. Derselbe Soldat, der mich hierhergebracht hatte, geleitete uns wieder zurück. Wir traten gemeinsam die Stufen nach oben. Zu dritt kehrten wir zu Vater zurück, der die ganze Zeit bei der neuen Hohepriesterin gewartet hatte. Langsam konnte ich erahnen, warum die Henker gegangen waren. Die Absetzung ihrer eigentlichen Priesterin und die dreiste Ernennung der neuen hatte ihnen wohl ganz und gar nicht gefallen. Moira musste erfahren haben, dass es Everette nicht gut ging. Vielleicht hatte sie sogar gesehen, wie schlecht man ihn behandelte. Und das alles im Namen der Frau, welche sich als die Abgesandte der Göttin Sona sah. Wie grauenvoll. Würde sie ihr Amt wirklich behalten, könnte es zu einer Spaltung der Kirche kommen.

„Was soll das? Was habt Ihr mit meinem Sohn gemacht?“, rief Vater, als er mich und den weiblichen Everette erblickte. Er war wütend, sehr wütend. „Wie könnt Ihr es wagen?!“

Sie grinste ihn belustigt an. Ihr verbliebener Wachmann stand steif da, die Hand schon an sein Schwert gelegt.

„Euer Sohn hat es verdient. Er hat nicht nur das Heiligtum der Kirche entweiht, sondern auch seine Macht mehr als einmal missbraucht. Außerdem war er der Liebhaber der Hohepriesterin, somit haben beide gegen das Gesetz verstoßen.“

Vater verschränkte die Arme vor der Brust. „Das gibt Euch noch lange nicht das Recht, ihm so was anzutun!"

„Ihm was anzutun? Euer Sohn hat den Trank aus freiem Willen getrunken. Damit habe ich nichts zu tun. Ich wasche meine Hände in Unschuld."

Der Kopf meines Vaters lief purpurrot an. „Schweigt! Kein Wort will ich von Euch mehr hören. Das sind doch alles Lügen."

Ein finsteres Grinsen erschien auf ihrem Gesicht. „Beweist es."

Angewidert wandte sich Vater von ihr ab. „Mein Sohn kommt mit mir. Wir finden einen Weg, es wieder rückgängig zu machen."

„Nein!", entwich es Everette, der mit blassem Gesicht auf Vater zutrat. „Ich werde nicht ohne Amalia gehen!"

Die blonde Frau, deren Name mir noch immer nicht in den Sinn kam, fing an zu lachen. Verwirrt sah ich zu Vater, wusste nicht, was ich jetzt tun sollte.

„Everette ...", versuchte ich, auf ihn einzureden, doch die Hohepriesterin schnitt mir das Wort ab.

„Wieso möchtest du so viel für diese Frau tun? Du kannst gehen und sie hier zurücklassen. Hast du nicht bereits genug verloren? Was bedeutet sie dir jetzt noch?"

Ein zorniger Ausdruck trat auf Everettes Gesicht. „Ich gehe nicht ohne sie. Ich habe es für sie getan, also gebt sie frei! Dann seid Ihr uns beide für immer los."

Die Hohepriesterin lachte. „Wenn Ihr sie unbedingt wollt, dann nehmt sie mit. Wie gesagt, Ihr habt versagt, Everette ... Ihr glaubt doch nicht, dass ich sie in Ruhe ließ? Euer ganzes Spiel war so töricht und dumm."

Mein Bruder zuckte zusammen, und der eine Soldat verbeugte sich vor ihr und verschwand.

Ich legte eine Hand auf Everettes Schulter. „Alles wird gut."

Unzählige Minuten verstrichen, in denen ich nur eines hoffte: dass wir endlich gehen konnten. Als jedoch der Soldat erneut durch die Tür trat, traf mich der Schlag. Er hatte jemanden bei sich, der nicht deutlich als Frau zu identifizieren war. Die Person war in weiße Lumpen gehüllt, die vermutlich einmal eine Kirchentracht gewesen waren. Ihre Arme erkannte ich nicht mehr, stattdessen waren die Ärmel ihres Gewandes mit jeweils drei Tentakeln gefüllt. Selbst von ihrem Gesicht war kaum noch etwas übrig, denn an der Stelle, wo einmal ihre Augen gewesen waren, wuchsen ihr unzählige Tentakel aus dem Kopf, wobei die erste Reihe groteskerweise mit je einem Auge versehen war. Das Monster war abartig. Ich wusste nicht, mit was für einem Wesen man sie gekreuzt hatte, denn mir kam keines in den Sinn. Nicht einmal ein Tintenfisch war passend dafür.

Wenn das die frühere Hohepriesterin war, verstand ich nun, warum die Henker nicht mehr in der Stadt verweilten und der Kirche den Rücken gekehrt hatten.

Plötzlich kehrte Leben zurück in meinen Bruder, und er riss sich von mir los. Trat auf seine geliebte Amalia zu.

„Ich wollte nicht, dass so etwas geschieht", wimmerte er.

Die neue Hohepriesterin lachte. „Du hast versagt, Everette, jetzt muss sie die Strafe dafür tragen. Oder dachtest du wirklich, ich würde meine Vorgängerin so einfach gehen lassen? In diesem Zustand kann sie mir nicht gefährlich werden. Nie wieder wird sie den Posten übernehmen können."

„Abscheuliches Monster!", spie Everette, während sie nur ausgelassen lachte. Lady Nahrman schien sich kein bisschen über die Worte meines Bruders zu ärgern, es schien eher so, dass diese sie erheiterten.

Ruckartig drehte sich mein jüngerer Bruder zu mir um, packte den Schaft meines Schwertes und zog es aus der Scheide. Bevor ich etwas unternehmen konnte, rannte er los. Der Mantel über seinen Schultern rutschte hinunter. Er stürzte weiter auf die blonde Frau zu. Der Wächter neben ihr zog ebenfalls seine Waffe, stellte sich schützend vor seine Herrin. Entsetzt beobachtete ich, wie nur wenige Meter vor der neuen Hohepriesterin Metall auf Metall traf.

Meine Gesichtszüge entglitten mir. Denn es war nicht allein das Schwert meines Bruders, das sich mit dem des Soldaten kreuzte, sondern auch das meines Vaters. Er hatte ebenfalls zur Waffe gegriffen.

„Everette, senk deine Klinge“, befahl er seinem Sohn. „Sofort!“

Widerwillig gehorchte mein kleiner Bruder. Auch der Soldat senkte seine Waffe.

„Ich weiß nicht, ob es daran liegt, dass du jetzt eine Frau bist, oder ob du schon immer so viele Eier in der Hose hattest, aber ich bin beeindruckt. Niemals hätte ich gedacht, dass du zu so etwas fähig wärst“, verspottete die Hohepriesterin ihn.

Vater warf ihr einen bösen Blick zu, steckte seine Klinge wieder ein, packte die Hand seines Sohnes und zerrte ihn mit sich. „Wir gehen.“

Wortlos trat ich zu der Frau heran, die einmal ein gewöhnlicher Mensch gewesen war, und führte sie hinaus. Sie war stumm. Ob sie überhaupt noch reden konnte, wusste ich nicht. Wichtig war fürs Erste nur, dass sie in Sicherheit war. Everette hatte alles versucht, um sie zu beschützen, und daher war es umso wichtiger, dass sie erst mal hier rauskamen. Aber die Probleme würden sich nicht in Luft auflösen, und das machte mir wirklich Sorgen.

Wie würde es mit der Kirche weitergehen?

Würde bald alles in Trümmern liegen?

Und was würde Alister tun, wenn Vater ihm alles erzählte? Immerhin war es seine Idee gewesen, dass wir nach Cains Ville ritten, wenn hier alles geregelt war.

Es gab so viele offene Fragen.

HUNTER GLOUCESTER

Ich hätte wissen sollen, dass mein Handeln Konsequenzen haben würde. Wenigstens tat man Ghislaine nichts. Man hatte sie auf ein Zimmer gebracht, wo sie jetzt schlief. Währenddessen stand ich in einem kleinen Hinterzimmer der Herberge und musste allen Jägern, bis auf Jean, Rede und Antwort stehen. Sieben Jahre waren sie ein Team gewesen, hatten gemeinsam gekämpft und am Ende war es seine Waffe gewesen, die Dieudonné getötet hatte. Das war selbst für einen Jäger nicht so leicht zu verkraften. Auch wenn es wohl nur eine Frage der Zeit gewesen wäre, bis der Alkohol Dieudonné umgebracht hätte. Die beiden Šimšôner, Mael und Youenn, saßen schweigend und mit neutralen Gesichtern vor mir. Helena blickte mir unzufrieden entgegen. Sie war nicht glücklich, dass ich einen Wendigo angeschleppt hatte. Selbst Yule wirkte nicht erfreut darüber. Jedoch war es Leszek, der vor Zorn kochte. Sein Gesicht war zu einer hässlichen Fratze verzogen, die Hände hatte er auf die Tischblatte gelegt und seine Finger schienen sich regelrecht ins Holz zu bohren.

„Hast du überhaupt eine Ahnung, was du getan hast?“, schrie er mich an. „Ein Wendigo ist kein Schmusekätzchen! Sie hätte das halbe Dorf auslöschen können.“

„Aber das hat sie nicht!“, erwiderte ich sofort.

„Ja, weil sie eindeutig ein Wendigo ist, der sich von Aas ernährt. Sie frisst bereits tote Menschen. Darum waren die Bewohner so genervt, weil sie ihre Toten wieder aus der Erde holte und sich an ihnen labte. Sonst wäre sie schon sehr lange tot … Du hast mehr Glück als Verstand!“, brüllte er.

Keiner widersprach ihm. Helena und Yule nickten zustimmend.

„Ich werde sie nicht töten!“, stellte ich klar. „Sie ist kein Monster!“

Leszek schnaubte. „Das trifft nicht auf alle Wesen zu. Du hattest Glück, nichts weiter.“ Er erhob sich, sah mich mit finsterem Blick an. „Du bringst uns mit deinem Handeln nur in Gefahr! Wir sind Monsterjäger, und das muss dir klar sein, wenn du bei uns bleibst.“

Mael erhob sich. „Leszek hat recht. Gleichzeitig muss ich eingestehen, dass du in diesem Fall zwar sehr leichtsinnig gehandelt, aber es im besten Wissen getan hast. Dennoch kann es nicht immer so glimpflich ausgehen. Zudem stehen wir nun vor dem Problem, was wir mit Ghislaine machen. Denn nach dem Gesetz müssten wir sie töten."

Ich erschauderte und spürte, wie meine Beine drohten, unter mir nachzugeben. *Sie töten? Nein!*

Youenn erhob sich ebenfalls. „Sie ist Dieudonnés Tochter, das ist der einzige Grund, warum wir sie am Leben lassen. Sie kann nirgendwohin, und ich möchte, dass du dich um sie kümmerst. Es wird deine Aufgabe sein. Aber bedenke, dass dies eine seltene Ausnahme war. In Monstern Menschen zu sehen, kann unser aller Tod bedeuten."

Leszek schnaubte und schlug mit der Faust auf den Tisch. „Seid ihr alle blind? Der Kerl bringt uns noch alle um!", schrie er laut und funkelte die beiden Šimšôner an. „Wie viel Geld hat König Erle dir gezahlt, dass du seinen Sohn aufnimmst? Mael, das ist verrückt! Wir können uns in einem Kampf nicht auf ihn verlassen ... Es ist eine Sache, einen Clericer zu haben, der Alkoholiker ist, aber eine andere, jemanden an unserer Seite zu wissen, der mehr mit den Monstern sympathisiert als mit uns!"

„Hunter bleibt", beharrte Mael. „Mit dem, was er heute tat, hat er keinen Schaden angerichtet, und es geschah auf Dieudonnés Wunsch hin. Daher wird alles so bleiben, wie es ist."

Leszek schnaubte und sah zu mir. Sein Blick war kalt und tödlich. Ich wusste, dass er mich am liebsten erledigen würde. Aber das Machtwort war gesprochen, und damit konnte er mir vorerst nichts antun.

Die letzten Stunden des Abends verbrachte ich damit, Dieudonnés letztem Geheimnis nachzugehen. Neben der Zeichnung meines Onkels befand sich in seinem Zigarettenetui noch eine Adresse. Diese suchte ich auf, und man händigte mir eine Mappe aus. Im Zimmer öffnete ich sie und fand darin unzählige Zeichnungen, die Dieudonné angefertigt hatte. Es gab zwei Motive, die besonders viel vorkamen. Das eine war mein Onkel, das andere war eine Frau – vermutlich die Mutter von Ghislaine. Er hatte sie oft allein gezeichnet, aber auch mit ihm oder mit dem kleinen Mädchen.

Die Bilder stimmten mich traurig. Dieudonné hatte dieses Ende nicht verdient.

Den ganzen nächsten Tag arbeiteten die Jäger daran, Holz zu beschaffen. Als es dunkel wurde, holten sie Dieudonnés Leichnam und legten ihn auf das aufgeschichtete Holz. Sie hatten es außerhalb vom Dorf vorbereitet, und es war Youenn, welcher es mit einer Fackel entzündete. Die Flammen breiteten sich aus, umhüllten bald den gesamten Leichnam. Mael war bei Ghislaine. Obwohl klar war, dass sie Aas bevorzugte, wollte vorerst niemand ein Risiko eingehen.

Stumm verfolgte ich das Ganze aus der Ferne. Die anderen Jäger waren gerade nicht gut auf mich zu sprechen, deswegen suchte ich nicht ihre Nähe.

„Das hätten sie nicht tun dürfen“, sagte auf einmal eine Stimme neben mir.

Ich erschauderte, als ich meinen Onkel erblickte. An sein plötzliches Auftauchen würde ich mich nie gewöhnen können.

„Sie sagten, es wäre sein Wunsch gewesen“, murmelte ich.

Landon schnaubte. „Selbst wenn, das Feuer ist das Element der Menschen. Jeder tote Clericer gehört in den schwarzen Tränensee, nur so können wir unsere Macht schützen“, brummte er. „Slokir war der Herr des Feuers.“

„Slokir?“, fragte ich verwirrt.

„Er ist bekannt unter dem Namen ‚der Verbrannte‘. Die Kirche löschte seinen Namen aus. Du kennst doch sicherlich die Geschichten, wie Sona gegen den Verbrannten kämpfte und ihn bezwang? Er war nie ein Dämon, wie es die alten Legenden erzählen, sondern ein Gott, genau wie sie ... Durch das Verbrennen kann er die Macht von Dieudonné nutzen, und das ist schlecht ... Sehr schlecht ... Es könnte uns gewaltige Probleme bereiten."

Die Worte meines Onkels schmerzten mich. Es klang so, als hätte ich sie aufhalten müssen, als hätte ich einen Fehler gemacht.

„Hör auf, mir für alles die Schuld zu geben!", schrie ich meinen Onkel aus Leibeskräften an. Ich war so laut, dass sich selbst die Jäger zu mir umdrehten.

Doch Landon war verschwunden. Sie erblickten nur mich, wie ich allein vor ihnen stand. Tränen rannen über meine Wangen. Das war alles zu viel. Geschwind drehte ich mich um, schritt in die Dunkelheit, die für mich nicht nur aus grauen Umrissen bestand. Ich konnte alles deutlich sehen.

Wie kann Landon erwarten, dass ich etwas aufhalte, von dem ich nicht mal etwas weiß? Außerdem, wer sagt, dass diese Geschichte stimmt? Slokir, der Gott des Feuers ... Ob da etwas Wahres dran ist?

KAPITEL XX

Das Dorf ohne Bewohner

ALEKSANDRA CZAPSKA

Stumm saß ich auf dem Stuhl. Für den Moment wusste ich nicht, was ich tun sollte. Yvain hatte seinen Wunsch klar und deutlich formuliert. Aber konnte ich alle über seinen Verbleib belügen? Ich zweifelte sehr daran, dass es bei Landon Gloucester überhaupt funktionieren würde.

Mein Blick fiel auf die Karte mit dem Kreuz. Ich war mir sicher, dass es eine Falle war. Dass Yvain mich damit auf eine falsche Fährte locken würde, wenn ich ihm folgen wollte. Oder es war ein doppelter Trick und er wusste, dass ich ihn durchschaute, weshalb dieser Ort der sicherste in ganz Burengard war.

Ich hatte nicht viele Möglichkeiten:

Erstens, Landon die Wahrheit zu erzählen.

Zweitens, Landon zu belügen.

Drittens, Yvain zu suchen und ihn zu zwingen, sich seiner Vergangenheit zu stellen.

Es wäre töricht, aber wenn wir zu zweit gegen Landon vorgingen, müsste er etwas unternehmen. Immerhin wollte er uns beide zu Hunters Verbündeten machen. Da musste er einsehen, dass sich Jacques d'Orléans falsch verhielt.

Aber wenn ich mich für die dritte Möglichkeit entschied, müsste ich vorab Yvain finden, und ich wusste nicht, wie er aussah. Er war nicht der Einzige mit hellen Haaren, und ich traute es ihm zu, dass er sich gut unter den Menschen tarnen konnte. Auch mein Suchzauber funktionierte nicht, was mich sehr verwirrte. Lag es daran, dass er den Helm nicht trug oder zu weit weg war? Jedenfalls musste ich ihn irgendwie anders finden. Zugleich konnte ich nicht länger wegbleiben und den Eindruck erwecken, ich würde hier mit Yvain eine schöne Zeit verbringen. Ich brauchte Hilfe, und mir kam nur eine Person in den Sinn, die dafür infrage kam.

Ich schnappte mir ein leeres Blatt Papier, das ich in Yvains Zimmer fand, und kritzelte eine Nachricht darauf. Beschwor mit meiner Magie einen Feuerfalken und gab diesem das Schriftstück. Wenige Sekunden später verschwand der Vogel wieder.

Jetzt hieß es, abzuwarten.

Zwei Tage dauerte es, bis Maitagorry Rozier mich fand. Sie war wirklich gekommen. Verwundert schaute sie mich an, als sie in mein Zimmer trat.

„Warum hast du mich hergebeten?“, fragte sie mich gleich. „Und wo ist Yvain?“

Ohne etwas zu sagen, schritt ich zur Truhe, öffnete sie und zog ein Tuch heraus. Ich wickelte es auseinander und zeigte ihr den Helm.

Fasziniert betrachtete meine Mentorin ihn. „Das ist interessant“, wisperte sie. „Er hat einen Weg gefunden, den Zauber zu brechen.“ Maitagorry nahm den Helm in die Hand. „Ich habe gehört, dass Yvain ein ausgezeichneter Clericer ist, aber dies ... Es wundert mich nicht mehr, dass Landon ihn neben dir zu Hunters Gehilfen ernannte.“ Sie hob ihren Kopf, sah mich an. „Da du allein bist, nehme ich an, dass er verschwunden ist. Er hat solche Talente, dennoch ist er geflohen. Interessant.“

Ein Seufzen entwich mir, und mein Mund fühlte sich plötzlich ganz trocken an. „Er wollte kein Clericer mehr sein, weil ihm etwas Schreckliches widerfahren ist. Jacques d'Orléans hat ihn missbraucht."

Ein breites Grinsen erschien auf Maitagorrys Gesicht. „Jacques d'Orléans ist schwach. Ich denke, jemand wie Yvain könnte ihn in einem Kampf mit Leichtigkeit besiegen. Am Ende wird er sogar Landons Nemesis sein. Yvain lässt sich von ihm viel zu sehr einschüchtern." Sie erhob sich, legte den Helm auf den Tisch. „Lass uns gemeinsam nach ihm suchen. Es bringt ihn nicht weiter, wenn er vor seinen Problemen davonläuft, und wer sagt, dass sich Jacques nicht einfach den nächsten Jungen nimmt, wenn Yvain weg ist?"

Erschrocken riss ich die Augen auf. Daran hatte ich nicht gedacht. „Wir können nicht nach ihm suchen, wenn dieses Scheusal weiterhin an der Schule ist!"

Maitagorry lächelte mich an. „Überlasse das mir. Ich werde schon dafür sorgen, dass Landon ein Auge auf ihn hat. Immerhin weiß ich sehr viel." Sie schritt auf mich zu. „Wir werden unser Training hier draußen weiterführen. Uns fehlt zwar die Bibliothek, aber du kannst mir vertrauen, dass ich dir das Wissen so weitergebe, wie es wirklich war. Denn eines musst du mir glauben: Die Mehrheit der Menschen ist dumm. Sie verstehen nicht mal einen Bruchteil davon, was unsere Welt ausmacht."

Ich nickte stumm. Das Studieren der alten Legenden und Schriften war nichts, was ich gern tat. Aber es würde kein Weg daran vorbeiführen. Wobei ich nach wie vor nicht verstand, wozu das führen sollte. Die Götter hatten seit Jahrhunderten nichts mehr für uns getan. Sie schwiegen und das sicherlich nicht nur weil man angeblich die falschen anbetete. Die Legenden der Kirche kannte ich und diese konnten unmöglich reine Erfindung sein. Aber ob ich jetzt in Saintboudon saß oder mit ihr durch das Land zog, spielte keine Rolle. Es war gleichermaßen mühsam. Hier draußen hatte ich wenigstens meine Abwechslung, und es könnte uns gelingen, Yvain zu helfen.

„Ich werde deinen Worten glauben.“ Diesen Satz auszusprechen, fiel mir schwer, doch es ging nicht anders. „Aber wo wollen wir nach Yvain suchen?“

Die Welt war groß, und es blieb die Frage, ob die Karte ein Hinweis, eine falsche Fährte oder ein doppeltes Spiel war. Auf jeden Fall würde es dauern, bis wir ihn fanden, das war mir jetzt schon klar.

EVERETTE GLOUCESTER

Vater ließ mich die nächsten Tage in Ruhe. Es war eine Wohltat, von seinen spöttischen Worten verschont zu bleiben. Denn kein einziges hatte er an mich gerichtet, seit wir die Kirche verlassen hatten. Auch wenn ich wusste, wie sehr ihn das Ganze mit Sicherheit verärgerte.

Moira war die Erste, die mich besuchte. Sie stand im Türrahmen und musterte mich von Kopf bis Fuß. Weiterhin war ich eine Frau und damit nicht mehr ihr kleiner Bruder, sondern ihre kleine Schwester.

„Was machst du hier?“, fragte ich sie verwirrt.

„Ich wollte nach dir sehen“, antwortete sie. „Weißt du, Everette, ich habe mir große Sorgen um dich gemacht. Als wir die Kirche verließen, hatte ich bereits einiges über die dortigen Geschehnisse gehört, und ich wollte nicht, dass du an diesem Ort zurückbleibst. Deswegen habe ich Vater geschrieben und gebeten, dich da rauszuholen.“

„Danke“, wisperte ich. „Was tut Reid?“

„Er redet mit der neuen Hohepriesterin. Immerhin ist sie die Einzige, die dich und Amalia heilen könnte. Es kann Jahre oder sogar Jahrzehnte dauern ein, Gegenmittel zu finden, wenn man den Trank, den sie euch einflößte, nicht kennt.“

Das weiß ich nur zu gut.

Sie trat auf mich zu und setzte sich neben mich auf das Bett. Amalia hatte man in ein anderes Zimmer gebracht, das direkt an meines grenzte.

„Hilfst du mir?“, fragte ich. „Hilfst du mir, gegen dieses Monster vorzugehen?“

Moira seufzte schwer. „Ich würde gern. Aber was sollen wir tun? Ein Kampf der Henker gegen die Kirche könnte die Welt spalten. Wir können nichts tun, außer abzuwarten. Oder zu versuchen, eine gemeinsame Lösung zu finden.“

Ich knurrte, sprang aus dem Bett und schritt durch das Zimmer. „Also kann Charleen tun und lassen, was sie will, weil sich keiner traut, etwas gegen sie zu unternehmen? Sie kann im Grunde alles fordern, und man wird es ihr geben? Das kann nicht sein!“

Moira sah zu Boden. „Wir wissen selbst nicht weiter. Aber alles zu zerstören, was die letzten Jahrhunderte überdauerte, wäre auch der falsche Weg. Solange sie die Hohepriesterin ist, werden wir uns mit ihr arrangieren müssen.“

Ich hielt in meiner Bewegung inne. *Was hat Moira gesagt? Solange sie die Hohepriesterin ist? Das lässt sich ändern …* Ein böses Lächeln umspielte meine Mundwinkel.

„Wartest du kurz?“, fragte ich sie und verließ das Zimmer, ohne ihre Antwort abzuwarten.

Amalia lag in ihrem Bett. Sie knurrte nur, als sie mich sah.

„Ich habe einen Plan“, verkündete ich ihr.

„Lass mich mit deinen Schnapsideen in Ruhe“, brummte sie. „Sind wir nicht wegen diesen überhaupt erst in dieser Situation?“

„Dieses Mal ist alles anders. Beantworte mir nur eine Frage: Kann ich Glen vertrauen?“

Sie wandte sich von mir ab. „Warum solltest du ihm nicht vertrauen können? Ich suchte ihn gewissenhaft aus.“

„Danke.“ Das war auch schon alles, was ich wissen wollte, also trat ich wieder aus ihrem Zimmer.

Moira saß noch auf meinem Bett.

„Kannst du Glen hierherbringen? Er ist ein Kirchenmagier. Ich möchte mich mit ihm unterhalten“, sagte ich und tat so, als wäre es nichts weiter als ein kleines Geplänkel, das ich mit ihm führen wollte.

Meine Schwester sah mich argwöhnisch an. „Was hast du vor?“

„Nichts Schlimmes. Es wird uns allen helfen“, versprach ich ihr.

Sie verschränkte die Arme vor der Brust. „Ich hoffe, du tust nichts Dummes. Du hast bereits mehr als genug Probleme.“

„Es wird funktionieren“, beharrte ich.

Sie erhob sich. „Ist gut, aber ich hoffe, du weißt, was du tust … Die Welt steht wegen dir schon genug Kopf, mach alles nicht noch schlimmer. Bitte.“ Das letzte Wort hörte sich verzweifelt an.

Ich nickte stumm, auch wenn es mich kränkte, dass man mir so wenig Vertrauen entgegenbrachte.

HUNTER GLOUCESTER

Ich brachte Dieudonnés Bilder wieder zu der Frau, welche die letzten Jahre auf sie aufgepasst hatte. Wenn Ghislaine älter wäre und sich besser an unsere Welt angepasst hätte, würde ich sie ihr zeigen. Aber ich bezweifelte, dass sie damit heute besonders viel anfangen konnte. Zudem nagte das Geschehene der letzten Tage an ihr – so wie an uns allen.

Als ich am Morgen die Treppen zum Frühstück hinunterstieg, erblickte ich nur Mael, Helena, Ghislaine und Leszek. Wie man mir später berichtete, waren die anderen drei früh aufgebrochen, um einen Auftrag zu erfüllen. Unser nächstes Ziel war die Ostküste.

Die nächsten Tage ritten wir erneut Richtung Meer, und alles erinnerte mich an meine Heimat. Auch wenn die Burg meines Vaters weiter südlich lag, steuerten wir geradewegs auf die Ländereien der Wessex’ zu. Das machte mich sehr nachdenklich, denn ich musste nicht nur an Mutter denken, sondern auch an Lindsey. Beide hatte ich nicht retten können, beide waren einen sinnlosen Tod gestorben. Genau wie Dieudonné. Die Welt war ungerecht, wie ich schmerzlich erkennen musste.

Jedoch war es auch schön, einmal nur ein gewöhnlicher Clericer zu sein. Ich wurde respektiert, ohne dass es einen Seitenhieb gab, weil ich zu nett oder zu unfähig war.

Wochen vergingen, und bis auf ein paar kleine Aufträge passierte nichts Ereignisreiches, bis Helena mit der Meldung kam, dass in einem der nördlichen Fischerdörfer Menschen verschwanden. Für uns war klar, dass schon wieder ein Wendigo dahinterstecken musste. Denn in der Nachricht hieß es, dass schon sechs Menschen vermisst wurden. Sie waren weder gleich alt noch miteinander verwandt oder hatten andere Gemeinsamkeiten. Die Opfer schienen willkürlich ausgewählt worden zu sein, was für einen Menschenfresser sprach.

Als wir das Dorf erreichten, war der Anblick eher bescheiden. Es bestand aus einer Ansammlung von Häusern. Zum Meer hinaus befand sich ein großer, leerer Steg, der darauf hinwies, dass sich die Bewohner fast ausschließlich vom Fischfang ernährten. Einige Fischerboote lagen vor Anker, sonst schien das Dorf verlassen zu sein. Mein Blick wanderte hinüber zu dem kleinen Friedhof am Eingang des Dorfes. Aus der Entfernung konnte ich bereits ein Dutzend neue Gräber zählen, was für eine solch kleine Gemeinschaft wirklich viele Tote auf einmal war. Die Erde schien gerade erst frisch umgegraben worden zu sein.

Leszek folgte meinem Blick. An seinem Gesichtsausdruck erkannte ich, dass er dasselbe dachte wie ich. Es waren mehr als die sechs Vermissten, die man hier beerdigt hatte.

Wortlos steuerten wir die Herberge an. Niemand kam uns entgegen. Die Straßen waren menschenleer. Das ganze Dorf wirkte wie ausgestorben.

Im Vorbeigehen fiel mir eine Ruine auf, die bis auf die Grundmauern niedergebrannt war.

Mael, der neben mir her schritt, verzog sein Gesicht. „Irgendetwas ist hier mehr als merkwürdig."

Niemand von uns widersprach.

Ich bezweifelte immer mehr, dass es ein Wendigo war, der hier sein Unwesen trieb. Eine Kreatur konnte nicht mal eben so ein ganzes Dorf verschlingen.

Ich bemerkte, wie Ghislaine, die links von mir lief, in die Luft schnupperte.

„Riechst du etwas?", fragte ich sie, und sie schüttelte den Kopf.

„Nein. Einen ... W-e-n-d-i-g-o ... riecht man." Sie hatte starke Probleme mit dem ihr so fremden Wort.

„Leszek, Hunter, schaut euch die Gegend an", befahl Mael uns. „Ich gehe mit Helena und Ghislaine zur Herberge und schaue, ob dort jemand ist."

Wir beide nickten stumm, bevor wir uns abwandten. Schweigend schritten wir um die nächste Ecke, als Leszek die Kapuze zurückwarf. Dabei konnte ich das Narbengebilde auf seiner linken Wange sehen. Er musste etwa vier oder fünf Jahre älter sein als ich. Aber da er in der Regel entweder schweigsam oder gereizt war, traute ich mich nicht nachzufragen, woher die Narbe stammte. Es musste vor seiner Zeit als Jäger passiert sein, denn der Pakt hätte die Wunde ohne Rückstände heilen lassen.

Die schmalen Gassen blieben weiterhin leer. Sie strahlten etwas Düsteres aus, und ein kalter Schauer lief mir über den Rücken.

„Was denkst du?", fragte ich, als Leszek stehen blieb und argwöhnisch seine Umgebung begutachtete.

„Es ist komisch. Sie haben nach uns geschickt, dennoch scheint sich niemand dafür zu interessieren, dass wir hier sind."

„Vielleicht kommen wir zu spät? Oder sie haben später mit uns gerechnet?“, mutmaßte ich.

Leszek zuckte mit den Schultern. „Kann sein.“

Als wir gemeinsam um die nächste Ecke bogen, erkannten wir einen Jungen. Er war etwas jünger als ich. Leszek blieb stehen und zog seine Kapuze über das Gesicht, bevor er mir folgte. Wie es schien, wollte er das Kind nicht erschrecken. Der Junge kauerte am Boden, die Beine hatte er fest an seinen Körper gezogen und die Arme um seinen Leib geschlungen. Deutlich konnten wir hören, wie er weinte. Jedoch hatte er uns nicht bemerkt. Irritiert sah ich zu Leszek, der in Richtung des Jungen nickte.

Wie es schien, wollte er, dass ich mit ihm sprach.

Langsam trat ich näher, räusperte mich, als der Junge auf einmal aufsah. Seine hellen verweinten Augen starrten mir entgegen. Zugleich konnte ich die Verwunderung in ihnen erkennen. Vermutlich hatten die Menschen in diesem Dorf noch nie einen Clericer gesehen.

„Entschuldigung“, nuschelte ich. Ich war so unsicher, dass ich nicht wusste, wie ich am besten anfangen sollte. „Man hat nach uns geschickt, weil Menschen verschwunden sind. Jedoch scheint das Dorf verlassen zu sein.“

Der Junge starrte mich an, wischte sich die Tränen aus dem Gesicht. „Sie sind alle mit dem Schiff aufs Meer hinausgefahren.“ Verwundert sah ich ihn an. „Laut den alten Legenden liegt unweit von unserem Dorf eine Fischmenschen-Siedlung. Die Erwachsenen glauben, das erzürnte Meeresvolk holte sich die Bewohner als Strafe, daher wollen sie ihnen Opfergaben bringen, in der Hoffnung, dass sie uns in Ruhe lassen.“

„Fischmenschen?“, echote Leszek. „Dass ich nicht lache. Ich habe mein Leben lang noch keinen einzigen gesehen. Dieser Aberglaube ist lächerlich.“

„Pater François hat einen Toten am Strand gefunden und ausstopfen lassen, er stand in seinem Haus.“

„Oh, hat er das?“, schnaubte Leszek. „Ich würde dieses Wesen zu gern mal sehen. Das ist mit Sicherheit eine Fälschung.“

Der Junge senkte den Kopf. „Sein Haus ist vor fünf Tagen abgebrannt.“

„Zu schade ... Da hat der alte Sack nochmals Glück gehabt, dass ich seine Lügen nicht aufdecken konnte. Weißt du, mein Junge, es gibt viele, die behaupten, ein totes Monster zu besitzen, dabei ist es meistens nicht echt.“ Ein zufriedenes Grinsen lag auf seinen Lippen. „Es liegt in der Natur des Menschen, sich aufspielen zu wollen.“

„Warum hast du geweint?“, fragte ich den Jungen, um das Thema zu wechseln. Er schien der Einzige zu sein, der im Dorf geblieben war.

Verwundert drehte er sich zu mir um und sah mich mit seinen traurigen Augen an. Ich konnte in ihnen erkennen, dass es ihm schwerfiel, darüber zu sprechen, was ihn bedrückte. „Mein Vater verschwand vor einigen Wochen und ist seitdem nicht mehr zurückgekehrt. Meine Mutter ist in dem Feuer in Pater François’ Haus ums Leben gekommen. Sie waren alle bei ihm, als das Feuer ausbrach.“

„Die zwölf Toten?“, mischte sich Leszek ein.

„Ja ...“ Die Stimme des Jungen versagte.

Tief in meinem Inneren spürte ich wieder den Schmerz, als ich schlagartig an den Tod meiner Mutter erinnert wurde. Alles zog sich in mir zusammen. Ich beugte mich zu dem Jungen hinunter und drückte ihn fest an mich. Er krallte sich an meiner Kleidung fest, drückte sein Gesicht gegen meine Brust und weinte.

Leszek stand daneben und beobachtete uns wortlos. Kein Wort kam über seine Lippen, als er sich langsam in Bewegung setzte, um sich auf das Fass zu setzen, das in dem Durchgang stand, und sich mit dem Oberkörper gegen die Hauswand lehnte. Seinen Blick richtete er gen Himmel, zückte dabei eine Zigarette und zündete sie an, während ich verzweifelt versuchte, den Jungen zu trösten.

Sanft strich ich ihm mit meiner Hand über den Kopf. Er hatte seine Familie verloren, und trotzdem hatte ich keine aufmunternden Worte für ihn. Niemals würde er sie ersetzen können.

„Junge, es ist sinnlos, zu weinen. All deine Tränen bringen deine Familie nicht zurück. Und hör auf, dich so an unsere Glucke zu hängen, nachher adoptiert er dich noch“, beschwerte sich Leszek, als er seine Zigarette aufgeraucht hatte und sich erhob.

Erschrocken schaute ich zu ihm. *Was hat er über mich gesagt?*

„Ich ... Niemals würde ich ihn ...“, stammelte ich.

Er lachte auf. „Ach, komm schon, Hunter, du hast uns schon Ghislaine angeschleppt. Vielleicht solltest du lieber ein Waisenhaus eröffnen, als mit uns Monster zu jagen.“

„Nur weil ich nicht so gewaltbereit bin wie ihr, bin ich noch lange nicht unfähig!“, fauchte ich.

„Ich sagte nie, dass du unfähig bist, Hunter, nur eindeutig zu weich für den Job.“ Leszek sah den Jungen wieder an. „Komm mit uns, Mael möchte dir sicherlich noch weitere Fragen stellen.“

Schwer seufzte ich, strich dem Jungen ein letztes Mal über den Kopf, bevor ich mich von ihm löste und aufstand. Ich ergriff seine Hand und schritt mit ihm hinter Leszek her. „Wie ist dein Name?“

„Lawrence Fawcette“, nuschelte er. „Und ihr seid?“

„Hunter, und unser überfreundlicher Jäger ist Leszek Różewicz.“

„Ihr seid hier, um das Verschwinden der Bewohner aufzuklären?“

„Genau. Wir werden herausfinden, was mit deinem Vater passiert ist“, mischte sich Leszek in unser Gespräch ein.

Der Junge mit den Sommersprossen senkte den Kopf. Sagte nichts dazu, sondern schritt still neben mir her.

Lange brauchten wir nicht, bis wir die Herberge erreichten. Das Wirtshaus wirkte verlassen, so wie der Rest des Dorfes. Leszek öffnete uns die Tür, die nicht abgeschlossen war, und wir traten ein.

In der Gaststätte brannte kein Licht. Niemand war hier. Nicht mal unsere beiden Freunde. Alles lag still vor uns.

„Was machen wir jetzt?“, fragte ich verwirrt.

„Setzt euch“, verlangte Leszek, bevor er die Theke ansteuerte, um diese herum schritt und sich die vielen Flaschen anschaute, die dahinter auf einem hohen Regal ausgestellt waren.

Wie er verlangt hatte, setzte ich mich an einen der Tische. Lawrence folgte meinem Beispiel. Ich musterte den Raum. Wie das ganze Dorf wirkte auch die Herberge sehr rustikal. Alles schien aus Holz gebaut worden zu sein. Zudem hatte man den Innenraum mit einer Holztäfelung verschönert. Selbst die Fenster bestanden aus kleinen Buntglasstücken, was ich an den verschiedenen Grauschattierungen erkennen konnte.

Fasziniert betrachtete ich meine Umgebung. Alles schien sehr alt zu sein. Trotzdem beschränkten sich hier die Verzierungen auf unzählige Muster, von Tieren oder Fischmenschen war nichts zu sehen. Nicht einmal Fische wurden in den alten Schnitzereien abgebildet.

Überrascht riss ich mich von den Verzierungen los, als Leszek die Flasche auf den Tisch knallte, und blickte erschrocken vor mich. Dort standen Rum sowie drei Gläser.

„Wir sollten das nicht tun!“, protestierte ich.

„Scheiß drauf. Ich habe genug Geld, um den Rum zu bezahlen. Zudem war die Tür offen, und man hat nach uns geschickt“, brummte er, während er die Gläser füllte und jedem eins zuschob. „Trinken!“, verlangte Leszek, ehe er sich auf den Stuhl plumpsen ließ, seine Füße auf den Tisch legte und sein Glas in einem Zug leerte.

Unsicher hielt ich meins in den Händen, während Lawrence neben mir einen Schluck probierte. Dabei verzog er den Mund. Mit pochendem Herzen nippte ich ebenfalls an meinem Glas. Derweil schenkte sich Leszek schon das zweite ein.

Ich trank nicht viel, während Lawrence deutlich mutiger war. Der Alkohol verpasste seinem blassen Gesicht einen leichten Schimmer. Selbst bei Leszek bemerkte ich die Veränderung. Er hatte die Kapuze zurückgeworfen und versteckte sein vernarbtes Gesicht nicht mehr. Zudem schaukelte er gefährlich auf seinem Stuhl herum, rauchte und schaute hinauf zur Decke. Dabei war er ganz in seine Gedanken vertieft.

„Leszek?“, durchbrach Maels Stimme die Stille.

Ein lautes Krachen war zu hören, als der Stuhl zu Boden fiel. Leszek hatte sich so erschreckt, dass er das Gleichgewicht verloren hatte und rücklings zu Boden gekracht war. Entsetzt beobachtete ich ihn, während er sich vom Boden aufrappelte.

„Scheiße", fluchte er. „Geht es vielleicht noch lauter?", zischte er wütend und rieb sich den Kopf, den er sich an den Holzdielen gestoßen hatte.

„Wir sind immer noch bei der Arbeit", gab Mael zu bedenken. „Das solltest du nicht vergessen."

„Es ist eh niemand hier!", erwiderte Leszek bissig und hob murrend den Stuhl auf, bevor er sich wieder demonstrativ setzte. „Die Dorfbewohner sind alle mit einem Boot aufs Meer hinausgefahren. Sie wollen irgendwelchen Fischmenschen was opfern, damit sie Ruhe geben und die Bewohner verschonen. Alles lächerlicher Aberglaube."

In Maels Gesicht konnte ich Überraschung erkennen, doch er fasste sich schnell wieder. Gemächlich lief er auf uns zu, wobei sein Blick auf unseren Gast fiel. „Und wer ist er?"

„Lawrence Fawcette", stellte sich der Junge vor und streckte dabei seine Hand aus.

„Mein Name ist Mael Hayes, ich führe diese kleine Gruppe an. Euer Dorfältester hatte Hilfe angefordert, darum sind wir gekommen." Stumm nickte Lawrence. „Würdest du mir einige Fragen beantworten?"

„Sicher."

Der Junge erhob sich von seinem Stuhl, und die beiden verließen gemeinsam den Raum.

KAPITEL XXI

Der Kult der Fischmenschen

LANDON GLOUCESTER

Ich stand auf dem Dach der Schule. Hinter mir lag der schwarze Tränensee ruhig da. Es herrschte Stille, und mein Blick streifte über die große Fläche vor mir. Das Licht des Vollmondes schimmerte auf den großen Steinplatten am Boden. Der ganze Moment wirkte so unwirklich.

Plötzlich verfärbte sich der Mond blutrot. Die ganze Welt wurde in ein unnatürliches Licht getaucht. Blut tropfte vom Mond herunter, fiel auf die Erde und ertränkte die Welt darunter. Die Platten wurden überschwemmt, der Wald verschwand, alles wurde in Blut getaucht. Ein großer See gefüllt mit dem Lebenssaft erstreckte sich vor mir. Doch alles lag weiterhin still da.

Die Oberfläche des Blutsees schlug schwache Wellen, und ein menschenähnliches Monster erhob sich daraus. In seinen ellenlangen Gliedmaßen hielt es eine Sense. Die Kleidung war blutbesudelt. Rot glühende Augen sahen auf mich herab, als es die Waffe schwang und damit selbst durch den Stein Schnitt. Der Felsen bröckelte ab, stürzte in das Gewässer. Ich hob meinen Blick. Dort, wo zuvor noch der Blutmond gewesen war, klaffte ein Loch. Ein Schemen schaute heraus. In seinen Händen hielt er wie ein Puppenspieler die Fäden, die mit dem Monster vor mir verbunden waren. Ein heiteres Lachen war von der albtraumhaften Gestalt zu hören. *Es ist ein Riese!*, schoss es mir durch den Kopf. *Das kann nur eines bedeuten.* Ich starrte auf den Puppenspieler. *Slokir. Ich habe versagt ...*

Die Erkenntnis traf mich wie ein Schlag. Aber das war nicht alles, denn kurz darauf erschien eine deutlich kleinere Gestalt auf der Kapuze des Riesen. Auf seinem Kopf erkannte ich die Maske der Clericer. Seine Kleider waren in Blut getränkt, in seiner Hand hielt er die Klingenpeitsche.

Wer es war, konnte ich nicht sagen. Jeder konnte dafür infrage kommen. Ich erschauderte. Die Gestalt sprang von der Kapuze des Riesen hinunter, direkt vor mich und schwang seine Klingenpeitsche. Ein breites Lächeln lag auf seinen Lippen. In dem Moment riss ich selbst an meiner Peitsche, schlug sie dem Angreifer entgegen, und die beiden Waffen verfingen sich.

„Du bist mir nicht gewachsen", sprach der Clericer.

In dem Moment spürte ich den Schmerz, krümmte mich zusammen und hörte sein Lachen.

Erschrocken wachte ich auf, der Schweiß lief mir in Sturzbächen über die Haut. Mein Herz hämmerte gegen meine Brust, und ich sah mich um. Ich lag in meinem Bett. Alles um mich herum war still. Trotzdem wusste ich, dass es nicht nur ein Traum gewesen war. Nicht nach allem, was passiert war. Die Decke schlug ich zurück, stand auf und zog mich an. Wie in meinem Traum zog es mich hinauf zum Dach der Schule.

Ich vernahm das leise Rascheln der Blätter, die sich im Wind wiegten, das Zirpen der Grillen im Gras. Es war eine ruhige Nacht, und über mir leuchtete der Blutmond. Dies war kein gewöhnlicher Traum gewesen.

Ein Plätschern war zu hören, und ich seufzte. „Kyndra, warum muss ich nur so schändlich versagen?", wisperte ich, drehte mich aber nicht zu der Hüterin des Tränensees um. Etwas Kühles streifte meinen Arm. Die Saugnäpfe ihrer Tentakel strichen über meine Haut.

„Du bist wieder einmal viel zu streng zu dir“, flüsterte sie und fuhr mit ihrer Hand über meine Schulter.

Ich wandte mich zu ihr um. Kyndra war noch so jung und schön wie an dem Tag, als ich sie zum ersten Mal gesehen hatte. „Slokir ist zurück und das, weil ich einmal nicht aufgepasst habe.“ Bitter lachte ich auf, sah erneut hinauf zum Blutmond, der wie ein Mahnmal über mir schien. „Dieudonné de la Halle hatte allen Grund, mich zu hassen. Als er sich von mir abwandte, erzählte er den Menschen die Wahrheit. Er sprach von meinen Taten und wurde dafür ausgelacht. Niemand glaubte ihm, stattdessen verspotteten sie ihn. In ihren Augen war er ein Verrückter, der durchgedreht ist und Wahn und Realität nicht mehr unterscheiden konnte. Durch ihn weiß ich, dass die Welt für die Wahrheit nicht bereit ist.“ Unter der Maske schloss ich meine Augen. Spürte, wie sich Kyndra an mich drückte, ihre Arme um mich schlang.

„Es gab schon lange keinen Obersten Clericer mehr, der wie du war“, wisperte sie.

„Ich wusste, dass Dieudonné eine Tochter hatte, aber ich unternahm nichts, da er es mir nur übel genommen hätte. Jetzt hat mein Handeln alles verschlimmert. Yvain ist da draußen und könnte anfällig für die Worte von Slokir sein.“

Jetzt war sie es, die seufzte. „Ach, Landon, du bist in zu hart zu dir.“ Sie drückte ihren Kopf gegen meine Schulter. „Ich liebe dich.“

„Wenn ich mehr wie meine Vorgänger wäre ...“

Sie lachte leise, ihre Tentakel schlangen sich eng um meinen Körper. „Die letzten Obersten Clericer hätten es gar nicht bemerkt. Jeder Einzelne von ihnen war viel zu sehr mit seinem eigenen Status beschäftigt. Wenn sich die Clericer gegenseitig umbringen, ist es leichter, hinter ihnen aufzuräumen. Dann muss man nur der Spur der Leichen folgen. Immerhin versuchst du nicht, alle zu töten ...“

Meine Hände ballte ich zu Fäusten. Mir war klar, dass Kyndra mich mit ihren Worten nur aufbauen wollte, aber ich fühlte mich trotzdem wie ein Versager.

„Wenn ich Yvain töte, könnte dies genau der Auslöser sein, der alles ins Rollen bringt, also bleibt mir nur eines übrig: Ich muss Slokir eigenhändig bezwingen."

Sie schnappte nach Luft. „Du willst ..." Ihre Stimme versagte, und ihr Gesicht tauchte vor mir auf. „Er ist ein Gott!"

Sanft strich ich ihr mit meinen Händen über die blassen Wangen. „Genau deswegen muss ich es tun. Ich bin der Einzige, der es kann."

Ihre Augen weiteten sich bei meinen Worten. „Landon, du könntest sterben!"

„Ich weiß", wisperte ich und küsste sie sanft auf den Mund.

Sie schlang ihre Arme um meinen Hals, schaute mich durchdringend an. „Dann bin ich wieder allein ..."

„Ich bin sterblich, selbst wenn ich es überlebe, bleiben uns nicht mehr als fünfzig Jahre. Und wer sagt, dass du mich als alter, zerbrechlicher Mann immer noch liebst?", säuselte ich. Auch wenn das Thema ernst war, mochte ich es, sie aufzuziehen.

Empört verzog sie den Mund zu einem dünnen Strich. „Glaubst du, ich würde dich einfach so fallen lassen?", fragte sie aufgebracht. „Ich liebe dich!" Sie legte ihren Kopf auf meine Schulter. „Du darfst nicht sterben."

Ein sanftes Lächeln erschien auf meinem Gesicht. „Slokir wird nicht seine volle Macht besitzen, und ich werde vorsichtig sein, versprochen." Ich griff nach Jacques' Uhr, die ich bei mir trug.

Kyndra hob leicht ihren Kopf, sah mich an. Ihre Lippen zitterten. Sie hatte wirklich Angst um mich. Erneut umschloss ich ihr Gesicht und streichelte über ihre Wangen. „Wenn mir etwas passiert, dann musst du Hunter helfen, er muss ein würdiger Erbe werden."

Eine Träne löste sich aus ihrem Augenwinkel, benetzte meine Finger. „Du darfst nicht sterben ..."

„Werde ich nicht", versprach ich ihr. „Du bist die einzige Frau, die ich je liebte, und ich möchte so viel Zeit mit dir verbringen, wie ich kann." Ich versiegelte ihre Lippen mit meinen, schmiegte mich an sie und spürte erneut, wie sich ihre Tentakel um meinen Körper schlangen. „Ich kann die Männer nicht verstehen, die dich verschmähen. Wer will schon Sex mit einem Tunfisch, wenn er dich haben kann? Du kannst einem viel mehr Freunden bereiten ..."

Ihre Wangen verfärbten sich, und ein Leuchten trat in ihre Augen. „Du bist unmöglich, Landon."

„Fisch gehört für mich auf den Teller und nicht ins Bett. Zudem bist du was ganz Besonderes ..."

HUNTER GLOUCESTER

Erst zur Abenddämmerung kehrten die Dorfbewohner zurück. Das Gasthaus füllte sich immer mehr. Mael und Helena nutzten die Gunst der Stunde, um mit dem Besitzer der Herberge und später mit dem Dorfältesten zu reden, während ich es vorzog, mich zurückzuziehen. Nicht mal der Hunger lockte mich aus meinem Zimmer. Es war Leszek, der am späten Abend mit einer kleinen Mahlzeit zu mir kam.

„Hunter?", fragte er, als er den Teller auf dem kleinen Tisch abgestellt hatte. „Was ist los?"

Ein Murren entwich meiner Kehle, ehe ich mich auf dem Bett herumwälzte und ihn ansah. Ich antwortete nicht sofort, sondern musterte ihn für einen Augenblick. War das Sorge in Leszeks Stimme gewesen? Er schien sich Gedanken um mich zu machen, obwohl ich weder lange im Team war noch er mich sonderlich mochte.

„Lawrence ...", murmelte ich. „Er tut mir leid. Vermutlich hat er seine ganze Familie verloren ... Das ist grausam."

Seufzend setzte er sich neben mich auf das Bett. „Die Welt ist grausam. Es kommt darauf an, was wir selbst daraus machen. Wir müssen unser eigenes Glück schmieden. Für den Jungen können wir nichts tun, außer herauszufinden, was seinen Vater tötete. Was er aus seinem Leben macht, wird er selbst entscheiden müssen."

Irritiert sah ich ihn an, bevor ich meine Arme um ihn schlang. Dass Leszek so weise war, überraschte mich immer wieder.

„Danke ...", hauchte ich ihm entgegen. Das kurze Gespräch hatte mir sehr geholfen.

„Auch wenn ich es nicht gern zugebe, du bist ein Teil unseres Teams. Deswegen werden wir für dich da sein, egal, was passiert." Leszek erhob sich wieder. „Du solltest jetzt was essen. Morgen wird ein langer Tag."

Am nächsten Morgen herrschte ein reges Treiben in der Schänke. Die Dorfbewohner schienen zu feiern, und trotzdem schenkte ich ihnen keine Beachtung, kümmerte mich ganz um mein Frühstück.

Leszek war weder in unserem Zimmer noch hier unten gewesen, als ich aufgestanden war. Vermutlich erkundete er schon das Dorf. Genüsslich bestrich ich ein Brötchen mit Butter und Marmelade und biss herzhaft hinein, als sich Helena gemeinsam mit Ghislaine zu mir setzte.

„Sie hat sich gestern Nacht aus dem Fenster geschlichen", erklärte mir die korpulente Jägerin und lehnte sich auf ihrem Stuhl zurück, während ich weiteraß. „Ich erwischte sie, wie sie sich an einem der Gräber zu schaffen machte. Wie es schien, wollte sie einen kleinen Mitternachtssnack."

Bei den Worten legte ich das Brot zurück auf den Teller. Die reine Vorstellung, wie sie an einem Leichnam herumknabberte, raubte mir jeglichen Appetit. Demonstrativ schob ich den Teller mit dem angebissenen Brot von mir weg.

Helena sah mich fragend an. „Sag bloß, dir ist der Appetit vergangen?“

Ghislaine lachte, schnappte sich dann mein Brot und aß es.

„Du darfst es dir nicht bildlich vorstellen, das ist der Trick. Außerdem, was tust du, wenn wir mal längere Zeit in einem Wald sind und ein Tier schlachten? Fällst du uns dann jedes Mal um?“ Fragend sah sie mich an, doch ich antwortete ihr nicht. Wann würde sie endlich verstehen, dass ich sensibel war und kein Holzklotz?

Demonstrativ erhob ich mich. Erkannte Mael, der sich mit einigen Bewohnern unterhielt, aber ich steuerte die Tür an. Ich wollte nur hier raus.

Erleichtert schlug ich die Tür hinter mir zu, lehnte mich gegen die Wand und seufzte schwer. Die Flucht war mir gelungen. Langsam schritt ich voran, schaute mich um.

Als ich durch die Gassen spazierte, erkannte ich vor mir eine Horde spielender Kinder. Lawrence sah ich unter ihnen jedoch nicht, was verständlich war. Er hatte seine Familie verloren, da wollte er sicherlich nicht mit dem Rest hier draußen herumtollen. Der Gedanke versetzte mir einen Stich, und ich gab mir Mühe, nicht wieder an meine Mutter zu denken.

Ziellos schlich ich durch die Straßen, bis ich vor mir das abgebrannte Haus entdeckte. Viel war davon nicht mehr übrig. Das Meiste war aus Holz gewesen und den Flammen zum Opfer gefallen. Nur das Fundament stand noch. Das Gebäude hatte mit großer Wahrscheinlichkeit, so wie die anderen Häuser, drei Stockwerke besessen.

Argwöhnisch schritt ich um die Ruine herum, denn ein Detail machte mich stutzig. Warum war nur das eine Haus betroffen gewesen? Und hatte es keine Fenster im Erdgeschoss gegeben? Laut Lawrence waren alle in dem Feuer ums Leben gekommen. Aber wieso hatte niemand den Flammen entkommen können?

Diese Fragen stellte ich mir immer und immer wieder, als ich mir die Ruine anschaute. Außerdem, wie hatte sich das Feuer so schnell ausbreiten können? Ich hätte es verstanden, wenn es die Bewohner im Schlaf überrascht hätte. Aber ich zweifelte daran, dass sie dort hatten übernachten wollen.

Auf einmal hielt ich inne. *Die Fischmenschen. Die Opferung der Nahrungsmittel. Das angeblich ausgestopfte Exemplar ...* Steckte vielleicht doch mehr dahinter?

In dem ganzen Dorf gab es weder Bilder von den Fischmenschen noch andere religiöse Artefakte, und trotzdem hatten sie eindeutig Angst gehabt, dieses mythische Volk erzürnt zu haben. *Außer ...* Das Haus des Paters! Was, wenn er etwas praktiziert hatte, was den Bewohnern nicht passte? Sicherlich wären eigenartige Praktiken nicht nur auf Wohlwollen gestoßen. Wer wusste schon, was die Bewohner ihm unterstellt hatten? Immerhin hatte man uns weder begrüßt noch besonders freundlich empfangen. Sie waren dabei gewesen, diese Fischmenschen zu besänftigen. Was wäre, wenn dieses Feuer kein Zufall gewesen war, sondern die Rache der Dorfbewohner? Meine Idee war fadenscheinig. Aber ausschließen konnte man es nicht. Ich musste mit Leszek darüber reden.

Eilig wandte ich mich um, als ich vor mir jemanden erkannte. Lawrence. Still, mit gesenktem Kopf, kauerte er zwischen den Häusern. Zaghaft schritt ich auf ihn zu.

„Wie wurde der Kult der Fischmenschen im Dorf aufgenommen?“, sprach ich ihn auf meine Vermutung an.

Er seufzte. „Sie mochten ihn nicht besonders. Jedoch existiert er schon lange in diesem Dorf. Darum ließen sie es zu. Immerhin gibt es einige Menschen, die von der Begegnung mit diesen Fischmenschen erzählen. Meine Mutter war eine von ihnen, darum gehörte sie auch dem Kult an. Ihr gefiel der Gedanke, und sie wollte, dass man ihren Geschichten Glauben schenkte. Niemand wird dazu gezwungen. Die Dorfbewohner huldigen Sona, und trotzdem neigen sie dazu, auch den Fischmenschen Opfer zu bringen, wenn der Fang spärlich ausfällt.“

Ich beugte mich zu ihm hinunter und legte meine Arme um ihn, drückte ihn sanft an mich. Mehr konnte ich nicht tun.

„Vor einigen Wochen ist meine Mutter gestorben", murmelte ich. Die Bitterkeit in meiner Stimme konnte ich nicht verbergen. „Mein eigener Bruder hat sie getötet."

Der Junge sah zu mir hoch. Seine Sommersprossen zeichneten sich deutlich auf seiner blassen Haut ab. „Das ist grauenhaft!"

„Die Welt ist nicht fair." Bei dem Satz musste ich an Leszek denken. *Jetzt höre ich mich schon so an wie er.*

Lawrence schwieg. „Mein Vater war auch ein Mitglied des Kults", wisperte er kaum hörbar. „Ich bin damit aufgewachsen, darum haben mich die anderen Kinder immer gehänselt. Sie liebten es, mich zu quälen." Schluchzend drückte er seinen Kopf gegen meine Schulter. Sein ganzer Körper krampfte sich zusammen. „Was mache ich noch hier, wenn meine Eltern tot sind? Niemand will mich ..."

Unfähig, darauf zu antworten, presste ich ihn an mich. Ich konnte nichts tun, war hilflos. Gern hätte ich ihn mit mir genommen. Aber das ging nicht. *Vielleicht hat Leszek recht und ich sollte lieber ein Waisenhaus eröffnen. Es gibt so viele Kinder, die leiden ...*

Anstatt mich weiter mit dem Feuer zu beschäftigen, verbrachte ich den Tag mit Lawrence. Erst spät am Abend ließ ich mich wieder in der Schänke blicken. Erschöpft sank ich auf den Stuhl neben Leszek.

„Wo warst du?", fragte er mich und musterte dabei argwöhnisch mein Gesicht.

„Bei Lawrence. Seine Eltern waren mit diesem Fischkult vertraut und jetzt sind sie tot. Ich denke nicht, dass das ein Zufall ist. Immerhin verschwand zuerst sein Vater, und dann starb seine Mutter in den Flammen."

„Hmmm ..." Er kratzte sich über die vernarbte Wange. „Wir wissen nicht, was diese Menschen in dem Haus getrieben haben. Wenn sie sich nicht gerade betrunken haben oder mit anderen Substanzen benebelt waren, hätten wenigstens einige aus dem Haus entkommen müssen.“ Seine Stimme wurde auf einmal ganz leise. „Außer draußen lauerte etwas, das noch gefährlicher war als der Flammentod. Jedoch haben wir bis jetzt keinen Hinweis auf einen Wendigo gefunden, und warum sollte er mit Feuer spielen?“

„Was willst du damit sagen?“

„Das sollten wir nicht hier bereden.“ Leszek erhob sich. „Ich war heute auch nicht untätig.“ Gemeinsam schritten wir hinauf in unser Zimmer. „Auf der einen Seite haben wir die zwölf Toten aus den Flammen, auf der anderen werden inzwischen acht Dorfbewohner vermisst. Lawrences Vater war der Erste. Dann brannte das Haus nieder, und seitdem verschwinden immer mehr Menschen.“

Als Leszek vor einer Tür stehen blieb, bemerkte ich, dass es nicht die zu unserem Zimmer war, sondern die zu Maels Gemach. Kurz klopfte er an, trat ein. Mael war nicht allein, Helena und Ghislaine waren bei ihm. Irgendwie hatte ich das Gefühl, dass ich während meines Ausflugs einiges verpasst hatte.

„Wir sollten beratschlagen, wie unsere nächsten Schritte aussehen“, sagte Mael, und Leszek trat direkt auf ihn zu, die Hand zur Faust geballt.

„Ich sagte schon, was ich möchte. Schlagen wir diesen Hurensöhnen ihre Köpfe ab und verfüttern sie an die Krähen“, schnaubte er.

„Leszek!“, tadelte Mael ihn.

„Was ist passiert?“, wollte ich wissen.

Der blonde Jäger ignorierte mich. Schritt zu einem leeren Sessel und ließ sich darauf nieder. Ich folgte ihm, schaute in die Runde, setzte mich jedoch nicht.

„Was ist passiert?“ wiederholte ich meine Frage mit Nachdruck.

„Das Haus“, fing Helena an. „Es macht alles keinen Sinn. Alle Bewohner dieses Kults sind beim Brand ums Leben gekommen. Keines der anderen Häuser wurde beschädigt. Das heißt, die Dorfbewohner haben den Band bemerkt und ihr Hab und Gut gerettet. Wir denken, dass sie auch dafür gesorgt haben, dass niemand der Kultisten aus dem Haus entkommen konnte."

Meine Beine gaben fast unter mir nach, und ich musste mich an der Kommode festhalten, die neben mir stand. „Das ist grausam!"

„Menschen können die größten Monster sein", knurrte Leszek neben mir, kramte eine Zigarette aus seiner Manteltasche hervor und zündete sie an. „Aber wenn wir einen der Henker hierherholen, werden sie sich gegenseitig decken. Wir sind Monsterjäger – so gern ich ihnen auch die Köpfe einschlagen würde, wir können nichts tun. Ohne Beweise wird keiner dieser elenden Lügner zur Rechenschaft gezogen werden."

Fassungslos sah ich in die Runde. „Aber ... Aber ... Das können wir doch nicht zulassen!"

„Wir haben noch ein anderes Problem", erklärte Helena weiter. „Die vermissten Dorfbewohner. Sie brachten die Leute des Kults um, und etwas hat sie im Gegenzug verschleppt. Ich denke nicht, dass einer von ihnen noch lebt. Irgendwas nimmt Rache an ihnen, und daher huldigen sie den Fischmenschen, da sie Angst haben, ihr Zorn könnte sie treffen, weil sie den Kult ausgelöscht haben. Aber ich weiß nicht, ob es die Fischmenschen wirklich gibt. Jedoch tötet hier etwas Menschen, und ich denke, das Motiv ist Rache."

„Nein!" Ich ging einen Schritt auf sie zu, obwohl meine Beine so weich wie Pudding waren und jeden Moment unter mir nachgeben könnten. „Das kannst du nicht ernst meinen!" Ich wusste genau, worauf sie hinauswollte.

„Lawrence Fawcette ist einer der Wenigen, der mit Sicherheit wusste, was mit seiner Mutter geschehen ist. Er passt in unser Profil."

„Ihr habt keine Leichen!", schrie ich sie an und spürte, wie mir Tränen über die Wangen liefen. „Bitte, lasst ihn in Ruhe!"

Helena ignorierte mich und verschränkte die Arme vor der Brust. „Wir wissen nicht, wie Lawrences Vater ums Leben kam. Aber er könnte etwas vom Plan der Bewohner geahnt haben. Jedenfalls muss es etwas geben, das ihn zur Zielscheibe machte."

„Er ist noch ein Kind! Wie soll er einen erwachsenen Mann überwältigen?“, warf ich verzweifelt ein.

Seufzend erhob sich Leszek. „Ich werde ihn zum Reden bringen.“

„Nein!“ Ich machte einen Schritt auf ihn zu und klammerte mich an seine Jacke. „Bitte, das kannst du nicht tun! Er hat schon alles verloren, du kannst ihn nicht töten.“

„Wir sind Jäger, Hunter, es ist unsere Aufgabe zu töten. Wie du selbst sagst, ein Kind kann keinen Mann überwältigen. Ein Monster aber schon ... Ich sagte, es wäre mir lieber, wenn wir dieses verkackte Dorf dem Erdboden gleichmachen würden. Aber wenn er der Mörder ist, dann muss er aufgehalten werden. Sonst wird es immer weitergehen.“

Unsanft zerrte er mich von sich, schob mich zur Seite und trat zur Tür.

Keiner der anderen drei folgte ihm. Leszek würde kurzen Prozess mit ihm machen, und keinen interessierte es. Ich war mit Monstern unterwegs ...

KAPITEL XXII

DER TOD KOMMT SCHLEICHEND

HUNTER GLOUCESTER

Ich rannte Leszek hinterher. Er seufzte schwer, als er bemerkte, dass ich ihm die Treppe herunter folgte. Kurz drehte er sich zu mir um.

„Hunter, du musst es verstehen, wir tun dies nicht aus Spaß, sondern weil wir es müssen. Wenn er all diese Menschen getötet hat, dann ist er ein Monster und muss aufgehalten werden."

„Nein!", schrie ich ihn an und stampfte mit dem Fuß auf. „Es muss einen Grund geben! Wenn du ihn tötest, dann rede ich nie wieder ein Wort mit dir."

Leszek blieb im Gang stehen, drehte sich zu mir um. Ein Lächeln zierte sein Gesicht. „Wenn du so kämpfen würdest, wie du herumtrödelst, hätten wir deutlich weniger Probleme." Seine Hand fuhr zu seiner Wange. „Weißt du, ein Monster braucht nicht immer Krallen, Fell und spitze Zähne zu haben." Er wandte sich wieder von mir ab. „Hunter, du bist ein verwöhntes, verhätscheltes Gör. Als ein Gloucester-Spross kennst du die reale Welt nicht. Du weißt nicht, wie es ist, Hunger zu haben oder sich den Kopf darüber zu zerbrechen, wie man den nächsten Winter übersteht. Deine Familie zählt zu den reichsten des Landes. Daher verstehst du rein gar nichts von der Welt hier draußen."

Geschwind schritt ich ihm hinterher, erreichte ihn, noch bevor er durch die Tür trat. „Mein Leben war weder schön noch einfach!"

Leszek zog seine Brauen zusammen. „Aber du lebst. So jemand wie du würde als Jäger nicht lange überleben. Die Elite der Magier sind da noch strenger, also denk mal nach. Dein Familienname rettete dir das Leben.“

Ich schnappte nach Luft und wusste nicht, was ich dazu sagen sollte. Denn wenn ich zurückdachte ... Lindsey, Kimball und ich, wir waren die Schwächsten gewesen und nun war einer von uns tot. Kim war bereit gewesen zu töten, um sein Überleben zu sichern. *Und ich?* Hätte er mich als Opfer gewählt, wäre ich jetzt tot. Oder hätte Landon eingegriffen? Wobei, wie groß wäre die Chance, den Neffen des Obersten Clericers und Schulleiters anzugreifen? Die Erkenntnis traf mich wie ein Schlag. *Es war von Anfang an nur ein Kampf zwischen Lindsey und Kim ...*

Leszek war an mir vorbeigeschritten und hinaus auf den Hof. Ich rannte ihm hinterher, schlug die Tür hinter mir zu.

„Du glaubst, dass Landon mich beschützt?“, rief ich ihm nach, und er blieb stehen, drehte sich erneut zu mir um.

„Ja. Dein Onkel suchte Mael auf und bat ihn darum, dich unter seine Fittiche zu nehmen. Was glaubst du, hätte man in anderen Teams mit dir gemacht?“ Ich wich schweigend seinem Blick aus. „Die Welt ist grausam, das musst du endlich einsehen! Dieudonné hätte seinem Leiden ein Ende setzen können, wenn er über seinen Schatten gesprungen wäre. Aber er konnte es nicht. Lieber gab er sich dem Schmerz hin und trank. Wenn wir deinen Freund nicht aufhalten, wird das Morden niemals ein Ende nehmen! Und wenn die Dorfbewohner dahinterkommen, werden sie ihn umbringen. Ist dir das wirklich lieber? Dieudonné hat mit seinem Handeln sein Leben ruiniert. Hätte er die Clericer oder gar deinen Onkel getötet, dann hätte man ihn getötet. Es ist unsere Pflicht, die Menschen vor dem Bösen zu beschützen!“

Dass er Dieudonné in all das hineinzog, schmerzte mich. Zugleich musste ich einsehen, dass er recht hatte. Wenn die Anschuldigungen gegen Lawrence stimmten, dann musste sich etwas ändern.

Leszek lief weiter, und ich folgte ihm. „Weißt du, mein Vater war ebenfalls ein Alkoholiker. Er trank jeden Abend und zum Teil so viel, dass er grausame Dinge tat“, sprach er weiter, fasste sich erneut an die Wange. „Zum Teil war er ein richtiges Monster. Aber in der größten Not wollte er uns trotzdem beschützen.“

Also war es sein Vater gewesen, der ihm diese Wunden zugefügt hatte, als er einmal ... Die Wahrheit traf mich wie ein Schlag ins Gesicht. Denn in einem Punkt hatte Leszek recht: Ich kannte das einfache Leben der Bewohner von Burengard nicht. „Es tut mir leid, Leszek.“

Er hielt an, sah verwirrt zu mir. „Was tut dir leid?“

„Alles ...“

Ein Lächeln erschien auf seinem Gesicht. „Weißt du, irgendwie mag ich dich ja. Für mich musst du nicht wie die anderen Clericer sein. Vertraue mir einfach, dass ich das Richtige tue.“ Er fasste sich in die Manteltasche, zog seine Uhr hervor, hielt sie mir unter die Nase. Sie leuchtete in den verschiedensten Grauschattierungen. „Ich habe alles verloren. Wenn man nichts mehr besitzt, ist es leichter, alles hinter sich zu lassen. Alles, was wir wollen, ist, dass du uns vertraust. Denn unsere Aufgabe ist es, das Volk zu schützen. Hättest du dich nicht mit dem Jungen angefreundet, wäre dieser Schritt für dich nicht so hart.“

Er drehte sich wieder von mir weg, steckte die Uhr zurück in seine Manteltasche. Ich sah ihm nach, spürte, wie mir Tränen über die Wangen rannten. „Warum musst ausgerechnet du ihn töten, warum keiner der anderen?“

„Niemand tut so etwas gern. Wir töten nicht zum Spaß Monster, sondern weil wir es müssen. Ich melde mich immer freiwillig für diese Aufgaben. Sie sind schwer, aber auch ich bin ein Monster. Darum erledige ich sie.“

Vor einem der Häuser blieb er stehen. Durch die Fenster wurde Licht auf die immer dunkler werdende Straße geworfen. Mein Magen verkrampfte sich. Jetzt war es so weit, und ich konnte nichts dagegen tun.

Leszek trat zur Tür, hämmerte mit seiner Faust dagegen. Es dauerte, bis sie einen Spaltbreit geöffnet wurde. Der Haarschopf von Lawrence kam dazwischen zum Vorschein. Er ahnte nichts, und meine Anwesenheit machte alles nur schlimmer.

„Lauf!“, schrie ich auf einmal. „Er will dich töten!“

Binnen Sekunden reagierte er, schlug die Tür zu. Leszek fluchte, riss sie auf und stürmte ins Haus. Ein Fenster wurde geöffnet, und Lawrence sprang hinaus. Doch Leszek war ihm dicht auf den Fersen.

Vermutlich hatte ich gerade richtig große Scheiße gebaut. Das würde man mir nicht verzeihen, besonders nicht Leszek. Er, der gerade erst von Vertrauen gesprochen hatte. Jedoch hörte ich auf mein Herz, das mir sagte, dass Lawrence einen Grund für das alles haben musste.

Die beiden rannten hinunter zum See, und ich eilte ihnen hinterher. Lawrence steuerte eine große Lagerhalle an und sprang hinein, schlug die Tür hinter sich zu. Fluchend riss Leszek sie ebenfalls auf. Dahinter war nur Dunkelheit zu sehen, und gemessen an der Größe bot sie mehr als genug Platz, um sich zu verstecken.

Leszek entzündete eine Laterne und fixierte mich mit seinem Blick. „Ich werde dich bestrafen! Vertrauen sieht anders aus“, fauchte er mich an. „Wage es nicht, hineinzukommen!“ Mit diesen Worten wandte er sich von mir ab und schritt in die Dunkelheit.

„Nein, ich komme mit!“, rief ich und folgte ihm trotz seiner Drohung. Anders als er konnte ich die Umrisse der Halle deutlich sehen. Sie war in dunklen Graustufen gehalten. Überall standen Fässer und Kisten herum. Netze hingen an Balken herab, und einige Schwimmbojen standen in einer Ecke. Richtung See war die Halle offen, und ein Steg führte ins Freie.

Leszek schnaubte. „Fawcette, lass uns reden!“

EVERETTE GLOUCESTER

Mehr als ein paar Tage brauchte ich nicht, um alles zu planen. Zufrieden stand ich am Fenster und schaute auf die Straße.

Ich hörte, wie Amalia in den Raum trat. „Du kannst Glen nicht einfach so für deine Pläne missbrauchen. Wenn etwas schiefgeht, dann wird es böse enden."

„Ich weiß, was ich tue!", brummte ich.

„Wirklich?", fragte sie und blieb neben mir am Fenster stehen. „Du jagst hoffentlich nicht die ganze Kirche in die Luft!"

„Das würde zu viele unschuldige Opfer fordern. Daher sah ich davon ab."

Sie schnaubte. „Hör mit dem Irrsinn auf", fauchte sie, während ich auf die Uhr schaute und abwartete. „Was hast du getan?", fragte sie jetzt mit deutlich mehr Nachdruck in der Stimme.

„Ihr eigenes Experiment gegen sie verwendet", antwortete ich und schaute wieder auf die Straße. Ich wartete darauf, dass Glen zurückkehrte. Aber er kam nicht und das machte mich langsam unruhig. Zwar versuchte ich, mir nichts anmerken zu lassen, doch ich fragte mich, ob mein Plan aufgegangen war.

Meine Gesichtszüge entglitten mir, als ich draußen etwas erkannte. Es war nicht der Junge, sondern ein gewaltiges Insekt, das mich an eine überdimensionale Fliege erinnerte, die an meinem Fenster vorbeiflog.

Es hatte geklappt, aber nicht so, wie ich es gewollt hatte … Es war ihr eigenes Mittel gewesen, das ich etwas präpariert hatte und das Glen am Altar hatte anbringen sollen. Zudem hatte er alle Türen abschließen sollen, damit niemand herauskam. Aber die Fliege hatte wohl einfach das Fenster genommen.

„Everette, was hast du getan?!", schrie Amalia, während ich schon zur Tür hastete, ohne ihr zu antworten.

Ich wollte die Bevölkerung nicht verletzen, aber ich hatte kein schlechtes Gewissen, achtzig Prozent der Kirche und all diejenigen umzubringen, die mit dieser Frau sympathisierten.

Auf der Straße angekommen, schlug ich die Richtung ein, in welche die Fliege geflogen war, und hastete ihr hinterher. Jedoch musste ich nicht weit rennen, bis ich sie auf dem Boden liegend vorfand.

Ihr Körper war von mehreren Schüssen durchbohrt, und eine kleine Gruppe Jäger gab dem Monster den Rest.

Ohne etwas zu sagen, rannte ich zur Kirche. Ich hatte das Gift der Hohepriesterin etwas modifiziert. Es sollte nicht nur den Körper verändern, sondern auch den Geist, und wie es schien, hatte es funktioniert.

Das kaputte Fenster konnte ich bereits aus der Ferne sehen, aber auch, dass sich bereits mehrere Teams aus Jägern vor der Kirche versammelt hatten. Eine der Türen war offen, und anscheinend versuchten sie, die Monster im Inneren zu bekämpfen.

Einer kam auf mich zu, als ich mich der Tür nähern wollte. „Es sind zu viele! Ohne einen Clericer kommen wir nicht weit."

Die meisten Magier der Kirche waren keine Kämpfer, sondern nutzten ihre Magie für alles andere, und jetzt war der Großteil der nahrmännischen Bevölkerung tot. Trotzdem hörte ich nicht auf ihn, sondern schritt an ihm vorbei und späte durch die Tür. Für die Jäger sah es wirklich nicht gut aus, denn sie waren eins zu fünf in der Unterzahl.

„Zieht euch zurück!", rief ich ihnen zu. *Scheiß auf die Clericer,* dachte ich gehässig, *ich schaffe das allein!*

Ich zielte mit meinen Feuerbällen dorthin, wo keine Jäger waren. Die Wahl der Insekten war reines Kalkül gewesen. Immerhin hatte ich Bestien erschaffen wollen, die ich anschließend auch bezwingen konnte.

Schreie erklangen, als die ‚Monster' in Flammen aufgingen. Als dies die Jäger sahen, zogen sie sich zurück und ich konnte den Rest niederbrennen. Es dauerte länger als gedacht, bis die Kreaturen tot waren. Viele zuckten noch, aber den Rest würden die Jäger erledigen können.

Mein Blick glitt durch die Halle und blieb bei der riesigen Gottesanbeterin hängen. Sie hatte sich nicht ins Getümmel gestürzt und wartete auf dem Podest des Altars. Ich wusste, wer sie war, und sie würde es auch wissen. Einen spitzen Schrei stieß sie aus und stürzte sich auf mich. Die Flammen verschluckten ihren Körper, noch mehr Schreie erklangen. Doch am Ende ging sie zu Boden, noch bevor sie mich erreichte. Triumphierend sah ich auf ihren tote Körper herab.

Die Kirche war ein Schlachtfeld, und untypisch für mich half ich mit bei den Aufräumarbeiten. Unzählige Menschen eilten herbei, um zu helfen. Der Vorplatz vor der Kirche wurde zur Leichenablage. Die Monster ließen wir vorerst in dem Gotteshaus und kümmerten uns ausschließlich um die menschlichen Leichname.

Am Nachmittag machte ich eine Pause. Diese Gelegenheit nutzte mein Vater, um mit hochrotem Kopf auf mich zuzustürmen.

„Das ist dein Werk“, zischte er mich an. „Ich hoffe, du bist glücklich, dass du so viel Zerstörung und Tod über die Stadt gebracht hast.“

„Sie haben es alle verdient“, blieb ich hart.

„Reid war in der Kirche“, offenbarte mir Vater, und mir wich jegliche Farbe aus dem Gesicht.

„Reid war ... Aber ...“ Ich konnte es nicht fassen. Er war kein Magier der Kirche gewesen und hatte trotzdem der Ernennung der Frau beigewohnt, die mir das alles angetan hatte?

„Es erwischt nicht immer nur diejenigen, die es verdient haben!“, schimpfte Vater unbeirrt weiter. „Du bist nicht mehr mein Sohn. Ich möchte dich nie wiedersehen, und sobald ich Reid beerdigt habe, werde ich gehen. Duncan habe ich bereits vorgeschickt. Er weiß nichts von dem Tod seines Bruders. Nichts soll das Treffen mit seiner Zukünftigen überschatten. Mach, was du willst, es ist mir egal. Halte dich nur von mir und meiner Familie fern.“

Alles in mir krampfte sich zusammen, als ich dabei zusah, wie sich Vater umdrehte und mich verließ. Nie wieder würde er mir helfen. Aber Reid war ein Verräter gewesen, anders ließ sich nicht erklären, dass er in der Kirche gewesen war. Sollte Vater doch gehen, ich brauchte ihn sowieso nicht. Ich brauchte niemanden aus meiner Familie ...

KAPITEL XXIII

Die Sekte der Fischmenschen

LANDON GLOUCESTER

Vor mir erblickte ich meinen Bruder. Er stand am Fenster, schaute hinunter in den Hof.

Mit langsamen Schritten trat ich auf ihn zu. „Wie hast du das Problem mit deinem Sohn gelöst?“

Erle zuckte zusammen, drehte sich zu mir um. „Ich mag es nicht, wenn du hier einfach so auftauchst. Kannst du nicht wenigstens anklopfen?“ Seine kühlen Augen musterten mich. Ich wusste, dass er mich fürchtete, so wie es alle taten. Die Welt hatte Angst vor mir und das nicht ohne Grund.

Neben ihm blieb ich stehen. Im Hof konnte ich Duncan erkennen, wie er mit einem Mädchen sprach. Sie hatte dunkles, gelocktes Haar und trug ein elegantes Kleid. Es war Jocelyn McCain. Sie hob ihre Hand und lachte. Die beiden gaben ein schönes Paar ab, wenigstens optisch. Denn es war weiterhin dumm zu glauben, dass sich in ein paar Tagen so etwas wie Liebe einstellen konnte.

„Ich möchte nicht über Everette und seine Dummheiten sprechen. Er ist nicht mehr mein Sohn.“ Sein Kopf war gerötet vor Wut. „Du wirst ihm nicht helfen, er hat sich diese Suppe selbst eingebrockt, also soll er sie auch selbst auslöffeln!“ Er lehnte sich gegen den Fenstersims. „Aber du bist wohl kaum wegen Everette gekommen?“

„Nein. Es tut mir leid, dass Reid gestorben ist. Ich wäre zur Beerdigung gekommen, aber ich hatte keine Zeit.“

Erle zog zischend die Luft ein. „Du hast nie für etwas Zeit.“ Sein Ton war anklagend, was ich verstehen konnte. Immerhin kümmerte er sich um das Land und die Kinder, während ich in seinen Augen nichts tat.

„Ich gebe mein Bestes, aber ich kann nicht überall sein. Wenn die beiden heiraten, versuche ich zu kommen, versprochen.“

Mein Bruder warf mir einen finsteren Blick zu. „Ich weiß gar nicht, ob ich dich dabeihaben will.“ Er sah wieder zu Duncan und Jocelyn. „Weißt du, wie es ist, wenn man Kinder großzieht und die ganze Zeit hofft, dass sie keine Dummheiten machen? Duncan ist der Einzige meiner Söhne, der mich noch nicht enttäuscht hat.“

Ich musterte das zukünftige Brautpaar ebenfalls. „Vertraue ihm, er weiß, was auf dem Spiel steht. Er muss nicht so verrückt sein wie der Rest von uns.“

Erles Finger gruben sich in den steinernen Sims. „Ich wünschte, Everette wäre tot. Warum bin ich nach Nahrman geritten, wenn der Junge mir nur Ärger macht?“

„Weil du ihn liebst. Er ist dein Sohn.“

Wutentbrannt drehte er sich zu mir um. „Mag sein, dass er mein Sohn ist, aber diese ... Ich hasse ihn! Alle Probleme, die er mir macht. Hunter macht dir wohl kaum solche Sorgen.“

„Ich habe keinen Sohn“, gab ich zerknirscht zurück.

„Er ist der deine“, hielt er dagegen. „Cinar hat gesagt ...“ Erle packte mich, drückte mich gegen die Wand. „Du hast ihn getötet, weil er dir auf die Schliche kam!“

Es war mitten in der Nacht, als ich das Zimmer meines Bruders aufsuchte. Cinar lag in seinem Bett. Man hatte ihn an die Pfosten gefesselt, alle viere von sich gespreizt. Carson und Erle wollten wirklich sichergehen, dass er heute Nacht keine Dummheiten machen konnte. Einen Knebel hatten sie ihm in den Mund gestopft, und er zog an seinen Fesseln. Vor der Tür hatte man zwei Wachmänner postiert, aber die konnte ich mit Leichtigkeit umgehen. Auf dem Schreibtisch stand eine Kerze, die das Zimmer schwach beleuchtete. An der Wand hing ein großes Bild der Familie. Mutter und Vater waren darauf abgebildet sowie mein Onkel und meine drei Geschwister. Nur ich fehlte. Ein weiteres Gemälde zeigte das Abbild seiner Frau. Sonst war das Zimmer sehr schmucklos.

Ich setzte mich auf die Bettkannte und sah meinen älteren Bruder an. „Du magst mich nicht."

Seine Augen verengten sich zu Schlitzen, und ich nahm ihm das Tuch aus dem Mund.

„Du hast Mutter umgebracht. Ohne dich würde sie noch leben!", polterte er.

„Wir müssen über unsere Zukunft reden", wechselte ich das Thema. „Cardo ist tot, und es muss ein neuer Oberster Clericer ernannt werden …", erklärte ich mit fester Stimme.

„Niemals werde ich zulassen, dass du diesen Posten bekommst!", schnauzte mich Cinar an. „Zudem habe ich deine Uhr zerstört, du kannst nie mehr kämpfen, ohne draufzugehen. Wie will jemand, der sterblich ist, die Clericer anführen?" Ein Grinsen lag auf seinen Lippen. „Ich zahl dir alles heim, ihr zwei werdet mich nicht einsperren können!"

Mein ganzer Körper verkrampfte sich, denn ich wusste, dass er recht hatte. Er war der König, seinen Worten würde man mehr Glauben schenken als uns, und wenn er …

Cinar muss sterben!

Zum ersten Mal merkte ich, dass Cardos Lektionen doch etwas bei mir bewirkt hatten. Er war ein Monster gewesen, aber jetzt würde ich sogar den Tod meines älteren Bruders in Kauf nehmen, um heil aus der Sache herauszukommen. Dabei dachte ich nicht mal an Hazel … Wenigstens nicht im ersten Moment.

Meine Hand ballte ich zur Faust. „Weißt du, was du unserer Schwester angetan hast?", knurrte ich ihn an. Es sollte bei dem Gespräch nicht nur um mich gehen.

„Sie wollte es doch."

Unbewusst tauchte vor meinen Augen das Bild von Jacques auf, der vor mir kniete. Seine Hände umklammerten den Saum meines Gewandes, Tränen rannen über sein Gesicht.

„Bitte tu, was sie verlangen", bettelte er mich an. „Wenn du es nicht machst, tun sie mir wieder weh ..."

Ohne Vorwarnung packte ich Cinars Hals und würgte ihn. „Nie wieder wirst du unserer Schwester zu nahe kommen!"

Die Wut kroch immer weiter in meine Glieder. Mein Griff wurde fester, und ich wusste eines: Ich würde die Welt von solchen Mistkerlen wie ihm befreien. Sicherlich war meine Schwester anders als Jacques kein Kind mehr, sie war eine junge Frau, aber wer würde ihr schon glauben, wenn sie ihren Bruder, den König, des Missbrauchs beschuldigte?

„Ich werde die Welt von solchen Monstern wie dir beschützen!"

„Landon ... Landon ...", drang eine leise Stimme zu mir durch.

Wie in Trance drehte ich mich um, schaute in das Gesicht meines Bruders. Erle war hier. Seine Stimme klang verzweifelt. „Was hast du getan?"

Mein Blick wanderte zu meinen Händen. Sie waren voller Blut, meine ganze Kleidung war damit bespritzt. Ich saß auf dem Leichnam meines Bruders. Seine Kehle war aufgeschlitzt, der Brustkorb mit Einstichen übersät. Das Messer lag noch in meiner Hand. Erle griff danach, steckte es ein und löste Cinars Fesseln. Dann schritt er zum Fenster und öffnete es.

„Wir wollten das gemeinsam klären!", fauchte er mich an, als er sich wieder zu mir umdrehte. „Du enttäuschst mich." Vor mir blieb er stehen, drückte mir die Schnüre sowie das Messer in die Hand. „Lass das verschwin-

den, genau wie deine Kleider. Niemand bis auf Carson weiß, dass du hier bist, und er wird schweigen. Unser Bruder wird einem Anschlag zum Opfer gefallen sein. Ich würde ja sagen, du musst König werden ..."

„Das geht nicht, ich muss zurück!", entwich es mir.

Erles Miene verfinstere sich. „Ich würde dir die Krone sowieso nicht geben wollen. Du hast es nicht mal verdient, Oberster Clericer zu werden. Ich vertraue dir nicht ... Nicht nach allem, was heute passiert ist." Er sah zu unserem toten Bruder.

Ich sagte kein Wort. Wenn er wüsste, *dachte ich bitter. Immerhin hatte ich keine Ahnung, was die Aufgabe des Obersten Clericers war, denn Cardo hatte alle Unterlagen verbrannt. Wir hatten beide eine schlechte Entscheidung getroffen und mussten nun mit den Konsequenzen leben. Es war unsere Pflicht, unsere vorbestimmten Ämter zu übernehmen, denn wir waren beide Gloucesters.*

Nur eines stand für mich fest: Ich würde die Welt von denen reinigen, die es nicht verdient hatten, zu leben. Selbst wenn es bedeutete, dass ich am Ende selbst zum Feindbild werden würde. Mit meiner Macht wollte ich die Welt verändern ...

„Glaube von mir, was du willst", erwiderte ich kühl. „Wichtig ist, dass wir die Welt retten."

Erle schnaubte. „Du lenkst schon wieder vom Thema ab", grummelte er und drehte sich von mir weg.

„Der Verbrannte ist zurück." Mein Bruder blieb stehen und wandte sich wieder zu mir um. „Wir können nicht darauf hoffen, dass Sona zu uns herabsteigt und ihn bekämpft. Seine Macht ist schwach, aber er wird sich Anhänger suchen. Du musst für mich die Augen offenhalten, ich kann nicht überall sein."

Seine Braue hob sich verräterisch. „Der Verbrannte?" Er verschränkte die Arme vor der Brust, trat auf mich zu. „Also ist der Feind

Sonas zurückgekehrt und versucht, sein Unwesen zu treiben. Ich werde ein Auge auf alles haben. Allein wirst du das ja wohl kaum schaffen.“

Seine Worte versetzten mir einen Stich, aber Erle hatte gerade einen seiner Söhne verloren. Von unserer Schwester wollte ich gar nicht erst reden. Es war klar, dass er mir das alles übelnahm, da ich nie dort war.

„Ich möchte nur, dass du aufpasst“, wiederholte ich. „Unsere Welt ist in Gefahr. Früher warst du ein Jäger und hast es geliebt, Monster zu töten. Vielleicht kannst du es bald wieder tun.“

Ohne auf seine Antwort zu warten, öffnete ich mein Portal und schritt hindurch. Ich hatte meine Pflicht erfüllt. Mein Bruder wusste Bescheid.

HUNTER GLOUCESTER

Leszek schritt durch die Düsternis, suchte die Halle mit seinem schwachen Licht ab, konnte jedoch nichts erkennen. Obwohl ich in der Dunkelheit sehen konnte, entdeckte ich Lawrence nirgends. Alles lag still da, nirgendwo bewegte sich etwas.

„Fawcette, lass uns reden“, versuchte er es erneut. „Du hast die Dorfbewohner getötet, weil sie deine Mutter ermordeten. Aber was ist passiert, dass es dazu kam?“

„Papa ...“, antwortete er aus dem Dunkeln heraus. Aber von wo genau konnte ich nicht sagen, er musste sich hinter einer der Kisten verstecken. „Es hat alles mit Vater angefangen.“ Seine Stimme war schwach, nur ein Flüstern.

„Dann erzähle mir alles“, verlangte Leszek.

„Mama und Papa waren beide seit langem dem Fischmenschenkult von Pater François Souvestre zugetan. Besonders Mutter. Es gibt an der Küste eine Höhle, die sie für ihren Kult nutzten. Die anderen

Bewohner hatten zu große Angst, um sie zu betreten, denn man sagt, sie wäre verflucht ..."

„Menschen sagen schnell, dass etwas verflucht ist", grummelte Leszek. „Besonders wenn es um Dinge geht, die sie nicht verstehen."

„Die Dorfbewohner haben sie daher verrammelt, damit keiner mehr hineinkam. Pater François bewahrte den Schlüssel auf. Einmal im Jahr traf er sich dort mit seinen Anhängern, um ein Ritual durchzuführen. Ich weiß nicht viel, denn ich war nie dabei. Als man meine Mum auserkor, tauchten sie auf. Sie umwarben meine Mutter, und neun Monate später kam ich auf die Welt."

„Also bist du kein gewöhnlicher Mensch, habe ich es doch gewusst!"

Lawrence antwortetet nicht, sondern fuhr fort. „Vater ging das alles zu weit. Seit jenem Tag stritt er sich oft mit Pater François. Der Ärger zwischen den beiden wurde immer größer, und ich war der Grund. Auch bekamen er und Mama keine weiteren Kinder. Papa liebte mich, auch wenn ich nicht sein Sohn war ..."

Ich erkannte, dass Leszek zitterte. Er hatte den Kult als Aberglauben abgetan. Jetzt zu erfahren, dass Lawrence zur Hälfte eines dieser Fischwesen war, überraschte ihn.

Plötzlich erkannte ich Lawrence in der Dunkelheit. Er war aufgestanden, stand zwischen den Kisten. Aber ich sagte Leszek nichts.

„Vor einigen Monaten nahm Mama mich mit zur Höhle. François wartete dort auf uns. Er war jedoch nicht allein, sondern hatte seine uneheliche Tochter bei sich ..." Seine Stimme versagte. „Dann wurde sie schwanger ..." Wieder herrschte Stille. „Ich mochte sie. Ruth war so nett zu mir, zugleich machte ich mir Sorgen um sie, weil ich hörte, wie die anderen im Dorf sie fertigmachten. Dabei war das alles nie unser Wunsch. Ich wollte bei ihr sein, für sie und das Kind sorgen. Aber ich wusste nicht, was ich tun sollte, daher vertraute ich mich Vater an. Mein größter Fehler ..."

Leszeks Körper zitterte. Trotzdem kam kein Wort über seine Lippen.

„Er traf sich mit Pater François und Ruths Mutter. Sie erklärten ihm beide, wie wichtig ich doch wäre. Wenn mein Kind ganz nach mir käme, wäre das die Chance, eine hybride Rasse der Fischmenschen zu erschaffen. Alles, was sie dazu brauchten, war ich." Er trat näher, ich konnte die Tränen sehen, die über seine Wangen flossen. „Vater lehnte ab. Selbst als Pater François ihm Geld für mich bot. Also griff der Pater nach dem Scheuerhacken und schlug damit auf Vater ein. Ich saß auf der Treppe und konnte mich nicht bewegen. Er tötete Vater, um mich für sich beanspruchen zu können. Ruths Mutter tat wie ich nichts ... Gemeinsam mit Mum brachten sie Vaters Leichnam zum See und versenkten ihn darin." Lawrence schluchzte, seine Stimme war zu einem weinerlichen Flüstern geworden. „Ich wollte gemeinsam mit Ruth verschwinden, aber Pater François ließ uns beschatten. Antony Rowlandson hielt uns auf. Es gab einen Kampf, und er stürzte unglücklich ... Ich hätte ihn liegen lassen sollen, doch der Pater fand uns. Er drohte mir, den anderen Dorfbewohnern alles zu erzählen, wenn ich ihm nicht half."

Leszek schwieg weiterhin. Dafür konnte ich sehen, dass Lawrence nicht mehr weit von uns weg war. Bald hätte er uns erreicht. Mein Griff um Leszeks Arm wurde fester.

„Er verlangte von mir, dass ich Lucius Sitwell und Rebecca White tötete, weil sie beide versuchten, die Gemeinde gegen ihn aufzubringen. Antony Rowlandson war in Ruths Alter gewesen, und seine Freunde beschuldigten mich, für sein Verschwinden verantwortlich zu sein. Sie wussten, dass er einen Auftrag für den falschen Pater angenommen und dass dieser was mit mir zu tun hatte. Als immer mehr verschwanden, durchschauten die Dorfbewohner das Spiel des Paters ... Sie erkannten, dass der Kult für all das Unglück verantwortlich war. Eines Abends, als sich der Kult bei Pater François traf, haben die anderen Bewohner das Haus mit Pech bestrichen und angezündet. Sie erschlugen jeden, der es hinausschaffte. Einige der Toten gaben sie als vermisst aus. Aber am Ende sind alle aus dem Kult gestorben ..."

„Und die weiteren Morde?“, fragte Leszek. „Meinen Berechnungen zufolge sind es immer noch zu wenig. Du hast also weitergemacht?“

Für einen endlos langen Moment herrschte eine bedrückende Stille.

„Die Bewohner haben falsch gehandelt. Sie hätten niemals alle umbringen dürfen. Nicht alle waren schuldig. Deswegen wollte ich den Verdacht von dem Kult lenken. Wenn die Mordserie nach dem Tod der Mitglieder weiterging, würde das bedeuten, dass die Dorfbewohner sich geirrt und einen Fehler begangen hatten. Also habe ich weitergemacht, und sie bekamen Angst.“

„Endlich zeigst du dein wahres Gesicht ...“ Leszek trat mit seiner Laterne vor und tauchte Lawrence in den Schein seines Lichts. „Du hättest von Anfang an die Wahrheit sagen sollen. Pater François wäre für den Mord an deinem Vater bestraft worden, und deine Mutter würde noch leben. Du bist nicht besser als er. Dir boten sich viele Chancen, das Richtige zu tun, aber du hast sie alle verstreichen lassen.“ Leszek stieß mich zur Seite, zog seine Pistole und zielte auf Lawrence. „Der Tod kann auch gnädig sein. Du wirst deine Familie wiedersehen ...“

Ich stürzte zu Boden. Lawrences Geschichte hatte mich berührt und zugleich unvorsichtig gemacht. Erschrocken sah ich hinauf zu Leszek. Sein Blick war direkt auf Lawrence gerichtet. Er musste nur noch abdrücken.

„Nein!“, schrie ich und sprang auf. „Du darfst ihn nicht töten!“

„Es muss sein“, erwiderte Leszek knapp und entsicherte seine Waffe.

„Nein!“ Ich stellte mich zwischen ihn und Lawrence.

Er zielte mit seiner Waffe auf meinen Kopf. „Wenn ich jetzt abdrücke, dann bist du tot, Hunter. Es gibt im ganzen Dorf keinen Magier, und du bist so sterblich wie der Junge, den du zu beschützen versuchst!“

„Wenn du ihn töten willst, dann musst du auch mich umbringen!“ Meine Stimme klang so hart, dass es selbst mich überraschte. „Ich werde nicht zulassen, dass du ihm etwas antust.“

„Verschwinde, Hunter!", zischte er mich an. „Ich will dich nicht ..."

„Es wird meine Familie nicht stören", unterbrach ich ihn. „Wenn du sagst, dass du mich töten musstest, weil ich dich behinderte, wird mein Vater es verstehen. Der einzige Mensch, der mich je liebte, ist tot. Also drück ab und zeig uns, dass Jäger bloß kaltblütige Monster sind!"

„Hunter, du bist so ein Idiot!", schrie er mich an, senkte jedoch die Waffe. „Was willst du? Soll der Junge weiter hier leben? An dem Ort, wo so viel Grausames passiert ist?"

Ich zuckte zusammen, denn daran hatte ich nicht gedacht.

Etwas Kaltes berührte meine Schulter. Überrascht starrte ich in das Gesicht von Lawrence, das jetzt von unzähligen Schuppen bedeckt war. Er hatte spitze Ohren, Kiemen und Schwimmhäute zwischen seinen Fingern. „Du musst nicht für mich sterben, Hunter. Es ist lieb gemeint, aber dein Freund hat recht. Ich bin schuldig und muss die Verantwortung für mein Handeln übernehmen."

„Nein!" Ich trat einen Schritt auf Leszek zu, packte ihn am Kragen seiner Jacke. „Bitte, tu es nicht!"

Mit finsterem Blick und zuckenden Augenbrauen sah er mich an. „Nur unter der Bedingung, dass er nie wieder einen Menschen tötet. Er muss das Dorf für immer verlassen. Offiziell habe ich ihn getötet, die Leiche ist uns ins Wasser gefallen und somit unauffindbar", knurrte er. „Und Hunter ..." Sein Blick durchbohrte mich regelrecht. „Nie wieder wirst du so etwas von mir verlangen. Das nächste Mal drücke ich wirklich ab." Er sah erneut zu Lawrence. „Und du setzt nie wieder einen Fuß in dieses Dorf, haben wir uns verstanden?"

Er nickte, dann wandte sich Lawrence an mich. „Hunter, es tut mir leid. Ich hätte gleich ehrlich zu dir sein sollen. Du warst so nett zu mir. Dir waren meine Sorgen und Nöte nicht egal. Danke, Hunter, du hast mir sehr geholfen."

Als ich mich zu meinem Freund umdrehte, umarmte er mich und drückte mich ganz fest an sich. „Es tut mir so leid für dich. Wären wir nur früher gekommen ..."

Er schüttelte den Kopf. „Ich darf leben, das ist mehr, als ich mir erhofft habe.“ Lawrence hob seine Hand, strich mir über die Wange und lächelte mich an. „Du bist zu gutmütig, das wird dir irgendwann noch zum Verhängnis werden. Dein Freund kann seine Gefühle besser verbergen. Hunter, du bist ein Clericer, du solltest nicht so viel Mitleid mit den Menschen haben. Man wird dich ausnutzen. So wie ich es getan habe, auch wenn es mir leidtut.“

Erneut spürte ich, wie mir Tränen über das Gesicht kullerten. Es fiel mir schwer, ihn gehen zu lassen. Aber Lawrence würde leben.

„Vielen Dank, Hunter.“ Mit den Worten löste er sich von mir und schritt in den hinteren Bereich der Halle, wo sich drei Bootsanleger befanden. Vor dem Wasser blieb er stehen, drehte sich ein letztes Mal zu mir um und hob seine Hand. Dann sprang er ins Wasser und verschwand für immer in den Tiefen des Ozeans.

Ich hörte, wie Leszek seufzend hinter mich trat. „Lawrence hat recht, deine Gutmütigkeit steht dir im Weg.“

Ohne zu antworten, drehte ich mich zu ihm um, drückte mich an seine Brust und weinte. „Es ist nicht fair! Die Dorfbewohner kommen ungestraft davon, und er ...“

„Das Leben ist nicht fair, schreib dir das hinter die Ohren. Er lebt und das ist viel wert. Wir sind Monsterjäger, das Verurteilen der Menschen obliegt den Henkern, und jetzt, da Lawrence nicht mehr hier ist, werden sie die Wahrheit niemals herausfinden. Aber es wird ihm bei den Fischmenschen gut gehen.“

„Und wenn nicht?“

Schweigend befreite er sich aus meiner Umarmung und steckte sein Pistole weg „Komm.“ Mit diesen Worten drehte er sich um und schritt aus der Lagerhalle.

Widerwillig folgte ich ihm.

Vor der Schänke blieb er stehen. „Ich muss noch was erledigen. Geh hinein, ich komme bald nach.“

Ehe ich reagieren konnte, ließ er mich allein vor dem Eingang zurück. Ich hörte jedoch nicht auf ihn, sondern folgte Leszek. Der suchte in dem verwinkelten Dorf nach einem Haus und klopfte an. Wer ihm öffnete, wusste ich nicht, ich sah nur, wie er eintrat. Schnell huschte ich zum Fenster. Im Wohnzimmer konnte ich sehen, wie er mit einem Mädchen sprach. Ihre dunklen Augen schauten traurig zu ihm, das lange glatte Haar war hell und zum Teil mit dunkleren Strähnen durchzogen.

Ist das Ruth? Sie ist am Leben?, fragte ich mich. *Was bespricht Leszek mit ihr?*

Er legte ein Bündel auf den Tisch, und ich glaubte, dass es mit Geld gefüllt war.

Was hat Leszek vor?

EVERETTE GLOUCESTER

Mein Plan hatte viele Leben gefordert und mehr Leid verursacht, als ich gewollt hatte. Sogar Glen war unter den Toten. Die Riesenfliege schien ihn auf dem Platz erwischt zu haben.

Ich hatte als Magier viel zu tun, aber keine meiner kreierten Kreaturen überlebte lange. Die meisten starben durch meine Hand. Zudem kamen jetzt die Henker zurück in die Stadt. Aber dann geschah etwas, das ich nicht eingeplant hatte.

Oakley von Nahrman kam auf mich zu. Er war der ältere Bruder von Charleen und wollte mich treffen. Gemeinsam saßen wir in einer Schänke, denn ich wollte nicht erneut das Familienhaus der Nahrmans betreten.

„Ihr habt viel Gutes getan“, sprach er mich an, und ich dachte nur: *Wenn du wüsstest.* Lächelte aber nett und nippte an meinem Glas Wein.

„Ihr schmeichelt mir. Ich bin nur ein gewöhnliches Mädchen vom Lande, froh darüber, dass ich helfen kann“, winkte ich ab. „Aber warum wolltet Ihr mit mir sprechen?" Feststand, dass ich nicht seine Frau werden würde. Denn ich hatte das Gefühl, er wollte darauf abzielen. Ich empfand nichts für ihn und zweifelte daran, dass sich da etwas ändern würde. Auch hatte ich seine Schwester getötet und war für all das Chaos in der Stadt verantwortlich.

„Wie heißt Ihr eigentlich?"

„Everette Blanche."

„Ihr habt keine Verbindung zum Adel?", fragte er mich weiter aus.

„Nein."

„Das ist ja perfekt. Denn das Volk von Nahrman würde Euch gern als die neue Hohepriesterin sehen."

Meine Augen leuchteten, als ich seine Worte vernahm. Das war besser als alles, was ich mir je erträumt hatte.

„Mich?", sprach ich erfreut. „Was für eine Ehre! Zu gern würde ich dieses Angebot annehmen."

Alles, was er danach sagte, war mir eigentlich egal. Die bloße Vorstellung, Hohepriesterin zu werden, war Freude genug. Zwar wäre Vater über diese Kunde nicht erfreut, doch das interessierte mich nicht. Schließlich hatte er mich aus der Familie geschmissen, also war ich keine Adlige mehr.

Leider war ich auch die Einzige, die das so sah.

Als ich am Abend Moria und Amalia davon erzählte, machten beide dasselbe finstere Gesicht und verschränkten die Arme vor der Brust.

„Du kannst das Amt nicht annehmen, Everette, das wäre betrug!", tadelte mich meine Schwester als Erste.

„Nicht wirklich, ich bin jetzt eine Frau und habe kein Problem damit, wenn es so bleibt. Zudem hat Vater mich doch enterbt, also bin ich so gesehen keine Adlige mehr. Vielleicht muss ich ein paar Dinge über meine Vergangenheit verschleiern, aber was soll's."

„Ich möchte nicht wissen, wie schnell du die Kirche in den Untergang führen wirst", grummelte Amalia. „Everette, das ist eine sehr ernste Angelegenheit, die du nicht unterschätzen solltest!"

„Das werde ich nicht. Außerdem kannst du wieder Hohepriesterin sein, sobald ich ein Heilmittel für dich gefunden habe. Sieh es eher so, als würde ich dir den Platz freihalten. Alles wird gut, das verspreche ich dir."

„Da wäre ich mir nicht so sicher", erwiderte sie und wich meinem Blick aus. Sie vertraute mir nicht.

„Everette, wenn du dieses Amt annimmst, kann ich nicht in Nahrman bleiben. Ich werde nicht für dich lügen."

Meine Schwester verließ noch am nächsten Morgen die Stadt. Somit war auch die letzte Verbindung zu meinem früheren Leben gekappt. Jedoch wusste ich, dass viele Aufgaben vor mir lagen und meine Forschung fürs Erste ruhen musste.

Als ich zur Hohepriesterin ernannt wurde, war meine erste große Tat, ein Waisenhaus zu eröffnen. Es gab viele Kinder, die ihre Eltern verloren hatten, und für diese wollte ich sorgen. Die Kirche würde auch für ihre Ausbildung aufkommen. Die zweite Neuerung galt den Bettlern in der Stadt, denn ich wollte, dass es auch ihnen besser ging. Wobei dies nicht von allen gut aufgenommen wurde, denn die Angst, dass mein Handeln nur noch mehr Arme anlocken würde, war groß. Doch ich beschwichtigte das Volk, indem ich ihm versicherte, dass ich den Mittellosen nur helfen wollte, wieder ein normales Leben zu führen, und dass sie nicht für immer hierbleiben durften. Denn ich verfolgte einen Plan, der uns allen helfen würde.

Zufrieden stand ich am Fenster und schaute hinaus. Es war das alte Zimmer von Amalia, das jetzt mir gehörte. Sie hatte ich in meinem eigenen kleinen Labor eingesperrt. Immerhin sah sie immer noch aus wie ein Monster, und ich fühlte mich sicherer, wenn sie nicht frei herumlief. Denn ich glaubte, dass sie sich früher oder später gegen mich stellen könnte. Daher war diese Maßnahme nur zu meiner eigenen Sicherheit.

Es klopfte an der Tür, und einer meiner Diener trat ein.

„Meine Hohepriesterin, es ist eine Frau gekommen, die dringend mit Euch sprechen möchte“, verkündete er, und ich lächelte ihn an.

Die Arbeit wartete auf mich.

Am Ende würde ich die Welt zu einem besseren Ort machen.

KAPITEL XXIV
AUF UND DAVON

ALEKSANDRA CZAPSKA

Wir packten alles zusammen und brachen zu dem Ort auf der Karte auf. Leider erwies sich dies als falsche Spur. Yvain konnte überall sein, also ging die Suche nach der Nadel im Heuhaufen los. Eine Lektion hatte ich bereits gelernt: Ich sollte nicht so vertrauensvoll sein, besonders nicht zu Menschen, die nicht meine Freunde waren.

„Gräme dich nicht", sagte Maitagorry. „Hättest du ihm nicht ungewollt bei der Flucht geholfen, dann wäre er auf eigene Faust abgehauen und Landon hätte nach ihm gesucht. Das wäre sein Tod gewesen." Sie lächelte mich an, als sie ihr Pferd durch den Wald führte.

Ich schnaubte trotzdem. „Er hat mich benutzt, um abzuhauen, und ich habe es nicht einmal bemerkt. Es hätte mir doch auffallen müssen!"

„Wenigstens muss ich dich jetzt nicht mehr unter den wachsamen Augen von Landon Gloucester ausbilden. Das hat auch seine Vorteile, denn jetzt können wir deine Kampffertigkeiten trainieren. Es hat also nicht nur Schattenseiten."

Doch egal, was sie sagte, es besserte meine Laune nicht. Sicherlich war es schön, die nächsten Jahre nicht in einer Bibliothek verstauben zu müssen, dennoch änderte das nichts daran, dass wir Yvain jagten. Gerade waren wir auf dem Weg Richtung Süden in seine Heimat.

Maitagorry war der Ansicht, dass er am ehesten dort sein würde. Und wenn nicht, gab es dort bestimmt jemanden, der uns weiterhelfen könnte. So zumindest die Theorie. Ich war weiterhin sehr zwiegespalten, was dies betraf.

Die nächsten Wochen ritten wir auf den Pferden immer weiter gen Süden. Eine Spur von Yvain fanden wir nicht.

Heute rasteten wir an einem Fluss, und ich legte mich ins Gras, schaute hinauf zum Himmelszelt. Maitagorry gesellte sich zu mir.

„Worüber denkst du nach?“, fragte sie mich und blickte ebenfalls gen Himmel.

„Ich frage mich, was Hunter macht, wie es ihm ergeht. Seit sich die Wege von uns allen getrennt haben, scheine ich nur zu versagen. Kimball ist gestorben, und sein Mörder ist mir entkommen. Yvain benutzte mich ...“ Ich wandte meinen Kopf zur Seite und sah sie an. „Wenn es dir nichts ausmacht, möchte ich so schnell wie möglich mit dem Kampftraining beginnen. Ich muss stärker werden.“

Sie lächelte. „Mit dem größten Vergnügen. Ich bin zwar keine allzu gute Lehrmeisterin in Sachen Kampfkunst, aber wir werden einige Aufträge annehmen müssen, um über die Runden zu kommen. Vielleicht finden wir gar keine Spur von Yvain, dann soll sich die Zeit wenigstens gelohnt haben.“ Sie erhob sich wieder. „Zwar werde ich kein ganzes Jägerteam ersetzen können, aber ein paar Tricks kann ich dir sicherlich beibringen.“

Ein Lächeln erschien auf meinen Lippen. Das alles würde vielleicht doch nicht so schlimm werden, wie ich gedacht hatte. Yvains Verschwinden hatte trotz allem sein Gutes, auch wenn ich ihm dafür trotzdem den Kopf abreißen würde. Er hätte wenigstens mit mir über alles reden können. Ich hätte es sehr begrüßt, wenn er es wenigstens versucht hätte. Aber er hatte nichts dergleichen getan und war davongelaufen. Das würde ich ihm nie verzeihen.

Als wir Sturmkap erreichten, platzte ich fast vor Faszination. Es herrschte ein angenehm warmes Klima, und vom Meer wehte eine kühle Brise. Palmen wuchsen am Wegesrand, und die Sicht war klar. Die de Gombauld Familie hatte ein schönes Anwesen. Unweigerlich musste ich an Abel Abravanel und Blaire de Gomberville denken. Ihre Familie unterstand direkt dem König. Gern hätte ich die beiden wiedergesehen und sie gefragt, wie es ihnen ergangen war. Aber das war unmöglich.

Ich schritt durch die engen Gassen, atmete den Duft nach Salz ein. Die Farben der Häuser waren hell und freundlich. Irgendwie beneidete ich Yvain um seine Heimat. Hier war nicht alles voller Nebel, und es herrschten angenehme Temperaturen.

Vor dem Haus der Leinsters blieb ich stehen. Ich hatte mein Kommen bereits am Vortag angekündigt, sodass Yvains Mutter mich bereits in dem blühenden Garten erwartete. Man hatte Tee und Gepäck aufgetischt, und ich setzte mich neben sie. Ein Sonnenschirm schützte uns vor der Sonne, und sie sah mich neugierig an. Sie hatte helles Haar und Augen. Ich konnte mir gut vorstellen, dass Yvain ganz nach ihr kam. Wobei ihre Haare leicht gelockt waren.

„Mylady Leinster, ich bin wegen Eures Sohnes hier. Leider ist er verschwunden …", begann ich ihr zu erzählen, was passiert war. Nur die Sache mit Jacques d'Orléans ließ ich aus, denn so eine pikante Information würde sich verbreiten und spätestens dann würde ich Landons Zorn auf mich ziehen. Denn dann würde man ihm vorwerfen, dass er nichts unternommen hatte und so einen Mann an seiner Seite duldete. Auch wenn es mir nicht gefiel, ich musste dieses Scheusal zuerst einmal in Schutz nehmen.

Seine Mutter wurde immer blasser, je mehr ich erzählte.

„Wisst Ihr, warum er abgehauen ist? Und wo Yvain sich verstecken könnte? Ich möchte ihm helfen", sagte ich, obwohl es mir einen Stich versetzte, sie belügen zu müssen.

Ihre Augen füllten sich mit Tränen, und sie griff nach einem Taschentuch. „Ich wusste, dass er nicht zurückwollte. Er sagte nicht, warum, sondern flehte mich nur an, hierbleiben zu dürfen. Aber ich konnte ihm nicht helfen. Es schmerzt mich, dass Tishon nichts sagte ..."

„Er wusste von nichts", warf ich schnell ein. „Ich behielt es für mich. Euer Bruder konnte es nicht wissen."

Sie weinte weiter, und ihr ganzer Körper schüttelte sich. „Tishon ist nicht mein Bruder, das ist alles gelogen. Wir haben das nur erfunden, um Yvain zu schützen." Sie senkte den Kopf. „In Wirklichkeit ist er sein Vater. Wir wussten beide, dass unsere Liebe nicht sein darf, weil er ein Clericer ist, aber das war uns egal. Und weil ich ihn liebte, konnte ich das Kind nicht einfach wegmachen lassen. Also bat ich ihn darum, mir zu helfen, und er tat es ..."

Ihre Worte überrollten mich wie eine Lawine. Yvains Vater war Tishon Leinster? Aber das bedeutete, dass Jacques die Wahrheit gesagt hatte ... *Mist!*

„Wo könnte Euer Sohn denn sein?", fragte ich weiter. „Gibt es jemanden, den er mag?"

Sie wischte sich die Tränen aus den Augen. „Es gibt da ein Mädchen. Früher haben sie oft zusammen gespielt. Als Yvain hier war, hat er sehr oft mit ihr gesprochen. Sie ist zeitgleich mit ihm aus der Stadt verschwunden."

Überrascht sah ich zu ihr. Yvain und ein Mädchen? Ich hätte ihn für niemanden gehalten, der sich nach allem, was ihm zugestoßen war, noch für das andere Geschlecht interessierte. *Aber ich kenne ihn auch nicht wirklich,* musste ich mir eingestehen. Yvain war ein Fremder für mich, so wie wohl für alle anderen. Nur eines war sicher: Er hatte ein großes magisches Talent.

„Habt Ihr ein Bild von dem Mädchen?", hakte ich nach. Yvains Freundin war der einzige Hinweis, den wir hatten, und wenn sie verschwunden war, war die Chance groß, dass sie bei ihm war.

Yvains Mutter nickte mir zu und beauftragte einen Diener, es ihr zu bringen. Anschließend überreichte sie es mir. „Ihr Name ist Risa de Medinilla."

Das Gespräch mit Yvains Mutter war sehr aufschlussreich. Auch wenn sie nicht wusste, wo ihr Sohn war, konnte ich davon ausgehen, dass er den Süden bereits wieder verlassen hatte.

Ich schaute auf das Bild in meiner Hand. Es zeigte ein Mädchen mit langen, gelockten, schwarzen Haaren und dunklen Augen. Sie war unsere einzige Spur zu Yvain, deswegen galt es nun, sie zu finden. Trotzdem machte mich eine Sache nachdenklich. Yvain war einer der fähigsten Magier unserer Klasse und das obwohl er sich offenbar verliebt und seinen Gefühlen demnach nicht gänzlich abgeschworen hatte. Aber warum verlor er dann seine Kraft nicht?

HUNTER GLOUCESTER

Ich stand noch im Garten von Ruths Haus, als Leszek hinaustrat. Als er mich erblickte, verschränkte er die Arme vor der Brust.

„Hatte ich dir nicht befohlen, schon mal in die Gaststätte zu gehen?“, knurrte er mich an und schritt, ohne auf mich zu warten, in Richtung Herberge.

Ich rannte ihm über den Rasen hinterher. „Was hast du ihr gesagt?“

Leszek blieb stehen, drehte sich zu mir um. „Die Wahrheit. Dass Lawrence lebt und nie wieder zurückkehren wird. Sie sollte die Wahrheit wissen.“

„Und das Bündel?“

Er seufzte schwer. „Geld. Sie ist schwanger, ihre Eltern sind tot, der Vater ihres Kindes ist weg. Von irgendwas muss sie leben. Das sollte eine Zeit lang reichen.“

Verwundert sah ich ihn an. Er überraschte mich immer wieder aufs Neue. Ich hätte ihn niemals als jemanden eingeschätzt, der sich so sehr um andere bemühte. „Warum tust du das?“

Er fasste sich an die Wange. „Wegen meiner kleinen Schwester. Als die Diebesbande in unser Haus eindrang, schützte Vater uns. Agnieszka und mir gelang die Flucht. Aber unsere Eltern überlebten den Abgriff nicht, und die Diebe plünderten unser Haus. Wir hatten nichts mehr. Ich war zu jung, um Jäger zu werden, und als der Winter kam, wurde sie krank ... Alles, was ich möchte, ist, dass Ruth nicht dasselbe Schicksal wie Agnieszka teilt. Das Geld sollte reichen, damit sie sich auch außerhalb dieses grausamen Ortes ein Leben aufbauen kann."

„Du bist gar nicht so schlimm, wie ich dachte", wisperte ich, als wir vor der Herberge stehen blieben.

Leszek lachte und legte mir eine Hand auf die Schulter. „Das kann ich nur zurückgeben. Aber stell dich nie wieder zwischen mich und meine Beute. Ich würde dich ungern erschießen müssen." Er trat zur Tür und öffnete sie, und wir huschten in das Gasthaus, erklommen die Treppe nach oben. „Zudem solltest du dich nicht vor den Menschen fürchten, die böse wirken. Fürchte dich vor denen, die ihr wahres Gesicht hinter eine Fassade der Unschuld verbergen und dir hinterrücks ein Messer in den Leib treiben. Das sind die gefährlichsten."

Gemeinsam betraten wir das Zimmer. Ghislaine schaute mich mit großen Augen an, sprang auf und rannte zu mir. Sofort wuchsen ihr wieder die Hundeohren und der buschige Schwanz. Fest drückte sie sich an mich und schaute zu mir auf.

„Ihr ... Erfolg ... hattet?", fragte sie mich, während ihre Rute aufgeregt hin und her wedelte.

„Ja." Ich senkte den Kopf und sah aus dem Augenwinkel, wie Leszek nach mir ins Zimmer trat und sich in den leeren Sessel setze. „Er ist tot. Jedoch ist die Leiche uns ins Wasser gefallen. Es war zu dunkel, um sie wiederzufinden."

„Er war ein Fischmensch. Also schulden uns die Bewohner etwas. Die Mordserie wird endlich ein Ende haben. Dann hat sich die Reise doch gelohnt", ergänzte Leszek und schenkte sich ein Glas Schnaps ein.

„Was ... Hunter ... hat?", wandte sich Ghislaine an mich. Ihre Hände berührten meine Wangen, und ihr Schwanz wedelte nicht mehr.

Ich fühlte mich schlecht, denn wir hatten Lawrence nicht wirklich helfen können. Die Bewohner kamen mit ihren Taten davon, und Ruth war allein. Das Ganze fühlte sich wie eine Niederlage an, und jetzt musste ich auch noch meine Kameraden anlügen. Ich spürte, wie mir Tränen über das Gesicht liefen. Das war nicht fair.

Fest drückte ich Ghislaine an mich. Die Welt war nicht gerecht, diese Worte musste ich mir wieder in Erinnerung rufen. Aber Lawrence lebte, das war besser, als tot zu sein.

Ghislaine legte ihren Kopf auf meine Brust, strich mir die Tränen aus dem Gesicht. „Nicht weinen ...“, flüsterte sie. „Du ... gewonnen ... hast.“

„Ja ...“, murmelte ich. Ich musste mich zusammenreißen. Sie würde es nicht verstehen.

„Mael, setz den Preis sehr hoch an“, warf Leszek ein. „Die Bewohner haben es verdient, für ihr Handeln zu bluten, auch wenn es nur mit Geld ist.“

Der Šimšôner nickte. Ich hatte das Gefühl, dass er verstand, dass da mehr war, dennoch fragte er nicht nach. Mein Team aus Jägern war etwas ganz Besonderes, wie ich wieder einmal erkannte. Ich sollte Landon dafür dankbar sein.

YVAIN LEINSTER

Ich hatte ein schlechtes Gewissen, Aleksa allein in dieser Situation zurückzulassen, aber sie war die Einzige, welche mir helfen konnte. Wenn sie meinen Tod bestätigte, wäre ich für immer frei. Nie wieder würde ich ein Clericer sein, nie wieder müsste ich meine verhassten Klassenkammeraden sehen, nie wieder meinen heuchlerischen Vater und das Wichtigste: nie wieder Jacques d’Orléans. Sie konnten mich alle mal.

Für Mutter tat es mir leid, denn sie verlor ihr einziges Kind. Gleichzeitig verdiente sie es, schließlich hatte sie mich all die Jahre belogen.

Ich hatte diesen Plan schon vor langer Zeit geschmiedet. Das Problem war nur gewesen, dass ich nicht gewusst hatte, wie ich meinen Tod vortäuschen sollte. Nachdem Aleksa eingewilligt hatte, mit mir in die Stadt zu reiten, hatte ich Risa sofort einen Feuerfalken geschickt. Die Karte hatte ich ebenfalls vorab vorgefertigt. Ich kannte Aleksa gut und wusste, dass sie mich niemals für so dumm halten würde. Trotzdem würde sie darauf hereinfallen, dass es eine doppelte Täuschung war, und das würde mir einen Vorsprung verschaffen.

Gemeinsam mit der Prostituierten ging ich auf mein Zimmer. Gab ihr das Geld und bat sie, wieder zu verschwinden. Sie willigte ein, und ich öffnete das Fenster, ließ sie hinaus schweben. Dann zog ich meine Kleider aus. Die Ersatzgewänder hatte ich bei meiner Reise zurück nach Saintboudon gekauft. Ganz am Ende sprach ich den Zauber, welcher es mir ermöglichte, diesen ätzenden Helm abzuziehen. Ich zog ihn vom Kopf und sah in den Spiegel. Doch ich erkannte nichts. Meine Augen schmerzten von dem einfachen Licht der Kerze, mehr als eine schattenhafte Umgebung konnte ich nicht sehen. Das war der erste Rückschlag, den ich erlitt, denn ich hatte nicht daran gedacht, dass meine Augen durch die dauerhafte Dunkelheit so schlecht werden würden. Als ich meine Magie einsetzte, überschnitten sich die Bilder. Ich erkannte deutlich mehr, aber es war verschwommen und nicht mehr so klar wie zuvor. Erschrocken setzte ich mich auf den Stuhl, starrte auf mein unscharfes Spiegelbild. Ich konnte die verschwommenen Farben sehen, aber es war nicht dasselbe wie früher. *Was soll ich tun?* Ich hatte keine Zeit, trotzdem brauchte ich meine Sehkraft. Ohne zu zögern, kniete ich mich auf den Boden, wo meine Clericergewänder lagen. Riss von meinem Kleid ein langes schwarzes Stück ab und band es mir um die Augen. Vorerst würde ich mich wieder auf meine Magie verlassen müssen.

Der Rest meiner Flucht verlief ohne Probleme. Ich schwebte aus dem Fenster, schlich zum Stall und sattelte mein Pferd. Noch bevor es richtig dunkel wurde, verließ ich das Dorf. Jeder Vorsprung, den ich hatte, war goldwert. Ich ritt gen Süden, wo ich mich mit Risa treffen würde. Sie hatte mir als Kind immer Briefe geschrieben, die ich kaum hatte beantworten können. Denn man hatte uns nur selten welche schreiben lassen, und als Jacques angefangen hatte, mir das Leben schwer zu machen, war mir klar gewesen, dass keiner sie erreichen würde.

Mit dem Wissen, das ich heute hatte, war mir klar, dass alles mit meinem Vater zu tun hatte. Jacques und Tishon traten zwar immer als Einheit auf, aber es musste zwischen ihnen mehr Probleme geben, als es nach außen den Anschein machte. Und Landon wusste über alles Bescheid. Er zog die Fäden im Hintergrund und hatte es zugelassen. Beide hatten nichts getan, als Jacques jeden eliminiert hatte, der mir etwas bedeutete. Als ich das herausgefunden hatte, hatte ich aufgehört, mich mit meinen Mitschülern abzugeben, denn es hätte keinen Zweck. Eine Freundschaft zu mir hätte nur ihren Tod bedeutet.

Von da an hatte ich mich nur darauf konzentriert, stärker zu werden. Das war damals der einzige Weg gewesen, den ich gesehen hatte, aus diesem Gefängnis zu entkommen. Ich hatte einen gewaltigen Hass gegenüber meinen Mitschülern entwickelt. Es war eine Genugtuung gewesen, Blaire de Gomberville in den Dreck zu treten. Zudem hatte ich mir Wissen angeeignet, von dem Aleksa und die anderen nur träumen konnten. Sie waren stärkere Kämpfer, aber meine Fähigkeiten lagen woanders. Nicht einmal Landon schien alles zu wissen. Sie unterschätzten mich alle. So hatte ich ein System gefunden, wie ich heimlich, ohne dass es jemand mitbekam, meine Feuervögel verschicken konnte. Seit Jahren schrieb ich heimlich mit Risa, und keiner hatte was mitbekommen. Nicht einmal Landon, unser Oberster Clericer ... Oder wusste er vielleicht mehr? Immerhin wollte er mich zu Hunters Gehilfen machen. Eigentlich dachte ich, dass dies daran lag, dass ich Tishons Sohn war, aber vielleicht steckte doch mehr dahinter. Alles zog sich in mir zusammen. Ich wollte nicht, dass der Oberste Clericer so viel wusste oder mich vielleicht sogar fand! Das wäre grauenvoll für mich und mein Ende.

Als ich Meregorn erreichte, musste ich meine Augenbinde abnehmen. Wie erwartet, hatte mich Aleksa nicht gefunden, aber ein Blinder, der auf einem Pferd ritt, würde Aufmerksamkeit auf sich ziehen und das musste ich verhindern. Halb blind schritt ich durch die Gassen. Meine Augen waren besser geworden, aber die Sicht war trotzdem kein Vergleich zu dem, was ich mit meiner Magie sah. Nach wie vor war meine Umgebung recht unscharf. Auch wenn ich allmählich mehr erkannte und die Farben deutlich sehen konnte, war es eine starke Umstellung.

Auf dem Markplatz blickte ich mich um, denn ich wusste nicht, ob Risa wirklich gekommen war. Es gab so viel, was hätte schiefgehen können, und zum ersten Mal stieg mir wieder die Angst in die Knochen.

Was ist, wenn ihr etwas passiert ist? Das könnte ich mir niemals verzeihen! Ich beschleunigte meine Schritte, schaute mich um. Mein Herz hämmerte gegen meine Brust. Es gab für mich kein Zurück mehr, und ich konnte nicht auch noch den letzten Menschen verlieren, der mir etwas bedeutete!

Ich eilte weiter, bis ich hinter mir eine Stimme hörte. „Yvain, ich hätte dich fast nicht erkannt."

Erschrocken drehte ich mich um und schaute in das Gesicht von Risa. Ihr schwarzes Haar hatte sie zusammengebunden und schlichte Kleidung gewählt.

Fest schloss ich sie in die Arme. „Ich hatte solche Angst, dass dir etwas zugestoßen ist."

Sie kniff mich in die Wange. „Mir und etwas zustoßen?" Sie schnaubte kurz. „Diese Worte kommen von dem jungen Mann, der alles hinter sich lässt. Du hättest dir mehr Sorgen um dich selbst machen müssen." Sie löste sich von mir und zwinkerte mir zu. „Ich bezahlte ein paar Jäger dafür, dass sie mich hierherbrachten. Wir sollten noch eine Weile mit ihnen reisen, dann ist es sicher." Sie nahm meine Hand, zog mich hinter sich her. „Komm. Das ist der erste Tag unseres gemeinsamen Lebens."

Ich war so glücklich, hier bei ihr zu sein, auch wenn es so viel gab, das ich ihr noch sagen musste. Etwas fürchtete ich mich davor. Aber sie musste erfahren, was mit Jacques war. Das schuldete ich ihr.

KAPITEL XXV

DAS TREFFEN DER CLERICER

HUNTER GLOUCESTER

Ein Jahr später:

Es war ein komisches Gefühl, nach einem Jahr wieder nach Saintboudon zu kommen. Auf eine Weise freute ich mich, meine alten Freunde zu sehen, andererseits wusste ich, dass ich mich verändert hatte. Obwohl ich noch kein Monster getötet hatte, kein einziges. Wenn es um die Jagd ging, blieb ich weiterhin im Hintergrund, auch wenn mir nie wieder jemand wie Lawrence begegnet war. Die Monster, die ich danach getroffen hatte, hatten diese Bezeichnung verdient. Trotzdem hatte ich ihnen kein Haar krümmen können.

Ohne ein Ziel vor Augen zu haben, schritt ich durch die Speisehalle der Schule, welche mit unzähligen Tischen bestückt war. Überall standen Clericer, doch ich kannte kaum einen von ihnen. Irgendwo mussten meine Klassenkameraden sein. Ich schritt an den hohen Fenstern vorbei, die mit Buntglas ausgestattet waren und ein Muster auf den Boden warfen. Suchend schaute ich mich um. In einigen Stunden würde der Saal bis auf den letzten Platz besetzt sein, wenn auch die Schüler zum Abendessen eintrafen.

„Wen haben wir denn da?“, sprach mich jemand von hinten an.

Ich drehte mich um und erkannte Gérald de la Mothe. Hinter ihm stand Céline de la Fresnaye, aber anders als er sagte sie kein Wort, sondern hatte nur die Arme vor der Brust verschränkt.

„Ich hätte nicht gedacht, dass du dich hierher trauen würdest.“ Er legte mir einem Arm um die Schulter, drückte mich an sich. „Die Schande der Clericergemeinschaft ist wirklich so mutig, sich hier blicken zu lassen.“

Ich schaute zur Seite und wusste sofort, dass es ein Fehler gewesen war, hierherzukommen.

„Aber wenigstens lebst du noch, anders als Kimball Allingham und Larry Briggs.“

Erschrocken sah ich ihn an. „Sie sind tot?“

Gérald zog seinen Arm zurück. „Ja. Sie wurden beide von Walder Wessex ermordet. Der Name sollte dir bekannt vorkommen.“ Er ließ sich jedes Wort auf der Zunge zergehen. „Aldwyn Wessex hat nicht nur seine beiden Söhne verloren, sondern ist auch in Ungnade gefallen. Athala ist seine einzige Hoffnung und das Mädchen ist gerade mal zwölf Jahre alt. Mein Vater erhofft sich gute Chancen darauf, dass er die Wessex verdrängen kann. Er steht seit Jahren im Schatten dieser Versager. Und anders als Aldwyn besitzt er vier gesunde Söhne, die dem Land treu dienen.“

Mein Herz zog sich schmerzhaft zusammen. Ich hatte nicht gewusst, dass Kimball und Larry tot waren. Nicht mal von Walders Verrat hatte ich etwas gewusst. Nur eines wusste ich: Die Feindschaft zwischen den Familien de la Mothe und den Wessex lag bereits lange zurück. Sie buhlten beide um die Gunst des Königs.

„Warum hat Walder das getan?“, fragte ich ihn.

Gérald lachte, hob die Schultern an. „Was weiß ich. Weil sein Bruder starb? Das ist alles total dämlich. Dumm nur, dass er seit dem Mord an Kimball unauffindbar ist. Er versteckt sich.“

„Wir sollten gehen“, warf Céline auf einmal ein.

Gérald brummte widerwillig, dennoch löste er sich von mir und schritt gemeinsam mit ihr davon. Ich schaute ihnen nach.

„Was wollte unser Nachwuchsclercier von dir?“, vernahm ich die Stimme von Blaire de Gomberville hinter mir. „Ist er etwa gereizt, weil er jetzt selbst auf dem drittletzten Platz steht?“ Blaire grinste mich an, als ich mich zu ihm umdrehte. „Céline ist jetzt der Puffer zu dir."

Ich seufzte schwer, ließ die Schultern hängen. Er wusste also auch, dass Kim tot war. *Bin ich der Einzige, der keine Ahnung hatte?*

Freundschaftlich legte er mir eine Hand auf die Schulter. „Ich habe nach dir gesucht. Die anderen warten bereits auf dich." Er grinste mich wieder an.

Ohne etwas zu sagen, schritt ich hinter ihm her. Abel Abravanel und Sylvia Langhorne konnte ich bereits von weitem sehen. Sie unterhielten sich, lachten. Alle wirkten so erfreut. Nur Aleksa, die daneben stand, wirkte nicht besonders glücklich. Ihr Körper war angespannt. Als sie mich erkannte, schritt sie direkt auf uns zu.

„Hunter", flüsterte sie und drückte mich an sich. „Ich bin so erfreut, dich zu sehen."

Besorgt sah ich sie an.

„Ich lasse euch zwei dann mal allein", verabschiedete sich Blaire zwinkernd und schritt dann weiter zu den anderen.

„Du bist groß geworden", stellte sie nüchtern fest.

Ich kratzte mich verlegen am Helm. „Ach, echt?" Jetzt, da sie es ansprach, fiel mir auf, dass ich mittlerweile größer war als sie. „Aber was ist mir dir? Wie geht es dir? Ich merke doch, dass dich etwas bedrückt."

Sie umarmte mich fester, was mir nur bestätigte, dass etwas ganz und gar nicht stimmte.

„Aleksa, ich mache mir Sorgen ...", flüsterte ich ihr zu.

„Es geht nicht um mich", erwiderte sie. Überrascht sah ich auf sie herab. „Yvain ... er ist verschwunden. Genauer gesagt ist er geflohen."

Ich spürte einen schmerzhaften Stich in der Brust. Natürlich hatte ich unser Gespräch nicht vergessen, trotzdem hatte ich ihm nicht helfen können. Mein Onkel hatte andere Pläne mit mir gehabt. Es tat mir leid, dass er am Ende so hatte leiden müssen. Das hatte ich nie gewollt.

„Ist es nicht besser für ihn, wenn er jetzt frei ist?", fragte ich.

„Nein. Ich denke nicht, dass dein Onkel das zulassen wird, wenn er davon erfährt. Yvain weiß sehr viel." Ich merkte sofort, dass sie mir nicht alles erzählte, dennoch kommentierte ich ihre Worte nicht. „Hunter, ich suche schon so lange nach Yvain, aber finde ihn nicht." Ihre Hände vergruben sich in meinem Cape. „Wenn ich ehrlich bin, fürchte ich mich davor, was dein Onkel mit ihm tun wird, wenn Yvain nicht hier auftaucht."

„Ich könnte mit ihm sprechen. Vorsorglich. Um zu erfahren, ob er einen Verdacht hegt", schlug ich vor. Im letzten Jahr war ich mutiger geworden. Das sollte auch Aleksa sehen.

„Du musst das nicht tun."

„Ich möchte aber", beharrte ich, löste mich von ihr und schritt Richtung Podium, wo ich meinen Onkel mit einigen Clericern reden sah. *Er ist der Bruder meines Vaters und kein Monster*, rief ich mir kurz wieder in Erinnerung. *Es gibt rein gar nichts, wovor ich Angst haben muss.*

Bis ich die Treppe erreicht hatte, die hinauf zu den Tischen der Lehrer führte, hatte ich meine wohlwollenden Worte bereits wieder vergessen.

Langsam trat ich auf ihn zu und schluckte, als ich vor ihm stand. Ich hatte mich verändert, aber nicht so sehr, dass ich selbstbewusst gegenüber meinem Onkel auftreten konnte. Die aufkeimende Angst in mir unterdrückte ich, auch den Drang, mich einfach umzudrehen und davonzurennen.

Landon sprach mit drei Clericern, die ich nicht kannte. Vor mir erblickte ich Jacques d'Orléans und Tishon Leinster. Beide musterten mich.

Verkrampft lächelnd sagte ich: „Ich möchte mit meinem Onkel sprechen."

„Der Oberste Clericer ist gerade beschäftigt. Siehst du das denn nicht?", erwiderte Jacques. Ein finsteres Lächeln lag auf seinen Lippen. „Du könntest ..."

Tishon legte ihm eine Hand auf die Schulter. „Warte unten auf ihn. Er wird schon Zeit für dich finden."

So viel zum Thema mutig sein. Ich ließ mich selbst von unseren Lehrern verscheuchen. Mit hängenden Schultern drehte ich mich um, wollte gerade die Treppe hinunterschlurfen, als ich hinter mir die Stimme meines Onkels hörte.

„Hunter, was möchtest du?“

Abrupt blieb ich stehen.

Will ich wirklich mit ihm reden? Ich könnte immer noch so tun, als würde ich ihn nicht hören, und einfach davoneilen. Aber ich habe es Aleksa versprochen.

Langsam drehte ich mich auf dem Absatz um, schaute zu Boden. „Ich möchte mit dir kurz unter vier Augen sprechen.“ *Bitte sag, dass du keine Zeit hast,* betete ich innerlich.

„Dann folge mir.“

Mist! Langsam schritt ich hinter ihm her. Es dauerte eine gefühlte Ewigkeit, bis wir gemeinsam in seinem Büro saßen. Unruhig knetete ich den Stoff meiner Kleidung und drückte mich weiterhin davor, Klartext zu reden.

„Was liegt dir auf dem Herzen?“, fragte er mich und lehnte sich in seinem Sessel zurück.

„Weißt du, wo Yvain ist?“, fragte ich leise.

„Nein. Aber ich weiß sehr wohl, dass er geflohen ist, wenn du darauf hinauswillst“, erwiderte er nüchtern. „Jedoch vertraue ich darauf, dass Aleksa ihn finden wird. Sollte er es wagen, sich zu verplappern, werde ich mich eigenhändig auf die Suche nach ihm begeben – und ihn finden, darauf kannst du dich verlassen. Aber ich bezweifele, dass er noch etwas gegen mich unternehmen wird, sonst hätte er das innerhalb des vergangenen Jahres längst getan.“ Er faltete seine Hände, überschlug die Beine und schaute mich durchdringend an.

„Gibt es denn etwas, dass er dir vorhalten könnte?“, fragte ich vorsichtig nach.

„Vielleicht, vielleicht aber auch nicht“, antwortete er kryptisch.

Ich griff in meine innere Manteltasche und zog etwas heraus. Es war Dieudonnés Metallbox. Ich öffnete sie und zog die Zeichnung heraus. Faltete das Blatt auseinander und schob es meinem Onkel zu. „Dieudonné hatte nicht nur lobende Worte für dich."

„Es wäre falsch, ihn als Lügner darzustellen. Als Clericer sind wir die Elite der Magier, wir müssen töten und das habe ich getan. Ich habe für meine Ansichten gekämpft, für meinen Traum der Welt."

„Das ist grausam! Man kann nicht alle töten, die nicht derselben Meinung sind wie man selbst", schrie ich ihn an. Für einen kurzen Moment war ich von mir selbst überrascht, dann packte ich das Bild, verstaute es wieder in dem Zigarettenetui, das ich anschließend einsteckte, und stand auf.

„Wenn du bereit dafür bist, wirst du erkennen, dass es manchmal nicht anders geht. Um eine bessere Welt zu erschaffen, müssen die sterben, welche alles daransetzen, einen aufzuhalten. Dieudonné war niemals eine Gefahr für mich. Es interessierte mich nie, was er sagte, denn er besaß keine wirkliche Macht."

Ich schlug mit der Hand auf den Tisch. „Man kann sein Imperium nicht auf den Leichen derer errichten, die sich gegen einen stellen!"

Er grinste mich mit einem kühlen Lächeln an. „Doch. Jedes neue Reich wurde auf den Kochen derer erbaut, die sich dagegen auflehnten. Es gibt keine Einigkeit, ohne dass man seine Feinde zermalmt."

„Niemals werde ich so sein wie du!", stellte ich klar, drehte mich um und rannte davon. Ich verachtete meinen Onkel dafür, was er getan hatte.

Eilig hastete ich den Gang entlang, nahm bei der Treppe zwei Stufen auf einmal, bis ich die Eingangshalle erreichte. Sie war fast menschenleer, nur eine Person stand dort.

Aleksandra.

„Hunter", sprach sie mich an und kam auf mich zu.

„Er weiß es, Landon weiß alles. Aber er überlässt es dir, Yvain zurückzubringen. Mein Onkel ist sich zu fein dafür, sich die Finger schmutzig zu machen", erzählte ich und konnte den Hass nicht unterdrücken, der in meiner Stimme mitschwang.

Aleksa starrte mich perplex an, fing sich dann jedoch und nickte. „Danke, Hunter. Solange er nichts unternimmt, wird er Yvain auch nichts antun können."

Leicht legte ich meinen Kopf schief. „Gibt es Dinge, die du mir verheimlichst?"

„Nichts Wichtiges", antwortete sie schnell. „Aber lass uns wieder in den Speisesaal gehen." Sie nahm meine Hand, doch ich zog sie zurück.

„Nein! Diese Genugtuung werde ich meinem Onkel nicht geben. Warum sollen wir uns einmal im Jahr zur Sommersonnenwende hier treffen, um ihm Respekt zu zollen? Ich werde gehen und nächstes Jahr nicht wiederkommen. Landon hat unseren Respekt nicht verdient."

Aleksa ließ ihre Hand sinken, schaute mich an. „Weißt du, Hunter, ich denke nicht, dass das der wahre Grund für das jährliche Treffen ist. Du vergisst, dass auf dem Dach der Schule ein Monster in dem Tränensee haust, und du hast die Säule auch gesehen. Dieser Ritus ist älter als dein Onkel. Hunter ..."

„Nein", blieb ich hart. „Ich erkenne dich kaum wieder. Du hast früher niemals an all diesen Schwachsinn geglaubt. Wie hat dich Landon dazu gebracht, dass du seinen Worten ..."

„Landon hat gar nichts getan!", unterbrach sie mich. „Ich mag ihn nicht. Aber es muss ein höheres Ziel geben, eines, das der ganzen Welt hilft, da bin ich mir sicher."

Ich schnaubte und wandte mich von ihr ab. „Wenn du meinst. Ich werde trotzdem gehen."

„Hunter!"

Ich hörte nicht hin, sondern schritt zur Tür.

„Hunter, tu das nicht!"

Ich griff nach dem Türknauf, drückte ihn hinunter und hieß die Nachtluft willkommen, die mir entgegenschlug. Ohne mich noch einmal zu Aleksa umzudrehen, trat ich hinaus.

Das letzte Jahr hatte mich verändert. Ich würde mich nicht länger von meinem Onkel manipulieren lassen, sondern all dem endlich den

Rücken kehren. Aleksa würde es verstehen, irgendwann, wenn sie nicht mehr so blind für die Wirklichkeit war.

Für mich würde es eine lange Nacht werden. Denn meine Freunde waren in der nächsten Stadt und die war etliche Kilometer entfernt. Aber für meine Überzeugung nahm ich den Weg durch die Dunkelheit auf mich. Das war es mir wert.

YVAIN LEINSTER

Kalter Wind blies mir entgegen, während ich gemeinsam mit den anderen versuchte, gegen Schnee und Eis anzukämpfen. Im Süden war es Sommer, trotzdem tobte ein kalter Sturm in den Nebelbergen.

„Wir müssen es in die nächste Stadt schaffen!", hörte ich die Rufe, die beinah von dem Heulen des Windes verschluckt wurden. „Das ist unsere einzige Möglichkeit zu überleben."

Wie war ich bloß in diese Lage gekommen? Was hatte mich dazu geritten, mich Richtung Norden in die Nebellande zu begeben?

Ich saß mit Risa in einem kleinen Raum. Helles Licht drang durch die Fenster. Der Herbst brach über das Land herein. Aber ich hatte keine Augen für das Laub der Bäume oder den wolkenverhangenen Himmel. Nicht einmal Risa sah ich an, sondern starrte auf meine Hände, die ich unruhig knetete.

„Es gibt etwas, das ich dir sagen möchte", wisperte ich und schaute zur Seite. „Du hast mich gerettet. Ohne dich hätte ich niemals die Kraft gehabt, von diesem grausamen Ort abzuhauen."

Ihre braunen Augen ruhten auf mir. Verlegen lächelte sie mich an, und trotzdem wusste ich, dass sie sich nicht einmal vorstellen konnte, was passiert war.

Ihre Hand berührte die meine. Sie strich sanft darüber. „Ich bin froh, dass du mir geschrieben hast."

Fest schloss ich meine Augen, schüttelte den Kopf. „Du hast keine Ahnung". Meine Hände verkrampften sich, und mein ganzer Körper wurde von einem Zittern ergriffen. Ich blickte auf meine Hände, deren Knöchel sich weiß abzeichneten. Mein Herz fühlte sich schwer an, und ich hatte das Gefühl, keine Luft mehr zu bekommen.

„Jacques d'Orléans", kam mir sein Name nur schwer über die Lippen. „Er sagte mir, dass er mir helfen wollte. Dabei verlangte er komische Dinge von mir. Es fing harmlos an, und ich dachte mir nichts Böses dabei." Jedes Wort kostete mich viel Kraft. „Dann musste ich mich für ihn ausziehen, doch ich habe es heruntergespielt. ‚Es gibt Schlimmeres', dachte ich. Erst als er verlangte, dass ich ihn anfassen sollte, wurde es für mich unangenehm." Ich spürte, wie mir Tränen über die Wangen lief, ich konnte sie nicht mehr zurückhalten.

Risa sah mich mit offenem Mund an. Sie griff nach meiner Hand. „Du musst nicht weitererzählen", versuchte sie, mich zu beruhigen, doch ich riss mich von ihr los.

„Fass mich nicht an!", entwich es mir, und ich erschauderte. „Ich möchte ... Ich möchte, dass du alles weißt", brach es aus mir heraus. „Du sollst wissen, was für einen kaputten Freund du hast."

Ihr Gesicht wurde blass. Sie schnappte nach Luft, griff aber nicht mehr nach mir und sagte auch kein Wort mehr.

„Ich habe mich von ihm ferngehalten, weil ich das alles nicht wollte ... Aber dann tötete er meine Freunde. Er drohte mir, immer weiterzumachen, bis ich niemanden mehr hatte, wenn ich nicht zurückkam." Ich schlug die Hände vor dem Gesicht zusammen. Weinte und schluchzte. „Ich hatte keine andere Wahl, als sein Spielzeug zu werden, mit dem er machen konnte, was er wollte. Wenn ich nicht folgsam war, drohte er mir, meinen Freunden wehzutun. Also wandte ich mich von ihnen ab. Kein Einziger fragte wieso oder tat

etwas. Sie glaubten alle, ich wollte nur eines: stärker werden. Ich beschützte sie, und sie dankten es mir, indem sie mich missbilligend ansahen.“

Meine Kehle war so eng, dass ich nicht mehr weiterreden konnte. Für einen Moment brauchte ich eine Pause, und Risa sah mich stumm an. Ich sah die Tränen in ihren Augen. Die Hände vergrub ich ganz tief in dem Stoff meiner Kleider.

„Niemand bemerkte meine stillen Hilferufe. Alle hänselten mich nur.“ Ein weiterer Kloß bildete sich in meinem Hals, als ich das nächste Thema anschnitt. „Ich wurde älter, und irgendwann genügte es ihm nicht mehr, dass ich ihn nur anfasste. Bis dahin überstand ich es irgendwie. Aber es war kein Vergleich zu dem, was dann kam. Ich hasse diesen Mann, ich wollte ihn niemals in mir spüren. Jede Sekunde, die ich mit ihm verbringen musste, war eine Qual. Aber keiner half mir! Niemand aus meiner Klasse bemerkte etwas oder wollte es sehen. Mein eigener Vater schaute weg!“ Jedes Wort, das meine Lippen verließ, schrie ich ihr entgegen. Erschüttert sah sie mich an. Auch wenn mein Hass nicht gegen Risa gerichtet war, konnte ich nicht anders. „Sogar der Oberste Clericer bemerkte nichts. Sie sind alle so falsch. Niemand wollte etwas sehen, weil es für alle am bequemsten war. Stattdessen führte man mich zur Schlachtbank und ließ mich leiden.“

Tränen rannen über ihre Wangen, und ich versuchte, mich zusammenzureißen. Atmete tief durch, ballte meine Hände zu Fäusten und bohrte mir die eigenen Fingernägel tief ins Fleisch. Ich musste mich beruhigen.

„Jedes Mal, wenn ich bei ihm war, hoffte ich, dass es schnell vorbei sein würde. Nie reagierte ich auf ihn. Aber es nützte nichts.“ Ich sah, wie sich meine Fingernägel rot färbten, so fest drückte ich zu. Aber es war mir egal. „Alles, was ich wollte, war, die Schule zu verlassen, aber nicht mal dies ließ man zu. Er sollte mich unterrichten. Jetzt war ich voll und ganz sein Sklave, aber nicht mit mir!“

„Darum bist du abgehauen“, ertönte auf einmal eine männliche Stimme, und ich wurde blass. Entrüstet wandte ich den Kopf zur Seite, lockerte meine Finger und blickte dem blonden Jäger mit den braunen Augen entgegen.

„Cen“, wisperte ich. „Wie bist du ...“

„Du hättest die Tür abschließen sollen“, erwiderte er. „Ich wusste schon

lange, dass du etwas verheimlichst. Du trägst die Kleider eines einfachen Bürgers, und trotzdem sehe ich dich heimlich Magie benutzen. Jedoch hätte ich niemals gedacht, dass du ein Clericer bist.“ Er musterte mich, und mein ganzer Körper zitterte. Wenn er mich an Landon verriet, wäre ich so gut wie tot. Oder erneut das Sexspielzeug eines Perversen.

„Cen, du darfst niemandem was sagen!“, mischte sich Risa ein und stellte sich vor mich.

Der Jäger schüttelte den Kopf. „Ich habe sicherlich nicht vor, ihn zu verraten. Aber lasst uns mal zusammenfassen: Jacques d’Orléans, der Vertraute des Obersten Clericers Landon Gloucester, vergreift sich an einem seiner Schützlinge. Das könnte beide den Kopf kosten, und dasselbe gilt für deinen Vater. Tishon Leinster.“ Sein Blick traf mich. „Du bist also Yvain Leinster?“

Entrüstet schnappte ich nach Luft. Wer ist er? Warum weiß er das alles? Sicherlich habe ich einige Namen genannt, aber warum kennt er sich so gut aus mit den adligen Familien?

„Wer bist du wirklich?“

„Cenred Gloucester, der Bastard von König Erle, aber da mein Vater mich verstieß, bin ich nur noch Cen.“

„Hunters älterer Bruder?“, fragte ich, und er nickte.

„Deine Worte könnten das ganze Machtgefüge zum Einstürzen bringen. Sicherlich würden viele deinen Worten nicht glauben, aber es gab schon früher genug böse Gerüchte über meinen Onkel. Die Clericer würden hinter ihm stehen, aber das ist wertlos, wenn sich das restliche Volk gegen ihn stellt.“

Verwirrt sah ich ihn an und schnappte nach Luft. „Niemals werde ich all das vor dem Volk wiederholen!“

Er schüttelte den Kopf. „Das musst du nicht. Es sollte nur ein Denkanstoß sein. Ich glaube nicht, dass mein Onkel allzu viel wusste. Du und Jacques seid eine Gefahr für ihn. Es wäre töricht, euch am Leben zu lassen. Besonders jetzt, da du frei herumläufst.“

Eine tiefe Falte zog sich über meine Stirn. Ich verstand nicht, worauf Cen hinauswollte. „Was willst du damit sagen?“

„Du kannst dir ein eigenes Leben aufbauen. Oder …“ Er kam auf mich zu, streckte seine Hand aus. „Zeig mir deine Uhr.“

Ich zog sie aus der Hosentasche, legte sie in seine geöffnete Hand und er klappte sie auf. Sie leuchtete in allen Regenbogenfarben, obwohl ich hier mit meiner Freundin saß, die ich liebte. Ich war selbst überrascht.

„Aber wie ist das möglich?“

Cen musterte meine Taschenuhr. „Sie ist anders als die von uns Jägern. Unsere müssen immer aufgezogen werden, die von euch aber nicht. Zudem scheint sie bei euch nicht ihre Kraft zu verlieren, wenn ihr euch nicht an den Pakt haltet.“ Er zog seine eigene heraus und klappte sie auf. Sie leuchtete wie die meine. Wenigstens auf den ersten Blick, doch auf den zweiten bemerkte ich es. Auch wenn meine Augen noch immer nicht die besten waren, konnte ich den Unterschied in den Farben sehen. Meine Uhr erstrahlte viel kräftiger als die seine.

Überrascht schloss ich meine Lider, benutzte meine Magie und nahm beide Uhren unter die Lupe. Selbst in Schwarz-Weiß konnte ich den Unterschied sehen. Die Graustufen waren anders. Ich schnappte nach Luft, riss meine Augen auf und sah Cen an.

Meine Lippen bebten, jegliche Farbe wich mir aus dem Gesicht. „Meine Taschenuhr ist anders? Aber wie?“

Cen zuckte mit den Schultern. „Keine Ahnung. Wir können ja schlecht Landon um Rat fragen. Aber ich hätte eine viel verrücktere Idee: Wir sollten die Elfen fragen. Sie werden als das Böse in unserer Welt verschrien, und eigentlich könnten die Clericer alles elfische Leben auslöschen. Aber sie tun es nicht. Warum?“

Ich lehnte mich auf meinem Stuhl zurück. Mir war gerade alles zu viel. Die Welt war komplexer, als ich gedacht hatte. Cen legte meine Uhr zurück in meine Handfläche.

„Weil die Elfen nicht die Bösen sind. Ein Genozid an dem Volk würde nichts bringen, denn wenn sie weg wären, würde man die Wahrheit erkennen …“ Meine Stimme versagte. Ich dachte zurück an den Tag, als sie mich hinauf zum schwarzen Tränensee geführt hatten. Das Monster, die Knochen. Die Säule. „Der Tränensee auf dem Dach der Schule, den niemand sehen sollte, muss für die Clericer eine größere Bedeutung haben“, sprach ich meine Schlussfolgerungen aus. Cen sah mich verwirrt an. „Sie nutzen ihn als Grab der Clericer, das von einem Riesenkalmar bewacht wird. Ich denke, er hat eine rituelle Wichtigkeit. Landon benutzt ihn, ich weiß nur nicht, für was.“

Cenred dachte nach. „Vater erzählte uns als Kinder eine Geschichte von Cedar Gloucester.“

Ich verdrehte die Augen beim Klang dieses Namens. Er war bekannt als der erste Clericer. „Er war der Oberste Clericer, und ich weiß, dass deine Familie fast Patenrecht auf diesen Titel errungen hat.“

Ich verschränkte die Arme vor der Brust. „Wenn jemals die Frage bei einem Test kommt, welcher der x-te Oberster Clericer war, schreibt man am besten gleich Gloucester hin, dann sollte man die Hälfte der Punkte schon haben.“

„Bitte hör mir zu. Cedar war auf einer gemeinsamen Mission mit Cain dem Großen. Sie mussten ein Tor schließen, durch das böse Monster in unsere Welt kamen. Dieses Portal lag in einem See in dem Bergen. Es wurde von einem magischen Wesen bewacht.“

„Der Riesenkalmar und der Tränensee!“, entwich es mir. Saintboudon lag in den Bergen, abgeschieden von der Welt. Die Schule war in den Felsen hineingebaut worden ...

„In jeder Geschichte steckt ein Fünkchen Wahrheit“, erwiderte Cen.

„Das bedeutet, der schwarze Tränensee ist ein Tor in eine andere Welt“, schlussfolgerte ich, und Cen nickte. Die Erkenntnis löste zwar nicht das Rätsel um meine Uhr, doch sie zeigte mir auf, wie viel größer das verborgene Wissen der Clericer war. „Aber damit werde ich nichts gegen Landon in der Hand haben. Ich kann ihm wohl kaum sagen, dass ich wegen einer Kindergeschichte auf die Idee kam, dass der See auf dem Dach in eine andere Welt voller Monster führt. Er würde mich dafür auslachen.“

„Die Elfen werden uns bestimmt mehr erzählen können.“

Wir sahen uns an. Es war verrückt, aber die Idee von Cen gefiel mir. *Er ist ein Genie.*

„Jungs, ihr wisst, dass ich auch noch da bin? Und ihr wisst, was man über die Elfen sagt? Sie neigen dazu, durchzudrehen, und das ist kein Ammenmärchen. Die Alben gibt es wirklich. Es ist gefährlich, was ihr vorhabt.“

In dem letzten Punkt hatte Risa recht, und das war auch der Grund, warum Cen und ich nichts unternommen hatten. Zumindest vorerst. Drei Monate waren wir weiter durch das Land gezogen, bis wir eine Bleibe für Risa gefunden hatten. Sie war nicht glücklich gewesen, dass ich sie zurückließ, aber ich würde sie sicherlich nicht mit in einen Wald voll blutrünstiger Elfen führen. Cenred und ich waren wenigstens nicht sterblich, wenn auch verwundbar. Die anderen Jäger waren bei Risa geblieben, während Cen und ich unsere Reise fortgesetzt hatten.

Doch mit dem, was wir bei den Elfen finden würden, hatten wir nicht gerechnet.

KAPITEL XXVI

Die Fassetten der Liebe

LANDON GLOUCESTER

Das Treffen der Clericer war eine Tortur gewesen. Jedes Jahr aufs Neue musste ich alle empfangen, um ihnen etwas vorzumachen. Ich hasste es. Festlichkeiten aller Art lagen mir nicht. Aber es musste sein. Denn nur so konnte ich das Tor öffnen. Einmal im Jahr, zur Sommersonnenwende, mit der Kraft des Tränensees und der Schüler.

Hunters Trotzverhalten ignorierte ich ganz. Von mir aus konnte er sich wie ein kleines Kind benehmen, das war mir egal. Irgendwann würde er dieser pubertären Phase wieder entwachsen.

Kurz vor Mitternacht verabschiedete ich mich. Trat durch die Seitentür und hoffte so zu verschwinden, ohne großes Aufsehen zu erregen. Eilig schritt ich den Gang entlang, als ich hinter mir eine Stimme hörte: „Ich wollte Euch etwas fragen." Die junge Frau sprach leise, hatte den Kopf gesenkt. Ihre Wangen waren verfärbt. Ob sie errötete oder zu viel getrunken hatte, konnte ich nicht sagen. Jedoch hatte ich jetzt keine Zeit zu plaudern. Ich würde Céline de la Fresnaye schnell loswerden müssen.

Zu meinem Glück erreichte ich keine zehn Minuten später das Dach der Schule. Céline hatte mich zum Glück nicht lange aufgehalten. Mit schnellen Schritten trat ich zum Podium, das eine steinerne Säule war. Stieg hinauf und schaute zum Mond, der als runde Scheibe erstrahlte, obwohl heute kein Vollmond war. Die Barriere zwischen den Welten war in diesen Tagen besonders zerbrechlich. Ich streckte meine Hände aus, sprach die Zauberformel und konnte sehen, wie sich der Mond verfärbte. Ein kalter Windhauch blies mir entgegen, als die böse Magie der anderen Welt in die unsere strömte. Ich spürte tief in mir, wie sich das Böse rührte, wie es auf die dunkle Magie reagierte. Wie es sich nach mehr sehnte. Wenige Worte würden genügen und ich wäre ein Wesen, das einem Gott näher kam als jedes Geschöpf auf dieser Erde. Aber damit würde ich das Gleichgewicht der Welt zerstören und mich selbst verlieren. Daher hörte ich nicht auf die Stimmen in meinem Kopf, die lauter wurden. Die mir zuflüsterten, dass ich so kurz davor war, meine sehnlichsten Wünsche zu erfüllen. Denn es waren nichts als Lügen.

Es war mir nicht bekannt, dass jemals ein Oberster Clericer diesem Drang nachgegeben hätte. Denn es würde das Ende der uns bekannten Welt bedeuten. Egal, was für Monster vor mir den Platz innehatten, jeder Einzelne von ihnen hatte seine Aufgabe Jahr für Jahr erfüllt.

Unter der Maske schloss ich die Augen, wartete ab, denn ich musste den richtigen Moment abpassen, um das Tor zu schließen. Nicht zu früh, um der Welt die benötigte Magie zu geben, und nicht zu spät, damit die Dämonen nicht in unsere Dimension kamen. Als ich die Lider öffnete, schloss ich das Tor. Der Mond veränderte sich wieder, und ich sank zu Boden. Das Ritual schwächte mich. Als ich mich wieder gefasst hatte, stieg ich die Säule hinab, lehnte mich gegen ihren Rücken und schaute hinauf zum Sternenhimmel. Das Wasser des Tränensees neben mir bewegte sich leicht.

Kyndras Kopf durchbrach die dunkle Wasseroberfläche. Sie schaute mich an. Ein Lächeln erschien auf meinem Gesicht, und langsam trat ich näher zu ihr. Ihre Hand tauchte auf und griff nach der meinen, drückte sie sanft.

„Was hast du, mein Liebster?“, fragte sie mich. „Das Ritual war erfolgreich.“

Seufzend wandte ich mich wieder von ihr ab. Hörte das Plätschern des Wassers, als sie sich daraus erhob. „Der Clericer, der sich gegen uns wenden wird. Ich mache mir Sorgen.“

Ihre Hand berührte meine Wange. „Du wirst es schaffen“, wisperte sie mir zu. Ihre Tentakel bewegten sich über den Stoff meiner Kleidung. „Vor was fürchtest du dich? Du bist der stärkste Clericer. Es gibt niemanden, der dich auch nur ansatzweise besiegen könnte.“ Ihr Mund war ganz nah an meinem Ohr, als sie mir diese Worte zuflüsterte.

„Ich fürchte, dass ich einen großen Fehler gemacht habe. Yvain ist stark. Aber sein Zorn auf mich könnte ihn in die Hände von Slokir locken. Wenn ich ihn finde, kann ich meinen Fehler nicht wieder rückgängig machen, egal, was ich tue“, sagte ich und spürte, wie einer ihrer Tentakel über meine Wange strich. Wie die Saugnäpfe an meiner Haut hafteten.

„Du solltest ihm vertrauen. Er ist ein intelligenter Junge.“ Ihre Finger glitten über meine Wangen, wischten ihren Tentakel wieder weg, der auf meine Schulter fiel und sich um meinen Hals legte.

„Das Böse kann verlockend sein. Was soll ich tun, wenn er ein Monster wird? Ein Dämon?“

Kyndra lächelte mich an. „Ich habe dich ausgebildet. Alles, was du kannst, hast du von mir. Wenn es jemand mit einem Dämon aufnehmen kann, dann du. Du brauchst deine Uhr nicht.“ Ihr Daumen glitt über meine Unterlippe. „Du musst ihn nicht einmal töten. Ihn zu bezwingen, reicht völlig aus. Oder glaubst du, dass man so schnell verloren ist? Wenn man den verlorenen Clericer von der bösen Magie reinigt, dann ist vieles möglich. Zudem ist es etwas einfältig zu sagen, dass jemand nur böse ist.“ Sie grinste mich an. „Dich bezeichnen genug Leute als Monster, und trotzdem sehe ich dich nicht als eines“, wisperte sie weiter, bevor sie mich auf den Mund küsste. Gierig erwiderte ich den Kuss, fuhr mit meinen Händen durch ihr nasses Haar.

„Du weißt, dass ich dich auch für meine Pläne benutzen könnte, ohne dass du es bemerkst?“, flüsterte ich ihr zu. „Das alles könnte nur gespielt sein.“

„Glaubst du, ich bin so leicht zu täuschen?“, säuselte sie, und ich spürte, wie sich ihre Fangarme fester um meinen Körper schlangen. Ihren Kopf drückte sie sanft gegen meine Brust. „Ich kenne dich lange genug, um zu wissen, wie du bist.“

Mit meinen Fingern umschloss ich ihre Wange. „Es ist schön, jemanden zu haben, der einem wirklich vertraut.“

Als sie meine Worte hörte, hob sie leicht ihren Kopf an und presste ihren Mund auf meinen.

„Du hast für dieses Gespräch eindeutig zu viel an, Landon“, sagte sie und schob ihre Hand unter meinen weißen Mantel.

Ich konnte mir ein Lachen nicht verkneifen. „So lange warst du doch gar nicht abstinent. Ich dachte, für ein unsterbliches Wesen wären ein paar Tage nur ein Wimpernschlag.“

Sie sah mich herausfordernd an. „Jeder Tag, den ich ohne dich verbringen muss, fühlt sich an wie eine Ewigkeit.“

„Dann solltest du nicht den Obersten Clericer lieben. Tishon ist auch nett“, schlug ich ihr vor, um sie zu ärgern.

Sie schnaubte. „Nett reicht nicht.“

Ich küsste sie auf die Stirn. „Zieh dich schnell zurück“, verlangte ich von ihr und spürte, wie der Griff ihrer Tentakel nachließ. Mit meinen Händen packte ich die Klingenpeitsche, die um meine Taille geschlungen war, und löste sie. Es gehörte zu unserem Ritual, dass ich sie abnahm. Es war mir zu heikel, es ihr zu überlassen, weil ich nicht wollte, dass sie sich an den spitzen Klingen schnitt. Danach nahm ich Jacques Uhr aus meiner Jackentasche und legte sie neben die Peitsche ins Gras. Mit einem breiten Grinsen auf den Lippen setzte ich mich und sah sie an.

„Ich liebe dich, Kyndra“, hauchte ich ihr zu und spürte, wie einige ihre Fangarme unter meinen Rock glitten und sich an den Schnallen der Stiefel zu schaffen machten. Im Nu waren sie ausgezogen, und sie schlangen sich weiter meinen Körper hinauf. Ihre Hände packten meinen weißen Mantel, streiften ihn über meine Schultern. Die Fangarme schoben den Rock hoch, und sie setzte sich auf meinen Schoß.

Schelmisch grinsend sah sie mich an. Strich mit ihrer Hand über meine Wange, bevor sie mich küsste und ich wieder spürte, wie sich ihre Fangarme um meinen Körper schlangen. Meine Arme legte ich um sie, streichelte über ihren kühlen Körper und übersäte ihren Nacken mit heißen Küssen, während sie mich weiter auszog. Den Stoff meines Kleides schob sie weiter nach oben, öffnete mit ihren Händen das Band, das ich um meinen Hals geschlungen hatte, zog es fort und öffnete die Verschlüsse der drei Umhänge. Ihre Hände umschlossen meine Handgelenke, und sie drückte meine Arme gegen den Stein, der sich direkt hinter mir befand. Den schwarzen Stoff schob sie weiter hoch, bis sie mir das Kleid über den Kopf ziehen konnte. Ihre Hände glitten über die Knöpfe meines Hemdes und öffneten diese mit einer flinken Bewegung, schoben es über meine Schultern, erst dann konnte sie mir das erste Mal über die nackte Haut fahren.

„Ich bin dafür, dass du die Kleider der Clericer mal anpassen lässt“, wisperte sie mir zu.

Breit grinsend packte ich ihr Kinn und zog ihr Gesicht näher zu mir. „Es ist eine größere Hemmschwelle, denn die Liebe kann gefährlich sein.“

Sie gluckste leise. „Findest du?“, hauchte sie mir zu. „Also vertraust du mir so sehr, dass du gar nicht mit dem Gedanken spielst, wie es sein könnte, wenn ich dich verrate?“ Sie drückte meinen Rücken gegen die Steinsäule, als sie über meinen nackten Oberkörper strich. „Vielleicht arbeite ich für meine Herrin Saheera und setze dir Flausen in den Kopf, welche dich nur in Schwierigkeiten bringen?“

Lachend zog ich das Hemd aus. Ihre kühlen Tentakel schoben sich über meinen nackten Oberkörper, und ich spürte die Saugnäpfe auf meiner Haut, wie sie sich daran festsogen und wieder lösten.

„Das ist mir egal“, erwiderte ich. „Selbst wenn es so wäre, du hast von all meinen Vertrauten meine Loyalität am allermeisten verdient.

Egal, für wen du arbeitest, du hast mir sehr geholfen und bis heute noch nie verraten." Sanft fuhr ich mit meinen Fingern über ihre freiliegenden Brüste, die normalerweise nur von ihren nassen Haaren bedeckt wurden.

Sie grinste mich an, während sich ihre kalten Arme weiterhin eng um meinen Körper schlangen. „Du schläfst auch nicht mit deinen Vertrauten, wenigstens wäre mir das nicht bekannt", säuselte sie, und ich spürte, wie sich einer der Tentakel in den Bund meiner Hose schob. Sie küsste mich gierig auf den Mund. Ich wusste schon lange, dass diese Liebe mir sehr wohl gefährlich werden könnte. Nicht weil ich Kyndra nicht vertraute, sondern weil Jacques und Tishon die Wahrheit kannten. Sie wussten beide, dass ich log. Aber sie war keine Menschenfrau, sie war nicht einmal normal sterblich. Kyndra würde noch auf dieser Welt leben, wenn ich bereits lange tot war. Niemand würde mich mit ihr erpressen können.

„Ich bin ein Lügner", wisperte ich ihr zu, als ich mich von ihr löste und anfing, ihre Brüste zu küssen. „Ich habe es gar nicht verdient, Oberster Clericer zu sein."

Sie keuchte auf und griff nach meinem Gesicht. „Sag so etwas nicht." Etwas Trauriges blitzte in ihren schönen Augen auf. „Es ist lange her, dass jemand so viel Mut zur Veränderung hatte wie du. Du bist einfach zu streng zu dir", murmelte sie. Ihr Fangarm in meiner Hose schlang sich um mein steifes Glied. Es war erregend und eklig zu gleich. An alles konnte ich mich auch nicht gewöhnen.

„Trotzdem bin ich ein Lügner", murmelte ich und presste sie enger an mich.

Sie seufzte. „Man merkt, woher Hunter seine Selbstzweifel hat. Du musst dich nicht wundern, dass deinem Bruder die Ähnlichkeit zwischen euch auffällt. So dumm ist er nicht."

Ich seufzte schwer. Gerade wäre es mir lieber, wenn sie mich weiter befummeln würde, als mit mir über das Thema zu sprechen. Aber das war wohl ihr Plan gewesen.

Ohne ihr zu antworten, presste ich meine Lippen auf ihre. Öffnete den Bund meiner Hose und zog sie aus, bevor ich meine Arme fest um ihren Körper schlang und uns umdrehte. Meine Hände glitten über ihre kalte Haut. Ein tiefes Keuchen entwich meiner Kehle, denn ihre Saugnäpfe bedeckten weiterhin mein Glied und bewegten sich langsam darüber. Ich drückte sie gegen die Säule und küsste sie leidenschaftlich, mit meiner linken Hand fuhr ich ihren Oberkörper entlang, bis ich ihren Rumpf erreichte und mit meinen Fingern über den harten schwarzen Schnabel streichelte, der dem eines Papageis nicht unähnlich war. Ihre Augen leuchteten regelrecht vor Lust. Der Tentakel, der mein Glied fest im Griff hatte, zog sich zurück und ich spürte, wie sich unter meiner Hand der Schnabel langsam öffnete. Sie keuchte, und ich berührte ihren nun offen zugänglichen Intimbereich. Meine Finger strichen über die weiche Haut, und ich spürte, wie feucht sie bereits war. Ein Lächeln konnte ich mir nicht verkneifen.

Ihr Griff um meinen Körper wurde fester. „Wenn du so weitermachst, dann ist die Sonne noch schneller als du."

Ohne etwas zu erwidern, versiegelte ich ihre Lippen mit meinen und drang in sie ein. Sie keuchte in unseren Kuss, und ihre Augen glitzerten vor Lust. Endlich bekam sie das, was sie sich so sehr ersehnte. Auch ich konnte ein Stöhnen nicht unterdrücken, als ich mich in ihr bewegte. Sie folgte meinen Bewegungen. Ihre Tentakel schlangen sich um meine Brust, umarmten mich fest. Mit ihren Händen umfasste sie meine Wangen, während sie immer lauter und schneller seufzte. Dabei übertönte sie mich. Ich hörte es, als sie zum Höhepunkt kam, spürte, wie sich ihr ganzer Körper aufbäumte und ergoss mich fast zeitgleich in ihr. Sie schrie laut, und mit einem Mal fiel all die Last auf meinen Schultern von mir. Mein Atem ging schnell, als sich ihre Tentakel um meinen Körper lockerten. Ich drehte mich um die eigene Achse und sank den Stein im Nacken zu Boden. Erschöpft lehnte ich mich gegen die Säule. Spürte immer noch, wie mein Puls raste, während sie ihren menschlichen Körper gegen meine Brust drückte.

„Wäre ich doch nur ein Mensch", wisperte sie. „Dann könnten wir zusammen sein, eine Familie gründen und glücklich sein ..."

„Ich bin ein Clericer ...", brachte ich angestrengt über meine Lippen. Mein Körper war erschöpft, ich wurde wirklich alt. Dabei war ich noch keine vierzig. „Niemals könnte ich alles hinter mir lassen und einfach verschwinden, selbst wenn du eine gewöhnliche Frau wärst."

Ihre Augen leuchteten gefährlich auf. „Es ist ja nicht so, als wärst du der einzige Clericer auf dieser Welt."

Ein Lächeln zierte mein Gesicht. „Das nicht, aber wer sollte meinen Platz einnehmen? Wem sollte ich das Schicksal von ganz Burengard anvertrauen? Es wäre dann immerhin auch unsere Zukunft, die in dessen Händen liegen würde ... Der Gedanke ist schön, aber ich könnte meine Aufgabe nicht einfach vernachlässigen, selbst wenn die Umstände anders wären."

Sie gluckste und kuschelte sich enger an mich. „Wenigstens bespaßt du mich."

Unweigerlich schmunzelte ich. „Ich liebe dich."

Sie seufzte. „Ich liebe dich auch, Landon."

Müde lag ich im Bett, als es an der Tür klopfte. Ich hatte keine Lust aufzustehen, daher ignorierte ich es. Doch es hörte nicht auf.

„Ich will dir den Trank bringen", vernahm ich die Stimme von Jacques.

Schwer seufzte ich. „Warte kurz." Leider hatte ich ihn selbst gestern Nachmittag darum gebeten, weil ich den letzten Tropfen aufgebraucht hatte. Es war wohl ungünstig gewesen, dies am Tag der Sommersonnenwende zu tun, denn wir hatten beide viel zu tun.

Widerwillig schlug ich die Decke zurück, stand auf und suchte auf dem Boden nach meiner Unterhose. Ich war gestern Abend zu erschöpft gewesen, um mich anzuziehen. Sobald ich sie gefunden und angezogen hatte, öffnete ich ihm die Tür.

Er trat ein und musterte mich. „Du solltest aufpassen“, war das Erste, was er sagte. Dabei begutachtete er meinen Körper und die Blessuren, die sich darauf abzeichneten. „Warum kannst du keinen Tintenfisch lieben? Ein Riesenkalmar ist gefährlich, schließlich haben seine Saugnäpfe spitze Zacken.“ Er stellte den Trank auf meinen Nachtisch, während sein Blick ungeniert über die runden Male auf meiner Haut glitt. Es schmerzte mich zu sehen, wie fürsorglich Jacques war, und zugleich zu wissen, was er Yvain angetan hatte. Es passte nicht zusammen. Das Monster in seinem Inneren konnte er so gut verbergen, wenn er wollte.

„Sie werden sich schon nicht entzünden“, grummelte ich. „Du weißt, sie meint es nicht böse. Aber wenn sie zum Höhepunkt kommt, kann es vorkommen, dass sie etwas die Kontrolle verliert.“

Mein Kindheitsfreund zog eine Salbe aus seiner Tasche. Als Clericer taugte er nicht besonders fiel, aber sein Wissen über Tränke und Gifte war in den letzten Jahren enorm gewachsen. Was ich ohne ihn tun würde, wusste ich nicht. Er beugte sich vor und schmierte die Salbe auf die unzähligen runden Wundmale.

„Unsere Kleidung ist so hochgeschlossen, dass es niemandem auffallen wird“, versicherte ich ihm. Das war einer der Vorteile unserer Zwiebelgewandung, die kein Fleckchen Haut offenbarte.

Ich griff nach dem Trank, nahm einen Schluck. Es schmeckte scheußlich wie immer, aber das Gesöff zu trinken, war der einzige Weg, wie ich verhindern konnte, dass Kyndra schwanger wurde. Immerhin wusste niemand von uns, wie die Fischmenschen verhüteten – von einem Riesenkalmar ganz zu schweigen –, daher war es einfacher, wenn ich dafür sorgte, dass ich keine Kinder zeugen konnte.

„Tishon möchte uns verlassen“, riss Jacques mich aus meinen Gedanken. „Er möchte durch das Land ziehen. Ich habe ihn gestern Abend mit Céline gesehen, die zwei ...“

Erzürnt schnaubte ich. „Du hast nicht das Recht, über deine Kollegen zu lästern“, fuhr ich ihn harsch an. „Er hat sie nur davon abgehalten, mir zu folgen, also hör auf, ihn haltlos zu beschuldigen.“

Er zuckte zusammen, senkte den Kopf. „Ich mache mir nur Sorgen."

„Wirklich?" Meine Augen verengten sich unter der Maske zu Schlitzen.

Seine Hände verkrampften sich. „Yvain ... Du solltest die Suche nach ihm aufgeben. Lass ihn selbst über sein Leben bestimmen. Ich denke, es wäre das Beste ..."

„Hättest du ihn nicht angerührt, hätten wir das Problem nicht!", unterbrach ich ihn. Der Schlafmangel, das Treffen der Clericer und das Ritual machten mir zu schaffen. Die gestrige Nacht war lang gewesen, und ich hatte stets einen sehr kurzen Geduldsfaden, wenn ich nicht genug Schlaf bekam. Jacques wusste dies. Warum sprach er mich dann genau jetzt darauf an?

Er wich meinem Blick aus. „Vielleicht war ich es nicht?"

Ich verschränkte die Arme vor der Brust. „Ich habe es mit meinen eigenen Augen gesehen. Ein Irrtum ist ausgeschlossen."

Jacques seufzte. „Kannst du mir nicht einfach vertrauen? Rufe Aleksa und Maitagorry zurück, lass Yvain in Ruhe und sag Tishon, er soll nicht gehen. Mehr kann ich dir nicht sagen."

Ohne etwas zu erwidern, griff ich nach seiner Hand und entriss ihm die Salbe. „Ich möchte, dass du gehst. Danke für den Trank und deine Fürsorge. Aber Tishon ist unser Freund, warum sollte ich ihn hier einsperren? Wenn ich auf jemanden ein Auge haben muss, dann auf dich. Yvain ist sein Sohn, vielleicht findet er ihn."

Mit hängenden Schultern und gesenktem Kopf stand mein Kindheitsfreund vor mir. „Warum kannst du mir nicht vertrauen? Ich möchte dir nur helfen ..." Er wandte sich zur Tür und trat aus meinem Zimmer.

Gern hätte ich ihm vertraut, aber ich wusste, was ich damals gesehen hatte. Er hatte mein Vertrauen einmal missbraucht, dies konnte ich kein zweites Mal zulassen. Gerade er sollte wissen, wie es war, ein Opfer zu sein. Auch wenn ich zugeben musste, dass diese Taten nicht zu ihm passten.

KAPITEL XXVII

DER SCHÖNSTE TAG IM LEBEN …

HUNTER GLOUCESTER

Als ich die Tür zum Zimmer der Jäger öffnete, wurde ich von einem lauten Schrei empfangen. Ghislaine war von ihrem Platz aufgesprungen und direkt in meine Arme gefallen. Rücklinks riss sie mich von den Füßen, und wir prallten zusammen auf den harten Fußboden. Mit ihrem Gesicht presste sie mir die Luft aus den Lungen.

Ich brauchte keinen Hund, wenn ich sie hatte.

„Hunter, Hunter, du bist wieder da!“, rief sie aufgeregt, während ihr Schwanz hin und her wedelte. Ich war nur froh, dass sie mir nicht auch noch das Gesicht abschleckte.

„Ja“, entwich es mir, und ich tätschelte ihren Kopf. In den letzten Monaten hatte sich ihre Sprache sehr verbessert. Nur an ihrem Verhalten mussten wir noch etwas arbeiten. „Ich bekomme keine Luft mehr“, keuchte ich, und sie sprang von mir herunter.

„Tut mir leid.“ Sie reichte mir ihre Hand und zog mich auf die Beine. „Aber ich bin so froh, dass du wieder da bist!“

Die Jäger saßen alle in dem kleinen Raum und beobachteten uns schweigend. Youenns Team hatten wir wiedergetroffen, weswegen wir seit ein paar Monaten gemeinsam unterwegs waren. Die beiden Šimšôner musterten mich. Es war Mael, der aufstand, als ich hinter mir die Tür schloss.

„Ich weiß nicht, ob es klug ist, deinen Onkel zu verärgern. Er ist der Oberste Clericer und …“

Energisch schüttelte ich den Kopf. „Ich möchte nicht darüber reden. In einigen Wochen werde ich ihn wiedersehen.“ Ich dachte an Duncans Hochzeit mit Jocelyn McCain. Wirkliche Freude empfand ich nicht, dort hinzugehen. Aber es würde kein Weg daran vorbeiführen.

„Ich sagte dir doch, du sollst dein Pferd mitnehmen. Wer läuft schon die ganze Strecke zu Fuß?“, stichelte Leszek und grinste breit.

„Laufen ist gesund, und so konnte ich mir das Suchen nach meinem Pferd sparen. Die Ställe waren bestimmt überfüllt. Am Ende wäre ich noch mit dem falschen hierhergekommen“, murrte ich.

Ghislaine packte meinen Arm. „Kann ich zur Hochzeit mitkommen?“ Mit großen Augen sah sie mich an. „Bitte?“

Ich zuckte zusammen, denn der Gedanke, einen Wendigo, auch wenn er nur Aas fraß, auf die Hochzeit meines Bruders mitzunehmen, ließ mich erschaudern.

Sanft tätschelte ich ihren Kopf. „Da gibt es ganz viele Menschen. Es würde dir nicht gefallen.“

Sie ließ die Ohren hängen. „Aber ich möchte dich nicht allein dort hinlassen.“

Ghislaine war süß, ich mochte sie sehr. Trotzdem war ich der Auffassung, dass das alles zu viel für sie werden würde. Es war zu ihrem eigenen Schutz.

Zwei Wochen später stand ich auf dem Balkon der McCains und bereute es, Ghislaine nicht mitgenommen zu haben. Im Garten tummelte sich alles, was Rang und Namen hatte. Meinem Vater ging ich aus dem Weg. Duncan war leider die ganze Zeit an seiner Seite. Moira war ebenfalls immer in der Nähe der beiden. Reid konnte ich nirgendwo entdecken. Everette und Cenred hatte man nicht eingeladen. Nur die neue Hohepriesterin war hier. Gemeinsam mit ihrem Gefolge. Sie wurde umschwärmt von unzähligen Menschen. Die anderen Könige waren ebenfalls gekommen. In der Mitte der Menge konnte ich Landon ausmachen. Ich wartete nur darauf, dass alle auf ihren Stühlen Platz nahmen, damit ich einen der hintersten belegen konnte. Für die Schönheit des Gartens hatte ich kein Auge, denn diese Situation war für mich die reinste Qual, zudem entfaltete es in Grautönen nicht dieselbe Schönheit wie in Farbe. Es war meine Pflicht, hier zu sein, ich musste dabei keinen Spaß empfinden.

Schwer seufzte ich und lehnte mich gegen das Geländer. Allmählich setzten sich alle hin, und ich folgte der Menge. In der letzten Reihe nahm ich Platz. Ich erkannte Vater, wie er mit Duncan vor dem Altar und der Hohepriesterin stand. Sie war für eine Frau sehr hochgewachsen, schlank und trug die gold-weiße Robe der Kirche. Das helle Haar fiel über ihre Schultern. Ein Lächeln umspielte ihre Mundwinkel. Etwas an ihr kam mir sehr vertraut vor, aber ich konnte nicht sagen, was.

Flötenklänge ertönten, und die Menge drehte sich in meine Richtung um. Ihre Blicke waren auf die Braut gerichtet, die mit ihrem Vater den Gang zwischen den aufgestellten Bänken entlangschritt. Sie trug ein weißes Kleid. Eine lange Schleppe zog sie hinter sich her, und das ärmellose Gewand war mir unzähligen filigranen Blütenmustern bestickt. Ein Gürtel aus weißen Blüten bildete den Übergang zum Kleid, das aus mehreren Bahnen Stoff bestand. Die dunklen Haare hatte sie hochgesteckt und diese wurden von einem Kranz aus großen weißen Blumen geschmückt. Allein zwei einzelne Strähnen umrahmten ihr makelloses Gesicht. Ihre großen grauen Augen ruhten auf meinem Bruder, und ihre Wangen waren gerötet. Wie es schien, freute sie sich darauf, Duncan zu heiraten. Sein Gesicht konnte ich nicht sehen. An ihrer Seite lief König Alister McCain. Er trug einen schwarzen Anzug und darunter eine Weste. Ein dunkles Tuch hatte er um sein weißes Hemd gebunden, das unter der Weste hervorschaute.

Das schwarze fast schulterlange Haar war nach hinten gekämmt, und auf seinem Kopf saß die Krone, die ihn als Hochkönig auswies.

Ich beneidete Duncan. Er führte ein ganz gewöhnliches Leben ohne Magie.

Als ich meine Magie zurückzog, wurde es dunkel um mich. Ich vernahm das Tuscheln der Anwesenden, die Worte der Hohepriesterin, die sie an die beiden Liebenden richtete. Es war nur das typische „Heute haben wir uns hier versammelt ...", trotzdem hätte ich in diesem Moment alles gegeben, um an Duncans Stelle zu stehen. Ich war gern bei den Jägern, aber wollte ich so den Rest meines Lebens verbringen? Nein ... Und das Schlimmste war, ich würde es auch nicht. Denn mein Schicksal würde schlimmer sein. Yvain war weg, meine einzige Hoffnung, doch nicht der nächste Oberste Clericer werden zu müssen. Doch nun war es entschieden: Es würde kein Weg daran vorbeiführen, die Rolle meines Onkels zu übernehmen. Als der Führer der stärksten magischen Einheit. Der Elitemagier, die nichts weiter als kaltblütige Monster waren. Das Amt würde ich von einem Mann übernehmen, der seinen Weg mit den Leichen derer gepflastert hatte, die sich gegen ihn erhoben hatten, dabei war er damals noch ein Kind gewesen. Dreizehn Jahre alt ...

Seufzend entfaltete ich wieder meine Magie, und sofort kamen die Bilder in meinen Kopf zurück. Die mit Bändern und Blumen geschmückten Bänke. Die Gäste, welche alle starr der Zeremonie folgten. Schnell erhob ich mich, eilte davon. Ich wollte das alles nicht mitansehen. In meiner Zukunft würde ich ein Sklave meines Onkels sein. Aber wenn ich jetzt davonrannte, wenn ich alles hinter mir ließ, was würden sie dann tun? Erneut flüchtete ich mich auf den Balkon. Hielt mich am Geländer fest und schaute in die Tiefe. Wie sie alle dort saßen und die Zeremonie verfolgten. Ich spürte, wie mir die Tränen kamen. Alles, was ich wollte, war ein ganz normales Leben. Ein Mensch sein.

Langsam sank ich auf den Boden, lehnte mich an das steinerne Gelände und vergrub das Gesicht in den Händen. Hochzeiten waren einfach nichts für mich. Es zeigte mir nur auf, was mir alles für immer verwehrt bleiben würde, und das schmerzte.

Warum kann ich nicht selbst über mein Schicksal entscheiden? Warum muss es von anderen gelenkt werden?

LANDON GLOUCESTER

Es war mir nicht entgangen, dass sich Hunter versteckte. Aber ich konnte mich nicht um ihn kümmern. Mein Bruder hatte ebenfalls anderes zu tun. Stolz stand er in seinem schwarzen Gewand neben seinem Sohn, der einen dunklen Anzug mit feinen Mustern trug. Doch auch wenn er den Schein wahrte, als wäre es sein schönster Tag, konnte ich sehen, dass sein Lächeln nicht seine Augen erreichte. Seine hellen Iriden blieben stumpf, denn tief in seinem Herzen gab es eine andere Frau. Das blieb mir nicht verborgen, wobei ich nicht daran zweifelte, dass die beiden glücklich werden würden. Dennoch war Jocelyn nicht die Frau, die er wirklich ehelichen wollte. Es war allein seine Pflicht, und darum tat er es. Ich zweifelte daran, dass überhaupt jemand wusste, was er wirklich fühlte. Erle war in der Regel blind für solche Gefühlsregungen. Aber das konnte ich meinem Bruder nicht übel nehmen. Er gab sein Bestes, um die Familie zusammenzuhalten.

Ich richtete meinen Blick auf die Hohepriesterin. Everette war ein Fuchs, anders konnte man es nicht sagen. Dennoch taten wir alle so, als würden wir es nicht wissen. Ich war nicht mal sicher, ob es Duncan aufgefallen war. Auch wenn ich gestehen musste, das ich Everette nicht zugetraut hätte, auch nur halb so qualifiziert für die Position zu sein, wie er in Wirklichkeit war. Er hatte nicht nur ein Waisenhaus gebaut, sondern sorgte sich auch um die Obdachlosen. Das musste ich ihm hoch anrechnen. Trotzdem war ich der Auffassung, dass er einen höheren Plan verfolgte. Er handelte nicht aus reiner Nächstenliebe. Nicht mal die wirklichen Hohepriesterinnen hatten viel davon besessen.

Ich lehnte mich zurück und beobachtete, wie sich das Brautpaar die Ringe an die Finger steckte und anschließend küsste. Die zwei würden alles meistern, da war ich mir sicher. Jetzt konnte ich sogar sehen, wie Duncan rot wurde.

Nach dem zeremoniellen Teil gab es einen Aperitif, der auf goldenen Schalen gereicht wurde. Er bestand aus verschiedenen alkoholischen Getränken und kleinen Häppchen. Das eigentliche Abendessen würde erst in ein paar Stunden stattfinden.

„Entschuldigt", sprach mich ein Magier an, und ich drehte mich zu ihm um. Meine Augen weiteten sich, als ich den lockigen Haarschopf und die Sommersprossen sah.

Walder Wessex.

Er musste eindeutig größenwahnsinnig sein, sich hier blicken zu lassen. Dessen schien er sich bewusst zu sein, doch es schien ihn nicht zu interessieren, denn ein Lächeln umspielte seine Lippen.

„Ich habe lange auf den Tag gewartet", wisperte er. „Ihr seid der Hauptschuldige für den Tod meines Bruders. Mit Eurem Tod wird meine Rache ein Ende haben."

Ich grinste in mich hinein. *Denkt er wirklich, dass er mich bezwingen könnte? Er ist nur ein einfacher Magier.* Aber ich ließ ihm seine Illusion. „Wenn du dich jetzt entschuldigst und um Gnade flehst, könntest du mit einer sehr langen Gefängnisstrafe davonkommen. Aber du hättest danach noch die Chance auf ein einigermaßen normales Leben."

Er grinste mich an. „Kein Interesse."

Ich lächelte zurück, wandte mich von ihm ab. „Folge mir", verlangte ich und schritt davon, weg von den Gästen. Sobald ich einen stillen Ort erreicht hatte, öffnete ich ein Portal. Passierte es, und der junge Mann folgte mir wie ein Lamm zur Schlachtbank. *Er überschätzt sein Können, wie töricht von ihm.*

Das Portal spuckte uns auf einer großen Wiese aus. Niemand Unschuldiges würde hier zu Schaden kommen, und das war mir das Wichtigste. „Töte mich, wenn du kannst, aber rechne nicht damit, dass ich dich verschonen werde."

Das Grinsen war weiterhin nicht aus Walders Gesicht verschwunden. Er griff nach seiner Waffe auf dem Rücken und klappte wieder die magische Sense aus. Ich hingegen ließ meine Klingenpeitsche unberührt. Er kam auf mich zugerannt und schwang die Sense. Ich hob meine Hand an, und Sekunden später prallte er gegen ein Schutzschild. Für Sekunden wurden seine Augen groß, dann bewegte ich meine Hände. Feuerbälle erschien neben mir, flogen in Walders Richtung. Er schwang seine Sense, und als sie den ersten traf, löste er sich in Luft auf. Dem zweiten wich er aus, und der dritte wurde ebenfalls von seiner Waffe unschädlich gemacht.

„Gib auf, ich bin dir kräftemäßig überlegen."

Er fing an zu lachen. „Das werden wir sehen!"

Sofort spürte ich eine starke magische Kraft. Sie hatte etwas Unnatürliches an sich, und ich begriff, was dies bedeutete.

Slokir.

„Bist du so besessen davon, dich an mir zu rächen, dass du sogar deine Seele an das Böse verkauft hast? Dummer Junge ..."

Die Gliedmaßen des Jungen begannen zu wachsen, und sofort flammten die Erinnerungen an den Traum in meinem Kopf auf. Walders Größe übertraf die von den Bäumen. Vor mir stand ein Riese, obwohl diese schon vor langer Zeit ausgerottet worden waren. Das groteske Wesen hatte dünne, lange Extremitäten. Sein Gesicht war unter der Kutte der Magier verborgen. Was für mich wohl besser war, denn ein besonders schöner Anblick konnte das nicht sein. Das Wesen machte mir jedoch keine Angst, nicht mal seine Kraft. Es war die Sense, die mir Sorgen machte.

Walder schwang sie. Ich sprang in seine Richtung, wich dem ersten Schlag aus und zog meine Peitsche. Schlug sie gegen das linke Bein des Riesen. Sofort wickelte sie sich darum, und ich zog sie zusammen. Die spitzen Klingen bohrten sich in das Fleisch des Ungeheuers. Es schrie auf. Ich riss daran, und die Klingen lösten sich, hinterließen eine klaffende Wunde und zwangen Walder in die Knie. Dunkles Blut tropfte aus der Beinverletzung und färbte das Gras unter ihm schwarz. Lange würde er nicht durchalten.

Ich rannte weiter. Trotz der Schmerzen, die Walder haben musste, stand er wieder auf. Schlug die Sense in meine Richtung, und ich öffnete ein Portal, sprang hindurch. Die Sense knallte auf den Boden vor dem Portal, blieb in der Erde stecken und ich schwebte direkt darüber. Ließ mich auf den Griff der Sense nieder und rannte den Arm des Riesen entlang. Schwang die Klingenpeitsche, und er ließ seine Waffe los. Trotzdem bekam ich seinen Arm mit meiner Peitsche zu fassen. Die Klingen zerfetzten seine Kleidung, bohrten sich in sein Fleisch, und der Riese schrie auf. Walder sank erneut auf die Knie. Ich zog meine Peitsche zurück. Noch mehr dunkles Blut tropfte auf die Wiese herab.

„Slokir braucht mehr als einen Riesen, um mich zu bezwingen", sagte ich, doch den Traum hatte ich nicht vergessen. Es war die Angst vor dem Verrat aus den eigenen Reihen, die mir zusetzte.

Er sank weiter in sich zusammen. Ich bewegte meine Hände und ließ neue Feuerbälle erscheinen. Sie flogen auf ihn zu und trafen ihr Ziel. Walder schrie auf, verwandelte sich zurück. Seine Kleidung war versengt. Neben den blutenden Wunden war sein Körper nun von lauter Brandmalen übersät. Ich griff nach der Sense, die noch immer im Gras streckte und wie er wieder auf Normalgröße geschrumpft war.

„Die wirst du nicht mehr brauchen. Ich werde sie deinem Vater zurückgeben, denn du hast sie nicht verdient."

Sein halbes Gesicht war verbrannt, als ich auf ihn herabblickte. Schmerz spiegelte sich in ihm wieder.

„Warum musstet Ihr meinen Bruder töteten?", brachte er angestrengt über seine Lippen.

„Es war ein Test. Hätten sie auf Hunter gehört, hätte niemand sterben müssen. Aber das haben sie nicht. Es hätte genauso gut Kimball treffen können."

„Das ist grausam!“, knurrte er mich an.

„Grausam?“ Ich lächelte ihn an. „Bei meinem Vorgänger hätte Lindsey nicht einmal halb so lange überlebt. Jeder Clericer, der seine Gefühle nicht im Griff hatte, musste zwangsläufig sterben. Man wollte allein die Elite, eine Armee aus gehorsamen Untergebenen, die ohne zu hinterfragen jeden Befehl ausführten. Dein Bruder hatte Glück, dass er an mich geraten ist.“

Ich sah, wie Walder mit sich rang. Meine Worte setzten ihm zu, weil sie ihm aufzeigten, wie es in der Welt der Clericer wirklich zuging. Eine Träne löste sich aus seinem Augenwinkel. Walder war ein dummer, verwöhnter Junge, der selbst in seinem Jahr auf der Flucht nichts dazugelernt hatte.

„Das ist grausam.“

„Clericer sind grausam.“ Ich berührte seine verbrannte Wange, setzte meine Magie ein, um seine Schmerzen zu lindern. „Du solltest Buße tun. Wenn herauskommt, dass du dich mit dem Verbrannten verbündet hast, wird es deiner Familie den Rest geben. Sie werden alles verlieren. Sitz deine Strafe im Gefängnis ab und führe danach ein ruhiges Leben.“ Die Brandwunden verschwanden. Ich konnte in seinen Augen die Unentschlossenheit und Hilflosigkeit erkennen. „Deine Mutter ist tot. Es brach ihr das Herz, zwei ihrer Kinder auf einen Schlag zu verlieren. Ihre Tochter soll nun diese Lücke füllen. Sie wird das Amt eures Vaters übernehmen, und wenn sie weiterhin den Gloucesters treu dienen will, wird sie gemeinsam mit dem König in die Schlacht reiten müssen. Deine Schwester muss all deine Pflichten übernehmen und hat nur einige Jahre, um das zu lernen, worauf man dich dein ganzes Leben vorbereitete. Du könntest für Athala da sein ...“ Sein Gesicht war eine unlesbare Maske.

Während ich sprach, sah ich plötzlich einen Dolch in Walders Hand aufblitzen, den er mir in den Rücken rammen wollte. Er sauste auf mich nieder, doch prallte gegen das unsichtbare Schutzschild. Erneut erschien ein breites Lächeln auf meinen Lippen.

„Ich bin nicht so töricht, wie du denkst“, sagte ich und nahm ihm den Dolch ab. Nach einer kurzen Betrachtung fiel mir auf, dass die Klinge mit Gift eingeschmiert worden war. „Du wolltest mich mit meinen eigenen Mitteln schlagen?"

Walders Gesicht verzog sich zu einer Fratze. „Das ganze System ist voller Falschheit. Niemals wieder werde ich mich ihm unterordnen!"

Seine Worte brachten mich zum Lachen. „Dein Kampf ist lächerlich, denn du könntest mich niemals bezwingen. Da braucht Slokir mehr, um mich in die Knie zu zwingen." Ich rammte ihm den Dolch ins Bein.

Walder schrie auf und krümmte sich vor Schmerzen. Sein eigenes Gift würde ihm am Ende den Rest geben. Langsam erhob ich mich, nahm die Sense an mich. Schritt durch das Tor, ohne ihn nochmals eines Blickes zu würdigen. Der dumme Junge hatte seine Chance vertan.

Es dauerte keine zehn Minuten, bis ich mit seinem Vater zurückkehrte. Doch von Walders Leichnam war keine Spur. Sein Blut klebte noch an den Grashalmen, aber er war weg. Slokir hatte ihn geholt. Aber das kleine Experiment des Verbrannten hatte nicht funktioniert. Ein Riese konnte mich nicht bezwingen. Ich zweifelte daran, dass Walder nochmals so töricht sein würde, sich mir in den Weg zu stellen.

Aldwyns Gesicht hatte sich zu einer Fratze verzogen. Er versuchte, den Schmerz zu verbergen. Wir wussten beide, dass Walder endgültig verloren war.

„Ich werde den Hochkönig darum bitten, ein hohes Kopfgeld auf Walders Ergreifung auszusetzen. Tot soll er mehr wert sein, dann wird er sich nirgendwo mehr verstecken können. Die Kopfgeldjäger werden ihn finden. Es tut mir leid, Aldwyn. Aber jetzt ist es nicht mehr von der Hand zu weisen, dass er ein Hochverräter ist."

Der Lord fiel auf die Knie. Jetzt war jegliche Hoffnung auf eine friedliche Zusammenkunft zerstört.

Ich wandte mich von ihm ab, schritt in Richtung meines Portals und wartete auf ihn. Seine Zukunft lag jetzt in den Händen von Erle und Alister. Immerhin war sein einziger verbliebener Sohn ein Hochverräter, der sich der Auslöschung der Welt, wie wir sie kannten, verschrieben hatte.

Doch Walder war nicht der einzige Verräter, wie mir mein Traum verraten hatte. Es gab eine undichte Stelle in unseren Reihen. Und was war, wenn sich Walder und der verdorbene Clericer zusammentaten? Ich hatte nur ein Leben, und wenn die Wunden tödlich wären, würde ich an ihnen sterben. Selbst Kyndras Kräfte hatten ihre Grenzen.

HUNTER GLOUCESTER

Ich blieb an das Säulengeländer gelehnt sitzen, denn ich konnte mich nicht wie bei der Sommersonnenwende davonstehlen und so könnte ich wenigstens sagen, dass ich dort gewesen war. Mit gesenktem Kopf sah ich auf meine Hände herab, als sich mir plötzlich Schritte näherten.

„Hast du keine Lust, mit den anderen zu feiern?“, ertönte eine weibliche Stimme.

Eigentlich wollte ich nicht antworten, trotzdem hob ich leicht den Kopf. Eine junge Dame in einem schwarzen Kleid stand vor mir. Es war mit schwarzen Blumen bestickt und hatte einen ausladenden Rock.

„Du solltest dich auf dem Fest amüsieren“, überging ich ihre Frage.

Die Stoffe ihres Kleides raschelten, als sie sich zu mir hinunterbeugte. „Du bist Hunter, oder?“

Ich schaute zur Seite. „Und wenn es so wäre?“

„Erkennst du mich nicht?“, fragte sie, und zum ersten Mal sah ich ihr richtig ins Gesicht. „Wir haben hier als Kinder oft zusammen gespielt.“ Ihr schwarzes Haar wirkte zerzaust. Einige Strähnen hatten sich aus den hochgesteckten Konten gelöst, und ihre Haut war blass, wodurch sich die geschminkten Lippen noch viel deutlicher vom Rest abhoben. Ihre wilden dunklen Augen lagen auf mir.

„Viviane“, wisperte ich. Sie war die jüngere Schwester von Arden und Jocelyn.

Ein Lächeln huschte über ihr Gesicht, dann setzte sie sich vor mir auf den Boden. „Ich habe dich schon seit Jahren nicht mehr gesehen. Vater erklärte mir, dass du jetzt ein Clericer bist und darum nicht mehr herkommst.“ Sie schaute hoch zum Himmel. „Ich hatte gehofft, dass du heute kommst, weil ich dich sehen wollte.“

Sanft musste ich auch lächeln. Sie sprach von früher, von einer Zeit, als alles noch in Ordnung gewesen war. Sie war anders als ihre Schwester gewesen. Ein kleiner Wirbelwind, der es geliebt hatte, sich im Garten herumzutreiben oder sich sogar in die Stadt zu stehlen. Wenn ich ehrlich war, war sie stets mutiger gewesen als ich.

Verlegen fasste ich mir an den Helm. „Ich hatte dich eigentlich vergessen.“

„Du hast in den letzten Jahren sicherlich viel erlebt.“ Ihre Augen leuchteten, und sie rückte etwas näher. „Ich habe es immer genossen, etwas mit dir zu unternehmen. Anders als der Rest der Adligen hattest du nicht vor allem Angst.“

„Wirklich?“, fragte ich überrascht.

Sie nickte. „Die anderen waren alles nur versnobte Spießer.“ Sie erhob sich wieder, streckte mir die Hand hin. „Lass uns gemeinsam etwas unternehmen. So wie in alten Zeiten.“

Ich spürte, wie mir ihre Worte die Röte ins Gesicht trieben. Viviane hatte sich in all den Jahren nicht verändert. Dankend ergriff ich ihre Hand, ließ mir von ihr aufhelfen.

„Wird es niemandem auffallen, dass du nicht da bist?“, fragte ich vorsichtig nach.

„Nö. Vater ist gerade mit deinem Vater, deinem Onkel und Lord Wessex in seinem Arbeitszimmer verschwunden. Er wird dort sicherlich eine Weile bleiben, und wenn er zurückkommt, wird er sich um die anderen Gäste kümmern. Meine Mutter führt eine ausführliche Diskussion mit der Hohepriesterin. Sie hat sich sonst nie für die Kirche interessiert, aber mir soll's recht sein. Meine Schwester hat nur Augen für ihren neuen Ehemann, und mein kleiner Bruder Arian ist bei seiner Amme. Die passt auf ihn auf. Meine Zofen werden mich nicht verraten." Sie schnaubte. „Arden wiederum hat andere Interessen, als sich um den Verbleib seiner Schwester zu sorgen."

„Deine Familie scheint auch nicht einfach zu sein", stellte ich nüchtern fest.

Sie zuckte mit den Schultern. „Welche Familie ist das schon?" Mit diesen Worten nahm sie meine Hand und wollte mich hinter sich her ziehen, doch ich blieb stehen.

„Warte."

Verwirrt sah sie mich an. „Was hast du vor?"

Ich trat auf sie zu, packte sie und hob sie hoch. Sobald sie in meinen Armen lag, setzte ich meine Magie ein. „Halt dich fest." Langsam ließ ich uns über den Boden schweben. Zuerst nur einige Meter, um zu sehen, wie Viviane darauf reagierte. Doch in ihren Augen war keine Angst zu sehen, im Gegenteil, sie leuchteten vor Freude. Glücklich hielt sie sich an mir fest.

Immer weiter stieg ich in die Luft hinauf, schwebte hinauf zum Dach und setzte uns darauf ab. Es war ein hoher Turm, von dem man die ganze Stadt überblicken konnte. Die Menschen auf dem Rasen wirkten klein und zerbrechlich.

Neugierig schritt sie zur Kante des Daches, und mir rutschte das Herz in die Hose.

„Du musst aufpassen!"

Mit einem breiten Grinsen sah sie mich an. „Warum? Du bist doch hier, wenn ich falle, um mich zu retten."

Verlegen schaute ich zur Seite, spürte, wie sich meine Wangen erneut verfärbten. Ich war es nicht gewohnt, dass mir jemand so vertraute. Sicherlich taten es Mael und die anderen, aber sie würden ihr Leben doch niemals so einfach in meine Hände legen ... oder?

Langsam schritt Viviane wieder zu mir, setzte sich auf die Ziegel und schaute in die Ferne.

„Ich sehe noch immer diese Abenteuerlust in deinen Augen“, stellte ich fest. „Die Nebellande wären der perfekte Ort für dich. Dort würde dir niemals langweilig werden.“

Verwundert sah sie mich an. „Was meinst du?“

„Aleksa, sie erzählte mir oft von ihrer Heimat ...“

„Wer ist Aleksa?“

„Sie ist die Tochter von Czarek Czapski.“

„Ist sie deine Freundin?“

„Nein. Wir sind Freunde, aber mehr ist da nicht.“ Sofort seufzte Viviane erleichtert auf, sagte aber nichts. „Sie erzählte oft von ihrer Tante, die unzählige Abenteuer erlebte. Die Frauen aus den Nebellanden können sehr gut kämpfen. Aleksa war die Beste in unserer Klasse.“

Viviane legte ihren Kopf auf meine Schulter. „Das hört sich schön an, Hunter.“ Sie griff nach meiner Hand. „Können wir nicht gemeinsam Abenteuer erleben? Ich könnte dich doch begleiten? Alles ist besser, als hier eingesperrt zu sein.“ Unsicher, was ich darauf antworten sollte, sah ich zur untergehende Sonne. Viviane stellte sich alles viel zu einfach vor.

„Ich möchte dich nicht wieder verlieren. Auch wenn du mich nicht mitnehmen kannst“, sagte sie, als ich nicht antwortete. „Bitte, schreib mir von deinen Abenteuern.“

Sanft streichelte sie mir über die Wange, und ich wusste nicht, was ich fühlen sollte. Sie wollte mit mir kommen. Viviane mochte mich. Wie sollte ich darauf reagieren? Eigentlich durfte da nichts sein, und trotzdem entflammte tief in meinem Herzen ein kleiner Funke. Hoffnung.

KAPITEL XXVIII
Das dunkle Geheimnis der Elfen

ALEKSANDRA CZAPSKA

Das jährliche Treffen der Clericer war nicht so verlaufen, wie ich es mir gewünscht hatte. Hunter war gegangen, und langsam zweifelte ich daran, dass es eine gute Idee gewesen war, ihn zu Landon zu schicken. Dass Yvain nicht aufgetaucht war, überraschte mich wenig. Jedoch bestätigte es mal wieder, dass er sich nicht als Teil der Clericergemeinde sah und nichts mit uns zu tun haben wollte. Am nächsten Tag verließ ich gemeinsam mit Maitagorry die Akademie.

„Du wirkst heute so bedrückt“, stellte sie nüchtern fest.

Ich sah sie nicht an, sondern blickte auf meine Hände, welche die Zügel meines Pferdes hielten. „Es ist gerade alles etwas kompliziert. Yvain ist weiterhin verschwunden, und wir haben keine Spur, die uns zu ihm führen könnte. Nicht mal dieses Mädchen haben wir gefunden. Und Hunter benimmt sich auch merkwürdig.“

Sie lachte. „Du solltest Yvain dankbar sein. Wenigstens kannst du wegen ihm durchs Land reisen. Sonst würde Landon deine Ausbildung viel strenger überwachen. Oder vermisst du die Streitgespräche mit ihm über Elfen, Götter und andere Themen?“

Ich verzog den Mund. An Hunters Onkel wollte ich gerade wirklich nicht denken. „Auf keinen Fall. Aber es ist trotzdem ein komisches Gefühl, einem Mann quer durchs Land hinterherzujagen. Vielleicht bin ich auf mich selbst wütend, weil es mir nicht gelingt, ihn zu finden.

Auf einmal merke ich, dass meine Magie Grenzen hat und er Tricks beherrscht, die ich mir nicht einmal vorstellen kann."

„Du bist zu hart zu dir. Yvain ist nicht besser oder schlecht als du. Ich denke, er hat sich nur sehr lange darauf vorbereitet. So gesehen versteckt er sich nicht zwingend vor dir, sondern vor dem Obersten Clericer, und um dies zu schaffen, muss er einiges liefern", argumentierte Maitagorry.

Zum ersten Mal realisierte ich, dass sich Yvain vor dem mächtigsten Magier der Welt versteckte. „Er war immer in der Bibliothek ..."

„Aleksa, du denkst zu viel nach. Du bist weder Hunters noch Yvains Babysitterin. Wir sollten einmal was ganz anderes machen."

Verwirrt sah ich sie an. „Was anderes?"

„Es geht sonst immer nur ums Lernen oder darum, Yvain zu finden. Wir haben Ablenkung verdient und sollten unseren Aufenthalt in der nächsten Stadt ausnahmsweise mal etwas genießen. Landon sieht und hört nicht alles. Ich bezweifele sowieso, dass er ein Auge auf uns hat."

Mein Blick war weiterhin auf Maitagorry gerichtet. „Du willst damit sagen, dass wir einen Mann aufreißen sollten?" Es fiel mir schwer, den Gedanken anziehend zu finden. Denn wenn ich an Hunter dachte, waren die Worte süß und niedlich die ersten, die mir einfielen. Bei Yvain empfand ich eher Wut, und optisch gesehen war er einfach nur eine etwas erwachsenere Version von Hunter. Nicht mal den hochgewachsenen, breitschuldigen Blaire fand ich besonders attraktiv. Clayton war grauenvoll. Kein Junge aus meiner Klasse hatte jemals mein Herz höherschlagen lassen. Bei den Lehrern oder Landon war es nicht anders. Nicht einmal jetzt konnte ich sagen, dass ich einen der männlichen Dorfbewohner so attraktiv fand, dass ich ihn in meinem Bett haben wollte. Bisher hatte ich mir darüber jedoch noch nie Gedanken gemacht.

„Ich verzichte lieber. Bei mir würde nicht wirklich Stimmung aufkommen."

Maitagorry lachte. „Da bist du nicht die Einzige."

Verwirrt schaute ich zu ihr. „Aber ich dachte, du wolltest, dass wir uns ein paar schöne Stunden machen?"

„Schon, aber ich stehe auf Frauen. Ist es bei dir denn auch so?“

Verwirrt schaute ich sie an. „Ich weiß es nicht. Darüber habe ich noch nie nachgedacht. Denn wenn wir nicht lieben dürfen, warum sollte ich mir Gedanken über Sex machen?“

Sie fing an zu lachen. „Du bist wirklich speziell, Aleksa. Aber weißt du, nur weil du deinen Partner oder deine Partnerin nicht heiraten und Kinder mit ihm oder ihr haben kannst, bedeutet das nicht, dass du auf alles verzichten musst.“

Ich konnte nicht verhindern, dass ich rot anlief. „Das wusste ich nicht“, wisperte ich. „Aber dann würde mir eine Frau definitiv besser gefallen. Nur kenne ich mich auf diesem Gebiet nicht aus.“

„Du kannst keine Bücher lesen, um etwas über die Liebe zu erfahren, du musst die Erfahrungen selbst machen. Das Wichtigste ist, voll und ganz auf dein Herz zu hören, denn es sagt dir alles, was du wissen musst.“

Verwirrt fasste ich an meine Brust. „Mein Herz? Ich weiß nicht, ob ich das kann.“

Maitagorry grinste mich an. „Ich glaube an dich. Sonst kannst du mich gern fragen. Dann versuche ich, es dir zu erklären.“

Fest schloss ich unter der Maske meine Lider. Noch zweifelte ich daran, dass alles, was in der Stadt passieren würde, erholsam für mich wäre.

Vielleicht war es auch an der Zeit, mal wieder mit Sylvia zu schreiben. Mein letzter Brief war schon einige Wochen her. Daher war es eine gute Möglichkeit, ein neues Thema aufzugreifen.

YVAIN LEINSTER

Der Wind blies mir weiterhin stark entgegen, dennoch konnte ich mir ein Lächeln nicht verkneifen, als mein Blick auf Cenred fiel, der neben mir versuchte voranzukommen.

„Gibst du etwa schon auf?“, fragte ich ihn. „Oder wartest du auf besseres Wetter?“

Er warf mir einen bösen Blick zu und schnaubte. „Wir sind nur wegen dir hier.“ Mürrisch stampfte er voran. Mit jedem Schritt sank er tief in den Schnee ein.

„Wenn die Geheimnisse der Elfen dich nicht interessieren, kannst du natürlich jederzeit wieder umkehren.“

„Niemals!“, brummte er. „Ich möchte mehr wissen.“

„Gut, dass wir da einer Meinung sind“, sagte ich und holte Cenred wieder ein. Vor mir konnte ich schwach einen weiteren Jäger erkennen, während sich hinter uns nichts als Schnee befand. Von unserem anderen Kameraden fehlte jede Spur.

„Es war trotzdem töricht von dir, sie allein zurückzulassen. Du könntest genauso gut dein Vater sein.“

Ich schnaubte. Der Vergleich passte mir überhaupt nicht. „Wenn ich mein Vater wäre, hätte ich mich von ihr abgewandt und behauptet, dass es nicht mein Kind ist.“

„Ich verstehe trotzdem nicht, warum du nicht bei ihr geblieben ist, als sie dir erzählt hat, dass sie schwanger ist. Ihr hättet euch ein schönes Leben aufbauen können. Aber stattdessen begibst du dich auf eine Selbstmordmission und lässt sie allein“, tadelte er mich.

„Du weißt, was der Elf gesagt hat“, wandte ich ein, dennoch konnte ich nicht die Bilder verdrängen, die plötzlich vor meinem inneren Auge auftauchten. Wie Risa weinend vor mir gestanden hatte, als ich ihr auf diese Nachricht mitteilte, dass ich ins Nebelgebirge aufbrechen würde. Es hatte mir das Herz zerrissen, doch ich musste es tun, bevor unser Kind auf die Welt kam. Sonst wäre es zu spät, diese gefährliche Reise zu unternehmen. Denn ich wollte es besser machen als mein Vater und für meine Frau und mein Kind da sein.

Cenred lachte. „Du weißt, dass auch alles erstunken und erlogen sein könnte?“

Kurz blieb ich stehen und sah ihn erbost an. Es war keine Lüge!

Um Cenreds und meinen Plan in die Tat umzusetzen, suchten wir nach einem Auftrag in der Nähe der Elfenwälder. Währenddessen trug ich die Robe der freien Magier, was mir erlaubte, einfache Zauber zu wirken. Ich musste nur aufpassen, es nicht zu übertreiben. Risa begleitete uns weiterhin. Sie trug jetzt die Kluft der Jäger, und somit waren wir für alle eigentlich so gut wie unsichtbar. Solange ich mich mit einem Schild von Landons Magie abschirmte, konnte er mich nicht finden. Zumindest glaubte ich, dass es funktionierte, denn er tauchte nie auf. Welchen Weg Aleksa am Ende gewählt hatte, wusste ich nicht. Aber mein Vertrauen in meine Mitmenschen war zu gering, als dass ich es dem Zufall überlassen wollte.

Gemeinsam mit Cenred brach ich eines Nachmittags auf. Wir strichen durch den Wald, denn so genau wusste niemand, wo die Siedlung der Elfen lag. Letztendlich waren es sie, die uns fanden, und nicht umgekehrt. Sie hatten einfache Speere aus Holz mit Steinspitzen. In einem Zweikampf waren ihre Waffen gegen die unseren machtlos. Jedoch besaßen sie Magie. Daher waren sie trotz der schlechten Bewaffnung nicht zu unterschätzen.

„Was macht Ihr hier?", fragte einer der Elfen. „Dies ist unser Wald und sollte von Menschen nicht betreten werden."

Ich warf meine Kapuze zurück und trat auf den Elfen zu, der gesprochen hatte. „Mein Name ist Yvain Leinster, ich bin ein Clericer und möchte mit Eurem Anführer sprechen."

Argwöhnisch musterte mich der Elf mit den schwarzen Haaren. „Ihr tragt aber nicht die Kluft der Clericer."

„Weil ich keiner mehr sein möchte."

Er trat näher, musterte mich und nickte dann. „Ihr könnt mitkommen."

Man führte uns durch den Wald. Am Ende erreichten wir ein Dorf, das aus einfachen Holzhütten bestand. Der Ort war nicht prachtvoll, sondern einfach und schlicht. Die Elfen hatten sich kleine Häuser dicht an die Bäume gebaut. Luxus sah anders aus. Cen und ich mussten warten, bis man uns zum Oberhaupt der Elfen führte. Dieses besaß die größte Hütte, die sich aber bis auf diese Eigenschaft nicht von den anderen unterschied. Es gab keine Fenster, nur kleine Öffnungen, die man mit Tüchern verdecken konnte. Im Winter musste es hier drinnen sehr kalt und unangenehm sein.

Ein älterer Elf mit langem weißem Haar saß am Feuer. Dies war die einzige Lichtquelle in dem Raum. In einer Ecke erkannte ich ein Lager, das als Bett benutzt wurde, sowie eine kleine Nische mit Geschirr und Töpfen und ein einen Tisch mit Stühlen. Das war alles, was der wichtigste Elf des Volkes besaß.

„Ihr seid ein Clericer?", richtete er das Wort sofort an mich. Seine braunen Augen musterten mich.

„Ja. Ich bin Yvain, und das hinter mir ist mein Kollege Cenred."

Wir setzten uns, während der Elf uns nicht aus den Augen ließ.

„Mein Name ist Amon und ich bin der Älteste dieses Dorfes. Ihr habt also Fragen an mich?"

„Ich möchte mehr über die Clericer erfahren."

„Und um dies zu tun, kommt Ihr zu uns?"

Stumm nickte ich. „Ich erhoffe von Euch Antworten, die mir niemand geben kann."

Amon schwieg, musterte mich weiterhin. „Um die Frage nach den Clericern zu beantworten, müsst Ihr wissen, wie die Welt entstand. Die Drow würden Euch eine andere Geschichte erzählen als wir. Aber in unseren Legenden erschufen vier Götter die Welt und ihre Kreaturen. Der Neid zwischen ihnen machte alles kaputt. Je mehr sie sich verstritten, desto mehr Probleme gab es. Moorlog war einst der Gott der Natur und trug einen anderen Namen. Er brachte das Unheil über uns, indem er das Tor in eine andere Welt voller Grauen erschuf."

Meine Augen weiteten sich, als ich dies hörte. „Ein Gott?"

„Ja, er war einst ein Gott, aber Moorlog bringt schon lange keine Wunder mehr hervor. Seine Gabe, Dinge zu erschaffen, hat er verloren. Alles, was

er nun kann, ist zu verderben. Die Menschen fürchten sich vor dem Verbrannten, wie sie ihn nennen, aber der verfluchte Gott des Waldes ist viel schlimmer. Viele Monster der neuen Zeit sind sein Werk.“

Verwirrt sah ich ihn an. „Es gibt neue Monster?“

„Ja, zum Beispiel die Wendigos. Es ist sein Fluch. Ein unsterbliches Wesen, das sich nach dem Fleisch der Menschen verzerrt. Sein Hass hat keine Grenzen. Aber der König der Wendigos stellt sich ihm in den Weg.“

„König?“ Jetzt verstand ich gar nichts mehr. „Diese Wesen haben einen König?“

„Ja, und er kämpft gegen Moorlog. Der König der Wendigos ist den Menschen nicht böse gesinnt. Sein Zorn richtet sich allein gegen Moorlog. Solange er seine Macht besitzt, wird er alles versuchen, um den verdorbenen Gott zu bekämpfen. Eine Begegnung mit ihm würdet Ihr nicht überleben. Er ist stärker als ein Clericer.“

Ich konnte mir ein Lachen nicht verkneifen. „Als ob ein Wendigo gegen unsere Blutmagie ankommen würde. Das sind doch nur alte Legenden.“

„Er ist vom selben Blut wie Ihr.“

Ich schüttelte mich vor Lachen. „Ein Wendigo, der einst ein Clericer war? Das gibt es nicht …“

Das Gesicht von Amon verfinstere sich, und ich bemerkte erst jetzt, wie unhöflich meine Reaktion war.

„Wir möchten mehr über die Clericer erfahren“, wandte sich Cenred an den Elfen. „Und wir möchten uns nicht mit dem König der Wendigos anlegen.“

„Moorlog verfluchte uns, weil ihm unsere Lebensweise mit den Menschen missfiel. Er schickte uns die Monster, welche er durch das Tor lockte. Das ist der Grund, warum wir ihn verachten. Sona und der Verbrannte schlossen das Portal. Die Meeresgöttin beanspruchte es für sich. Sie ließ es von ihrem Wächter bewachen. Aber die Menschen waren töricht und öffneten es. Es waren Eure Vorfahren, welche das Siegel brachen und das Böse in unsere Welt lockten.“

„Cain der Große?“, wisperte ich, und Amon nickte mir zu.

„Ja. Mit seiner Torheit fing alles an. Das Gleichgewicht der Elemente ist seitdem gestört. Die Göttin Sona schweigt, Samson hat sich in ein Monster verwandelt, Slokir wurde verbannt und die Herrin der Meere wandte sich von uns ab. Durch das Öffnen des Tores kam die dämonische Magie in unsere Welt. Sie zerstörte das Gleichgewicht."

Jetzt war mir nicht mehr zum Lachen zumute. Unsere Welt war aus dem Gleichgewicht geraten und das hörte sich mehr als gefährlich an. „Die Clericer ..."

„Sind die Nachkommen jener törichten Menschen, die damals das Tor öffneten. Darum seid Ihr Adligen in der Regel auch Clericer. Eure Körper nehmen die dämonische Energie auf. Darum verfügt Ihr als Einzige über die Blutmagie."

Unfähig, etwas zu sagen, sah ich den Elfen an. Ich hatte mit vielem gerechnet, aber nicht damit. Ich ließ meinen Kopf sinken, schaute auf meine Hände herab. „Wir sind Monster ..."

„Nein, Ihr seid das, was Ihr daraus macht. Aber ein Clericer neigt eher dazu, die dunkle Seite zu wählen. Eure Gattung ist in der Regel nicht mit Güte oder Mitgefühl ausgestattet. Ihr tötet, und es macht Euch Spaß. Trotzdem brauchen wir Euch."

Leicht hob ich den Kopf. „Ihr braucht uns?"

„Ja. Die dämonische Magie hat sich tief in unsere Welt gefressen. Nur der Oberste Clericer kann das Tor öffnen und er muss es tun, um die Welt im Gleichgewicht zu halten. Zweimal im Jahr."

In meinem Gehirn ratterte es. Ein Treffen der Clericer zu jeder Sommersonnenwende. Das musste der Tag sein, an dem Landon es öffnete.

„Wenn das Tor in die Welt der Dämonen in Saintboudon ist ... Wenn der schwarze Tränensee das Grab aller Clericer ist ... Dann bringt man alle Clericer dorthin ..."

„Um die Welt vor Eurer verdorbenen Magie zu schützen. Es braucht eine enorme magische Kraft, um das Tor zu öffnen."

Mein Blick blieb an dem Elfen hängen. Er wusste zu viel. Viel zu viel ... „Woher ..."

„Landon Gloucester", antwortete Amon. „Er versammelte uns Älteste der Elfen, um eine Übereinkunft zu treffen. Es war ein Austausch."

„Aber warum?“

„Wissen ist Macht. Zudem wisst Ihr, was man sagt. Ihr Clericer besitzt das Blut der Drow, was reine Erfindung ist. In Eurem Blut fließt das pure Böse, dennoch sind wir Elfen die Sündenböcke der Gesellschaft. Die Clericer lassen zu, dass man uns verachtet und hasst. Sie schüren den Zorn gegen uns, indem sie den Menschen einreden, dass wir für all das Böse verantwortlich sind.“

Ich schnaubte. „Ihr vertraut Landon Gloucester und seiner Wahrheit? Das ist töricht. Ihr wisst doch, was für ein Mensch er ist.“

„Der Wächter vertraut ihm.“

„Dann irrt sich dieser Wächter vielleicht?“ Ich erhob mich und schaute auf den Elfen herab.

„Beruhig dich, Yvain“, sprach Cenred auf mich ein.

„Was tut der Oberste Clericer für Euch?“, wollte ich wissen.

„Er versprach, uns zu schützen. Die Menschen wollen uns vernichten. Wenn die Clericer auf ihrer Seite kämpfen, ist unser Volk verloren. Landon versprach uns, die Menschen zu besänftigen. Es gab viele Oberste Clericer vor ihm, denen war das Schicksal der Elfen egal. Ihm ist es nicht.“

„Er will nur Euer Vertrauen, weil er dann seine Lügen weiterverbreiten kann!“, sprach ich meine Erkenntnis aus.

„Wenn Landon die Wahrheit sagen würde, wäre es das Todesurteil für alle Clericer. Das Volk der Menschen neigt dazu, alles zu vernichten, vor dem es Angst hat. Die Clericer als gute Wesen darzustellen, ist der einzige Weg, sich vor ihrem Zorn zu schützen.“ Er erhob sich ebenfalls, schaute mir direkt in die Augen. „Das Gleichgewicht der Welt muss bewahrt werden. Wenn es sein muss, auch mit einer Lüge.“

Ich ballte meine Hände zu Fäusten. „Und was ist, wenn der Oberste Clericer Euch belügt?“

„Wenn das Tor verschlossen bleibt, wird die Magie versiegen. Die alten Künste sind schon lange in Vergessenheit geraten. Landon Gloucester kennt sich als Einziger damit aus.“

Ich biss meine Kiefer fest zusammen. Jede Faser meines Körpers rebellierte. Gerade entwickelte ich einen tiefen Hass gegen Landon. Er war nicht gut, doch keiner wollte es einsehen. „Wenn er die alten Künste beherrscht, warum lehrt er sie niemandem? Wer braucht die Magie der Dämonen schon? Er könnte alles beenden!" Ich wandte mich von Amon ab, schritt Richtung Ausgang.

„Noch nie hat jemand das Tor über längere Zeit geschlossen gehalten. Die Auswirkungen könnten fatal sein", ermahnte er mich, aber ich hörte nicht hin.

Die Elfen hatten mir nicht die Antwort gegeben, die ich hatte hören wollen. Aber es gab noch ein anderes Volk, das ich zu den Clericern befragen konnte: die Drow. Diese wären sicherlich nicht so dumm, einem Monster wie Landon Gloucester zu vertrauen.

Ich musste sie finden und befragen!

Das war der Grund, warum ich am Ende hier gelandet war. Es war mein eigener Ehrgeiz gewesen, der mich hierher getrieben hatte. Denn ich wollte die ganze Wahrheit hören.

KAPITEL XXIX

DAS GIFT DES HOCHMUTES

HUNTER GLOUCESTER

Vom Dach aus schaute ich mir mit Viviane den Sonnenuntergang an. Wir lachten viel und sprachen davon, was wir als Kinder getan hatten. Das erste Mal nach so langer Zeit wirkte mein normales Leben endlich wieder nah. Wir redeten von meiner Angst vor Spinnen und wie ich ihr nicht ins Gebüsch folgen wollte, weil eine achtbeinige Krabbelspinne dort ihr Netz gespannt hatte. Mein Leben lang war ich ein Angsthase gewesen. Wobei ich jetzt die Tiere aus meinem Zimmer bekam, ohne dieses bis auf die Grundmauern niederzubrennen. Meine Magie war da sehr nützlich, auch wenn ich ein Geheimnis daraus machte. Nur Aleksa hatte ich mich anvertraut.

Viviane hingegen kannte meine Geheimnisse, ohne dass ich sie ihr erzählen musste, weil sie dabei gewesen war. Vor ihr brauchte ich mich nicht zu fürchten.

Gemeinsam standen wir am Fuß des Turms. Die anderen Gäste waren längst beim Abendessen. Sie hielt meine Hand und schaute mich an.

„Du hast mir den Tag gerettet, Hunter. Heute drehte sich alles um meine Schwester. Es ist schön, dass es einen Menschen gibt, der sich auch etwas für mich interessiert. Danke.“ Sie gab mir einen Kuss auf die Wange, und ich spürte, wie mir die Wärme ins Gesicht schoss.

„Das war doch nichts …“, stammelte ich. „Aber … würdest du auf meine Briefe antworten, wenn ich dir welche schreibe?“

Verwirrt sah sie mich an, dann erschien ein Lächeln auf ihren geschminkten Lippen. „Natürlich!“ Dann lachte sie. „Jetzt hast du meinen roten Lippenstift auf deiner Wange.“

Entsetzt fasste ich in mein Gesicht und betrachtete anschließend meine verfärbten Finger. *Wie soll ich das erklären, wenn es jemand sieht?* Energisch rubbelte ich über den Kussabdruck, um ihn loszuwerden.

„Du machst es nur noch schlimmer!“ Viviane griff nach meiner Hand. „Lass mich das machen.“ Sie zog ein Taschentuch hervor und befeuchtete es. Danach strich sie damit über meine Wange. Ein zufriedenes Lächeln lag auf ihren Lippen, als sie sich von mir entfernte. „Jetzt sieht man nichts mehr.“ Sie zwinkerte mir zu. „Und ich würde mich sehr freuen, von deinen Abenteuern lesen zu dürfen.“

Ich kratzte mich verlegen an meinem Helm. „Na ja …“ Die Wahrheit war, dass ich eigentlich nichts zu erzählen hatte – zumindest nichts, was sie irgendwie unterhalten hätte. Im Kampf hielt ich mich immer zurück und unterstützte mein Team mit Schutzzaubern. Anstatt ein richtiger Clericer zu sein, war ich bloß eine kleine Unterstützung. Vermutlich waren die meisten normalen Magier sogar nützlicher, deswegen sagte ich: „Ich würde lieber über das schreiben, was mich beschäftigt.“

Ihre Augen wurden groß. „Was beschäftigt dich denn?“

„Also …“ Ich dachte nach. „Das Wohl meiner Freunde, wie meine Zukunft aussehen soll … Eher so Alltägliches.“

Sie schüttelte lächelnd den Kopf. „Auch davon würde ich sehr gern lesen.“

„Dann werde ich dir schreiben“, erwiderte ich und räusperte mich. „Wir sollten reingehen. Du hast sicherlich Hunger.“ Ohne auf ihre Antwort zu warten, öffnete ich die Tür.

Sie hakte sich bei mir unter, und gemeinsam schritten wir in den Raum. Alle Blicke waren auf uns gerichtet, aber was hätte ich auch erwarten sollen, wenn ich als Clericer gemeinsam mit der Tochter des Königs eintrat? Zugleich hoffte ich, dass man wirklich keine Spuren ihres Lippenstiftes auf meiner Wange sah, das würde die Gerüchte nur noch anheizen.

Am Tisch verlor ich deutlich meine Lockerheit, die ich in der Zweisamkeit mit Viviane hatte. Denn ich fühlte mich beobachtet und fragte mich, was die anderen wohl von mir dachten. Viviane hingegen ließ sich nichts anmerken.

Stunden vergingen, bis es Zeit war, zu Bett zu gehen.

„Ich habe deine Gesellschaft sehr genossen, Hunter“, wisperte Viviane, als wir uns voneinander verabschiedeten. „Ich hoffe nur, dass du mich nicht nochmals vergisst.“

Mit ihren großen Augen sah sie mich an und küsste mich dann ganz sanft auf den Mund. Nur unsere Lippen berührten sich. Überrascht zuckte ich zusammen. Viviane löste sich wieder von mir, ein Lächeln umspielte ihre Mundwinkel, dann drehte sie sich um und eilte den Gang entlang. Die Unterröcke ihres Kleides raschelten, als sie um die nächste Biegung verschwand.

Ich lag in meinem Bett, dachte an den Moment zurück und strich durch das lange seidige Haar. *Ach, Viviane,* dachte ich verträumt.

Plötzlich war ein Krachen zu hören, als jemand unsanft ein Tablett auf den Tisch knallte.

„Eigentlich seid ihr zwei zu alt dafür“, zischte Helena.

Verwirrt schaute ich auf meine Brust, wo Ghislaine der Länge nach lag. Ihr Schwanz wedelte freudig hin und her, und ihre seidigen Haare, die ich streichelte, waren bereits deutlich gewachsen.

„Lass die zwei doch. Ich passe auf. Die zwei werden schon nicht rummachen, wenn ich im anderen Bett schlafe.“ Leszek schnappte sich einen Keks vom Tablett und biss hinein. „Außerdem, wann ist Hunter eigentlich zum Mann geworden?“

Helena schnaubte. „Du bist unmöglich.“

Ghislaine sah mich an. „Ich kann nicht ohne Hunter schlafen.“ Sie schlang ihre Arme um mich und drückte ihren Kopf wieder auf meine Brust.

„Ghislaine, komm mit mir“, verlangte Helena.

„Aber ...“ Sie ließ die Ohren hängen, bis sie dann ganz verschwanden. „Hunter stört es nicht.“ Sie stand auf, folgte ihr aus dem Zimmer.

Irritiert sah ich zu Leszek, der bereits nach dem nächsten Keks griff. „Was hat sie?“

„Seit du von der Hochzeit zurück bist, bist du verpeilter als sonst. Du scheinst mit deinen Gedanken ganz woanders zu sein. Ich denke, Helena macht sich Sorgen, dass du dich in Ghislaine verknallst.“

Verwirrt sah ich zu ihm. „Aber ich sehe sie eher als meine kleine Schwester. Wieso sollte ich ...“

Leszek zuckte mit den Schultern. „Du hast diesen verträumten Blick. Aber schön, dass Helena falsch liegt. Wer ist dann die Glückliche, in die du dich verliebt hast?“

„Verliebt?“, stammelte ich, und sofort stieg mir die Hitze in die Wangen. „Ich bin doch nicht verliebt ... Als Clericer ...“

Er grinste mich an. „Du bist so weit davon entfernt, ein Clericer zu sein, wie ein Huhn von einem Dinosaurier. Wenn irgendwann feuerspuckende Riesenhühner die Stadt angreifen, hast du es geschafft und kannst dich einen waschechten Clericer nennen.“

Ich antwortete nicht auf Leszeks Worte, sondern dachte nur: *Verliebt? Ich? Ist das, was ich für Viviane empfinde, wirklich Liebe?*

„Ich kenne sie kaum, wie soll ich mich dann in sie verlieben?“

„Die Frau muss was ganz Besonderes sein, wenn sie dich beim ersten Treffen so umgehauen hat. Da kann man wohl von Liebe auf den ersten Blick sprechen.“

Verlegen schaute ich zur Seite, spielte mit meinen Händen an meinem Cape herum. „Aber was soll ich tun?“

Leszek erhob sich, schritt zu mir und setzte sich auf die Bettkannte. „Ich bin zwar der falsche Ansprechpartner für Liebesangelegenheiten, aber ich sehe doch, dass du ihr fast täglich schreibst, seit du von der Hochzeit deines Bruders zurück bist. Dich muss es richtig erwischt haben."

Verlegen kratzte ich mich am Helm. „Ich darf nicht lieben. Außerdem kann ich sie nicht heiraten. Selbst wenn ich Gefühle für sie hätte, würde das mein Leben nur unnötig komplizierter machen. Zudem weiß ich doch gar nicht, ob sie dasselbe für mich empfindet. Viviane will sicherlich nur jemanden, mit dem sie sich unterhalten kann", wisperte ich und wich seinem Blick aus. „Sie ist die Tochter unseres Hochkönigs, die Männer werden bald Schlange stehen, um sie heiraten zu dürfen. Da kann ich niemals mithalten, schließlich hat mein Onkel andere Vorstellungen von meiner Zukunft."

Leszek grinste mich an. „Du solltest mit dem Obersten Clericer sprechen. Mir ist klar, dass es nicht üblich ist, aber ich würde dich nichts als normaler Elitemagier sehen. Dieudonné mochte dich, auch wenn du der Neffe seines größten Feindes bist."

Ich schloss meine Augen unter der Maske. Tatsächlich wären meine Gefühle für Viviane ein Thema gewesen, dass ich gern mit Dieudonné besprochen hätte. Von allen, die ich kannte, war er wohl der Einzige gewesen, der wirklich gewusst hatte, was Liebe war und wie es sich anfühlte. „Ich könnte niemals mit meinem Onkel darüber sprechen. Er würde es nicht verstehen. Niemand aus meiner Familie würde das ... Wir sind nur Kindheitsfreunde. Es ist dumm von mir, anzunehmen, dass da mehr ist." Ich drehte mich von Leszek weg, schaute Richtung Wand und öffnete meine Lider. Die Magie ließ ich versiegen, sodass alles um mich herum in Dunkelheit versank. „Ich bin müde", log ich, um ihn abzuwimmeln.

Keine Ahnung, ob Leszek mir glaubte, doch er verließ daraufhin schweigend das Zimmer und ließ mich allein mit meiner Verwirrung zurück.

YVAIN LEINSTER

Als ich in dem endlosen Weiß endlich ein paar Umrisse erkennen konnte, waren meine Glieder durchgefroren. Es war ein großes Tor, hinter dem sich die einzig größere Stadt in den Nebelbergen verbarg. Hugston nannte man sie, denn dies war der Ort, wo Cain einst den Drachen erschlagen hatte. Eine kleine Seitentür stand offen, vor der ich Schenja Gontscharow erkannte. Seine Kleidung war mit Schnee bedeckt und seine blonden Haare schneeweiß. Jeder Schritt schmerzte. Ich war nur froh, dass wir es durch den Schneesturm geschafft hatten. Obwohl dies Schenjas Heimat war, hatte ich Angst, dass wir unser Ziel nicht erreichen würden. Denn wie sollte man sich nach Jahren der Abwesenheit und dann auch noch bei diesem Wetter gut orientieren?

„Du hast es geschafft", keuchte ich, als ich ihn erreichte.

Er zog das Tuch, das er über Mund und Nase trug, etwas hinunter. „Mein Zuhause finde ich immer", murmelte er und schaute zu Cen, der sich in ein paar Meter Entfernung weiterhin tapfer durch den Schnee kämpfte. Thimothé konnte ich nicht sehen. Ihn hatte ich schon in den letzten Stunden vermisst. Das Wetter war zu gefährlich, um wirklich kollegial zu sein.

Zu dritt traten wir durch das Tor. Schenja führte uns zu einem Haus. Der Schnee lag in der Stadt nicht so hoch wie außerhalb, trotzdem blies der Wind unerbittlich durch die Gassen. Das Schild vor dem Gebäude war unlesbar, aber als Schenja die Tür öffnete, empfingen uns warmes Licht, der Geruch nach Essen und eine mollige Wärme. Vor Freude seufzend trat ich ein. Schälte mir die Kleider vom Leib und setzte mich danach an das Kaminfeuer. Cen und Schenja folgten meinem Beispiel. Zu dritt wärmten wir uns auf, und ich musste feststellen, dass mein ganzer Körper wehtat. Es fühlte sich an, als würden Hunderte kleine Nadeln in meine Haut piksen, als sie sich langsam wieder erwärmte. Währenddessen hielt jeder von uns einen warmen Tee in den Händen.

„Wir hätten lieber den Winter abwarten sollen, bevor wir hierherkommen“, murmelte Schenja. „Der Abstieg wird nicht angenehmer.“

Ich lehnte mich zurück in den Sessel und schlürfte an meinem viel zu heißen Tee. Versuchte jedoch, die Schmerzen auf meiner Zunge und im Rest meines Körpers zu überspielen. Als Clericer war ich zwar einiges gewöhnt, aber dieses Kribbeln war einfach nur ätzend. „Ich möchte wieder zurück sein, wenn Risa ihr Kind bekommt.“

Schenja seufzte, erwiderte aber nichts. Er war auch der Erste, welcher sich auf den Weg zur Theke machte, als es ihm etwas besser ging.

„Ich verstehe immer noch nicht, warum du zu den Drow willst“, murmelte Cen. „Du hättest auch Amon wegen deiner Uhr fragen können, er hätte sicherlich was gewusst.“

Ich schnaubte. „Niemals. Er steckt mit Landon unter einer Decke. Wenn ich ihm etwas sage, dann würde es Landon erfahren. Da bin ich mir sicher. Ich denke, der Aasgeier weiß bereits mehr über mich, als mir lieb ist. Amon wird ihm alles erzählt haben.“

Das Geheimnis meiner Uhr gab ich nicht so schnell preis. Zumindest nicht, solange ich nicht mehr darüber wusste. Ich hoffte inständig, dass die Drow nicht mit Landon kooperierten. Denn sie brauchten seine Hilfe nicht, und wenn ich richtig lag, würden sie mir noch viel mehr Details verraten können.

Die Tür wurde mit einem Ruck aufgerissen. Sie knallte gegen das Holz, und sogar ich schaute verwirrt zum Eingang der Herberge, die gerade kaum Gäste hatte. Eine schneeweiße Gestalt stand im Türrahmen.

Ich musste grinsen, als ich Thimothé de la Mothe erblickte. Er hatte es also auch geschafft. Erschöpft ließ er sich auf Schenjas Sessel nieder, streifte sich die Mütze vom Kopf und zog den dunklen Mantel aus. Ganz am Ende schlüpfte er aus seinen Stiefeln, lehnte sich zurück und verharrte so.

„Ihr hättet auf mich warten können“, folgten nach einer langen Zeit der Stille seine ersten Worte. Mit seinem Blick fixierte er mich.

„Und du hättest mir vorher sagen können, dass das hier ein Selbstmordkommando ist, dann wäre ich bei Risa geblieben. Was gibt es so Wichtiges, dass wir unter allen Umständen über das Nebelgebirge müssen?“

Ich schaute auf meine Tasse, die meine Hände wärmte. Es war das erste Mal, dass man mich direkt fragte, was los war. Fest schloss ich die Augen und lauschte den Schritten, welche sich uns näherten.

„Du hast noch viel zu lernen“, ermahnte Schenja ihn und verpasste Thimothé eine Kopfnuss. „Das ist ein gutes Training für dich, und wir sind hier, weil es unsere Pflicht ist, durchs Land zu ziehen und den Bewohnern zu helfen.“

Ganz fest drückte ich mich in den Sessel. Versuchte, so zu tun, als würde mich das Ganze nichts angehen.

Thimothé rieb sich murrend den Kopf.

„Ich leg mich hin“, wisperte ich und erhob mich.

Niemand hielt mich auf. Meinen Tee leerte ich auf dem Weg zur Theke, stellte den Becher dort ab und verlangte meinen Schlüssel. Müde trat ich die Stufen hinauf.

Leider hatte der heutige Tag gezeigt, dass ich den anderen früher oder später die Wahrheit würde sagen müssen. Aber für heute hatte ich meinen Kopf vorerst aus der Schlinge gezogen.

Tief und fest hatte ich die Nacht durchgeschlafen. Die Anstrengungen des Aufstiegs und der Kälte waren zu viel für meinen Körper gewesen. Selbst jetzt wollte ich mein Bett nicht verlassen. Der Wind pfiff und rüttelte an dem Fenster. Das Wetter hatte sich nicht gebessert.

Obwohl es mir schwerfiel, erhob ich mich ächzend, schlug die Decke zurück und stand auf. Ein paar Tage würden wir uns hier ausruhen müssen und hoffen, dass der Sturm endlich vorüberzog. Ich trat hinüber zu dem Spiegel. Davor stand ein kleiner Tisch mit einem Wasserkrug und einer größeren Schale. Kurz musterte ich mein Spiegelbild. Meine blonden Haare waren durch die wochenlange Reise zu lang geworden, meine blauen Augen blickten mir müde entgegen und meine Wangen waren von Bartstoppeln übersät. An diesen Anblick hatte ich mich noch nicht gewöhnt. Ich griff nach der Rasierklinge, die ich am Abend hier abgelegt hatte. Es war Zeit, die Gunst der Stunde zu nutzen, und sich wieder etwas zurechtzumachen.

Angezogen, rasiert und mit gestutzten Haaren trat ich gut eine halbe Stunde später aus dem Zimmer. Mit Ausnahme von Thimothé, der noch nicht mal fünfzehn Jahre zählte, hatten wir anderen uns die letzten Wochen doch etwas gehen lassen. Als ich die Taverne betrat, war es erneut sehr leer. Keine weiteren Besucher waren gekommen, was bei dem Sturm verständlich war. Allein Cen saß in einem der Sessel und drehte sich zu mir um, als er meine Schritte vernahm.

„Willst du frühstücken?", fragte er mich. „Ich habe nur darauf gewartet, dass einer von euch aufsteht."

Er erhob sich und trat auf mich zu. Gemeinsam setzten wir uns an den Tresen. Es gab Ei mit Speck und Brot. Nach der Reise durch den Schnee tat es so gut, etwas Warmes zu essen, und trotzdem wusste ich, dass ich mit Cenred noch etwas Wichtiges besprechen musste. Als ich den letzten Bissen verschlungen hatte, legte ich die Gabel zur Seite.

„Cen, was machen wir wegen den anderen zwei?", fragte ich ihn direkt. „Ich kann ihnen nicht die Wahrheit sagen ... Wenn sie wüssten, wer ich bin ..."

„Was würde dann passieren?", ertönte Schenjas Stimme hinter uns.

„Dann würde ich euch nur in Gefahr bringen." Ich drehte mich zu ihm um. Meine Augen fixierten den Anführer der kleinen Jägertruppe.

„Ich wusste, dass etwas nicht stimmt. Zuerst warst du nur ein gewöhnlicher Mensch, wolltest mit uns reisen. Doch dann hast du dich als Magier zu erkennen gegeben, und da wusste ich, dass du noch mehr Geheimnisse hast.“ Schenja setzte sich neben mich. Zu meiner Überraschung klangen seine Worte nicht anklagend. „Mach dir keine Sorgen um mich und Thimothé. Jeder unserer Aufträge bringt uns in gefährliche Situationen. Ich habe keine Angst davor.“

„Ihr Jäger seid einfach verrückt“, kommentierte ich schmunzelnd.

„Das sind wir, also raus mit der Sprache, wer bist du wirklich?“

„Yvain Leinster, ein Adliger aus dem Süden, und ich bin ein Clericer.“

Schenjas Augen weiteten sich bei meinen Worten. „Wirklich? Ich dachte, ihr habt alle diese überaus hässliche Maske mit den Widderhörnern auf dem Kopf?“

Verlegen schaute ich zur Seite. „Ich habe einen Weg gefunden, mich davon zu befreien und ihnen den Rücken zu kehren, jedoch denke ich, dass es Landon Gloucester darüber nicht sonderlich erfreut ist. Vermutlich sucht er mich.“

Schenja schnaubte. „Von mir aus soll der Oberste Clericer ruhig kommen. Ich werde mich sicherlich nicht von ihm einschüchtern lassen. Wenn er dich will, muss er zuerst an uns vorbei.“

Seine Worte überraschten mich. Es war das erste Mal, dass jemand so etwas sagte. Dabei hatte ich sie all die Monate unserer gemeinsamen Reise belogen – und trotzdem wäre er bereit, mich zu beschützen. Wie es schien, hatte ich nicht nur die Frau fürs Leben gefunden, sondern auch echte Freunde. Niemals würde ich zulassen, dass Landon sie mir nahm.

„Er wird mich nicht finden, denn ich habe Jahre damit verbracht, die Schwächen seines Systems zu erkennen und sie für mich zu nutzen.“ *Wenn er überhaupt nach mir sucht, denn ich weiß nicht, wie sich Aleksa entschieden hat.* Aber ich wollte kein Risiko eingehen. „Ich hasse die Clericer und vor allem ihr Oberhaupt Landon Gloucester.“

„Also haben wir so gesehen jetzt einen Clericer bei uns“, fasste Schenja zusammen. „Das gefällt mir. Dann kann ich auch mal größere und schwere Aufträge annehmen, ohne Angst haben zu müssen.“

Insgeheim war ich erleichtert, dass keine weiteren Fragen aufkamen. Wie es schien, war er glücklich, jetzt die Wahrheit zu wissen. Trotzdem entging mir nicht, wie schweigsam Cenred war. Was der Grund dafür war, wusste ich noch nicht, aber ich würde ein Gespräch mit ihm führen müssen.

DUNCAN GLOUCESTER

Als ich auf meiner Hochzeit die Hohepriesterin zum ersten Mal sah, war ich überrascht, denn sie hatte etwas von meinem Bruder, besonders ihre Augen erinnerten mich an ihn. Nur der Rest war ungewohnt. Zur späten Stunde suchte ich das Gespräch mit ihr. Dabei erfuhr ich, dass ich mich nicht geirrt hatte, und Everette lud mich nach Nahrman ein.

Das war jetzt drei Monate her. Zuvor war es mir nicht möglich gewesen, ihn zu besuchen, da ich anderen Verpflichtungen nachzugehen hatte. Doch nun war der ganze Stress, den die Hochzeit mit Jocelyn nach sich gezogen hatte, vorbei, sodass ich der Einladung meines Bruders nachgehen konnte.

Everette erwartete mich mit einem breiten Lächeln auf dem Gesicht. „Duncan, du hast dir ganz schön Zeit gelassen. Du hättest mir wenigstens einen Brief schreiben können.“

Verlegen fasste ich mir an den Kopf, strich mir durch das blonde Haar. „Ich wollte nicht, dass sich Jocelyn Sorgen macht, wenn ich auf einmal einen regen Briefaustausch mit der Hohepriesterin habe.

Schließlich kann ich ihr nicht sagen, dass du eigentlich mein Bruder bist."

„Ach was, jetzt bist du ja da", winkte er ab.

„Wenn dein Sexleben ausgeprägter wäre, hätte ich früher davon erfahren, dass du die neue Hohepriesterin bist", stichelte ich.

„Wer sagt denn, dass ich keinen Sex habe?", fragte er mich direkt. „Nur weil ich die Männer nicht beachte, die mich anschmachten, heißt es nicht, dass ich enthaltsam lebe. Ich stehe auf das weibliche Geschlecht. Dass ich jetzt in diesem Körper stecke, ändert daran nichts."

Seine Worte überraschten mich, denn daran hatte ich noch gar nicht gedacht. Verlegen schaute ich zur Seite. Auch wenn ich der Ältere von uns beiden war, gab es so viel, wovon ich keine Ahnung hatte.

„Tut mir leid", entschuldigte ich mich bei ihm. „Also, hast du jetzt eine Freundin?"

„Vielleicht, vielleicht auch nicht", erwiderte er kryptisch. „Aber lass uns über was anderes reden", wechselte er das Thema und führte mich weiter. „Ich wollte dir zeigen, was ich in einem Jahr alles geschaffen habe."

Verlegen strich ich mir erneut durch das Haar. „Du musst mir nicht zeigen, was du alles erreicht hast. Man erzählt sehr viel von dir. Du hast ein Waisenhaus direkt neben der Kirche eröffnet und kümmerst dich um die Obdachlosen. Das ist sehr lobenswert."

Ein breites Lächeln erschien auf seinem blassen Gesicht. „Wenn ich mit dir über das reden wollte, dann hätte ich dir wahrlich einen Brief geschrieben. Aber darum geht es nicht. Ich habe einige Häuser gekauft. Eines nutzen die Bettler, und die restlichen Gebäude verwende ich für meine Forschung."

Überrascht schritt ich weiter hinter ihm her. Er führte mich auf einen Platz neben der Kirche. Ich konnte das Waisenhaus sehen sowie eine Mauer, welche um die restlichen Bauwerke gezogen war. Misstrauisch begutachtete ich diese. Ein mehr als ungutes Gefühl breitete sich in mir aus.

„An was forschst du?“, fragte ich und wusste nicht, ob ich die Antwort wirklich hören wollte.

„Ich versuche, Amalia wieder normal zu machen. Vermutlich hat Vater mal erwähnt, dass sie nicht mehr ganz so menschlich ist?“ Er warf mir einen kurzen Blick über die Schulter zu, und ich wusste nicht, was ich antworten sollte.

„Vermutlich“, murmelte ich.

„Jedenfalls setze ich meine alten Forschungen fort und suche nach einem Allheilmittel.“ Für den Moment hörte sich das gar nicht schlecht an, doch ich glaubte, dass es einen Haken geben musste. Mein Blick glitt an der steinernen Fassade entlang. Man hatte die Fenster zugemauert, sodass die Häuser wie Steinsärge aussahen.

„Möchtest du die Heiler ersetzen?“, fragte ich vorsichtig weiter. Immerhin war Everette mir nie wie jemand vorgekommen, der sich besonders damit beschäftigte.

„Nein. Ich suche nach dem ewigen Leben. Stell dir vor, du wärst immer jung und schön. Das wäre der Traum jedes Adligen. Würde der Hochkönig von meinen Plänen wissen, würde er mich sicherlich mit Unmengen Gold unterstützen.“

„Und wie möchtest du dies erreichen?“, hakte ich nach.

Everettes graue Augen leuchteten. „Die Wendigos. Sie sind der Schlüssel. Der Fluch, welcher auf ihnen liegt, verhindert, dass sie altern. Es ist ein unsterbliches Leben. Nur sind die Nebenwirkungen gewaltig. Man verwandelt sich in ein Monster, das sich von Menschenfleisch ernährt. Ein normales Leben in der Zivilisation ist nicht mehr möglich. Das ist kein Segen, sondern ein Fluch ... Davon, dass man sich in ein groteskes, hässliches Monster verwandelt, will ich gar nicht erst reden.“

Abrupt blieb ich stehen und sah meinen kleinen Bruder an. „Was hast du getan?“

„Amalia versagte mir damals die Anschaffung einiger Wendigos für meine Forschung, aber jetzt, da sie nicht mehr im Amt ist, habe ich die Monster bei mir. Ihr Blut ist der Schlüssel zur Unsterblichkeit.

Wenn ich die richtigen Gene extrahiere, könnte es mir gelingen, ein Heilmittel gegen das Altern und Sterben zu erfinden."

„Du bist verrückt!"

Ein breites Lächeln erschien auf seinem Gesicht. „Ich nenne es gewinnorientiert. Wendigos sind Monster, man würde sie sonst töten. Bei mir können sie in kleinen Käfigen leben und weiterexistieren. Was ist schon die Freiheit im Tausch für das Leben?"

„Es ist trotzdem abartig! Sie waren einst Menschen. Nicht mal Tiere sollte man in einem dunklen Kellerverlies einsperren", beharrte ich auf meiner Meinung. Mein Blick wanderte zu der Unterkunft der Obdachlosen. „Aber was hast du ..."

Everette lachte. „Ich brauche Testpersonen für meine Versuche, und wer kümmert sich schon um das Leben eines Bettlers? Niemand. Die Bewohner von Nahrman sind froh, dass die Straßen von ihnen gesäubert wurden. Zudem glauben sie, dass ich ihnen ein normales Leben ermögliche. Daher hinterfragt niemand, was mit ihnen passiert. Denn offiziell gehen sie weg, in die Heimat, starten einen Neuanfang. Dabei opfern sie ihr Leben für meine Forschung."

„Du gehst zu weit!", donnerte ich. „Was ist ein ewiges Leben wert, wenn man unzählige opfern muss, um dieses Ziel zu erreichen? Das ist grausam, Everette, selbst für deine Verhältnisse."

„Jetzt enttäuschst du mich, Duncan. Ich dachte wirklich, du würdest dich für mich freuen."

„Was machst du mit den Kindern?", fragte ich nichts Gutes ahnend. Sie waren Waisen, niemanden würde es kümmern, wenn sie verschwanden.

„Nichts. Ich erziehe sie zu meinen treuen Anhängern. Nicht mal ich bin so böse, dass ich an Kindern herumexperimentieren würde", grummelte ich.

Trotz der positiven Antwort meines Bruders ballte ich meine Hand zur Faust und sah ihn finster an. „Hör auf, Everette. Das alles wird kein gutes Ende nehmen. Du hast so viel erreicht, mach das alles nicht durch deine Machtgier kaputt."

Langsam verstand ich, warum Vater ihn so strikt ignorierte. Er wollte nicht mit Everette und seinen verrückten Experimenten in Verbindung gebracht werden. Denn das würde nicht ewig gut gehen, das wusste selbst ich.

Er lächelte mich an. „Ich stehe kurz vor dem Durchbruch. Nicht mehr lange und ich habe das Mittel zur Unsterblichkeit in meiner Hand."

„Tu das nicht", flehte ich. „Lass es sein. Für mich? Wenn ich dir etwas bedeute, lässt du deine Finger davon."

Everette kam auf mich zu. „Du bedeutest mir viel. Aber ich kann nicht …" Er legte mir seine Hand auf die Schulter, doch ich schlug sie sofort wieder weg.

„Glückwunsch, Brüderchen. Dir hat unser Wappentier doch immer so viel bedeutet. Jetzt kannst du sagen, dass du ein waschechter Mantikor bist. Du bist genauso giftig wie dieses Monster."

Seine Augen verengten sich zu Schlitzen. „Jetzt bin ich die Bestie?!", knurrte er mich an. Nun war endgültig Schluss mit Freundlichkeiten. „Natürlich siehst du dich wieder als der Gute. Mr Perfekt! Vaters Lieblingssohn, dessen einzige Errungenschaft es war, als Erster auf die Welt zu kommen. Glückwunsch, damit hat man dir alles auf dem Silbertablett serviert."

Ich verschränkte die Arme vor der Brust. „Niemals habe ich darum gebeten, der Älteste der Gloucesters zu sein. Aber endlich zeigst du dein wahres Gesicht. Vater und Amalia haben deinen Wahnsinn schon viel früher erkannt, doch ich war zu blind, um es zu sehen."

„Für meine Erfolge musste ich arbeiten!"

„Du hast dich einfach hochgeschlafen, so viel Arbeit war das auch wieder nicht."

„Wenigstens bin ich mutig genug, Vater auch mal zu widersprechen. Du tust es nicht."

„Wage es nicht!"

„Du hast Henrietta Marot ohne mit der Wimper zu zucken verlassen!" In zwei Schritten war ich bei ihm, drückte ihn an die Wand.

„Vaters Liebling musste natürlich gehorchen, ohne zu widersprechen. Du hast dich nie darüber informiert, wie es ihr ging ..."

„Sag mir, was mit ihr ist! Wie geht es ihr?", forderte ich.

„Sie kam zu mir, nachdem unser liebreizender Vater sie aus seinen Diensten entlassen hatte."

Diese Worte waren wie eine Ohrfeige für mich. Ich ließ Everette wieder los und trat ein paar Schritte von ihm weg. *Sie kam zu ihm?* Mir hatte sie nicht mal einen Brief geschrieben.

„Wo ist sie?", hauchte ich.

„Tot." Diese drei Buchstaben genügten, um meine Welt in tausend Stücke zu zerbrechen. Ich war verheiratetet, mochte meine Frau sehr. Trotzdem liebte ich Henrietta Marot. Nun traf mich die komplette Tragweite von Everettes Worten mit einer Härte, die mich drohte, in die Knie zu zwingen. Denn ich hatte nicht für unsere Liebe gekämpft, mich Vater nie widersetzt und jetzt war sie für immer fort.

„Wie lange schon?", wisperte ich.

„Ein paar Monate."

Auf einmal fühlte ich mich innerlich leer. Die Experimente von Everette waren mir egal. Alles, was ich wollte, war, von hier zu verschwinden. Ohne noch ein Wort zu sagen, wandte ich mich von ihm ab. Schritt davon. Man hielt mich nicht auf, sondern ließ mich gehen.

Sie war das Opfer, das ich hatte bringen müssen, um der zukünftige König zu sein. Vielleicht musste ich für meinen Ruhm nicht besonders viel leisten, aber das bedeutete nicht, dass ich nichts verlor, was mir wichtig war. Mir hatte es nie zugestanden, die Hochzeit mit Jocelyn zu verweigern. Wir beide mussten den Fortbestand der Gloucesters sichern, das war unsere nächste Aufgabe. Nur der Haupterbe durfte legitime Kinder zeugen, den anderen war es untersagt, denn es würde die Familie nur unnötig vergrößern. Mehr als namenlose Bastarde durften meine Geschwister nicht bekommen. Langsam verstand ich, wie grausam unser Familienname eigentlich war.

KAPITEL XXX

VERRÄTERISCHE GEFÜHLE

ALEKSANDRA CZAPSKA

Ich dachte viel an Maitagorrys Worte. Meine Mentorin hatte es geschafft, mich durcheinanderzubringen. Die letzten Jahre hatte ich mich nie mit dem Thema Liebe beschäftigt.

Nachdenklich betrachtete ich Sylvias Brief in meiner Hand. Der Feuervogel, der ihn mir überbracht hatte, löste sich in Luft auf.

Die beiden Pferde tranken am Fluss, und Maitagorry ruhte sich rücklinks im Gras liegend aus. Ich setzte mich an das plätschernde Gewässer und öffnete den Brief.

Liebe Aleksa,
es überrascht mich, dass du mich zum Thema Liebe ausfragst. Wenn ich ehrlich bin, mache ich mir darüber keinen Kopf. Mir ist bewusst, dass es viele Frauen gibt, deren größter Wunsch es ist, einen passenden Mann zu finden und Kinder in die Welt zu setzen. Aber wenn ich uns Clericerinnen so ansehe, sehe ich in keiner die perfekte Hausfrau, selbst wenn es für uns möglich wäre. Hunter würde einen guten Hausmann abgeben. Doch wir Clericer sind im Allgemeinen nicht dafür geschaffen, eine Familie zu haben, dafür ist unsere Erziehung zu sehr auf Stärke und Macht ausgelegt. Die Liebe ist nicht für uns gemacht, du solltest dir darüber nicht den

Kopf zerbrechen. Oder frage Hunter. Er besitzt mehr Empathie als unsere ganze Klasse zusammen.

Liebe Grüße
Sylvia Langhorne

Schwer seufzte ich, als ich die Zeilen las. Sie konnte mir auch nicht helfen. Es führte also kein Weg daran vorbei, mit Hunter darüber zu sprechen. Jedoch war unser letztes Gespräch nicht so verlaufen, wie ich es mir gewünscht hatte. Deswegen zweifelte ich daran, dass er in Stimmung war, mit mir zu reden. Ich faltete den Brief zusammen, erhob mich und schritt zu meiner Mentorin.

„Du siehst nicht gerade begeistert aus. Wie es scheint, war der Brief nicht besonders aufschlussreich."

Ich setzte mich neben sie ins Gras, steckte das Schriftstück in meine Jacke. „Nein", antwortete ich und sah zum Himmel, an dem kleine Wölkchen vorbeizogen. „Sie weiß auch nicht mehr und will, dass ich Hunter frage. Aber ich bin mir unsicher. Er hat sich verändert. Nur weiß ich nicht, ob zum Guten oder Schlechten."

Maitagorry verschränkte die Arme hinter dem Kopf. „Du könntest auch Landon fragen", erwiderte sie, und meine Augen weiteten sich. „Als Oberster Clericer wird es genug geben, die etwas von ihm wollen. Die sich aufgrund seines Auftretens in ihn verlieben oder glauben, es zu tun."

Bei den Worten musste ich schnauben. „Ich möchte nicht mit ihm reden. Zudem glaube ich, dass er die Aufmerksamkeit schon genießen wird, die man ihm schenkt."

„Er spielt seine Rolle. Es ist seine Aufgabe, die Clericer und ihre Interessen zu verkörpern. Im Grunde lieben sie alle nur eine Illusion von ihm. Sie wollen nicht wirklich ihn, sondern den Obersten Clericer. Ich denke, es kommt ihm nur gelegen, dass er einen Grund vorschieben kann, jedes Angebot abzulehnen."

Ich verschränkte die Arme vor der Brust. „Muss ich jetzt mit Landon Mitleid haben?“

Maitagorry lachte auf und drehte ihren Kopf zu mir, sodass ich ihr breites Lächeln sehen konnte. „Wenigstens sieht er etwas in dir. Ich weiß, dass du es nicht magst, wenn er versucht, dich von seinen Ansichten über die Götter und unsere Welt zu überzeugen. Aber er sieht etwas in dir. Etwas, das er in mir nie sah. Mehr als Maitagorry Rozier, eine von vielen Clericerinnen, war ich nie für ihn. Er hat nie mit mir gesprochen. Ich musste ihm zeigen, zu was ich fähig war.“

„Trotzdem geht er mir auf den Zeiger“, brummte ich. „Nur weil er der Oberste Clericer ist, muss er nicht mit allem recht haben. Besonders dieses Göttergeschwafel. Würde er dies vor der Kirche tun, dann wären die Hohepriesterin und alle, die an die Lehren von Sona glauben, sehr schnell gegen ihn.“

„Das ist der springende Punkt“, ermahnte mich Maitagorry. „Er kann nicht öffentlich darüber reden, daher solltest du glücklich sein, dass er versucht, es dir beizubringen.“

Ich schnaubte wieder genervt auf. „Vielleicht möchte ich nichts von einem Mann lernen.“

Maitagorry lachte auf. „Dann lieber von mir?“

„Wenn ich ehrlich bin, weiß ich nicht, was die Märchenstunden bringen sollen“, überging ich ihren Kommentar. „Sicherlich verbirgt sich hinter allem ein wahrer Kern. Aber was soll man lernen, wenn alle die Wahrheit für sich behalten? Es ist im Grunde wie Fischen: Man weiß nie, was am Haken hängt, bis man nachgeschaut hat.“

„Was ist mit Vertrauen?“, fragte sie nach. „Wenn du Landon nicht vertrauen kannst, ist es eine Sache, aber wie wäre es, wenn du mir vertraust?“

„Das ist nicht so leicht“, gestand ich. „Besonders wenn man sein Leben lang belogen wurde. Niemand sagt uns, dass die Sache mit der Liebe nicht wörtlich gemeint ist. Selbst du hast sehr lange gewartet, bis du es mir erzählt hast.“

Sie richtete sich auf. „Sag bloß, du bist eingeschnappt, weil ich es dir nicht gleich gesagt habe? Weißt du, es ist kein Freifahrtschein für uns. Würden es alle Clericer wissen, würden sie sich wie eine Horde wildgewordener Büffelaffen benehmen. Immerhin hast du Yvain auch mit dem Mädchen aufs Zimmer gehen lassen, und es ist dumm anzunehmen, dass sie nur reden wollten."

Ich schnaubte. Es schmerzte mich, mich daran zu erinnern, dass ich es zugelassen hatte und dass heute alles anders sein könnte, wenn ich besser auf Yvain aufgepasst hätte. *Wenn ich ihn in meine Finger bekomme, werde ich ihm so was von den Hintern versohlen,* schwor ich mir. Mein Blick heftete sich wieder auf die weißen Wolken. Für einen Moment war ich einfach nur still.

„Wie ist es, jemanden zu küssen?", fragte ich auf einmal.

Es raschelte neben mir, als sich Maitagorry erneut hinlegte. „Kommt drauf an, was man dabei fühlt", erklärte sie mit ruhiger Stimme. „Das Geschlecht spielt keine Rolle. Wenn ich einen Mann küsse, dann ist es nichts weiter als eine Berührung unserer Lippen. Dann verspüre ich kein Kribbeln, kein Verlagen nach mehr. Es ist nichts. Bedeutungslos und unwichtig. Aber das kann es auch bei einer Frau sein, wenn ich nichts für sie empfinde. Es sind unsere Gefühle, die Körperlichkeiten zu etwas Speziellem machen."

Stumm starrte ich zum grauen Himmel. „Ist Liebe so wichtig?", fragte ich unsicher nach und musste wieder an Hunter denken, der sich all die Jahre so sehr an diese geklammert hatte. „War unsere ganze Ausbildung falsch?"

Erneut erhob sie sich, und ich spürte ihren Blick auf mir. „So weit würde ich nicht gehen. Landon wird seine Gründe haben, warum er alles beim Alten lässt. Aber wenn du es wissen willst, musst du ihn selbst danach fragen."

Ich schnaubte. „Er würde mir sein Geheimnis niemals verraten."

„Bist du dir sicher?" Sie rückte näher zu mir heran. „Er möchte, dass Hunter und du das Land gemeinsam in eine glorreiche Zukunft führt."

Ich verschränkte die Arme vor der Brust. „Dann müsste ich ihn aber trotzdem fragen."

Maitagorry lachte. „Ist es dir das Schicksal der Welt nicht mal wert, über deinen Schatten zu springen? Es ist nur eine einfache Frage", wisperte sie, als sie sich über mich beugte. „Aber ich mag, wenn du dich aufregst." Sanft berührten ihre Lippen die meinen.

Erschrocken riss ich die Augen auf. Sie hatte mich total überrascht. Dabei war es nichts weiter als eine leichte Berührung.

„Das ist ein Kuss, ohne Gefühl ist es nichts Spezielles." Sie zog sich von mir zurück, und ich starrte ihr entsetzt nach. Berührte mit meinen Fingern meine Lippen. Ich hatte nichts gespürt. Maitagorry hatte mit allem recht ... aber auch mit Landon?

HUNTER GLOUCESTER

Wenn ich gedacht hatte, dass ein Gespräch mit Leszek alles war, dann hatte ich mich geirrt. Noch vor dem Mittagessen wollte Helena mit mir sprechen. Ich brauchte sie gar nicht zu fragen, worum es ging. Als sie ins Zimmer kam, hatte sie bereits diesen düsteren Blick aufgesetzt, der mich erschaudern ließ. Sie musterte mich von Kopf bis Fuß, während sie die Tür schloss.

Ich wusste nicht, was alle für ein Problem hatten. Demonstrativ verschränkte ich die Arme vor der Brust, wartete darauf, dass sie zum Punkt kam.

„Hunter, du bist kein kleiner Junge mehr", wandte sie sich an mich.

„Das weiß ich. Mir ist bewusst, dass ich älter werde. Aber ich bleibe trotzdem derselbe Mensch. Ich werde nicht auf einmal jemand ganz anderes." Mein Ton sowie mein Wortlaut waren harsch, aber es kränkte mich, wie sie von mir dachte. „Ich habe keine verrückten Sexfantasien. Alles, was ich mir wünsche, ist, mich mit Viviane zu treffen, mich mit ihr zu unterhalten und etwas zu unternehmen … Und ich würde sie gern küssen."

Helena schaute mich weiterhin argwöhnisch an. „Es wird nicht dabei bleiben."

„Doch, vorerst schon. Ich habe so viele anderen Probleme, dass ich mich nur nach etwas Normalität sehne. Nach einer Frau, die mich so mag, wie ich bin. Mit der ich mich unterhalten und einfach ich sein kann. Bevor ich mit ihr schlafen würde, würde ich sie heiraten, aber da dies für mich unmöglich ist …"

Sie seufzte schwer, schüttelte den Kopf. „Du bist unmöglich, Hunter", wisperte sie. „Hast du schon mal daran gedacht, wie es wäre, wenn Ghislaine mehr von dir möchte? Es muss nicht immer von dir ausgehen. Sie wird zu einer jungen Frau, und es ist nicht zu übersehen, wie sehr sie an dir hängt. Aber wie willst du erkennen, wenn sie die Grenze überschreitet?"

Entsetzt starrte ich Helena an. „Ghislaine ist für mich so etwas wie eine kleine Schwester. Niemals könnte ich Gefühle für sie haben."

„Sie kann sich trotzdem in dich verlieben, und darum musst du ihr Grenzen aufzeigen", beharrte Helena auf ihrer Meinung. „Ich erwarte nicht viel, aber sie hat in deinem Bett nichts verloren. Sie muss sich auch nicht fest an dich kuscheln. Oder möchtest du, dass sie sich mal auf dir räkelt und du einen Ständer bekommst? Was sagst du ihr dann?"

Ich zog die Luft ein. „Was?" Meine Stimme war ein hohes Piepsen. „Aber ich …" *Wie kann sie mir so was unterstellen?* Ich fand keine Worte mehr.

Helena lehnte sich an die Wand. „Es geht nicht darum, was dein Kopf denkt. Das Ding zwischen deinen Beinen wird ein Eigenleben entwickeln."

Meine Wangen wurden warm. Helena machte mich fix und fertig. Wie ein Fisch auf dem Trockenen schnappte ich nach Luft. „Ghislaine kann sich niemals in mich verlieben!“, entwich es mir leise. „Ich bin der schlechteste Clericer auf der Welt. Was sollte sie von mir wollen? Jeder andere Kerl wäre besser als ich!“

„Warum nicht?“, konterte sie. „Die Tochter unseres Hochkönigs steht doch auch auf dich. Jede Frau hat einen anderen Geschmack. Wir wären schon lange ausgestorben, wenn alle Frauen nur auf breitschultrige Hünen mit dem IQ einer Walnuss abfahren würden.“

Mir entglitten meine Gesichtszüge. Viviane stand auf mich, und ich konnte mir nicht erklären, wieso. Immerhin hätte sie jeden haben können. Oder fast. Vielleicht war sie etwas zu wild, aber es würde sicherlich gut Kerle geben, denen das egal wäre. *Aber warum ich?*

„Ghislaine kann mich nicht lieben ...“, blieb ich stur.

„Du gehst zu hart mit dir ins Gericht, Hunter. Sicherlich wirst du nicht der sehnsüchtige Wunschtraum einer Jungfrau sein. Doch um sesshaft zu werden, eine Familie zu gründen, bist du genau der Richtige.“

„Aber ich bin ein Clericer!“, protestierte ich.

„Du hast Angst vor Spinnen, gehst jedem Kampf aus dem Weg und lässt dich von deinen Gefühlen leiten ... Du bist weit davon entfernt, ein Clericer zu sein.“ Sie seufzte, gab ihre aggressive Haltung auf und kam auf mich zu. „Eigentlich will ich dir nur helfen. Ghislaine wird irgendwann eine Frau sein, und ihre Zuneigung zu dir ist sehr stark. Das musst du doch sehen.“

Erneut spürte ich die Wärme in meinen Wangen. Leicht senkte ich den Blick. „Sicher merke ich das. Aber ich bin doch nicht liebenswert ... Ich bin einfach nur ich.“

Helena fing an zu lachen. „Du bist gut so, wie du bist, Hunter“, erwiderte sie. „Weißt du, als ich vor vielen Jahren heiraten sollte, hätte ich gern einen Mann wie dich zum Bräutigam gehabt. Aber man suchte ihn mir aus. Ich war verliebt und dumm. In meinen Augen war er der perfekte Ehemann. Er war hübsch, charmant und konnte gut mit Worten umgehen. Besonders mit Letzterem hatte er mich überzeugt.“

Verwirrt sah ich zu ihr. „Du warst verlobt?“ *Aber warum gehört sie dann jetzt zu einer Jägergruppe und tötet Monster?*

„Ja, aber das ist schon lange her.“ Sie schritt hinüber zu einem Stuhl und setzte sich hin. „Alles war vorbereitet, und ich freute mich schon auf den großen Tag. Meine beste Freundin war bei mir, doch als sie mir erzählte, dass mein Bräutigam nicht der Treuste war, wollte ich ihre Worte nicht hören. In meinen Augen war er perfekt. Nicht mal als sie mir gestand, dass sie mit ihm geschlafen hatte, wollte ich die Wahrheit sehen. Ich war so verblendet, dass ich ihr nicht glauben wollte. Also zeigte sie es mir.“ Langsam stand ich auf, schritt auf sie zu. „Sie hatte recht, und ich musste erkennen, dass alles reine Fantasie war. Ich hatte mich in einen Mann verliebt, der nicht so war, wie ich ihn mir vorgestellt hatte. Es war ein Traum. Die Wut packte mich, und ich habe ihm eine gescheuert, ihm direkt ins Gesicht geschrien, dass er die Hochzeit vergessen kann. In jener Nacht packte ich meine Sachen und ging zu den Jägern. Ich fragte nicht meine Familie, was sie für mich wollten, sondern entschied für mich selbst. Meine Freundin heiratete meinen Exverlobten, und sie haben jetzt sieben Kinder.“

„Helena, das tut mir leid“, flüsterte ich und griff nach ihrer Hand, doch sie fing an zu lachen.

„Leid? Ach, Hunter, du bist zu nett für diese Welt. Ich würde Male, Leszek, Ghislaine und dich für nichts eintauschen. Und besonders nicht gegen einen untreuen Ehemann und sieben Bälger. Es ist das Leben, das ich gewählt habe, und ich bin glücklich.“ Sie lehnte sich auf ihrem Stuhl zurück, starrte mich an. „Deine Mutter kann wirklich stolz auf dich sein, nicht jede hat so einen anständigen Sohn wie dich. Aber bitte hör auf mich. Wir wollen nicht, dass sich ein Wendigo in dich verknallt. Es würde nur Probleme zwischen ihr und Viviane geben. Also bitte, nimm Ghislaine nicht mehr mit in dein Bett.“

Verlegen kratzte ich mich am Helm und senkte meinen Blick. „Mache ich nicht, versprochen.“

CENRED GLOUCESTER

Das Nebelgebirge zu überqueren, war keine leichte Aufgabe. Ich war noch nie im Norden gewesen und hatte die Reise deutlich unterschätzt. Es war eine harte Prüfung. Aber dies war nicht der Grund, warum ich auf einmal so schweigsam war. Das hatte mit etwas ganz anderem zu tun. Ich wusste nicht viel über meine Mutter – nur, dass sie aus den Nebellanden stammte. Zwar wusste ich nicht, woher, aber die Vorstellung, dass ich ihre Heimat betrat, schmerzte mich. Auf einmal wurde mir klar, wie wenig ich über meine Herkunft wusste.

Yvains besorgter Blick entging mir nicht, aber ich hatte kein Interesse daran, mich mit ihm zu unterhalten.

Der Abstieg war dieselbe Hölle wie der Aufstieg, obwohl sich das Wetter etwas gebessert hatte. Sobald wir das Schneegestöber verließen und die Nebelwälder erreichten, wurde die Witterung endlich wieder angenehmer. Ein Pfad führte uns von einem kleinen Dorf ins nächste. Yvains Ziel war aber nicht das Dorf der Šimšôner. Stattdessen peilte er die größte Stadt an, wo sich auch der Sitz des Königs befand.

Dolenton war von einer hohen Mauer umgeben. Anders als die kleinen Dörfer war die Stadt deutlich moderner gebaut, wenn auch in einem rustikalen und schlichten Stil. Die Häuser waren aus grauem Stein. Nur die reichen Bewohner leisteten sich einen Steinmetz, der diese zum Teil mit Rundungen oder sogar Skulpturen verschönerte. Je näher wir dem Schloss kamen, desto prachtvoller wurden die Steinhäuser. Die Fenster wurden größer und waren zum Teil mit Buntglas bestückt. Einige zeigten klare Motive – Jäger, Elfen, Tiere, die Auswahl war atemberaubend. Ich erkannte auch immer mehr gusseiserne Verzierungen an den Hauswänden.

Als wir schließlich vor dem schweren Tor zum Königspalast standen, sah ich zu Yvain.

Er wandte sich zu den anderen um. „Cenred und ich werden mit dem König reden. Ruht euch in der Zwischenzeit etwas aus und hört euch um, ob es Aufträge für uns gibt. Wir werden für eine Weile hierbleiben."

Thimothé schnaubte. „Seit wann gibst du uns die Befehle?"

Der Blick des Clericers wurde kühl. „Ihr könnt gern mitkommen, aber ich bin es, der etwas vom König möchte, und ich denke, es wäre in unser aller Interesse, wenn ihr euch Zeit nimmt für Dinge, die euch wirklich Spaß machen."

„Ihr Magier müsst euch auch immer aufspielen", grummelte Thimothé und drehte sich eingeschnappt um.

Schenja hingegen nahm es gelassen. „Viel Glück", wünschte er uns nur. „Ich hoffe, ihr findet eure gesuchten Antworten. Wir werden uns in einer der Tavernen treffen." Mit den Worten drehte er sich um und schritt mit Thimothé im Schlepptau davon.

Zu zweit legten wir die letzten Meter bis zum Tor zurück, wo ein Wächter stand. Es folgte ein kurzes Gespräch, ehe wir ins Schloss geführt wurden. Der Hof des Schlosses war groß und erinnerte mich etwas an Zuhause. Die Schlossmauern waren prachtvoller als jedes andere Gebäude in der Stadt und trotzdem niemals so prunkvoll wie Vaters Burg. Der Palast hatte große Buntglasfenster, und als wir durch die Tür schritten, konnte ich sehen, wie sich das Licht in verschiedenen Farben auf dem steinernen Boden spiegelte. Die Wände waren hoch, und ich erblickte mehrere Gemälde. Eines zeigte einen Mann mit braunblonden Haaren, die ihm bis zu den Schultern reichten. Seine Haut war von der Sonne gebräunt, und ein Bart zierte sein Gesicht. Sein Blick war streng, dennoch lag etwas Freundliches in seinen blauen Augen. Er trug ein Fell über den Schultern und einfache braune Gewänder mit roten Verzierungen. In der Hand hielt er ein Schwert, und auf seinem Haupt saß eine Krone. Auf einem anderen Gemälde erkannte ich den König mit seiner Familie. Seine rothaarige Frau stand neben ihm, und seine drei Söhne sowie seine Tochter waren ebenfalls drauf zu sehen. Ein drittes Bild hing über einer Tür, auf die wir zugingen. Darauf war eine blonde Frau in Jägerkluft abgebildet. Wer sie war, wusste ich nicht, aber es spielte auch keine Rolle. Dennoch musste sie irgendwie zur Königsfamilie gehören.

„Warum bist du so schweigsam?“, riss mich Yvain aus meinen Gedanken.

„Das ist die Heimat meiner Mutter, auch wenn ich nichts über sie weiß. Aber sie muss hier Verwandte haben ... Nur haben sie nie nach mir gesucht. Wie es scheint, bin ich ihnen egal.“ Ich verstummte wieder. Es schmerzte mich auszusprechen, was ich die letzten Tage zu verdrängen versucht hatte. Niemals hätte ich hierherkommen sollen, aber ich konnte Yvain nicht alleinlassen. Und eigentlich spielte es auch keine Rolle. Sowohl für Vaters als auch für Mutters Familie existierte ich nicht mehr. Niemand interessierte sich für mich.

KAPITEL XXXI

Das Volk der Drow

YVAIN LEINSTER

Ich konnte Cenred verstehen und rechnete es ihm hoch an, dass er trotzdem mit mir hierhergekommen war.

Der Diener führte uns in einen Raum. Dort wurden wir gebeten zu warten.

„Weißt du, Familie kann man nicht immer verstehen. Mein eigener Vater gab sich jahrelang als mein Onkel aus. Er sagte es mir nicht mal ins Gesicht. Blut ist nicht automatisch dicker als Wasser“, sagte ich, doch verstummte, als der König eintrat.

Cenred und ich erhoben uns beide und verbeugten uns vor ihm.

„König Czarek, es freut mich sehr, dass Ihr uns empfangt. Mein Name ist Yvain Leinster, und das neben mir ist Cenred“, stellte ich uns kurz vor. „Ich möchte Euch um eine Audienz bei den Drows bitten. Ihr betreibt Handel mit ihnen, daher war es in meinen Augen die beste Entscheidung, mich mit meinem Anliegen an Euch zu wenden.“

Aleksas Vater sah mich eine gefühlte Ewigkeit schweigend an, ehe er sprach: „Ich werde die Drow fragen. Aber erwartet nicht zu viel von ihnen.“

Ich biss mir auf die Unterlippe. *Es ist also heikel …* „Ich bin ein Clericer, das ist der Grund, warum ich mit ihnen reden möchte.“

Die Brauen des Königs hoben sich merklich, dennoch ließ er mich weitersprechen.

„Ich habe bereits mit dem Elfenvolk gesprochen, aber sie haben einen Pakt mit dem Obersten Clericer geschlossen und ich möchte die Wahrheit von jemandem erfahren, der sich nicht kaufen lässt." Wenn ich mit meiner Vermutung richtig lag, dann würden meine Worte den Herrscher der Drow sicherlich interessieren. „Ich bin bereit, mich gegen Landon zu stellen."

Das Gesicht des Königs wurde zu einer unlesbaren Maske. „Ich werde es den Drow mitteilen."

Drei Wochen waren seitdem vergangen. Wir hatten in der Zwischenzeit einige kleine Aufträge erfüllt. Aber wir merkten schnell, dass es in den Nebellanden deutlich weniger Monster gab als im Rest von Burengard. Das Leben hier war einfacher und gemütlicher. Ich vermutete, dass es mit den Elfen zusammenhing, die in Wirklichkeit die Monster in Schach hielten.

Am frühen Morgen tauchte ein Bote des Königs in der Taverne auf und überreichte mir einen Brief. Es war eine Einladung. Wie von Czarek Czapski gewünscht, kamen Cenred und ich am späten Nachmittag ins Schloss. Man führte uns dieses Mal aber nicht in ein kleines Zimmer, sondern direkt in den Thronsaal. Der Raum war schlicht. Hohe Säulen hielten die Decke, und es war atemberaubend zu sehen, wie sich die Sonnenstrahlen in den Buntglasfenstern brachen. Das waren die Momente, in denen ich froh darüber war, dass ich meine Maske nicht mehr trug. Dieses Farbenspiel wäre sonst nur eine graue Masse gewesen.

Der König saß auf seinem Thron, und auf dem zweiten neben ihm erblickte ich einen Drow. Seine weißen Haare reichten ihm bis weit über den Rücken, und seine braunen Augen musterten mich. Eine silberne Krone saß auf seinem Haupt, welche ihn als König der Drow auszeichnete, wie ich vermutete.

Tief verbeugte ich mich vor den beiden, und Cen tat es mir gleich. „König Czarek, es freut mich sehr, Euch heute wiederzusehen. Das neben Euch muss der König der Drow sein."

„Ich bin Asmerom, der König der Drow. Mein Volk wählte mich als sein Stellvertreter." Die Stimme des Königs klang erhaben und kühl. „Wir wählen unsere Oberhäupter immer selbst, denn es sollte niemals allein einer Familie vorbehalten sein, zu herrschen. Wir pflegen auch keine nähere Verbindung zu unseren verfluchten Verwandten, die vom rechten Pfad abgekommen sind und selbst jetzt nicht einsehen wollen, dass ihr Handeln falsch war."

Czarek Czapski schwieg. Wie es schien, ermöglichte er uns dieses Treffen, wollte sich aber nicht weiter in die Angelegenheit einmischen.

„Vielen Dank, dass Ihr mich anhört, König Asmerom vom Stamm der Drow. Ich möchte mehr über die Geschichte Eures Volkes erfahren. Die Elfen nannten mir die ihre, aber ich bin nicht glücklich mit den Antworten."

Die dunklen Augen des Königs musterten mich weiter. Seine Kleidung bestand aus einem blauen Stoff, den ich nicht kannte. Er glitzerte leicht und fiel fließend über den Körper des Elfen. Neben der Krone trug er silberne Armreife und eine Kette mit einem grünen Stein. Bewaffnet war der Drow nicht, und ich konnte auch keine Wachen oder andere Elfen erkennen, die ihn begleiteten.

„Das Volk der Elfen lügt. Sie verbreiten ihre Unwahrheiten über unsere Geschichte. Wir beten zu Samson, dem König über die Wälder und die Natur. Er ist unser Schöpfer und Beschützer. Der Verbrannte, einst bekannt unter dem Namen Slokir, erschuf das Tor, um Zwietracht und Missgunst unter den Göttern zu schaffen. Es gelang ihm auch, denn er schaffte es, alle zu täuschen, sodass sich die vier Götter trennten." Die Geschichte war ähnlich wie bei den Elfen, nur waren bestimmte Merkmale deutlich anders. „Sie reden davon, dass Samson zu einem Monster wurde, das nun durch die Wälder streift und Böses tut. Moorlog nennen sie ihn. Dabei sind das alles Lügen. Ihnen ist jedes Mittel recht, um unseren Gott in Verruf zu bringen."

Ich musste lächeln. Diese Version der Geschichte hörte sich für mich deutlich logischer an. Der Verbrannte, der bereits als das Böse in der Welt galt, hatte die Monster in unsere Welt gebracht, und die Clericer dienten ihm. „Also basieren die Geschichten der Elfen auf Lügen?"

Der Drow nickte. „Ja."

„Und der Oberste Clericer glaubt diese Lügen?"

„Nein. Landon Gloucester kennt die Wahrheit. Er schweigt, weil die Wahrheit ihn seine Macht kosten würde. Die Clericer entstanden durch das Tor in die andere Welt. In jedem von Euch fließt das Blut der Dämonen. Darum sind Clericer immer Monster. Es liegt in ihrer Natur, das Töten fällt ihnen leicht, weil sie dafür geschaffen wurden."

Ich trat auf den König der Drow zu, zog meine Uhr hervor, ohne etwas zu sagen, und öffnete sie. Das Zifferblatt erstrahlte in allen Farben. „Dies ist meine Uhr und sie ist anders als der Rest."

Die Augen des Elfen weiteten sich, als er sie erblickte, jedoch sagte er kein Wort, sondern starrte nur auf meine Taschenuhr. „Interessant." Er hob seinen Blick, sah mich mit seinen braunen Iriden an. „Das ist außergewöhnlich. Es gibt kaum einen Clericer, der dies schafft." König Asmerom griff nach meiner Uhr, hob sie hoch und untersuchte sie.

„Was habe ich geschafft?", fragte ich verwirrt.

„Ihr habt Euch für den rechten Weg entschieden. Es wäre falsch zu sagen, dass jeder Clericer böse ist. Jeder Einzelne von ihnen hat die Wahl, welchen Weg er einschlagen möchte. Aber kaum einer wählt den richtigen. Sie entscheiden sich lieber für den Tod, die Macht und das Böse in ihren Herzen. Zumindest in der Regel."

„Landon Gloucester ...", wisperte ich.

„Pflastert seinen Weg mit Leichen. Er wird niemals den Weg zum Licht finden, Ihr aber schon." Der Dunkelelf gab mir meine Taschenuhr zurück. „Ihr entschiedet Euch für die Liebe, anstatt den Pfad der Rache und des Hasses zu gehen."

Seine Worte überforderten mich. Das alles war einfach zu viel auf einmal, und trotzdem gab es noch so viel, was mich beschäftigte.

„Wenn die Clericer böse sind und Landon den falschen Weg einschlug, warum haltet Ihr ihn nicht auf?"

Asmerom lehnte sich zurück und musterte mich. „Weil ein Kampf gegen die Clericer uns vernichten würde. Sie sind blutrünstige Monster und können töten. Landon darf nicht durch unsere Hand sterben. Aber Ihr könntet dem Ganzen ein Ende bereiten."

Mir blieb die Luft weg. Ich wollte zwar die Wahrheit erfahren, aber niemals der nächste Oberste Clericer werden. „Das geht nicht!", entwich es mir. „Niemals könnte ich mich Landon Gloucester in den Weg stellen." *Alles, was ich will, ist, mein eigenes Leben zu führen und die Wahrheit über unsere Welt zu kennen. Mehr will ich nicht.*

„Was hält dich davon ab? Mit deiner Magie könntest du ihn in die Knie zwingen und unsere Welt auf den rechten Pfad zurückführen", redete er auf mich ein.

Erschrocken riss ich meine Augen auf. *Ich will doch nur ein glückliches Leben mit meiner Familie. Keine Revolution, keinen Kampf gegen Landon, sondern nur mein Leben genießen.*

„Ein Krieg ist das Letzte, was wir gebrauchen können", mischte sich Cenred ein.

Das Gesicht des Drowkönigs verfinsterte sich. „Wie könnt Ihr es wagen, das Wort zu erheben?"

„Landon Gloucester ist mein Onkel. Er ist kein Heiliger, aber ihn zu stürzen, würde unser Land nicht besser machen. Zudem würden die Clericer hinter ihm stehen. Burengard würde im Blut seines eigenen Volkes ertränkt."

Die Worte von Cenred gefielen dem König ganz und gar nicht. „Ihr habt es in der Hand, unser Schicksal zu verändern! Aber ihr fürchtet Euch. Unser Land wird bald in eine Lage kommen, in der es unweigerlich zu Blutvergießen kommen wird. Ihr könntet bestimmen, wessen Blut die Erde am Ende rot färbt. Denn die Elfen werden auf der Seite der Clericer kämpfen, weil sie ihre einzige Hoffnung sind. Ohne sie würde man ihr Volk von der Erde tilgen."

„Ich kann mich Landon nicht in den Weg stellen", stellte ich klar und trat einen Schritt zurück. „Ich bin dankbar für Eure Offenheit, aber ich habe nun die Antworten, die ich suchte."

Asmerom erhob sich und bedachte mich mit einem kalten Blick. Cenred tat an meine Seite. Ich war froh, dass er mich begleitet hatte.

„Seid Ihr blind oder seht Ihr den Blutmond nicht, der Nacht für Nacht an unserem Himmel steht? Es ist das Zeichen, dass Landon versagt hat. Wenn wir jetzt nicht handeln, wird es zu spät sein", ermahnte er mich. Neben Wut schwang ein besorgter Unterton in seiner Stimme mit. Der König der Drow sprach diese Worte nicht allein aus Zorn über die Clericer, sondern aus echter Besorgnis. Es war eine Warnung. Aber ich konnte nichts tun. Niemals würde ich einen Krieg anführen können. Ich war nicht dafür geschaffen, egal, was mit der Welt passierte. Sie würde einen anderen Helden brauchen.

ALEKSANDRA CZAPSKA

Ich dachte viel über Maitagorrys Worte nach. Nie hatte ich mir Gedanken über die Liebe gemacht, da ich geglaubt hatte, wir müssten ihr als Clericer entsagen. Es verwirrte mich, dass uns trotzdem erlaubt war, Gefühle zu empfinden, solange wir sie in Kampfsituationen kontrollierten. Jedoch verstand ich Hunter und seine Intentionen nun um einiges besser.

Die nächste Stadt hatten wir bereits erreicht und saßen in einer Kneipe. Neugierig musterte ich meine Mentorin von der Seite. „Hast du keine Angst, was Landon tun könnte?"

Lässig lehnte sie sich zurück und trank einen Schluck aus ihrem Becher. „Ich kenne Landons Schwachstelle. Der Tränensee ist aus mehreren Gründen Tabu. Nicht nur, dass Landon ihn für seine Rituale braucht und er als Grab für die Clericer hinhalten muss, er ist auch das

Zuhause des Wächters. Landon hegt eine besondere Verbindung zu ihm. Eine ... Liebesbeziehung." Ein breites Grinsen erschien auf ihren Lippen. Sie schien es zu genießen, mir davon zu erzählen. „Ich stehe auf Frauen, das ist in unserer Gesellschaft was Normales. Wäre ich keine Clericerin, könnte ich heiraten und Kinder adoptieren. Landon mit seinem Tentakelfetisch hätte es da schon etwas schwerer. Besonders als Oberster Clericer und Symbolbild für die eigentliche Keuschheit, die wir an den Tag legen sollten, wäre es etwas ... ungünstig." Sie nahm wieder einen Schluck, und ich schwieg, starrte auf meinen Becher. *Was soll ich dazu sagen?* „Noch bevor ich das Wort Riesenkalmar überhaupt ausgesprochen hätte, würde er mir all meine Sünden vergeben."

Ich hob meinen Blick und sah meine Mentorin an. „Wenn Landon und der Wächter ..." Ich schluckte, musste mich kurz sammeln. „Das bedeutet, dass sie befangen sind, dass sie nicht mit klarem Kopf an die Sache herangehen ..." Noch während ich das sagte, stand ich auf.

„Aleksa, setz dich", befahl Maitagorry. „Ich glaube nicht, dass Landon von ihr manipuliert wird. Wenn jemand Schwäche zeigt, dann ist es sie." Langsam setzte ich mich wieder hin. „Unserer werter Oberster Clericer hat einen starken Willen. Er und seine beiden Spießgesellen Jacques und Tishon haben viele Clericer getötet. Landon wollte eine neue Weltordnung erschaffen und das ist ihm gelungen. Ich erinnere mich an meine Schulzeit, als wir uns zur Sommersonnenwende trafen und er seine Gegner auf das Podium bat. Mit seiner Blutmagie machte er sie bewegungsunfähig und schoss ihnen mit einer Waffe der Menschen die Gehirne aus den Köpfen, und zwar ohne die Masken zu beschädigen ... Ich frage mich bis heute, wie er das gemacht hat ... Aber es war eindrucksvoll und wirksam. Letztens Endes haben alle seine Herrschaft akzeptiert."

Erstaunt schaute ich meine Mentorin an, dann traf mich die Erkenntnis wie ein Schlag. „Ich weiß, wie er das bewerkstelligt hat. Er besitzt eine Magie, die ihm ermöglicht, von einem Ort zu einem anderen zu gelangen, vermutlich mit Portalen. Wenn er nach dem Schuss ein Portal geöffnet hat, bevor die Kugel die Maske treffen konnte, und er sie direkt dahinter wieder hat austreten lassen, konnte sie das Gehirn durchdringen, ohne den Helm zu beschädigen. Aber dafür muss er viel geübt haben."

Maitagorry nippte an ihrem Becher. „Landon ist ein äußerst fähiger Clericer. Aber das waren die Gloucesters stets, zumindest bis Hunter kam. Was mit ihm nicht stimmt, kann ich nicht sagen. Eigentlich sollte er das kaltblütige Gemüt seiner Vorfahren geerbt haben. Wenn man den Erzählungen glaubt, war Fagus Gloucester nicht ganz bei klarem Verstand. Colette, die seine Frau war, soll zur selben Zeit seine Cousine gewesen sein. Was erklärt, warum alle Gloucesters eigentlich gleich aussehen. Blondes Haar, blaue oder graue Augen und ähnliche Gesichtszüge. Nur Cenred passt nicht ins Bild. Der hatte entweder einen anderen Vater oder eine andere Mutter. Zwar sieht er seinen Geschwistern zum Verwechseln ähnlich, dennoch verrät die Farbe seiner Augen, dass er kein vollwertiger Gloucester ist."

Schweigend nahm ich einen Schluck von meinem Bier. Diese Geschichten waren mir neu. Ich vertraute Maitagorry, trotzdem würde ich meine Hand nicht dafür ins Feuer legen, dass ihre Worte der Wahrheit entsprachen. Immerhin gab es genug Leute, die neidisch auf die Gloucesters waren und deswegen haltlose Gerüchte erfanden, um ihnen zu schaden.

„Ich frage mich eher, was passiert, wenn Landon mit seiner Riesenkalmar-Freundin ein Kind zeugt. Wie wird es wohl aussehen? Halb Mensch, halb Riesenkalmar?"

Maitagorry grinste mich an. „Ich weiß gar nicht, ob Fischmenschen mit uns Kinder zeugen können, auch wenn wir gewisse Ähnlichkeiten mit ihnen haben."

„Halbelfen gibt es doch auch, warum dann nicht halbe Fischmenschen?"

Sie lachte. „Jetzt glaubst du also doch an dieses Volk? Vielleicht dann auch an ihre Göttin?"

„Wenn Landons Fetischobjekt ein Fischmensch ist, dann muss es mehr als nur sie geben ...", gab ich zerknirscht zu. „Zudem könnte sie der Grund sein, warum er sich nicht von seinem alten Freund trennt. Wenn sich Landon gegen Jacques stellen würde, könnte dieser allen erzählen, dass sich der Oberste Clericer einen Riesenkalmar ins Bett holt." Es machte Sinn, zugleich fand ich es verwerflich, dass er Yvain weiter leiden ließ, weil er nicht den Mut aufbrachte, allen zu sagen, was er wirklich auf dem Dach der Schule trieb. Notfalls könnte er auch Jacques verschwinden lassen und Maitagorry zu seiner neuen Vertrauten zu machen. Aber er tat lieber nichts. Das fand ich verachtenswert.

„Weißt du, Aleksa, ich mag dich. Jedoch solltest du deinen Zorn auf Landon vergessen. Er macht Fehler, so wie jeder andere, aber am Ende gibt er sein Bestes, um uns zu schützen. Wenn die Bewohner Burengards anfangen, die Clericer zu verachten, könnten wir am Ende wie die Elfen enden. Falls wir Yvain aufspüren, kannst du mit Landon sprechen und ihn darum bitten, etwas gegen Jacques zu unternehmen. Vielleicht bringst du ihn dazu, dass er seinen alten Freund tötet – aber ob das alle Probleme löst?"

Ich schaute auf meinen Becher und leerte seinen restlichen Inhalt. „Er hätte den Tod verdient."

„Es gibt Tausende Menschen, die es nicht verdient haben zu leben. Gleichzeitig sterben täglich Unschuldige. So ist unsere Welt nun mal." Auch sie exte ihr Bier, dann sagte sie: „Aleksa, wir Clericer müssen vorsichtig sein. Es gab schon mal ein Ereignis, das beinah zu unserer Auslöschung geführt hätte. Das darf sich nicht wiederholen."

„Was ist passiert?", wollte ich wissen. „Und warum habe ich noch nie davon gehört?"

„Weil es eines unser wohlbehütetsten Geheimnisse ist", antwortete sie geheimnisvoll. „Hast du dich nie gefragt, warum wir diese Gewänder tragen? Die Wahrheit ist, es gab vor langer Zeit einen Kampf zwischen dem Adel und dem Clericer-Orden. Wir haben verloren, deswegen wurde uns diese verdammte Kluft aufgedrückt."

Meine Augen weiten sich vor Entsetzen. *Das kann nicht sein! Clericer und Adelige sind doch vom selben Blut.* „Was ist damals passiert?"

Maitagorry seufzte. „Frag das besser Landon, wenn du ihn das nächste Mal siehst. Ich möchte jetzt ein paar angenehme Stunden verbringen.“

Sie wollte sich erheben, doch ich unterbrach sie.

„Nicht!“

Sie hielt inne. „Was hast du gesagt?“

„Ich möchte nicht, dass du gehst.“

Für einen kurzen Moment war es still, dann erwiderte sie: „Komm.“

Stumm folgte ich ihr die Stufen hinauf in ihr Zimmer, und sie schloss die Tür hinter mir. Forschend musterte sie mich. „Aleksa, was ...“

Ehe sie ihren Satz beenden konnte, ging ich auf sie zu und versiegelte ihre Lippen mit meinen. Als ich mich von ihr löste, konnte ich aufgrund der Maske ihren Blick nicht sehen, doch ich spürte ihre Verwirrung. „Ich will nicht, dass du dir irgendeine Frau suchst und mit ihr das Bett teilst. Ich will diejenige sein, mit der du es tust.“

„Aleksa, ich bin deine Mentorin. Landon würde es bestimmt nicht toll finden, wenn ...“

Ich legte meinen Finger auf ihren Mund und brachte sie zum Schweigen. „Es ist mir egal, was Landon denkt, wenn er davon erfährt. Er vögelt einen Riesenkalmar und hat nicht das Recht, uns zu verurteilen.“

Maitagorry grinste mich an. „Ich wollte nur auf Nummer sicher gehen. Nicht dass es am Ende heißt, ich hätte dich verführt.“ Sie legte ihre Hände an meine Wangen, und ich küsste sie erneut.

„Es ist meine Entscheidung. Außerdem bin ich schon achtzehn. Niemand kann uns etwas vorschreiben“, hauchte ich an ihre Lippen.

Im nächsten Moment prallte ihr Mund wieder auf meinen, gieriger diesmal. Mir entwich ein Stöhnen, und ich öffnete die Lippen – Maitagorry nutzte dies sofort, um mir ihre Zunge in den Mund zu schieben und meine zu liebkosen. Langsam schob sie mich Richtung Bett, und ich ließ es zu. Dort angekommen, drückte sie mich auf die

Matratze. Drängender küsste ich sie. Ihre Hände strichen über meine Kleidung und zerrten mir den Stoff vom Leib. Mein Herz klopfte mir bis zum Hals, und ich begann, sie ebenfalls zu entkleiden. Schicht für Schicht zogen wir uns aus, bis ich ihre warme Haut an meiner spürte. Mit ihren Fingern strich sie über meine Brüste, während sie mich im Nacken küsste, woraufhin ich keuchte und mich noch enger an sie schmiegte. Jegliche Vernunft hatte ich verloren. Ihre Hände wanderten immer tiefer, und sie drückte meine Beine auseinander. Mit ihren Fingerspitzen berührte sie meine Schamlippen, was ein prickelndes Gefühl in mir auslöste. Ich warf den Kopf in den Nacken, als sie ihre Finger gegen ihre Zunge eintauschte. Während sie mich mit dem Mund verwöhnte, drang sie mit zwei Fingern in mich ein und massierte mich von innen. Ein Stöhnen entrang sich meiner Kehle, und ich schloss die Augen. Maitagorry wusste genau, was sie da tat. Ich hatte noch nie einen Orgasmus gehabt, doch als er mich plötzlich wie eine Welle überrollte, wusste ich, dass es einer war. Vollkommen fertig, aber zufrieden versank ich in den Laken, während sich Maitagorry neben mich legte. Langsam öffnete ich meine schweren Lider und traf auf ihr breites Grinsen.

„Und, wie fandest du es?", fragte sie mich, während sie ihre Finger über meinen nackten Bauch tanzen ließ.

„Wundervoll", hauchte ich. Dann drehte ich mich auf die Seite und drückte sie zurück in die Matratze. „Aber jetzt kümmere ich mich erst mal um dich."

KAPITEL XXXII
DIE TRÄUME DER ALBEN

HUNTER GLOUCESTER

Es war schon dunkel, als Ghislaine und ich die Taverne erreichten. Bereits beim Eintreten fiel mir auf, dass mehr los war als bei unserer Abreise – es waren weitere Jäger gekommen. Unter ihnen erkannte ich auch ein paar Clericer. Sie saßen im hinteren Bereich, lachten und tranken zusammen.

„Ihr solltet lieber ins Bett gehen", vernahm ich die Stimme von Leszek. Verwirrt drehte ich mich um und sah ihn an der Wand lehnend. „Die Clericer dort scheinen dich zu kennen. Dein Name fiel, und wir sollten keinen unnötigen Streit provozieren."

„Mein Name?", fragte ich verwirrt.

Ghislaine wartete nicht auf Leszeks Antwort, sondern trat auf den Tisch zu, an dem die Clericer und Jäger saßen. Ich konnte weder Mael noch die anderen Jäger unter ihnen ausmachen.

„Wer von euch hat schlecht über Hunter geredet?", sprach sie mit fester Stimme an die Runde gewandt.

Alle Blicke waren auf Ghislaine gerichtet, und ich erkannte den Clericer, auf dessen Lippen ein spöttisches Grinsen lag. Er erhob sich und sagte: „Er ist der schlechteste Clericer unseres Jahrganges. Beim Treffen zur Sommersonnenwende hat er sich wie ein feiges Huhn davongestohlen und das mitten in der Nacht. Ihn zu verteidigen, bringt nichts, weil er eine Schande für jeden von uns ist."

Ghislaine trat einen Schritt näher an den höhnischen Clericer heran. Er war fast zwei Köpfe größer als sie und breit gebaut. Doch ihr war das vollkommen egal. „Hunter gibt sein Bestes."

Der Clericer lachte auf. „Dann ist es eben nicht ausreichend. Er ist zu schwach."

Binnen Sekunden überbrückte Ghislaine die Distanz zum Clericer und ballte ihre Hand zur Faust. Ohne Rücksicht auf Verluste schlug sie ihm ins Gesicht. Sofort schoss ihm Blut aus der Nase, und er taumelte zurück.

„Miststück!", schnauzte er und holte zum Gegenschlag aus, doch da trat Leszek vor Ghislaine, die mit schmerzverzerrtem Gesicht ihre Hand schüttelte. Zwar hatte ihr Schlag gesessen, dennoch hatte sie mitten auf die metallene Maske gezielt – nicht unbedingt die beste Idee, doch sie wusste es nicht besser.

„Wir sollten uns alle beruhigen", sprach Leszek den Hünen an, dessen Mund sich merklich verzog.

„Das kleine Miststück hat mir eine reingehauen! Niemand vergeht sich ungestraft an einem Clericer", schrie er.

„Gérald, du solltest darüberstehen", mischte ich mich ein.

„Von einem Feigling wie dir lass ich mir so was nicht sagen", fuhr Gérald mich an.

Ghislaine knurrte, wurde jedoch von Leszek gepackt. „Hör auf mit dem Mist!"

„Gérald, tu das nicht!", warf nun eine Clericerin ein und packte den Arm des Hünen. „Bitte!"

Mittlerweile waren alle Jäger aufgestanden und warfen uns feindselige Blicke zu. Die Luft knisterte regelrecht vor lauter Anspannung.

„Ihr könnt euch ein anderes Mal streiten", durchbrach Maels Stimme die kurze Stille.

Überrascht drehte ich meinen Kopf. Mael stand im Raum und hatten einen Mann bei sich. Dieser stützte sich an seiner Schulter ab. Sein Gesicht war blass, und er wies mehrere Verletzungen am Körper auf.

„Sein Dorf wurde angegriffen, und er schaffte es in der Dunkelheit gerade so hierher. Wir haben also Wichtigeres zu erledigen, als uns mit dieser Kinderkacke aufzuhalten", erklärte Mael mit ernster Miene.

Ein älterer Jäger trat auf ihn zu. „Es war eure Jägerin, die wie eine Furie zu uns gestürmt ist. Aber du hast recht, es gibt Wichtigeres zu tun, als darüber zu streiten. Trotzdem wünsche ich mir, dass du deine Mitglieder besser im Griff hast, Šimšôner." Leszeks Blick verfinsterte sich bei den Worten. „Wir werden uns um alles kümmern. Gérald, Céline, ihr geht gemeinsam. Was es auch ist, ihr werdet damit fertig."

„Hunter soll mit ihnen gehen. Wir wissen nicht, was in dem Dorf lauert, und drei Clericer sind besser als zwei", wandte Mael ein, und der andere Jäger nickte widerwillig.

„Ist gut."

Sofort ließ ich den Kopf hängen. Warum musste ich immer so ein Unglück haben?

Es gefiel mir nicht, im Dunkeln durch den Wald zu laufen, um in das nächste Dorf zu kommen, das gut zwei Stunden Fußmarsch entfernt war und meine nette Gesellschaft machte es nicht besser. Die überlebenden Bewohner hatten von einem tödlichen Nebel berichtet, dementsprechend hatten wir keine Ahnung, womit wir es zu tun hatten. Aber es war viel zu gefährlich, in einer größeren Gruppe zu gehen, und ohne Licht würden die Jäger uns nur aufhalten. Deswegen waren nur wir Clericer losgeschickt worden.

Gérald und Céline schwiegen. Er hatte sich kaum verändert, was ich von ihr nicht behaupten konnte. Sie wirkte bedrückt und hatte zugenommen. Zumindest war mir nie zuvor aufgefallen, dass sie so eine üppige Oberweite hatte.

Nach fast zwei Stunden Fußmarsch konnte ich in der Ferne die Dächer der Häuser sehen. Der Boden war mit den toten Bewohnern gepflastert. Mein Magen zog sich bei dem Anblick zusammen. Alles in mir rebellierte, ich wollte nicht weitergehen.

Gérald zog seine Klingenpeitsche und schwang sie durch die Luft. Bevor ich begriff, was passierte, schlug er sie mir in den Rücken. Ich stürzte auf den Boden und schrie vor Schmerz.

Gérald lachte, während seine Cousine stumm neben ihm stand. „Wir brauchen deine Hilfe nicht, Hunter ... Ich kenne deine Familie genug gut, um zu wissen, was sie mit dir vorhaben. Du lebst nur, weil sie dich zum nächsten Obersten Clericer machen möchten."

Ich sah zu Gérald, während mir das Blut über den Rücken lief. „Ich möchte nicht das nächste Oberhaupt der Clericer werden."

„Das wird niemanden interessieren. Aber wenn du tot bist, kannst du nicht mehr Landons Platz einnehmen. Wir werden einfach erzählen, das Monster hätte dich geholt", erwiderte Gérald schulterzuckend, dann rannte er auf mich zu. „Du glaubst gar nicht, wie lange ich schon auf diesen Moment gewartet habe."

Bevor er mich erreichte, drehte ich um, sprang auf die Beine und hastete so schnell ich konnte Richtung Dorf. Egal, was dort lauerte, es konnte nicht so schlimm sein wie Gérald, der mir nach dem Leben trachtete.

Ich passierte ein paar Häuser, bis ich eine Tür aufriss und mich in den Schutz eines Gebäudes flüchtete. Es brannte kein Licht, trotzdem konnte ich mithilfe meiner Magie die Umrisse meiner Umgebung erkennen. Ich befand mich in einem Esszimmer. Schnell kroch ich unter den Tisch, mein Herz pochte wie wild in meiner Brust.

Draußen ertönten Schritte. „Hunter, wo bist du? Komm raus und spiel mit uns!"

Das Knarren der Dielen hinter mir ließ mich herumfahren. Zu meinem Glück waren es jedoch weder Gérald noch Céline, die den Raum betreten hatten, sondern ein fremdes Mädchen. Sie hatte weiße Haare und spitze Ohren.

„Du blutest", sagte sie und beugte sich zu mir herunter. Für einen Moment wusste ich nicht, wovor ich mehr Angst haben sollte, entschied dann jedoch, dass mir das Monster sympathischer war. „Hunter hat Angst", wisperte sie und strich über meine Wange.

Meine Umgebung verschwand, und plötzlich fand ich mich vor Saintboudon wieder. Oder besser einem Seitengang davon. Das Bild war klar, und ich konnte vor mir meinen Onkel erkennen, der sich mit Céline unterhielt.

„Ich wollte Euch etwas fragen", druckste sie herum.

Mein Onkel schaute sie an, ohne eine Miene zu verziehen, und schwieg. „Was denn?" Landon klang deutlich desinteressiert. Sie hatte sich wohl einen ungünstigen Zeitpunkt ausgesucht.

„Ich möchte gern mit Euch schlafen."

Entsetzt schnappte ich nach Luft. *Was will sie?*

„Kein Interesse", erwiderte er kühl. Mit diesen Worten wandte er sich um und schritt davon. Céline schaute genauso verdattert aus der Wäsche wie ich, dann biss sie die Zähne zusammen und ballte ihre Hände zu Fäusten. Sie hatte nicht damit gerechnet, von dem Obersten Clericer zurückgewiesen zu werden. Kochend vor Wut drehte sie sich um und schritt zurück zur Halle.

Das Bild vor meinen Augen veränderte sich und wurde durch ein Schlafzimmer eingetauscht. Céline lag in einem Bett, neben ihr schlief ein weiterer Clericer, den ich aber nicht sofort zuordnen konnte. Jedoch war ich mir sicher, dass er nicht mein Onkel war. Sie räkelte sich und drehte sich zu dem Mann um, der neben ihr ruhte.

Warum zeigte mir die Elfe diese Bilder? Ich wusste nicht, was los war.

„Bist du wach?", fragte eine mir sehr bekannte Stimme. Sofort schnappte ich nach Luft. *Tishon Leinster? Sie schläft mit unserem Lehrer?*

„Nein!"

Die Illusion löste sich auf, und ich fand mich unter dem Tisch wieder. Mein Schrei hallte in dem Raum nach, und sofort hielt ich mir den Mund zu. *Habe ich gerade ganz laut geschrien?*

Im nächsten Moment wurde die Tür aufgerissen, und ich erblickte Gérald im Türrahmen. *Ich bin am Arsch!*

Er trat ein, dicht gefolgt von seiner Cousine. Plötzlich tauchte ein dicker Nebel auf, füllte langsam das Zimmer.

„Ich glaube, Hunter hat unseren Feind gefunden", hörte ich Gérald sagen, dann wurde alle schwarz um mich.

„*Die Menschen sind Böse*", war das Letzte, was ich hörte, ehe ich das Bewusstsein verlor.

YVAIN LEINSTER

Das Gespräch mit dem König der Drow war nicht so verlaufen, wie ich es mir gewünscht hatte. Ich hatte meine Antworten, war aber nicht bereit, meine Ansichten zu ändern. Egal, wie viele Fehler Landon machte, wie schlecht seine Herrschaft war, ich wollte auf keinen Fall seinen Platz einnehmen. Denn er hatte Freunde, die alles für ihn taten, während ich unter den Clericern niemanden hatte. Cenred war nach langer Zeit mein erster richtiger Freund, aber er war nicht wie ich.

Nach dem Treffen mit dem König der Drow kehrte ich zurück zu Risa. Ich war da, als unser Kind auf die Welt kam. Es war ein kleiner Junge, und ich taufte ihn Rhys. Er war mein Freund gewesen und hatte am längsten durchgehalten, ehe Jacques ihn wie alle anderen getötet hatte.

Ich war glücklich und bereit, mit der Vergangenheit endgültig abzuschließen. Nie wieder würde ich ein Clericer sein. Denn ich hatte jetzt Freunde, eine Frau und ein Kind – mein Leben war perfekt. In den letzten Monaten hatte ich mein Wissen über Heilmagie und Tränke erweitert. Dies waren Themen, welche die Clericer gern ausließen, denn sie waren Kämpfer und nahezu unsterblich. Es waren ihre Verbündeten, die sterben konnten, aber das war ihnen egal.

Ich bestückte ein Regal in meinem Laden, als Cenred eintrat.

„Es sind zwei Clericer in die Stadt gekommen“, erklärte er, bevor er überhaupt die Tür geschlossen hatte. „Sie sind allein unterwegs und suchen nach dir.“

Sofort wich mir jegliche Farbe aus dem Gesicht. *Aleksa und ihre Mentorin*, schoss es mir durch den Kopf. *Scheiße, was soll ich tun? Davonlaufen? Oder mich ihnen stellen?* Lange brauchte ich nicht, um eine Entscheidung zu fällen.

„Ich möchte, dass du sie aus der Stadt führst. Sag ihnen, dass ich bei der Brücke auf sie warte.“ Es war zu gefährlich abzuwarten, bis sie mich fanden. Ich musste mich ihnen stellen. Es gab keinen anderen Weg.

Geduldig wartete ich, bis die zwei kamen. Aleksa war stärker als ich, aber das würde mich nicht davon abhalten, für meine Freiheit zu kämpfen, für alles, was ich aufgebaut hatte.

Ich trat auf die beiden Frauen zu. „Glückwunsch, ihr habt mich endlich gefunden.“ Ich sah Aleksa direkt an. „Aber du hast deine Zeit verschwendet, denn ich werde nicht mit dir kommen.“

„Landon weiß, dass du abgehauen bist. Wenn du nicht mit uns kommst, wird er dich holen“, antwortete Aleksa und trat vor, während sich ihre Partnerin im Hintergrund hielt.

Ich ballte meine Hände zu Fäusten. „Das ist mir egal! Niemals wieder werde ich ein Clericer sein. Ich kann nicht zurück.“ Sie packte ihre Peitschenklinge und zog sie von ihrer Taille. Ein Lächeln erschien auf meinem Gesicht. Es war lange her, dass ich ernsthaft gekämpft hatte. „Du wirst mich töten müssen. Anders wirst du mich nicht zurückbekommen.“ Ich schloss meine Augen und konzentrierte mich auf die Macht in mir. Vor meinem inneren Auge konnte ich Blitze sehen, und ich spürte förmlich die elektrische Ladung in der

Luft. Als ich meine Magie zu fassen bekam, riss ich meine Lider auf und schleuderte sie Aleksa entgegen. Mehrere Blitze rasten auf sie zu und Sekunden später knallten sie gegen einen magischen Schild. Mit einem kräftigen Krachen verpuffte der erste Angriff von mir. Ich war überrascht, dass sie alle auf einmal abgewehrt hatte. Sie war echt gut.

„Dieser Kampf ist unnötig", vernahm ich eine weitere Stimme. Sie gehörte Landon Gloucester. Er stand direkt vor Aleksa. Es war seine Magie gewesen, die meine Attacke restlos zerstört hatte. „Du wirst zu uns zurückkehren müssen, ob du willst oder nicht."

„Niemals!", schrie ich und sammelte all meine Magie. Ein einziger Schlag, mehr könnte ich nicht heraushauen. Aber es war meine einzige Chance. Alles, was ich hatte. Ich blickte Landon hasserfüllt an, versuchte, all meinen Zorn auf ihn zu projizieren. *Er ist schuld an allem, was mir passiert ist. Dies ist meine Rache an ihm! Ich habe nur diese eine Chance, wenn ich jetzt versage, ist es vorbei.*

Mit einem lauten Schrei schoss ich meine Blitze auf ihn. Die Luft knisterte, und der Knall war noch lauter als zuvor. Erdpartikel flogen durch die Gegend, wirbelten herum und nahmen mir die Sicht. Als ich wieder sehen konnte, stand Landon vor mir. Ein Kratzer zierte seine Wange, ansonsten war er unversehrt. Das war also alles, was ich erreichte, wenn ich ihn mit meiner vollen Kraft angriff. Erschüttert fiel ich auf die Knie. *Das kann nicht sein! Bin ich wirklich so schwach?* Meine Welt brach in sich zusammen. *Es war alles umsonst ...*

HUNTER GLOUCESTER

Panik stieg in mir hoch, als ich vor mir wieder Céline und Tishon erblickte. *Das ist der falsche Moment für eine Rückblende!* Ich sah mich um, doch konnte keinen Ausweg erkennen.

„Wir hätten nicht so viel trinken sollen." Tishon lächelte sie entschuldigend an. „Tut mir leid, dass ich nicht Landon bin, aber er steht nicht wirklich auf Frauen."

„Er mag Männer?", fragte Céline überrascht.

„Nein, er hat einen Faible für Tentakel."

Ich war kurz davor, mir die Ohren zuzuhalten. Das Sexleben meines Onkels interessierte mich kein Stück!

Sie strich mit ihrer Hand über seine Wange. „Ist doch egal, ich habe die Nacht genossen. Zudem sollte man niemanden zu was zwingen, was er nicht möchte."

Tishon lachte. „Ich habe Sex vermisst. Mein letzter war eine ganze Weile her." Er beugte sich zu ihr und küsste sie auf den Mund.

Schwer seufzte ich, die Elfe wollte mich scheinbar quälen.

„Es ist unfair, dass man uns Liebe und körperliche Nähe verbietet. Wer hält denn so was aus?", klagte sie.

„Du hast vollkommen recht. Landon hält sich selbst nicht an die Regeln, dennoch würde er sie niemals ändern", sagte Tishon. „Aber wir können es. So wie wir Gérald helfen können."

Bei was sollen sie ihm helfen?

Sie sah ihn verwirrt an. „Du weißt davon? Aber woher?"

Ein Lächeln erschien auf seinen Lippen. „Ihr beide seid nicht die stärksten Clericer. Eure Magie ist schwach, weil ihr der Liebe nicht vollständig abgeschworen habt." Tishon war sonst kein Mann der vielen Worte, es musste also noch immer der Alkohol aus ihm sprechen. „Es gibt unter den Magiern eine Droge, die viele nehmen, um ihre Kräfte zu verstärken. Doch das Basiliskenblut hat starke Nebenwirkungen." Céline wich seinem Blick aus, doch er umfasste ihr Kinn und zwang sie, ihn direkt anzusehen. „Ich kann euch helfen."

Kein Wort kam über ihre Lippen, Céline sah ihn einfach nur an. Sie schien abzuwägen, was sie ihm erzählen konnte. Eine Träne rann über ihre Wange. „Das sagst du nur, weil du die Wahrheit nicht kennst."

Tishon lachte auf. „Ich kenne sie und es macht mir nichts aus. Macht nicht jeder von uns Fehler? Es ist dein größter Wunsch, warum sollte er sich nicht erfüllen?" Sie fiel ihm um den Hals, drückte sich an ihn, und ich schlich langsam zur Tür. Riss sie auf und sprang hinaus. Ich hatte genug.

Die Illusion löste sich auf, und ich fand mich in dem Esszimmer wieder. Der Nebel erfüllte weiterhin den Raum. Nichts konnte ich sehen, was merkwürdig war. Immerhin sollte ich in der Lage sein, zumindest die Umrisse wahrzunehmen. Trotzdem krabbelte ich auf allen vieren über den Boden. Ich musste hier weg.

Zuerst erreichte ich die Wand, nahm sie als Anhaltspunkt und fand kurz darauf die Tür ins Nebenzimmer. Sie stand offen, dennoch hatte sich der Nebel nicht bis hierhin ausgebreitet. Erleichtert trat ich hinaus und schnappte nach Luft, doch erstarrte, als ich vor mir eine tote Frau auf dem Boden liegen sah. Ich unterdrückte einen Schrei und krabbelte weiter, wollte gerade aufstehen, als ich einen Schatten aus den Augenwinkeln sah. Schnell drückte ich mich an die Wand. Durch meine Magie konnte ich die Umrisse der Person erkennen. Sie trug einen Hirschschädel als Kopfschmuck, sodass es sich bei ihr nicht um die Elfe handeln konnte. Scheinbar hatte sie einen Begleiter.

Ich wartete, bis die Person verschwunden war, dann trat ich in die kühle Nachtluft. An der Hauswand entlang schlich ich weiter.

„Slokir kommt", wisperte eine Stimme hinter mir, und ich drehte mich entsetzt um, konnte aber niemanden erkennen. Dennoch war ich mir sicher, dass es wieder die Elfe gewesen war.

Ohne Zögern und ohne Ziel rannte ich weiter. Die Leichen der Bewohner beachtete ich nicht, ich wollte nur hier weg. Dann spürte ich plötzlich ein Ziehen in meinem Körper, als würde jemand mit Blutmagie auf mich einwirken. Ich konnte mich nicht mehr bewegen, und obwohl sich die Schmerzen in Grenzen hielten, blieb mir die Luft weg. Sekunden später wurde die Gasse von einem Feuer erhellt und eine Person tauchte vor mir auf. Es war kein Clericer und auch kein Elf, sondern ein Mensch. *Ein Blutmagier*, wie ich schmerzlich erkennen musste. Er musste jünger sein als ich, fast noch ein Kind. Hinter ihm tauchte die Elfe in einer Nebelwolke auf.

„Soll ich ihn töten, Kelilah?“, fragte er sie.

„Nein.“ Im Licht des Feuers trat sie auf mich zu, und ich konnte endlich ihr Gesicht erkennen. Sie schien zwei verschieden farbige Augen zu haben, was mir die unterschiedlichen Grauschattierungen verrieten. Ihr Körper war gut gebaut, und nur eine dünne Stoffbahn ihres Kleides bedeckte ihre Brüste. „Hunter Gloucester, der Neffe des Obersten Clericers. Du bist ein gutes Druckmittel, um meine Ziele zu erreichen.“ Ich konnte mich nicht bewegen, geschweige denn der Elfe antworten. „Deine Kameraden – oder sollte ich besser Feinde sagen? – sind in meiner Traummagie gefangen. Sie können dir nicht helfen. Aber ich möchte dir zeigen, wie die Menschen wirklich sind.“ Sie berührte meine Maske. Sekunden später spürte ich, wie mir schwindelig wurde. Ich sackte zusammen und fiel gegen ihren Körper.

Vor mir tauchte ein Bild auf. Es war ein Wald, der zum Teil brannte. Oder auf den ersten Blick. Denn es waren nicht die Bäume, welche in Flammen standen, sondern die kleinen Häuser, die dazwischen gebaut worden waren. Überall sah ich Menschen herumhetzen. Sie hielten Waffen in den Händen und durchkämmten die Umgebung. Es dämmerte mir, was hier passierte. Die Elfen wurden angegriffen und das mit großer Wahrscheinlichkeit von den Bewohnern des Dorfes. Vor mir kauerte die weißhaarige Elfe. Sie war noch ein Kind, hielt sich den Mund zu und ich sah die Tränen, welche über ihr Gesicht flossen. Sie sah zu, wie man ihr ganzes Volk auslöschte ... Kein Wunder, dass sie auf Rache aus war. Schmerzlich musste ich an Lawrence denken. Der Junge hatte ebenfalls kein leichtes Schicksal gehabt. *Warum gibt es so viel Ungerechtigkeit? Warum hilft niemand denen, die Hilfe brauchen?*

Das Bild verschwand vor meinen Augen und ein anderer Teil des Waldes erschien. Die Schreie eines Kindes erfüllten die Luft, und ich konnte sehen, wie die Elfe auf ein Bündel zuging, das vor ihr auf dem Boden lag. Nach allem, was vorgefallen war, nahm sie das Baby an sich, obwohl es zu der Spezies gehörte, die ihr Volk ausgerottet hatte.

Alles verzerrte sich vor meinen Augen. Die Traumwelt zerbrach in Scherben. *Was passiert hier?*

KAPITEL XXXIII

Die unschöne Wahrheit

LANDON GLOUCESTER

Ich hatte gewusst, dass dieser Tag einmal kommen würde. Besonders nach dem Verschwinden von Yvain war es nur eine Frage der Zeit gewesen. Aber ich hatte meine Entscheidung getroffen, es würde kein Zurück mehr geben.

In meinem Büro hatte ich gewartet, die verzauberte Kristallkugel auf der Tischplatte postiert. Früher waren sie keine Seltenheit gewesen, aber heute erinnerte sich kaum noch ein Magier daran, wie man sie herstellte. Durch die Kugel beobachtete ich das Aufeinandertreffen von Aleksandra und Yvain. Als dieser seine Magie einsetzte, stand ich auf. Mit ein paar gekonnten Bewegungen öffnete ich ein Portal und trat hindurch. Sein erster Angriff prallte an meinem Schild ab, sein zweiter Schlug eine Kerbe hinein und streifte mich an der Wange. Ich zog den Handschuh aus und fuhr mit meinen nackten Fingern über die Stelle. Sie blutete. Yvain hatte es geschafft, mir einen Kratzer zu verpassen. Er war gut. Zugleich war er am Ende seiner Kräfte. Schwer atmend kniete er auf dem Boden. Dennoch war sein Kampfgeist noch nicht gebrochen. Sein hasserfüllter Blick war direkt auf mich gerichtet. Es war Zeit, mich meinem Fehler zu stellen.

„Du hast keine Chance gegen mich, Yvain." Seine Augen verengten sich zu Schlitzen, als er dies hörte. Trotz seiner offensichtlichen Erschöpfung stand Yvain auf.

„Ich werde nicht zurückkommen!“, beharrte er. „Nie wieder werde ich ein Clericer sein!“

Ich zog mir den Handschuh wieder an. „Es ist mir egal, was du möchtest. Selbst wenn du dich am Ende der Welt versteckst, wird dich deine Vergangenheit einholen.“

„Ihr seid ein Monster! Euch ist alles egal“, brüllte er mich an.

Wie wenig er doch weiß ...

Ich hielt mein Versprechen gegenüber Jacques. Jeder seiner Peiniger musste sterben. Mit keinem hatte ich Erbarmen. Leute wie sie hatten keinen Platz in meiner neuen Welt. Um meine Ideale zu vertreten, ging ich über Leichen. Dass es nicht alle guthießen, war mir klar. Dieudonné de la Halle war nur einer von vielen, die mich als die Bestie sahen, die ich war. Sie versuchten, der Welt zu zeigen, was schieflief, aber keiner hörte auf sie. Niemand wollte die Wahrheit über mich hören, und ich war glücklich darüber. So mischten sich die Menschen nicht in meine Angelegenheiten ein.

Doch wenn es um meine Freunde ging, war ich blind. Ich vertraute Tishon und Jacques. Niemals hielt ich es für nötig, sie zu beobachten. Guten Gewissens vertraute ich ihnen die Unterrichtung der Kinder an. Die Schwachen auszumerzen, war grausam, aber es war der einzige Weg, die Magie beisammenzuhalten. Es war ein natürlicher Kreislauf, der sich stets wiederholen sollte. Nur mussten wir – anders als in der Natur – selbst eingreifen.

Aber was Jacques Yvain antat, stand in keiner Relation zu meinen Wünschen. Weder waren seine Freunde schwach oder verdienten den Tod, noch hatte er eine solche Folter verdient. Jedoch erkannte ich viel zu spät, dass mein Freund gegen meinen Willen handelte. Ich musste dem Ganzen endlich ein Ende bereiten.

Mit dem Rücken zu ihnen stand ich vor meinem Schreibtisch. Die Hände zu Fäusten geballt. „Ich bin schwer enttäuscht, Jacques. Gerade von dir hätte ich mehr erwartet. Wie konntest ausgerechnet du so etwas tun?" Meine Stimme bebte vor Zorn. Auch wenn wir Freunde waren, verzieh ich ihm nicht alles.

„Ich ..."

„Schweig!", herrschte ich ihn an und drehte mich zu ihm um. Jacques hielt seinen Kopf gesenkt, seine Wangen waren blass und er ließ die Schultern hängen. „Du wirst dir zuerst anhören, was ich zu sagen habe!" Ich packte sein Kinn und zwang ihn, mich anzusehen. „Von uns drei bist du der Einzige, der weiß, wie es sich anfühlt!"

Seine Lippen zitterten. Er versuchte, seinen Kopf von mir weg zu drehen, doch es gelang ihm nicht. „Ich war schon immer schwach. Das weißt du selbst am besten. Vielleicht bin ich nicht stark genug." Er sank vor mir auf die Knie, griff nach dem Saum meines schwarzen Kleides. „Verzeih mir meine Schwäche."

Angewidert sah ich auf ihn herab und riss mich von ihm los. „Du bist abscheulich!"

Was hatte ich auch erwartet? Dass er einen plausiblen Grund für sein Verhalten hatte? Nein, den gab es nicht.

„Du solltest nicht zu hart zu ihm sein", mischte sich Tishon ein. „Wir wissen beide, dass er schwach ist, schon immer war ... Cardo hat seinen Tod nicht grundlos gefordert."

„Das hat nichts mit Schwäche zu tun. Ich tötete jeden Clericer, der sich ..."

„Du möchtest Jacques töten?", unterbrach mich Tishon. „Unseren Freund?"

Die Wut brodelte in mir. Es war sein Sohn, der von Jacques missbraucht worden war. Wie konnte er so ruhig bleiben?

„Welche Glaubwürdigkeit hätte ich als Oberster Clericer, wenn ich meine eigenen Regeln nicht befolge?", fragte ich sie beide. „Es ist meine Pflicht."

Tishon stellte sich vor Jacques. „Du kannst ihn nicht töten. Es würde auffallen, wenn du eine andere Taschenuhr hast."

Ein Zittern erfasste meinen Körper. Ich fasste in meine Jackentasche, zog die Uhr heraus und starrte darauf herab.

Ich wusste nicht, was mir wichtiger war. Die Wahrheit oder der Schein, den ich vor allen wahrte. Denn Tishon hatte recht, wenn ich sie zerstörte, würde ich mir selbst schaden. Jacques' Tod würde meine Herrschaft stark gefährden. Aber verdiente Yvain nicht Gerechtigkeit?

„Nie wieder wirst du Yvain anrühren", sagte ich schließlich an Jacques gewandt. „Zudem will ich dich vorerst nicht mehr sehen. Mit deinen Problemen brauchst du erst gar nicht zu mir zu kommen. Du hast mich schwer enttäuscht."

„Landon ...", klagte er.

„Hältst du das für eine gute Idee?", mischte sich Tishon ein. „Wer sagt, dass er sich nicht irgendwann ein neues Opfer sucht? Mein Sohn ist verloren, nichts wird den Schaden richten können, den Jacques verursacht hat. Er soll ihn behalten."

Mir entglitten meine Gesichtszüge. Waren sie beide verrückt geworden? Hörte er sich überhaupt selbst zu?

„Ich soll ihm Yvain als Spielzeug überlassen?", schrie ich. „Was bist du denn für ein Vater? Ich sollte euch beide umbringen!"

Jacques wimmerte kauernd auf dem Boden, während Tishon keine Miene verzog.

„Das ist also der Dank dafür, dass ich Hunter vor Jacques beschützt habe?", zischte Tishon, und ich erstarrte, senkte schuldbewusst meinen Kopf. „Mir ist nicht entgangen, dass er ihn stets beobachtet hat. Dabei vergaß ich, meinen eigenen Sohn zu schützen."

Ich wandte mich von den beiden ab und ballte meine Hände zu Fäusten. Was geschehen war, war auch meine Schuld. Ich hätte den beiden niemals so blind vertrauen dürfen. „Hättest du es nicht gerecht gefunden, es mir zu erzählen, bevor ich selbst dahinterkomme?" Er starrte auf den Boden, ohne den Kopf zu heben.

„Mein Sohn wird es überstehen", sprach Tishon zu mir. „Er ist stark."

Ich schloss für einen Moment die Augen und seufzte. So wütend und enttäuscht ich auch war, ich konnte die beiden nicht töten. Es tat mir leid für Yvain, doch ich konnte nicht alles für ihn opfern, was ich mir aufgebaut hatte. „Wenn sich Yvain gegen dich stellt, werde ich dich nicht beschützen,

Jacques. Falls er damit an die Öffentlichkeit geht, werde ich alles zugeben. Egal, was für ein Licht es auf mich wirft, du wirst am Ende dafür bezahlen ... Also pass auf, was du in Zukunft tust.“

Jacques antwortete nicht, was typisch für ihn war. In dem Moment begriff ich, dass ich ihn schon vor langer Zeit hätte eliminieren sollen. Doch nun war es zu spät.

HUNTER GLOUCESTER

Mit weit aufgerissenen Augen stand ich vor ihr. Ich hatte gesehen, was man ihr angetan hatte, wie sie zu einem Monster geworden war.

Die Elfe hatte die Arme vor der Brust verschränkt. Ein zufriedenes Lächeln umspielte ihre Lippen. „Dieses Dorf hat meine Rache verdient, denn die Menschen gaben sich vor langer Zeit dem Hass hin und zeigten selbst kein Erbarmen.“

„Du irrst dich“, ertönte eine weitere Stimme, die mir sehr vertraut war. „Die Bewohner dieses Dorfes töteten vor Jahren dein Volk, aber nicht alle deine Opfer werden sich daran beteiligt haben. Einige waren damals nicht einmal auf der Welt.“

Die Elfe drehte sich um, und wir beide sahen zu der Person, die auf einem Hausdach stand. Es war Tishon Leinster. Sofort durchflutete mich Erleichterung.

„Ich fürchte mich nicht vor einem Clericer, du bist nicht immun gegen meine Macht“, erwiderte die Elfe.

Bei den Worten fürchtete ich bereits Böses. Langsam trat ich ein paar Schritte zurück, doch da wurde ich bereits zurück in die Traumwelt gerissen. Erneut befand ich mich in Saintboudon. Aber diesmal sah ich Tishon nicht mit Céline reden, sondern mit Jacques. Dessen Körper war angespannt, genauso wie sein Gesicht. Er drückte seinen Kollegen gegen die Wand.

„Ich möchte, dass du Landon die Wahrheit sagst", knurrte er Tishon an. „Er denkt weiterhin, ich hätte Yvain missbraucht, verdammt! Hilf mir, ich ertrage es nicht mehr."

„Es wird nichts ändern, wenn Landon die Wahrheit kennt. Er wird dich weiterhin hassen", erwiderte Tishon ungerührt.

„Scheiße." Jacques zog seine Hand zurück, drehte sich um und schritt durch den Raum. „Du hast meine Gestalt benutzt! Weißt du, wie ich mich dabei fühle? Er denkt, dass ich ihn missbraucht habe ... Wenn Yvain jemals zurückkehrt, wird er Rache an mir nehmen. Warum habe ich damals auf dich gehört?!"

Tishon trat auf ihn zu und legte eine Hand auf Jacques' Schulter. „Du hattest deinen Spaß dabei, kleine Kinder zu erschrecken. Es war das erste Mal, dass du gezeigt hast, dass du ein echter Clericer bist. Sag bloß, es hat dir nicht gefallen? Ich habe dich nur einige falsche Personen aussortieren lassen. Dies ist weder dir noch Landon aufgefallen. Meine Entscheidungen können nicht so falsch gewesen sein."

Ich verstand die Welt nicht mehr. In meinen Augen war Tishon Leinster stets der Nettere von beiden gewesen, doch offenbar hatte er uns alle getäuscht.

„Ich habe Yvains Freunde getötet, weil du mich manipuliert hast ..."

„Nein. Du hast sie getötet, weil es dir recht kam. Es hat dir Spaß gemacht, ein echter Clericer zu sein. Ich bin der Einzige, der dich wirklich versteht."

Entrüstet schnappte ich nach Luft. Ich wusste genau, was Tishon vorhatte. Niemals hätte ich gedacht, dass ich einmal mit Jacques Mitleid haben würde. „Landon kennt dich nicht wirklich. Darum glaubte er auch, dass du es warst, der Yvain das alles angetan hat. Und du kennst seine Antwort. Sollte er Rache an dir nehmen wollen, wird er dich opfern, um sich von jeder Schuld zu befreien. Wenn Yvain möchte, könnte er dich umbringen – Landon würde es ihm erlauben. Aber ich werde niemals zulassen, dass er dich tötet."

Jacques schaute zu Boden, seine ganze Körperhaltung hatte sich verändert, er war regelrecht in sich zusammengesackt. „Ich möchte nur, dass es wieder so wird wie früher ..."

„Das ist unmöglich. Aber es ist besser so, wie es jetzt ist. Nun weißt du, dass du Landon nie etwas bedeutet hast."

„Nein!", schrie ich laut. „Glaub ihm kein Wort!"

Doch meine Rufe waren zwecklos. Keiner von ihnen wandte sich zu mir um. Ich war Luft für sie, weil dies nichts weiter als ein Traum, eine Erinnerung war.

„Hättest du bloß nie Yvain angerührt, dann hätten wir diesen Schlamassel nicht ..."

„Mach dir keine Sorgen. Wenn ich weg bin, werde ich mich um alles kümmern. Céline wollte Landon verführen. Ich werde ihr eine Lektion erteilen und wenn ich Yvain finde, werde ich dafür sorgen, dass er nie mehr zurückkommt ... Du kannst dich auf mich verlassen ..." Tishon machte eine theatralische Pause. „Wobei ich mir wünschen würde, dass ich dies auch von dir sagen könnte ... Heute früh wolltest du Landon die Wahrheit sagen ... Du hast mich sehr enttäuscht, Jacques."

Ein lauter Schrei ertönte, und die Szenerie vor mir löste sich in Luft auf. Verwundert schaute ich mich um. Ich spürte den Atem der Elfe in meinem Nacken. Ihre Hände hatte sie um meinen Körper geschlungen, ganz fest drückte sie mich an sich. Mein Blick glitt hinauf zu Tishon, der ein Wurfmesser in der Hand hielt. Dann erkannte ich, dass der Schrei von dem Jungen stammte. Ein Messer steckte in seinem Bauch, und die Albe hatte mich als Schild benutzt, um sich selbst zu schützen.

„Das, was sie dir zeigt, ist eine Lüge", sprach Tishon mit ruhiger Stimme auf mich ein. „Sie möchte Zwietracht säen. Wenn ihr das gelingt, dann hat sie gewonnen."

„Meine Traummagie zeigt nur die Wahrheit", beharrte die Elfe hinter mir.

Tishon lachte. „Wirklich? Warum nennst du sie dann Traummagie? Träume sind doch nichts als Lügen."

Ihr Körper verkrampfte sich. „Glaube ihm kein Wort. Du hast mit eigenen Augen gesehen, was er tut. Er ist ein Lügner und Betrüger."

Ich war aufgewühlt. Wem sollte ich glauben? Stets hatte ich Tishon mehr gemocht. Jacques war mir immer gefolgt. Er hatte mich beobachtet. Aber ich wusste, was ich gesehen hatte.

Tishon sprang vom Dach und kam sauber auf dem Boden auf. Ein breites Lächeln lag auf seinen Lippen. „Sie hat in ihrem blinden Hass alle Menschen in diesem Dorf getötet. Findest du das etwa vertrauenswürdig?"

Die Finger der Elfe umschlangen fest meinen Körper, sie bohrten sich in den Stoff meiner Kleidung. Die Schreie ihres Kammeraden waren zu einem Wimmern verkommen.

Plötzlich ertönten sich nähernde Schritte. Ich wandte meinen Kopf zur Seite und erblickte Gérald. Dieser hatte seine Peitsche gezogen, aber fixierte nicht die Elfe oder mich, sondern unseren Lehrer.

„Du widerlicher Mistkerl!", schrie er ihn an.

Tishon zog selbst die Klingenpeitsche und schlug sie Gérald entgegen. Beim Aufprall verhedderten sich beide ineinander. Gérald wie Tishon zogen daran, und das Leder der Peitschen streckte sich fast bis zum Zerreißen.

„Die Elfe lügt", sagte Tishon.

„Das glaube ich nicht", zischte Gérald. „Ich weiß, wie du bist. Du musst nicht versuchen, mich zu täuschen!"

Der Griff der Elfe lockerte sich. Sie trat hinüber zu dem Jungen, den sie aufgezogen hatte, und mein Blick wanderte zwischen ihr und den beiden Kämpfenden hin und her. Gérald vertraute darauf, dass die Albe die Wahrheit zeigte. *Aber das würde bedeuten … dass Yvain …*

Ich verdrängte sofort den aufkeimenden Gedanken und wandte mich ab, trat zur Elfe. Kniete mich neben ihr auf den Boden und streckte meine Hände aus. Es war töricht von mir, meine Heilmagie bei meinen Feinden zu verwenden, aber ich wusste, was ihr widerfahren war, und den Jungen jetzt sterben zu lassen, würde niemanden zurückbringen. Sie hatten ihre Rache bekommen und würden hoffentlich für immer verschwinden.

„Gérald, hör auf!“, vernahm ich die Stimme von Céline. „Tishon ist nicht unser Feind.“

„Du solltest gehen, Hunter Gloucester“, sprach mich die Elfe an. „Ich weiß, dass du ein gutes Herz hast, aber es wird bald ungemütlich werden. Der König der Wendigos ist hier und er ist stärker als ihr alle zusammen.“

Meine Augen weiteten sich. Der König der Wendigos? Davon hatte ich noch nie gehört. Noch weniger konnte ich mir vorstellen, dass er mächtiger war als vier Clericer. Aber ich sprach meinen Unmut nicht aus, sondern zog das Messer aus der Wunde des Jungen und verschloss sie endgültig. Der Blutverlust würde dafür sorgen, dass er für den Augenblick keine Magie einsetzen konnte. Aber er würde überleben.

„Ich kann nicht gehen“, sagte ich schließlich.

„Warum nicht?“, fragte sie. „Sie sind nicht deine Freunde. Warst du nicht auf der Flucht vor ihnen? Du kannst jetzt gehen, ohne dich der unschönen Wahrheit zu stellen ...“

Ich drehte den Kopf zur Seite. Sollte ich meine Augen wirklich vor den unschönen Dingen im Leben verschließen? Immerhin wusste ich, wie es Ghislaine und Lawrence ergangen war. Es gab so viel Ungerechtigkeit in der Welt, und es war meine Aufgabe, gegen sie anzukämpfen. Für all diejenigen, die mir etwas bedeuteten.

Entschlossen blickte ich der Elfe in die Augen. „Ich bleibe.“

KAPITEL XXXIV

Der Dämon zeigt sein wahres Gesicht

YVAIN LEINSTER

Entrüstet schaute ich Landon an. Ich konnte nicht fassen, dass alles, was ich getan hatte, umsonst gewesen war. Meine Scham war nicht in Worte zu fassen.

Im nächsten Augenblick vernahm ich sich nähernde Schritte. Irritiert wandte ich den Kopf zur Seite und entdeckte Aleksa. Die Klingenpeitsche hielt sie noch immer in ihren Händen. Neben mir blieb sie stehen.

„Du hättest mit mir reden sollen, bevor du mich angegriffen hast“, sagte sie. „Ich hatte sehr viel Zeit zum Nachdenken. Vor Landon davonzulaufen, bringt nichts, aber das bedeutet nicht, dass du dein Leben wie zuvor leben musst. Es mag sich für dich merkwürdig anhören, aber wir sind Freunde und deswegen werde ich dir helfen.“

„Freunde?“, erwiderte ich verwirrt.

Sie lächelte mich an. „Natürlich sind wir das.“

Mein Blick wanderte zu Landon, der mich angrinste. „Wollt ihr zwei wirklich gegen mich kämpfen?“

„Ich würde drei daraus machen“, warf Maitagorry ein. „Einfach nur zuzusehen, würde mir nicht gefallen. Und ich glaube, du bist uns eine Erklärung schuldig, Landon.“ Sie legte Aleksa eine Hand auf die Schulter.

Verwundert schaute ich die beiden an. Ich verstand nicht, warum sie mich nicht ausliefern wollten. Es ergab keinen Sinn. Immerhin hatten sie nach mir gesucht und mich gefunden.

„Euch gegen mich zu stellen, wäre ein großer Fehler“, entgegnete Landon ruhig.

„Ich weiß.“ Mein Blick wurde finster, meine Muskeln spannten sich an. In meinem Inneren spürte ich den brodelnden Hass, der sich gegen den Obersten Clericer angestaut hatte. „Die letzten Monate war ich bei den Elfen und den Drow. Beide Völker haben mir ihre Geschichten erzählt. Ich kenne die Wahrheit und weiß, dass unser Blut verdorben ist.“

Verwundert drehte Aleksa ihren Kopf zu mir. „Verdorben?“

„Ja. In unseren Adern fließt das Blut von Dämonen. Wir sind das Übel dieser Welt. Ihr wusstes es, die ganze Zeit!“

Landon lächelte mich weiterhin an. „Es den Clericern zu erklären, würde nur zu Problemen führen. Dann hätten sie eine Ausrede, um tun zu können, was sie wollen. Zur selben Zeit steigt das Risiko, dass weitere Personen hinter das Geheimnis kommen. Für die Wahrheit riskiere ich nicht die Ausrottung unserer Rasse.“

Langsam trat ich auf ihn zu, ballte die Hand zur Faust. „Ihr seid ein Feigling.“

„Du hast keine Ahnung.“ Er trat selbst einen Schritt vor, nur noch wenige Zentimeter trennten uns voneinander. „Es ist meine Aufgabe, unser Blut stark zu halten, die Schwachen zu töten und dafür zu sorgen, dass kein Clericer dem Wahnsinn verfällt. Die Ausbildung zielt darauf ab, das Schlechte und Böse in einem zum Vorschein zu bringen. Daher kommt es nicht selten vor, dass einer vollständig den Verstand verliert. Diese Clericer zu töten, ist meine Bestimmung.“ Er machte eine Pause, sah mir fest in die Augen. „Nun hat sich die Situation jedoch geändert, denn Slokir ist zurück. Da du bei den Elfen warst, wirst du seinen Namen kennen. Wenn jetzt ein Clericer schwach wird, kann Slokir ihn ausnutzen und zu einem Monster machen. Dann müssen wir gegen einen Dämon in unserer Welt kämpfen. Deswegen wirst du mit mir kommen.“

Meine Gesichtszüge entglitten mir, denn ich begriff, was er mir damit sagen wollte. Er sah mich als Gefahr, als jemand, der sich auf Slokir einlassen könnte.

„Ich verachte Euch", spie ich ihm entgegen. „Dennoch würde ich niemals einen Pakt mit einem verhassten Gott eingehen. Der König der Drow sagt, dass er das Tor erschaffen und die Dunkelheit über unsere Welt gebracht hat."

„Wirklich?", fragte Landon belustigt. „Gibt es in deinem Leben niemanden, der dir so viel bedeutet, dass du dich für ihn sogar zur Marionette degradieren lassen würdest?"

Ich erstarrte. Landon hatte einen wunden Punkt getroffen. *Weiß er von Risa und Rhys? Oder ist es ein Trick, um mich aus der Reserve zu locken?*

Meine Augen verengten sich zu Schlitzen. „Nein", log ich.

„Dann hast du keinen Grund, weiter hier draußen zu sein."

„Das ist mir egal. Mir ist meine Freiheit wichtiger. Meine Welt hat ihre Farben zurück, und ich weiß genug, um dein Imperium aus Betrug und Lügen einstürzen zu lassen!" Meine Worte waren gewagt, zugleich wusste ich, dass ich ein großes Problem hatte. Denn selbst wenn Landon mich gehen ließ, könnte ich nicht zu Risa zurückkehren, ohne sie zu gefährden. Er würde mich hier jederzeit finden. Die einzige Möglichkeit wäre, alles hinter mir zulassen und mit ihr und meinem Sohn weiterzuziehen. Wir wären auf der Flucht vor dem mächtigsten Mann im ganzen Land. Wobei Monster wohl besser passte.

Ein zufriedenes Lächeln erschien auf Landons Lippen. Ahnte er etwas?

„Wenn du mit mir kommst, werde ich dich unterrichten und du kannst mit Jacques d'Orléans machen, was du willst. Ich werde mich nicht einmischen. Sein Leben liegt in deiner Hand."

Seine Worte zogen mir den Boden unter den Füßen weg. Er würde nichts tun und tatenlos zusehen? „Ihr könnt Euren Kopf nicht so leicht aus der Schlinge ziehen! Als Oberster Clericer habt Ihr eine

Verantwortung Euren Schülern gegenüber, doch Ihr habt versagt. Und dann bestraft Ihr dieses Scheusal nicht einmal ..." Hasserfüllt sah ich ihn an. „Ich werde nicht die Drecksarbeit für Euch erledigen. Es ist Eure Verpflichtung! Ihr solltet ihn töten, niemand sonst."

Selbst wenn ich Jacques tötete, es würde mein Leben nicht einfacher machen, denn dadurch lösten sich meine Probleme nicht in Luft auf. Sein Tod könnte nur andere schützen, und dies war nicht meine Aufgabe.

„Yvain", vernahm ich Aleksas Stimme, dann legte sie mir eine Hand auf die Schulter. „Du bist mutiger geworden."

„Ich verstecke mich nicht mehr vor Monstern wie ihm ..."

Landon verzog keine Miene. Mir war bewusst, dass diese ganze Situation selbst für jemanden wie ihn nicht einfach war. Jacques d'Orléans war nicht nur sein Freund, sondern auch seine Rechte Hand, gemeinsam mit meinem Vater. Sie mussten beide irgendwann erfahren haben, was Jacques mir angetan hatte, dennoch hatte keiner von ihnen etwas unternommen. Ich ballte meine Hand zur Faust. *Mein Vater ...* Ich würde ihn wiedersehen, und er würde mir alles erklären müssen.

HUNTER GLOUCESTER

Die Albe zog sich zurück, und ich konzentrierte mich auf meine Magie. Etwas, das ich die letzten Jahre stark vernachlässigt hatte. Ich streckte beide Hände aus, fixierte Tishon und setzte meine Kraft ein. Aus dem Boden sprossen Eiszapfen, die in die Richtung unseres Lehrers wuchsen. Er ließ seine Klingenpeitsche los und verkroch sich hinter einem Schutzschild. Meine Eiszapfen prallten dagegen, zogen sich über die Kugel und schlossen ihn ein.

„Hunter, du kannst ja doch was", höhnte Gérald. „Zu zweit haben wir vielleicht eine reelle Chance, ihn in die Knie zu zwingen."

„Hört auf!“, schrie Céline. „Seid ihr beide verrückt geworden?!“

„Warum beschützt du ihn?“, wollte ich wissen.

„Weil ich ihn liebe!“, schrie sie und kam auf mich zugelaufen.

„Mag sein, aber er empfindet nicht das Gleiche für dich. Er benutzt dich nur“, warf Gérald ein.

„Das ist nicht wahr“, beharrte Céline und stampfte mit dem Fuß auf.

„Nur weil er mit dir schläft und dich geschwängert hat, heißt das nicht, dass er dich liebt“, knurrte Gérald.

Ich sah entsetzt zu ihr. Es war ihr anzusehen, dass sie dicker war als früher. Aber war sie wirklich schwanger?

Sie verzog den Mund. „Es ist nicht so, wie du denkst ...“

Gérald lachte wieder. „Weißt du, Céline, ich habe meine Gesundheit für unsere Familie geopfert. Um stärker zu werden, ist mir alles recht. Aber was er mit dir abzieht, ist keine Liebe. Du bist eine erwachsene Frau und kannst schlafen, mit dem du willst, selbst mit unserem Lehrer. Aber wenn dieser Dreckssack zu dir kommt und von dir verlangt, euer Kind zu töten, weil er dich sonst wie eine heiße Kartoffel fallen lässt, ist es keine Liebe! Es hätte eure Entscheidung sein sollen, nicht seine.“

Also ist sie doch nicht schwanger? Ich war verwirrt.

„Tishon hatte Angst“, verteidigte sie ihn. „Trotzdem liebt er mich!“

„Nein, das tut er nicht. Tishon ist ein Monster. Es war nicht Jacques d’Orléans, der sich an Yvain vergangen hat, sondern er“, platzte es aus mir heraus.

Céline und Gérald sahen entsetzt zu mir. „WAS?!“

Ehe ich antworten konnte, ertönte ein lautes Knacken. Ich blickte zu meiner gut ein Meter dicken Eisschicht, die nun mit unzähligen Rissen bedeckt war. Sekunden später zersprang die Kugel. Eisscherben flogen durch die Luft. In wenigen Schritten war ich bei Céline, nahm ihre Hand und ließ um uns herum einen Schild entstehen. Die Eissplitter krachten dagegen und zerschellten in kleine Stücke. Gérald hatte nicht so viel Glück und bekam alles ab. Einige Stücke bohrten sich in sein Fleisch, er blutete, stand aber aufrecht.

„Ich hasse Kinder. Warum könnt ihr nicht einfach brave Lämmchen sein und das tun, was man euch sagt?“ Tishon trat auf seine Klingenpeitsche zu und griff danach.

„Niemals werde ich mich stumm und brav zur Schlachtbank führen lassen!“, schrie Gérald und ging die Peitsche schwingend, ohne auf seine Verletzungen zu achten, auf ihn los. Der Schild um mich löste sich auf, und Céline ließ mich los.

Er hat allein keine Chance. Ich bewegte meine Hände und sprach die Formel aus. Fünf Feuerbälle erschienen um mich herum, und jeden einzelnen feuerte ich auf Tishon. Gérald hatte nur eine Chance, wenn sein Gegner abgelenkt war. Doch jedes meiner Geschosse prallte an Tishons Schild ab. Verärgert biss ich leicht auf meine Unterlippe. Der Wind frischte auf und riss mich von den Füßen. Mit dem Rücken prallte ich gegen eine der Hauswände und sank zusammen, blieb benommen liegen. *Ich bin zu schwach.* Niemals würde ich gegen ihn ankommen.

„Schwach?“, vernahm ich eine Stimme. Mein Blick glitt über den Platz und blieb an Kelilah hängen. „Du bist ein Gloucester. Deine Familie bewahrt bereits seit Jahrtausenden das Geheimnis über das Blut der Clericer. Wir Elfen und die Drow wissen Bescheid, aber von euch Menschen sind es allein deine Familie, die Hohepriesterin und der Oberste Clericer sowie seine Vertrauten, welche die Wahrheit kennen. Du scheinst dich nie für deine Vergangenheit interessiert zu haben. Deine Familie wollte stets Macht, also nutze sie, vertraue auf deine Fähigkeiten und schalte mal deinen Verstand aus. Oder ...“ Sie schaute hinter sich. „... möchtest du, dass Gérald de la Mothe allein stirbt?“ Ich blickte zu ihm. Obwohl er schwer verletzt war, stand er wieder aufrecht und versuchte, Tishon anzugreifen. „Dient seine Familie nicht deinem Vater, so wie es die Wessex tun? Doch du hast ihn stets im Stich gelassen, um andere Freunde zu finden. Du kannst diesen Fehler wiedergutmachen, indem du Zeit schindest. Ich könnte euch helfen, wenn ihr lange genug durchhaltet.“

Sie verschwand, und ich stand auf – wusste, was zu tun war. Kelilahs Worte hatten mir die Augen geöffnet.

Ich konzentrierte mich auf meine Magie und wandte sie gegen unseren Lehrer an. In einem immensen Tempo, das selbst mich überraschte, sprossen die Eiszapfen aus dem Boden. Sie waren so schnell, dass sich Tishon nicht mal hinter seinem Schutzschild verstecken konnte. Sie bohrten sich tief in sein Fleisch. Sogar Gérald war überrascht. Beide sahen zu mir.

Tishon lachte, schützte sich mit seinem Schild. „Du kannst ja doch kämpfen. Dann mache ich jetzt mal ernst."

Ich spürte die böse Energie sofort, sie erfüllte das ganze Dorf. Als sich sah, dass sich Tishons Körper veränderte, wusste ich, dass wir ein echtes Problem hatten. Seine Gliedmaßen und Muskeln wuchsen, bis sein Rücken den zweiten Stock der Häuser erreichte. Die Haut hatte dem plötzlichen Wachstum nicht standgehalten, weswegen sie ihm nun in Fetzen von den Knochen hing. Drei Schwänze peitschten durch die Luft, und die langen, spitzen Krallen gruben sich tief in die Erde. Weiterhin saß die Maske der Clericer auf seinem Haupt, jedoch hatten sich zwei weitere Hörner aus dem Helm gebohrt. Nur kam darunter eine lange Schnauze mit spitzen Zähnen zum Vorschein.

„Jetzt müsst ihr sterben!"

EVERETTE GLOUCESTER

Stets dachte ich, dass ich nicht gut mit Kindern umgehen könnte, doch ich hatte mich getäuscht. Die Gründung des Waisenhauses hatte es unabdingbar gemacht, dort auch mal vorbeizuschauen. Immerhin musste jemand einen prüfenden Blick auf die dortigen Geschehnisse haben. Dadurch waren meine Mutterinstinkte geweckt worden, wenn man so will. Zwar hatte ich die Kinder anfangs für meine Experimente nutzen wollen, doch nun erfüllten sie einen sogar noch viel besseren Zweck: Sie schmeichelten meinem Ego und steigerten mein Ansehen. Ich war ihre Retterin, sie vertrauten mir. Sie waren sogar loyaler als die Speichellecker der Kirche, die jeder Hohepriesterin in den Arsch krochen.

Gerade hatte ich die kleine Enid auf dem Schoß. Ich wollte sie nicht bei den anderen Kindern im Waisenhaus unterbringen, deswegen wohnte sie seit ihrer Geburt bei mir. Amalia kümmerte sich ebenfalls um das kleine Mädchen. Wäre Duncan bei seinem Besuch nicht so unfreundlich gewesen, hätte ich ihm von ihr erzählt, doch so hatte ich es für mich behalten. Denn Enid war seine Tochter, die er unwissentlich mit Henrietta Marot gezeugt hatte. Vater hatte sie aus seinen Diensten entlassen, als ihre Schwangerschaft publik geworden war, damit die Hochzeit von Duncan und Jocelyn nicht gecancelt wurde.

Henrietta war daraufhin zu mir gekommen, und ich hatte mich ihrer angenommen. Schließlich war ich zum Teil an ihrem Umstand schuld, denn sie hatte Duncan nur durch mich kennengelernt. Nur hatte ich nicht erwartet, dass sie dumm genug war, nicht zu verhüten. Oder war es sogar Absicht gewesen? Jedenfalls hatte die Reise durch das Königreich Henrietta so stark geschwächt, dass sie bei der Geburt ihrer Tochter gestorben war. Ich sah es als meine Pflicht, mich um meine Nichte zu kümmern. Zudem hatte Jocelyn noch kein Kind empfangen. Wenn sich das nicht änderte, würde dieses kleine Mädchen vielleicht am Ende die Krone tragen. Immerhin konnte Vater die Tochter seines Freundes schlecht vor die Tür setzen, um einen Erben zu bekommen. Zudem glaubte ich kaum, dass Alister erfreut wäre, wenn sein Schwiegersohn fremdginge. Es erfreute mich jedes Mal aufs Neue, in was für eine Miesere die zwei saßen. Aber Duncan hatte den Kontakt zu mir abgebrochen, deswegen hielt ich mich raus. Wenn er verzweifelt genug wäre, würde er von selbst kommen.

Das Klopfen an der Tür riss mich aus meinen Gedanken. Ich hob meine Nichte hoch, schritt hinüber zu Amalia und drückte ihr die Kleine in die Hand. Sie sperrte ich nicht mehr in die Zelle, denn ihr

Zorn auf mich war verflogen. Ob es an Enid lag oder an etwas anderem, wusste ich nicht. Ich war nur froh, dass die Kleine keine Angst vor Amalias schauriger Gestalt hatte.

Geschwind wandte ich mich der Tür zu und öffnete sie. Vor mir stand eine blonde junge Frau mit geröteten Wangen. Ihre blauen Augen leuchteten, und sie fiel mir direkt um den Hals.

„Was ist passiert, Sorcha?“, fragte ich überrumpelt.

„Es hat geklappt. Alles hat reibungslos funktioniert!“, freute sie sich und küsste mich auf den Mund, während Amalia im Hintergrund schnaubte. „Wir haben es geschafft! Schau es dir an.“

Sorcha war meine Freundin. Amalia stand nicht auf Frauen, und auch ich war von ihrem neuen Äußeren nicht sonderlich angetan, sodass wir uns getrennt hatten. Dennoch schien sie eifersüchtig auf Sorcha zu sein.

Ohne mich zu Amalia umzudrehen, folgte ich meiner Freundin. Ihre weißen Gewänder raschelten, als sie regelrecht durch die Gänge sprang. Im Labor angekommen, sah ich in der Mitte einen jungen Mann stehen, der sich im Spiegel musterte. Vor ein paar Stunden war er noch sechzig gewesen, doch nun das blühende Leben. Er schien genauso erstaunt zu sein wie ich.

„Das Experiment ist geglückt. Wir können mit dem Serum nun Jugend wiederherstellen“, verkündete Sorcha stolz.

Die anderen Magier, die um uns herumstanden, freuten sich, doch ich griff nach der Waffe, die auf dem Tisch lag, und zielte auf den Mann vor mir. Die Kugel durchrang seinen Kopf. Blut spritzte auf den Spiegel, und die Kugel ließ ihn zersplittern. Der Mann sank in sich zusammen und blieb leblos auf dem Boden liegen.

„Ein Wendigo ist nicht so leicht zu töten. Ihre Schwäche ist das Feuer. Es gibt keinen Grund zur Freude, ehe wir dieses Ziel nicht erreicht haben.“

Keiner sagte ein Wort, alle sahen nur entsetzt zu mir. Lediglich auf Sorchas Gesicht konnte ich ein Lächeln erkennen. Sie war eben anders als der Rest – und genau aus diesem Grund konnte Amalia sie noch weniger leiden als ohnehin schon. Wir waren uns sehr ähnlich, was ich besonders an ihr mochte.

Ich wollte mich gerade abwenden, da bemerkte ich aus dem Augenwinkel, wie der Mann auf dem Boden zuckte. Mit Erstaunen stellte ich fest, dass er noch lebte. Ein zufriedenes Lächeln erschien auf meinem Gesicht. *Vielleicht ist es wirklich ein Durchbruch ...*

KAPITEL XXXV

DAS ALLWISSENDE AUGE

LANDON GLOUCESTER

„Ich werde für Euch nicht die Drecksarbeit machen!“

Yvains Worte hallten in meinem Kopf nach. Benutzte ich ihn, um mir selbst nicht die Hände schmutzig machen zu müssen? Jacques war mein Freund. Ich dachte, ich könnte ihm vertrauen, dass er mich niemals verraten würde. Aber ich hatte mich geirrt.

Trotzdem wollte ich seinen Tod nicht. Ich war wütend, enttäuscht von ihm. Schließlich war er immer noch mein Freund, auch wenn ich nicht glauben konnte, dass er zu demselben Monster wie seine einstigen Peiniger geworden war.

Aber Yvain hat recht. Ich kann ihm nicht meine Verantwortung aufbasten.

Stumm ballte ich meine Hand zur Faust. „Du hast recht. Lass uns gemeinsam nach Saintboudon gehen, dort werde ich mich um das Problem kümmern.“

Wenn ich dafür sorgte, dass Jacques’ Uhr äußerlich unversehrt blieb, würde ich den Schein weiter wahren können. Auch wenn mir sein Tod das Herz brechen würde. Ich hob meine Hand und öffnete vor mir ein Portal.

„Geh hindurch“, verlangte ich von ihm.

Er nickte und folgte meiner Anweisung.

Ich sah zu Maitagorry und Aleksa. „Ihr zwei könnt mit den Pferden zur Akademie reiten. Ich denke, die Zeit zum Nachdenken tut euch gut."

Noch bevor sie etwas erwidern konnten, wandte ich mich von ihnen ab, schritt durch das Portal und schloss es hinter mir.

Jetzt stand ich allein mit Yvain in meinem Büro, trat zu meinem Schreibtisch und setzte mich hin.

„Unser Blut ...", fing er das Gespräch an.

Ich hob meine Hand und wischte mit ihr zur Seite, woraufhin sich zwei neue Portale öffneten. Durch das eine fiel Jacques, der sofort erstarrte, als er Yvain vor sich sah. Aus dem zweiten, das direkt über meinem Schreibtisch war, fiel Kleidung. Allen voran die Maske der Clericer.

Ich überkreuzte meine Finger und schaute Yvain an. „Unsere Vorfahren haben das Tor geöffnet und die böse Magie in unsere Welt gebracht, deswegen verfluchte Saheera sie. Cain der Große bekam keine Magie, und niemand aus seiner Familie sollte jemals magische Fähigkeiten besitzen, weil sie ihn für das schlimmste Übel hielt. Cedar Gloucester war der erste Oberste Clericer. Er legte den Grundstein für diese Schule. Meiner Familie gefiel die Macht, welche sie erhielt, und sie tat alles dafür, um sie zu behalten. Dämonisches Blut hin oder her, was für sie zählte, war Macht."

Jacques war ganz still und hielt den Kopf gesenkt. Seine Hände zitterten. Er wusste, dass die Lage alles andere als gut für ihn aussah.

Yvain sah mich mit glühenden Augen an. Die Hände hatte er zu Fäusten geballt, eine tiefe Furche durchzog seine Stirn. Meine Worte gefielen ihm nicht. „Können wir diese Geschichtsstunde lassen?"

„Nein", antwortete ich knapp, ehe ich fortfuhr. „Wir Gloucesters gehören zur mächtigsten magischen Familie und zugleich sind wir Monster. Ich kann töten, ohne mich schlecht zu fühlen. Dich zu eliminieren, wäre ein Leichtes. Aber du hast einen starken Willen. Clericer nehmen den Verlust hin. Er gehört zu unserem Leben. Du bist anders. Ich hätte Jacques schon lange töten sollen. Als Oberster Clericer hätte ich niemals zulassen dürfen, dass er erwachsen wird."

Yvains helle Augen weiteten sich. „Aber er ist Euer Freund."

„Es ist nicht meine Aufgabe, meine Freunde am Leben zu lassen, sondern den Fortbestand meiner Art zu sichern. Er und Hunter, sie sollten beide sterben, weil sie zu schwach sind. Sie leben nur noch aufgrund meiner eigenen Schwäche."

Yvain trat auf mich zu. „Ihr habt entschieden, dass sie leben sollten, und jetzt auf einmal erinnert Ihr Euch daran, dass es vielleicht ein Fehler war, den Schwachen eine Chance zu geben? Das könnt Ihr nicht tun!" Er schlug mit seinen flachen Händen auf die Holzplatte. Es war interessant, ihn so zu sehen. So voller Hass.

„Ich kann tun, was ich möchte."

„Wenn Ihr Jacques tötet, tut Ihr es nicht, weil Ihr es möchtet, sondern weil ich Euch an Euren Fehler erinnert habe", beharrte er.

Ein breites Lächeln erschien auf meinen Lippen. „Also soll ich ihn nicht umbringen? Möchtest du nicht sehen, wie der Mann stirbt, dem du all dein Leid zu verdanken hast?"

„Nein!" Die Antwort kam schnell und auch etwas überraschend. „Er soll eine andere Strafe bekommen, weil er seinen Fehler erkennen soll. Der Tod wäre zu einfach."

Er ist bemerkenswert.

„Vielleicht war ich mit meiner Wahl des nächsten Obersten Clericers etwas zu vorschnell", erkannte ich, und er zuckte zusammen. „Du bist die beste Wahl, nicht Hunter. Als Clericer hier in Saintboudon warst du intelligent und folgsam, aber sehr voreingenommen. Doch jetzt, da du dein Leben selbst in die Hand genommen hast, hast du dich entwickelt. Ich bin beeindruckt." Langsam stand ich auf, schritt um den Tisch herum, nahm den Helm vom Bündel und blieb, ihn in den Händen haltend, vor ihm stehen. Die Angst stand ihm ins Gesicht geschrieben. Yvain wollte kein Clericer mehr sein, und die Aussicht, sein Augenlicht wieder zu verlieren, erschütterte ihn. „Was siehst du?"

Irritiert blickte er mich an. „Den Helm der Clericer?" Unsicherheit schwang in seiner Stimme mit. Er hatte keine Ahnung, auf was ich hinauswollte.

„Was siehst du?“

Er biss sich auf die Unterlippe. „Das Symbol der Clericer.“ Ich nickte ihm zu. „Das allwissende Auge.“

„Genau, was auch die Kirche nutzt, weil es für die Weisheit der Götter steht. Weißt du, woran man Halbgötter erkennt?“, fragte ich ihn weiter aus.

„Nein.“

„Sie tragen ein drittes Auge auf der Stirn, das sie in der Regel verbergen. Es gibt kaum welche, aber ein Clericer, der zum Dämon wird, trägt in seiner dämonischen Gestalt auch ein Zeichen. Dieses sitzt genau hier.“ Ich zeigte auf das Symbol. „Die filigrane Einarbeitung in die Maske macht es zum Schwachpunkt. Man braucht weniger Kraft, um das Metall zu durchstoßen und das Auge zu treffen. Es ist die einfachste Art, so ein Monster zu töten, denn dahinter sitzt das Gehirn. Durchstößt man dieses, braucht die Bestie länger, um sich zu erholen. Das Herz, wenn es denn eines hat, ist schneller wiederhergestellt als das Gehirn.“

Er starrte auf die Maske in meinen Händen. „Wie wird man zu einem Dämon?“

„Indem man vom falschen Weg abkommt und Slokir in die Arme rennt. Und es wird sich schon bald jemand in unseren Reihen gegen uns wenden und ebendieses Schicksal erleiden. Ich vertraue dir, Yvain, daher möchte ich, dass du weißt, wie man diese Kreaturen tötet.“ Ich griff nach Jacques’ Taschenuhr, zog sie hervor und hielt sie ihm vor die Nase. „Der Pakt wird mit einem Gegenstand geschlossen, den derjenige immer bei sich tragen muss. Wir Clericer und die Jäger haben unsere Uhren, aber Slokir kann alles nehmen.“ Ich steckte die Taschenuhr zurück. „Man verkauft seine Seele für die Macht, die einem Slokir im Gegenzug schenkt. Ob ich einen solchen Dämon bezwingen könnte? Ich weiß es nicht. Als Monster ist er unbesiegbar, deswegen muss man ihn dazu bringen, sich zurück in einen Menschen zu verwandeln. Das ist die einzige Chance, seinen Gegenstand zu zerstören.“

Yvain sah mich mit großen Augen an. Er zitterte. Eigentlich hätte ich dieses Gespräch mit Hunter führen sollen. Aber ich glaubte nicht, dass er bereit dafür war. Tief in meinem Inneren fragte ich mich, ob er das überhaupt jemals sein würde.

HUNTER GLOUCESTER

„Wir sind so was von am Arsch", hörte ich Gérald neben mir sagen. „Es ist verrückt genug, gegen einen unserer Lehrer zu kämpfen, aber gegen diesen Dämon?"

„Wir müssen es versuchen", presste ich hervor, während ich am ganzen Körper zitterte. Hoffentlich würde sich die Albe an unsere Abmachung halten.

„Es wird mir eine Ehre sein, an der Seite eines Gloucesters zu sterben", erwiderte er zynisch. „Mein Vater wird stolz sein, dass wir am Ende zusammen gekämpft haben. Bleib hinten und setze deine Magie ein, ich greife an und versuche, mich nicht treffen zu lassen."

Ich nickte ihm zu. Erneut, noch bevor Gérald das Monster erreicht hatte, wandte ich meine Eismagie an und spießte das Monster auf. Doch obwohl meine Eiszapfen seine Eingeweide regelrecht zerfetzten, lachte es nur. Es schien keine Schmerzen zu spüren.

Alles in mir zog sich zusammen. Ein widerlicher Geruch lag in der Luft, der mich an den eines Wendigos erinnerte. Aber dieser war beißender, eitriger Gestank, als wäre etwas am Verfaulen.

„Gérald, tu das nicht!", schrie ich, da ich mir sicher war, dass keiner unserer Angriffe etwas gegen dieses Ungetüm ausrichten konnte. Doch er hörte nicht auf mich. Schlug seine Peitsche nieder und zerriss die Haut des Wesens. Blut spritzte, doch es machte dem Monster nichts aus. Es schnappte nach Gérald, der auswich. Dann sprang er auf den Rücken des Ungeheuers und schwang weiter seine Klingenpeitsche. Zeitgleich schlugen die Schwänze des Monsters nach ihm. Im letzten Moment erschuf Gérald einen Schutzschild, dennoch rutschte er beim Aufprall in die Tiefe, schlug auf dem Boden auf und der Schild verlor seine Wirkung. Ich rannte los, beschleunigte mein Tempo, aber bevor ich das Monster erreichte, schoss eine Eiswand vor mir aus dem Boden. Sofort beschwor ich meine Feuerbälle und schlug sie gegen die Eismauer, doch nichts rührte sich. Sie war so dick, dass ich sie nicht schmelzen konnte. In meiner Not sah ich nur einen Weg. Ich erhob mich mit meiner Magie in die Luft, flog über die Mauer und landete auf der anderen Seite.

Gérald lag in einer Lache seines eigenen Blutes. Das Wesen hatte ihn mit seinen Krallen aufgespießt.

„Nein!", schrie ich, und das Ungetüm drehte sich zu mir um. „Du hast ... Du hast ..."

„Ihn getötet? Ja, ich weiß, wie man einen Clericer umbringt. Er war ein zu großes Risiko für mich", brummte das Wesen.

„Nein, nein, nein", flüsterte ich – unfähig, mich zu rühren. „Warum tut Ihr das alles?"

Das Monster lachte und entblößte seine spitzen Zähne. „Weil ich Macht will. Wenn ich Oberster Clericer wäre, würde ich die Welt verändern. Die Menschen sind niedere Wesen. Sie sind dumm und unwissend. Wir Clericer sollten über sie herrschen. Uns sollte alles gehören, das ist unser Recht als die stärkste Rasse." Während es sprach, näherte sich das Monster mir. „Eine neue Weltordnung ... das hört sich doch toll an, nicht wahr? Wir sind zum Herrschen geboren und sollten nicht als Monsterjäger dienen. Wir sind der Adel. Die Welt sollte uns zu Füßen liegen!"

Ich schnappte nach Luft, dann hörte ich, wie etwas zerbarst – in dem Fall Eis. Ein großes weißes Geschöpf landete in meinem Sichtfeld. Der knochige Schwanz schwang in alle Richtungen. Das helle Fell war zottelig, und die glühenden Augen waren auf den Dämon gerichtet. Auf seinem Kopf thronte ein imposantes Geweih. Zu dem beißenden, eitrigen Gestank mischte sich der nach Verwesung, der vom Wendigo ausging. Dieser riss sein Maul auf und stürzte sich auf den Dämon.

Im nächsten Moment tauchte die Albe neben mir auf und drückte mich an sich, sodass ich ungewollt Bekanntschaft mit ihren üppigen Brüsten machte. Sie brachte mich binnen eines Wimperschlags aus der Schusslinie, dennoch konnte ich von hier aus die Kämpfenden weiterhin beobachten.

Mein Blick fiel auf Céline. Sie kauerte am Boden, weinte und vergrub ihr Gesicht in den Händen. Ihr Cousin war gestorben, und ihr sogenannter Freund hatte sich in ein Monster verwandelt. Langsam löste ich mich aus der Umarmung der Albe und setzte mich neben Céline. Legte ihr eine Hand auf die Schulter und schaute hinauf zum Nachthimmel. Ein roter Blutmond erhellte diesen, und ich zuckte zusammen. *Das ist unmöglich. Wir können keine Farben sehen!* Ich erschauderte. Etwas stimmte nicht, und zwar ganz und gar nicht.

EVERETTE GLOUCESTER

Der tot geglaubte Mann bewegte sich. Er richtete sich auf, noch immer steckte die Kugel in seinem Kopf. Nicht mal ein Clericer stand so schnell wieder auf. Kleine Wunden heilten schnell, aber tödliche brauchten Stunden, wenn nicht sogar Tage, bis sie verschwanden. Fasziniert trat ich näher und betrachtete meine neuste Schöpfung. Die Augen des Mannes glühten rot, und er schnupperte in die Luft. Auf einmal sprang er auf, seine Fingernägel verwandelten sich in Krallen, seine Gliedmaßen zogen sich in die Länge und zwei lederne Flügel brachen aus seinem Rückgrat hervor. Sein Kopf war kahl. Ohne Vorwarnung preschte er auf einen der Forscher zu und biss ihm in die

Kehle. Der Mann schrie, dennoch konnte ich nicht anders, als dabei zuzusehen, wie das Monster sein Blut trank.

Fasziniert machte ich einen Schritt auf es zu, doch Sorcha packte mich am Arm.

„Du solltest nicht zu nah rangehen“, wisperte sie mir ins Ohr.

Langsam hob das Monster den Kopf und schnüffelte. Sein Blick wanderte zu mir, und er ließ sein Opfer fallen, das mittlerweile nicht mehr lebte. Deutlich langsamer kam es auf mich zu und bleckte die blutverschmierten Zähne. Es griff nicht an, trotzdem fixierte es mich mit seinem Blick. *Was hat es vor?*

„Wir haben Euer Blut verwendet. Mit etwas mussten wir die Nebenwirkungen dämpfen“, sprach einer der Forscher. „Vielleicht erkennt es Euren Geruch wieder?“

Ich war schwer fasziniert. Diese Erkenntnis war fantastisch – Tote gehörten eben zur Forschung dazu. Wenn sich das Wesen nun wieder zurückverwandeln würde, wäre es perfekt.

„Sperrt es ein und beobachtet es. Ich will wissen, wie es reagiert und wann es Aggressionen zeigt. Hoffentlich nimmt es irgendwann wieder seine menschliche Gestalt an. Wenn das klappt, müssen wir herausfinden, wie man es tötet“, befahl ich, ehe ich mich umdrehte und davonschritt.

Sorcha folgte mir. „Ist es nicht wunderbar?“

„Das schon, aber ihr hättet mich darüber informieren müssen, dass ihr mein Blut verwendet habt. War das deine Idee?“, wollte ich wissen.

„Ja, ich war es“, gab sie zu. „Aber es hat doch gut funktioniert. Du bist eine Gloucester. Besseres Blut gibt es nicht. Zudem scheint es so, als würde die Kreatur dir gehorchen. Ist es nicht das, was du dir gewünscht hast?“

„Die Idee ist wundervoll, aber das nächste Mal möchte ich vorher über solche Planabweichungen informiert werden“, entgegnete ich barsch. „Wenn das Mittel keine bedenklichen Nebenwirkungen zeigt, möchte ich, dass man es den Wachen verabreicht.“

„Sollten wir sie nicht zuvor um ihr Einverständnis bitten?“, fragte Sorcha irritiert.

„Nein. Ihre Wünsche sind mir egal. Es wird ihnen verabreicht, ob sie es wollen oder nicht. Aber nur, wenn es zuvor als unbedenklich eingestuft wurde. Macht genug Tests mit unseren Versuchskaninchen. Dafür sind sie ja da.“

„Also willst du riskieren, dass sie dich danach verraten?“, fragte Sorcha.

Ich grinste. „Darum müssen wir herausfinden, wie man dieses Wesen tötet. Anschließend werden wir es demonstrieren. Ich bin mir sicher, wenn der erste oder zweite tot ist, die anderen ihr Schicksal akzeptieren werden.“

Sorcha lachte auf. „Du bist ein Monster. Dich möchte ich nicht zum Feind haben.“ Sie packte meinen Arm und zog mich zu sich. „Vielleicht können wir heute Abend auf den Erfolg anstoßen?“ Lust loderte in ihren blauen Augen auf.

„Es wäre mir ein Vergnügen. Aber dann komme ich zu dir. Amalia soll nichts davon erfahren. Das Ergebnis heute war erfolgreich, aber wir haben noch einen langen Weg vor uns ... vergiss das nicht“, entschied ich.

Sorcha lächelte schelmisch. „Mit Vergnügen.“

KAPITEL XXXVI

Der Blutmond & das Monster

YVAIN LEINSTER

„Slokir erschuf das Tor“, erkannte ich, und alles zog sich in mir zusammen. „Er tat dies, um uns Menschen zu schaden. Was ist das für ein Gott, der seiner eigenen Schöpfung so was antut?“

Landon grinste über das ganze Gesicht. „Entweder Samson oder Slokir. Theoretisch kann man sich aussuchen, wer von beiden es war.“

Meine Gesichtszüge entglitten mir. „Was?“

„Slokir hat laut einer alten Legende gemeinsam mit der Göttin Sona das Tor geschlossen. Natürlich änderte man sie später so ab, dass Sona die Welt allein rettete. Aber warum sollte man seiner eigenen Schöpfung schaden, um sich als Held aufzuspielen?“

Mein ganzer Körper bebte, als ich diese Worte hörte. „König Asmerom sagte, dass es Slokir war! Die Drow glauben daran ...“

Landon lachte. „Der Glaube ist wichtig für das Volk der Šimšôner, aber es ist keine historisch erwiesene Tatsache, dass es so gewesen ist. Er spendet ihnen Trost und Hoffnung, kann aber auch eine Lüge sein. Wir Menschen sind am besten darin, uns selbst zu belügen und Personen anzubeten, die es eigentlich nicht verdient haben.“ Ich verschränkte die Arme vor der Brust. „Cain der Große war niemals ein Drachentöter. Cedar Gloucester hat den Drachen mithilfe seiner Magie erledigt. Cain hat da höchstens etwas geholfen. Unsere ganze Gründungsgeschichte beruht auf der größten Lüge unseres Landes.“

„Das heißt ... die McCains haben ihren Titel nur wegen dieser Lüge inne und regieren ein Königreich, das ihnen gar nicht gehört." Ich schnappte nach Luft. „Wenn Ihr das alles wisst, warum unternehmt Ihr nichts?"

„Soll ich überall herumerzählen, dass meine Vorfahren den Drachen erlegt haben und meine Familie den Sitz des Hochkönigs verdient hätte? Wenn ich das tue, wäre ich meinen Posten als Oberster Clericer schnellstens los. Man würde mich als Spinner verspotten. Die Wahrheit ist ein zweischneidiges Schwert, Yvain. Eine Lüge ist für die Menschen einfacher zu ertragen." Er stand auf und reichte mir das Bündel und die Maske. „Die Leerstunde ist für heute beendet. Jetzt zieh den Helm auf und die Kleider an. Ich erwarte nicht, dass du ihn immer trägst, aber wenn dich jemand sehen kann, dann gehört er auf den Kopf. Verstanden?"

Ich nickte, setzte ihn auf und alles um mich herum verschwand in Dunkelheit. Dank meiner Magie konnte ich meine Umgebung wieder sehen, und Landon drückte mir die Kleider in die Hand. Mein Blick wanderte zu Jacques. Über das ganze Gespräch hinweg hatte er kein Wort gesagt, sondern nur mit gesenktem Kopf dagestanden. So hatte ich ihn noch nie erlebt und es passte nicht zu dem Jacques, den ich bisher kennengelernt hatte.

Ohne lange innezuhalten, trat ich aus dem Zimmer. Ich wollte einfach nur so schnell wie möglich Abstand zu ihm gewinnen.

LANDON GLOUCESTER

„Du hättest mich getötet", wisperte Jacques, als Yvain gegangen war.

„Ja", antwortete ich und wandte mich von ihm ab.

Hinter mit hörte ich Schritte. Ich wäre ihm nicht böse, wenn er ging. Es war menschlich, enttäuscht zu sein. Doch die Schritte wurden lauter. Dann spürte ich, wie er seine Arme um mich schlang und mich fest an sich drückte. „Verzeihe mir."

Ein tiefer Strich durchzog mein Herz. Jacques hätte mich für meine Worte hassen sollen, aber er tat es nicht. Seine Taten waren falsch gewesen, und trotzdem blieb er bei mir. Zugleich zeigte er mir, wie die Zukunft meines Sohnes aussehen würde. Hunter war genauso schwach wie er. Eine Schwäche, die der Oberste Clericer niemals zeigen durfte. Es grauste mir bei der Vorstellung, dass Jacques meinen Posten hätte. Und Hunter würde es wohl kaum besser machen.

„Ich war ein Idiot." Niemals könnte ich ihm sein Fehlverhalten verzeihen, aber ich konnte mich für meine schlechten Gedanken entschuldigen. „Es tut mir leid."

Er drückte sich fester an meinen Körper. „Du musst dich nicht entschuldigen ... Ich bin froh, dass Yvain hier ist, denn hier wird ihm nichts passieren."

Seine Worte überraschten mich. „Was willst du damit sagen?"

„Dass er in großer Gefahr war."

„Was für eine Gefahr?", hakte ich nach.

„Ich ... ich ...", druckste er herum.

Bevor er weitersprechen konnte, tauchte vor mir ein Feuervogel auf. Spreizte seine Flügel und schwebte auf der Stelle. An seinem Fuß hing ein Stück Papier. Als ich danach griff, verschwand der Vogel sofort. Der Brief war mit dem Siegel des Königs versehen, das aus den Initialen MC bestand. Ich zerstörte es, faltete das Papier auseinander und überflog die Zeilen. Es stand nicht viel dort.

Sehr geehrter Oberster Clericer Landon Gloucester,
ich wünsche, Euch sofort im Schloss zu sehen. Es ist dringend, aber mehr kann ich nicht dazu schreiben. Bitte kommt so schnell es geht.

In großer Besorgnis
Hochkönig Alister McCain

„Ich muss gehen", murmelte ich und knüllte das Papier zusammen. „Wir reden, wenn ich wieder da bin. Der König braucht mich, und ich möchte, dass du dich in der Zwischenzeit um die Schule kümmerst." Ermahnend sah ich ihn an. „Keine verachtenswerten Sexspielchen. Und sei nett zu Yvain. Wenn er möchte, kannst du ihn unterrichten."

Sprachlos starrte er mich an, doch ich hatte keine Zeit für so etwas. Ohne auf eine Antwort von ihm zu warten, öffnete ich ein Portal und schritt darauf zu.

„Nein!", wandte er ein. „Bitte geh nicht. Ich muss dir etwas Wichtiges sagen."

„Ich werde bald zurück sein", versprach ich ihm. „Den Hochkönig lässt man nicht warten. Das Problem wird sich in ein paar Stunden in Luft ausgelöst haben. Solange wirst du auf mich warten können." Mit diesen Worten trat ich durch das Portal.

HUNTER GLOUCESTER

Ein ungutes Gefühl überkam mich. Céline hingegen, die neben mir auf dem Boden kauerte, schien davon nichts mitzubekommen. Zu sehr war sie in ihre Schockstarre verfallen. Nicht mal auf meine Nähe reagierte sie.

Mein Blick wanderte zu den beiden Monstern. Der Boden war mit Blut getränkt, und ich sah, wie sich das helle Fell des Wendigos bereits verfärbte. Doch egal, wie sehr er Tishons Körper zerfetzte, er schien keinen Schmerz zu spüren. Mit seinen spitzen Zähnen verbiss es sich in der Kehle des Wendigos, und ich musste einsehen, dass unsere Chancen schlecht standen.

Mein Blick glitt zu der Elfe, die ebenfalls besorgt den Kampf beobachtete.

„Kannst du mit deiner Magie den Blutmond verdecken?“, fragte ich sie und erhob mich. Ob es was nutzte, wusste ich nicht, aber ich hoffte, es würde helfen.

„Ja“, antwortete sie.

Das genügte mir. Ohne zu zögern, sprang ich auf die beiden kämpfenden Kreaturen zu. Erneut sprossen lange Eisstacheln aus dem Boden und kesselten den Dämon ein. Aber dieses Mal ohne ihn zu verletzen. Mein Blick wanderte kurz nach oben. Tatsächlich zogen dunkle Wolken auf, die den Blutmond verdeckten.

„Tishon!“, schrie ich ihn aus Leibeskräften an.

Das Monster sah in meine Richtung, lockerte seinen Griff und ließ den Wendigo frei. Der Dämon schrie auf, während sich der andere zurückverwandelte. Nun war er wieder der Junge mit dem Hirschschädel auf dem Kopf. Er war voller Blut.

„Das Wesen ist zu stark für dich“, rief er mir zu.

Ich bildete mir nicht ein, ihn besiegen zu können, dennoch konnte ich nicht einfach weiter tatenlos zusehen. In seiner blinden Wut zerstörte Tishon die Eiszapfen, und ich erhob mich in die Luft, landete auf seiner Maske. Kaum hatte ich das getan, spürte ich, wie er ruhiger wurde.

„Verschwinde!“, rief ich dem Unbekannten am Boden zu. „Ich mache das.“ Mit der Hand drückte ich auf die Maske des Clericers.

„Das schaffst du niemals!“, widersprach der Junge, und Kelilah trat an seine Seite.

„Bring ihn weg!“, verlangte ich von ihr und hoffte, dass sie auf mich hörte.

Stumm nickte sie. Wieder sah ich auf das Gesicht des Monsters herab. Ohne lange zu überlegen, setzte ich meine Heilmagie ein.

„Kämpfen geht anders!“, spottete der Unbekannte.

Ich ignorierte sein Rufen und machte weiter. Spürte, wie sich die Haut des Wesens wieder über dessen Rumpf spannte und sich die Wunden schlossen. Der Dämon sah fast wieder normal aus.

„Hunter“, knurrte Tishon. „Bist du übergeschnappt?“

„Du sprichst immerhin wieder mit mir", wandte ich ein und blickte auf seine Maske herab. Ich sah es als gutes Zeichen.

Ein tiefes Lachen entwich seiner Kehle. „Der Kampf mit Wigand hat nichts gebracht. Ein Wendigo kann mich nicht bezwingen. König der Wendigos hin oder her. Egal, wie groß seine Magie auch sein mag, er ist zu schwach."

„König ... der Wendigos?", fragte ich verwirrt.

„Du bist dumm und unwissend, Hunter. Yvain wäre die bessere Wahl gewesen."

„Darum hast du deinem Neffen so viel angetan?", schoss ich zurück. Kelilah und Wigand konnte ich nicht mehr sehen. Aber Céline war noch da.

Er reckte seinen Kopf in die Höhe. Der Blutmond war verborgen. „Ich musste ihn stärker machen. Oder sollte er mein armseliges Leben teilen? Yvain ist stark genug, um der mächtigste Clericer zu werden. Aber Landon züchtet eine schwache und erbärmliche Elite heran. Immerhin lässt er Abschaum wie dich, Céline und Gérald am Leben."

„Du bist ein Monster", zischte ich. „Du hast nicht nur deinen eigenen Neffen missbraucht, sondern auch dein Kind getötet!"

„Ich habe sie vor Schlimmerem bewahrt. Aber sie ist wieder schwanger, falls es dir noch nicht aufgefallen ist. Wenn sie möchte, kann sie es ja dieses Mal behalten und sich als Schlampe einen Namen machen."

„Das ist nicht fair!", schnauzte ich ihn an.

Tishon lachte. „Was ist im Leben schon fair?"

Ich ballte die Hand zur Faust, bereit, meinem Lehrer eine reinzuhauen, obwohl ich wusste, dass es nichts bringen würde.

Er grinste amüsiert. „Interessant, dass du den Zauber so leicht umgehen kannst."

„Was meinst du damit?", wollte ich von ihm wissen, meine Faust immer noch zum Schlag erhoben.

„Seit ihr Scheiße gebaut habt, spüre ich ihn."

„Wovon redest du?“, fragte ich verwirrt.

„Ihr habt Dieudonné de la Halles Leichnam verbrannt und Slokir damit gestärkt“, knurrte er.

Ich runzelte die Stirn. „Warum bist du überhaupt dazu in der Lage, dich zu verwandeln?“

Er grinste mich an. „Ein Geheimnis der Clericer. Landon wird dich irgendwann einweihen, nur macht es einen sehr anfällig für Slokirs Willen. Aber in einer Welt, in der Macht alles ist, macht es keinen Unterschied mehr, wenn der Gott des Bösen Einfluss auf einen hat.“

Mich erschreckten seine Worte. „Ist das nicht gefährlich?“

„Um unser Blut stark zu halten, sind alle Mittel recht – das waren die Worte von Cardo Gloucester. Nur das zählt.“

Die Obersten Clericer und ihre Handlanger waren alle verrückt. Es war erschreckend, dass Männer wie Landon, Tishon und Jacques unser aller Schicksal in Händen hielten.

„Ich werde mich um Céline kümmern …“, sagte ich und sprang von seiner Schnauze, doch als ich mich von ihm abwenden wollte, griff er nach meinem Arm und hielt mich fest.

„Du bist gewissenhaft, aber ich muss dafür sorgen, dass du alles vergisst.“ Erschrocken schnappte ich nach Luft. Er trat auf mich zu, und mein Blick glitt nochmals zu Gérald, ich wollte nicht alles vergessen. Ich brauchte einen Plan!

Ohne zu lange zu zögern, schloss ich meine Augen, griff mit meiner Hand nach der Klingenpeitsche und umklammerte sie fest. *Ich darf es nicht vergessen!*, war das Letzte, was ich dachte, ehe meine Knie weich wurden und ich kopfüber im Schlamm landete.

Als ich aufwachte, lehnte ich an der Wand neben Céline. Ich schaute mich auf dem Platz um. Über uns schimmerte ein Blutmond. Das war außergewöhnlich. Dann traf mein Blick auf Géralds toten Körper, und ich zuckte zusammen. Entsetzt durchforstete ich meine Erinnerungen, konnte mich verschwommen an den Wendigo erinnern. Dieser hatte uns angegriffen. Trotzdem hatte er Gérald nicht gefressen. Weder lebendig noch tot, was ungewöhnlich war. Diese Bestien liebten Blut und sie vergossen es gern.

Plötzlich spürte ich einen hellen Schmerz in meiner Hand. Ich sah hinab und entdeckte eine Schnittwunde. Woher stammte sie? Ich war kein Kämpfer, dementsprechend machte das alles keinen Sinn. In dem Augenblick überkamen mich die Erinnerungen. An Tishon, was er gesagt hatte ... Alles, was passiert war, prasselte wieder auf mich ein und raubte mir die Luft zum Atmen.

Neben mir regte sich Céline und schrie auf, als sie ihren Cousin erblickte. Sie stand auf, rannte zu ihm und kniete vor ihm nieder. Ich konnte nichts tun, als ihr zu folgen.

„Der Wendigo ...“, spielte ich die Lüge mit. „Wir sollten Gérald zurückbringen ...“

Sie nickte unter Tränen, und gemeinsam machten wir uns auf den Rückweg.

Die Nacht war lange, und auch wenn es unmoralisch war, beschäftigte mich nur eine Frage.

„Was ist eigentlich mit dir und Tishon?“ Wenn ich schon auf sie aufpassen musste, wollte ich wissen, was für Lügen er ihr eingepflanzt hatte.

„Wir haben uns getrennt.“ Erleichterung machte sich in mir breit. „Ich habe es nicht mehr ertragen.“ Sie schniefte und wischte sich die Tränen aus den Augen. „Dieser ganze Auftrag war ein totaler Reinfall. Die Albe ist weg, den Wendigo haben wir nicht erledigen können und Gérald ist tot ... Wir werden uns zum Gespött der Clericer machen. Zudem bin ich schwanger."

Ich legte ihr mitfühlend eine Hand auf die Schulter. „Es wird schon alles gut werden."

KAPITEL XXXVII

VERRÄTERISCHE LIEBE

HUNTER GLOUCESTER

Ich träumte in dieser Nacht von Wendigos, Dämonen und Géralds Leiche. Schweißgebadet erwachte ich in der Dunkelheit und konnte nichts erkennen. Mein Herz hämmerte in meiner Brust, als ich langsam realisierte, dass alles nur ein böser Traum gewesen war. Eine Wiederholung des Ganzen, was wirklich geschehen war.

Seufzend sah ich hinauf zur Decke. Ich musste mit jemandem über das alles reden, sonst wurde ich noch verrückt. Vielleicht würde mir ein Besuch bei Viviane guttun.

Ich schlug die Bettdecke zurück, stand auf und zog mich an. Die Sonne war gerade am Aufgehen, und ich hatte nur wenige Stunden geschlafen. Aber ich konnte nicht hierbleiben.

Ich hinterlegte den Jägern einen Zettel, dann schlich ich mich aus dem Zimmer. Als ich die Stufen hinuntertrat, hörte ich zwei Stimmen.

Die eine konnte ich Mael zuordnen, die zweite war unverkennbar von meinem Onkel.

„Es kann nicht sein, dass Gérald von einem Wendigo besiegt wurde. Er ist ein fähiger Clericer, zudem waren sie zu dritt."

Ich schlich näher und drückte mich an die letzte Wand zwischen dem Gang und der Schänke. Spähte um die Ecke und sah, wie die zwei neben Géralds Leichnam standen, der auf einem Tisch lag.

„Die Wunden passen auch nicht zu denen eines Wendigos, die Zähne sind spitzer und die Form des Gebisses ist anders. Diese Bissspuren passen zu keinem Wesen, das ich kenne."

Mein Onkel war ein guter Lügner. So dreist band er Mael einen Bären auf. Er musste mehr wissen, da war ich mir sicher. Immerhin hatte dies selbst Tishon gesagt.

Ich wandte mich ab und trat zum Hinterausgang. Von hier aus war der Weg zu den Ställen kürzer. Doch als ich Maels Stimme hörte, stoppte ich.

„Sie haben versagt", sagte er. „Ich mache mir Sorgen. Die Bewohner werden weiterhin Angst vor der Albe haben und jetzt wird ihre Furcht noch größer sein, da sie von dem Wendigo wissen. Ihr Hass könnte sich gegen Céline und Hunter richten, da sie versagt haben."

„Ich werde mich selbst darum kümmern. Die Bewohner werden ihren Sieg bekommen. Selbst wenn es nur gespielt ist."

Landon war ein Lügner. Ich hatte genug. Ohne mich umzudrehen, schritt ich weiter, öffnete leise die Tür und eilte zu den Ställen. Dort sattelte ich mein Pferd. Ich war fast fertig, als ich bemerkte, wie sich die Tür öffnete.

Mael, dachte ich entsetzt, *hat er den Brief bereits gefunden?*

„Hunter", quiekte Ghislaine, und meine Muskeln entspannten sich.

„Was machst du hier?"

Sie trat auf mich zu. „Ich habe bemerkt, dass du gehen willst. Bitte nimm mich mit."

Eigentlich wollte ich nicht, aber ich hatte keine Wahl, ansonsten würde sie mich bei den anderen verpfeifen.

Mit einem gequälten Lächeln wandte ich mich zu ihr um. „Ist gut. Aber benimm dich!"

Es dauerte, bis wir endlich das Schloss der McCains erreichten. Leider war es mir nicht möglich, Viviane auf normalem Weg zu sehen. Daher schickte ich ihr einen Feuervogel und trat am späteren Nachmittag zur Mauer, die das Schloss umgab. Sie war nicht dauerhaft bewacht, und mit meiner Magie konnte ich mit Leichtigkeit darüber fliegen. Wenn der nächste Wächter seine Runde drehte, würde er sich nichts Böses dabei denken.

Ich landete mit meiner Luftmagie in dem kleinen Garten, wo Viviane bereits auf mich wartete. Mit leuchtenden Augen sah sie mich an. Wie bei unserem letzten Treffen trug sie ein schwarzes Kleid.

„Hunter!“, rief sie meinen Namen, eilte die letzten Meter auf mich zu und sprang in meine Arme. Drückte ihr Gesicht an meinen Körper. „Ich freue mich ja so, dich wiederzusehen.“

„Ich mich auch. Es ist so viel passiert, ich wollte dich einfach sehen“, brach es aus mir heraus.

Sie küsste mich auf den Mund, und ich erwiderte den Kuss. Es fühlte sich so gut an.

„Ich habe mich nach dir gesehnt“, wisperte sie mir zu, als sie sich von mir löste. Sie nahm meine Hand und führte mich zu einem Baum, unter dem eine kleine Holzbank stand. Gemeinsam setzten wir uns hin. Viviane hielt meine Hand, drückte sich an meine Schulter. „Du solltest öfters vorbeikommen.“

„Es könnte jemandem auffallen“, entgegnete ich.

Sie lachte auf. „Glaubst du, dass Vaters Clericer nicht bemerkt hat, dass jemand über die Mauer kam?“ Ich schnappte nach Luft, doch sie fuhr unbeirrt fort. „Er weiß Bescheid. Oder hast du dich nie gefragt, wie ich dich erreichen konnte? Dein Feuervogel übermittelt nur Botschaften, aber nimmt keine an. Ich bat ihn um Hilfe.“

Sie zwinkerte mir zu, und ich fühlte mich einfach nur dumm. So weit hatte ich nicht gedacht.

„Es tut mir leid.“

Sie schüttelte den Kopf. „Nicht doch. Erzähl mir lieber, warum du hier bist.“

In allen Einzelheiten berichtete ich ihr von den Ereignissen der letzten Wochen. Wie ich mit Gérald und Céline in den Wald gegangen war und wie es geendet hatte. Nichts ließ ich aus.

„Was soll ich bloß tun?“, klagte ich, nachdem ich meine Erzählung beendet hatte.

„Ach, Hunter“, seufzte sie. „Ich wünschte, du könntest das alles hinter dir lassen und mit mir zusammen sein.“

Verlegen kratzte ich mich an meiner Maske. „Meine Familie möchte, dass ich der nächste Oberste Clericer werde, da kann ich keine Frau an meiner Seite haben. Von Kindern reden wir erst gar nicht.“

Sie strich mit ihren Fingern über meine Wange. „Hast du noch nie daran gedacht, dass du deine Pflichten an Bedingungen knüpfen kannst?“

„Aber wie?“, erwiderte ich verwirrt.

Sie umfasste mein Gesicht und sah mich eindringlich an. „Wir können heimlich heiraten, als Gegenzug nimmst du deine Pflichten wahr. Wenn sie es ablehnen, weigerst du dich einfach, Oberster Clericer zu werden. Sie müssen darauf eingehen, dafür ist dein Onkel ...“

„Ein alter Knacker, der auf die vierzig zugeht und von Liebe keine Ahnung hat. Bei ihm geht es nur um seine Pflichten“, unterbrach ich sie.

Viviane lächelte mich an. „Ich finde Landon mit seinen achtunddreißig Jahren aber noch immer heiß.“

Mir entglitten meine Gesichtszüge. Dass sie gerade zugab, meinen Onkel attraktiv zu finden, schmerzte mich. „So gut sieht er auch wieder nicht aus.“

„Er erinnert mich an dich. Ich finde, du kommst ganz nach ihm.“

Eingeschnappt drehte ich meinen Kopf von ihr weg. „Mit Sicherheit nicht.“

Viviane lachte. „Ach, Hunter ... Jedenfalls finde ich, du solltest deinem Vater etwas Druck machen. Oder möchtest du lieber den radikalen Weg gehen?“ Verschwörerisch sah sie mich an, während ich keine Ahnung hatte, worauf sie hinauswollte. „Wenn ich schwanger bin, müssen sie handeln.“

Meine Augen weiteten sich. Ich liebte sie, aber mit ihr ein Kind zu zeugen, war ein großer Schritt, der wohl überlegt werden musste.

„Das kann ich nicht. Ich kann nicht mit dir schlafen. Niemals könnte ich zulassen, dass dein Ruf ruiniert wird. Aber ich werde mit Vater reden", versprach ich ihr, wobei ich mir unsicher war, ob der zweite Vorschlag vielleicht nur dazu diente, mir den ersten schmackhaft zu machen. Ich hoffte es sehr.

Sie versiegelte meine Lippen wieder mit ihren, und ich erwiderte den Kuss. Legte meine Arme um ihren zierlichen Körper und drückte sie ganz fest an mich. Eng umschlungen saßen wir unter dem Baum. Am liebsten wäre ich nicht mehr von ihrer Seite gewichen.

Doch alle guten Dinge endeten.

Ein paar Stunden später sprang ich wieder über die Mauer.

„Hunter", ertönte eine fremde Männerstimme hinter mir, doch ich drehte mich nicht nach ihrem Besitzer um. „Wenn ich schwanger bin, müssen sie handeln", äffte der Unbekannte Viviane nach.

Nun wandte ich mich doch um und sah in das Antlitz eines Clericers. Er schien älter zu sein als ich, jedoch deutlich jünger als mein Onkel.

„Du hast uns belauscht?", fragte ich ruhig, während ich innerlich vor Wut kochte. Die ganze Zeit hatte er irgendwo gesessen und mich und Viviane beobachtet.

„Natürlich. Es ist mein Job, sie und die Königsfamilie zu beschützen", erwiderte er spöttisch. „Dein eigener Onkel hat mich ausgebildet, mir eine Schleife um den Kopf gebunden und mich als Geschenk dem König überreicht, als wäre ich ein Welpe." Der Clericer schritt um mich herum. „Wärst du nicht ein Gloucester, würde ich dich töten. Jedoch denke ich, dass Landon das nicht gutheißen würde."

Ich schnaubte. Irgendwie hatte ich alles Landon zu verdanken und das kotzte mich an. „Wer bist du eigentlich?"

„Cailean Winterson." Er lächelte breit. „Viviane bat mich um Hilfe, und ich habe eure Briefe gelesen. Ich weiß über alles Bescheid. Wenn ich gewollt hätte, hätte ich euch schon lange verraten können. Was wäre dann wohl passiert?"

„Was willst du?", presste ich hervor.

„Wenn du sie heiraten kannst, dann lass mich mit ihr gehen. Ich möchte nicht mehr länger der persönliche Sklave des Königs sein, der keinen eigenen Willen besitzt und wie ein Hund gehorchen muss. Das ist alles, was ich mir wünsche."

Seine Worte überraschten mich. Wie es schien, glaubte er daran, dass mein Vorhaben, oder besser gesagt Vivianes, Erfolg haben könnte.

„Ist gut."

„Ach, und das Mädchen, das dir gefolgt ist, gehört zu dir, nehme ich an?", fragte er beiläufig.

„Welches Mädchen?"

„Sie trägt die Gewänder einer Jägerin und hat kurze Haare."

Erschrocken schnappte ich nach Luft. *Ghislaine!*

„Wo ist sie hin?"

Er zuckte mit den Schultern. „Ich weiß es nicht, sie ist verschwunden, bevor du dich verabschiedet hast. Sie hat euch von den Büschen aus beobachtet. Da wollte ich nur auf Nummer sicher gehen."

„Danke", murmelte ich, dann wandte ich mich ab und machte mich auf den Rückweg.

In der Herberge eilte ich die Treppen hoch und riss die Tür zu unserem Zimmer auf. Doch es war leer. Ohne lange zu überlegen, eilte ich die Stufen hinunter zum Wirt.

„Meine Kollegin, wo ist sie?“

Er zuckte mit den Schultern. „Ich weiß nicht, die ist vor Stunden gegangen. Seitdem habe ich sie nicht mehr gesehen.“

Dies war nicht die Antwort, die ich hören wollte. Aber vermutlich machte ich mir auch einfach Sorgen umsonst und Ghislaine war nur in der Stadt.

Ich suchte Ghislaine in der ganzen Stadt, aber fand sie nicht. Sie war wie vom Erdboden verschluckt. Was ich auch tat, sie blieb unauffindbar. Anstatt aufzubrechen, blieb ich eine weitere Nacht in der Stadt und suchte nach ihr. In meiner Verzweiflung kehrte ich zu dem komischen Clericer zurück. Denn ich sah keine andere Möglichkeit, Ghislaine ausfindig zu machen.

In der Dunkelheit verschaffte ich mir Zutritt zum Garten, und es dauerte nicht lange, bis Cailean genauso lautlos wie Landon hinter mir erschien. Entweder er war ein Meister im Anschleichen oder mein Onkel hatte ihm seinen Portalzauber beigebracht.

„Was machst du hier?“, fragte er mich.

„Ich suche meine Kollegin, aber ich kann sie nicht finden. Irgendwie hoffte ich, du könntest mir helfen.“

Ein breites Grinsen erschien auf seinem Gesicht. Er setzte sich auf das Dach und schaute hinauf zum Blutmond. „Noch nie hat jemand außerhalb der Königsfamilie mich um Hilfe gebeten. Aber ich denke, deine Freundin ist nicht mehr hier. Dafür brauche ich nicht mal meine Magie einzusetzen. Sie hat euch belauscht und vermutlich nicht, weil sie sich Sorge um dich machte, sondern weil sie etwas für dich empfindet.“

Stumm sah ich zum Nachthimmel. „Ich wollte sie nicht verletzen.“

„Trotzdem hast du es getan. Aber es wird sie nicht umbringen.“

Er klopfte mir auf die Schulter. „Na, wenigstens hast du eine in Reserve, wenn das mit Viviane nichts wird."

„Ich werde Viviane nicht einfach ersetzen!", erwiderte ich entrüstet. „Niemals!"

Er lachte. „Hunter, du bist echt ein Dummkopf. Du hast zwei Frauen, die auf dich stehen, dennoch entscheidest du dich für die, die du nur selten siehst und dein wahres Wesen nicht kennt."

Ich schaute zur Seite. „Es ist sicherlich nur eine Phase. Das wird wieder vorbeigehen, und dann findet Ghislaine auch den Mann fürs Leben."

„Oder sie bleibt ihr Leben lang einsam und unglücklich, weil du ihr einen Korb geben hast. Ich hätte sie genommen", sagte der Clericer leichthin. „Prinzessinnen sind schwierig. Wenn sie nicht das bekommt, was sie möchte, kann Viviane sehr energisch werden. Ich würde nicht meine Hand dafür ins Feuer legen, dass ihr eine glückliche Zukunft habt."

Verstimmt starrte ich weiter zum Himmel. Ich hatte keine Lust, darüber zu reden.

„Der Blutmond", wisperte ich.

„Der scheint schon sehr lange so. Nur kümmert es niemanden", erwiderte Cailean.

„Wirklich? Ich habe es nicht mitbekommen."

Cailean lachte. „Vermutlich warst du zu verliebt, um es zu bemerken. Liebe macht ja bekanntlich blind. Aber Viviane hat sich einen anständigen jungen Mann ausgesucht, das muss ich schon sagen. Ich wünsche euch viel Glück. Das könnt ihr beiden gut gebrauchen." Er erhob sich. „Du solltest schlafen und morgen den Rückweg antreten, die Reise wird lange genug dauern."

Stumm nickte ich ihm zu. Er hatte recht, ein langer Weg stand mir noch bevor und ich sollte nicht zu lange warten, besonders wenn Ghislaine nicht mehr hier war.

Seinem Rat folgend, ging ich zurück zur Herberge. Am frühen Morgen ließ ich Cains Ville hinter mir.

Wochenlang war ich unterwegs, bis ich meine Heimat Clester erreichte. Der Sommer hatte die Stadt an der Küste zum Erblühen gebracht, wobei auch jetzt noch ein kalter Wind die Temperaturen angenehm hielt. Aber ich hatte keine Augen für die Schönheit der Natur. Allgemein erstrahlte die Stadt für mich nur in traurigen Grautönen.

Im Schloss wartete Carson schon auf mich. Wie es schien, hatte Vaters Seneschall bereits von meiner Ankunft erfahren und das sogar ohne dass er einen Clericer an seiner Seite hatte. *Oder hat Cailean seine Finger im Spiel?*, fragte ich mich, fand jedoch keine Antwort.

Ohne Umschweife wurde ich zu meinem Vater geführt. Dieser saß in seinem Arbeitszimmer. Viele Dokumente lagen vor ihm auf dem Tisch. Er hob nicht mal den Blick, als wir eintraten.

„Euer Sohn ist hier, meine Lordschaft“, sprach er meinen Vater an, doch dieser hob den Kopf noch immer nicht.

„Ich bin gleich so weit“, murrte er nur und kritzelte mit seiner Feder weiterhin auf einem der Papiere herum.

Carson nickte und zog sich zurück, während ich unbeholfen im Raum stehen blieb. Unsicher wartete ich und knetete meine Finger.

„Hunter“, wandte sich Vater schließlich an mich. „Warum bist du hier? Um mir von deinen nicht vorhandenen Heldentaten zu berichten?“

„Ich arbeite daran“, brummte ich und kam mir so dumm vor, dass ich überhaupt hergekommen war. „Ich bin hier, weil ich dich um einen Gefallen bitten wollte.“

Er sah von seinem Schreibtisch auf. „Du möchtest, dass ich dir helfe? Bei was?“

Ich biss mir auf die Unterlippe. Diese Situation war alles andere als angenehm, dennoch konnte ich jetzt keinen Rückzieher machen. Ich war es Viviane schuldig.

„Weißt du, ich schreibe schon seit ein paar Monaten mit Alisters Tochter, Viviane. Wir verstehen uns sehr gut, daher wollte ich dich fragen ... ob ich sie nicht vielleicht heiraten könnte? Im Geheimen? Niemand muss davon erfahren. Dies könnte mich motivieren, ein besserer Clericer und das nächste Oberhaupt zu werden."

Mein Vater lachte und lehnte sich zurück. „Du möchtest die Tochter des Königs heiraten? Dies soll dich zu Hochleistungen motivieren? So funktioniert die Welt nicht, mein Sohn. Wir könnten darüber reden, wenn du wirklich die erforderte Leistung erbringst. Wobei ich nicht denke, dass Alister seine Tochter klammheimlich mit einem Clericer verheiraten wird. Er wird sie lieber gewinnbringender verschachern. Daher muss ich deine Frage mit Nein beantworten."

Geknickt senkte ich den Kopf. Was hatte ich auch erwartet?

„Und ich werde dich nicht umstimmen können?", fragte ich vorsichtig nach.

„Nein."

Ich seufzte schwer. „Also möchtest du nicht, dass ich besser werde?"

„Bis jetzt sehe ich keine Verbesserung. Ob du es glaubst oder nicht, Landon erzählt mir alles, was du so treibst. Ich hielt mich nur zurück, weil er der Meinung war, dass du noch Zeit brauchst. Aber bevor du Forderungen stellst, musst du Leistungen erbringen."

Vater stand auf, schritt um den Schreibtisch herum und blieb direkt vor mir stehen. Ich sah zur Seite und ring um Fassung, denn ich wusste nicht, wie ich das Viviane erklären sollte. Sie wäre so enttäuscht von mir. Daher sah ich nicht, wie Vater die Hand hob. Ich kam erst wieder zur Besinnung, als sie auf mein Gesicht klatschte.

„Warum?", klagte ich, während mir Tränen in die Augen stiegen.

„Eine harte Hand schadet nie. Du bist ein Clericer, das solltest du niemals vergessen. Liebe gibt es für dich nicht. Alles, was du fühlst, ist reine Einbildung. Niemand wird dich dafür verurteilen, wenn du dir eine Hure nimmst, um deine Bedürfnisse zu befriedigen. Das ist völlig normal. Nur nicht die Tochter des Hochkönigs."

„Ich möchte nicht meine Bedürfnisse mit ihr befriedigen!“, schrie ich laut.

Vater lachte, und er musterte mich abschätzig. „In euren Adern fließt das alte Blut. Ihr Clericer seid Dämonen. Man muss euch dezimieren und bestrafen, um die Welt zu schützen. Schwach wir ihr seid, neigt ihr dazu, euch dem Bösen anzuschließen, da euer Geist nicht stark genug ist. Landon hätte dich töten sollen. Aber er konnte es nicht. Er hängt zu sehr an dir. Es ist verwerflich. Clericer sollten keine Kinder haben, weil eure Brut das gesammelte Dämonenblut besitzt. Die Gloucesters haben stets Experimente durchgeführt, um stärker zu werden. Du als vollwertiger Gloucester solltest deutlich mächtiger sein, aber ich sehe davon nichts. Gar nichts.“

Erschüttert sah ich Vater an. Mein Herz verkrampfte sich in meiner Brust. Ich sah, dass ich niemals Vaters Ansprüchen genügen würde. Doch wenigstens würde ich mich nicht selbst verlieren.

„Wie es scheint, hat es nicht funktioniert“, murmelte ich und wich weiterhin Vaters Blick aus.

„Das oder jemand hat dich nach der Geburt vertauscht.“ Dieser Satz war wie die nächste Ohrfeige. „Blut ist wichtiger als alles andere. Ich habe gehört, dass Yvain dir ähnlichsieht. Er ist der Neffe eines zweitklassigen Clericers, der obendrein die rechte Hand von Landon ist. Ihr seid fast gleich alt. Vielleicht hat er die Kinder vertauscht, um seiner Familie mehr Ruhm zu bringen?“

„Nein“, hauchte ich, während vor meinem inneren Auge das Bild von Tishon Leinster auftauchte; das Abbild eines Dämons. „Das ist unmöglich!“

KAPITEL XXXVIII

GESCHICHTSSTUNDE MIT FOLGEN …

YVAIN LEINSTER

Ich hatte mich in mein Zimmer zurückgezogen, doch kaum war ich allein, klopfte es an der Tür. Verwirrt stand ich von meinem Bett auf, öffnete sie einen Spaltbreit und erkannte das Gesicht von Jacques vor mir.

„Landon hat uns verlassen“, erzählte er mir. „Ich möchte mit dir reden.“

„Nicht in meinem Zimmer“, entgegnete ich harsch. Ihn würde ich niemals reinlassen, nicht mal, wenn Landon da gewesen wäre.

„Eigentlich wollte ich mit dir in der Bibliothek reden.“

Ich nickte stumm, trat vor die Tür und folgte ihm. Den ganzen Weg über waren meine Muskeln angespannt, denn ich wusste nicht, was mich erwartete. In der Bibliothek angekommen, schritt er hinab in den untersten Stock. Mit einem breiten, sadistischen Lächeln scheuchte er die Schüler weg, bis wir zwei allein am Fuß des großen Buntglasfensters standen.

Ich nahm den Helm ab, und zum ersten Mal konnte ich das Rot des Teppichs sehen. Sogar das Fenster erstrahlte in voller Pracht. Da schoss mir ein flüchtiger Gedanke durch den Kopf. Vielleicht war es nie geplant gewesen, dass wir diese Pracht nicht mit eigenen Augen sehen konnten.

Mein Blick glitt zu dem Helm in meiner Hand. „Seit wann tragen wir unsere bekannte Clericer-Kleidung schon?“

„Jahrtausende", antwortete Jacques. „Früher war es nicht üblich, dass wir uns selbst dezimierten und umbrachten. Es geschah Jahrhunderte nach der Gründung von Saintboudon, dass die Clericer gegen das System rebellierten. Sie wollten die alleinige Macht. Gemeinsam mit den Magiern gelang es den Menschen, sie unter schweren Verlusten zu bekämpfen. Dieses Ereignis löschte man fast vollständig aus unserer Geschichte. Ich kann nicht mal sagen, welcher Oberster Clericer es damals war, denn man hat seinen Namen aus den Büchern getilgt. Man hat den Clericern zur Strafe diese Gewandung und die Maske verpasst. Es wird von uns verlangt, dass wir einfach stumm Befehle erfüllen. Dein Vater hatte stets seine Probleme mit diesem System, dass man uns als niedere Wesen ansieht. Bevor Landon Oberster Clericer wurde, musste jede Abschlussklasse in der Arena kämpfen. Der Adel ergötzte sich an dem Spektakel. Es diente nur zu ihrer Beglückung und zur Dezimierung der Clericer. Auch heute wird noch gekämpft, aber nicht mehr bis zum Tod. Euer Jahrgang ist jedoch vom Pech verfolgt. Larry Briggs, Kimball Allingham und Gérald de la Mothe – drei Tote, wobei zwei auf Walder Wessex' Konto gehen. Wer weiß, wie der Arenakampf dieses Jahr ausgehen wird."

„Weiß der Adel eigentlich, dass wir auch Menschen sind?" Es waren zum Teil die eigenen Kinder der Adligen, die daran teilnehmen mussten. Unglaublich, dass ausgerechnet Landon Gloucester dem Ganzen ein Ende bereitet hatte – zumindest dem Kampf auf Leben und Tod.

Jacques lächelte mich an. „Wir sind Clericer. Für sie sind wir schon lange keine Menschen mehr. Deine Mutter ist keine Leinster, nicht mal eine richtige Adlige. Das Haus, in dem sie wohnt, kauften einst die Eltern deines Vaters. Er hätte es sich einfach machen können, indem er deine Mutter als Hure beschimpfte, die ihm ein Kind andrehen wollte. Aber dein Vater wusste, dass er als Einziger mit ihr schlief. Tishon hat für euch zwei einiges auf sich genommen." Traurigkeit schwang in seiner Stimme mit, aber ich wusste nicht, wieso.

„Ich hatte nie Kontakt mit dem Rest meiner Verwandten. Weder mit meinen Großeltern noch mit sonst jemandem", erklärte ich von mir aus.

„Sie waren bereit, für den Fehler ihres Sohnes aufzukommen. Aber ihnen war klar, dass du wie er ein Clericer sein wirst, deswegen war ihr Interesse an dir immer gering. Wäre es uns vergönnt, Kinder zu haben, zu heiraten und einen eigenen Lebensweg zu führen, wäre alles anders gekommen. Stattdessen sperrt man uns hier ein und nutzt uns als Waffen."

Ich senkte den Kopf und seufzte. „Lass uns über was anderes reden."

„Fragst du dich nicht, wieso wir hier keine Fackeln haben?", kam er meinem Wunsch nach und lenkte auf ein anderes Thema. „Wir haben elektrisches Licht. In der verborgenen Abteilung befinden sich die Pläne für eine Maschine, die unsere Schule am Laufen hält. Sie befindet sich in einem kleinen Nebenraum. Aber sie braucht einen Antrieb."

Das hatte ich mich tatsächlich nie gefragt, auch wenn es außergewöhnlich war, Licht ohne Feuer zu haben. „Was treibt sie denn an?"

„Der Generator wird von Magie angetrieben. Wir sammeln sie von den Toten, der schwarze Tränensee ist unser Speicher. Landon braucht sie für die Rituale, und ein Teil davon wird für das Licht genutzt. Es ist eines der wohlbehütetsten Geheimnisse der Clericer."

„Aber wieso?" Ich stellte mir vor, wie die Stadt erleuchtet wäre, die Häuser. Diese Technik könnte den Fortschritt bringen.

„Weil sie Magie braucht. Was würde der Adel tun, um diese Technik nutzen zu können? Ihnen wäre jedes Mittel recht. Sie würden die Clericer und die Magier ihren Fähigkeiten berauben. In der verborgenen Abteilung gibt es Aufzeichnungen, wie man dies tun kann. Wie man Magie speichern kann. Aber auch, wie man ein Lebewesen bis auf den letzten Tropfen aussagen kann, bis es stirbt. Es wird sogar beschrieben, wie man Kindern ihre Fähigkeiten rauben könnte. Wenn dieses Wissen in die falschen Hände fällt, könnte Magie bald mehr wert sein als Geld. Menschen sind gierig. Wenn es um Macht geht, sind Leben auf einmal nichts mehr für sie wert. Dies würde das Gleichgewicht unserer Welt zerstören.“

Entsetzt starrte ich Jacques an. Ich hatte nicht gewusst, dass in unserer Bibliothek solch gefährliche Geheimnisse gelagert wurden. „Warum zerstört man dieses Wissen nicht?“

„Es gibt einen Grund, warum Saintboudon nur für die Clericer zugänglich ist. Das Wissen zu vernichten, wäre jedoch keine Option. Denn in den richtigen Händen kann es Gutes bewirken, nur in den falschen wird es gefährlich.“ Jacques drehte sich um und wanderte im Raum auf und ab. „Der Riesenkalmar ... Sie ist ein Geschöpf von Saheera. Aber anders als die Göttin ist sie den Menschen nicht abgeneigt. Sie ist die Hüterin des Tors in die Welt der Dämonen.“

„Der Riesenkalmar ist weiblich?“, fragte ich entsetzt.

„Ja. Kyndra half uns, das verlorene Wissen der Clericer wieder zu sammeln. Cardo hat es verbrannt, weil er bereits befürchtet hatte, das Landon ihm gefährlich werden könnte. Jedoch hielt ihn das nicht davon ab, seinen Onkel zu stürzen. Dein Vater und ich haben Landon geholfen, alles wieder zusammenzutragen.“

Ich verzog den Mund. Der Gedanke, dass ein solches Wesen ihnen geholfen hatte, das verlorene Wissen zu beschaffen, beunruhigte mich. „Habt ihr niemals mit dem Gedanken gespielt, dass sie euch belügen könnte?“

„Ab und an habe ich das, ja. Aber seit sie und Landon ein Paar sind, nicht mehr. Sie liebt ihn und würde ihn nie hintergehen.“

Überrascht sah ich ihn an. „Der Oberste Clericer und ...“ Ich verstummte und schüttelte den Gedanken ab. „Also hat er eine Freundin?“

„Eine Freundin und einen Sohn.“

„Hunter“, entwich es mir. Auf einmal ergab alles einen Sinn. Ich fasste mir an den Kopf. „Darum wollte er anfangs, dass er der nächste Oberste Clericer wird.“

Jacques nickte mir zu und deutete dann zum Buntglasfenster. „Erkennst du das Monster mit den acht Gliedmaßen?“, fragte er, und ich war froh über den Themenwechsel. „Es wird in den Büchern der Clericer der ‚Töter' genannt. Seit langem ist es verschwunden. Wir wissen nur, dass es ein Geschöpf Moorlogs ist und in der Lage ist, uns zu töten. Sein Symbol ist auf unseren Helmen verewigt, daher denke ich, dass man es damals benutzt hat, um die Clericer zu Fall zu bringen."

Wieder glitt mein Blick über die Maske der Clericer und das krakelige Wesen, das man tief in das Metall eingearbeitet hatte und mit roter Farbe gefüllt war. Also trugen wir alle eine Anleitung, wie man uns am besten umbrachte, auf dem Kopf. Nur verstand niemand die Symbolik dahinter.

„Das Bild unter dem von Samson zeigt Moorlog. Man ist sich nicht sicher, ob er lediglich eine Abspaltung des Gottes oder wirklich der frühere Erdgott ist", erklärte Jacques. „Und gleich daneben ist Slokir abgebildet. Er ist gefährlich. Was auch immer damals passiert ist, Sona hat ihn verbannt. Wenn er an Macht gewinnt, wird es gefährlich. Er ist sehr trickreich und schlau. Wir sind seine Schöpfung. Es würde mich nicht verwundern, wenn er bei dem letzten Aufstand der Clericer seine Finger im Spiel hatte. Wenn Landon, deinem Vater und mir etwas passiert, musst du ihn aufhalten. Der Blutmond kündigt seine Ankunft an, sein Einfluss in dieser Welt nimmt zu."

HUNTER GLOUCESTER

Ich war gegangen. Alles, was ‚Vater' gesagt hatte, war zu viel für mich. Nicht nur hatte er mir weismachen wollen, dass ich gar nicht sein Sohn war, er war sogar so weit gegangen zu behaupten, dass nicht mal Landon zwingend mein Vater sein musste. Vielleicht wäre es sogar besser, wenn ich gar kein Gloucester war. Aber ich würde nicht zu meinem Onkel gehen und ihn nach der Wahrheit fragen. Niemals.

In der Herberge setzte ich mich an einen Tisch und nahm ein Stück Papier und eine Feder zur Hand.

Geliebte Viviane,
das Gespräch mit meinem Vater ist nicht so verlaufen, wie ich es mir erhofft habe. Er ist von der Idee unserer Hochzeit nicht angetan. Doch ich lasse mich nicht von unserem Vorhaben abbringen. Vielleicht können wir deinen Vater überzeugen. Wenn du das hier liest, werde ich bereits auf dem Weg zu dir sein.

In Liebe
Hunter Gloucester

Ich hatte ein flaues Gefühl im Magen, als ich meinen Namen niederschrieb. *Was ist, wenn ich kein Gloucester bin? Sind diese Worte dann eine Lüge?*

Trotzdem erschuf ich den Feuervogel, reichte ihm das Papier und er verschwand vor meinen Augen. Danach brach ich auf. Ich würde es noch in das nächste Dorf schaffen, bevor es dunkel wurde. Die Reise nach Cains Ville würde mich Wochen kosten. Nur wusste ich noch nicht, wie es danach weitergehen sollte. Wollte ich zurück zu Mael und den anderen?

Hat Tishon mich mit Céline gehen lassen, weil ich sein Sohn bin und sie so gesehen meinen Halbbruder oder Schwester zur Welt bringen wird?, schoss es mir plötzlich durch den Kopf. Allein der Gedanke jagte mir einen Schauer über den Rücken. Theoretisch war meine Stiefmutter genauso alt wie ich.

Ich verdrängte den Gedanken und konzentrierte mich auf die Reise.

Wenige Stunden später erreichte mich Vivianes Antwort. Viel hatte sie nicht geschrieben, und ich verübelte ihr es nicht. Immerhin würde Cailean jedes Wort mitlesen. Privatsphäre gab es für uns nicht.

Geliebter,

ich werde mich um alles kümmern. Eine Idee, wie ich Vater überzeugen kann, habe ich bereits. Vertraue mir einfach und komm zu mir.

In Liebe
deine Viviane

An einem regnerischen Tag saß ich in einer Taverne. Von Viviane hatte ich schon länger nichts gehört, was mich jedoch nicht weiter beunruhigte. Wir hatten einen Plan und mussten ihn nur noch befolgen.

Doch dann tauchte ein Feuervogel vor mir auf, der einen Brief in den Krallen hielt. Erst jetzt fiel mir auf, dass Caileans Vogel die Gestalt eines Phönix hatte – was jedoch nicht verwunderlich war, denn er war ein Winterson. Vermutlich sogar ein älterer Bruder von Charlotte Winterson. Gedankenverloren öffnete ich den Brief und bemerkte sofort, dass er nicht von Viviane war. Die Handschrift war unsauber, als wäre die Nachricht in Eile verfasst worden.

Hunter,
komm sofort nach Cains Ville, sie ist in Gefahr!

Ich knüllte den Brief zusammen und sah aus dem Fenster. Noch immer regnete es wie aus Eimern. Bei diesem Wetter war es zu gefährlich zu reiten, denn mein Pferd könnte sich mit Leichtigkeit den Fuß vertreten. Und mit einem lahmenden Gaul würde meine Reise noch länger dauern.

Zwei Tage musste ich ausharren, bis ich endlich aufbrechen konnte.

KAPITEL XXXIX

DER SCHMERZ DES VERLUSTES

LANDON GLOUCESTER

Ich trat durch das Portal und erkannte vor mir die fahlen Gesichter einiger Männer. Der König saß zusammengesunken auf seinem Thron. Sein Gesicht war blass, die Trauer war nicht zu übersehen. Neben ihm stand mein Bruder. Erle wirkte deutlich gefasster. Trotzdem war die Sorge selbst ihm anzusehen. Der dritte im Bund war Cailean Winterson. Ihn hier zu sehen, überraschte mich. Aber selbst der Clericer wirkte bedrückt. Er schaute mich nicht an, sondern starrte auf den Boden.

„Was ist passiert?“, fragte ich direkt.

„Meine Tochter …“, sprach Alister mit brüchiger Stimme. „Ihr müsst ihr helfen!“

Ich trat näher. „Was hat sie?“

Der König brachte kein Wort heraus. Seine Lippen zitterten, aber es gelang ihm nicht zu sprechen.

„Slokir war hier …“, übernahm Cailean das Reden, ohne mich anzusehen.

„Sie hat sich auf das Geschwafel dieses Monsters eingelassen. Hunter ist an allem schuld! Und deinem Clericer hätte ich für sein Versagen eigentlich den Schädel einschlagen sollen“, brach es aus Alister heraus.

„Ich werde mit Cailean allein reden. Wenn ich das getan habe, werde ich mich um Viviane kümmern.“ Ich wusste, dass er mehr wusste, als er vor Alister und Erle preisgab. Daher war er meinem Blick ausgewichen, um sich nicht zu verraten.

Ich öffnete ein Portal, packte den Clericer am Ärmel und zog ihn durch das Tor, welches uns in meinem alten Kinderzimmer ausspuckte. Cailean ließ sich auf einem Sessel nieder und verschränkte die Arme vor der Brust.

„Was ist passiert?“, wollte ich wissen.

„Ich habe nach der Hochzeit von Duncan und Jocelyn mit Viviane geschlafen ...“, gab er zerknirscht zu. „Ich war total betrunken, und sie hat erkannt, dass ich eigentlich ein Clericer bin. Sie verführte mich, um unseren Sex anschließend als Druckmittel zu benutzen, damit ich ihr bei dem heimlichen Briefverkehr mit Hunter half. Viviane ist total vernarrt in ihn, und ich hatte keine andere Wahl.“ Er vergrub vor Scham sein Gesicht in den Händen. „Hunter war vor einigen Wochen hier und wollte mit seinem Vater reden, weil die beiden heiraten möchten. Aber Erle Gloucester schlug ihm seine Bitte aus. Viviane war wütend. In ihrem Zorn muss sie Slokir begegnet sein ... Aber ich habe seine Präsenz nicht im Schloss gespürt. Nie!“

Ich spürte einen Stich im Herzen. Hunter war zu Erle gegangen und nicht zu mir. Er hatte mit meinem Bruder über seine Liebe sprechen wollen und ihn um seinen Segen gebeten. Es schmerzte mich, dass er so wenig Vertrauen zu mir hatte. Nicht mal nach Erles vernichtenden Worten war er zu mir gekommen.

„Was hat Slokir mit Viviane gemacht?“, bohrte ich nach.

„Er hat sie geschwängert. Sie trägt das Kind eines Gottes im Leib. Es ist nicht meines, auch nicht das von Hunter oder eines anderen. Ich spüre es. Seine Macht nimmt zu. Viviane wird die Geburt dieses Monsters nicht überleben.“

Ich biss mir auf die Unterlippe. Es war verzwickt. „Slokir will nicht Viviane, du und Hunter seid das Ziel. Egal, was passiert, du darfst nicht auf den Gott der Täuschung hören!“

Er schüttelte den Kopf. „Das werde ich nicht“, versprach er mir. „Wenn Ihr im Gegenzug über meinen Fehler schweigt.“

„Das werde ich, aber jetzt müssen wir Viviane helfen.“

Zurück beim König und meinem Bruder, suchten wir gemeinsam die verfluchte Prinzessin auf. Bereits als wir vor der Tür standen, spürte ich die starke magische Energie, die aus dem Zimmer drang. Das war nicht das Kind eines Clericers, es war das Balg eines Gottes, und ich wusste, dass es nicht gut enden würde.

„Lasst mich allein mit ihr reden.“

Die anderen nickten, und ich trat in den Raum. Sie saß auf ihrem Bett und schaute mich nicht an. Das schwarze lange Haar war zerzaust, ihre Hand lag auf dem Bauch. Erst als ich vor ihr zum Stehen kam, hob sie ihren Blick.

„Jetzt schicken sie schon den Obersten Clericer, um mich umzustimmen?“, fragte sie mich. „Hunter wird nichts gegen das Kind haben. Niemals würde er mich verlassen.“ Es überraschte mich, wie zuversichtlich sie sprach. Ich hatte eine junge Frau erwartet, die nicht mehr ganz bei Sinnen war, bei ihr war dies aber nicht der Fall. Sie wusste ganz genau, was sie tat. „Ich tat es für uns, damit wir die Zukunft haben können, die Ihr uns verwehren wollt!“

„Ich bin nicht dein Vater und auch nicht Erle Gloucester. Wäre Hunter zu mir gekommen, hätte wir eine Lösung gefunden. Aber ein Kind von einem Gott zu gebären, ist niemals einfach. Du könntest dabei sterben.“

Ihr Blick verfinsterte sich, und sie ballte die Hand zur Faust. „Ich werde es für mich und Hunter tun. Zudem vertraue ich Slokir, er wird es nicht zulassen. Wenn ihr Euch nicht einmischt, wird nichts passieren.“ Sie war sehr selbstsicher, obwohl sie diesen Gott kaum kannte.

„Dein Vater und mein Bruder werden nicht zulassen, dass du dieses Kind bekommst."

„Dann tut was, stimmt sie um. Ihr seid immerhin der Oberste Clericer, sie sollten Euren Worten Glauben schenken", erwiderte sie zynisch, und ich seufzte.

„Bevor ich ihnen sagen kann, dass sie es geschehen lassen sollen, muss ich wissen, dass dir nichts passiert. Niemals würde ich zulassen, dass du dein Leben für das eines Halbgottes opferst."

Sie fing an zu lachen. „Ich bedeute weder Euch noch meinem Vater etwas. Er ist nur besorgt, dass sein Ruf Schaden nehmen könnte, wenn ich das Kind eines Gottes austrage."

„Es ist wirklich traurig, dass du glaubtest, dies sei deine einzige Möglichkeit, mit Hunter glücklich zu werden." Mit diesen Worten wandte ich mich von ihr ab, denn es gab nichts, was ich für sie tun konnte. Ich musste Jacques um Rat fragen. Er könnte die verborgene Abteilung nach Informationen über Halbgötter durchforsten. Zudem wusste ich, dass mir keine andere Wahl blieb, als Walder Wessex zu kontaktieren. Er wusste von uns allen am meisten über Slokir.

Ich trat aus dem Zimmer, schloss die Tür hinter mir und schaute Alister und Erle an. „Gebt mir zwei Wochen, dann werde ich mehr wissen. Tut ihr nichts, bis ich wieder da bin, sonst könntet ihr alles noch schlimmer machen."

Dann öffnete ich ein Portal und verschwand. Mein nächstes Ziel war Walder Wessex.

Die Tage verstrichen. Ich hatte bislang keine Spur von Walder gefunden, und die Nachricht von Jacques war ebenfalls nicht gerade vielversprechend.

Landon,
ich habe die Bibliothek durchforstet. Aber in allen Berichten, die ich fand, sind die Mütter gestorben. Nicht einmal die Bälger von Moorlog scheinen da eine Ausnahme zu sein. Ich habe die Unterlagen von Chlodwig de Laclos gefunden. Darin schrieb er seine Obsession für Moorlog nieder. Leider teilte seine Frau die Verehrung, und so ließen sie es zu, dass Moorlog sie begattete. Sie waren beide stolz, als sie schwanger war. Das Kind wuchs schnell, aber ich denke, das weißt du bereits. Chlodwig machte sich keine Gedanken darum, bis seine Frau unter starken Schmerzen litt. Viel zu spät realisierte er, dass sie das Kind nicht auf dem üblichen Weg gebären konnte. Es war bereits viel zu groß. Bis er handelte und das Kind aus ihrem Leib schnitt, war es bereits zu spät für seine Frau. Seine anfängliche Euphorie über ein halbgöttliches Kind schlug nach dem Ereignis in Abneigung um. Er hasste das Geschöpf, dass er so sehnsüchtig erwartet hatte. Mit jedem Tag wurde es schlimmer. Am Ende brachte er sich und das Kind um, um die Welt vor diesem Ding zu schützen.

Landon, du musst deine Raummagie benutzen, damit hast du die besten Chancen, das Kind und sie zu retten. Ich denke nicht, dass sie einen operativen Eingriff überleben würde. Diese Schwangerschaft ist wiedernatürlich und wird ihr stark zusetzen. Du solltest dafür sorgen, dass Alister und Erle nicht in ihrer Nähe sind. Zwar habe ich keine Beweise, aber es kann sein, dass der Halbgott unbewusst die Gedanken seines Umfeldes beeinflusst. Chlodwig de Laclos hat mit den Jahren den Verstand verloren. Das Wesen hat unbewusst seinen Zorn genährt. Ich könnte mir vorstellen, dass es beim Hochkönig und deinem Bruder ähnlich ablaufen könnte. Sicher ist nur eines, das Kind trägt das dritte Auge. Die Maske der Clericer könnte uns vielleicht vor seiner Magie schützen. Ich kann es jedoch nicht mit Sicherheit sagen, deswegen sei vorsichtig. Slokir verfolgt ein größeres Ziel. Vergiss den Blutmond nicht. Er verstärkt Slokirs Einfluss auf die Welt.

Es tut mir leid, dass ich dir keine guten Nachrichten überbringen kann.
Jacques d'Orléans

Eigentlich hätte ich zurückgemusst, jedoch hätte ich weder Erle noch Alister aufhalten können. Alles, was ich konnte, war Cailean darum zu bitten, dafür zu sorgen, dass weder Erle noch Alister in die Nähe der Prinzessin kamen. Zwar war es nicht bewiesen, dass der Helm der Clericer wirklich half, jedoch musste ich für den Moment darauf vertrauen. Würde Cailean Slokir in die Hände fallen, hätte ich ein Problem.

Meine Reise hatte mich in die Nebelberge geführt. Zwar fand ich keine Spur von Walder, jedoch war hier oben die böse Energie am stärksten. Daher war es wahrscheinlich, dass Walder hier irgendwo war.

Gerade befand ich mich in der größten Stadt in den Nebelbergen, in Hugston. Eine große Mauer umgab sie, und sie lag direkt am Fluss. In der Stadt selbst gab es keine Hinweise, dass etwas nicht stimmte. Die Bewohner bewegten sich lachend durch die Straßen, sie genossen alle den warmen Sommer. Trotzdem musste Slokir hier sein. Am Fuß der Kathedrale blieb ich stehen. Eine lange Treppe führte hinauf zu dem gewaltigen Holztor. Ich erhoffte mir von der Kirche Antworten. So stieg ich die Stufen hinauf und kam vor dem Eingangstor zum Stehen. Eine kleine Tür stand offen, und ich trat darauf zu, schritt hinein und erkannte, dass eine weitere Treppe nach oben, in das Gewölbe der Kirche, führte.

„Du musst deine Nase auch in alles hineinstecken", vernahm ich die gehässige Stimme von Walder.

Ein Lächeln erschien auf meinem Gesicht, und ich drehte mich zu ihm um. „Das ist meine Aufgabe." Ich hob eine Augenbraue. „Mal abgesehen davon funktioniert es scheinbar, sonst würdest du nicht vor mir stehen und mit mir sprechen."

Walder lachte und schlug seine Kapuze zurück. „Ich spreche nur mit dir, weil du zu spät bist."

Meine Gesichtszüge entglitten mir. „Die zwei Wochen sind noch nicht um."

Mit einem belustigten Grinsen trat er auf mich zu. „Das vielleicht, aber glaubst du wirklich, dass der Hochkönig und dein Bruder die Zeit verstreichen lassen?"

„Was willst du mir sagen?", zischte ich.

„Sie ist tot, und du hättest sie nicht retten können. Der Plan meines Meisters ist aufgegangen. Am Ende warst du eben doch zu hochmütig. Demut hätte dir gutgetan."

„Ihr bekommt meine Clericer nicht!", knurrte ich.

„Einen haben wir schon. Vielleicht solltest du in deinen Reihen zuerst nach dem Verräter suchen?", spottete Walder.

Wortlos wandte ich mich um, öffnete ein Portal und schritt hindurch. Ich wusste nicht, ob ich Walder glauben sollte. Doch eines stand fest: So schnell würde ich nicht aufgeben!

HUNTER GLOUCESTER

Ich nahm nicht den normalen Eingang, sondern sprang über die Palastmauer. Eigentlich hatte ich erwartet, dass Cailean zu mir kommen würde, doch er war nicht aufgetaucht. Darum eilte ich weiter, hinein in das Schloss, durch die Gänge, bis ich ihr Zimmer erreichte. Niemand hielt mich auf, was sonderbar war und meine böse Vorahnung verstärkte.

Unsicher drückte ich gegen die Tür, die einen Spaltbreit offenstand, trat ein – und mir blieb mir die Luft weg. Cailean lag auf dem Boden. Um ihn herum hatte sich eine Blutlache gebildet, und ich erkannte eine Wunde an seinem Hals. Seine Hände waren mit Handschellen gefesselt. Ich beugte mich zu ihm hinunter und als ich das Metall einen kurzen Moment berührte, spürte ich, wie es mir die Energie entzog. Cailean war nicht tot, doch wegen den Fesseln konnte seine Magie nicht wirken. Verzweifelt sah ich mich um und erblickte einen Hammer sowie einen Metallnagel auf der Kommode. Es war sonderbar, als würde jemand wollen, dass ich ihm half. Trotz der offensichtlichen Falle nahm ich das Werkzeug in die Hand und befreite ihn von seinen Fesseln.

Mein Blick glitt zum Bett. Die Vorhänge des Himmels waren zugezogen, doch ich hörte keinen Mucks. Ich schluckte. Wenn ich mir anschaute, wie sie Cailean zugerichtet hatten, wollte ich nicht wissen, was sie mit ihr getan hatten.

Das Blut floss aus der Wunde des Clericers, sein Körper verkrampfte sich und ich streckte meine Hand nach ihm aus. Nutzte meine Heilmagie, die einwandfrei funktionierte. Die Blutung wurde gestoppt, und langsam kam er wieder zu sich. Das ungute Gefühl wollte nicht aufhören, doch ich wartete, bis er wieder zu sich kam.

„Hunter“, wisperte er und schaute mich an. „Es tut mir leid ... Ich habe versucht, sie zu retten ... Ihre Mutter bat mich sogar, an die Hohepriesterin zu schreiben. Sie sollte kommen und Alister und Erle zur Vernunft bringen, aber Everette kam nicht ...“

Natürlich war niemand gekommen. Inkompetente Männer und ihre wichtigen Posten, wie sehr ich sie hasste.

Cailean erzählte weiter, sobald er wieder zu Kräften gekommen war. Von seiner Nacht mit Viviane, von ihrem Plan und wie alles schiefgelaufen war.

„Ich werde sie töten!“, knurrte ich in meiner Wut und stand auf. „Wo war mein Onkel?“

„Das weiß ich nicht. Ich versuchte, ihm eine Nachricht zu schicken, aber es klappte nicht.“

„Vermutlich hat er dies mit Absicht getan!“ Es war praktisch für ihn, dass Erle und Alister Viviane aus dem Weg geräumt hatten. Sie hatten genau gewusst, wie sie Cailean ausschalten konnten. „Er hat uns verraten.“ Langsam trat ich zum Bett und griff nach den Vorhängen des Himmelbettes.

In dem Moment erhob sich Cailean und legte mir eine Hand auf die Schulter. „Tu das nicht, es wird kein schöner Anblick sein.“

Ich riss mich los, zog den Stoff zurück und sah Viviane in ihrer eigenen Blutlache liegen. Sie trug ein schwarzes Kleid, dennoch konnte ich selbst darauf die Blutspritzer erkennen. Man hatte ihr mehrmals in den Bauch gestochen. Meine Augen füllten sich mit Tränen, ich sank neben ihr auf die Bettkannte und schluchzte. Warum war ich nicht schneller hier gewesen? Ich hatte versagt.

Schluchzend nahm ich sie in den Arm; sie war eiskalt. Alles, was ich gewollt hatte, war, glücklich mit ihr leben zu können. Doch das war uns beiden nicht vergönnt gewesen.

„Das werden sie mir büßen.“

LANDON GLOUCESTER

Ich trat durch das Portal. Für einen Moment war ich verwirrt. Eigentlich wollte ich zu Erle und Alister, stattdessen fand ich mich in einem Frauenzimmer wieder. Mit einem Rüschensofa, inklusive den dazu passenden Kissen, und einem Himmelbett mit Schleifen. Erst auf den zweiten Blick erkannte ich die beiden Herren, die sich über eine Frau beugten. Annalise McCain, wie ich sofort erkannte. Die Königin. An ihrem Hals sah ich die roten Male, das abgeschnittene Seil hing noch am Deckenbalken. Sie hatte sich erhängt und dies sicherlich nicht ohne Grund.

Mit vor der Brust verschränkten Armen blieb ich vor den beiden Herren stehen. Alister weinte, und mein Bruder kauerte neben ihm.

„Was habt ihr getan?“, zischte ich.

„Was wir getan haben?“ Mein Bruder stand auf und sah mich mit finsterem Blick an. „Das, wozu du nicht in der Lage warst. Oder hast du einen Weg gefunden, sie zu heilen?“

Verärgert verzog ich den Mund. „Heilen? Sie war schwanger, nicht krank. Ich hätte einen Weg gefunden, sie zu retten. Wie sie das Kind zur Welt bringen kann, ohne dabei zu sterben. Aber ihr habt ohne mich gehandelt!“

„Ein Halbgott des Verbannten ist das Letzte, was wir brauchen“, blaffte mich mein Bruder an, und ich begriff, dass er nur eingewilligt hatte zu warten, um sie dann in meiner Abwesenheit töten zu können.

„Damit werdet ihr ihn wütend gemacht haben. Du hättest mir auch einfach sagen können, was Hunter von dir wollte, dann ...“

„Hättest du dafür gesorgt, dass er alles bekommt?“, knurrte mein Bruder.

„Nein.“

Alister erhob sich hinter ihm. „Es war die Schuld deines Sohnes! Hätte Hunter seine Finger von meiner Tochter gelassen, wäre sie noch am Leben, genau wie meine Frau.“ In den Augen des Hochkönig flammte Zorn auf. Zu gern hätte ich ihn darauf hingewiesen, was er getan hatte. Aber er war der mächtigste Mann im Königreich. Er konnte alle Clericer zum Feind ernennen. Ich musste die Wogen glätten, bevor alles ausartete.

„Hunter hat Viviane nicht umgebracht. Sie war auch nie das Ziel von Slokir, sondern nur ein Mittel zum Zweck, um an meinen Sohn heranzukommen“, erwiderte ich ruhig.

Der Hochkönig trat direkt vor mich und hob mahnend seine Hand. Hinter mir hörte ich, wie sich die Tür öffnete. „Hunter soll sterben. Wenn der Verbrannte ihn möchte, dann wird es für die Welt am sichersten sein, wenn du ihn tötest. Es ist ein kleines Opfer für die Menschheit. Oder hast du damit ein Problem?“ Jedes Wort sprach er mit Nachdruck. Er wollte Köpfe rollen sehen. Die Frage war nur, ob ich bereit war, meinen Sohn zu opfern, um größeren Schaden zu verhindern. Wenn Alister McCain mich ausschaltete, würde es deutlich mehr Probleme geben.

„Ich werde Hunter töten", sagte ich, wobei ich nicht vorhatte, ihn wirklich zu töten, sondern nur von der Bildfläche verschwinden zu lassen. Wenn ich ihn zu mir nach Saintboudon holte, würde es niemandem auffallen.

„Du willst mich töten?", fragte Hunter, und ich zuckte zusammen. Drehte mich um und schaute ihn an. In seinen Armen hielt er den Leichnam von Viviane, hinter ihm konnte ich Cailean erkennen. Seine weißen Gewänder waren blutgetränkt.

„Ja", antwortete ich. Ich trat einen Schritt auf ihn zu, doch er wich vor mir zurück. Tränen rannen über seine Wangen.

„Dann möchte ich kein Gloucester mehr sein! Vielleicht hat Vater recht und ich war niemals einer."

Ich schaute über die Schulter zu meinem Bruder. *Was für Lügen hat er ihm erzählt?* Hunter schritt zu dem Sofa und legte Viviane darauf ab. „Ich werde nicht kampflos aufgeben!"

„Du kannst nicht kämpfen", vernahm ich Erles Stimme.

„Ich werde Rache nehmen!", beharrte Hunter.

Erle lachte hinter mir. Mein Bruder war so einfühlsam wie ein Stein. Er hatte keine Angst vor seinem Ziehsohn, immerhin war er ein Jäger, nur wusste Hunter nichts davon. Wenn er durch Blutmagie getötet wurde, würde er nach einigen Stunden wiederauferstehen. „Und wie willst du das tun? Du kannst nicht mal ein Monster töten."

„Wir beruhigen uns jetzt alle", ging ich dazwischen. Das Letzte, was ich jetzt gebrauchen konnte, war, dass Alister Hunters Worte als direkten Angriff sah. Dem Hochkönig zu drohen, war keine Lappalie. „Hunter, wir reden unter vier Augen miteinander." Ich konnte ihm nicht im Beisein der anderen sagen, dass ich niemals vorhatte, ihn zu töten.

„Nein, ich werde nicht mit dir reden!", schrie er mich an. „Ihr alle habt Viviane auf dem Gewissen, und das werde ich niemals vergessen! Ich habe sie geliebt. "

Er drehte sich um und schritt Richtung Tür.

Cailean folgte ihm, und ich sah den beiden besorgt nach.

Das war nicht gut. Dennoch musste ich Hunter ziehen lassen. Ich würde ihm später die Wahrheit sagen und alles erklären – wenn es dann noch nicht zu spät war.

KAPITEL XXXX

DIE BLUTBESTIE ERWACHT

HUNTER GLOUCESTER

Keiner von den drei folgte uns. Gemeinsam mit Cailean trat ich aus dem Schloss und durch das Tor.

„Hunter, ich kann dich nicht begleiten", sprach er, als ich mich zu meinem Pferd begeben wollte, und blieb stehen.

Verwirrt sah ich über die Schulter. „Warum?"

„Weil ich meine Familie nicht verraten kann." Er senkte seinen Kopf. „Landon hat mich dazu ausgebildet, Befehle auszuführen. Dein Weg wird dunkel und blutig sein. Wenn ich dich begleite, wird meine Familie leiden, meine kleine Schwester ... Es war dein Ziehvater, der nicht nur mich, sondern auch sie angegriffen hat. Mit dem Hochkönig komme ich schon zurecht." Cailean lächelte. „Wenn wir uns das nächste Mal sehen, werden wir Feinde sein. Ich hoffe, du zögerst nicht, mit mir kurzen Prozess zu machen."

Mein Herz verkrampfte sich, denn ich hatte gehofft, dass er mich nach allem, was passiert war, begleiten würde. Aber er wollte lieber weiter den Schoßhund für die McCains spielen.

„Bei unserer nächsten Begegnung werde ich dich töten", versprach ich und setzte mich wieder in Bewegung.

„Beschere mir nur ein ehrenvolles Ende. Kein zweites Mal möchte ich mit Handschellen gefesselt niedergestreckt werden."

Vereinzelte Tränen liefen über meine Wangen, als ich stumm zu meinem Pferd ging, es losband und mich auf seinen Rücken schwang. Ohne zurückzublicken, ritt ich in die Stadt.

Seufzend betrat ich die Herberge.

„Endlich bist du da", sprach mich jemand von der Seite an.

Erschrocken blickte ich zu der Gestalt, die in das Gewand der Clericer gehüllt war. Meine Hände fingen an zu zittern, und meine Augen weiteten sich unter der Maske. Vor mir stand niemand anderes als Dieudonné de la Halle. Freundlich lächelte er mich an. Seine Kleider waren sauber und gepflegt, sogar seine langen Haare, die ihm bis zur Schulter reichten, schienen gewaschen und sauber geschnitten zu sein.

„Dieudonné."

„Nein", antwortete er. Da fiel mir auf, dass seine Stimme anders klang. „Dieudonné ist tot, aber ihr habt mir seinen Körper zur Verfügung gestellt, seine Magie, wofür ich euch sehr dankbar bin."

Mein Mund war so trocken, dass ich kein Wort herausbrachte. *Slokir!*

Er grinste mich an, streckte seine Hand nach mir aus und tippte mit seinem Zeigefinger gegen meine Maske. „Willst du nicht Rache an deiner Familie?"

Ich war wie gelähmt und starrte mein Gegenüber fassungslos an. *Bin ich wirklich bereit dafür? Ist dies mein Weg, um meinen Vater und meinen Onkel zu bestrafen?*

Meine Glieder entspannten sich nach dem ersten Schock, und ich trat einen Schritt auf ihn zu. „Ich werde Euch unterstützen, wenn Ihr mir helft, Rache an meiner Familie zu nehmen."

Die Lippen des Gottes kräuselten sich zu einem breiten Lächeln. „Nichts anderes habe ich von dir erwartet, Hunter. Aber keine Sorge, wenn du mich mit meinem göttlichen Körper und meiner Macht in diese Welt bringst, werde ich Viviane zurückholen. Ich habe es ihr versprochen und ich verspreche es auch dir – ich werde euch ein gemeinsames Leben ermöglichen. Du musst nur das tun, was ich von dir verlange.“

„Ich werde Euer Diener“, versprach ich ihm.

„Knie nieder“, verlangte Slokir von mir.

Es war Nacht, und wir befanden uns auf einem Berg. Um uns herum waren nur Felsen zu sehen, am Nachthimmel schien der Blutmond.

Brav gehorchte ich, sank auf meine Knie, senkte mein Haupt. Er stand direkt vor mir.

„Schwör mir die Treue.“

„Ich werde Euch treu dienen, meine Macht zum erreichen Eurer Ziele einsetzen – egal, was dafür nötig sein wird. Meine Seele, meine Kraft wird allein Euch gehören“, wisperte ich die Worte, die er mir bereits in der Herberge mitgeteilt hatte.

Ich hob den Blick und traf auf sein Grinsen. Slokir schien zufrieden zu sein, hob die Hand und dort, wo seine Fingersitzen die Luft berührten, öffnete sich ein Spalt. Er fasste hindurch und zog etwas heraus. Der Riss schloss sich wieder, und etwas Ekliges bewegte sich in seiner Hand. Schleimige Tentakel reckten sich in die Luft, und runde graue Augen schauten mich an.

Slokir beugte sich, mit der Kreatur in der Hand, zu mir hinunter. „Deine Gedanken, Gefühle und all dein Wissen werden mir gehören. Du wirst mir nichts vorenthalten, sonst wirst du so wie Tishon enden. Er kennt die Geheimnisse der Clericer, doch wollte am Ende seinen Freund nicht verraten. Lieber opferte er seinen Verstand und leidet nun, als sein Versprechen zu halten. Ende nicht so wie er“, wisperte er, und ich spürte, wie mein Herz anfing, schneller zu schlagen. Vor meinem geistigen Auge konnte ich erneut Tishons Dämonengestalt sehen. Ich erschauderte. So wollte ich nicht enden. Auch wenn mir der Grund für seine Schmerzen leidtat.

„Ich werde Euch nichts vorenthalten", versprach ich ihm.

Er drückte mir das schleimige Wesen in die Hand und erhob sich. „Töte und iss es."

Erschüttert sah ich auf das Ding. Es war klein und schien ungefährlich zu sein. „Das kann ich nicht!" Selbst wenn es schon tot wäre, wusste ich nicht, ob ich es runterbekommen würde.

„Es ist ein niederer Dämon, Abschaum."

Ich drückte das Viech an meine Brust. „Das ist mir egal!"

Slokir seufzte und fasste sich an die Maske. „Warum ziehe ich immer die schwierigen Fälle an?", klagte er. „Es schmeckt wie Tintenfisch. Das Ding besitzt nicht mal eine höhere Intelligenz. Wie willst du an deiner Familie Rache nehmen, wenn du nicht mal ein stumpfsinniges Wesen töten kannst?"

Die Worte hatten gesessen, und ich schaute auf das Geschöpf herab. Dämon hin oder her, ich wollte es nicht umbringen. Kaum hatte ich das gedacht, spürte ich einen Schmerz in meiner Brust. Als ich meinen Blick nach unten richtete, erkannte ich, wie der Dämon mit mir verschmolz. Die Schmerzen nahmen zu.

„Interessante Technik", säuselte Slokir, als ich mich auf dem Boden krümmte. Meine Adern brannten, als würde jemand Blutmagie gegen mich anwenden.

„Danke, dass du mich nicht getötet und gefressen hast", vernahm ich eine Stimme in meinem Kopf. *„Ich tue dir nichts."*

Schreiend krümmte ich mich zusammen. Der Blutmond am Himmel war überdimensional gewachsen, wie ein gewaltiges rotes Auge sah er auf mich herab. Meine Glieder zogen sich in die Länge, scharfe Krallen formten sich aus meinen Nägeln. Tentakel brachen aus meinem Körper heraus, der sich immer mehr dehnte. Die Schmerzen waren kaum auszuhalten, und ich schrie, wobei meine Laute immer mehr denen eines Tieres glichen.

Irgendwann hörte es auf. Mein Körper wuchs nicht mehr, dafür spannte sich eine dünne schwarze Haut über meine Arme und Hände. Ein Meer aus Tentakeln umrahmte meinem Kopf. Langsam richtete ich mich auf und sah auf Slokir herab. Dessen Augen leuchteten aufgeregt, und er teleportierte sich auf meine Schnauze. Mein Verstand war klar. Abgesehen von meinem Körper fühlte ich mich nicht anders.

„Endlich habe ich eine einwandfreie Waffe. Jetzt verrätst du mir alles, was du über die Clericer weißt." Er berührte meine Maske, und ein starker Schmerz zog erneut durch meinen Körper. Ein bestialischer Laut entwich aus meinem Mund, als ich um Erlösung schrie.

LANDON GLOUCESTER

„Du kannst aufhören, ihn zu suchen", sprach jemand zu mir. „Schau dir den Blutmond an. Wenn das kein schlechtes Omen ist, weiß ich auch nicht."

Ich hob meinen Blick und schaute zur Balkontür. Cailean lehnte am Türrahmen und rauchte.

Am Nachthimmel schien der blutrote Mond und das gefühlt in zehnfacher Größe. Cailean hatte recht. Niemand würde ihn jetzt noch übersehen können.

Gemächlich erhob ich mich und schritt zu ihm. „Ich weiß nicht, was Hunter nun tun wird."

Er zuckte mit den Schultern und zog an seiner Zigarette. „Das werden wir wohl herausfinden müssen. Aber dein Bruder trägt die Schuld. Kann er nicht unglücklich stürzen?"

„Reagierst du bereits auf den Blutmond?", stichelte ich. „Ich möchte, dass du dich mit Arian anfreundest. Der Junge hat heute seine Mutter und seine Schwester verloren. Er wird sehr einsam sein."

„Soll ich jetzt Babysitter spielen?", erwiderte Cailean mit entrüsteter Stimme.

Ich verschränkte die Arme vor der Brust. „Ja. Der Junge soll Vertrauen zu dir fassen. Wir kämpfen gegen einen Gott, es wird Verluste geben ..."

Cailean lachte. „Du kalkulierst den Tod von Hochkönig Alister bereits ein?"

„Natürlich, er wird auf jeden Fall sterben. Bei Kronprinz Arden bin ich mir noch nicht sicher, aber wenn Arian zum Hochkönig ernannt wird, möchte ich, dass er jemanden an seiner Seite hat, der sich für unsere Rechte starkmacht. Der Adel wird ihn für seine Zwecke nutzen wollen, und das müssen wir verhindern." Ich trat zum Geländer und schaute den Blutmond an.

„Soll dein Bruder auch seinen Tod finden?", fragte er weiter, doch ich antwortete nicht, was ihm ein Kichern entlockte. „Du bist bereits wieder in Spiellaune. Hunter ist die schwarze Königin, während du die weiße bist und ich bin der Läufer."

„Ich platziere meine Schachfiguren da, wo sie für mich am nützlichsten sind", erwiderte ich und lächelte finster. „Es ist an der Zeit, dass die Alten für die Jungen Platz schaffen. Nutze du deine verbliebene Zeit, um dich um Arian zu kümmern."

Cailean nickte. „In Ordnung."

HUNTER GLOUCESTER

Langsam schritt ich durch die Gassen der Stadt, auf der Suche nach meinem Ziel. Die Stimme des Dämons hatte ich seit ein paar Tagen nicht mehr gehört, und auch Slokir mischte sich nicht ein, was mir sehr gelegen kam.

Vor einem kleinen Haus blieb ich stehen, stieg die Stufen bis zum Eingang hoch und klopfte an. Kurz wartete ich, bis man mir die Tür öffnete.

„Hunter?", fragte meine Schwester. Sie trug weiterhin die schwarzen Kleider der Henker.

Ich lächelte sie an. „Meine Gruppe und ich sind gerade in der Stadt, und ich dachte, das wäre eine super Gelegenheit, dich mal wieder zu besuchen."

Die Verwunderung verschwand aus ihrem Gesicht, und sie trat zur Seite. „Komm herein. Ich wusste gar nicht, dass sich hier zurzeit ein Jägerteam mit einem Clericer aufhält."

„Wir sind gerade erst angekommen", log ich weiter und trat ein. Mein Blick schweifte durch das Zimmer. Überall hingen Waffen an den Wänden. Das war typisch Moria, mit Puppen hatte sie noch nie etwas anfangen können. „Hattest du in letzter Zeit Kontakt zu Vater?"

„Nein. Er ist nicht besonders gesprächig."

„Ist dir bekannt, dass er die Tochter von Alister McCain getötet hat?"

Überrascht sah sie mich an. „Er hat was? Jocelyn ..."

„Viviane", korrigierte ich sie. „Vater hat sie getötet. Es tut mir leid, Moira, aber ich muss ihn für diese Tat bestrafen."

„Hunter", wisperte sie.

„Wenn ich ihn bestrafen möchte, muss ich ihm das nehmen, was ihm am meisten bedeutet, und das ist der Familienname Gloucester", sprach ich unbeirrt weiter. „Sobald ihr alle tot seid, hat er alles verloren. Nie wieder wird es einen Gloucester geben." Sie wich vor mir zurück und prallte mit ihrem Rücken gegen die Wand. „Es tut mir leid, Moira, aber es muss sein!"

Ich ließ einen Feuerball in meiner Hand erscheinen und schmiss ihn ihr entgegen. Sie griff nach der Waffe hinter sich und riss sie hoch. Als meine Magie den Streithammer berührte, löste sie sich auf. Die Symbole darauf leuchteten kurz auf.

Ich erschrak. *Das ist nicht möglich, sie ist keine Magierin!*

Mit dem Hammer in der Hand stellte sie sich mir in den Weg. „Du bist nicht bei Sinnen."

Ich fing an zu lachen, fasste mir an die Maske. „Ich? Noch nie zuvor habe ich so klar gesehen!"

„Dann muss ich dich töten."

„Du möchtest mich töten? Einen Clericer?" Ein breites Lächeln zeichnete sich auf meinen Lippen ab. „Das wird dir nicht gelingen."

„Mein Hammer verhindert, dass du deine Magie gegen mich anwenden kannst. Wir Henker sind auf den potentiellen Verrat von Magiern und Clericer vorbereitet. In einem Nahkampf kannst du mich nicht bezwingen!" *Scheiße ...* Daran hatte ich nicht gedacht. Sie schwang den schweren Streithammer. „Wenn ich dich damit verletzte, wirst du dich nicht so schnell erholen."

Dem ersten Angriff wich ich aus, aber ich war kein Nahkämpfer. Ohne meine Magie hätte sie mich schnell bezwungen. Vor dem nächsten Angriff teleportierte ich mich in die hinterste Ecke.

„Schauen wir mal, wie gut du gegen Monster kämpfen kannst."

Es kratzte an meinem Ego, dass ich selbst bei meiner Schwester die Dämonenform nutzen musste, um sie zu töten, doch ich konnte kein Risiko eingehen. Binnen Sekunden verwandelte ich mich, dennoch stürmte sie ohne Angst auf mich zu. Ich riss mein mit Zähnen besetztes Maul auf, und sie schwang ihren Streithammer. Der Schlag traf meinen Unterkiefer. Knochen und einige Zähne brachen ab, das Blut spritzte an die Wand. Unter Schmerzen schrie ich auf. Dabei schlug ich nach ihr, erwischte sie und schleuderte sie gegen die Wand. Sie versuchte aufzustehen, doch ich beugte mich über sie und verhinderte es. Ihre Augen waren vor Angst weit aufgerissen.

„Hunter, nicht!", entwich es ihr, da bohrten sich meine Klauen schon tief in ihr Fleisch. Mit einem Ruck zog ich sie wieder hinaus. Unmengen an Blut flossen aus der Wunde. Sie presste ihre Finger darauf, doch es half nichts. Leblos sackte sie in sich zusammen.

Ein Lächeln umspielte meine Mundwinkel. *Nummer eins – ausgeschaltet.* Freute ich mich diebisch.

LANDON GLOUCESTER

Es dauerte nicht lange, bis ich die Nachricht von Moiras Tod erhielt. Gemeinsam mit Erle, Alister und dem Rest begab ich mich zum Ort des Geschehens.

Erle beugte sich über die Zähne, die am Boden lagen. „Ich kenne kein Wesen mit dieser Zahnstruktur."

Arden begutachtete die Wohnung, während Cailean stumm hinter mir stand. Beide hatten darauf bestanden, uns zu begleiten.

Mein Blick fuhr über das Blut. Dieses war eingetrocknet, trotzdem konnte ich einen Unterschied sehen. Das eine war heller, das andere pechschwarz.

„Es war ein Dämon. Hunter hat sie getötet", stellte Cailean fest.

„Hunter?" Erle sah finster zu dem Clericer. „Niemals, er ist nicht mal in der Lage, einer Fliege etwas zu tun."

„Ihr solltet Eure Kinder warnen."

„Ich nehme keine Befehle von einem unfähigen Clericer an."

„Wir sollten sie trotzdem warnen", mischte ich mich in das Gespräch ein. „Cailean könnte Duncan beschützen."

„Niemals lasse ich den Clericer in die Nähe meines Sohnes", beharrte Erle.

Caileans Körper spannte sich an. Er ballte seine Hand zur Faust.

„Reiße dich zusammen", raunte ich ihm zu.

„Diesen Kerl ertrage ich nicht."

Ich sah zu meinem Bruder und zuckte mit den Schultern. „Na schön, wenn du das Leben deines Erstgeborenen riskieren willst, bitte."

KAPITEL XXXXI

Die Folgen des Blutmondes

YVAIN LEINSTER

Die letzten Wochen hatte ich fast nur an der Seite von Jacques verbracht, der mir die verborgene Abteilung der Bibliothek ausgiebig gezeigt hatte. Mein Vater war in diesen Wochen ebenfalls zurückgekehrt. Viel hatten wir nicht geredet. Er hatte mich zur Begrüßung angelächelt und mir gratuliert, dass ich es geschafft hatte, Landon von mir zu überzeugen. Mehr war nicht passiert – bis heute.

Ich schlief, als ich es spürte. Etwas in mir rebellierte. Es wollte mir mitteilen, dass Böses in der Luft lag. Sofort wachte ich auf, schlug die Decke zurück, stand auf und trat zum Fenster. Aber ich konnte nichts sehen. Das schwarze Kleid zog ich mir über, schlüpfte in die Stiefel und verließ das Zimmer.

Im Treppenhaus war es still. Wie es schien, war niemand wach. Trotzdem trat ich die Stufen hinauf. Es zog mich hinauf zum Dach, und ich schritt auf die Wiese. Vor mir erkannte ich Jacques, hinter ihm erhellte der Blutmond die Nacht. Riesengroß schien er auf uns herab.

„Das ist nicht gut“, wisperte er. „In einer Woche ist die nächste Sommersonnenwende. Wenn der Mond so groß ist, ist es viel zu gefährlich, das Tor zu öffnen. Es könnte ein Dämon in unsere Welt gelangen ...“ Ich schritt auf ihn zu. „Aber niemand weiß, was passiert, wenn Landon es nicht tut. Der Blutmond wird die Clericer früher oder später zum Durchdrehen bringen. Dann müssen wir handeln, bevor sie großen Schaden anrichten."

„Wo ist Tishon? Er muss es doch auch spüren", murmelte ich. Ohne auf seine Antwort zu warten, wandte ich mich um. Schritt langsam zur Treppe zurück, stieg hinunter und zu seinem Zimmer. Ich klopfte an, doch er öffnete nicht. Nach einem zweiten Mal drückte ich die Klinke hinunter, sie gab nach. Ein Stöhnen erklang. Mein Blick wanderte zum Bett, Tishon wälzte sich darin. Er schien starke Schmerzen zu haben. Ich schloss die Tür hinter mir und setzte mich zu ihm auf die Bettkante. Er griff nach meiner Hand, hielt sie fest.

„Bring mich in den Keller ... Bitte. Ich halte es nicht mehr aus." Er fasste sich an den Kopf, schrie auf, wälzte sich wieder im Bett.

„In meinem Zimmer steht eine Ledertasche, in der ich meine Tränke aufbewahre. Bring sie mir."

Erschrocken sah ich über meine Schulter. Jacques stand im Türrahmen.

Ich nickte, erhob mich und schritt an ihm vorbei hinaus. Vor seiner Tür blieb ich stehen, ich berührte die Klinke. Mein Puls beschleunigte sich. Obwohl ich wusste, dass etwas nicht stimmte, dass Jacques mir unmöglich all diese Dinge angetan haben und nun so nett zu mir sein konnte, verspürte ich wieder die Angst vor diesem Raum. Bilder tauchten vor meinem inneren Auge auf, und mein Körper zitterte.

Trotz meiner Furcht drückte ich die Klinke hinunter, setzte einen Fuß in das Zimmer. Ich musste mich meinen Dämonen stellen. Suchend ließ ich meinen Blick durch den Raum schweifen. Ein schwerer Schrank stand an der einen Wand, dahinter das Bett, dessen Decke feinsäuberlich darüber lag. Unter dem kleinen Fenster befand sich der Schreibtisch, direkt daneben einige Regale, und dort entdeckte ich die besagte Tasche. Mein Herz hämmerte gegen meine Brust. Ich kämpfte gegen meine Erinnerungen, wollte nicht mit Bildern aus jenen schrecklichen Momenten überrumpelt werden. Einen Schritt nach dem anderen machte ich in Richtung meines Ziels. Dabei blieb mein Blick an dem dunklen Sofa hängen. Eine Decke und ein Kissen lagen darauf. Verbrachte Jacques die Nächte dort? Dieser Gedanke lenkte mich ab, sodass ich unbewusst den Schrank erreichte, die Tasche packte und mit schnellen Schritten die Flucht ergriff. Erleichtert schlug ich die Tür hinter mit zu, lehnte mich gegen das Holz. Ich hatte die Tasche ... Aber warum schlief Jacques nicht in seinem Bett?

Zurück in dem Zimmer meines Vaters, schien es ihm bereits besser zu gehen. Jedenfalls lag er still in seinem Bett. Ich stellte die Tasche auf das Nachttischchen.

„Gib mir das stärkste Schlafmittel, was du hast."

Jacques zuckte zusammen. „Das kann ich nicht, du wirst es über Wochen nehmen müssen. Der Blutmond wird erst verschwinden, wenn ..."

„Slokir bezwungen ist. Meine Entzugserscheinungen werden das kleinste Übel sein, vertraue mir."

Jacques schien nicht glücklich darüber zu sein, trotzdem gab er ihm den Trank. Gemeinsam halfen wir Tishon in den Keller der Schule. Es war eine Abstellkammer, die wir mit einer Matratze, Decken, einem Nachttopf und einer Kerze ausstatteten. Als wir gingen, schlief Tishon friedlich. Trotzdem schloss Jacques die Tür ab.

„Ich möchte, dass du Kyndra darum bittest, dir die Raummagie beizubringen. Wenn ein Clericer den Verstand verliert, müssen wir schnellstens zu ihm und ihn töten. Das wird nur so funktionieren. Landon wird andere Probleme haben, also müssen wir beide die Welt schützen ... Ich dachte zwar, wir hätten mehr Zeit, aber nun müssen wir uns der Situation anpassen."

Er lächelte mich an, und ich schaute zur Tür. Tishons Reaktion auf den Vollmond schien nicht normal zu sein. Aber ich stellte keine Fragen.

Gemeinsam stiegen wir wieder hinauf. Weiterhin schien niemand etwas zu merken. Jacques verschwand im Zimmer von Landon, während ich mich hinauf zum Dach der Schule begab. Ich trat auf den kleinen See zu, der still dalag. Wusste nicht, was ich sagen sollte. So kniete ich mich davor nieder. Wartete, aber es blieb still.

„Wächterin?", fragte ich unsicher in die Stille hinein.

„Mein Name ist Kyndra."

Ich zuckte zusammen und entdeckte sie auf einem Stein sitzend. Sie musste ein Portal benutzt haben, denn ich war mir sicher, dass sie bis eben noch nicht hier gewesen war.

„Entschuldige, Kyndra. Ich möchte dich darum bitten, mir beizubringen, wie man Raummagie benutzt."

Sie lächelte mich an. „Das wird Wochen dauern. Zeit, die wir nicht haben, also streng dich an."

Ich verbrachte jede freie Minute mit Lernen. Jacques zeigte mir, wie ich die Kristallkugel benutzte, und wir wechselten uns mit der Überwachung ab. Tagsüber unterstützte uns Tishon, nachts sperrten wir ihn ein. Drei Tage waren vergangen, als ich mitten in der Nacht den Abstieg antrat. Jacques verheimlichte mir etwas.

Ich schloss die Tür auf. Mein Vater schlief friedlich auf seiner Matratze. Trotzdem war der Boden von einer dunklen Flüssigkeit bedeckt. Sie war frisch. Ich schob die Maske hoch und konnte im schwachen Schein der Kerze erkennen, dass es kein Blut war, denn statt rot war es pechschwarz. Meinen Handschuh zog ich aus, fasste hinein. Es war noch flüssig. Ich wischte die Flüssigkeit an meinem Kleid ab, dabei fiel mein Blick auf die Wand. Lange Furchen waren in den Stein geschlagen. Fasziniert trat ich näher. Sie waren tief und erinnerten mich an die Klauen einer Bestie. Das Blut, die Kratzspuren ...

Ich trat zu Vater, setzte mich neben ihn. Am Boden stand der leere Trank. Zeitgleich konnte ich eine zerbrochene Flasche erkennen. Drei volle zählte ich noch.

Langsam hob ich die Decke. Die Unterseite war blutgetränkt, genau wie die Matratze. Trotz der Verletzungen schlief Tishon seelenruhig weiter. Erst jetzt begriff ich, wie stark der Trank eigentlich war.

Ich schritt nach meiner Entdeckung hoch zu Landons Arbeitszimmer. Jacques saß in seinem Sessel und beobachtete die Kugel vor sich.

„Tishon ist ein Dämon“, sprach ich meine Erkenntnis aus.

Ein breites Grinsen erschien auf seinem Gesicht. „Endlich hast du es erkannt.“

„Weiß es Landon?“

„Nein. Wenn er es wüsste, würde er Tishon töten. Es wäre viel zu gefährlich, ihn am Leben zu lassen. Nicht mal Kyndra ahnt etwas.“ Jacques lehnte sich zurück und überkreuzte seine Finger. „Tishon ist mein Freund, und dass Slokir uns noch nicht überlistet hat, bedeutet, dass ihm die Informationen der Clericer fehlen. Also hat dein Vater ihm nichts verraten. Solange er für uns kämpft, ist alles gut.“

Erschüttert sah ich ihn an. *Landon weiß nichts davon? Das ist gefährlich.* So wenig ich ihn auch mochte – ein Gott war für mich eine größere Gefahr als er.

„Ich wollte ihm vor einem Jahr erzählen, dass dein Vater dem Wahnsinn nähersteht als jeder andere von uns. Immerhin nutzte er Slokirs Magie, um dich zu täuschen, verging sich an seinem eigenen Sohn. Tishon ist schon lange ein Schatten seiner selbst. Aber Landon wollte nicht hören. Dass er so stark auf den Blutmond reagiert, zeigt nur, dass er seit langem kein Mensch mehr ist. Trotzdem lasse ich ihn nicht im Stich.“

Jacques’ Worte rissen mir den Boden unter den Füßen weg. Mein Vater hatte …

DUNCAN GLOUCESTER

Ich saß auf meinem Bett und schaute zu meiner Frau. Jocelyn kämmte sich die Haare. Sie war noch nicht schwanger, und ich wusste, dass Vater langsam ungeduldig wurde. Aber so etwas brauchte Zeit.

Ich erhob mich, trat hinter sie und legte meine Arme um ihren Oberkörper, drückte sie an mich. Ein Lächeln lag auf ihren Lippen, wie ich im Spiegel erkennen konnte.

„Duncan, ich liebe dich“, wisperte sie.

Jocelyn war eine tolle Frau, dennoch empfand ich nicht das, was ich eigentlich sollte. Zwar redete ich es mir ein, spielte mit, aber sie war eben nicht Henrietta Marot.

„Ich liebe dich auch.“ Sanft küsste ich sie auf die Wange. *Es gibt Schlechteres, als Jocelyn zur Frau zu haben.*

„Wie süß …“

Erschrocken drehte ich mich um und erblickte meinen kleinen Bruder. Hunter stand im Raum. Die Arme hatte er vor der Brust verschreckt, ein höhnisches Lächeln zierte seine Lippen. Zu gern hätte ich seine Augen gesehen. Meine innere Stimme sagte mir, dass ich darin nichts als Wahnsinn erkennen würde.

„Kleiner Bruder, was machst du hier? Es ist schon spät“, wollte ich wissen. Als er nicht antwortete, warf ich Jocelyn einen eindringlichen Blick zu. „Geh“, wies ich sie an, ehe ich flüsterte. „Und ruf die Wachen.“

Sie nickte, erhob sich, huschte an Hunter vorbei und ließ uns allein. Zum Glück ließ er sie gewähren. Er hatte es offenbar nur auf mich abgesehen.

Er kicherte. „Ich wäre gestern schon gekommen, wenn Moira mir nicht den Kiefer gebrochen hätte."

Bei den Worten zog sich alles in mir zusammen, und ich packte Hunter am Kragen. „Das bist nicht du ..." Ich lockerte meinen Griff und umarmte ihn, drückte ihn fest an mich. „Es tut mir leid, dass ich mich bei deiner Rückkehr wie das größte Arschloch verhalten habe. Vater erzählte uns vorab, wie wenig Mühe du dir bei deinem Training gabst. Dennoch hätte ich niemals auf ihn hören sollen. Du bist mein kleiner Bruder."

Ich spürte, wie er seine Schultern hängen ließ. Das war der Hunter, den ich kannte.

„Wir sind keine richtigen Brüder ...", sprach er das aus, was ich schon lange wusste. Erle war nicht mein Vater, ich war der Sohn von Cedar Gloucester und er der von Landon.

„Ich weiß. Aber wir haben dieselbe Mutter. Glaubst du, Cerys würde das wollen?"

Er fing an zu zittern. Mutters Name löste etwas in ihm aus, was mir zeigte, dass es noch Hoffnung für ihn gab.

In diesem Augenblick wurde die Tür mit einem lauten Krachen aufgebrochen, und die Wachen stürmten mit erhobenen Waffen hinein.

„Du hast mich verraten", bemerkte Hunter mit schneidender Stimme und wich vor mir zurück.

„Nein!" Ich sah zu meinen Wachmännern. „Bleibt zurück, ich habe alles im Griff!"

Hunter kicherte, sein ganzer Körper erbebte dabei. Ein breites Lächeln erschien auf seinem Gesicht. „Du hast gar nichts im Griff ..."

Ich griff nach seinen Schultern. „Du musst kämpfen! Das bist nicht du."

„Ihr wisst alle nicht, wie ich wirklich bin!"

Kurz darauf durchzuckte ein unerträglicher Schmerz meinen Unterleib. Ich schaute hinab und sah die Klauenhand von Hunter. Sie wirkte wie die eines Monsters, und ihre spitzen Krallen hatten sich in mein Fleisch gebohrt.

Jocelyn, die hinter den Wachen stand, schrie auf. Mein Bruder zog die Klaue zurück, und ich sackte zusammen und fiel rücklinks auf den Boden. *Ich habe es versaut ...*

EVERETTE GLOUCESTER

Du bist nicht gekommen, um meine Tochter zu retten. Als Hohepriesterin hättest du meinen Mann vielleicht zur Vernunft bringen können. Doch nun ist es zu spät, und ich habe meinen Lebenswillen verloren. Aber ich möchte mein Geheimnis nicht mit ins Grab nehmen. Arian ist dein Sohn. Wenn du dies liest, werde ich bereits tot sein.

Lebewohl, mein Geliebter.

Ich zerknüllte den Brief, den Annalise McCain mir geschrieben hatte, und warf ihn in den Papierkorb. Ihre letzten Schreiben hatte ich schon ignoriert, und nun war sie sowieso tot. Es war egal, dass Arian mein Sohn war. Es würde nichts ändern. Erle hätte nicht auf mich gehört und der Hochkönig auch nicht.

„Hohepriesterin“, riss mich jemand aus meinen Gedanken.

Ich drehte mich um und entdeckte Chloé Méténier hinter mir. Ein breites Lächeln zierte ihre Lippen. Die Kirche war voller machtbesessener Menschen. „Sorcha schickt mich zu Euch. Die Testergebnisse der Wachen sind ausgezeichnet. Ihre Abneigung gegen das Tageslicht wird zwar von Tag zu Tag stärker, aber wir verkaufen es ihnen als kleine Nebenwirkung, die mit der Zeit verschwindet. Allein der Blutverbrauch ist etwas besorgniserregend. Da könnte es in den nächsten Monaten zu Problemen kommen.“

„Wenn es so weit ist, sollen die Bewohner Blut für die Kranken spenden – gegen Geld, natürlich. Dann wird es keine Probleme mehr geben", erwiderte ich kühl. Es gefiel mir nicht, dass sich Sorcha seit ein paar Tagen nicht mehr persönlich bei mir meldete, sondern jedes Mal Chloé herschickte. „Ach, und Chloé: Ich möchte, dass Sorcha morgen persönlich zu mir kommt."

„Das wird sie nicht können, zumindest nicht tagsüber. Sie hat das Mittel ebenfalls genommen."

Chloés Lächeln war so breit, dass ich für den Moment nicht sicher war, ob sie vielleicht eine Mitschuld daran trug. Zum Teil waren die Mitglieder der Kirche verdorbener als die Ganoven auf den Straßen.

„Ich habe den Brief gelesen, bevor Ihr in Eurer Büro kamt ...", sprach sie genüsslich weiter und lehnte sich an das Pult, sah vielsagend auf den Papierkorb, in dem der zerknüllte Zettel lag. „Ihr habt einen Sohn ..."

Jegliche Farbe wich aus meinem Gesicht. Ich öffnete den Mund, um etwas zu sagen, doch da fuhr sie bereits fort.

„Aber ich werde schweigen, wenn ich einen guten Posten bekomme. Ich bin keine Hure wie Sorcha, sondern eine anständige junge Frau."

„Wir werden eine Übereinkunft finden", presste ich hervor und zwang mich zu einem falschen Lächeln. „Gib mit nur etwas Zeit, um die richtige Position für dich zu finden."

Eine Flamme loderte vor mir auf und nahm die Gestalt eines Vogels an. Ein Brief war an seiner Klaue befestigt. Ich nahm ihn an. Der Zauber verpuffte, und ich faltete das Papier auseinander.

Hunter wird versuchen, dich zu töten. Er ist ein Dämon.
Cailean Winterson

Ich überflog die Zeilen. Zunächst musste ich schmunzeln. *Hunter? Mich töten? Wer's glaubt.* Doch als ich die Nachricht erneut las, erstarb mein Lächeln. *Dämon?*

Zudem konnten die Wintersons nichts über meine Verbindung zu den Gloucesters wissen, also war es kaum ein Scherz.

„Sag Sorcha, sie soll heute Nacht alle Wachen aufstellen. Wir bekommen Besuch von einem Dämon", wandte ich mich an Chloé. „Danach gehst du zu Amalia, sie soll dir alle Geheimnisse der Hohepriesterin erzählen. Wenn mir etwas passiert, möchte ich, dass du meinen Posten übernimmst." *Ich hoffe, du wirst dann auch so schändlich hintergangen wie ich von dir!* „Du bist die Einzige, der ich so sehr vertraue."

Ihre Augen leuchteten. Sie hatte den Köder geschluckt.

„Und du wirst heute Abend Enid zu dir nehmen. Ihr Leben vertraue ich nur dir an", wisperte ich und hielt theatralisch ihre Hand. *Schluck deine eigene Medizin, Miststück!*

Sie nickte und eilte zu Sorcha, währenddessen suchte ich Amalia auf. Sie hatte Enid auf dem Arm.

Ich hielt ihr Caileans Brief hin. „Man wird mich vermutlich töten. Erzähle dieser Schreckschraube Chloé alles, was sie wissen muss, um die Kirche anzuführen. Ganz besonders, wie man einen Dämon tötet. Ich nehme zwar an, dass die Kirche keine Wunderwaffen im Keller lagert, aber wenn wir sterben, soll sie einen Weg kennen, dieses Monster zu vernichten. Lieber habe ich eine machtbesessene Verrückte auf dem Thron, als dass Dämonen unsere Welt zerstören."

„Ich hätte nicht gedacht, dass du schon so erwachsen bist", bemerkte Amalia amüsiert.

„Am besten gehst du mit ihr", überging ich ihre Bemerkung. „Du könntest einen guten Einfluss auf sie haben."

„Nein, ich werde bei dir bleiben."

Ein Teil von mir freute sich darüber, gleichzeitig wollte ich, dass sie sich in Sicherheit brachte. Aber es war nicht meine Entscheidung. Sie entschied selbst über ihr Leben.

KAPITEL XXXXII

TOD ALLEN GLOUCESTERS

EVERETTE GLOUCESTER

Ich saß in der großen Kathedrale. Meine Wachen hatte ich postiert. Jetzt fehlte nur noch mein kleiner Bruder. Ich war gespannt, wie gut er sich gegen meine Monster schlagen würde. Mit diesem Empfang würde er nicht rechnen.

Es dauerte genau eine Stunde, bis er vor mir stand. Ich erhob mich. Der Raum wurde durch unzählige Kerzen erhellt, das Licht flackerte und warf dunkle Schatten an die sonst hellen Wände.

„Schön, dass du endlich hier bist, kleiner Bruder."

Sein Lächeln war so breit wie das meine. Jetzt war er wahrhaftig ein Gloucester. „Ach, hat Vater dich etwa gewarnt?" Ich trat auf ihn zu.

„Der? Nein, ihm wäre es wohl nur recht, wenn ich verrecken würde. Es war ein Clericer."

„Ein Clericer? Also hängt Landon an dir?"

„Das spielt doch keine Rolle, oder?", säuselte ich, um ihn zu provozieren. „Warum willst du mich umbringen?"

„Vater hat meine Freundin getötet. Jetzt nehme ich ihm alles, was ihm etwas bedeutet."

Mein Lachen erfüllte die Halle, und ich wischte mir Tränen aus den Augen. „Er wird dir danken, dass du mich getötet hast. Erle geht es gewaltig gegen den Strich, dass ich noch lebe. Ich kann dir ein

Bündnis anbieten.“ *Leider muss ich dich dann töten, sobald ich die Möglichkeit dazu habe. Niemals würde ich die Welt den Dämonen überlassen.*

„Zwei unserer Geschwister habe ich schon auf dem Gewissen. Clester brennt, und unsere Burg ist zerstört. Warum sollte ich auf deine Hilfe angewiesen sein?“

Zwei hat er getötet?, dachte ich, ließ mir meine Überraschung jedoch nicht anmerken. „Weil ich noch skrupelloser bin als du, Hunter. Zwar habe ich Reid nicht direkt getötet, aber er starb damals wegen meinem Plan. Er war ein elender Verräter.“ Hunters Gesichtszüge entglitten ihm, was mich freute. *Also hat Vater ihm nichts gesagt. Setzen wir dem ganzen doch die Krone auf.* „Und auch Mutter habe ich auf dem Gewissen. Ich habe sie wegen Amalia um Hilfe gebeten, aber sie wollte mir nicht helfen. Aus Frust hatte ich mich betrunken. Als ich spät nachts nochmals zu ihr ging, lag sie mit Cenred im Bett. Unsere Mutter hat Vater mit seinem eigenen Sohn betrogen. Heute würde es mich erfreuen, aber damals war ich so wütend. Deswegen habe ich mir eines von Cenreds Messern genommen und sie getötet. Danach ging ich zu Duncan und verschaffte mir so ein Alibi.“

„Du Monster!“, schrie Hunter.

Mit einem breiten Grinsen auf den Lippen sah ich ihn an. „Na und, was willst du dagegen tun? Du kannst dich nicht mit mir messen. Nicht mal Vater kann es.“ Ich hob meine Hand. „Tötet ihn!“

Sofort stürzten sich alle zwölf Wächter auf ihn. Noch im Sprung verwandelten sie sich. Hunter war so überrascht, dass er nicht reagieren konnte. Die spitzen Zähne der monströsen Gestalten bohrten sich in seine Haut, und er schrie auf. *Gar nicht schlecht für den Anfang.*

Doch dann verwandelte er sich, und ich sah die Bestie in ihm. Lange Gliedmaßen, die in Pranken mit spitzen Krallen endeten. Schwarze Haut überzog diese. Sein Körper bestand nur aus Knochen, und ein langer Schwanz peitschte durch die Luft. Die Tentakel, die auf seinem Kopf saßen, versuchten, nach meinen Wächtern zu greifen. Eine lange hundeähnliche Schnauze, besetzt mit spitzen Zähnen, kam unter der Clericer-Maske zum Vorschein.

„Du musst das Auge treffen!“, schrie Amalia mir zu, die am Rand stand.

Der Dämon füllte fast das ganze Kirchenschiff aus. Er versuchte, meine Wächter zu töten. Seine Tentakel griffen nach ihnen, zerrten sie von seinem Körper und zermalmten sie. Doch egal, wie sehr er sie verletzte, sie bissen sich immer wieder an ihm fest und lechzten nach seinem Blut. Hunter schrie unter Schmerzen.

Ich trat zur Statue von Sona und nahm ihr mit meiner Windmagie den Speer ab, welchen sie umklammerte. Ein Wurfgeschoss hatte ich, jetzt musste ich nur noch das Auge auf dem Helm treffen. Ich brachte den Speer in der Luft in Stellung. Zielte und schoss ihn mit meiner Windmagie in seine Richtung. Ein lauter Aufschrei erfüllte die Halle. Leider hatte der Speer sein Ziel nicht getroffen, sondern einen von den Fangarmen abgetrennt, und steckte nun in Hunters Hals. Schwarzes Blut spritzte auf den Boden.

„Du hättest fliehen sollen“, sprach Hunter mit düsterer Stimme zu mir.

Sekunden später schrien die Wächter auf. Ihre Körper platzten auf und wurden Sekunden später von Feuer umhüllt. Sie verbannten binnen Sekunden zu Staub.

„Ich bin ein Clericer, vergiss das nicht. Möchtest du wirklich, dass ich meine Blutmagie bei dir einsetze?“ Hunter schritt auf mich zu, doch ehe er mich erreichte, sprang Amalia mit einem zweiten Speer auf ihn zu. Sie hatte keine Chance, das Auge zu treffen, dafür rammte sie ihm ihre Waffe ebenfalls in den Hals.

„Bringen wir ihn zu Fall, dann ist es leichter, das Auge zu zerstören“, rief sie mir zu.

Ich nickte. Doch bevor ich mich in Bewegung setzen konnte, spürte ich den Schmerz in meinen Gliedern.

„Ihr werdet gar nichts tun“, zischte Hunter.

„Lass uns Vater gemeinsam vernichten!“, versuchte ich, ihn auf meine Seite zu ziehen.

„Du hast Mutter getötet!“

„Dann lass wenigstens Amalia gehen. Sie hat mit der ganzen Sache nichts zu tun. Töte mich, aber verschone sie“, verlangte ich von ihm.

Trotz seiner Verletzungen lachte er auf. „Ich bin wegen dir hier, nicht wegen ihr.“

Hunter hob seine Pranke und ließ sie auf mich herabsausen. Seine Klauen bohrten sich in das Fleisch, aber es war nicht das meine. Amalia hatte sich zwischen uns geworfen. Es war ihr Körper, den seine Krallen durchstoßen. Sie hätte leben können, trotzdem opferte sie sich für mich. In ihren Händen hielt sie einen weiteren Speer und drückte ihn mir in die Finger. Sofort spürte ich, wie die Blutmagie gelöst wurde und ich mich wieder bewegen konnte. Mit meiner Magie flog ich direkt auf Hunters Kopf, hob den Speer und rammte ihm diesen in die Maske. Sie zerbrach, und darunter starrte mich ein glühend rote Iris an. Ein Schauer lief mir über den Rücken. Ich holte aus, doch spürte, wie meine Füße ins Leere traten. Allein meine Magie hielt mich in der Luft. Hunter hatte sich zurück in einen Menschen verwandelt und drehte sich von mir weg, rannte weg. Doch ich warf den Speer, der ihn traf und seine Brust durchbohrte. Im Laufen verlor er das Gleichgewicht und fiel zu Boden. Eilig landete ich auf den schweren Steinplatten, hastete auf ihn zu und umklammerte den Speer, der in seinem Fleisch steckte. Denn noch war er nicht tot. Ich zog ihn aus der Wunde und holte zum finalen Schlag aus. Da hob Hunter seine Hand, die sich plötzlich in Tentakel verwandelte. Sie wickelten sich um meinen Körper und zerrten an meinem Arm. Der Speer verfehlte sein Ziel und prallte auf den Boden, während ich gegen die Tentakel ankämpfte, die sich um meinen Körper schlangen. *Ich bin nicht mehr gegen seine Magie immun.*

Die Tentakel verschwanden, und Hunters Arm fiel zu Boden. Neben ihm sank ich nieder. Mein Herz pochte, aber ich war weiterhin unverletzt.

„Mutter hat dich immer am meisten geliebt ... Sie war stets so stolz auf dich ...“, sprach Hunter, nun wieder mit seiner normalen Stimme.

Ehe ich etwas sagen konnte, ertönte ein Schuss und ein stechender Schmerz durchzog meinen Körper. Meine Brust verfärbte sich rot, und ich bemerkte aus dem Augenwinkel, dass jemand auf mich zukam. Es war Chloé.

„Nicht mal sterben kannst du anständig."

Dann hob sie die Pistole in ihrer Hand und drückte ab.

LANDON GLOUCESTER

Ich stand auf einem der Türme. Teile des Schlosses waren eingestürzt. Die Toten stapelten sich im Innenhof. Vorwiegend waren es Wachen. Aber was wirklich erschreckend war, waren die Feuer, welche um die Burg herum wüteten. Wegen ihnen kam niemand aus dem Schloss. Vereinzelt versuchten Menschen, mit Eimern die Flammen zu löschen. Magier erkannte ich auch. Aber die Ausmaße waren zu groß, sodass sie die Feuer nicht eindämmen konnten.

Ich erblickte Carson im Hof und sprang neben ihn auf den Boden.

„Duncan und seine Frau?", fragte ich ihn. Er schüttelte den Kopf.

„Wir haben ihre Leichen in einen separaten Raum gebracht."

Mehr brauchte ich nicht zu wissen und flog zurück auf das Dach. Selbst mit meiner Magie würde es Stunden dauern, bis alle Feuer gelöscht waren. Dennoch musste ich alles versuchen, damit mindestens die verbliebene Hälfte der Stadt erhalten blieb.

Es war weit nach Mitternacht, als ich die Herberge in Nahrman erreichte. Erle und Alister saßen noch an einem der Tische und tranken Bier. Lediglich Cailean rührte seinen Krug nicht an.

„Warum hast du mich nicht informiert, was in Clester los ist?“

Ohne auf Erle zu reagieren, setzte ich mich an den Tisch. „Dafür war keine Zeit, ich musste die Stadt retten – zumindest das, was noch von ihr übrig ist.“ Ich seufzte und rieb mir über das Gesicht. „Hunter war gestern Nacht dort. Er hat Duncan und Jocelyn getötet.“

Erle schlug den Humpen auf den Tisch. Sekunden später flog er an meinem Kopf vorbei. „Dein verfluchter Bastard hat meinen Sohn getötet!“

„Ein Danke wäre nett“, knurrte ich. „Ich hätte mich auch betrinken und zusehen können, wie alles abbrennt.“

Erle stand auf, kam auf mich zu. Ich erhob mich ebenfalls, und so standen wir uns wie zwei Raubtiere gegenüber.

Erle tippte mit seinem Finger gegen meine Brust. „Du hast gesagt, dass du alles im Griff hast! Die Zeit bei diesem Jägerteam hat überhaupt nichts gebracht.“

„Und du hast Slokir in die Hände gespielt. Hättest du Viviane nicht getötet, wäre Hunter nicht auf seine Seite gewechselt.“

„Hört auf!“, mischte sich der Hochkönig ein. „Wenn wir jetzt nicht alle zusammenarbeiten, werden wir verlieren. Hunter muss getötet werden, und zwar schnellstens.“

„Nur ist er uns zwei Schritte voraus“, brummte ich.

„Dann müssen wir ihm eine Falle stellen ...“

HUNTER GLOUCESTER

Eine Frage brodelte in mir. Denn ich hatte die Menschen getötet, die ich liebte. *Aber war wirklich ich das gewesen oder der Dämon? War es meine blinde Wut oder die seine?* Darauf fand ich keine Antwort. Alles, was ich wusste, war, dass es mir schockierend leichtgefallen war.

Erschrocken fuhr ich hoch, als ich bemerkte, dass ich in einem weichen Bett lag. *Es ist nicht der kalte Stein der Kathedrale.* Mein Puls beschleunigte sich augenblicklich. Niemand war hier. Meine Erinnerungen an letzte Nacht kamen zurück. Everette, der über mir stand. Der Schuss, gefolgt vom einem zweiten. Mein Bruder war tot. Selbst schwer verletzt, hatte ich mitansehen müssen, was geschah. Die monströse Frau mit den Tentakeln lebte ... noch. Mit letzter Kraft schleifte sie sich über den Boden, erreichte Everette, legte den Arm um seinen Leichnam. Ich kannte das Monster nicht, aber sie hatte den Weg auf sich genommen, um in den Armen meines Bruders zu sterben. Mit einem Lächeln drückte sie seinen Körper an sich.

Bis der Schuss die Stille durchbrach ...

Mein Bruder war tot. Er war nicht durch meine Hand gestorben und hätte es fast geschafft, mich zu töten. Ich griff in die einst weiße Jacke, welche von Blut bespritzt war, aber fand meine Uhr nicht.

„Suchst du das?“, ertönte eine Stimme hinter mir, und ich fuhr herum. Eine hellhaarige Frau, auf deren Lippen ein breites Lächeln lag, hielt meine Taschenuhr in den Fingern. „Weißt du, ich heile dich nicht, um dich anschließend zu töten. Ich kenne deine Schwäche. Amalia verriet es mir. Man muss Dämonen einen Speer durch den Kopf jagen. Das tötet zwar nicht gänzlich, aber solange er im Kopf stecken bleibt, wirst du dich nicht vollständig heilen können. Ein blutendes, sabberndes Etwas, das zwischen Leben und Tod steht – mehr wärst du nicht.“ Sie schaute auf meine Taschenuhr. Wahnsinn glomm in ihren Augen.

„Was willst du von mir?“

„Einen Pakt.“ Sie legte die Uhr in meine Hand. „Ich rettete dich aus der Kathedrale. Mir ist egal, was du tust. Zerstör die Welt. Aber lass mich am Leben, und ich werde die Kirche im Sinn deines Meisters führen.“

Fest drückte ich das kalte Metall an meine Brust. Ich hatte meine Seele Slokir verkauft. Mein Tod würde mich erneut zu seinem Spielball machen. Ein Entkommen gab es für mich nicht.

„Du tust auch alles für die Macht", wisperte ich.

Sie lachte verbittert auf. „Everette war kein Unschuldslamm. Aber sie hatte Macht. Ich bin ein einfaches Mädchen. Es ist meine einzige Chance, an Ansehen zu kommen. Ob ich Sona oder dem Verbrannten diene, wo liegt der Unterschied? Wenn ich es nicht tue, macht es eine andere. Dies ist die Chance, jemanden als Hohepriesterin zu haben, die auf Slokirs Seite steht."

Die Frau widert mich an. Wie es schien, versteckte die Kirche unter dem Deckmantel des Guten die größten Sünder.

„Ich habe die Tochter deines Bruders Duncan bei mir." Sie beugte sich vor und wisperte in mein Ohr: „Wenn du mich verrätst, töte ich sie. Und Arian McCain ist dein Neffe, Everette hat die Frau unseres Hochkönigs geschwängert. Sei brav, sonst wird dein Vater alles erfahren." Ein finsteres Lächeln lag auf ihren Lippen. „Und jetzt bring mich zu Slokir."

CENRED GLOUCESTER

Der Brief in meiner Hand zitterte leicht. Seit dem Verschwinden von Yvain passten wir auf Risa und seinen Sohn auf. Er konnte uns nicht schreiben. Jede Nachricht brachte seine Familie in Gefahr. Darum hatte mich der Feuervogel umso mehr überrascht, als er vor mir erschienen war. Zu meinem Erstaunen stammte er nicht von Yvain, sondern von Cailean Winterson. Die Familie Winterson hatte keine nennenswerten Beziehungen zu der meinen. Es war eher eine Rivalität zwischen den beiden Familien. Weil beide das Amt des Obersten Clericers gern für sich hätten.

Warum also bekam ich so eine Nachricht? Aus Nächstenliebe? Von einem Clericer? Niemals ...

Ich war mir nicht sicher, was vorgefallen war, aber ich wusste, dass Hunter gefährlich war.

Darum zögerte ich nicht lange. Gemeinsam mit Schenja Gontscharow und Thimothé de la Mothe reiste ich in den Düsterwald. Beide hatten mich begleiten wollen.

Mittlerweile brach die Nacht herein und nichts tat sich. Wir wechselten uns mit der Wache ab. Stunden strichen dahin, bis ich die mir bekannte Gestalt erblickte. Blutspuren zierten den weißen Stoff seiner Kleidung. Wer immer auch Cailean Winterson war, er hatte nicht gelogen. Hunters Körperhaltung war anders als früher. Nichts mehr deutete auf den einst ängstlichen Jungen hin. Sein Gang war zielsicher und kräftig.

Flankiert von den Jägern trat ich auf meinen Bruder zu. „Was willst du?“

„Rache an Vater. Wenn deine Kollegen zurücktreten, muss ich sie nicht töten. Ich bin nur wegen dir hier. Es ist ihre Entscheidung.“

Ich hörte den Hass in seiner Stimme. Das war nicht mehr mein kleiner Bruder.

„Wir werden ihn nicht im Stich lassen.“

Hunter hob seine Hand, hielt sie sich vor den Mund und fing an, höhnisch zu lachen. „Ihr glaubt, zu dritt hättet ihr eine Chance gegen mich?“

Er reckte die Hand in die Luft. Sekunden später erschienen darin drei Taschenuhren. Sie zersprangen. Eine nach der anderen. Hektisch suchte ich in meiner Jackentasche, doch meine eigene Uhr war fort.

„Wenn ihr jetzt sterbt, seid ihr tot“, stoppte er meine Suche.

„Das macht es erst richtig spannend. Schauen wir mal, wie schnell du bist, Clericer …“

Schenja hatte seine Waffe gezogen, schoss im nächsten Augenblick auf Hunter. Mein Bruder verschwand, bevor die Kugel ihn erreichte.

„Er kann uns nicht alle zur selben Zeit im Auge behalten und geht sparsam mit der Munition um", wisperte er uns zu.

Ich nickte zustimmend, und wir teilten uns auf. Selbst wenn ich wusste, dass Hunter mit uns nur Katz und Maus spielte, klammerte ich mich an die Hoffnung.

„Warum tust du das?!", schrie ich, als er seine Peitsche Thimothé entgegenschlug, der versuchte auszuweichen.

„Vater hat meine Freundin getötet! Jetzt verliert er alles, was ihm etwas bedeutet."

Er sah zu mir. In dem Augenblick sprang Schenja hinter einem Baum hervor. Schoss und die Kugel bohrte sich in Hunters Schulter. Binnen Sekunden stand er hinter dem Jäger. Eine Klinge erschien in seiner Hand, und er schnitt ihm seine Kehle auf. Blut spritzte, und ein heftiger Wind erfasste mich. Schleuderte mich gegen den Baum. Beim Aufprall jagte ein starker Schmerz durch meinen Körper. Ich konnte mich kaum bewegen. Thimothé lag unweit von mir. Hunter schritt zu ihm. Mein Mund war voller Blut, die Sterne tanzten vor meinen Augen. Unfähig, mich zu rühren, lag ich auf dem Waldboden, als mein Bruder meinem Freund die Kehle durchtrennte. Beide waren tot.

Das Knirschen von Ästen war zu hören, die unter den schweren Stiefeln brachen. Vor mir blieb er stehen, kniete sich nieder.

„Töte mich ...", brach ich brüchig heraus. „Du hast meine Freunde ermordet. Jetzt gibt es nichts mehr, das mir etwas bedeutet ..." Ich spuckte Blut. „Vater wird nicht um mich trauern. Ich bin ihm gleichgültig ..." Ein Husten rang sich aus meiner Kehle. „War es die Frau wert?" Ein Zucken ging durch seinen Körper. „Du warst nie ein guter Kämpfer, warst kindlich und naiv. Aber das mochte ich an dir. Vater und Landon werden dich töten, und selbst wenn sie es nicht tun ... Wie kannst du in den Spiegel sehen und deine Taten rechtfertigen? Das bist nicht du ..."

Hunter sah zur Seite. „Die Welt ist voller verdorbener Menschen." Er erhob sich.

„Du kannst mich hier nicht liegen lassen!", schrie ich verzweifelt. „Töte mich!" Seine Schritte entfernten sich. *Er hat mir alles genommen ... und will jetzt einfach gehen? Das kann er nicht tun!* Denn nüchtern betrachtet wusste ich, dass der Aufprall mir mein Rückgrat gebrochen hatte. Die Nacht würde ich nicht überleben. Denn meine toten Kameraden würden die Monster anlocken.

„Hunter, wenn du etwas anfängst, dann beende es!", schrie ich so laut ich konnte.

KAPITEL XXXXIII

Ein unrühmlicher Held

LANDON GLOUCESTER

Everette war tot. Unter Tränen erzählte mir Chloé Méténier, sie hätte alles versucht, um den Dämon zu besiegen. Erle war gar nicht gekommen. Er saß gemeinsam mit den anderen in der Taverne.

Was mich verwunderte: Beide Opfer waren erschossen worden. Mir war nicht bekannt, dass Hunter den Umgang mit Schusswaffen gelernt hatte. Nicht mal Dämonenblut konnte dies erreichen. Dafür waren die Schüsse zu präzise gewesen. Die Spuren eines Kampfes waren aber nicht zu übersehen gewesen. Das Blut des Dämons, das von Menschen und die Einzelteile der zerfetzten Wachen stellten mich vor die nächste Frage: *Was hat Everette hier getrieben?* Die Kinder aus dem Waisenhaus fehlten und einige Magier. Mir war bewusst, dass Everette hier unter dem Schutzmantel der Kirche etwas in Gang gesetzt hatte, das uns alle gefährlich werden konnte. Aber ich hatte keine Zeit, mich darum zu kümmern. Egal, was es auch war – es war das kleinere Übel als Slokir.

In einem Punkt war ich mir sicher: Hunter war nicht allein. Walder schloss ich als seinen Komplizen aus, denn ihn hatte ich noch nie mit Waffen hantieren sehen. Also gab es für mich nur eine Person, die infrage kam.

Chloé Méténier.

Ich ließ sie ihr Drama spielen. Sie würde die nächste Hohepriesterin werden, und ich wusste, dass sie mir gefährlich werden konnte, weswegen ich sie beobachtete. Es war spät am Abend, als Caileans Feuervogel mich davon abhielt, mit ihr allein zu sprechen.

Cenred ist verletzt.

Mehr stand nicht in der Nachricht, und ich spürte die Wut in mir aufkochen. Cailean hatte die anderen alleingelassen. Ich verließ die Kathedrale und teleportierte mich in das Zimmer meines Untergeben. Er saß an seinem Bett. In diesem lag Cen und schlief.

„Du solltest bei den anderen sein!“, fauchte ich ihn an.

„Ich bewache sie von hier aus. Hunter hat all seine Kameraden getötet ...“

Ich griff nach seiner Kleidung. „Genau deswegen solltest du unten sein! Wenn alle tot sind, ist es nur eine Frage der Zeit, bis er zu uns kommt. Du bist dumm, wenn du glaubst, du würdest es merken, wenn er kommt!“ Zwar hatte ich letzte Nacht gut geschlafen, aber ich spürte es noch immer. Der Blutmond setzte mir zu.

„Ich wusste, dass du nicht nach ihm gesehen hast! Er lag schwer verletzt am Boden. Vermutlich wäre er diese Nacht der Imbiss eines Wendigos geworden. Ich habe fünf Geschwister. Cenred ist dein Neffe. Sein Wohlergehen sollte dich interessieren“, sprach er mir ins Gewissen, und ich wusste, dass er recht hatte. „Hunter hat seine Uhr zerstört. Jegliche Heilmagie ist wirkungslos. Alles, was ich konnte, war, seine Wunden zu verbinden.“ Cailean hatte ein gutes Herz, auch wenn er eine starke sadistische Ader besaß.

„Geh hinunter, iss etwas. Ich werde mich um ihn kümmern“, versprach ich. Ich durfte nicht vergessen, dass Cailean die Nacht durchgemacht hatte und ebenfalls Schlaf brauchte.

Widerwillig nickte er, trat zur Tür. „Sein Rückgrat ist gebrochen, das bekommst nicht mal du wieder hin.“ Mit den Worten verschwand er aus dem Zimmer.

Seufzend setzte ich mich an sein Bett. „Was machst du nur?“

Erle wäre es egal, sein Hass auf Cen war immer groß gewesen. So gut kannte ich meinen Bruder. Aber ich hatte einen Plan. Es war verwerflich, aus Cenreds Leid Kapital zu schlagen, aber mir blieb keine andere Wahl. Ich erhob mich, nahm den Jungen in den Arm und öffnete ein Portal. Wenn alles vorbei war, würde ich ihn erlösen. Das versprach ich mir.

Am nächsten Tag hatte ich mein Gespräch mit Chloé. Wir saßen uns gegenüber, Tee und Gebäck standen auf dem Tisch zwischen uns. Den Rest würde ich nicht mehr lange hinhalten können. Erle wollte Rache und Alister den Tod des Clericers, der sie so in Atem hielt.

„Ihr habt den Posten so gut wie in der Tasche", kam ich sofort zum Punkt. Everette und Amalia waren tot, und Sorcha blieb verschwunden. Gerade war Chloé die Einzige, welche die Lücke im System füllen konnte. „Ganz schön clever, die beiden zu töten, um Euch den Weg freizuräumen." Ich nippte an meinem Tee und beobachtete sie.

Sie lächelte mich an – versuchte gar nicht erst, die Wahrheit vor mir zu verbergen. „Und? Was wollt Ihr tun? Allen erzählen, dass ich verlogen und böse bin? Everette forschte an einem Mittel für die Unsterblichkeit, und Sorcha hat es mit sich genommen. Wir haben alle Dreck am Stecken. Eine herzensgute Person würde niemals das Amt der Hohepriesterin bekommen."

„Das stimmt. Aber ich erhoffte mir, Ihr würdet mir etwas für mein Schweigen bieten." Ich hob die Tasse an, trank einen Schluck. „Als Oberste Clericer wird der Adel meinen Worten Glauben schenken. Ihr seid nur eine Bürgerliche."

Sie lächelte weiterhin. „Was wollt Ihr?"

„Alle Aufzeichnungen über die Clericer, die sich in der Kirchenbibliothek befinden. Nahrman ist das Herzstück der Heiligen Kirche, und ich weiß, dass Ihr unzählige Dokumente besitzt. Gebt sie mir."

„Ihr bekommt alles. Ein einziges Buch möchte ich jedoch behalten, den Rest händige ich Euch aus", versprach sie mir. „Macht damit, was Ihr wollt. Alles, was ich möchte, ist, dass Ihr oder Euer Nachfolger mir nicht in die Quere kommt. Die Zeiten sind hart, nicht wahr?“ Ihre Iriden funkelten. „Der Blutmond ... Die Jagd nach dem Verbrannten, Ihr habt viel zu tun. Es fängt gerade erst an.“ Jetzt lief es mir kalt über den Rücken. „Das Auge der Verderbnis schaut auf uns herab, und die Uhr hat noch nicht einmal Mitternacht geschlagen. Die dunkelsten Stunden stehen uns noch bevor.“

Jedes ihrer Worte verstärkte meine böse Vorahnung. Die Frau wusste mehr und das gefiel mir nicht. *Was verbirgst du vor mir?* Mein Blick durchbohrte sie.

Sie erhob sich, trat zu mir, streckte ihre Hände aus und berührte meine Wangen. „Denkt Ihr nicht, es wäre Zeit für ein Wunder? Die Welt braucht es.“

HUNTER GLOUCESTER

Ich hatte mich versteckt. Cens Worte gingen mir nicht aus dem Kopf. Stundenlang hatte ich mit mir gehadert. Als ich zurückgegangen war, war er fort gewesen ... Genau wie seine Kameraden. Aber was hatte ich erwartet? Das Niemand nach ihm suchen würde?

Eigentlich war das, was ich heute tat, purer Wahnsinn. Doch Landon war nicht hier. Noch nicht ...

Schwer seufzend stand ich vor Saintboudon. Ich trug meine letzten noch sauberen Kleider, die weder voller Blut noch zerrissen waren. Langsam schritt ich über die Steinfliesen, welche die Erde bedeckten. Unruhig schweifte mein Blick über die Clericer. Ich suchte nach einem bekannten Gesicht. Aber da war keines. So steuerte ich den Wald an. Weiter als bis zu den Stallungen der Pferde kam ich jedoch nicht.

„Halt mal still und stell dich nicht so an.“

„Nein, lasst mich los!“, vernahm ich eine weinerliche Stimme, die mir bekannt vorkam, und ich näherte mich ihr unweigerlich.

„Du magst es doch ...“

Die letzten Äste des Busches drückte ich zur Seite, dann erkannte ich die Clericer. Es waren drei, und Céline lag am Boden. Zwei Clericer hatten sie gepackt, und der dritte versuchte, ihr die Hose auszuziehen.

„Lasst sie los!“

Alle sahen zu mir. „Wenn du die Klappe hältst, kannst du auch ...“ Verschwörerisch sah mich der Clericer an, der an ihrer Hose zerrte.

„Sie ist eine Schlampe.“

„Die hat es auch mit einem anderen Kerl getrieben, da kann sie uns auch mal ranlassen.“

„Wenn ihr meine Freundin nicht in Ruhe lasst, dann sage ich es meinem Onkel.“

„Wer ist denn dein Onkel?“, stichelte der junge Mann, welcher zu Célines Linken stand und sie festhielt.

„Als ob es jemanden interessiert, was der Kerl sagt ...“, spottete der Letzte der drei.

„Landon Gloucester.“

Ihr Lachen erstarb. Sie ließen Céline los und rannten davon.

Céline erhob sich vom Boden, sprang in meine Arme und drückte ihr verweintes Gesicht gegen meine Brust. „Hunter, danke ...“ Sie zitterte am ganzen Körper. „Ich vermisse Gérald ... Wäre er hier, hätten sie niemals versucht, mir so etwas anzutun.“

Sie weinte. Es versetzte mir einen Stich, als ich an ihren toten Cousin dachte. Ich kannte keinen der drei Clericer, sie mussten älter sein als ich. Aber ich konnte mir nicht vorstellen, dass es niemandem aufgefallen war. Keinen hatte es interessiert, weil sie alle gleich dachten wie sie. Mehr als eine Schlampe war sie für die anderen Schüler nicht.

„Du hättest nicht zurückkommen dürfen.“ Man sah bereits deutlich, dass sie schwanger war.

„Die Jäger vermissen dich“, überging sie meine Bemerkung. „Wo warst du die letzten Wochen? Ghislaine kehrte zurück. Sie war traurig, wollte uns aber nicht sagen, wo du bist oder was passiert ist. Lass uns zu ihnen zurückkehren, deine Freunde machen sich Sorgen um dich."

Ist sie am Ende wegen mir hierhergekommen? Landon hatte es ihnen also nicht gesagt. Niemand wusste, was ich im Hintergrund tat. Es war typisch für meinen Onkel, dass er es nicht verraten wollte. Er würde mich einfach töten und so tun, als wäre nie etwas passiert. Das war meine verfluchte Familie. Alles wurde totgeschwiegen.

„Ich kann nicht zurück", wisperte ich. „Aber du musst gehen. Bleibe bei meinen Freunden. Sie werden für dich und das Kind sorgen."

Ich zog ihr den weißen Mantel aus. Ihre Klingenpeitsche lag auf dem Boden. Ich griff nach ihrer Uhr und drückte sie ihr in die Finger. Mit beiden Händen umfasste ich ihren Helm. Benutzte meine Magie, und er löste sich langsam von ihrem Kopf. Ihr Gesicht kam zum Vorschein, und ich sah ihre weit aufgerissenen Augen. Sie blinzelte und schloss ihre Lider wieder.

„Es ist zu hell."

„Du wirst dich daran gewöhnen." Ich schnitt ihr ein Stück Stoff ab und band es um ihre dunklen Augen. „Sag meinen Freunden, dass es mir gut geht, wir uns jedoch nie mehr sehen können." Hinter ihr öffnete ich ein Portal, stieß sie hindurch. „Ich glaube daran, dass du irgendwann den richtigen Mann für dich und das Kind finden wirst."

Hinter ihr schloss ich das Portal wieder. Jetzt würde ich mit niemanden mehr Mitleid haben, das schwor ich mir.

ALEKSANDRA CZAPSKA

Die letzten Wochen hatte ich ein schlechtes Gewissen wegen Yvain gehabt. Er war gegangen, und ich wusste nicht, wie es ihm ging.

Immerhin hatte ich ihn gefunden. Es fiel mir schwer, die Zeit mit Maitagorry zu genießen. Nach all den Monaten hatte ich ihn endlich ausfindig gemacht, dennoch machte ich mir weiterhin Sorgen um ihn. Es war zum Verrücktwerden ... Als der große Blutmond erschien, wusste ich, dass etwas ganz und gar nicht stimmte.

„Landon wird mir etwas erklären müssen“, grummelte Maitagorry, als wir unsere Pferde in dem Stall unterstellten. „Ich werde ihn suchen, und du kannst dich mit deinen Freunden unterhalten.“ Mit den Worten trennten sich unsere Wege.

Als ich hinaustrat, fand ich niemanden. Es war sonderbar, dass Sylvia nicht nach mir suchte. Vielleicht war sie noch wütend wegen meiner Frage. Wobei dies wohl ein Grund mehr gewesen wäre, das Gespräch mit mir zu suchen. Auch Blaire und Abel fand ich nicht. Keiner war hier. Seufzend trat ich in Richtung der Schule. Bald würde das Essen beginnen. *Vielleicht sind sie schon dort?*

„Aleksa“, sprach mich jemand von hinten an.

Überrascht drehte ich mich um. „Hunter? Du bist wieder hier?“

Er lächelte mich an. „Ja.“ Aber irgendetwas war anders als sonst. Er stand selbstsicherer vor mir. Seine Begrüßung kam mir distanziert vor.

„Wenigstens sucht jemand nach mir“, grummelte ich, trat zu ihm hin und drückte ihn fest an mich. „Ich habe dich vermisst. Es gibt so viel, was ich dir erzählen muss.“

Gemeinsam mit mir schritt er Richtung Wald. Ich erzählte ihm von meiner Reise mit Maitagorry und wie wir Yvain fanden.

„Jacques hat ihn all die Jahre missbraucht!“, ließ ich die Bombe platzen. „Dein Onkel behält ihn aber weiterhin hier an der Schule. Das ist eine Frechheit!“

„Es war nicht Jacques“, wandte Hunter ein, „sondern Tishon. Er nahm seine Gestalt an und ließ am Ende seinen Freund für seine Taten den Kopf hinhalten, da er wusste, dass mein Onkel ihn niemals töten würde.“

Entsetzt sah ich zu Hunter. „Du wusstest es? Wie lange schon?“

„Ein paar Wochen“, antwortete er nüchtern.

„Was ist passiert?!", wollte ich wissen.

In dem Augenblick fiel mir die Grube auf, die sich hinter uns befand. Drei Leiber lagen darin. Sylvia, Abel und Blaire. Jetzt wusste ich, warum ich keinen meiner Freunde gefunden hatte.

„Was hast du getan?" Erschüttert sah ich zu Hunter.

Ein breites Grinsen zierte sein Gesicht, das nicht zu ihm passte. „Meine Freunde sollten durch meine Hand sterben. Dieses Privileg wollte ich euch gewähren. Landon liebt niemanden auf dieser Welt. Um ihn zu verletzen, muss ich weiterdenken. Er würde jeden ersetzen. Landon ist der schlimmste Dämon von allen. Darum nehme ich ihm alles." Hunter packte mich. „Gleichzeitig rette ich die Welt. Mein werter Onkel macht einen folgenschweren Fehler ..."

Meine Welt zerbrach in tausend Stücke. Vor mir stand ein Monster. *Was ist aus Hunter geworden?* Ich drückte mich an ihn. Der Schmerz drohte, mich zu überwältigen.

„Warum?", wisperte ich, während mir Tränen über das Gesicht liefen. „Was ist passiert? Sag es mir. Bitte!" Mit beiden Händen hielt ich ihn fest, und ich spürte, dass er mit sich haderte.

„Es tut mir leid", wimmerte er schließlich. „Ich kann dich nicht töten ... Du musst hier weg ... Die Clericer sind böse ..."

Ich verstand kein Wort von dem, was Hunter sagte. Es ergab keinen Sinn.

„Mein Onkel muss bestraft werden!" Er griff nach meiner Klingenpeitsche, riss sie mir vom Körper, genau wie den Rest meiner Kleidung, bis auf das schwarze Gewand.

„Was ist mit dir?", fragte ich ihn und beugte mich hinunter, um meine Peitsche wieder aufzuheben. Da packte er meinen Helm, zog ihn von meinem Kopf.

Entsetzt starrte ich ihn an, das war unmöglich! Yvain hatte es geschafft, aber Hunter ...

„Du musst fort ..." Mit den Worten stieß er mich zu Boden.

Ich prallte rücklinks auf die Straße. Der Wald war fort, und ich konnte meine Umgebung nur verschwommen wahrnehmen. Schritte drangen an mein Ohr, aber keiner half mir. Sie sahen nur eine junge Frau, die am Boden lag. Ich schloss meine Augen. Es half mir, wieder klar zu sehen. Mit Erschrecken stellte ich fest, dass ich in Nahrman war. Das Schloss der Adelsfamilie war unverkennbar. Ich brauchte Papier und Feder, um Landon oder Maitagorry zu schreiben. Ohne zu zögern, trat ich in Richtung der Kathedrale. Dort würde man mir helfen.

YVAIN LEINSTER

Mein Vater wirkte unnatürlich blass. Er hatte kaum gegessen und das sah man seinem Gesicht an. Der Schlaftrank forderte bereits seinen Tribut. Jacques kümmerte sich so gut um ihn, wie er konnte. Auch wenn mir der Gedanke nicht behagte, einen Spion Slokirs bei uns zu haben.

„Wir sollten hineingehen, das Festmahl hat begonnen. Hunter wird bestimmt nicht mehr auftauchen", murrte Tishon.

„Ich habe Aleksa gar nicht gesehen", stellte ich fest.

In diesem Augenblick öffnete sich die Tür. Doch es war nicht sie, sondern Hunter.

„Wartet ihr auf mich?"

„Du bist also doch gekommen." Vaters Körper spannte sich an, und es wirkte, als ob mit einem Mal all seine Lebensgeister zurückgekehrt wären. „Überlasst ihn mir."

Tishon sprang auf, zog seine Klingenpeitsche und stürmte nach vorn – doch auf halbem Weg schrie er auf. Hunter hatte die Hand erhoben. Etwas schoss aus seinem Mund. Ich wusste nicht, was es war, doch Vater brach zusammen. Dunkle Tropfen regneten auf uns herab.

Irritiert sah ich dem grauen Regen zu, dann hob ich den Helm und erkannte, dass es Blut war. Ich zitterte. Entsetzt sah ich zu Hunter, der die Hand weiterhin erhoben hielt. Darin befand sich eine Uhr. Er öffnete sie, das Zifferblatt leuchtete unverkennbar, und schleuderte sie mit aller Kraft zu Boden. Das Glas splitterte, das ganze Innenleben sprang heraus und ich begriff, dass Hunter gerade binnen zehn Sekunden einen der stärksten Clericer des Landes getötet hatte. Slokir war egal, dass er seine eigenen Leute ermordete.

Mir wurde schlecht. Ich sank auf die Knie – unfähig, etwas zu tun.

„Verschwinde“, raunte Jacques mir zu, bevor er sich in Bewegung setzte.

Wie bei einem Déjà-vu erlebte ich alles ein zweites Mal. Nur dass es jetzt Jacques’ Blut war, das meine weißen Kleider rot färbte. Seine Uhr leuchtete nicht. Trotzdem zerschmetterte Hunter sie. Ein finsteres Grinsen lag auf seinen Lippen, als er über den blutverschmierten Boden schritt. Sein Blick ruhte auf mir.

Mein Körper zitterte. Ich hatte Angst – Angst vor dem Tod. Nach allem, was passiert war, wollte ich nicht sterben. Nicht so, nicht jetzt. Immer weiter rutschte ich über den Boden, bis mein Rücken die Wand erreichte. Ich prallte dagegen. *Du schläfst, das ist ein Traum!*, redete ich mir ein, hob meine Hände und vergrub mein Gesicht darin.

Hunters Schritte drangen an mein Ohr. Je näher sie kamen, desto mehr drückte ich mich gegen die Steinwand, als könnte ich damit verschmelzen. Als der Hall seiner Schritte verstummte, senkte ich meine Handflächen und sah ihn an.

„Bitte!“, fehlte ich und meine brüchige Stimme brach ab. „Warum? Warum hast du das getan?“

„Sie haben es verdient. Hör auf, so ein Theater zu machen ...“

Ich spürte, wie mir die Tränen kamen.

„Heulst du, weil ich deinen Onkel umgebracht habe?“, fragte er mich mit bittersüßer Stimme. „Was für eine Verschwendung, er hat sich nie für dich interessiert. Er war ein Scheusal, keine Träne solltest du für ihn vergießen.“

Trotzig reckte ich das Kinn hervor. Noch immer plagte mich die Angst. Meine Hand lag auf meiner Peitsche, doch ich zog sie nicht, denn die Furcht lähmte mich. „Er war nicht mein Onkel. Er war mein Vater.“

Hunter lachte. „Bist du sicher?“, säuselte er. „Dieses Monster kann nicht lieben!“

Ich klammerte mich an den blutbespritzten Saum von Hunters einst weißen Mantel. „Man muss nicht lieben, um ein Kind zu zeugen. Meine Existenz war niemals geplant. Sie war ein Unfall. Ich hatte nie die Gelegenheit, mit ihm darüber zu sprechen, und jetzt hast du ihn getötet!“ Ein anklagender Unterton schwang in meiner Stimme mit. „All die Jahre tat er nichts, um mir zu helfen. Dafür habe ich ihn gehasst, und jetzt hast du ihn umgebracht … Ich konnte nie über alles mit ihm reden.“ Meine Stimme versagte, als ein erneutes Zittern durch meinen Körper fuhr. „Ich will nicht sterben. Bitte, töte mich nicht. Ein Leben, das ist alles, was ich mir wünsche.“

Ein zufriedenes Grinsen erschien auf seinem Gesicht. Langsam beugte er sich zu mir hinunter, strich mir mit seinen Fingern über die nasse Wange. „Dein Vater war ein Scheusal. Sei froh, dass er tot ist. Wenn du wüsstest, was er tat, würdest du keine Träne um ihn weinen. Aber du musst nicht sterben“, versprach Hunter mir. „Du kannst mir helfen. Dann lasse ich dich am Leben.“

„Was soll ich tun?“, fragte ich ihn.

„Verbarrikadiere die Tür.“ In seiner Hand erschien eine Eisenstange, die er mir in die Hand drückte. „Wir wollen sicher gehen, dass niemand flieht.“

Mir drehte sich der Magen um. *Immerhin töte ich sie nicht direkt. Sie würden auch so sterben …*, redete ich mir ein und folgte Hunters Anweisung.

JACQUES D’ORLÉANS

Etwas tropfte stetig auf den Boden. Das Geräusch machte mich wahnsinnig, doch ich konnte mich nicht bewegen. Von dämonischen

Schmerzen geplagt, lag ich auf dem kalten Steinboden und musste warten, bis sich mein Körper wieder vollständig erholt hatte. Leider war mein Geist bereits erwacht, sodass ich zwischen Delirium und Schmerz schwankte. Die Stille behagte mir nicht und das tropfende Geräusch noch weniger.

Als ich mich endlich bewegen konnte, erhob ich mich. Die Schmerzen waren weiterhin unerträglich. Ich ließ den Blick durch den Raum schweifen und erkannte, dass Tishons Leiche weg war. Das war das Erste, was mir auffiel. *Lebt er noch?*

Meine unechte Uhr lag unweit von mir. Wie es schien, hatte Hunter keinen Verdacht geschöpft. Unweit davon befand sich eine zweite in einer gewaltigen Blutlache. Es war nicht die von Tishon. Ich griff nach ihr, schaute sie an. Ein kaum erkennbares Leuchten ging von ihr aus. Aber der Sekundenzeiger stand still und das Glas war zersplittert. *Wie kann die Taschenuhr noch leuchten, obwohl sie kaputt ist?*

Plötzlich rückte der Minutenzeiger eine Stelle nach vorn. Offenbar war die Uhr noch intakt. Man wollte sie zerstören, das Glas war dadurch zu Bruch gegangen. Jedoch war allein der Sekundenzeiger kaputt. Das Uhrwerk musste weiterhin einwandfrei funktionieren.

Aber wer … In diesem Moment erinnerte ich mich an das stetige Tropfen und sah hoch. *Yvain!* Er hatte seine Klingenpeitsche als Strick missbraucht und am Kronleuchter befestigt. Eine der Klingen hatte seine Halsschlagader getroffen. Seit Stunden musste er zwischen Tod und Leben unerträgliche Schmerzen erleiden. Mit meiner Magie flog ich hoch, durchtrennte mit meiner eigenen Klingenpeitsche die seine und nahm ihn in den Arm. Zurück auf dem Boden, zog ich die Klingen aus seinem Hals. Versuchte, die Blutung zu stoppen, was unmöglich war. Ich steckte die Uhr ein und brachte ihn in das Krankenzimmer. Mit diesen Verletzungen würde er stundenlang leiden müssen. Ein Druckverband sollte vorerst die Blutung stoppen. Denn meine eigene Verfassung war so schlecht, dass ich meine Heilmagie nicht einzusetzen konnte.

Eine gefühlte Ewigkeit saß ich an seinem Bett, bis er langsam wieder zu sich kam. Tränen rannen über seine Wangen, als er mich erblickte.

„Ich wollte sterben ...“, klagte er. „Warum habe ich nicht gegen Hunter gekämpft? Aus Angst habe ich ihm geholfen ... Ich hätte nur meine Waffe erheben ... oder meinen Mut zusammennehmen und Nein sagen müssen.“ Bitterlich weinte er, vergrub sein Gesicht in den Händen. „Meine Angst war real. Ich wollte leben.“

Yvain drückte sich an mich. Der Junge hatte seine schlimmsten Stunden durchlebt und war an einem Punkt angekommen, wo er nicht mehr weiterwusste. Sein eigener Lebenswille hatte ihn gelähmt.

„Ich kann dich verstehen“, wisperte ich und strich über seinen Rücken. „Wir sind noch die Clericer der alten Generation. Der Tod gehört für uns zum Leben dazu. Schulleiter Cardo hat uns eingeimpft, dass nur der Stärkste überlebt. Wer dies nicht schaffte, musste sterben. Ich kenne niemanden, der nicht wie du gehandelt hätte. Doch im Gegensatz zu dir hätten sie nun kein schlechtes Gewissen. Du weinst um deine Klassenkameraden, dabei haben sie sich einen Dreck um dich geschert. Jeder von ihnen hätte dich geopfert.“ Ich sah nicht ein, warum ich ihm ins Gewissen reden sollte. Es war für uns die beste Ausganglage. Yvain musste sein Schicksal nur annehmen. „Seinen Freunden kann man vertrauen. Zum Teil seiner Familie oder Arbeitskollegen. Aber in der Not ist sich jeder selbst der Nächste, und wir Clericer sind nicht für unsere Solidarität bekannt. Du lebst, und nach allem, was passiert ist, hast du es dir verdient.“

„Kannst du nicht einfach sagen, dass ich ein Monster bin?“, klagte er verzweifelt.

„Nein. Ich wusste, dass ich nicht sterben kann, also war mein Mut niemals echt, und es ist unklar, ob Tishon tot ist. Ruh dich aus. Morgen schauen wir weiter.“ Ich reichte ihm einen Schlaftrunk, und er trank ihn aus. „Alles wird gut ...“

Ich wusste nicht, wie ich das Landon erklären sollte. Ein Kampf gegen Slokir war in weite Ferne gerückt. Wie es schien, hatte sich mein Freund vertan und seine Bauern waren soeben gefallen. Die

Frage war nur: Reichten die restlichen Figuren aus, um noch zu gewinnen?

Tishons Verschwinden beunruhigte mich. Wenn er noch lebte, musste er Yvain hängengelassen haben. Seinen eigenen Sohn ... Ich konnte ihm nicht mehr helfen.

KAPITEL XXXXIV

DIE MUTTER DER DÄMONEN

LANDON GLOUCESTER

Am Abend der Sommersonnenwende ließ ich mir Zeit. Ich suchte nach Hunter, fand aber keine Spur von ihm.

Als ich die schwere Tür der Schule öffnete und eintrat, war ich von dem Anblick entsetzt, der sich mir bot. Der helle Boden der Eingangshalle war blutgetränkt. Es war verräterisch still. Die Tür stand einen Spaltbreit offen. Kein Laut war zu hören. Vor der zerstörten Uhr kniete ich mich nieder. Sie gehörte Jacques. Es war seine Ersatztaschenuhr. Ich fasste in meine Tasche, berührte die Uhr meines Freundes. Zog sie heraus und öffnete sie. Das Leuchten erleichterte mich, auch wenn ich erkannte, dass sich etwas daran verändert hatte. Das Lächeln konnte ich mir nicht verkneifen. *Wenigstens muss ich mir um dich keine Gedanken machen.* Yvain und Jacques schienen sich in manchen Punkten ähnlich zu sein.

Ich packte die Uhr weg und trat zur Tür, schaute in den großen Saal – und erstarrte. Die Halle war voller Toter. Alles, was ich mir aufgebaut hatte, war vernichtet. Meine Knie gaben nach, und ich sank auf den Boden. Für einen Moment wusste ich nicht, wie viele Clericer mir geblieben waren. *Warum tat Slokir dies? Es macht keinen Sinn, wenn wir am empfänglichsten für ihn sind. Oder ist das Hunters Werk? Will er mich damit verletzen?*

Zum ersten Mal verspürte ich einen unsäglichen Hass gegenüber meinem Sohn. Er hatte meine Arbeit von Jahrzehnten in nur einer Nacht zerstört. Das würde er mir büßen!

„Landon“, hörte ich Jacques’ Stimme hinter mir. „Alle sind tot, nur Yvain und ich haben überlebt.“

Zwei, dachte ich bitter, *mehr sind mir nicht geblieben.* Ich raffte mich auf, erhob mich. „Geh zu Cailean und hole ihn gemeinsam mit den anderen hierher.“

Ich öffnete das Portal, und er folgte meiner Anweisung. Erneut sah ich auf die Halle voller Leichen. Langsam trat ich ein und suchte nach den Clericern, die für die gedeckten Tische verantwortlich waren. Ich hatte mich auf Chloés Spiele eingelassen. Daher suchte ich ihren Vater. Was kaum einer wusste, war, dass es selbst unter uns Clericern zwei Klassen gab. Wer nicht zum Töten geeignet war, trug anstelle eines schwarzen Bands ein graues um den Hals. Es zeichnete sie als zweitklassige Clericer aus, die für Putzarbeiten oder das Decken der Tische verantwortlich waren. Sie verrichteten gewöhnliche Hausarbeiten, auch wenn ihre Magie die eines normalen Magiers überstieg. Aber sie passten nicht in das Bild eines Elitemagiers.

Ich suchte ihre Leichen ab, bis ich den älteren Mann fand, der dasselbe Amulett trug wie die neue Hohepriesterin. Chloés Vater Marcin Długosz war tot. Diese Information würde mir mit Sicherheit helfen. Zum Teil konnte man aus der größten Not Kapital schlagen.

Alister, Erle und Arden hatte ich in einem der Zimmer untergebracht. Zu dritt brachten wir die Leichen zum See. Mithilfe meiner Portale ging es schnell, aber es war eine Heidenarbeit, bis der letzte seine Ruhestätte fand. Hunters Freunde mussten ich sogar im Wald ausbuddeln. Aber meine Erkenntnis danach war ernüchternd. Wenn ich von allen abtrünnigen Clericern absah, gab es noch Jacques, Cailean, Aleksandra, Yvain, Céline, Hunter und mich. Tishons Leiche fehlte, also konnte ich nicht sagen, was mit ihm war.

„Cailean, komm her", wandte ich mich an den Jungen. „Ich möchte, dass du heute Nacht auf Yvain aufpasst." Das Amulett zog ich aus der Tasche, drückte es ihm in die Hand. „Dies hier möchte ich dir geben. Trag es. Es wird dir helfen."

Verwirrt sah er mich an, aber nickte. „Sicher." Er gab keine Widerworte und verschwand. Die heutige Nacht war für uns alle schwer.

Zusammen mit Jacques trat ich zum See. Kyndra wartete dort auf mich. Sie saß am Ufer und sah mich wehmütig an.

„Wenn mir etwas passiert, musst du die Clericer anleiten", sagte ich zu ihr. „Jemand muss das Tor öffnen, wenn ich nicht mehr da bin."

Sie schlang ihre Arme um mich und drückte ihren Kopf gegen meine Brust. „Du kannst nicht sterben. Nicht jetzt." Ihre dunklen Augen sahen traurig zu mir. Sie hatte Angst um mich.

Sanft legte ich meine Finger auf ihre Wange, kniete mich zu ihr hinab. „Ich habe es nicht vor. Nur wenn ich mich vertue, dann brauche ich jemanden, der sich um die Welt kümmert."

„Was ist, wenn ich ohne dich nicht mehr leben kann?", weinte sie. Ihre Worte versetzten mir einen Stich ins Herz.

„Du würdest irgendwann einen anderen finden. Jeder Schmerz vergeht mit der Zeit. Zudem wäre dein nächster dir treuer als ich."

Es war ein schlechter Moment, dieses Thema anzusprechen. Aber wenn sie schon um mich weinte, sollte sie die Wahrheit wissen.

Ihre Hand knallte gegen meine Wange. Wortlos verschwand sie im See, und ich erhob mich. Schaute zu Jacques, trat zu ihm. Mein Blick heftete sich auf den Blutmond. In diesem Moment erreichte er den höchsten Punkt. Es wäre mein Moment gewesen, das Tor zu öffnen. Doch in diesem Augenblick geschah es. Er wuchs weiter an. Ich glaubte, ein Auge in dem blutroten Mond zu erkennen, das mich anstarrte. Der Schmerz nahm zu, und ich spürte, wie ich gegen die Steinsäule prallte und auf den Boden sank. Das Blut rauschte in meinem Kopf. Mein Schädel pochte. *Öffne das Tor.* Die Stimme dröhnte in meinen Gedanken. *Öffne deiner Mutter das Portal und lass sie in Eure Welt kommen. Sei ein guter Junge.* Das Blut in meinen Adern pulsierte. Sie war da und wollte kommen, die Mutter aller Dämonen. Ich zweifelte daran, dass Slokir sie hier haben wollte. *Nein, ich darf nicht,* wies ich mich in Gedanken zurecht. *Komm, mein Junge. Wenn du brav bist, werde ich dich fürstlich belohnen. Würde es dir nicht gefallen, ein gottähnliches Wesen zu sein? Die ganze Nacht hältst du niemals durch ... Du bist schwach ...*

„Landon", drang Jacques' Stimme zu mir durch. „Höre nicht hin. Du bist der stärkste Clericer, den ich kenne, und mein Freund." Seine Stimme war leise, jedoch wurde sie immer klarer. „Unsere Freundschaft bedeutet mir alles. Ich liebe dich. Alles, was ich möchte, ist, an deiner Seite zu sein."

Dann umarmte er mich, und der Einfluss des Blutmondes wurde kleiner. Ich erwiderte die Umarmung. Das war mein Jacques.

„Auf dich ist Verlass", wisperte ich. „Du stehst mir in der Not immer bei." Nur ein Gedanke ließ mich nicht los. *Erahnt Hunter, was hier passieren wird?* Wie groß wäre der Einfluss der Dämonenmutter auf die anderen Clericer gewesen? Ich hatte die Lage unterschätzt.

Jacques lag in meinen Armen, sah mich an und lachte. „Bist du wieder bei Sinnen?"

„Dank dir ..." Die Mutter allen Übels würde mich nicht dazu bringen, das Tor zu öffnen. „Ich bin froh, dass du bei mir bist."

Sogar Chloés Vater hatte mir indirekt geholfen. Das Amulett würde Cailean beschützen. Nochmals war alles gut gegangen.

ALEKSANDRA CZAPSKA

„Clericerin, Clericerin ...", hörte ich eine Stimme.

Ich drehte mich zur Seite und öffnete meine Augen. Meine Umgebung war verschwommen. Der Helm fehlte, und langsam kam die Erinnerung zurück. Hunter, die Stadt, die Priesterin, der Tee ... Ich warf die Decke zurück, sprang auf.

„Ihr wurdet ausgetrickst."

Mit geschlossenen Augen drehte ich mich zu der Person um. Es war ein junger Mann in Jägergewandung, der im Rollstuhl saß. Auf seinem Kopf thronte eine Maske, die mich an die der Göttin Sona erinnerte.

Ich verschränkte die Arme vor der Brust. „Wer seid Ihr? Und was meint Ihr damit, man hat mich ausgetrickst?"

„Mein Name ist Cenred. Landon brachte mich zu Chloé, um sie auszuhorchen. Aber ich habe keine Möglichkeit, ihn zu kontaktieren. Unsere zukünftige Hohepriesterin hat einen Pakt mit Landon Gloucester und Slokir geschlossen. Eure Nachricht hat den Obersten Clericer nie erreicht."

Entsetzt sah ich ihn an. „Wir müssen was tun!" Mit den Worten sprang ich aus dem Bett.

„Darum versuchte ich, dich zu wecken, aber blind und an einen Rollstuhl gefesselt, ist es nicht leicht."

Ich nickte und dachte nach. Wir mussten Landon Bescheid geben. „Warte." Ich öffnete die Tür, packte die Griffe des Rollstuhls und schob ihn vor mich her. „Ich bin übrigens Aleksa. Wenn wir hier weg sind, werde ich dem Obersten Clericer eine Nachricht zukommen lassen."

Jedoch kamen wir nicht weit.

„Habt Ihr gedacht, es wäre eine gute Idee, mit mir und Slokir einen Pakt zu schließen?", vernahm ich Landons Stimme, und ich schob Cenred in seine Richtung, um das Geschehen verfolgen zu können. Landon stand vor der Hohepriesterin, welche weinte. „Euer Vater hätte nicht sterben müssen, hättet Ihr mir Czapskas Warnung überbracht. Immerhin bekommt Ihr von mir alles, was Ihr braucht, und seid trotzdem weiterhin unfähig. Ihr solltet nun wissen, dass Ihr mir mehr vertrauen könnt. Also tut was, um Slokir zu vernichten. Oder soll am Ende die ganze Welt unser Geheimnis erfahren? Die Saat kann Fluch und Segen zugleich sein, vergesst das nicht." Ein gespenstisches Lächeln zierte seine Lippen. Als er ihr etwas in die Hand drückte. Es war ein Helm, der sich deutlich von denen der anderen

Clericer unterschied. „Gebt das Czapska." Landon drehte sich von ihr ab und verschwand durch ein Portal.

Auch wenn es verrückt war, trat ich auf sie zu.

„Aleksa, nicht!", rief Cenred, doch ich hörte nicht hin.

„Was ist passiert?", fragte ich sie. Mein Blick fiel auf den Helm in ihrer Hand. Er besaß ein aufwendig eingearbeitetes Kreuz und verschiedene Hörner. Aber ich war Landon dankbar für sein Geschenk.

Chloé hob den Kopf und sah mich an. „Alle Clericer wurden getötet."

Ich spürte, wie meine Beine zitterten.

Maitagorry soll tot sein? Tränen rannen mir über die Wangen. *Hunter hat alle getötet?*

„Nein", wisperte ich. „Das kann nicht sein."

HUNTER GLOUCESTER

Es war Zeit, alles zu beenden. Ich landete auf dem Dach der Schule. Landon ließ mich nicht lange warten. Neben ihm erkannte ich den Hochkönig.

Ein finsteres Lächeln erschien auf dem Gesicht meines Onkels. Sekunden später spürte ich, wie eine unsichtbare Macht mich von den Füßen riss und nach hinten schleuderte. Ich schlug gegen die Bäume, sank auf den Boden. Mit finsterem Blick sah ich zu meinem Gegner. Meine Hand ballte ich zur Faust, schleuderte ihm eine magische Blitzkugel entgegen, bevor ich mich auf die Beine kämpfte.

„Dass du dich traust, hier aufzutauchen", rief Landon mir entgegen. „Nach allem, was du getan hast!"

„Die Clericer haben es verdient, vernichtet zu werden!", schrie ich zurück.

Bevor ich erneut angreifen konnte, drang ein starker Schmerz durch meinen Körper. Die Spitze eines schwarzen Speeres ragte aus meinem Rumpf. Er war von meinem eigenen Blut getränkt. Entrüstete sank ich auf die Knie, blickte zu meinem Onkel. Breit grinsend stand er auf der anderen Seite des kleinen Sees. Mit beiden Händen stützte ich mich auf dem Boden ab. Ein erneuter Schmerz ließ mich aufschreien. Entsetzt blickte ich auf meine linke Hand. Ein weiterer Blutspeer hatte sich durch meinen Handrücken gebohrt. Bevor ich etwas unternehmen konnte, folgte der nächste, der meine rechte Hand am Boden festgenagelte. Unfähig, mich zu rühren, hockte ich da. Meine Augen füllten sich mit Tränen. Fest schloss ich meine Lider. Vernahm dumpf die Schritte, welche sich mir näherten. Als ich die Augen wieder öffnete, erkannte ich, dass es nicht Landon war, sondern der Hochkönig höchstpersönlich, der vor mir stand. Sein Schwert hatte er aus der Scheide gezogen. Alister hob es in die Luft. Er wollte mich töten. Doch ich würde es ihm nicht leicht machen.

Binnen Sekunden verwandelte ich mich. Spürte, wie meine Glieder wuchsen und ich meine Hände aus den beiden Speeren zerren konnte. Alister McCain stolperte zurück und beobachtete perplex, wie ich zu einem Monster wurde.

„Die Maske! Durchstoßt das Auge!"

Fauchend hob ich meine Pranke. Als er sein Schwert durch die Luft schwang, erwischte er einen meiner Tentakel. An meinen Kopf kam er nicht heran, trotzdem schrie ich laut auf, als die Klinge durch mein Fleisch schnitt. Zeitgleich spürte ich, wie sich etwas Kaltes um meinen Körper schlang. Der Riesenkalmar. Er versuchte, mich unter Wasser zu ziehen. Als ein starker Schmerz durch meinen Körper schoss, sackte ich zusammen, schrie auf. Aus meinem Augenwinkel erkannte ich einen weiteren gezackten Blutspeer, der mich durchbohrt hatte. Meine Hinterbeine wurden ins Wasser gezogen. Sobald ich ganz in den Fangarmen des Kalmars war, wäre ich verloren. In meiner Verzweiflung verwandelte ich mich zurück. Die Arme des zehnarmigen Monsters griffen ins Leere. Ich sprang nach vorn, fiel unter Schmerzen auf die Knie und keuchte. Das Blut tropfte zu Boden, die Speere forderten ihren Tribut. Selbst meine Hände waren blutverschmiert. Verzweifelt stemmte ich mich in die Höhe, als ich den Schatten vor mir erkannte. Alister hob erneut sein Schwert – er würde mich damit enthaupten. In meiner Not hob ich die linke Hand, konzentrierte mich und mein ganzer Arm verwandelte sich in unzählige Fangarme. Sie schossen auf den König zu, die Wucht des Aufpralls schleuderte ihn nach hinten. Sein Schwert fiel ihm aus seiner Hand. Mit der nicht verwandelten Hand ergriff ich es. Erschuf über mir einen Schutzschild. Ich würde meinem Onkel nicht nochmals die Gelegenheit geben, mich zu verwunden. Ein Lächeln erschien auf meinem Gesicht, als ich zu dem König schritt.

„Welcher Vater kann so grausam sein?“, fragte ich ihn. „Ihr habt Eure Tochter getötet. Dafür werdet Ihr sterben.“ Meine unzähligen Fangarme umschlangen seinen Körper, hinderten ihn daran aufzustehen.

Etwas krachte gegen meinen Schild. Es war ein weiterer dunkler Speer, der es nicht durch den Schutzschild schaffte. Die Spitze schaute hindurch, aber sie drang nicht vollständig ein, was ich mit einem triumphierenden Grinsen zur Kenntnis nahm. Landon hatte also doch seine Schwächen.

„Ein Scheusal wie Ihr habt nicht das Recht, über mich zu urteilen“, fuhr Alister mich an.

„Ihr habt mich dazu gemacht.“ Das Schwert in meiner Hand umklammerte ich fester. „Ich habe sie geliebt! Nie wieder wird ein McCain auf dem Thron von Burengard sitzen, das verspreche ich.“

Er lachte. „Ihr habt Euch selbst dazu gemacht, nicht ich. Es war Euer Weg, den Ihr wähltet.“

„Und Ihr habt Euch von meinem Vater lenken lassen. Erwartet keine Gnade von mir.“

Das kühlte Gesicht des Mannes hatte sich verändert. Ich Erkannte das Misstrauen darin. Er dachte über meine Worte nach. *Zu spät.* Ich holte mit seinem Schwert aus und trennte ihm den Kopf von den

Schultern. Anschließend drehte ich mich zu Landon um und warf die Klinge zu Boden.

„Der Schild ist wohl zu stark für dich." Ich flog in die Luft, weiterhin von dem Schutzschild umgeben. Doch anstatt anzugreifen, nahm auch er eine passive Haltung an. *So werde ich ihn niemals erwischen können.* Immer mehr Blutspeere drangen durch meinen Schild. Ich verwandelte mich in das Monster, löste den Schild auf, sprang auf meinen Onkel zu. Schlug mit meiner Pranke nach ihm. Er teleportierte sich weg, und ich hinterließ mit meinen Krallen große Kratzspuren in der Wiese.

„Kämpfe!", forderte ich ihn auf.

„Beantworte mir eine Frage. Wusstest du, was der Blutmond mit uns macht? Und wenn ja, von wem?"

Landon erschien auf der Säule. Ich schlug nach ihm, er verschwand und meine Krallen kratzten über den Stein.

„Saintboudon ist der Ort, wo der Einfluss des Blutmonds am stärksten ist. Hier befindet sich das Tor. Seit es geöffnet wurde, sehnen sich die Dämonen danach, in unsere Welt zu kommen. Die Mutter allen Übels sieht auf uns herab. Ohne den Schutz der Götter sind wir ihnen ausgeliefert!", erwiderte ich.

Landon erschien wieder auf der Säule und sah mich an. „Wer gab dir diese Informationen?", verlangte er nach Antworten. „Slokir?"

„Nein. Er weiß es selbst nicht. Seine Furcht vor der anderen Seite ist zu groß. Sie sagte es mir. Die Dämonin, die in meinem Körper lebt, weil sie sich selbst davor fürchtet, dass sie kommen." Ich sah auf ihn herab. „Hasst du mich für meine Taten?"

Landon hob seine Hand. „Wenn ich wollte, könnte ich dir einen Speer durch die Maske jagen. Gefangen zwischen Leben und Tot wärst du für immer verdammt, hier zu leiden!" Mehrere Blutspeere hagelten auf mich nieder, und jeder einzelne bohrte sich tief in mein Fleisch. Der Schmerz, den sie auslösten, war unerträglich. Schwer verletzt sank ich zusammen und verwandelte mich zurück.

Ich erblickte die schwarzen Stiefel direkt neben mir. Meinen linken Arm streckte ich aus, er spaltete sich auf und mehrere Tentakel prallten gegen Landons Schild.

„Fürchtest du dich vor dem Tod?“, fragte er mich.

Seine Züge wurden freundlicher, als er sich zu mir hinabbeugte. Der Schutzschild verschwand. In diesem Augenblick schossen meine Fangarme auf ihn zu und umschlangen seinen Körper. Ich verwandelte mich erneut. Meine Tentakel schlossen sich weiter um ihn. Die mit scharfen Zähnen besetzte Schnauze riss ich auf. Doch bevor ich ihm seinen Kopf abbeißen konnte, war er durch ein Portal entschwunden. Ein weiterer Speer drang in meinen Körper ein. Laut schrie ich auf.

„Lass uns weiterreden“, verlangte mein Onkel.

„Niemals!“, schrie ich. „Was hast du mir schon zu sagen? Du willst nur weitere Informationen aus mir herauslocken!“

Er tauchte wieder vor mir auf. „Du bist mein Sohn. Das solltest du aus meinem Mund hören. Mein Kind lasse ich nicht im Stich.“ Er streckte seine Hand aus. „Lass mich dir helfen.“

Diese Worte ... Auch wenn Erle es bereits angesprochen hatte, es von ihm zu hören ... Binnen Sekunden hatte ich mich zurückverwandelt. Ich sah zu ihm. *Landon ist gefährlich!*, versuchte ich, mir in Erinnerung zu rufen. Aber seine Worte berührten mich.

Meine Lippen zitterten. „Du willst mir helfen? Nach allem, was ich getan habe? Ich habe dir alles genommen ...“

Er lügt, wisperte die Stimme der Dämonin in meinem Inneren.

„Der Schaden ist groß, aber das bekommen wir hin. Du hast die Welt vor größerem Unheil bewahrt. Wenn es uns gelingt, Slokir zu vernichten, was es jedes Opfer wert.“ Er sah mich an, lächelte freundlich.

„Warum hast du mir nie gesagt, dass ich dein Sohn bin?“, wollte ich wissen.

„Was hätte es geändert? Ich hätte dir die Illusion deiner Familie genommen. Erle hat sich um dich gekümmert. Hazel hat dich geliebt. Du musstest nicht erfahren, wie kaputt unsere Familie in Wirklichkeit ist. Alles, was ich jetzt möchte, ist, dich vor der Verderbnis zu retten.“ Er streckte mir seine Hand hin.

Mit weit aufgerissenen Augen schaute ich ihn an. *Das muss ein Trick sein.* „Du kannst nicht lieben …“ Ängstlich wich ich vor ihm zurück. „Ich hatte immer Angst vor dir, und du sollst jetzt mein Vater sein? Wir ähneln uns nicht. Erle sagte, dass Tishon …“

„Mein Bruder sucht gern Ausflüchte für alles, was ihm nicht passt. Hunter, hör auf dein Herz. Oder warum durchstoße ich dich jetzt nicht mit einem Blutspeer? Es wäre ein Ende schlimmer als der Tod.“

Landon griff nicht an, er stand nur da, seine Hand weiterhin ausgestreckt. Unschlüssig sah ich ihn an und ging langsam auf ihn zu, denn er hatte recht. Mich jetzt zu töten, wäre leicht. *Vielleicht ist er wirklich mein Vater.* Ich ergriff seine Hand.

Ein Lächeln erschien auf seinem Gesicht. „Gut gemacht, Hunter.“

In dem Augenblick sah ich die Klinge aufblitzen. Ehe ich reagieren konnte, drang sie in meinen Bauch. Entsetzt taumelte ich zurück. Er zog das Messer zurück. Augenblicklich spürte ich, wie mein Körper taub wurde. Es musste sich Gift an der Klinge befunden haben. Von hinten wurde ich gepackt. Verschwommen konnte ich Jacques erkennen. Ich hatte seine Anwesenheit nicht bemerkt. Er hatte sich die ganze Zeit bedeckt gehalten. *Nein!*, schrie ich innerlich. Die Angst machte sich in mir breit, je tauber mein Körper wurde. *Ich will nicht sterben!* Das Antlitz meines Vaters verschwand vor meinen Augen. Alles wich einer bedrückenden Dunkelheit.

CAILEAN WINTERSON

Landon hielt uns mit einem Schutzzauber in Schach. Gemeinsam mit Yvain, König Erle und Kronprinz Arden standen wir auf dem Treppenaufgang zum See. Als sich der Schild auflöste, eilte ich als Erster hinauf und erblickte den toten Hochkönig. Neben der Säule konnte ich Jacques erkennen. Er stand neben Hunter, und Landon lag neben ihnen im Gras. Ich rannte sofort zu ihnen und kniete mich neben den Obersten Clericer, der in seiner eigenen Blutlache lag. *Er ist tot.* Meine Augen füllten sich mit Tränen. Ich hatte den wichtigsten Menschen in meinem Leben verloren. Auch wenn meine Familie mich nur als Mittel sah, ihm zu schaden, hatte ich es geliebt, wie er sich um mich gekümmert hatte. Wie er nie aufgegeben hatte, auch wenn es schwierig geworden war. Er hatte es geschafft, dass ich von seinem größten Feind zu seinem engsten Verbündeten geworden war.

Ich drehte seinen Körper um. Eine tiefe Wunde klaffte in seinem Unterleib. *Stammt sie von einer monströsen Klaue?* Mein Blick glitt zu Hunter, der in einer Pfütze seines eigenen Blutes lag. Er machte nicht den Eindruck, als wäre er die letzten Minuten besonders aktiv gewesen. *Wie kann er Landon so verletzt haben? Es ist nicht möglich.*

Mein Blick fiel auf die Taschenuhr des Obersten Clericers. Sie war in alle Einzelteile zersprengt worden, sodass nichts mehr davon zu erkennen war. Die Kralle oder der Zahn des Monsters musste sie durchstoßen haben.

Yvain legte mir eine Hand auf die Schulter. „Schau." Er zeigte auf Hunter. Auf seinem weißen Gewand konnte ich mit Blut geschrieben die Zahlen 21 und 12 erkennen. Darunter standen die Buchstaben H U G S. Ein Lächeln konnte ich mir nicht verkneifen. Kurz vor seinem Ableben hatte er uns ein letztes Rätsel aufgegeben.

„Das ist nicht Jacques", flüsterte Yvain weiter.

Mein Blick wanderte zu dem engsten Freund Landons, der unberührt von dessen Tod mit Erle sprach. Ich erhob mich, trat zu Hunters Leichnam und ließ den falschen Clericer nicht aus den Augen. *Yvain hat recht.* Der Körper des Verräters war mit unzähligen Verletzungen übersät. Viele stammten von einer mir unbekannten Waffe, die tiefe Spuren hinterlassen hatte. Aber sein Rumpf war voller Stichwunden. Das Messer steckte in seiner Brust. Ich konnte keine Abwehrverletzungen erkennen. Hunter war nicht mehr bei Bewusstsein gewesen, als man ihm die Verletzungen zugefügt hatte. Seine Uhr lag neben ihm, kaputt und durchstoßen zeigte sie vierzehn Uhr zwanzig. Das waren vor mehr als fünfzehn Minuten. Landons Todeskampf hatte niemals so lange gedauert.

Yvain zog das weiße Gewand von Hunter glatt und verwischte mit seinen Fingern das frische Blut.

Ich werde deinen Tod rächen, versprach ich Landon im Stillen und fixierte dabei den falschen Jacques d'Orléans. Er war der Mörder, da war ich mir sicher. *Dafür werde ich dich in alle Einzelteile zerlegen.*

„Hunter hat uns überlistet. In seinem letzten Atemzug schlug er seine Krallen in den Leib des Obersten Clericers."

Erle schnaubte. „Am Ende siegt wohl die Gerechtigkeit. Landons eigener Fehler wurde ihm am Ende zum Verhängnis." Er beugte sich zu Hunters Taschenuhr hinunter, nahm sie in die Hand und warf sie über den Rand des Plateaus. Er nahm den Leichnam seines Ziehsohnes und trug ihn zur Kante des Abgrunds. „Sollen sich die Tiere an deinem Leib erfreuen. Dann bist du wenigstens einmal zu was nütze." Er warf Hunters Körper hinunter. Jacques grinsen war nicht zu übersehen.

„Bleib an meiner Seite, vorerst sollten wir uns nicht trennen", wisperte ich Yvain zu. Slokir war noch nicht besiegt, und ich wurde das ungute Gefühl nicht los, dass wir uns alle in einer trügerischen Sicherheit wogen. Dabei standen kurz vor dem Untergang, nur bemerkten wir es nicht. Landon hatte sich für uns geopfert. *Ich werde mein Bestes geben,* versprach ich ihm im Stillen.

EPILOG
WALDER WESSEX

Ich griff nach der Uhr, die auf dem Boden lag. Es war dunkel, nur der Schein meines Feuerballes erhellte matt die Umgebung. Ich steckte sie ein und trat weiter. Mein Blick fiel auf den Leichnam, von dem nicht mehr als tote Fleischmasse übrig war. Dennoch kniete ich mich vor ihm nieder.

„Die Heilung wird schmerzhaft sein", wisperte ich. „Aber ich werde mich um dich kümmern. Sie sind töricht, wenn sie glauben, dass man einen Dämon so leicht töten kann."

In der Akademie brannte kein Licht. Es war der beste Ort, um Hunter wieder auf die Beine zu helfen. Auch wenn ich nicht wusste, wie lange es dauern würde. Der Kampf hatte jetzt erst richtig begonnen, und sie hatten nicht nur fast alle Clericer verloren, sondern auch den stärksten und schlausten unter ihnen. Sie waren so gut wie verloren. Niemand würde Slokirs Wiedererweckung aufhalten können.

NACHWORT:

Von all meinen Projekten bedeutet ‚Death to Clerics' mir am meisten. Denn viel aus meinem Leben steckt in dem Werk beziehungsweise in den einzelnen Figuren. Es ist ein schönes Gefühl, nach drei Jahren endlich Teil eins beendet zu haben. Zwar wäre es gelogen, wenn ich sage, dass mir das Schreiben leichtfiel. Vermutlich weil so viel von mir darin steckt, gab es immer Szenen, wo ich merkte, dass ich mich mit meiner Vergangenheit und meiner jetzigen Lage beschäftige.

Saintboudon, die Schule der Clericer, sollte für mich kein schöner Ort sein. Leider war ich nie ein Kind, das besonders gern hinging. Meine Albträume spielten sich immer in der Schule ab. Für mich war es stets der Ort, wo ich von Mitschülern gemobbt und selbst von den Lehrern ungerecht behandelt wurde. Aus dieser Erfahrung ist Saintboudon entstanden. Am Ende lehrte es mich, eine Maske zu tragen, hinter der ich meine Schmerzen über das Verhalten meiner Mitschüler verbarg. Schwäche zu zeigen, war für mich ein Zeichen dafür, dass sie gewonnen haben. Darum tragen meine Clericer auch ihre Halbmasken, um zu verbergen, wie es wirklich in ihnen aussieht.

Den Druck, welchen Hunter erträgt, kenne ich ebenfalls nur zu gut. Möchte man als Kind nicht gern seine Eltern stolz machen? Aber was tut man, wenn man nicht dieselben Vorstellungen von der Zukunft hat? Stets versuchte ich, einen Mittelweg zu finden. Jedoch hat es mich am Ende nicht weit gebracht. Denn meine Luftschlösser wurden jedes Mal zerstört. Ich hoffe, dass ich meine Träume irgendwann erfüllen kann. Das Schreiben und Veröffentlichen ist für mich bereits ein kleiner Schritt in die richtige Richtung.

Was mich nie direkt betroffen hat, war der Missbrauch. Das Thema wird gern totgeschwiegen. Keiner möchte es ansprechen, weil es ungemütlich ist und den Schein einer perfekten Welt zerstört. Jedoch finde ich, dass es angesprochen werden muss. Denn es gibt Tausende von Opfern, die schweigen. Die im Stillen leiden und bei

Dingen Probleme haben, die für uns alltäglich sind. Oftmals sind die Täter Personen, die einem nahestehen, die eigene Familie. Wie will sich ein Kind in diesem Umfeld mitteilen? Wer hört ihm zu? Weiß es überhaupt, dass dies nicht normal ist?

Mir hatte man es nie erklärt. Man spricht davon, dass man nicht mit Fremden mitgehen soll. Aber was passiert dann? Was macht man, wenn es kein Fremder ist?

Zwar habe ich nie Missbrauch erlebt, dafür eine meiner Freundinnen, deswegen lässt mich das Thema nicht los. Ich sehe das Leid und spüre die Hilflosigkeit. Was will ich tun? Wie kann ich helfen? Das Thema wird mich immer begleiten. Denn ich kann meine Augen nicht davor verschließen, wenn ich die Opfer leiden sehe.

Meine letzten Worte möchte ich Yvain widmen. Er ist mein liebster Charakter und trotzdem wurde er am Ende kein richtiger Held. Denn um einer zu sein, hätte er sich Hunter in den Weg stellen müssen. Doch es hätte nichts geändert. Er wäre gestorben. Für mich ist er ein Sinnbild dafür, dass man nicht immer ein Held sein kann. Die Angst kann einen lähmen. Man hat nur sein eigenes Leben im Sinn. Denn kein Mensch ist perfekt. Ich denke, jeder hat schon mal Mobbing erlebt und sah einfach nur zu, ohne einzugreifen. Oder hat sonst irgendwo falsch gehandelt. Denn niemand ist einfach nur perfekt und fehlerlos. Yvain steht für mich dafür. Er hat viel Scheiße erlebt und war am Ende selbst von seinem Ausmaß geschockt. Es sind stets Sekunden oder Minuten, die über so eine Entscheidung bestimmen. Ein wahrer Held überlebt nicht immer. Viele sind in dem Versuch gestorben, andere zu retten. Yvain lebt. Hat seinen Selbstmordversuch überlebt und muss mit den Folgen leben. Auch wenn er es bereut. Denn eine Entscheidung, die man unter panischer Angst fasst, kann im Nachhinein auch eine Qual werden. Yvain ist mein Antiheld, der sich niemals als der große Retter aufspielen wird. Aber er ist kein schlechter Mensch.

Es war für mich einfacher, in einem fiktiven Setting von diesen Problemen zu schreiben, als in unserer realen Welt. Das war der

Grund, warum das Projekt für mich einfach nur im Selfpublishing möglich war. Ich kann damit leben, wenn man es nicht mag. Denn ‚Death to Clerics' ist harter Tobak. Trotzdem hoffe ich, dass man das eine oder andere jetzt vielleicht anders wahrnimmt.

DANKSAGUNG

Ich möchte meiner Lektorin Melina danken, die das Beste aus dem Skript herausgeholt hat. Aber auch meiner Buchsetzerin Sameena das sie erneut einen so wundervollen Buchsatz und die großartigen Illustration des Mantikors machte. Ein großer Dank geht an Francis für ihre einzigartigen Illustrationen. Ich möchte auch Christin für das wundervolle Cover danken. Es ist so wundervoll geworden. Ich möchte auch meiner Kollegin Robin danken, sie hatte einen großen Einfluss auf die Geschichte. Da wir uns viel über bestimmte Themen unterhielten und diese Gespräche mich inspirierten. Ein großer Dank geht an Hannah und ihren Hund Vesemir, ohne die Zwei hätte es Cailean niemals gegeben. Ich möchte auch meiner Schwester danken, dass sie sich oftmals meine Probleme angehört hat und ich mit ihr darüber sprechen konnte. Danke sagen möchte ich auch Ana, für das Zeichnen der Maske. Ein weiterer Dank geht an Martina, mit der ich die Idee früher auch schon besprochen habe. Ich möchte auch allen Lesern danken und den Bloggern die mich beim Release unterstützten. Ohne Euch würde die Geschichte nicht die Aufmerksamkeit bekommen, die sie verdient.

DIE AUTORIN:

Scarlett Hunter 1989 in der Innerschweiz geboren. Liebte es schon immer zu lesen und zu schreiben. So entwickelte sie sehr früh ihre ersten Figuren und kleine Geschichten. Früher schrieb sie nur für ihre jüngere Schwester und entdeckte 2008 das Internet als Schreibplattform. Später wurde das RPG schreiben zu ihrer Leidenschaft. Seit 2017 widmet sie sich wieder ganz dem Schreiben von Geschichten.

Folge ihr auf Instagram: scarlett_a_hunter

Andere Werke:
Die Mordred Reihe: Mordred – Der Bastard des Königs

Mordred der Bastard des Königs
Scarlett Hunter

Ein paar Worte genügen, um alles zu verändern.

Morgan von Tintagel ist die Halbschwester von König Artus. Als sie einen verzweifelten Brief ihres Bruders bekommt, reitet sie nach Camelot, um ihm zu helfen. Kaum an seiner Seite, werden sie beide Opfer eines skrupellosen Anschlags gegen die Krone. Als sich Artus auf die Suche nach dem Verantwortlichen macht, nimmt das Schicksal seinen Lauf, denn ein verhängnisvoller Fluch kündet sein Ende als Hochkönig an. Kann er das Unheil von sich abwenden?

Jahre später schickt Morgan ihren Sohn, Ywain, nach Camelot. Er soll am Hofe ihres Bruders das Ritterhandwerk erlernen. Der Junge begegnet dort seinem Cousin, Agravain, dessen Arroganz seine Schönheit bei weitem übertrifft. Außerdem wird er vor ungeahnte Herausforderungen gestellt, die nicht nur mit seinem feindseligen Cousin zu tun haben, sondern auch mit den Geheimnissen seiner Familie. Bei Mordreds Besuch in Camelot wird Ywain auf eine harte Probe gestellt. Wird es ihm gelingen, die Probleme zu lösen?

Artus erahnt, dass seine Neffen die Schlüsselfiguren zu seinem Untergang sind. Doch wie wird er sich entscheiden? Wie weit wird er gehen, um sein Reich und die Krone zu schützen? Eine Fehde des Schicksals beginnt, die nicht aufgehalten werden kann.

Rauer Glanz
Vinachia Burke

Ronland im Jahre 301 nach Reichsgründung.

Seit zwei Jahren herrscht ein provisorischer Frieden mit dem Nachbarreich Matrienna. Als der vielbesungene Held des Landesteils Maulion stirbt, ist sein einziger Sohn Gerard ser Beetz gezwungen, dessen Nachfolge anzutreten.
Geplagt von schweren Selbstzweifeln erfährt er, dass die marode Wirtschaft seines Landesteils seit Jahren mit Gold aus Matrienna stabilisiert wurde. Eine Entscheidung, die in Ronland als Verrat gewertet wird.
Das bringt den frischen Herrscher in eine Bedrängnis, deren Brisanz noch größer wird, als der unberechenbare König von Ronland ihn beschatten lässt.
Als dann auch noch die jugendliche Regentin von Matrienna ein Auge auf Maulion wirft, geraten die drei Herrscher und ihre Untergebenen in einen Konflikt, dessen Samen ihre Vorgänger säten, der jedoch mit ihnen enden wird.

Let me Glow
Francis Eden

Eine junge Frau auf der Suche nach ihrem Mut, ein Mann, der seine Vergangenheit hinter sich lassen will, und eine Kleinstadt, die nie vergisst.

Nach ihrer Trennung lässt Andy nicht nur Atlanta, sondern auch ihren Ex-Freund hinter sich, um in der Kleinstadt Hartwell eine alte Pension zu sanieren. Ohne handwerkliches Geschick, lediglich mit ein paar Dollar und einem Haufen nutzloser Designerkleider macht sie sich auf den Weg. Was nach Urlaub mit ein paar kleinen Aufräumarbeiten klang, entpuppt sich als Totalkatastrophe. Ein Drache als Pensionsleiterin und Schulden bei einem Tyrannen, zu dem Andy sich immer mehr hingezogen fühlt. Dazu noch diese Kleinstadt, die völlig in Aufruhr gerät, wenn Ian James Green eine Frau küsst.

Alles Dinge, die ein frisch gebrochenes Herz nicht gebrauchen kann – oder doch?

Manchmal braucht es nur ein altes Haus, eine Kleinstadt und graue Augen. Um über sich hinauszuwachsen. Sich selbst wiederzufinden. Die Liebe zu entdecken.

Band 1 der dreibändigen Hartwell-Reihe.

Die Goldene - Gefangen im System
Jella Benks

Das System kennt deinen Platz.
Doch was, wenn du dich an der Seite des falschen Mannes wiederfindest?

Anziehung ist gefährlich, Liebe nur Illusion und einzig das System weiß, wer zusammengehört. Darauf vertraut auch Liah, bis sie ausgerechnet Arjan – dem zukünftigen Präsidenten – als Partnerin zugeteilt wird, einem Mann, den sie verachtet.

Während sie sich in ihre vorbestimmte Rolle zwingt, zieht sie der geheimnisvolle Zayne in seinen Bann und bringt ihre Loyalität ins Schwanken. Gefangen in einem Strudel aus Rache, Verrat und düsteren Geheimnissen, muss Liah herausfinden, wer sich irrt.

Das unfehlbare System oder ihr Herz?